青年原创书系

如花美眷

RUHUAMEIJUAN

李　妍／著

怅。他曾经找遍了所有还保持联系的大学同学，也没能打听出雨霏的联系方式。他忽
触即发的信息年代，寻找一个人，或者寻找一个心头之梦是那样的难，那样令人疲
他曾经找遍了所有还保持联系的大学同学，也没能打听出雨霏的联系方式。他忽然
即发的信息年代，寻找一个人，或者寻找一个心头之梦是那样的难，那样令人疲惫。

北京出版集团公司
北京十月文艺出版社

◉◉◉目　录

●●● 醉花阴

一

徐康教授的办公室在历史研究所三楼，向阳，养了很多花草，或者说草花——都是不开花的绿色观赏植物。一盆盆儿的都在摇曳着叶子展现风情。

这无可厚非，也无可见怪。谁说光长叶子就不是花呢？难道非得顶着一大丛黄黄紫紫的才叫花吗？我就看这绿莹莹的好看，它有这精气神儿、有这旺盛劲儿才是关键，蔫头耷脑的花儿远不如我这草呢……

听到有人敲门，徐教授放下手里的喷壶去开门。来访者是同所的贾又安教授。还没等徐教授把惊异的表情做到充分，他就先闷声闷气地吐出一句话来："大冬天儿你这儿还开窗户。"

徐教授顿了顿，说："就您这身行头，裹得这严实，不得说我这窗户开得有先见之明啊？"

贾教授不理会，直冲到书架旁，却站在那里看着地面，不说话。

徐教授说："拿你那小床子？我还没拍完照片呢。"

看到贾教授仍旧不说话，徐教授走去打开书架，拿出一个早年考究的篆刻用床子来，笑嘻嘻地说："佳佳……佳佳……佳人还用这种东西吗，老贾？"

贾教授憋得脸通红，说："嘉木！"

徐教授还要逗几句笑话，听到又有人敲门——却是自己教过的学生林雨霏。见到林雨霏，他先是一愣，才笑着说："我们戏剧所的老师看见你该高兴了，呵，这两团胭脂，好，您这怎么弄上去的？"

林雨霏本来就是个秀气十足的女孩子，此刻更是略垂了头，说："徐老师……"

贾教授快速地丢出一句"你们徐老师总爱逗人"，就转身走了。

林雨霏长发没有过多修剪，随意地披下来，遮住了几乎半张脸，一副大框的近视眼镜横在其中，又把眉眼额头遮了大半，使得两颊上不正常的红晕尤其醒目。她身上的衣服虽然不像贾又安那样厚重，却一样是由头到脚线条僵直严密。

徐教授犹豫了一下，把办公室开着的窗户关上，说："大冷天儿的，你不是发烧了吧？瞧你也来了几天了，还是这身南方的小打扮儿，这在北方哪儿能过冬啊。"

"没有没有，就是刚才出租车里面的暖风太热了，吹得脸红。"

"噢，那倒可惜了，我刚想说你师母在家闲得没事儿，这好容易有点事儿让她忙活了，你又不是发烧，可惜，呵呵。你一个人在这边儿，有事儿就说，别跟她见外，知道吧！"

雨霏深深地点了点头。

徐教授等雨霏坐下后，说道："你自己在家里做的那篇论文——姑且称之——呵呵，就是出版了的《尺牍中的文士精神初探》，我看了，情绪的汇聚与放送，同一种情绪在不同人群身上的异同、共鸣、罗列。你怎么想到这个的呢？"

雨霏说："就是感觉那时候人与人之间的沟通和交流是美的，相互间信息的传递也是准确、纯净的，人们的情感也简单……"

徐教授笑得有些顽皮，接口道："越是现在这样掖着藏着的，就越会制造复杂，越是什么都找不着，对吧？呵呵……甚至人人都回到那种'夜访不见只为访’的境界才好，啊？呵呵……是啊，因为那时的人生活是相对固定不变的，所以感情才会奔涌流动，当我们处在流动的社会，处在每个人不断变化变换的时代，各种信息潮涌一般，但是情感却会凝滞，被固藏在每个人最私密的地方。古代人接到书信没有几个人会先事怀疑，现代人一得到信息——哪怕是没有知识、没有阅历的小孩子，也总是熟练地先说一句：谁信啊……信已失信。你书里说的这些很有意思。”

雨霏说：“真惭愧，本来不觉得它有什么，才没敢跟您炫耀的。”

“怎么叫炫耀呢？要敢于肯定自己嘛，敢于去追求，现在的时代，温顺善良不一定等于美德，所以你就把温良一头按进历史的烟霭中寻找美和情感去啦，呵呵。我想，你这里面有很多可以再挖掘的地方。不过，不要只是闷着头钻到牛角尖里琢磨、畅想，找，就是找！”

“跟妈妈在边区的时候，可能是让那边山水的灵气给感染了一点，突发奇想地就写了那些，后来我爸那边一个出版社非给出版了，我要是知道才不敢出呢。徐老师您还要多指教。”

“指教？好啊，那你赶紧考进来。”

雨霏听说眼睛一亮：“多谢徐老师，我今年一定要努力考上您的硕士，如果有机会，我还想跟您读到博士呢。”

徐教授也很高兴：“怎么？想留在这个小所里？”

雨霏蓦地出了一身的汗，结结巴巴地说：“我……喜欢搞研究。我觉得那是件幸福的事情。”

“哈哈，幸福大都是相同的啊。”

雨霏好不容易才命令自己的脸色平复了些，鼓起勇气问道：“徐老师，您……您现在一年带几个博士呢？”

徐教授笑笑，说：“一个啊，去年就招了海明……他是你大学同学，你应该早知道了吧。”

“对对，我……我……”

徐教授继续说道：“跟海明毕业后还有联系吗？你早几天来我这儿就能见着他了，他刚交换出国，昨天走的。”

雨霏急速地问："去哪国？回不回来了？什么时候能回来呢？"

徐教授仔细地看了又看雨霏的脸色，说："他在我这儿的事儿还没完成哪……我说，你是不是真有点儿发烧啊？要不回家去让你师母给熬点汤喝？"

初冬季节，在北方这个城市，老天总要有点表示，好让那些漫步在正午温和的街道和在暖融融的室内忙碌得头也不抬的人们，也知道知道冬天到来的脚步。她在传递，在表达，在以最直接最普通的方式来表明；她从来不绕弯子，也不故意拖延。这不，说下就下，今年冬天的第一场雪，就这样不客气地降落了。细细霏霏地，飘到哪儿就不容分辨地到处罩上一层纱雾，可又那么调皮，还没等这层雾气坠到哪里，就露出透明的、天真的、可爱的本来面目出来，清清爽爽地铺到地面上；不时地，还把后来跳跃到地面上的兄弟推开，让他们弹回到空中，撞到行人的裤脚、车轮上去，自己在一旁呵呵笑着，笑得地面上的一个个小水洼都荡漾起来，倒更像是雨一般。

雨霏怀揣着失落加失落，从学校里一直走到了繁华的大道上，一路上，眼睛里装满了这样的冬雪，不知不觉地，眼球表面也被什么罩上了纱雾，直垂到下眼睑汇成了水洼一片……

海明，你怎么在我刚刚赶到北方的时候，出国了呢？

突然一个急刹车！

雨霏被撞得向一旁趔趄了几步，左小腿的骨头还有些麻痛。她勉强找回身体的平衡后，直愣愣地瞪着车子里的人。

车子里是文北出版集团办公室的张主任。

张主任最近一直有点儿郁闷。

此刻的他坐在车里，也是在不停地抓耳挠腮——不是因为差点撞倒了雨霏，而是因为要着急接小松，晚一分钟就是后果相当严重的（dì）！

他奶奶的！单位里烦，小松烦，马路上也烦。这女孩有病啊，撞了她她还不赶紧走？站那儿干吗？这现在的人都有病，都是抑郁症了是怎么着？

张主任摇下玻璃，伸出棱角分明的一个大脑袋去，冲雨霏喊道：“你走不走啊你?！站那儿挡着我啦！快点儿，哎哟这冷，雪都飘我脖子里了，你倒是快走啊！”

然后，张主任把脑袋缩回车子里，开始不连续地按喇叭，催促雨霏。

从小到大，林雨霏家中的环境总是温暖祥和的，即便父亲对秘书、司机、家政员，也都是和风细雨的口气。母亲欣赏父亲的这一点，希望他们的女儿像林中静静洒落的霏霏细雨一样温和柔顺，才给她取名林雨霏。

雨霏想到过自己可能会让他们失望，却没想过有时生活会让自己失望。

雨霏赌气地站住就是不动。本来嘛，这是自行车道，自己站的地方是人行横线。没想到张主任索性将车子划了一个漂亮的“C”弧线，从雨霏身边绕了过去。车子激起一些水点溅了过来，伴随着张主任的一句“有病”！

还好没迟到，看来小松不会生气了。

张主任已将要步入疲惫的中年，却仍旧单身一个。在苦苦寻求上升的机会而每每得不到的时候，他便开始了又一场“轰轰烈烈”的爱情。

事情最初很不起眼，据说这也往往是大事儿的征兆。

张主任和一群朋友去玩的时候，大厅里有个演奏长笛的女孩子。大伙儿拿着这个女孩说了几大车的玩笑，然后因为张主任的玩笑最惹人发笑，大家又非跟他打赌。

张主任用高脚杯端了两杯啤酒，走到演奏长笛的女孩旁边。

“吹得不错……”

“分我一半。”

“什么分你一半？”

“你们打多少赌，分我一半。”

“就一顿饭钱你也要？”

“你们一顿饭，穷人吃半年。”

“胡说八道。你这个小丫头有意思啊！”

演奏长笛的女孩伸手夺过一个杯子，说：“一半？”

“噢，一半。”

演奏长笛的女孩抓住张总编的手腕，喝了个交杯酒。

张主任吓了一跳，他们打赌的内容只是让她喝杯酒就行了。

女孩把酒杯扔给他，说：“去给我点个曲子。”

张主任颠颠儿地去点了两三首。

等到一群人都兴致阑珊、脚步颠倒地分散告别回家，张主任发现自己的车子边上靠了个女孩子。

“钱呢？”

“什么钱？”

“打赌一半的钱。”

“什么打赌？我不知道，什么一半？”

女孩二话不说，亮出手里的砖头就要往车窗上砸。

张主任舌头不大了，喝道：“你敢砸！”

“你敢过来我还敢往你脑袋上砸你信吗？”

“我信？！我不信你治得了我。”

张主任走过去，女孩抡起砖头就砸过来。张总编向一旁躲闪过去，砖头砸在肩膀旁，疼得他“啊”地大叫一声。

停车场的保安听见这声叫声，问：“谁在那儿哪？”

女孩喊道：“没见过两口子打架吗？！”

保安悻悻地缩着脑袋回去了。

张主任委屈地望着这个女孩，女孩冷冷地说：“一半。”

“我说让你喝一半的酒就行了，不是答应什么给钱。”

“你再他妈说一句?!”

张主任突然嘿嘿嘿地笑个没完起来。

“你给砸傻了是怎么着？拿钱!”

“你这个女孩儿可真有意思，呵呵呵呵……”

“我一般对傻子是直接拿了钱就走。”

张主任用两手掀着西装两侧，说：“我就是没带钱，怎么办?”

女孩上来用手掏张主任的口袋，不防被他猛地压在车旁……突然张主任觉得腰间有点不对，刚一松手，女孩已经跳开去了，手里晃着张主任的手机，说：“拜拜!”

张主任正要抬脚追，发现裤子一下滑落到小腿下面。原来裤子口袋一侧的裤腰连同皮带已经被完全割开，大约是她在从裤子口袋里掏手机时顺便“作案”的。可是，哎哟，可真狠！张主任感到自己左腰的位置有隐隐的疼痛，用手一摸，一道浅浅的划伤正在向外渗出些许液体。

老子饶不了你!

这就是张主任和长笛女孩的第一次交锋。第二次是张主任在次日拨通自己的手机，并最终以两倍的市价买下了自己的旧手机。谁让他在里面存了好多号码什么的呢。

第三次见面，张主任需要先带长笛女孩到她点名的饭店吃饭，才能开口说话。两个人在一个小时里吃完了穷人半年的开销之后。张主任问：“我现在能说话了吧?”

“说吧。”

“你叫什么名字?”

“小松。”

“是姓松还是叫什么小松?”

“你见过有谁姓松叫松鼠的吗?”

张主任又嘿嘿嘿地傻笑起来。

小松有一头烫得四处乱飞的头发，瓜子脸太瓜子，都快成了倒立的等边三角形，两只大眼睛又大又圆，配上高高的大额头和还没有鼻头大的小嘴巴、小下巴，让人很容易产生某种小动物的联想。

小松怒道："交罚款!"

"我怎么啦就罚款?"

"你心里笑话我了。"

"嘿嘿嘿，然后我说不交，然后你就打我，然后你再搜我兜儿，然后我再吻你，然后你再偷我手机，然后我再请你吃饭……呵呵嘿嘿……"

小松照着张主任笑得低到桌子上的脑袋就拍过一下子去，说："少废话，拿罚款!"

张主任还只是在嬉笑："没……有……嘿嘿……"

"没有帮我办个事儿。"

"什么事儿? 嘿嘿。"

"给我妹在你们那儿安排个事，要正式编制。"

"嘿嘿……你偷我手机吧还是……然后再让我提着裤子回家……嘿嘿。"

结果是张主任没有提着裤子回家，而是顶了一脑袋的小红包回去的，并且一路嘿嘿地笑着。并且，从那儿以后，张主任总是无缘无故地就开始"嘿嘿"和"呵呵"。

今天张主任要接上小松去参加个聚会。小松除了有暴力之外，还有着八爪鱼般的能量和功夫，她给张主任找到了一个升迁之门。

今天晚上张主任要见的这个能授他升迁秘法的人叫洪源，自己开了家公司，下属有中介、房产、咨询、代办等等好多小公司，而且随实际需要频繁地注册和注销。用小松的话来讲，洪源那儿就像个国际大超市，只有你想不到的东西，没有你找不到的东西。

张主任曾问小松：那我想找找布什都有几个情人，她们都什么胸围呢?

小松当时就在张主任棱角分明的脑袋上敲了响亮一记，骂道：你这春天最肥的大虫子！出息就这么大了？哼，不过我告诉你，洪源那儿反正是不缺你想知道的，人家不是有咨询代办这些服务嘛，只要你花得起钱。

张主任嘿嘿笑着说：我不是太胖啊，怎么是肥虫子呢?

小松说：《国画》没看过？亏你还总夸自己。

张主任说：看了，看了封面！里面还没来得及看呢，就睡着了。

小松一脚踹过去，说：我谢谢你还知道什么叫封面。

张主任一本正经地说：好歹我也是资深出版人哪。

其实洪源是个很好接触的人。虽然第一眼看去，他有点冷冰冰的。

他眼睛里总不时闪过像是有透视功能的光线，使得本来就又黑又大的眼珠显得更加深邃莫测。但是当他很认真地盯着人看时，又让人感觉那双眼睛里充满了天真，会把先前隐约捕捉到的透视线当做自己的错觉。

今天晚上的聚会，他带了女朋友时晴，时晴又带了一个来北方考研的大学同学，三个人一起来的。

时晴天生高贵、精致，直挺的鼻梁，丹凤眼浓睫毛，额前的头发根部有几处自来卷，其余部分却都是直顺的。肤色总像是擦了粉，虽然她从来也不擦粉，但这一点儿丝毫不妨碍人们一眼就把她从成堆的、敷粉着妆的女孩子里面择选出来。

当她见到小松的时候，只是抬起手，轻轻挥了一下。这让小松极其不悦。

张主任却恨不能一下把自己全脸都搽了粉笑给时晴看，好让她忽略小松板着的面孔。不为别的，因为张主任在楼下时，看见了送时晴来这儿的车子的牌号。

他像条鳝鱼一样从桌椅当中逶迤过去，左右拨拉开椅子和站在时晴身边的那个大学同学，两只手圈成半个圈做出护卫时晴的样子，嗓子里“呵呵啦啦”不知是在笑还是问候。

时晴礼貌地冲张主任微微一笑，马上转过脸去扶住被他拨到一旁的同学，说：“雨霏，来。”

张主任随着时晴转目一看，赶忙把当时所有能搜索到的菊花瓣都摆到了自己脸上，唯恐林雨霏看不出自己在冲她笑：“怎么是你？哎呀哎呀，你也来了？好啊……好，好！”

雨霏当然记得这就是刚刚撞了自己的人，虽不好发作，也实在做不出友好的姿态来，就从鼻子里哼了个声响算是回答。

洪源笑笑，说：“张主任，怎么你们认识啊？”

张主任面无愧色，大声答道：“认识认识，怎么不认识，认识！就在那个文华大学嘛，是吧……雨？小雨！文华大学那儿认识的，我去看我一个朋友，特好的哥们儿，文华大学出版社社长，他人也非常好，哎哟，这个小雨，你就是在那儿上班吧？对了对了，没错！看我这记性，没错！”

洪源还要逗他些什么，时晴对洪源一笑，说：“干吗你？快坐下吧。”

张主任仍旧以他罕见的心理素质滔滔说道：“对对，时小姐说得对，来坐坐，点菜，吃！哎呀，你这个小雨就是在文华出版社没错，不是也没关系，我一定让你进去工作，这不一句话的事儿，反正你就是铁定在那儿了，文华的人，文华出版社的……来，咱们这也算是半商半文的友好聚餐了……看看，怎么不是？洪总是商界的，没错，小松搞音乐演出也是吧，我们俩是出版界的，时小姐是咱们这次会议的领导，这不是半商半文吗？哎呀，出版要走市场，市场要有文化，咱们今天这是响应中央号召的聚会，这就对了，绝对的，很对！”

总之，这顿饭除了张主任，都没吃痛快，大家很早就散了。

时晴来这儿是坐了刘干事的车来的。时晴爸爸有点事，给了他们几个小时的空闲。吃完饭，就由洪源送她和雨霏回去。

路上，时晴盯着雨霏看了好几眼，问她：“脸色怎么这么不好？你说你非得考什么研呢？谁等你这文凭救人吗？”

雨霏苦笑一声，说：“对啊，能救人啊。”

时晴说：“你呀，那个海明有什么好？至于你这么跑半个中国的来这儿找他？还考研，都把自己熬成小柴火妞儿了。”

洪源打趣说：“找谁啊？用不用我给发个寻人启事？算是你们俩照顾我业务啦。”

听这一句连雨霏都忍不住笑了出来。时晴说：“贫！哎，有个正事儿给你办吧，办不办？”

洪源说：“找谁？漂亮吗？”

时晴故作生气地说：“你再说！我妈医院的事儿。她们体检科谭阿姨给老干部体检时查出个肺癌来，可就是找不着是哪个病历里的，你也知道去她们医院的人……谭阿姨这两天正上火呢，怎么也得把正主儿给找着啊。”

洪源说：“是不是又是借着老干部的名儿，什么亲戚朋友保姆的都有？也都没留一个真的联系方式？”

时晴忽然转过头问雨霏：“还说呢，你去体检了吗？”

雨霏咳了几声，说：“去了呀，这个周末去拿结果。”

时晴不由睁大了眼睛：“你最近怎么老咳嗽啊……”

这天张主任又张罗要吃饭，探讨探讨出版事业的现状与发展，并一定要求雨霏也去。

于是，林雨霏、时晴、洪源、张主任、小松和文华大学出版社的桑榆副社长汇集到了一家街道门牌4567号的地方。

那里朱门半闭，进了院子一看，处处陈设非凡。落座后，大家彼此又跟桑榆做了番介绍，然后吃了一肚子天南海北的物品，就了一堆国际宇宙的话题。

桑榆社长对于有“慧目聪耳”的人向来敬爱有加，这次也没有例外。至于张主任一口一个：“小雨啊，你们社长……”他自然心领神会。

桑榆打掉张主任苍蝇一样在空中挥来飞去的手，指了指雨霏说：“张儿，你太不像话了，我们这好同志叫林雨霏，你这得罚酒，要不我先就不干。”

张主任喝得脸青白青白的，瞪着两个红彤彤的眼睛说：“罚！一定罚！管他奶奶的，只要你们说罚我就喝，来来，喝！”

桑榆又说：“不过说真的，雨霏，我们社里现在正招人呢，真真的正需要人的时候，老了少了都有点遗憾，我就想找你这样的又有一定知识，又不是刚毕业说什么都特生，也不是特老到什么都因循守旧的，真的，我特希望你能来我们社工作……哎，你可得有思想准备啊，也得去参加我们社里的考核。但是我真是，现在正正好好就想找一个像你这样的人，真的。”

雨霏不得不说：“谢谢您桑社长，但是我现在正考研呢，等我考完了再麻烦您。”

桑榆还没表忠心，张主任就已经抢着说了：“考什么研？你不用考，你已经是博士后了，你水平大大的，去出版社锻炼锻炼，多好？”

雨霏不语。小松问她：“你打算考什么啊？哪个学校的？”

雨霏说：“我想考历史专业。”

桑榆接口道：“那你找徐康啊！”

雨霏说：“您知道他？”

桑榆说：“他谁不知道？你别忘了我就是文华的。我给你介绍介绍，他准收你。”

林雨霏微笑着摇了摇头，什么都没回答。桑榆自嘲地呵呵笑了几声。

小松却紧追着桑榆问：“这个徐教授特厉害吗？”

桑榆说：“看怎么说了，学术上那当然了，而且在国际上名声大，他带的学生总是出国就留那边了，雨霏，你要想出国找他没错。”

雨霏皱皱眉，说：“我才不呢，中国比哪儿都好！”

张主任举起右手说：“这个我证明，雨霏最喜欢中国，她的书就写的中国文化，一流棒，我看好几遍了。”

雨霏说：“我还没送过人呢，您上哪儿看去！”

张主任说：“真写的有啊？那你一定得送我一本。”

桑榆笑了笑，说：“这回我可是更能劝你来我们社了，不过，我也可以先找徐教授说去，让他招了你，呵呵。”

雨霏笑笑。小松问桑榆：“您跟这个徐教授熟吗？”

桑榆说：“那是相当熟！”

吃完了饭，小松就喝令张主任让桑榆介绍自己和徐教授认识。

张主任大着舌头说：“干吗？你认识几个英语字母啊？想考学吗？”

小松喝道：“呸！我给我妹妹想门路考呢，还我不认识字母，你这思想里有清楚的地方吗？”

张主任的确想不太清楚这些，但是最好的办法就是执行。这个领导意图实在不需要自己弄明白。

小松看他不语，更加生气了，又训道：“我跟你说那么长时间了给我妹找个地方工作你管了吗？今天倒是把那个什么雨霏往外塞得挺殷勤。”

张主任分辩说：“那雨霏不是时晴的同学吗？我不能让她说我坏话啊。”

小松说：“什么？！你干了什么坏事儿了？嗯？！”

张主任借着三分酒劲儿唱啊跳的，就是一个字儿也不说了。

张主任又约洪源私下喝过两次茶、送了几包黄金“烟”之后，一条张主任期待已久的消息终于到来了。虽然只是洪源轻松地说的几个字，但他一听就知道那是个让他通体舒泰的信息。回到办公室细细一回想，他越发觉得这个消息在心头烁烁闪光。

张主任把两个眼睛弯到了豆芽形，冲着窗帘媚笑了很久。

这个该死的老家伙终于是真的要退了，好，自己把自己返聘了这么多年，哼！海司长，贸易口的调这儿？他是哪路喜好呢？这个再说吧，反正他过几个月才来呢。当务之急先要……

张主任当天晚上就到了顶头上司于副总编的家，客客气气地聊了会儿天，走时落在桌子上两包烟忘了拿走。

那两包烟刚放在桌子上时，分量和硬度曾吓得玻璃桌面不自觉地“嘿哟”了一声。好在于总编是六十的人，耳朵聋，没听见玻璃桌面的叫声。他的老伴更是眼花，竟然不小心把抹布放在烟盒上边了。

没过几天，张主任就又和桑榆在一次工作会议上遇到了。张主任当然不会放过这个机会，紧拉硬扯地要吃饭。还有领导的任务要执行呢。

几杯酒喝下去之后，桑榆就自觉地承担了介绍小松和徐教授相识的全部责任和义务。张主任在垒好身边每一块砖瓦的同时，能捎带着为小松做点事情来报效，自然是喜不胜言。

桑榆趁着喜乐劲儿，端酒笑道：“说到老徐，他可是又准备给我们社介绍好几个‘好’大学生呢，你那雨霏……”

张主任说：“什么你的我的，我连个头发丝儿还没碰呢。”

桑榆追一句：“就是，我这还纳闷呢，你说你非介绍她来……得照顾照顾吗?”

张主任说：“咳，这不她是洪源女朋友的朋友嘛。来考学的，好像没打算上班?”

桑榆心里愤愤地嘟囔着：那你还把什么萝卜白菜的都往我这儿送，我又不是扶贫、救济院。但桑榆是个文化圈的斯文男士，得表现出他的宽广和儒雅。

“你说你们老往我这儿介绍年轻女孩儿，可别制造我们社男同事的混乱情绪啊。”

张主任说：“胡说……你们那儿还有不混乱的时候？啊?”

桑榆一笑，说：“不怕男的混乱，就怕女的不混乱，不混怎么抓大鱼啊？哪天再约约那谁？不过可是那什么，我这儿现在这些个都让人家看腻了，得再找几个新的啊……”

张主任说：“这不小 case。一箭双鱼！一箭双鱼，好的事物要大家分享，开发新时代，老哥你这点儿提得对！兄弟一定执行！”

不管怎样，小松如愿见到了徐教授，并对着他微微浮肿的小眼泡把自己提着的心放回了肚子里。

喜悦在小松的脸上压抑不住地渗透出来，看得在座的人心里都那么又痒又烦的。

徐教授最后喝多了。

这仅仅是个开始。小松善解人意地笑着对徐教授说："您真是性情中人，这样的人，最值得交！"

夜里，徐教授梦见自己穿着戎装，手持丈余兵刃，催马征战立功无数。

二

殷萍——时晴的母亲——在这家医院的保健中心工作了二十多年。这一天中午吃饭的时候，体检中心的谭主任坐了过来。

殷萍说："哟，老谭，怎么吃这么少啊？"

谭主任疲惫地说："最近没什么胃口。再加上，早上可能吃多了。"

殷萍说："别太累了，像咱这岁数，还多操什么心呢？我都想办提前退了。"

谭主任说："别这么说啊，提前退也得先轮我这样没用的，你是骨干，那可不能提前离开一线啊。"

殷萍说："一线不知道有多少人盼着咱这样的早点儿退呢。你今天怎么这么有心情拿我开心？有什么好事儿？"

谭主任说："呵呵，上次体检查出来的那个肺癌，我找出来是谁啦！"

殷萍说："那可谢天谢地，要不你说哪个能对得住？"

谭主任会意地点点头，说："下午就做病理，一个家庭服务员……为找着她，我可真没少费劲啊，连我姐姐她们那律师女婿我都差点儿动员啦，谢天谢地吧。"

回到医院大楼，走廊里空旷寂静。殷萍看见一个高挑身材、衣着很讲究的女人在愤怒地撕一些表格，负气地把碎片摔进垃圾桶。她的后背不断颤抖着，两只小腿的青筋都几乎要暴出丝袜来——却不是因为寒冷。

殷萍叹一口气，这就是人和生命。

那女人猛转过身，用一张美丽而充满愤恨的脸对着殷萍，仍然控制不住怒气般地喘息着。

"您……是不是出了什么情况?"

"希望如此!"

这个中年女人快步走开的背影，倔强而寂寞。

下午给那个"肺癌"患者查病理，谭主任老早就去了肿瘤老林这儿"督阵"。

手术快开始的时候，看到老林换好衣服，谭主任突然提出自己要跟进去做助手。后来想想，这真是灵机天动。

老林打趣说："我可不敢，早些年我当兵儿当副儿的时候，是您一步步一句句牵着我向前成长，我可没敢忘啊。我给您当助手还是得您高兴才行不是?"

谭主任说："今儿这事儿不是我们体检中心的干系嘛，我得进去看看。您就别讽刺我啦!"

手术开始进行得很顺利，患者安静而虚弱地躺在那里，像一块无瑕的大理石雕塑。老林熟练地划开大理石无瑕的胸腔，寻、探……惊异!

老林头也没抬，冷静地对身旁两个护士说："小王你出去吧，连个止血钳都递不对，昨晚又上哪儿疯去了你，今天跟我这儿犯别扭? 让谭老师替你会儿……小许你去把小张叫进这儿来，一转脸你们全偷懒就!"

两个小护士揣着满怀的委屈出去到外间。谭主任走上来，眼睛顺着老林的目光指向望去，一下就睁到了最大，不再旁移丝毫。

老林冷静地、熟练地取下一片组织切片，在谭主任和刚刚进来的小张的协助下精心地缝合好这块刚才还是无瑕纯净的大理石，和谭主任一起走进化验室。

马上有化验室的年轻医师迎上来，老林止住他伸过来的殷勤双手："你去取点儿最新日期的试剂来，今天这病人得万分重视，这都看不出来？去吧，多学点儿有用的，别净琢磨瞎玩儿。"

"您亲自化验吗？"

"小子，行。快去吧！"

化验室里只剩下了老林和谭主任两人。谭主任拉下口罩，露出比墙壁还苍白的脸，一句话也说不出来。

老林把各种试验物品招呼起来，使唤得它们比什么时候都更忙乱，更紧张、认真。只有那块组织切片闲着没事儿干，它自打被切下来就已经被人遗忘了。

老林笑眯眯地絮叨着："我妹夫是今年夏天医大博士毕业的，嘿，你别说这小子，业务、研究都还真是那意思，嘿嘿。"

"那……这样的人才不到咱们医院，那多可惜。"谭主任有气无力地答道。

"咱们医院没好岗位啊，我要是给他找个地儿还让他整天跟碎催似的，我妈我老妹还不批评教育我？"

"你可真会开玩笑！他那么好的成绩到咱们医院肯定有好岗位。学什么的？"

"小儿。"

"愿意干保健还是病房？"

"这我哪儿懂啊。"

“咱们医院保健最养人了。”

老林可是乐了：“呵，借您吉言！我可是不敢瞎想，借您吉言！”

谭主任无力地追问道：“你看这患者呢?”

“肺癌，早期……现在这社会，是吧?！孩子本身体质好、发现早、病灶浅，咱们又有好药好医生，养几个月就好了。”

回到自己办公室的时候，谭主任的脸色还是很苍白。整件事不能说跟自己以及手下人员的工作没有关系，体检表中的一张片子被遗漏在了外边，而偏偏又是有问题的一项。自己当时就重重责骂了负责的护士。那个小护士红着眼圈说：“我也不知道是怎么漏掉的，当时我还一个档案一个档案地仔细查了呢，小张也帮我核实了，都没错，我们这才交上的……谁知道第二天一上班就看见这张在地上……我们体检那几天腿都快跑断了……”

哎，护士还是个孩子呢，平时工作也没出过差错。可是，这次是个癌症患者啊！

谭主任举起这张片子，上侧有编号的部位刚好被什么东西给划坏了，不能辨识。从骨骼上看，应该是个偏瘦的女性，也不排除小骨架胖躯体的可能。但是，类似女性太多了，去哪儿一个一个地找啊……

保健中心是个没多少事务的部门，殷萍又有手下一帮人来做，所以有很多时间到谭主任那里去聊天——她们是二十年的朋友了。今天她惦记体检患者的病理确认，就又来到了体检中心。

谭主任见了殷萍，话也懒得说一句。

殷萍问道：“特严重吗？还是是谁家的人不好汇报?”

谭主任摇摇头。

殷萍看谭主任的脸色实在苍白，说：“你多注意，我先回我那儿看看去。”

谭主任抓住殷萍的手，虚弱地说：“老殷，小晴的男朋友不是挺神通的嘛，能不能……”

殷萍吃惊地说道：“找错啦?！那你可……别急，放心放心，别说小晴了，我们儿子、小刘我都打招呼，啊？放心！”

谭主任很欣慰。直到转过天老林来找她。

谭主任以为他又来催问有关他妹夫的事情，先摆出了十二分的不耐烦，做好拉锯的准备。没想到老林这次很简洁。

老林还是那样笑眯眯地，自己招呼自己坐舒服了，说：“谭主任，今天不请我吃饭啊？呵呵。”

谭主任写着手里的病历资料，应付道：“请，一定请，就是等我挪出工夫来，你看我这一天到晚的，多忙！”

老林哈哈笑了，说：“你不会没有工夫的！”

谭主任没理会他的笑，说：“好，好，有工夫就请。”

老林又说：“我妹夫的事儿你听说了吗……在现在实习的地儿出了个什么医疗事故，执照资格全没了。我呢，调到西北去给哨兵们服务去啦，元旦就报到。呵呵。”

谭主任一惊：“老林……”

老林已经起身走了：“得，回见啦。”

谭主任又要窒息了。

很快地，她找出抽屉里的《提前退休（病养）人员申请书》，认真地填写起来……

小松从张主任的大嘴巴里听到一条可靠信息：洪源正准备找一个体检出了问题的偏瘦偏高女性，因为她可能得了肺癌。

“肺癌都什么表现啊？”

张主任说：“咳嗽呗，瘦，你看电影里什么肺痨什么的都那样，我又不是医生，你又没去过那个医院，管它呢。”

小松说：“别是时晴吧？”

张主任说："她养得那么壮实！你真想得出来你，要是雨霏那傻丫头还差不多，脸上俩村红儿，还老咳、咳的……"

说者无心，听者有意。

这天，雨霏有客人来访，却是小松，还拿了即食燕窝。

"您这是路过去哪儿呀？"

小松说："我哪儿也不路过，专来看你，不行吗？"

雨霏笑了笑，说："那惭愧了。"

"你呀，真叫人心疼，怎么可惜……哎，我朋友，张主任，前天还一块儿吃的饭嘛……没有？那是我记错了，瞧我这记性，转头忘！要不早就说来呢，一直想着是有什么事儿，又想不太起来，你瞧瞧我……哎哟，这小画儿是你画的呀？真精致，古典油画，安格尔气质，太棒了！雨霏，你还有这艺术天分哪，就是……太可惜……要说呢，我就佩服你考学的勇气和毅力，我刚大学毕业的时候，也想过考研，后来……"

小松是一连串的废话让雨霏插也插不进嘴去，雨霏的脸色粉红粉红的，呼吸也有点急，手里把铅笔转得飞快。

小松又把房间里的一切点评了个遍儿，才指着桌子上一本书问道："你看的这是什么书呀？"

雨霏不耐烦地说："那是我自己写的。"

小松说："太厉害了！上次……也不告诉告诉我们，你、你送我一本学习学习吧，好不好？"

雨霏巴不得小松赶紧走，就拿了两本《尺牍中的文士精神初探》递给她，同时站起身来说："你多指教，谢谢你来看我。"

小松手里拿了书，也站起身，踢了一下脚下的盒子。雨霏赶忙一指那盒子，说："你的东西别忘了拿。"

"什么？"

"燕窝啊。"

"那是给你吃的，傻孩子，都癌症了，还不该补补吗？"

"你说什么?!"

"你不知道？好像是肺癌吧，中期还是晚期来着？瞧我这记性，转头就忘……就是你们这批去体检的，里面不是有一个查出来是这个嘛……洪源拿着那片子找的人……瞧我瞧我！怎么能直接就告诉你呢？这不让告诉你的……"

雨霏呆在那里，身上连最细微的毛孔都憋在原地，想发狂发散直冲到天顶，又想一下子沉寂到世界的最底端，或者最好有一只万能的手来将自己撕碎成粉末，那样就不用自己和自己的细胞较量、就不用自己跟自己的意识商量、就不用自己跟自己的思维交换怜悯……想在这一瞬间凝固在时空的保护圈里，永远不再有人类的任何尘埃来沾染，想融化在眼前的那团白色迷雾里，永远纯净洁白，永远不用看清什么、考虑什么、迎接什么、寻找什么，自有那团雾气来替自己回答一切。

然而，自己又是什么？自己为什么要思考这么多的自己？自己是为了自己还是为了所有爱自己的那些自己？如果每个自己都是在思考每个自己，那么自己还能为了这世界上的什么？还是索性为了世界的任何？如果每个自己都不是在思考每个自己，那么自己又非要在这虚无、漂浮的世界中辛苦寻觅做什么？

你微笑，世界会大笑，你平静，世界将欣喜，如果你哭泣，世界或许将转身而去……

好一会儿，雨霏才说："噢，我说我最近怎么总咳嗽呢。你把这个拿上走吧。"

小松用力甩着雨霏的手："不，不，是我的一点儿心意不是……"

两个人终于把即食燕窝拉扯到摔至地面。玻璃瓶子终于碎了，黏糊糊的液体终于沾了一地。

小松笑眯眯地说："你瞧瞧，我可真是笨，我帮你打扫，你赶快呆着别动了，休息休息。"

"找服务员就行了。"

“不用不用不用，这不就弄好了……”

小松麻利地收拾好地面，用大纸袋子装好这些垃圾，帮雨霏拿去扔。雨霏任由她做这一切，平静地送她出门。之后，她冲进房间，静静地躺在床上，闭上眼睛，一种透明且晶莹的液体从两眼角冲刷而出，奔涌不止。

她多希望它们能组成一幅海的画面，海边赏月，恰逢细雨霏霏……

海明和雨霏从小学起一直到大学都是同学，虽然有时不同班。人们都说这样叫有缘分，雨霏也常常这样认为。而把两个人的名字组成一幅画面来欣赏和珍藏，则是在大学的时候。

那是一次讨论课，讨论诗词的意境。海明认真地说：“海上升明月并不是最美的景色，欣赏海上的月亮，如果恰逢老天作美，降下细雨霏霏，那才分外朦胧、有韵味，才更能传达出天涯四海甚至宇宙之中唱着同一韵脚、跳着同一舞步的这种美景。我想古代的文人墨客，都不会只在诗词上寄托表面的意思，他们是有深刻的内涵的，所以我们对它们背后的意境也要联想才对。”

同学们有附和的，也有起哄的，也有争辩的。还好单纯的学生们没有马上联想到林雨霏的名字。

但是，海明却微微红了脸，偷偷望了一眼雨霏。雨霏也正回头望着他，咬着嘴唇低声说了一句：“有了雨点的敲打，就着月光，就能清楚地看看沙之舞、浪之韵了。”说完发觉更是不妥，一下趴在桌子上，以后几个月跟海明说话都没有好气。

雨霏没好气，也许是因为自那次课后，海明把自己所有论坛、聊天、游戏里的名字都换成了“沙之舞”吧。

“沙之舞”这个名字，不仅海明在用。雨霏出版那本《尺牍中的文士精神初探》时，用的也是这个名字，没有使用真名。

大学毕业后，海明直接考取了徐教授的研究生，雨霏则跟着妈妈到了边区。两人间再没有直接的联系和问候。但是，海明无论在哪里，都会使用沙之舞这个名字，而雨霏在边区宁静安逸的山水之中，游历网络空间时，也都会频频留意所有沙之舞的发言……

本来雨霏打算就这样和妈妈待在这纯净的边区，不愿回到爸爸身边，加入到那些精致、僵硬、浮华的空间里。直到那天，她在文华大学的论坛里不止一次地看到了“寂寞沙之舞，苦寻浪之韵”这个帖子。

帖子非常简单，就这么十个字，再没有其他表白。但是发了好多次，用了不同的色彩和字体，每次都由本人顶了很多遍……

雨霏告诉家里人说，她要考文华大学徐教授的研究生，还要争取留在那里。等她见到徐教授的时候，海明却交换出国了，要几个月后才回来。

而现在，自己又得了癌症。癌症?！命运如此不作美吗?

情绪澎湃，又引发她一阵剧烈的咳嗽。

如果放弃与海明相见的可能，雨霏不知道该找些什么来填补自己。

大学刚毕业的那年，雨霏回到了南省，日子过得很舒心。与在北方读书时最大的不同就是，房间里每天都有鲜花，街道也到处湿润润、明艳艳的。可以到熟悉的小店喝茶吃冰粥，也可以找儿时的伙伴玩耍，只是父亲忙得有时连面都见不到。

雨霏平时顶多上网写写邮件。她不喜欢那个不让人喘息的信息世界，即便你不想要，它也总是有无数个窗口弹出来吓你。再闷的时候，雨霏就到郊外远一点的地方写生，画得满屋子都是绿色。

那天，恰好到了阴历腊月二十九。雨霏估摸着下午爸爸应该在家了，就收拾起画夹，提前从郊区赶回城里，买好父亲最爱吃的无糖蛋糕，欣喜地捧了回去。

父亲的车没在院子里，只有一辆雨霏不认识的车子。

雨霏进到家里，郭秘书在客厅的沙发上翻着报纸睡着了。是在楼上吗?雨霏轻手轻脚地走上楼，爸爸不在房间里。

那就是在大书房吧?

这所房子有一间相对独立的大套间，对着院子有一个正门，套间的小间连接家里其他房间，又有一个小门。雨霏父亲有时在家里接待客人，就用那个大套间，既不妨碍家里的其他事情照常进行，又没有跟家里脱离的感觉。今天院子里既然有一辆陌生的车子，可能是在大书房会客呢。

雨霏走到小门的位置，悄悄忍住笑轻转门把手，推开一小条缝……里面传来一阵女人轻柔的话语，夹杂着父亲快乐的笑声。雨霏不愿看到自己最不应该看到的一幕场景，马上失措地想要带上小门，却把门关得山响一般，吓了自己一跳，手里的蛋糕也吓得掉在了地上。

郭秘书醒了。他立刻意识到发生了什么事，几步走到仍在发呆的雨霏面前。

小门打开，雨霏父亲说："霏霏，你进来一下。"

雨霏求助似的看看郭秘书，也只得木然跟着父亲走了进去。

里面坐着一个气质安详的中年女人，秀美清丽，却没有母亲那种令人止步的高贵气质。她见到雨霏，马上柔缓地放下整理鬓角的手，叠搭到身前，站起来，注视着雨霏亲切地微笑。

雨霏父亲说："霏霏，其实早就想跟你谈谈了，这是余阿姨。"

雨霏低下头去。

余阿姨说道："你好，雨霏。"

雨霏还是没有抬头，只问父亲："我可以回房间了吗?"

之后，雨霏对父亲采取了躲的政策。她既然沉默了十几年不去追问妈妈一直待在边区、融入其中的答案，也就不会想要寻找这一相关事件的任何解释。

原来自己的位置挺好，知道得多了，就要再次寻找新的平衡位置，很难。雨霏的理解是：在父母的天平中，只能寻找平衡。

去边区是一种平衡，来考学更是。但是现在……

雨霏的妈妈接到时晴的一个电话，问得她一头雾水。

时晴问道："雨霏去哪儿啦？是不是回去找您去了？我这儿手机打也打不通，去办事处房间找也找不见人，怎么也不跟我说一声儿啊？"

雨霏妈妈说："她就在办事处里住着哪。她能去哪儿啊？"

时晴说："我去房间了，没人。"

雨霏妈妈说："哦，她为了好好学习，让人给她换了个房间，到顶层去了。你是不是还去的二楼那间啊？"

时晴说："嘿，这丫头，跟我也不说一声儿，不行，我得找她去！阿姨您说她是不是不应该啊？她不让谁也得让我找得着她呀。"

时晴再来到办事处，找到雨霏新搬去的房间，仍旧没人应门。时晴找了一大圈，找到服务员来开门，进去之后，还是没有雨霏的影子。唯一令人欣慰的是，房间里的物品摆放说明雨霏没有走远。

时晴在房间里等了半个下午，也没等到雨霏。她打电话给洪源，要他无论如何也要找到雨霏的踪迹。

洪源说："是不是去学校了？你再等等嘛。"

时晴生气了，说："凡我的事你都这样懒得理吗？上次就没帮谭阿姨找病人，这次可是我好朋友！"

洪源说："好好好，我找，我找行了吧，跟你说你也不懂，我一找就得动用好些的……"

时晴说："别以为我不懂！"

等到天色渐晚，时晴也没等到任何消息。她只好先回家去。走到楼下，那个帮她找人开门的前台人员问道："时小姐，您不等了吗？"

时晴懒洋洋地回答："不了，要是雨霏回来，你让她给我打个电话。"

前台人员乖巧地说："您就放心吧，我一定转告。"

旁边一个取送钥匙的师傅听到这些，插嘴说："谁？找林雨霏是吗？"

时晴看着他，说："您……"

那个师傅说："她上西山啦，今儿哪儿回得来啊。"

时晴来了精神，急忙问他："师傅您怎么知道她去西山了？"

那个师傅说："我送的她啊！这前两天不是老预报下雪嘛，她说这怎么没觉得下呢，我就跟她说城里小，可不化得快就化了，要是郊区，那雪就大了。她就非让我送她去西山。这南方孩子，没见过多少雪，都这样。"

时晴说："那您把她具体送哪儿了？"

那个师傅说："怎么？您找她啊？你要找她我告诉你，就是一进山那小宾馆……"

晚饭后，雨霏独自出去散步。西山上盖满了绵软的白雪，雨霏越发来了兴致，左走右瞧的，一路攀向山顶。

身后不远处，一个身影正小跑着追过来，一边喊着"雨霏，等等我"。原来时晴开车来到西山，就径直上山来找她了。雨霏侧耳听听，听出来是时晴的声音。她越发想着要快点走，不想现在和时晴交谈。却不知她在前面走得越快，时晴在后面赶得越是心急。

突然，雨霏一个趔趄，摔倒在一个小山包的旁边。时晴在后面隐约看到雨霏摔倒后就消失在地平面上，以为她摔到山下或山洞、石缝之类的地方，心中一急，不顾一切地向前追去，一边大声喊："雨霏，别怕。我来了！"不料，自己脚下一滑，滚下了山坡……

雨霏躺在山包旁的雪地上，看着一天雾蒙蒙的星星，在灰霭靛霞中坚持自己金黄色夺目的光芒——不管它是大还是小，是闪烁不定还是恒久光明，都在勇敢积极地主张自己本有的光芒。这些闪耀使得它们是那样的诱人美丽，让人沉浸并不觉追随，甚至让人想化身其中……它们的美丽使夜色更加深远，也更加静谧。

只是……雨霏突然发觉有点不对：时晴怎么没了声音？她回去了吗？雨霏站起身，沿着来路向回走。这一路都有路灯，雪面本身又亮得耀眼，雨霏很快就发现一团凌乱的痕迹一直延伸着，指向山坡下的不可辨析之处！

雨霏大声喊着时晴的名字，小心地一点一点探下山坡。

山坡下的地理形式很乱很复杂，有石头、杂草、垃圾，还有起伏不平的地面，它们互相结构成了许多看似平坦却实藏空洞的平面，还有看似坚硬而实际松软苔滑的地面。雨霏不时摔倒，或摔坐在地上，但她没有放弃，而是一边摔倒一边大叫："时晴！时晴？你在哪儿？"

忽然，雨霏身上似乎有凉气渐渐涌入，一种恐惧的感觉在四周弥漫起来。月色收起光辉，把雪地的反光压了回去，一切都是那样灰暗、肮脏、混乱……

雨霏下意识地猛一回身，那里正站着一个高大的男子，背对着仅有的偷窥这里的路灯光线……雨霏根本看不清他的面庞，或者说根本看不清这是一个人还是野兽！她惊恐地向后退了一步，脚下一滑……雨霏尖叫着向后倒下去，背后是杂草乱石。

就在这时，那人一伸手拉住了雨霏的手臂。他的手坚定、温和、有力。他说："怎么回事儿，现在流行到垃圾堆里赏月吗？这日子口儿也不对啊。"

雨霏放下心来，身子反而一软，向地面跌坐下去。

那人急忙拽住她："可坐不得，哎，哎，得，再背一个吧。"

雨霏爬在他宽厚、结实，又透出阵阵暖气的后背上，再抬起头看星星。它们显得更美了。

雨霏不由地说："你看，今天的星星多好啊。"

"不让我背人最好。"

"对不起，我是找人才不小心到那儿的。"

"知道，就是一个小女孩儿吧，死乞白赖非得让我到这边儿来看看……哼，好人不能当不是，这好心一看就又背一趟啊。"

雨霏不由得哧哧地笑了。

"呵，你还挺美，你们这些城里的女孩儿都有毛病。"

"刚才您说还有一个女孩，您把她背到哪儿了？"

“我们值班室啊，等会齐了你跟她说吧。这你们是一点都不累，我又背着这百十来斤儿又得陪你们说话，我得多累我？政府还不给奖章……”

虽然这样说着，这个可爱的巡山员还是一路“陪”雨霏聊着把她背到了附近的值班室。到了门口，他把雨霏往下一放，说：“可算完成任务了，哎，我说，你没有非要让我去找的了吧？要有说好，比一百斤沉一点儿都不干了啊。”

说完，拍拍身上的雪和灰土就进屋了。

雨霏跟进去，还没来得及细看，那人就说话了：“你进来干吗？这小屋可是机要重地，看见没？”

他指指门上快褪尽色的字，又说：“你那小朋友在对面那屋哪，让你们在这屋里等着，违反规定，别以为我们工作不重要。去吧，那屋呢。别在这影响我抽烟。”

时晴在对面的屋子里暖暖和和地呆着，嗑着农家炒的大瓜子。她看见棉门帘掀起来，露出雨霏的脸，兴奋地一只脚跳过来：“雨霏雨霏！”

两个人一下子又找到了熟悉的无间状态。

时晴问：“你怎么回事儿啊你？失踪给谁看啊？”

雨霏望着时晴轻微擦伤的脸，一时间说不出话来。

时晴接着说：“肯定不是为了学习，我还不知道你……”

雨霏打断她，说：“我给你看样东西！”

雨霏拉着时晴的手走到窗子边，推开窗子——漫天星斗映青穹。

时晴说：“真美啊。”

雨霏又说：“还记得我们在大学的时候，夏天，拿了啤酒爬到教三的楼顶去喝，一边喝一边看星星……”

“对，教三的楼旁边是老式的铁消防梯，咱们晚上藏在楼里不出来，半夜再从消防梯上下来。”

“你一年四季都是穿高跟鞋，每双都特别响，那个梯子让你踩一下就颤一下，而且是声震四方。”

“是啊，因为这个总是受到你们的批评。不过那会儿总有海明帮我说话，还是他厚道……”

雨霏仰着头，好让些许液体淌回去。

时晴感觉到了，轻轻问她：“说实话，你惦记他到了什么程度?”

雨霏笑笑：“到了感觉不到自己在惦记谁，惦记什么。”

时晴说：“你们俩啊……还不如去找他，当面说个清楚！就你们这样猜来猜去的，万一错过了呢?”

雨霏眼睛里的液体轻淌了下来，说：“错过也好。”

时晴说：“傻女人。自己还写什么尺牍的简单明白，你们现实里就光表演文人的含蓄隐喻了……”

雨霏说：“我们都是不愿意去做什么。”

时晴说：“可是你说过，单纯最美。”

雨霏叹了口气，低下头，说：“我总在幻想，如果我心中的那个人，不是通过电话、手机、QQ、MSN来认识，而是像最普通的一个状态下的两个人，走在路上，忽然一个看见另一个了，就说，‘是你呀’，然后另一个人就冲着他微笑……那才是完美的、真正的相识。然后两个人慢慢接触，慢慢了解，谁也不去绕着弯子打听谁，想问什么直接就问……”

时晴抢道：“就问‘哦，你爱我吗?’就是完美的相知了?”

雨霏也笑了出来：“坏女人!”

时晴接着打趣道：“不是，坏人一般都是躲开朋友去幻想爱情的那种。”

雨霏又忧郁了起来，慢慢地说道：“我不考研了……”

时晴说：“为什么呀?不想当海明的小师妹了?”

雨霏说：“不是不想……有时候，我真想找个完全陌生的环境，给自己一个思考的空间。”

时晴半信半疑：“真的?!”

三

洪源给自己的好朋友陈律师打电话，说“想他”了。

陈律师在电话那一头哈哈笑着说：“我就他妈怕听你这句。”

两人在文华大学附近找了个安静的小地方，就在陈律师的事务所不远处。洪源一见面就打趣他：“您挑这地方！我说呢，就为了时时刻刻地看着你们所吧？”

陈律师开门见山地问：“说吧，又什么事？捞还是送？”

“唱戏。”

陈律师一摸脑袋，说：“我看戏行吗？找俩好旦角儿。”

洪源笑了，说：“瞧你这出息！”

陈律师说：“不是，您这个老是没谱的主意多，我这唱不好也不好啊。”

洪源说：“别，别，没您不灵的！”

陈律师低头笑了笑，说：“其实咱哥们儿这么多年了，但是我还真是……我比不了你，我不干你这买卖。”

洪源说：“我这有哪儿不好？彻彻底底绝绝对对地为人民服务啊。谁要什么我就帮他找来什么，多好这个。你们不也是为人民服务吗？”

陈律师说：“别，我们可是在法律政策允许范围内，正当行使……”

洪源止住他的话：“这留在你出庭时候说。现在，你就跟我去一趟吧，旦角我早找好了，你还是最后去那什么一下就行……然后晚上一块儿吃饭。”

晚上本来约的在文华大学后勤开设的大方家餐厅，徐教授还席。等大家稀疏落座后，张主任一直不让点菜，还非要换到他想做东的地方去。徐教授弄了个红脸不语。

桑榆社长堆出一脸皱巴巴的笑纹来说话了："张，张儿，这里头你年龄不大嗓门倒不小，文华的饭我们这些人都习惯了，晚上不吃这口儿都不舒服，你今天带钱了？带卡了？老哥嗓子可是痒痒好几天了，吃完你来安排安排？"

陈律师也被洪源一同邀到了这里，他本来是自来熟，这会儿正像个东家一样翻着菜谱，说："嘿，要说唱歌，我们事务所有个女孩唱得那叫好！"

洪源没说话，桑榆接茬了："叫上啊，别嫌我们不会唱就行。"

张主任说："干脆现在叫她来吧，一块儿吃饭一块儿过去。"

陈律师说："她可饭局多，等我问问看啊。"

张主任说："还问什么，老板叫敢不来吗？再说没准……"

桑榆像是对着陈律师说："胖不胖？胖就别麻烦人家了，呵。"

"放心吧。又高又瘦又好看。"张主任答道。

陆续有菜上来，张主任弥补似的大吃了许多，挨着个地给大家敬酒。大家敬来敬去地耽误了不少工夫，桑榆以开车为借口只喝了一点儿啤酒，洪源这会儿举着个白酒杯子不放下手臂，非要他干点儿白的。

"我开车，待会儿还肩负接送大家的重任呢。"

洪源说："这里头谁没开？操，就这点酒？"

桑榆丝毫不让，说："我没你那种酒后驾车的本儿，不行不行，得为大家安全负责。"

"我把本儿、车都给你用，怎么样？"

桑榆眯一眯眼睛，把满脸的笑纹堆得神神秘秘地说："老弟，今儿哥哥敞开跟你说了吧，我有个毛病，一喝酒就不行，你这待会儿的……真让我光给大家当司机呀？"

陈律师说："那这嫂子想糊弄你可太容易了，哈哈。"

大家都大笑起来，张主任就着笑声端过桑榆面前的白酒说："我喝多了，晕了，但是我还想喝，来，洪老弟，干！”

洪源说：“拿对了我再干。”

张主任嘻嘻笑着说：“不对吗？这不是白酒吗？这是谁给我换的水吗？服务员！服务员！找你们经理来！兑水你！”

洪源没跟着他们去唱歌。张主任不知从哪儿找了两个策划，年纪不算太小了，但灯光下还有些动人处，加上陈律师和他事务所的女孩——英子，徐教授和桑榆、小松。七八个人要了个二十人的大包间，任由徐教授和英子随着音响放声歌唱，剩下的人蜷缩着唧唧哝哝地搅和到了凌晨。

徐教授跟夫人说自己被人家抢了做东，还要再找个时间还席。他喊唱了一晚上，同时为了保证嗓子的滋润倒进去无数的西瓜、哈密瓜和果汁、茶水，让液体循环了好几遍。到了家里，他又一头睡到中午，才在餐桌上对老婆说了那句话。

徐教授很想联系联系小松，又找不到什么由头。

小松很想跟徐教授聊聊，就从古玩市场买了件假古董，找了点土撒在上面，喷了点水，沤了沤，吹了吹。

“徐教授，您这几天忙吗？我找您有点儿事，您方便吗？”

小松扒拉开绿叶植物徜徉伸展着的枝条，找了个装备还算完整的椅子坐下——本来也就三把椅子，徐教授自己坐一把。那是一个已经丧失功能的转椅，常年保持沉睡的状态；却总能在第一时间里对周围的动静做出吱吱嘎嘎的回响，比红外线还灵敏。

阳光很好，徐教授搀杂了银丝的头发在阳光里有点儿颤颤的。

小松一只手拄着腮帮子观看徐教授对这件古董的鉴别，一只手在桌子下发着短信。

“是有这种洒金宣德炉，但是，嘿嘿。”

小松把一个就要溜出来的哈欠压制成眼眶的红润：“真的?！您给我说说吧，您说这个我比听什么都爱听。”

徐教授说："难得你有对老古董的这点热情，呵呵。"

小松笑了。

徐教授问："你找我，说明信任我，我跟你说说这小炉儿吧。真正的宣德炉看似温润柔软，但它实际的质地要刚硬得多，刚看上去的时候你以为一两个手指就能捏动它，可是几个大拳头也不行啊。所以一般看上去就很刚硬的炉子多半不太真啊……"

小松微笑着，手里拂弄着探在两人旁边的绿色枝叶，不时地在徐教授眼神迷茫时就眯眯眼睛。

一路走回家，那个小炉儿一直像团火一样在徐教授心里烧了一路，还烙了印了。

徐教授的家整洁温馨，陈设新雅。他的妻子是个微微发福的知识女性，说话办事，一举一动都是轻轻微微的，透着涵养。

电话铃响了，徐教授心里的印儿一颤。

孟夫人走过来说："找你的，像是个女学生。"

徐教授乐颠乐颠地跑去接："喂——"

却是雨霏打来的，告诉徐教授她今年有点不想考了。徐教授脸上的笑纹一点也没变化，思绪飘摇地问道："不考了？怎么又不考了呢？"

雨霏咳了一阵，说："其实，我也想听听您的意见……"话没说完，又咳了几声。

徐教授说："雨霏你要不先养养身体吧？考学也是身外事啊。"

雨霏听了，不由哽咽无语。

文华大学出版社的会客室里，来了一个年轻女孩子。男孩子一样的短发四处飞散生长着，两只三角形的大眼睛骨碌碌地没有一刻停在哪里的时候。和小松截然不同的是，她长了一个方方的大下巴，和几乎覆盖了整个下巴的红润嘴唇。

对，她就是小松的妹妹小萝。

自打一坐下，她就一直扫描着文华大学出版社的各个角落，两只腿在椅子腿旁不断一下一下地绕着圈踢着。

编辑部胡主任来招呼她进去谈话的时候，被她绕个不停的两腿弄得晕了好一会儿，才定住神，说："小萝，你来一下。"

桑榆和胡主任陪着小萝聊了会儿家常，桑榆问胡主任："你看……"

"非常好，小萝知识丰富，头脑还特有条理，是个策划编辑的好人选。"

"那就定个时间来上班吧。"

"行，小萝，你说你什么时候方便来上班？"

小萝和胡主任走出到外面的大办公室，一大群编辑正在通过猜书的页码来赢图书大楼的代金券。

小萝说："要不我今天就算上班吧。"她也不等胡主任回答，就凑过去猜页码。

负责组织的老编辑得到胡主任的一个眼神，点了点头。

结果是小萝当然地得到了其中的一张代金券。其他的人都正要散开，胡主任说："大家过来一下，给大家介绍一个新同事，小萝，今天正式来到咱们社上班。小萝，你做做自我介绍吧？"

小萝转着眼睛说："没有什么，大家干活吧。"

"就是，大家都干活去吧。"胡主任只好说。

中午吃饭的时候，桑榆在餐厅里找到小萝，闲聊天。

"今天跟社里人都认识了吗？都见了谁了？"

小萝确是机灵，把各个部门的人员姓名职位大致复述了一遍，说到编辑部的人员时，还有些详细内容："……还有，小赵，硕士毕业，以前做证券分析的；小黄，大学毕业，她老公自己就是个书商；小朱，硕士毕业，一直做编辑；小柳，博士毕业，刚上班当编辑……"

"你们这些个聘用的编辑里头，我就看好你……虽然你们都羡慕那些有编制的，但是往往出彩儿都出在你们这些人身上。你肯定能做一个好编辑，以后我不管到哪个社，我都得招你们这样的人。”

“社长多栽培呀。社长走哪儿我跟哪儿。”

“真的?”

“真的!”

“你知道吗?小黄最近正缠着我办升职呢。她吧，性格比较好，资源也够用。小柳你知道吗?她现在结婚了正打算要孩子呢。小赵人做事太浮，老干点儿自以为聪明的事儿。小朱，工作挺努力，但没什么专长……社里就你们这几个聘用的小编辑，原则上不让招，而且我招来的人我也得跟社里负责不是……我也会对你们都负责的……”

下午下班前，桑榆的手机上收到了两三条短信，分别记述了小黄、小柳、小朱和小赵的言谈动向。

桑榆很高兴，总算来了个不是萝卜白菜的。

下午下班前，小黄在QQ上跟琉璃说话：“这个长青植物真的好精力，我一下午听她说话听得头都大了。”

琉璃——小柳说：“还好吧，我一直在听MP3。”

黄金——小黄说：“先知啊。”

琉璃找珍珠说：“怎么有人跟我说你说话多了，注意点吧 :)”

珍珠——小朱说：“谢谢，可是我真的还没觉得，都是新来的这个问我，我不好不说话。”

琉璃对珍珠说：“新来的?Who?”

小萝站起来说：“你们不下班吗?”

小黄说：“走，亲爱的，你坐什么车啊?”

小朱说：“我要去洗手间，你们先走!”

几个人亲热地告别，好像是亲姐妹要几年不见一样。小柳一直趴在稿子里，直到最后才好像怯生生地跟大家说：再见。她总是那样怯生生的样子。

张主任这些天一直处于积极踊跃的状态，尤其见到小松的时候。张主任是个三十好多好多岁的快乐单身汉，身边的女朋友换了也有三十好多个，都没有现在这种一见小松就“傻傻”的感觉。小松不温柔也不漂亮，但张主任就是喜欢。

小松会说：“起开！在眼前晃得我烦得慌。”

“你干吗老这种口气？”

“不爱听别听，走人！”

“这是我家。”

“那也是你滚出去！”

“嘿嘿，你怎么老这样，说脏话你，嘿嘿……”

“交罚款，快！”

“我又怎么了？”

“你得交钱才能再进这屋，要不现在就出去！”

“外面冷！”

“我管呢，再呆会儿双倍罚款！不交给你踢出去！”

“嘿嘿……嘿嘿……”

张主任觉得很新鲜又好玩，就是小松把他的心肝都掏出来打上几下，也好玩，小松把他的灵魂掏出来绑个木偶线，也好玩。

小松身上的狠劲是天生的。她六七岁的时候，就敢用手捏死一只活麻雀，只是因为她不想让别的孩子拿去玩。

晚上，她大多数时间都是在算账。有时算得高兴了，就搂着妹妹小萝和她聊天。

“快了，唉，我得赶紧攒钱，攒钱。”

“攒那么多干吗？”

“攒够了我就出国，换个身份。”

“国外有什么好的？”

“国内有什么好……就钱最好！”

“其实你也不用出国换身份……”

小松推开小萝，挥手就是一个嘴巴，又把手边的杯子冲妹妹砸过去。小萝被打得从床上滚落到地上。她撑着爬起来，拿起拖鞋向姐姐摔过去。小松按住她又打了几个嘴巴，狠狠地说：“就你长嘴了是吧！”

“疯狗！我是想说没人知道你那些钱……”

“想死你就再说！”

小萝躺在地上呜呜地哭起来。

小松回到床上躺下，自语着：“赚钱，出国。”

第二天上班的时候，小萝在脸上扑了很多粉，画了很重的睫毛膏。她一进办公室。众人自觉地就把头低下去了。

小萝在办公室里绕了一圈才坐下，然后哼着说：“哎呀，我今天起晚了，还没吃早饭呢……”

小黄说：“我这儿有饼干，吃吗？”

小柳已经把一袋正在吃的包子递了过去，说：“吃吗？”

小萝说：“啊，我都要吃，拿来拿来。”说完又从旁边一个男孩桌上抢了一杯豆浆，回去大嚼起来。

小萝一边吃一边晃着小腿画着圈，嘴里满是得意的声响，说：“太幸福了，我起头你们唱个歌儿吧。”

大家又都沉默下来，忙着翻手里的稿子。

这天下午，徐教授万分抱怨以前竟没想起在办公室里放一面镜子，只好跑到楼里的公用卫生间去照了大半个小时，又是修理又是调整，才悻悻罢手。

小松出现在办公室门口的时候，徐教授觉得屋子里没有一丝阳光，所有的光源都只来自小松，对，地球也都是她照亮的。

六十年了，徐教授在此时才觉得自己终于找到了人生的真义。

徐教授的心跳得咚咚乱响，不知道该坐好还是该起立。博导现在急切需要一个老师。小松冲徐教授一笑，他晕得一下子眼前直发黑。

老师指着与徐教授的椅子并排的椅子，说："我坐这儿好吗？"

"好好。"

老师说："徐教授您这一屋子的书，真是好学问。"

"哪里哪里。"

老师说："您不会怪我来的太冒昧吧？"

"不会不会。"

老师没再说话，用一只白皙修长的手轻轻点在下颏旁，微笑。徐教授的心跳就到了二百五十下。

老师问道："您觉得历史真实吗？"

"那么你觉得有什么不真实的地方吗？"

"从记录者的主观性到岁月的改造，您觉得我们能看到历史的原貌吗？"

"现代的原来面貌又有哪个生活在其中的人能看得到呢？"

"当局者迷？"

"心迷人迷，心超脱人超脱。"

"心在哪儿？"

"有心著处，就已经是迷境了。"

"既然这么难脱离迷境，投入到它中间不是也很好吗？"

"无心可免，有心难恕。知苦入苦是一种美德、一种勇气，知错犯错可就不好褒贬定义了吧？"

"您活得太有原则了，您没想想打破规则，会有很多乐趣吗？"

"如果……不、不感觉到它是规则，不感觉到、束缚，那就无从谈起打破什么了。"

"那不然啊，比方说，我们可以先打破您给自己设置的麻木状态啊……"

还分什么先后！……

徐教授自我感觉还没享受到事业幸福的幸福，家庭温馨的温馨。相反，他很郁闷。他感觉到自己突然间站到了两个女人的中间，为难，太难了！却是诱惑而幸福的……

徐教授在两难面前，把多年来对温馨的家的眷顾划成了恐惧，又把翻越公园围墙的恐惧划成了嘉奖。

寒冬的公园里，就着黄昏的耀眼光芒，徐教授对小松说："你们现在的年轻人啊，太爱美，就穿这么一件皮衣、一件衬衣，能不冷吗？"

小松于是就把小手塞进徐教授的大手掌中，徐教授的手马上僵了。

"好冷啊，北方的冬天，屋子里暖和得不得了，外面冻得不得了，不管在里在外，都给人一个假象。"

"对。"

"你小时候就一直脾气特温和，是不是？"

"对。"

"那我说你现在去跳到那块冰上，你跳吗？"

"对。"

"对是跳还是不跳？"

徐教授已经跳到了离小路约有一人高的冰冻湖面上，把双脚在冰面上蹦得"咚咚"直响。

小路上，是小松清脆的笑声。

"那你敢跳到那个水闸上吗？哈哈哈哈……"

"……"

笑声。动听。

……

动听。美好。

"走你！"徐教授一纵身，跳下——或者说滑下，或者说摔下——到了水闸。

水闸上结了一层坚硬的薄冰，也就是最滑的那种。徐教授是个已经发福的六十岁老人，马上拥抱了水闸和薄冰。随即，他又以运动员般的超常矫健和平衡力弹起来，找回到立正的状态。

“天哪，我太崇拜你了！哈哈……”

这个崇拜的代价就是徐教授用了一个多小时才从冰面上爬回到岸上小路。而小松则笑痛了肚子。

又因为小松笑痛了肚子，所以徐教授要脱下羽绒服盖着她，给她捶背。

小松说：“我真怕你冻着，这么晚了，回去吧？你看你的手，多凉。”

“没有！是热的。”

“万一把你冻着了可怎么办?”

那就只好回去呗。徐教授是听话的。

公园早就关门了。两扇大铁栅栏门上松松地缠了几圈铁链子，扣上了一只锁。旁边的门卫房里，电视开着，声音很大。徐教授正在犹豫怎样向看门人解释的时候，小松一拉他，两人走到铁门靠近门柱的地方。小松示意徐教授蹲下，自己慢慢踩着他的膝盖和肩部爬到了铁门上端。

徐教授小声嘱咐着她：“小心点儿，小心点儿。”

“知道了，我没问题。”

小松跨坐在铁门的上方，对徐教授说：“怎么办呢？你来跳过来接着我嘛。”

徐教授的肢体瞬时充满了灵巧与力量，他蹿上、翻越、落地，伸出双臂：“来吧。”

“哈哈……哈哈……”

小松坐上出租走了，徐教授则迈着英雄的步伐步行回了家。

徐夫人问道：“你这衣服上哪儿弄得这些，是水印还是什么?”

“什么？哪儿有啊?!”

……当呼吸接触到羽绒服上甩过来的香气的时候，徐夫人闭上了嘴巴。

徐教授突然想起什么似的说:“把我手机给我。”

“在哪儿装着呢?”

“大衣上边那个兜嘛,你这,还问。”

“没有。”

“没有?我找找……这怎么回事,怎么会没有?你放哪儿了?”

“我拿你手机干吗?”

“那怎么会没有呢?!”

徐教授期待着向往着平安到达想念你的短信,不能在这个时候没有手机。他质问妻子,把客厅的抽屉翻了个遍……

徐夫人走到窗边,把窗子打开,并在房间里喷洒自己用的香水。

徐教授找了一圈后,马上穿上衣服,走向公园,一路都低着头瞪着眼。折腾了大半天儿,才归纳出:手机丢了。这怎么办?徐教授冲回到办公室,给小松打电话,却是无人接听……

四

陈律师的生活中不能说没有原则,比方说老婆的话就是圣旨。

老婆说:“小姨要提前退了,她闲不住,你在你们事务所给她找个事儿干。”

“她是医生,我们是律师事务所,挨不上,这个。”

“可以打医疗纠纷。要不你就找个老头儿把她嫁了。”

“现在的老头儿谁还愿意找老太太?”

“你!”

陈律师是文华大学法律系毕业的，那是一个当年多少人心仪艳羡的专业。他也有过风华正茂的岁月和挥斥方遒的豪情，唯一从来没给自己设计一条建立在拉纤的基础上的生活。有趣的是，这样的事总是自己找上门来，还都赖着不走。

有什么？现在每个人都是个大蜘蛛，谁比谁牛哪儿去！给人拉拉关系介绍介绍怎么了？找你是你这儿资源好，你有本事，我这叫给人民带来信心和幸福的事业。

英子来到事务所，看到一个四方脸高颧骨的中老年女人在仔细检查前台的桌子，吓了一跳。自己可是有太多宝贝在那里呢。

“英子!”陈律师大声喊道。

她来到陈律师的办公室：“陈总，您叫我?”

“前台让那个谭阿姨去做，你搬到小唐后面的桌子去，工作内容不变，有事儿直接找我就行了。”

“好的，不过我看那个阿姨在收拾前台的桌子喔，我能不能先把我的东西拿走了。免得阿姨把我的零食、玩具都当垃圾扔了啦?”

“想去就去吧，注意礼貌啊!”

“好的啦，领导。”

英子没有先去收拾桌子，而是去了洗手间——一个公开的办公室的秘密信息交流站。

而从那里出来后，英子干脆直接去文华大学找徐教授开展“公务”了。

陈律师不愿在员工面前服从一个老女人，也早早地离开办公室找一帮同行侃山去了。其余的员工一旦不见了老总，谁还坐得住？这一会儿的工夫，小小的律师事务所里只剩下了辛勤布置办公桌的谭阿姨——原体检中心谭主任，还有胖乎乎的小唐。

谭阿姨很想跟小唐说说话。小唐望着她先笑了，绽出营养过剩的油光：“阿姨，我在等快递，马上到。对了，现在不堵车。”

什么意思？这就是编制外面的世界吗？

英子最近几乎每天都奉命来徐教授这里讨教历史问题，今天看得出徐教授是明显的不高兴。趁着教授背过身拿书的工夫，英子迅速把一个黑色手机放到花盆的空隙里，就借故离开了。

她可以说是这方面的天才，只接触几天就看出了徐教授心有所系，并且掌握了所系那一方来访的规律，并且轻松地拿走了徐教授的手机，查出了所系之人的代号和电话号码——徐教授管她叫“新绿”。

这让英子笑到眼泪都快出来了，以至于一同居住的女孩练习长笛的声音也突然变得欢快起来。

英子知道“新绿”是谁，知道她脸上的粉是二十四小时光鲜的，也知道这些粉下面的她有多冷酷。

英子机灵乖巧，手头的事情总是麻利地处理完，然后就幻想自己是著名的柯南。英子知道的许多事务所里的秘密是别的同事不知道的，所以陈律师喜欢她，经常派她去做点看似出格但又必须为之的事情。

但是他不知道英子因此知道很多，其中还有他也需要知道的事情。

“意外”地找回了手机，重新看到了新绿的电话号码和通话记录，重新和新绿单线畅谈以后，徐教授像个充足了电的马达。他为新绿出国的事情在所里上下奔走。这天，终于得知所里和法国一家汉学研究中心的学术互访活动得到落实，马上就要组织出国人员了。他也没跟小松细说情况，就开始着手整理资料，准备以推荐人的名义向所里提出申请。惊喜，给她个惊喜，那有多美好……不巧的是手提电脑坏了，他只好拿着它去修理。

往常，文华大学西侧这一条街道上全是各种电脑小店，修理机器、卖零配件、刻录光盘、打印论文，忙得不亦乐乎。今天徐教授一路问过去，却是好几家都不修电脑了。

“你不是还摆着那些芯片、硬盘什么的？”

“修不了就是修不了，那零件是卖的，你买吗？”

徐教授碰了几处钉子，又背了个大电脑，累得一身汗。忽然听见有人喊他，是英子。英子正陪着小唐在一家电脑和游戏产品的小店里闲逛，看到徐教授就招呼一声。

徐教授抹一把额头，快步走到小店里，跟英子说了自己电脑的事。英子看看小唐，小唐却憨憨地把自己扎在一堆游戏里。英子略有不快。这时，同在这家店里买游戏的两个大男孩凑了上来。

其中一个男孩长得黑黑的，很结实，头发剪得很短，说道："怎么坏了？"

徐教授取下电脑，在小店的柜台上就打开比画起来。小店主人伸长两手晃着说："哎哎，别在我这儿比画，我还得做生意。"

短发黑男孩还没怎样，和他一起的那个瘦男孩已经一甩额前的头发，对店主说了话了："讲究多别开店，跟家呆着讲究去！"

黑男孩拉拉他，说："水寒，算了。不过您这老板也是，没看给老先生都急得那样了，再说，耽误你生意了吗？"

店主青着脸走到一边去了。两个男孩重又关注起徐教授的电脑来。英子拧一把小唐，说："你这高手缩在这里做什么，不仗义……"

小唐轻叫一声，说："什么呀？我刚找着一好游戏，你给我碰掉了。"

英子气得一转身，说："好，那你找，我回去了。"

男孩们和徐教授左看右看也没找出电脑的问题所在，急得徐教授不停地抹额头。最后还是一旁听了半天的小店主人说："你这台是美国带回来的M机器吧？之前修过吗？"

徐教授忙答道："找人换过电池。"

店主笑笑，说："电脑哪儿能随便找人换什么呀，这个最好找国内的M公司维修部去换件儿或者修。你赶紧去吧。"

徐教授抓起电脑就要跑出去，那个短发的黑男孩问他："您是要回文华院儿里吗？"

徐教授点点头。男孩说：“我带您一段儿吧。”

“那不麻烦你吗？还要送我……”

男孩说：“我去我妈那儿，顺路的事儿。”

徐教授明白了，这个男孩多半是大学里哪个同事的孩子，便不客气地等他骑上车子。二人刚要走，瘦男孩打趣道：“若刚，佳佳不上这边儿来，这好人好事她看不见。”

这个叫若刚的男孩笑了：“嘁，我都不知道谁是佳佳。”说完，就一阵风似的把徐教授送到了历史所的楼前。

徐教授一时也不敢耽搁，马上跑到办公室给北方的M公司打电话。对方要徐教授先报出来客户信息。

徐教授着急地说：“我这个肯定是M的机器不错，我有信息卡什么的，不过我现在找不着，你们先记录下来安排修理不行吗？”

“抱歉先生，我们对每一个客户都提供终身式的专人服务，只要您在我们这里购买产品并注册了信息，我们会为您提供专业的服务，保证您的电脑正常顺畅使用，而且……”

“我有信息卡，但我现在找不着。”

“那您可以念一下电脑机身上的产品码吗？”

“产品码在哪儿？”

“就在电池和机器连接的地方，您取下电池应该就可以看到。”

“你等等啊……”

徐教授先是取出老花镜，才笨手笨脚地取下电脑的电池，翻过来调过去地看了半天，可是这里有好几个号码啊？徐教授找出一张纸，先列出几个项目标题：左上侧；左中侧；中右侧；中下角（跨面）……然后依次抄下相应地方的那几个号码。

等他把这一系列的记录工作做完，校对两三遍以后，拿起电话，那边早就挂断了。徐教授又拨通M公司的电话。

“下午好，我们这里对每一个客户都免费提供终身式的专人服务，只要您在我们这里购买产品并注册了信息，我们会为您提供专业的服务，保证您的电脑正常顺畅使用，而且……”

“姑娘，女士，女士，我知道了，现在是这样，我找到产品码了，我念给你听啊？”

“抱歉先生，我们这里对客户的服务是以信息卡的记录为准的。”

“我有信息卡，注册过了的，只是现在着急用电脑，卡又找不着了……刚才一个女士说报出产品码也可以的。”

“请问刚才是哪位话务接听您电话的呢？”

卡在哪儿呢？徐教授把办公室的抽屉和地面查了个遍，也没找到。直起酸疼的腰来，才发觉身上的内衣裤已经湿透了。这还没到春天就这么热啦？

徐教授把电脑、电池、记号码的纸张都塞到电脑包里，赶忙背着回家。找老婆吧还是。

“快快，你还记得咱这个电脑的保修信息卡在哪儿吗？”

“在你书桌中间那个抽屉里，一个塑料袋装着呢，有绿色密封口的那个。”

徐教授冲过去，找到信息卡，再次拨通公司的电话。这次，服务小姐核对了徐教授的信息后，立刻答应上门维修，只不过要明天再来。

徐教授用家里的台式机写了申请报告。家里的电脑没接打印机，徐教授只好把报告拷到U盘里准备明天拿到所里打印出来。

为了昨天跟电脑较劲儿这将近一整天的折腾，徐教授攒了一肚子的气。现在这些人啊公司的都是怎么回事？只认信息不认人！偏偏去信那些最容易造假的东西！

一低头，徐教授有了点笑容的意思。

徐教授有个自己的小金库，他把它锁在办公室的抽屉里。

总额倒也不多，随攒随用，主要是为了在夫人不批准时请哥们儿吃饭用。他睡足了午觉，慢慢悠悠走到办公室，关好门，开始数小金库的钱。数到一大半时，徐教授就已经眉开眼笑了。

他把这些钱装好，又打电话跟大学外事处的主任确认了晚上吃饭的时间地点。他觉得自己很高大，虽然自己只有一米七不到的身高，也算不上健壮。但是他有一个学者应有的吃苦耐劳、锲而不舍的研究精神，和爱才惜才之心。

晚上，徐教授喝了不少，处长和主任都是中年人，平素很尊重这个老学者，不敢主动敬太多的酒。徐教授是高兴加上有求于人，一杯杯地敬了、干了的，不一会儿就面红舌促了。

两个人一看，倒也着实感动，就差拍着胸口发誓了，把话说得明明白白：徐老，您放心，这个学生我们记住了，别说这回有两个名额，就是只有一个我们也绝对不给别人半个。您这个学生这回是绝对能交流出去！

徐教授喜得连连点头，拍着两个人的肩膀非要让他们去自己那儿一人拿一盆滴水莲去：不拿是看不起我，拿，拿，这就去！

两个中年发福的男人，为着徐教授的诚挚爱心所感动着，一人拿大肚皮顶了一盆植物走回家去了。

徐教授两手扶着后腰，以一种英雄般地口吻说着："慢点儿，喜欢再来拿！"

小松笑眯眯地敲开了徐教授的办公室，见到了笑嘻嘻的徐教授。在一堆绿植株的油光和阳光的反光的交织之中，徐教授怎么看怎么就那么憨厚。

是的，在昨天那一顿酒之后，徐教授的情绪就一直很和悦。

小松坐下后，跷起修长优美的手指理了理垂到胸前的头发。徐教授拿起桌上一大沓的资料，想要递过去，又说："我想给你个惊喜，你能猜到是什么吗？"

小松一抿嘴，浅笑着说："我怕是猜不着吧？不过我拿了样东西，说不定对您这惊喜还能有点儿用呢。"

徐教授说："哦？拿来看看？"

小松从书包里掏出一本书放到了桌面上。

正是那本署名为"沙之舞"的《尺牍中的文士精神初探》。

徐教授厚道的笑容在阳光中冻僵住了。

小松说："您以为学音乐的人就不爱读书吗？我一直对历史感兴趣，花了好几年的业余时间才写了这本书……"

徐教授看着她问："这是你写的?!"

小松递出一团娇媚，撒娇说："您这么小看人啊……用不用我背给你听嘛……"说着，小松从书包里又取出一份出版合同，递给了徐教授。

徐教授接过这份合同，心里冷冰冰、沉甸甸的。

不用翻开合同去一点点查问细节上的真伪。呵，自己那一大沓"惊喜"里不还有刚刚把小松名字加进去的陈年发表的论文等等吗……

小松见徐教授对着合同封面直发呆，问道："您怎么了？想什么呢?"

徐教授把合同和《尺牍中的文士精神初探》向她推回去，说："我想你一直在寻找出国的机会，这一阵子，我也在寻找这样的机会，并自信已经给你找到了最为合适的……不过也许，我们所认为的合适和不合适，并不是那么与现实相符合的。"

小松暗自咬咬牙，站起身来俯探过桌面去，衬衫飘摇……她用暧昧的声音说："徐教授——那您的惊喜呢？我也有惊喜……你想知道是什么吗?"

徐教授拢了拢白发，正视小松的眼睛，说："已经说出来的事儿还怎么叫惊喜呢？我看，我们改天再联系吧。"

徐教授有点儿想重新核对幸福与温馨的概念，却又有点儿懒得去做。

洪源找到陈律师，递给他几支黄金烟，说："抽吧。"

陈律师摆着手说："怕扎嘴。"

洪源说："扎嘴总比抽不上好。"

陈律师说："老有这个也吓人啊。"

洪源硬塞给陈律师烟，说："别废话了，你手下那丫头灵不灵啊？好些天了连个动静都没有。"

陈律师说："好！还说呢，怎么说这英子也是名校本科毕业呢，这都快扛不住了。老头儿一个劲儿讲历史文化，录下音来出一套丛书都富余了。你也可怜可怜这丫头，她把脑浆都翻几个遍儿了才跟得上徐老头儿的话。"

洪源说："直奔主题就完了，他那边拿着劲儿你这儿就别拿了。"

陈律师说："不那么简单，老弟，这事……我真都不想招呼这个。"

洪源说："给他俩找个地儿玩两天，让那丫头直接来真的。"

陈律师瞪着他说："您这是非要害谁啊？"

洪源笑了："害你！你赶紧吧。对了，给你拿了两箱水果，刚运来的，叫个人跟我搬一趟去。"

陈律师叫英子晚上也一起去吃吃玩玩，顺便细讲讲洪源委托的那件事儿的细节要求。

英子听说聚会的人里有小松，就说："哎哟，陈总，这点小事情还要反复几遍说的啦，吃饭那么多人，好讲这些吗？总之我一定做好的，你们放心就是了。"

陈律师知道英子说"放心"的事儿，就是近两天一定能得手的。英子在所里跟自己干了好几年，别的同事换了不知多少拨儿，就这英子，悄没声儿的，什么都给自己办得好好的，还不跟同事闲聊。

陈律师说： "英子啊英子，好姑娘，哎，哪天我单请你，吃点好的去！"

英子说："不要食言就好啦！"

陈律师让她这一指明，自己也惭愧地笑了，指个借口说要赶去吃饭，就离开了事务所。

刚进门，陈律师就被屋子里的景色吸引住了，几个来给捏脚的女孩子都又年轻又好看。他也没顾上招呼别人，就在洪源身边的椅子躺下，说：“嘿，那事快了。”

“你所里那丫头终于开窍了？”

“是，也不是，嘿。”

“怎么个意思？”

“我问你，是不是只要让他老婆抓住就行，不一定我们那丫头，抓的是谁没关系是不是？”

“那也得年轻点儿、好看点儿吧？”

“抓住不就行了呗，现场最好再狼藉一点儿？”

“没好话你。快抓，越快越好。”

“行嘞，等我信儿吧！”

“你回来，你可千万别给我弄个老模咯嚓眼的！”

陈律师一边走向房间外一边顺手拉过靠在门口的张主任，跳着舞说：“比这个还美一百倍……”

转过天来，就是英子行动的时间了。这在洪源公司里只是个小得不能再小，平常得不能再平常的小事儿，在陈律师所里也是偶有发生的小事件。但是，在徐教授那儿，却是件大事儿了。

“英子呢？”陈律师一到事务所，就问谭阿姨。

谭阿姨向身后一指：“忙着哪。”

自打知道徐教授终于同意了新绿今天下午四点半的约见，英子就猫在桌子上忙活了起来。

快三点的时候，徐教授从没怎么睡着的午睡中醒过来，洗了把脸，走了五分钟，和研究所里正在陆续上班的同事打招呼，然后到办公室里去发呆。

三点十分，一个姑娘敲开徐教授的门说：徐教授，下午四点半别着急走，领劳保。

三点五十，小松出门的时候被人撞了一下，崴了脚。但不太严重。

四点钟，英子来到徐教授的办公室，漫谈所有龙以及虫的问题。

四点二十分，徐教授突然开始闹肚子。

四点二十一分，洪源在文华校园小超市门口巧遇徐夫人，请她带路同去徐教授办公室鉴别一块布满花纹的碎金片。

四点二十九分，小松敲开徐教授办公室的门，英子起身给她倒茶。徐教授未及招呼就又一次冲向五谷轮回之所。

四点三十分，洪源在历史研究所楼下，看了一眼手机，按了一个键，陪同徐夫人上楼。

四点三十三分，英子拿着小松那神奇地被茶水弄脏的衬衣和皮衣，开门出来。徐教授从五谷轮回所回来，在门口接过英子手中的门把手，推门进去……

四点三十五分，洪源推开徐教授办公室的门，请徐夫人先进去……

徐教授的一只手没有文雅地放在恰当的地方。

小松坐在办公桌上，一只鞋子在徐教授的另一只手里。

面对这样一个本应让自己嬉笑的场景，洪源却想给自己一个嘴巴。

徐夫人转身对楼道里忙着伸头探脑、拎着大包小包的各种同事说：“请回，请回。”

四点三十六分，洪源向外走去。

四点三十八分，徐教授申请泻腹，夫人准许。

四点四十分，英子把洗去茶迹的衣服挂到门把手上，敲敲门就迅速走开了。

小松接过衣服穿上，对徐夫人说：“告辞。”

徐夫人说：“如果你想告个别，我不介意你留下。”

五点钟，历史研究所上下都已经知道了这个新闻，并继续扩大范围以进行咨询或求证。

五点二十分，徐教授还在轮回所里，思考。

五点三十分，徐夫人独自离开了办公室。

徐教授在历史的长河中搜索再三，却想不到任何一个人在面对任何一个衣冠不整的女士时，比自己更少一点解释的机会，也想不到任何一个人在遇到任何一个脚腕扭伤的女士时，比自己更多一份纯粹的爱心。小学时，老师曾手把手地纠正同学们：字是黑狗，越描越丑。这句话被现在的徐教授搜寻出来当了座右铭。

字是一个世界的结晶，字可以组成一个世界，所以世界都是越描越丑的。

世界是丑的，生活在其中的人也必然要做丑陋的事。

只不过……

这件事以后，英子又来了几次，都被徐教授婉言拒之门外。虽然这是她早就预料到的，还是添了几丝惆怅。英子能知道很多事情，却不知道深入到研究中是一件什么样的事情。

事情成功的那天下午，英子回到事务所时，陈律师曾一脸尴尬加羞愧地问她："你说肯定能抓着徐教授的情儿，怎么也不跟我说清楚是谁?"

英子摆出最充分的委屈说道："我哪里晓得的呀？我去徐教授那里，只知道他和这个女孩蛮那个的，我哪里、能够、认识得了她，哪里能晓得她是你们的好朋友啊……"

陈律师想想也对，人家一个大姑娘，天天帮自己做点这些不上台面的事儿已经够难为的了。何况英子没见过小松，不知道她是谁；而且即便知道小松是谁，也不可能猜到她就是花钱死活要让徐教授在妻子面前出出丑、落自己个把柄的人呀。

陈律师安慰了英子一番，就让她早点下班回家了。

英子和小松的"对面不相识"还颇有些曲折。

英子到陈律师的事务所上班时，陈律师看中了她的机灵能干，就到洪源那儿把时晴一套闲置的三居室住房借了下来，作为福利让英子安心地居住，以便安心地工作。英子起初的确很安心，直到小松也搬了进来。

小松来到北方，先是通过房屋中介找住处。恰好找到了洪源公司下属的一家中介，租住了这套房子的其中一间。小松搬来后的一天，英子丢了钥匙。她看到小松房间里灯是亮的，就按动门铃。

门铃响了好久，终于有人拿起听筒。英子高兴地说："你好，我是跟你同住在这里的，帮忙开下门好不啦?"对方立刻挂断了。英子再按门铃，一遍遍的却没有人再接听了。

没办法，英子只好找物业的人来开门。女孩子总难免多些防备心理，英子理解。

来的那个物业人员的神情很"嘻哈"，灰色细条纹的西服裤斜着挂在胯骨的位置，跟腰带勉强挤在一起的还有装工具的袋子。裤子在脚脖的地方堆了很多皱褶，脚上穿了一双红色的新款运动鞋，领带结耷拉在胸口上边，衬衫领子没扣，因为要给里面的高领毛衫让出位置，西装的袖口则被推到了肘部。他神情麻木地打开房门，转身就走了。

之后一天，英子的大学同学小秋突然火急火燎地找她，说要立刻跑来北方，有重要事和她谈。英子没好跟小秋说现在住处里已经有了合租的人，加上自信能解决，她一口答应了。回到住处，英子开始打扫三居室中空闲的那间卧室，并给小松写了一张卡片，说希望两人能认识、成为朋友。可一转眼，她却发现字条被丢在大客厅地板上，而且明显地，上面还有被人当地板一样来往通行的足迹。看着字条皱惨惨的样子，英子疲惫地回到自己的卧室打开电脑，找出许多欢快的歌曲来播放。

这时，英子的房门突然被人踢响，伴随着一句短促而高亢的话语：你有病啊！这是两方从同住至搬离说过的唯一一句话。英子曾从各个角度见到过小松，也从姐妹俩大声的闲谈中认识了小松。小松却只当她是个不必结识不须相遇的早出晚归者。

而在房门被踢响的那一时，英子僵在卧室里，不得不思考，这信息飞涌、人声交错的时代，有谁能为一墙之隔的同龄人找到一个有效的相识相知的方法，有谁还能拿起对方的一张小纸条读一读。

可是事物都有它的两面性，不管是自然物还是人工制造。

就在英子思考未果的时候，整个卧室突然笼罩在黑暗和寂静之中——停电了吗？再找物业吧。

就在物业的维修人员举手敲门的同时，房间里却恢复了光明。

英子略微不好意思地对物业人员说："现在好了，有电了，真抱歉，麻烦您跑来一趟。"

这次来的还是为英子开门的"嘻哈"物业。他看了看英子和明亮的灯光，以连贯而没有变化的语调背诵出一句话：没关系，为您服务是我们的职责，这是应该的。祝您愉快。

随后，他把挂在脖子上的耳机扣回到耳朵上，做了几个滑稽的舞蹈动作。

英子被他逗笑了。

你也喜欢音乐吗？

你也喜欢音乐吗？

这两个人倒因此熟识了起来。

第二天，英子刚刚接了小秋回来，就发现自己昨天打扫好的卧室里住进来一个男孩一样的女孩子，正坐在门口，一下一下地划圈晃着腿，用凶狠狠的目光望着自己。小秋爽朗地笑笑，拉起英子说要出去。并且，她一转身遮住英子的目光，轻轻撕下了贴在英子门口的一张封条状脏纸。

英子全都看在了眼里。

五

小松平生第一次吃了这么大的亏。她揪住洪源不放，要个说法。

洪源说："跟我说得着吗？"

小松说："你成心玩人是不是？"

洪源说："你把我想得太闲了，我有的是事儿要干，你忙，我先走了。"

小松把烟头摔到洪源身上，说："别以为你家里有几个当官儿的我就怕你，没有你这么干的！"

洪源弹掉烟灰，深看小松一眼，走开了。

静静地坐在咖啡馆里，小松想起那天在徐教授办公室里的那个女孩子，总似乎像在哪里见过，说不出的哪儿有点眼熟。

哼，反正跑不出洪源、张主任、陈律师这几个人的圈子去，这些人，一个也别想好受！

雨霏刚刚从西郊回到办事处，就看到了时晴。时晴眼睛红红的，笑容很勉强。

雨霏吃了一惊，问："到我房间去吧？"

时晴说："不了。出去边吃边说吧。"

雨霏猜到她一定是有什么不想这里的人看见，便和她到了一家很火爆的馆子。

时晴懒洋洋地点了几个菜，自己坐在那儿一会儿就自嘲地笑一下。雨霏默默地喝着面前的饮料。

时晴强做出玩笑的口气说："我想出去一趟，也许到欧洲呢，有没有什么要带给海明的?”

雨霏叹了口气，说:“十八相送都已经唱完了，什么也没了。”

时晴说:“不问我干吗出去?”

雨霏笑笑，说:“为什么呢?”

时晴红了眼圈，幸亏两个人是在包间里。她忍了忍，说:“真羡慕你，不管怎么样，你和海明都知道彼此间从来就没有停止过交流和牵挂，无声胜有声，无形胜有形，这种感觉，梦一样，想想都美……总比我这样，他当面说了一车好话你还不清楚真假……”

雨霏玩笑说:“洪源又惹你生气了?”

时晴说:“雨霏，你真的找到了最美的状态……已经是很幸福了。”

停了一会儿，雨霏说：“可惜，从辩证的角度来讲，幸福都是短暂的……直接也许就代表结束……”

时晴说:“你怎么也这么悲观?”

雨霏问:“你出去要多长时间才回来?”

时晴说:“怎么？我这还不是去不去两可的事。”

雨霏说:“你妈医院的谭阿姨找到这次体检那个得癌症的了吗?”

时晴望着雨霏消瘦泛红的面颊，听着她明显带有肺部杂音的呼吸，半天没说出话来。

一时间，她恨不得把海明打成一个邮包发特快从欧洲寄回来。

时晴回到家里，拨通洪源的电话，刚等接听就一连串地说起来:“洪源洪源，我理解你了，你不是成心那样做的……你也不是成心不把雨霏的事告诉我，你是不好开口，对不对?”

洪源说:“我说姑奶奶，您这又是哪出啊？我正谈事儿呢。”

时晴说:“我想告诉你我理解你！你不想听吗?”

洪源走出谈话的房间，说道:“怎么啦？我怎么会不愿意听你说呢？但是你这是怎么了?”

时晴说:“我都知道了，今天我见雨霏了。前阵儿我还怪你不帮我妈查那个体检的癌症，现在我知道了，我理解你有很多难处。你是没法说对不对？还有……之前你所有的逢场作戏我都……不跟你计较……”

洪源皱起眉头，说：“小晴，我这儿忙完了马上找你去好吗？然后咱们好好聊聊，好吗？”

时晴叹口气，说：“每个人都事儿那么多，时间总是太少。”

洪源说：“天大的事儿我也要先见你！等着，我一会儿就去找你。”

放下电话，时晴在自己卧室里取出一个大信封，把里面一些洪源和别人的亲昵照片等物品扔掉。然后，她出门走到殷萍身边，靠在妈妈的肩头，说：“妈妈，谭阿姨要找的那个人找到了……”

殷萍刚要高兴，却马上看着女儿说：“是……谁？”

时晴说：“雨霏。”

殷萍正视女儿说：“别说没有根据的话！”

时晴说：“洪源找出来的！您还不信？再说……连雨霏自己都知道了呀……”

殷萍颓然道：“天哪，她爸妈知道了吗?!”

“雨霏说她自己安排。”

“雨霏?！宝贝儿，来，快进来！”

雨霏刚要坐到桌子对面的椅子里，就被殷萍一把拉到一旁的沙发里，揽在怀中。

“冷不冷，怎么自己就来医院了?”殷萍说着不理会雨霏拒绝的手势，从柜子里拿出了一堆食品，又带着歉意说：“孩子，是阿姨没有照顾好你……”

“我才来北方这里几天啊？这病是一两天能得上的吗？真是那样我也可以到个研究所之类的地方给人类做点贡献了。”

殷萍的心里哽了一下，自己也是母亲。

雨霏嘴里这样说着，脸上却怎么也笑不出来。

雨霏突然来查病，殷萍一路号令就到了肿瘤科室。医院里的人个个都有千里眼顺风耳。肿瘤办公室着实因此热闹了一番。一个个有事没事的人默契地联合演了一出走马灯戏。

谭阿姨听说有个雨霏已经去了医院查肺癌，也赶忙向事务所请了假，风一般来到医院。她喘息未定就拉住殷萍到了僻静的地方，说："孩子来了？打算先查什么呀？"

殷萍说："别的体检不都有了吗？病理吧？"

谭阿姨是有过深刻教训的，说道："我看还是先从血液、透视的一点点儿来一遍吧？"

殷萍领会，一挥手，这一大团的热闹就顺序涌进了各个科室。

这一通折腾，雨霏累得又喘又咳的。殷萍不顾她反对，当时就开了间病房让她住着等结果。

这边，雨霏的检查结果交到殷萍手上的时候，她一下子就跌坐到了椅子里。谭主任惊得忽地从椅子里跳了起来，问："这么严重?!"

殷萍疲惫地笑了，说："老谭啊，咱俩真是……哎，不说了！"

谭阿姨也缓了缓神，自己去拿结果来看。然后她又忧郁地坐回椅子里，说："这个虽说没事儿了，可我还是得找啊……"

殷萍说："找，我一定帮你。不过，现在来看，是不是那张片子是别处谁丢在你们中心的呢，医院每天流动这么多人，你说呢？"

谭阿姨摇了摇头："谁没事儿乱丢这些呢？一定有这个病人。她自己的身体就没感觉吗？怎么不来医院呢？"

雨霏被确诊是急性肺炎，主要是不适应北方冬天的气候，身体抵抗力又差。

时晴这回可有了话说："我说小姐，别人找钱找官找门路找什么的都有，还有您这自己找着要病的？吓唬谁呀？"

没等雨霏回话，时晴又一回身指着洪源说：“你呀，一天到晚吹自己多牛多牛，这么点事儿你还找错了人了，真不知道平时你是怎么糊弄你那些客户的，能帮人家找着什么呀!”

洪源微微红了脸，不好说穿自己根本就没找这个患者，于是许诺了N件事情算是弥补时晴和雨霏。

小松和洪源又再见面，是和张主任等人的一次聚会上。张主任还是人堆儿里最热闹的那一个。他拨拉来拨拉去的，找了半天。

桑榆问他：“不好好呆着又找什么哪?”

张主任说：“咦，奇怪，徐大教授怎么没来? 我都数到十个人了，还、还没他……好几次了，都没他，怎么回事这是?”

桑榆对旁边的任何人都没看一眼，笑呵呵地说：“人家忙呗，老跟你这儿瞎腻味什么。”

张主任说：“怎么?! 他要脱离组织吗? 这可不行啊，他要脱离了，那大学生后备资源你找谁要去?”

桑榆连忙端起杯子塞到张主任手里，脸笑得花似的：“大学里有的是学生。”

张主任带着醉意还继续说着：“好东西要共享，好资源要贡献嘛，他真不再来、不介绍……要这样，我，我第一个说不带他玩儿了……”

小松在外面抽烟休息的时候，遇到了洪源。两个人都是那么皮笑肉不笑的。

洪源说：“你给小晴的东西我看了，挺费心啊，收集得那么全。”

小松说：“怎么就知道是我呢? 养眼吗?”

洪源说：“那是! 她还让我谢谢你呢。不过下次再给别人送东西的时候，留个地址姓名，别人也好表示感谢呀。”

小松哈哈大笑着，抽烟不语。

洪源站起身说：“还有，小晴不喜欢认识太多人，我呢，只要小晴高兴，我什么都干得出来。”

小松望着洪源走远的背影，恶狠狠地吐出一口烟。

生活总不会平静，尤其在这个信息的时代。

人有寄托会活得很充实，只要它的确是寄托而不是牵绊。

谭阿姨在事务所的大办公室里早就“巡检”了好几轮，最后认定英子可以做个同盟军。看见她向洗手间的方向走去，谭阿姨也抓起几张手纸做样赶去。

英子只是去隔壁的水房刷杯子，谭阿姨凑过去：“你叫英子？你看，我没记错吧。”

“对呀。”

“你们年轻人现在都爱喝什么呢？我都不懂了。”

“不一样啊，人和人口味不一样的。”

“我想送我女儿一点儿礼物，你帮着参谋参谋？下班我在对面那小馆儿等你。”

“阿姨不要这么客气了吧，待会儿QQ上我传你一张东东的明细好啦。”

“这孩子，阿姨哪儿会用‘抠抠’儿。”

其实谭阿姨在QQ上的名字叫“沙漠中的驼铃”。

下午下班，英子去到对面叫“踪影”的小店，谭阿姨早找好了一个秋千座的隐蔽座位在等她。

“咦，这是什么东西啊？”英子故作惊异地拿过谭阿姨放在手旁的几页纸。

“你说做律师是不是有调查权啊？那如果想把这些地址电话补齐该怎么办呢？”

“好多方法哦，首先你这个单子哪里来的，查原始档案好了。”

“原始就这样呢？”

“那麻烦啦，如果原始这样子，那不是做档案的人不用心就是留资料的人可能随便乱写，怎么能查到真的呢？”

“这个是医院里出来的，看病的人应该不会留假信息吧？”

“阿姨，什么年代了？越是看病才越乱写呢。”

谭阿姨沉默了。

“这样吧，阿姨，我帮你查查看喽，不过不一定能有多少结果的。”

“行行，你看这里头啊，这电话有的就不用找了，我都打过了，这些光有地址没电话的是得快点儿找的。你能找着大概齐电话的都行。”

“只要留的是真名字喔。”

谭阿姨认真地问道：“如果要是随便写的名字，那就一点儿也找不出来了是不是？”

英子做出为难的神情说：“真名字还不一定能找得出几个人呢。”

看到谭阿姨失望加焦虑的表情，英子忍不住笑了出来。谭阿姨也会意地笑了，说：“这孩子！”

然后英子说要趁着还没关门去一下文华大学的图书馆，两个人就此分手了。

潘美兰——就是殷萍曾经在医院里见到她对着病历发泄怒气的那个女人——现在，正在被一阵剧烈的胸痛所侵扰。

潘美兰坐在车里，本打算从文华大学图书馆下班回家，但是手臂的关节又出现了剧烈难耐的疼痛，包含着酸胀和麻木的感觉，使得整个手臂根本没办法抬起来，车钥匙掉在车门旁的地上。她想伸手去捡，做不到；想把车门拉近一点儿，做不到。

车门半开着，寒风穿过丝袜，吹到她已经疼痛到几乎失去知觉的腿上，拍打着她的裙边。潘美兰最喜欢穿裙子。不论冬夏，还都要穿上丝袜。从十岁开始学芭蕾舞时，她就执著地喜爱上了裙装和丝袜。的确，也没有谁比她更能穿出裙子的飘逸和灵动来。当年，丈夫就是被舞台上她旋转的裙边所倾倒……却，又接连地跌倒在各种裙子之下……

自那时起，潘美兰就停止在冬天穿毛袜，而是一年四季都只穿丝袜；

把自己定型成为家里墙壁上那个终年不变、尘封的图画。

她幻想过自己的身边到处都充满监听设施，会有人查探她的一举一动，或者像电影里那样被特工包围，被试探包围，被一个丈夫的用心完全包围。

但是，离开电影的生活，没有包围和试探，更没有家庭内部应有的一切。尽管她美艳如花。

当疾病真的来临时，她却痛恨它，妄图撕碎、毁灭它！她还美艳如花！不应该以枯萎引起行人的回顾。

……天哪，怎么胸口这么疼?！还有膝盖，疼得要把人撕碎，同时还要保持外面包裹的皮肤的完整，痛！痛！

这时，英子一步两跳地从图书馆台阶上下来，恰好看到这幕场景。她在图书馆里经常请这个冰冷的美人馆员帮忙找书，便好奇地走去细看看。到了近旁，她已经大致明白了这恐怕与疾病有关。

她试探地问：“老师，有什么能帮您的吗?”

潘美兰只能移动眼睛看了看地上的钥匙。

英子帮她捡起来递到手上，但是钥匙马上又掉了下去。英子再次抓起钥匙，并拿出自己的律师证和驾驶执照，说：“不是无证驾驶哦，方便我送你吗?”

英子的可爱加上担心同事看到的尴尬，使潘美兰眨了眨眼皮。英子尽量小心地帮助她移到副座上面。盖好大衣，才坐下驾驶。

这让潘美兰感到有些放松。

英子把车停到楼下的时候，潘美兰还没有完全从疼痛中摆脱出来。英子继续用她的乖巧可爱说服她同意自己扶她上楼——其实倔强根本没用，潘美兰的膝盖、肘弯和胸口已经把她变成了一个牵线木偶，恐怕只能痛苦地受控。

“嘻哈物业”刚好在家，开门看到这个景象吓坏了，围着母亲团团转。

潘美兰强撑着嘱咐了一句“不许给你爸打电话”，就昏沉了起来。

英子把潘美兰的包放在桌子上，便悄悄退出这个家。她刚要转身下楼，听到楼上有人冲下来，差点撞到她身上——是嘻哈。

英子急忙问他：“怎么？需要去医院吗？”

嘻哈说：“不是，你，你认识我妈吗？”

英子说：“没有啊，就今天在路上遇到了。她是你妈妈？好漂亮。”

嘻哈说一句“噢，没事儿了”，就要回家去。

英子拉住他说：“你妈妈要不要紧？”

嘻哈只是说：“你别告诉别人就行。”

英子说：“那你告诉我你的名字和电话，好不好？”

嘻哈说：“为什么？！”

英子说：“我住的那里万一有了事找你方便嘛。”

而在刚才进入潘家，趁嘻哈扶人、忙乱的时候，英子已经用潘美兰的手机拨了自己的手机，并且迅速删除了潘美兰手机上的这条呼出记录。一下楼，她就把这个手机号码存储在自己手机里了。

真巧，“傻嘻哈的妈妈”紧挨着的就是“桑榆副社长”的号码存储。

英子的手机里什么都存，只要是让她看见的。

所以陈律师和同事们都一致认为她是个能适应现代社会、会生存的人。

雨霏的爸爸来北方办事三四天了，还没有陪她吃过一顿饭。这天，她接到父亲的电话，说是晚上一起吃饭，郭秘书会来接她。

一路上，郭秘书都带着神秘的笑容。到了吃饭的地方，雨霏惊奇地发现，有一个衣着朴素但是气质高雅、天然秀丽的中年女士坐在圆桌中间冲自己微笑——妈妈来了！

雨霏扑过去：“你们怎么，一齐来骗我一个！”

大家都哈哈笑了。雨霏这顿饭吃得格外香甜，一家三口已经快十年没有这样热闹地在一起吃饭了。

不仅雨霏，林氏夫妻两个也感觉到了这种非常难得的气氛。

晚上，雨霏父亲走到雨霏母亲身旁，雨霏母亲的微笑中却饱含着严肃："不，我累了。"

"你是记忆力太好了！"

看到一直兴致高昂的雨霏父亲一瞬间颓然地躺倒在床上，雨霏母亲有一些内疚。但她仍旧没有说话。

自从雨霏刚刚出世时，雨霏爸爸的一次荒唐行为被她发现之后，她就再也无法在肉体上接近这个依然喜爱她的男人。两个人一直忍耐到雨霏上小学，雨霏母亲便毅然地选择了长期支援边区的工作。

"你如果这么纯净，就不要生活在现在的年代……你，就你这种所谓的纯净，才让雨霏变成现在这个样子！"

"雨霏有什么不好？"

"她完全就像你。如果不是你的支边事业有了什么困难，你会不得已地来到这儿吗？"

雨霏妈妈沉默了。

"我会尽力帮你拿到资金拿到批文拿到你要的……但希望你起码直到走之前，只是同住在这个房间里。"

"好久没见雨霏了，她体质又弱。我想陪陪她。"

"你够了没有！"

越是快过节，越是忙。雨霏妈妈一办好事就回了边区。雨霏爸爸也心急着要回去，一大堆等着批示、出席、慰问、走访的事情，这就快要堆到自己面前了，得赶快回去。既然不考研了，雨霏最好也一起走。

在法国巴黎的汉学研究中心，罗瑟教授办公室的门被敲响了，进来一个书卷气非常浓的中国男青年。

"哦，海明，非常好，我正想要找你。"

“什么事，罗瑟教授？”

“来，你来看看这个，我认为这是一个非常有想法的学生，而她，也是一个中国人。”

海明接过罗瑟教授递来的书和打印文章，只扫了一眼封面，就欣喜地问道：“天哪，她也来巴黎了吗？”

“是的，她在巴黎，而且即将成为我们中心的学生。”

“真的吗？太好了！她可是我从小学一直到大学的同学。”

“哦，刚才我还在考虑安排一个怎样的见面，现在看来你更适合来筹划这件事了。”

“尽我所能。罗瑟教授，您能告诉我，林雨霏小姐有可能成为您的学生吗？”

“林雨霏小姐？你指的是谁呢？”

“就是这本书的作者，您刚才打算介绍给我认识的人啊。”

“这个，哦，海明，我想你有点误会，我说的人是应小松小姐。”

海明又低头看了看书，没错，用的是“沙之舞”这个笔名。再次看到这个熟悉得几乎刻在心尖的名字，海明的脸微微红了一下——他在学校论坛里的名字就是这个“沙之舞”。这也是雨霏为什么在中国的另一端能一眼从网络中找到海明在什么地方、追寻而去的原因。

这是只有海明和雨霏才心领神会的一个名字。

“有了雨点的敲打，就着月光，就能清楚地看沙之舞、浪之韵了。”这句话，从大学时起就没有停止过在海明心头脑际的围绕。

海明也从未停止过对这句话、这份情感的挂念和追求，虽然他没有别人那么大胆，他只是把自己所有在网络中可能出现的名字都换成了“沙之舞”。因为他知道，没有给班里同学留下什么联系方式的雨霏，还是会上网的……

海明收回思绪，又翻了翻其余的文章。没错，不管从研究方向，还是行文风格、逻辑条理，都必定是雨霏无疑。

“罗瑟教授，我想这里面可能有需要确认的地方。这本书和这些文章，的确是我的同学林雨霏小姐所写。这点，不仅我，我中国的博士生导师徐康先生也可以证明，因为他也读过这本书，或者应该说，还是他先向我推荐的这本书，我才仔细地读了它。”

“那么应小松小姐怎么也是这本书和这些文章的作者呢？”

海明回到住处，登录国内学校的论坛，这才发觉自己已经好久没有登录发言了。他发了一个帖子，内容很简单：

“寂寞沙之舞，苦寻浪之韵。”

这个帖子，和他以往发布的一样。一样。

雨霏现在在干什么呢？大学毕业后，她就去边区帮助她妈妈做义务的扶助工作去了，转眼四年时间，她还在那里吗？边区的气候她能不能适应呢？

她既然……怎么不给我个消息呢？

我没有任何改变，雨霏，我知道你是善良的，不愿意给别人带来任何一点委屈和难处的，你是怕我有了女朋友，不好突然出现吗？傻雨霏，我没有任何改变……就像你，从小到大，一点都没有变过……

海明和雨霏刚上小学的时候，老师是一个非常爱美的姑娘。她一天到晚都在抓紧每一分钟来往自己头上、脸上涂上东西或者拿下东西，她的大包包里装满了各种美容美发用品。

一天，爱美的老师发现自己的梳子里有一颗大头针样的东西，立刻暴怒起来——在爱美的人眼里，美容美发用品对自己的重要意义不亚于枪弹对于战场上的战士。她把全班的小朋友都叫来，严厉地说：“小朋友们，今天老师在班上发现了一个做坏事的小孩子，老师现在不想指名，想让这个坏孩子自己站出来，你们一起从一数到三，让他自己站起来好吗？”

可是全班小朋友数了好多遍的“一到三”，还是没有任何孩子站起来。

老师生气地说：“今天老师在梳子里发现了一颗大头针，这是多么恶劣的行为！小朋友们想想，如果老师在梳头时不小心让大头针划破了头皮，该是多么严重的事情？小朋友们，你们说这个孩子是不是该站出来跟老师认错呢？”

全班的孩子都面面相觑，无人作答。

老师百般劝说无效，说道：“今天这个放大头针的小朋友必须站出来跟老师认错，要不然你们所有人都别回家，咱们在这里一直坐到他站起来，认错！”

所有的小朋友都低下头，沉默。等了一会儿之后，雨霏站了起来，说：“对不起，老师。”

全班的小朋友一跃而起，各自抓起书包，泄闸一般奔向教室门口，你扒拉我、我撕拽你地向外抢行。

老师走到雨霏面前，严厉地说：“林雨霏，没想到……你怎么会开这样的玩笑？写一份检查，明天交给我！而且要当着全班的面朗读！”

老师走了，海明从教室后面走到雨霏旁边，问：“你怎么会把大头针放到老师的梳子里呢？”

雨霏抬起泪汪汪的眼睛，说：“我没有放，我只是不想让全班同学回不了家，就承认了。放学回不了家，肚子会饿，爸爸妈妈也会担心的。”

“那你的检查怎么办？”

“不知道，我不会写。”

“走，先回家吧。我帮你写。”

那时，海明和雨霏的父母在一个单位上班，两家都住在单位的宿舍里，相距不过一个楼道远。雨霏先回家跟父母说了要去海明家写作业，才拿着书包到了海明家。

海明已经把事情经过简单向母亲说了。雨霏来的时候，海明妈妈一边笑着，一边端出许多吃食，说：“吃饭吧，根本不用写什么检查。”

雨霏问：“为什么呀，阿姨？”

海明妈妈拿来自己的梳子，问：“你们老师用的是不是这样的梳子？”

两个人一看，对，就是这种木头底托，上面是一块圆拱状的橡胶制品，穿透有许多细长的钢针样梳齿的梳子。

雨霏说：“对呀，我妈妈用的也是这样的梳子。”

海明妈妈说：“这就全解决了，不用你们说我也知道根本没有人放什么大头针。”

“为什么呢?”

海明妈妈用力一按梳子的塑料圆拱，就把它从木头底托上取了下来，然后用手轻轻把一只钢针样的梳齿向相反的方向推，梳齿就从圆拱的内凹处被顶了出来。海明妈妈用手捏着它让孩子们看：“像不像一个大头针?”

孩子们都欢呼起来。老师的梳子仅仅是因为橡胶圆拱老化了，钢针样的梳齿自己脱落，被她误以为是大头针。

这件事在第二天一早就被顺利澄清了，雨霏也没有当众念检查。尽管老师不愿承认自己的粗心而没有当众还雨霏清白，但是，海明自此便对雨霏多了一种特别的认同感和亲切感。

初中和高中的时候，海明明显感觉到了自己和雨霏之间的默契感。两个人每天都能在学校门口相遇。

虽然每天出发的时间有早有晚，行走路线也不相同——那时，海明和雨霏的父母已经到了不同的单位工作，两家住得远了。但是，不用约定，两个人都必然在校门口相遇。

甚至在临时补课的时候。

海明觉得，这就是所谓的注定。她就像是自己的一部分，不用担心，不需强求，一切都会在它应该发生的时刻发生。他早就把雨霏看成了是自己的一部分一般。

但是，大学之后的雨霏发生了很多变化。她开始主动地躲避很多事，不再那样天真天然。

海明在最初还没有察觉。直到雨霏到了边区，失掉了原本就从没留下过的联系，他才知道了心痛是一种什么样的感觉。那是一种似隐似现的酸痛苦楚，发作时，它会让人失去言语的能力；消歇时，它仍不肯给人表达的力量。

无言却叹秋好天凉。

海明没有如此，他在不停地以他的方式呼喊、寻找、争取。他所有的张扬、彰显都只为了这呼喊的传递。如果有可能，他愿意将全世界的沙子都写成“雨霏”两个字，让雨霏只要走到沙土边，见到沙土尘粒，就能知道海明正在呼唤。

寂寞沙之舞，苦寻浪之韵。

在学校的每个假期里，海明都会将曾经收集到的雨霏行踪的蛛丝马迹汇总起来，亲自寻找。除了雨霏的家里——他暂时最没有勇气去的地方，海明在边区和城市，留下了不少足迹。

他只想寻找到雨霏，遇见雨霏。就像两个人少年时最普通的相遇一样，雨霏站在校门那里静静地微笑，而自己则走上前去，说：“是你呀……”

徐教授接到海明的一个电话，告诉他汉学中心的这名奇怪的学生，并询问那本《尺牍中的文士精神初探》和她的作者。徐教授告诉海明，雨霏曾经想考自己的研究生，但是现在有一阵子没联系了。

海明很惆怅，徐教授也很惆怅。

小松啊小松，倒不如当初自己把她送出国去还好。哎，凡事就怕认真二字，自己早就学会了糊涂，偏偏认真了这么一回，小松也是，怎么就对出国这么执著呢？

雨霏来到徐教授办公室辞行的时候，徐教授还是没什么精神。雨霏只好把心里藏着想打听的问题按压了下去。

等到她刚刚离开，海明的电话就又打到了徐教授的办公室。

徐教授说：“哦，海明，还没有睡吗？”

海明说：“我，我在这边见到雨霏的书，总是有点不……她不会是出什么事儿了吧？您如果见到她……”

徐教授记起似乎刚才还和雨霏在谈话，说：“见到了，就刚才吧，她还来看我了，你就放心吧，自己在外要多注意啊。”

海明说：“她来看您了？她现在好吗？留联系方式了吗？”

徐教授说：“没有啊……不过，你放心，书的事我会跟她说，让她多注意的。”

然而徐教授不会跟任何人说这本书到了大洋彼岸的事。小松已经那么煞费苦心地钻了出去，就成全她吧。

小松也是这样想的。

她在法国的日子还算平静。等待汉学中心进一步通知的时候，小松心里的艺术细胞又躁动跳跃了起来。她多年唯一的梦想就是全身心地投入到艺术世界的包围之中，让自己接受艺术的洗礼，而没有任何的一点点俗气。

为了这个，付出再多也不怕。

现在，只要在这令人厌恶的汉学机构里再忍耐着混上几年，就可以和艺术纯粹地结合一体了。小松庆幸，她终于找到了自我的归属之处。

散步在巴黎的街巷，对于小松来讲，就是莫大的幸福。除了……

小松从住处出来，本打算买些日用品。可是不知是什么原因，就闲逛到了一条小街道。从对艺术的沉浸中惊醒的她，突然觉得有点不对劲儿的感觉。

转身看看，周围除了几群商贩以及挑选商品的女人们，几个外籍青年和黑人青年，并没有什么不寻常的地方。

法国各种族人群都很多，小松没有多想，只是觉得心里开始乱糟糟无名地烦躁。

怎么会想不起要买什么？

小松拉开大背包的拉链，探着脑袋翻找，找到一张字条，她一只手把背包的背带挂回肩膀上，一只手举着字条看。仔细记了要买的东西之后……也许是太烦躁了，她没太注意之前都买了什么塞到包里，也没注意到现在包里多了些什么。

直到一个高大的红发白人青年微笑着，紧紧抓住她腋窝处的手臂……

酒吧街上，陈律师和洪源漫不经心地逛着，在好几个酒吧里坐了坐。好像很无聊。陈律师自娱自乐地一把把晃着手里的圆筒。突然他拿起电话，然后无奈地对着洪源的耳朵说："再换到这儿去吧。"

在另一个酒吧，正好赶上那里播放舞曲，大家都聚在中央疯狂晃动的时间段。两个人找了不显眼的座位刚刚坐下，就有一个外籍青年走来，也不坐下，就站着和他们寒暄了几句。

洪源都快不耐烦了，等这青年走开后，问陈律师："有谱没谱这个?"

陈律师说："我哪儿知道。"

一会儿，那个青年在人群中冲陈律师示意，陈律师紧忙拉起洪源跟过去。沿着围廊绕了几绕，才到了一个华丽安静的小房间。一个英武深沉的外籍青年用法语请二人坐下，不要客气。刚才带路的青年则充当翻译。

身旁有年轻人端上来花枣茶。

洪源说："好茶!"

深沉的青年说："也许你们的朋友也想请你们喝茶。"

"什么意思?"

"你们，请喝茶不是有事相求吗?"

洪源和陈律师只是得到朋友的通知，说法国那边有人点名要找洪源，其他的一无所知。现在看到这个青年是这种样子，陈律师低头把一个枣嚼来嚼去。洪源说："我们不记得有哪个人在那边啊。"

青年示意旁边的年轻人交给洪源一张纸条。洪源接过来，是一个不太熟悉的字迹，沉着、平静的字迹：

"我要回家，不要逼我到晴时再说这话。松。"

洪源心里一惊，笑着说："我看不懂。"

深沉的青年说："我那边的兄弟给我讲了个笑话。有一天，他们看见一个被警察跟踪的黑人，他把一些货放进了一个中国女人的包里。警察把中国女人带走了，后来发现这个女人的身份、记录、头发……什么都是假的。关于这个女人的一切资料都是根本查不到的。警察也许不喜欢处置这种突然出现在人间的人，他们又很忙，就把女人关了起来。也许，他们是想看看她能不能突然自己消失掉。哈哈……但是，这个女人打动了抓她的那个警察，给了他一封信，请他无论如何帮助寄出去。这个警察不能自己做，但他和我的兄弟是好朋友，给了他钱让他去寄这封信。巧的是我这个兄弟正好要到这边来，就拿回了这个，没有寄。"

洪源笑笑说："太好笑了，典型一喜剧。"

青年说："噢，刚才忘了给你这个。"

他又拿出一个信封，旁边的年轻人用中文念着上面的一个地址，还没听他念到一半，洪源和陈律师就都不再说笑了。

洪源从身上掏出所有的货币和金属，说："给你的兄弟买杯茶喝吧。"

那是时晴爸爸的地址。

来到酒吧外面，洪源又和陈律师仔细地看了这两个信封和信。陈律师说："应该都是原件，他们没留什么。"

洪源掏出打火机开始烧。

陈律师吃惊地问："你干什么?"

"你信她吗?!"

陈律师挠挠头，说："就希望可别再添什么事儿了……"

时晴看了一会儿电影，下到客厅，正巧看到爸爸进门："请问这位先生，您是来换衣服呢还是取文件?有什么小可可以效劳的吗?"

时晴爸爸故意往沙发里深坐下去："我说小公子啊，本人疲乏终日，想在贵处讨些茶饭，不知可有打扰吗?"

“爸爸？真的假的？！”

“什么真的假的？”

“您今天真的在家吃饭吗？”

“你要说让我在这儿吃，我就乖乖听令喽。”

“爸爸——我都好几天没见着您了，来，我给您捶捶肩膀吧？”

“唉，我们这些人天天起五更，您大小姐是天天睡五更，咱爷俩儿可不是难得见着嘛。”

时晴还要撒娇说些什么，刘干事手里握着电话，向时晴爸爸递去一个严肃的询问眼神。时晴只好乖巧地走开去。

接完电话，时晴爸爸就又急匆匆地出门了。

刚出得门来，时晴爸爸接过殷萍送来的杯子，对她说：“我看，你也要多关心关心孩子。”

殷萍眼睛一眨，略为惭愧地笑了笑。她转头去严厉地看一眼刘干事，却在他脸上没有找到任何可捕捉并深入审查的端倪。

时晴爸爸和刘干事向外走去，随口问他：“小晴的男朋友是不是老洪的儿子？”

刘干事点点头。

时晴爸爸又说：“做生意也是门学问哪，你看我这老头儿也学学怎么样？”

刘干事说：“好。”

时晴爸爸微笑着说：“还是你们年轻人，脑子快，你们学吧。学完了教教我就行了，是不是？”

刘干事笑着点点头。

时晴爸爸说：“你这个阿姨她老是不喜欢热闹，你说可怎么办呢？”

刘干事拉开车门，用肯定的目光望着时晴爸爸说：“咱家里挺安静的。”

六

临近过节的城市是个到处涌动的城市，八方的来人涌动，四面的信息涌动，人员涌动，物资涌动，于是，造成了没有一个关节不臃肿、没有一个地方不堵塞的局面。仿佛是还没等到过年的大餐，就已经吃油腻了肠胃。

但是，没有人因为不消化就停止吸纳。

张主任心里急着要赶场，却一只手紧紧抓住于总编，大声地说：“领导啊，领导，我醉了！我醉了没有？呵呵……呵呵，没有！我知道，领导啊，过年啦，喝！喝……”

他的另一只手一直在空中激昂地挥舞着，身体全靠在一个年轻同事的身上，最后这几个动作的力量大了点儿，年轻同事一个趔趄，张主任也差点儿摔着。

于总编说：“这个，这个，你给张主任送回去啊，别让他开车。”

“不用！领导太关心我了，我很感动！”

于总编拨开张主任乱挥的手，对着年轻同事说：“他钥匙在哪儿呢？你送送他。”

“我不给！你们找不着，呵呵……”

年轻同事巴不得于总编快点儿离开，自己还能轻松点儿，连保证带许诺地催着于总编上了车。

于总编的车缓缓启动，张主任还在挥手：“领导，再！见！”于总编的车子开走了，张主任像是要去卫生间呕吐，自己趔趄着走开去。到了卫生间，张主任掏出电话，接通。

“领导领导，真对不起，刚才跟我们领导在一起，没办法儿接，什么指示?”

“我们正喝呢，你来不来?”

“我可是不能再喝了，不过大哥招呼了，怎么也得陪啊，大哥说吧，在哪儿，让我喝多少。”

“你不喝也行，嘿嘿……”

“明白，明白，我安排，然后马上去接你们，你们几个人?”

“我，还有局里两三个，估计有一个不去玩的。”

“好，这得谢谢大哥呀，好！马上安排好。”

张主任从侧门走到停车场，发动汽车。等着车的工夫，他又发了几条短信。餐厅正门的地方，刚才扶他的年轻同事还在等待张望着。

徐教授接连收到很多聚会的约请，但他和夫人早决定了春节期间出去旅游，所以对此一概回绝。接到张主任发来的短信，他回复道：“诚谢，奈拙荆执顽，乡人殷殷，故登途以省，望恕望恕，弟再拜。”

张主任一脚急刹车，停在路边，对着手机，用小手指一字一字点着看了又看，皱着眉头说：“啥东东嘛这是? 反正是够酸的，头疼头疼。”

由于小松突然神奇地失踪了，哪儿也找不到她的踪影，张主任这阵子脾气特别大。

他奶奶的！他祖奶奶！回这种信要挤对我是怎么着? 欺负我没文化啊? 徐老头子，哼。唉，最近这些丫头都没个能拿得出手的，今天这事办得咋样就看运气吧……

还有桑榆这孙子！没事儿琢磨什么换地方啊，文华大学出版社有哪儿点不好? 想什么呢? 哟！可别是想来我们集团吧……

桑榆等到陈律师喝得恰好的时候，笑着说话了：“老弟，给你添点事儿吧?”

“老哥说啥就是啥，兄弟帮忙!”

“这也是别人托我的一个急事儿，我想想还就你能帮这个忙。”

“什么事儿吧？”

“调查一个单位的财务情况。”

“哪儿啊？”

“文北出版集团。”

陈律师连忙举起手中的酒杯，满上，嘻嘻笑着，说：“老哥，得干了这杯吧？”

“我这已经多了……”

“这杯不一样，恭喜啊，以后还得多提携兄弟呢。”

桑榆故作含蓄地说：“恭什么喜呀？”

“恭喜你，大家恭喜你，新年一起欢喜……”陈律师捏起嗓子学唱着这首拜年的歌曲。

桑榆低下头一笑，一口饮尽，说：“你老弟心里可得有我这个哥哥啊。”

“瞧你说的，哥的心就是兄弟的心。”

桑榆又是低头笑了笑，没说什么。

然后一直就是女人的话题。直到出门告别时，桑榆才又钉了陈律师一句：“这月二十六七的能得吗？”

“哥哥，您要我命啊。这不是咱家一月俩月买菜的账本儿。”

“要不信你有这本事我还不开这口了。”

“嘿哟，您太看得起我。”

“我起码有一成看得起，就行了吧？”

“瞧您这客气，兄弟豁出去了。”

张主任是出版集团的办公室主任，这几天签字签得手都酸了。你说又不是没给你们发过节费，又不是平时没报过销，都赶这几天干什么，明年不打算来了还是怎么着？真累得慌。

其实他主要的还是烦这些账目太细碎。自打坐上这个办公桌，他就自己准备了一个笔记本，按集团和下属各出版社、杂志社分列目录，详细记录着各处的每一笔财务情况。包括其中的花账，他也能判断个八九不离十。

谁说我只会吃饭？老子叫娱乐生产两不误。

张主任一边细细地记录着，一边想着桑榆晚上的约会。他妈的洪源别是瞎赚钱吧？上次还告诉我桑榆想运动到我们这儿接老于……这家伙要真是调来当副儿他老主动请我干什么？以后跟桑榆再不能花自己的钱了。

一见面，大家都很热情，也很高兴。张主任抓着桑榆的手，说："哎呀，我以为您这大忙人没工夫见我们这些小催巴儿呢，还真约了这个，感动感动，兄弟没白叫你大哥。"

桑榆说："这话啊，说得可招人不爱听。"

"语伦无次，语伦无次，太激动了。"

"这是你们社的新文化运动吗?"

"什么你们我们？咱俩还分什么?"

"哈哈……"

一时间，吃到人酒俱酣，心耳皆畅。

桑榆搂着张主任说："老弟，哥哥心里有个事儿。"

"你说，你说不说？不说我还不听了。"

"我要是跟你成了同事你高兴不?"

"真的假的？哎、哎，咱先说好了，你要把我调你们文华大学那社里去可得给我提级……"

"装傻，跟你哥这儿还装呢?"

"让我猜猜啊，你把杯子放下，我一想事就不能喝了，我猜猜，咱俩当同事，你不把我调你们社，那就是你调到我们集团，对不对?"

"呵呵……"

"你到我们办公室吗？那我干什么呀?"

"再装你!"

“我没有……”

桑榆继续搂着张主任梗向一边的脖子，说：“出版是个挣钱的行当，咱哥俩都在这行混这么多年了，没挣着钱，怎么回事儿？”

“我是笨，他们都说我光会喝个酒吃个饭，我从小也不会写作文……你是太廉洁了，一心为公，肯定的。”

“廉洁的人在你们那儿多不多？”

“嗯……我看头儿都挺廉洁的，下边的人还没机会不廉洁，呵呵，呵呵。”

“你小子，出版是个挣钱的行当，出版，就看你怎么做。教材闭着眼睛都发、都上门来求着你，光盘你白给人家号书商都不稀罕，有的书不用它挣钱，有的书想不挣都不行，你知道怎么着？”

“我知道了，出版能挣钱。”

“咱哥俩挑个好平台，好好干点事儿，我看准了你是个人才！”

多少年了除了酒量大还没人看得起我什么。张主任心里偷偷一笑，说：“好，没错，我一定跟着你干！”

“但是咱俩得先把你们那儿的事儿摸清楚，表面好看实际不行的地方咱们不能去。”

“对对对，就像女人，光长的好不行，得摸摸身材……”

“再跟你哥哥装傻就不好了啊？”

张主任放下筷子，故意拧着眉头想了一想，说：“装我是装过，不过，要说我们那儿，我就是管个报销、文具、劳保的，再就是领导们用个经费，还有跟工商、税务、街道什么搞搞关系……”

桑榆把筷子递到他手里，说：“吃，吃，你就把下边每个社大概的盈亏透透就行了，哥哥我当他妈副儿是真当腻味了。”

“每个社？那可多了去了，都挣钱，都往集团交着钱呢，这我知道，老签字呢。都没有亏损。”

桑榆笑得眼睛都没了，说：“吃，吃。”

张主任知道过不了一个星期，桑榆还得请自己吃饭。当副儿有什么不好？看来这家伙是宁肯要个下面的出版社干干。除了有指定销路的东西，现在出书还能挣个屁钱。大学里呆时间长了，跟学生学什么不好非学单纯、搞有追求。气人，白浪费时间了。这回又是哪个缺心眼儿的丫头撺掇的他呀?

嘿嘿，不过也好，敬这个缺心眼儿的一杯吧。

集团里面一团年节气象，谁见了谁都笑盈盈的，不是问好，就是吃饭。女同事间小物品、小特产的都快传递成个集贸市场了，男同事则是饺子就酒。张主任见了谁都是那脸憨厚的笑容，趁着这场一年一次的、掩盖虚伪的、传递信息的混乱，灌醉了好几个财务上的人。

功夫不负有酒量的人，张主任得到一条重要信息，那就是，有个姓陈的律师在抓紧调查整个集团的财务状况，包括下面各个社的盈亏状况。

张主任憨憨地笑了。

陈律师与张主任和桑榆是同时相识的，以后聚了无数次，倒也没在这两个人之间分出究竟和谁更近一点儿来。对于谁请吃喝玩乐，他不大上心。

洪源就不一样了，业务加交情，张主任的要求倒不是不可以考虑。

买卖嘛，有钱干吗不赚?张主任想打听的消息都很简单，全是他们出版集团那点人事变动上的小事儿，这在洪源回家一趟或者跟哥哥问两句就都出来了。不费吹灰之力。而且张主任每次都是带着“香烟”现场支付，是个值得长期合作的人选。

这不违法不违规的事儿，比起我其他的业务，不知简单安全了多少倍。洪源这样想着，主动结了一次账。

和洪源吃完饭后，张主任的心情尤其好。他弯着腰，把汽车后备厢里的各种物品拣了又拣，挑了又挑，又颠儿颠儿地跑到汽车驾驶座旁，掀着车座鼓捣了半天，才满意地拍拍身上，回家了。

那一排排的排好了队的礼物们，跟一队队刚喝好了酒的小士兵似的，越看心里就越高兴。嘿嘿，呵呵。

现在才不去于总编家呢，多少眼睛跟探照灯似的白天黑夜挂在那儿等着看呢，集团里有几个省事儿的人？都装得跟个良民似的。我才不去撞这些个人的眼。

不过，事情尽管这样发展着，于总编还是要在家里接待一拨拨儿的礼品盒子和酒水瓶子。老伴揉着因为总堆着笑而发酸的腮帮子说："你明天上班路上赶紧把这些给儿子拿去，他有用就用，没用就喝了吃了，放这儿我眼晕。"

于总编正想蹲下去在里面扒拉出一两瓶自己想留着喝的酒，听了这话，不高兴也只能站起来走开了。

第二天，他的这点不高兴就因为张主任的汇报工作而烟消云散了。

小张就是个好同志，有工作就汇报，工作都做在点子上，还不耽误别人的时间。这样的好同志，得重用!

张主任这几天虽然在超负荷地忙事情，精神却很好，晚上又如约去了桑榆定的餐厅。

就像男女恋爱一样，两个人没说明的时候，怎么幻想都美丽，怎么说话都好听而有余味，而一旦挑明说破，就是再汹涌澎湃的激情、热情、痴情都成了冷冷的、懒懒的、放剩的爆米花——闻着还有点儿香味，就是吃不下，勉强去吃一口吧，嘿，比橡皮筋儿还拧还较劲，比老白蜡还糊嗓子。这时候爆米花要是非死乞白赖地放香味儿过来，装朦胧、新鲜状态那时候的诱惑，你都想扔了它。

桑榆和张主任都太熟悉爆米花了，所以这次一见面，谁也没跟以前似的像相声演员一样站在那儿表演几分钟，就直接坐下了。

张主任递过去一个小本子，笑笑："老哥，兄弟可是没少忙活，你看看吧，看了就得夸我，还得请我喝好酒。"

桑榆接过去放在身旁的椅子上，说："就知道我没看错，每个社都有了吧。”

“都有都有，就是吧，有的实在是我不好要的，就不是特别清楚，你也知道，咱哥俩有什么说什么，我跟那些财务哪儿能直说啊。”

“辛苦辛苦，来，来，满上。”

“还有吧，就是——哥你可不能笑话我啊——这个财务的账我是一点儿不懂，没看明白，你详细看看，要是缺什么或者哪儿不对赶紧告诉我，这几天还没准能找找，一放假就什么也找不了了。”

“兄弟，跟着哥哥好好干吧，就哥哥手里这些资源，还能挣不着钱?”

“是，是，挣不着钱，不，不能挣不着钱……”

陈律师的事务所里有不少家不在这个城市的员工，也同时是很敬业的员工。这几天，他们主动加班，查询、核算、比对，做出了一份严谨专业的综合报告。陈律师请他们全体吃饭。

“老板，一定带上卡啊。”

“回去千万不能顶枕头哦。”

“我们可是食肉族……”

“谁说？我们都是食人族，专吃某一些剥削阶级。”

陈律师答应着，慢慢伸手去拿报告，英子一个眼尖看见了，说：“小唐，看好哦。”

胖胖的小唐迅速地抢到怀里抱着，说：“吃了饭才能拿，天下怎么能有免费的报告呢？还是加急赶出来的?”

等到陈律师把这份不易得来、沉甸甸、确有含金量的报告交给桑榆的时候，桑榆已经把张主任的小本子学习完毕了。那些资料数字已经在他心里初步绘出了一个出版集团里赤色和绿色的版图。

拿到陈律师所里报告的时候，桑榆第一感觉是：真厚。

不从一个来源获得情报是桑榆一向的原则。他回到自己一个人住的房子，准备好好看看这份律师经手的详细报告。手机响了。

桑榆赶紧问好："你好啊，何处。"

一个熟悉的声音压低了嗓子说："跟你提个醒儿。"

桑榆一着急，耳朵越发不好使了："啊？信号不太好。"

压低的嗓子说："我在卫生间呢，也不能太大声儿。"

桑榆说："在哪儿正吃呢吧？"

对方顿了顿说："刚刚听到一个消息，你小子得抓紧。"

桑榆问："怎么了？"

"刘、马他们明天就去别处过年去，下午的飞机。"

这可真是个太太重要的信息。

桑榆把手里的小本子和报告全都推到一旁去，立即筹划。

不行，得赶在两人出门之前把调动的细节说清楚，清楚了就清楚了。含糊着出去，不定让多少耳尖手利的人逮着，就糊涂大发儿了。

桑榆一边强赶着疲乏劲儿研究报告，一边看着时间，估计好了刘、马吃完没到家，还在路上的时间，好发出约请。

人家出门的人最不愿让有相干公务私情的人知道。桑榆假装着不知情，不怕二人中午喝醉，也不管二人要收行李做准备，强拉硬拽地请了出来。两人既然要瞒这个出门的消息，只好运着气、忍着恼赴了席，又运着气、忍着恼跟桑榆定了他这次调动的细节。

运着气，还能怎么定细节呢?！就是明知道前面是个大坑，只要有人哭着喊着想往里跳，那就推他一把吧！

运着气的人推完了想跳坑的人，气算是消了点儿，就按原计划坐着飞机走了。

张主任跑到洪源的"超级杂务市场"里又做了一次小型购买之后，喜得眉开眼笑的。

太好了，桑榆同志绝对是个值得嘉奖的好同志，深入基层，不怕艰难。嘿嘿，难怪女人都爱买东西，买卖真是件好事儿。就是从小松那儿蹭的烟不太多了，不过，值。

也不知道小松过得怎么样了？唉，不管怎么说，她谢谢我还是必要的。没我，她上哪儿认识那么多人去？虽然，虽然我知道她根本没喜欢过我，可我也从来没真的喜欢过她呀。

陈律师和洪源来到酒吧街，七等八等七绕八绕，又见到了上次那个英武而深沉的外籍青年。他客气地请二人坐下。

谈话很简短，也似乎很愉快。青年和他手下的人只管收钱办事。

洪源两个人回到酒吧，中间舞动的人群还在疯狂地舞着，音乐声震动神经。洪源的脸色有些兴奋的红润，索性拉起陈律师到人群中去释放狂热。

走出酒吧来，洪源带着酒意说："你，还能开吗?"

陈律师叹口气，说："送你没问题。"

洪源说："错！咱先把该送的人送得干干净净的，再说!"

陈律师欲言又止。

如果一个充满生气的人和死神有过会晤的话，她应该会活得更加鲜活！她的心会开始向往天地，向往广阔，而不是一个实际可丈量的牵绊。

或者我们面对放弃广阔的人，也只能无奈地说，人已然拥有了实际可丈量的躯体，再为一个实际且可丈量的事物所牵绊是可悲的。

小松出国之后，她的妹妹小萝还继续住在原来的房子里。英子也和往常一样。但是有一天，英子发觉有点不对劲。

这天晚上，小萝没有像平时一样按时回家，英子回去时发现屋子里有人翻找过的痕迹。而小萝晚归时对自己打打探探的举止，则让英子一下子就猜到了几分。她不由得有点心慌起来。

今天，小萝出门时居然僵硬殷勤地和英子说了几句话。英子再三思索，拨通了嘻哈的电话。

这个被英子称做“嘻哈”的人有一个和他人一样帅气的名字，叫做桑轩。

英子问他：“干什么呢？有没有时间出来走走呢？”

桑轩犹豫了好一会儿，说：“明天行吗？”

“因为今天过节对不对？可是还好几个小时才到晚上呢。”

“明天吧，去滑冰，我请你吃两大杯冰淇淋。”

“好吧，你说的哦，不许赖，而且明天要在第一时间联系我哦。”

桑轩是个表面嘻哈的孩子，每逢过年过节，他都会老老实实地陪妈妈。妈妈是有点古怪，不去看姥姥，不看舅舅，也不让爸爸回来……但她毕竟是妈妈。而且，越是这样孤独的人就越是可怜的。而且，一年三百六十五天中，妈妈其实最最希望看到三口人在一起的画面。一年三百六十五天中，妈妈每天都在等待爸爸。

潘美兰在厨房里忙碌着，刚刚吃完午饭，她就开始为晚饭做准备了。丈夫最爱喝粥，潘美兰早早就泡好了花生米和杏仁，现在正在一个个地剥去外皮，露出一个个白脆发亮的胖果仁儿来。

然后她打开阳台的窗子，取回晾了一夜的猪大肠。那在几天前已经用碱水泡洗了好几遍，并在昨天淋干、打结、热油炸好了，只要今天丈夫来时下锅一烩就可以。

凉菜是酒泡枣、酥炸鸭胗、蜜饯熏鱼和鲍鱼煮好后细切的薄片，热菜有鸡油豆豉炖鲈鱼、油焖鸡榨菜蒸冬笋、烩大肠和竹笋尖炒二色扁豆丝，汤准备的是甲鱼汤炖鹅掌，都是丈夫爱吃的东西。每样菜的调味里都加上了一点蜜枣和桂花，吃不出任何腻或厚的甜味，只是让这些菜清香些、可口些。配上大米、糯米、花生瓣、杏仁瓣、薏仁、白果肉、莲子肉、百合熬的香白糯滑的粥。

潘美兰回回头，看到清洁雅致的房间、玻璃上的哈气，儿子把平时垂在面前的长刘海用一根细细的黑发箍别到头顶，露出英俊的面庞，老实地坐在那里看电视、吃零食……还有什么比这更好的了吗？

一阵胸痛，是开阳台窗时吹冷风了吧？

潘美兰把疼痛带来的痉挛力量压到榨汁机上……现在榨好果汁、蔬菜汁混合起来，冰箱里冰一会儿，刚好就是他爱喝的温度。他可不爱喝常温的鲜榨水果、蔬菜汁，说那样有点腥气。太凉也不好，凉东西伤胃……

一滴滴大滴的泪水连续坠落到潘美兰修长苍白的手指上。

早就有不同的人关心他这些了，我是多余的。

“妈。”

“哦，什么事儿？”

“爸来电话，说他晚上有饭局，赶过来吃夜饭。”

潘美兰僵在厨房里。

“妈您没事儿吧？”

“没事儿，累了，你把这个都榨好了，搁冰箱里头，等妈起来搭配，你不会。妈去躺会儿去。”

潘美兰解下围裙，走向卧室。桑轩跟过来，带着好多年没在脸上出现的小孩儿般的撒娇表情，又说：“妈——”

“什么事儿啊，说吧。”

“您手艺这么好，做的菜咱两人又吃不完……”

“晚点儿你爸还来呢。”

“我，我……叫我一个同学来一块儿过年行吗？您也认识，她家在外地，现在一个人在北方……”

最后这几句，桑轩说得又慢、声音又小，潘美兰竖了半天耳朵总算听明白了。这孩子，好歹的也二十好几了……

“愿意就叫来吧，可别让人家花钱再买东西什么的。”

“哎，好，谢谢妈！”

桑轩兴奋地拥抱了潘美兰，一个鱼跃滑到沙发上去打电话。

在桑轩家楼下，英子走来，说：“哼，说是请人家吃饭，怎么这一点儿路还让女孩子跑，还要到你楼下来，什么道理！”

“走吧。”桑轩和别人都挺能闹，嘴也够贫，可就是当着英子立时变了哑巴，希望她一直说下去才好。

“去哪里？这不上你家去了吗？”

“对啊。”

“不去的，不去的，大过节的，怎么好这样子呢！”

“我妈说让我叫你来的。”

“那样啊，这个感谢就记到你妈妈那里，与你无关喽，好事好事。”

桑轩很想弹她一个脑镚儿。

晚饭是桑轩和英子摆的餐桌。英子除了把水果、蔬菜分别榨好汁、搭配好，还把大肠烩了出来，凑齐了四凉四热一个汤。桑轩叫潘美兰出来的时候，她只觉得眼前一亮。

房间、餐桌、菜肴、女孩，都那样地可人，且洋溢着一种轻松愉快的光芒。

是她，是这个女孩子带来的这种气氛，可人而轻松。

潘美兰坐下来，觉得这是自己打结婚以来吃的最开心的一顿饭。结婚的当晚，潘美兰送客人一转回身，就看见丈夫剥了一块糖，歪着身子往旁边的一个女客人嘴里送……

不想过去了，让我们享受现在吧！

桑榆和在文华社里实习的一个女研究生吃完饭后，沿着护城河散了会儿步。

女学生问：“你真的就要调过去啊？”

桑榆得意地说：“我打算是过了年就去。”

女学生追问道：“是去具体哪一个社，不是去文北出版集团吧？”

桑榆笑问她：“你希望是什么？”

女学生从他脸上读了读答案，说："太好了，太好了！不过……过了年就不能天天见你了……"

桑榆说："只是换个上班的地方，其他什么都不会变的。"

女学生故意问："也不是吧？要恭喜你是正社长啦，有自己做主的一片天地是最美的事情了。"

桑榆说："萌萌，你不觉得你太浪漫吗？"

女学生说："不是浪漫，是非常现实。追求自己想要又得不到的东西才是浪漫。空看一片海，不如握紧手里的一捧沙……"

桑榆笑着说："你还不信我吗？"

女学生说："就是太信了，才不放心你去那么远上班啊。"

桑榆说："有多远？走路都要不了半小时。"

女学生说："心和心那么远——"

桑榆一下子把她揽到怀里，揉着她的长发……说："萌萌，萌萌，你一定要尽快跟我到那边去，咱们做咱们喜欢的书出来！"

人员就是保障啊！别急，一个一个地往过劝。桑榆例行公事回家吃节饭的路上，好好算计了一番。

等桑榆赶回到家里的时候，桑轩刚好因为送英子出门去了。这一送送了两个小时。潘美兰并不怪他，也不想催他回来。她的心情非常好，多年没有的。她打开音响，和着音乐收拾家里的杂务，时不常旋转出一个漂亮的舞步——背后的墙上，悬挂着她身着芭蕾舞服手举奖杯的照片和仙女剧照。

当她带着一脸一身耀眼夺人的光辉去开门的时候，桑榆吃了一惊。但是很习惯的，他满面厌恶地说："你他妈又抽什么风呢。"

潘美兰瞬间回复了苍白僵直。

桑榆坐到桌边，把电视声音放到很大，足够超过音响的音乐声。然后，他一一检选桌上的菜肴，随便吃了几口，喝了点儿饮料。他觉得今天的蔬菜水果汁搭配的不是自己喜欢的味道，一扭头"呸"的一下全吐到地上。

潘美兰简直惊愕了。她呼吸急促，一阵胸痛又袭来……

桑榆还像什么也没发生一样，挑拣菜吃。身边一阵旋风旋过来，打掉了他手里的筷子。是桑轩。

“把地擦了!”

“你就这么跟你爸说话!”

“你就这样对待我妈?!”

“我们俩的事儿你别管!”

“这也是我住的家，你把地给我擦了!”

桑榆从桌上抽出几张餐巾纸，扔到吐果汁的地方，用带着泥的鞋底踩了几踩。桑轩冲过去要动拳头。潘美兰强忍住剧痛和喘气说：“让他出去。”

桑轩怒视着这个几年也说不上几句话、把母亲的尊严一次次践踏的父亲，说道：“你听见没有?!”

这时，电视里，钟声和着人群的欢呼一起沸腾起来。

七

桑榆也许不是那样不近人情，他有他的想法，有他的追求。

或许，他还有他的苦衷。

他喜欢书，梦想自己能够做一名伟大的、睿智的出版家，做出真正传世的精品出版物。他追求精致的、有价值、有内涵的事物，不能忍受这件事物有丝毫的瑕疵。如果一旦发现瑕疵，他就不能忍受，除非找到一个新的、精致的、有价值、有内涵的事物来代替它。当然也包括女人。

可是，生活本身就是遗憾的集合，出版本身就是遗憾的艺术。出版过程的美就是在不可知和推测的前提基础上努力发现、精心制造，并且在出版物问世的时候接受它不可避免的瑕疵被无情地指摘出来，或被人群，或被市场，或被自己。

这既能激励一个人去不断发现、不断创新、不断捕捉、不断克服，也能使一个人陷入不断否定的怪圈而泼出一切的洗澡水和孩子，只是机械地重复着，泼、泼、泼……

这时，他已经不知道自己在泼什么，为什么而泼了。

过了年之后，桑榆如愿以偿地成为文北出版集团下属大北出版社的社长，正社长。

张主任在大年初一赶往外地的姐姐、姐夫家去，成功地感了个冒，给大家发短信拜年告假之后就不怎么开手机了，迟到了好几天才来上班。

桑榆收到了张主任的拜年短信，就一直没怎么联系上他。等到他从自己社里某个小老太太嘴里无意听到张主任“已经回来上班了”的消息的时候，张主任已经上任两三天了。

文北出版集团的新任副总编张副总编上任之后一直很谦和，见了谁都憨厚地笑着，羞涩又尴尬地说：“你看看，我是吃惊加害怕，这感个冒还感出大好事儿来了，我还不知道，真是惭愧惭愧……”带着浓重的鼻音和痰音。

张总编主动开车到大北出版社楼下等着请桑榆吃饭，就是在桑榆刚刚从那个小老太太嘴里听到他上班消息的当天下午。张总编很谦和，不顾感冒的状况和初春的寒气，跳出车子来，两下就到了桑榆面前。

“老哥，老哥，走，吃饭去。”

“还记得老哥啊？”

“批评我是不是？我感冒了，刚刚赶回来，第一个就请你吃饭，你怕我传染？呵呵。”

“让领导传染也是福气啊，呵呵。”桑榆马上发觉自己这话说得实在不妥，又说，“是不是过节时候跟你们领导亲密接触太多，累着了？”

“偶现在还没有领导捏，哈哈……”

张总编的感冒嗓音再加上学习网络口吻的媚声，把桑榆逗得笑了。

这顿饭，桑榆的胃拒绝接收，把所有食物饮料都顶在嗓子眼那儿，随时准备吐出来。

张总编倒是一大篇批判大会的发言稿，就差把自己说成八国联军、黄世仁了，说着说着又开始“语伦无次”，一直拉着桑榆的袖子问：“老哥，你说这是谁给我使的劲儿啊？我都不知道。我还专心等着你来了把我调身边当个副社长副主编的，我就跟着你挣钱了，你说我连个字儿都认不了多少，那天办公室一个丫头片子非拿个字让我当着大伙念，我一看妈呀，不敢下嘴，太复杂了，一个大宝盖上面顶了好些树枝子什么的，下边又是林又是火什么的一大堆，我心里想这是从哪个‘乾隆字典’上找出来出我洋相的。我不理她，她还非追着让我念，把我逼急了，我说：你是不是想让我请你吃饭啊，拿这么个破烂字儿让我认？她一扭脸还走了，不理我了！嘿，这死丫头片子，就欠个老公来收拾她。你说说，哥哥，这到底是谁给我使的劲儿呢……我真没别人可商量了。除了你老哥，这集团里上上下下谁他妈看得起我？都觉得自己念的是中文什么的，都说我只会吃饭、喝酒，我都知道……就老哥你，唉……看得起我……”

张总编说着，一手揪着自己的头发，两只眼睛喝得全是红血丝，领带歪在一边，另一只手的衬衣袖子都快浸到菜汤里了，还扭着非要往杯子里倒酒。

桑榆说：“你可别喝了，哥哥看是看得起你，但是可背不起你这体重。喝醉了怎么办？”

“我没醉，我就不会醉。”张总编一仰脖儿，一杯酒全倒到脸上流到了衣领儿里。他拿手背蹭了蹭脸，自言自语地说：“他妈的，酒杯是漏的，服务员！服务员！”

桑榆示意服务员不要理会他。

张总编等了一分钟，说："他们欺负人，欺负我不认识那么多字儿还在出版社干，他们给我烂的酒杯，不让我喝酒，服务员！"

桑榆好容易才把一百八十多斤的张总编送回他的公寓，急忙向外逃。张总编还在喊着："下次，下次谁再去那儿吃饭谁是小狗儿。他妈的，给我烂的酒杯……"

桑榆逃出楼后，张总编听到深夜里清晰的汽车引擎声远去了，立刻终止说话，从床上起来，稳步走到浴室。他一边脱脏衣服一边对着镜子里的自己轻轻唱道："烂酒杯，烂酒杯，今天是谁背的你……喝酒可以治感冒，噢耶！"

在张总编还是张主任的时候，他交给桑榆的那个小本子不能说是有错误的，尽管它其中有纰漏。但是粗心、文化不高的人出纰漏是再正常不过的事情。

而细心、文化功底深厚的人因此受误导，是不能怪罪于别人的。

桑榆社长发现大北出版社不像某个小本子指示的那样绿林葱翠，而是一片红色海洋。他找出陈律师事务所的厚报告直接翻到大北这一部分，那里早就说明了这里的红色财政状况。这个报告的错误是把大北列到了最后，谁让胖胖的小唐喜欢从优异的排起一直排到最差等的呢？

桑榆社长只能庆幸自己有很多的出版资源了，在文北出版集团庆幸有人请缨来到大北出版社的时候。

还没到正月十五，就有人来找大北出版社打官司。桑榆第一时间里约了陈律师。

陈律师也正遇到一件棘手的事情，他发现自己头上多了一样东西。

是一个紧箍咒。

谭阿姨同志已经是爱所如家，到了摆出家长威风的时候。陈律师不仅要在家里做一个玲珑贴心的双面胶，还必须要在所里做一块人见人爱的夹心饼干。抛开这些痛苦不说，他要把辛辛苦苦，用智慧和体力，去冒险、去博弈挣来的钱分别发给这些从不同角度给他气受，让他为难的人们。

难道我上辈子是个很喜欢借钱的人吗？这一辈子要忍气挨骂地挣钱供给这么多人花？如果是的话，老天可怜可怜我行不行呢？

这时，桑榆打来电话。证实老天是存在的。

陈律师几乎是一溜小跑地到了约定的茶馆，先发制人。

“过了年还没见呢，老哥高升了。呵呵。”

“什么升不升的，就那么个芝麻官儿，干活儿的命。”

“今天我做东，因为有个事儿要求你。”

“啊？”

“我有个小姨，医院提前退了，闲着没事儿，让她到你们出版社去扫扫地、倒倒水行不行？不给钱都行，她就是闲不住。”

“这么高级别我们哪儿用得起啊。”

“她是医生啊，最大特点就是细心，再说了，反正得用人，还不如用自己人。”

桑榆咧着嘴，说：“嘿嘿，你这样说了还有不行的吗？”

陈律师赶忙招呼：“谢谢老哥啦，来，来，服务员，上点儿最好的茶。”

桑榆也赶忙说：“不过你得容我个工夫，社里办公室管财务、行政这堆乱七八糟的那个岗位，是又重要又琐碎，正好你这儿有你小姨这细心人。但是原来这个是毛局长亲家侄女的姑父的姐姐，我得找个机会才能……”

等到陈律师对自己的笑容特别灿烂，事务所各个小律师、小文员对自己的笑容也特别灿烂的时候，谭阿姨知道自己怕是要走了。

谭阿姨找到英子问他名单上人的电话是不是都查到了，英子温柔地说：“快啦，还差一两个吧，总之这一两天一定给你的喽。”

其余那些在以前陆续得到的体检人员电话，谭阿姨拿到后就都一一做了询问排除。看来那个肺癌患者就在剩余的这几个人当中了。即将再次离开一个集体的感觉，不由使谭阿姨加重了心中对这件事的使命感和责任感。

英子带着写有最后几个人电话号码的纸，又来到秋千座位前面：“阿姨呀，最后几个喽。”

谭阿姨兴奋地说：“都拿来了，快，给我看看。”

英子递过去之后，谭阿姨就迫不及待地和自己的原始名单来对照，高兴地一拍手。然后也不顾英子在场，就拨通了一个电话。

“您好，请问是李云女士吗……噢，我是医院体检中心的，想问一下，您在去年年底做的体检，后来您去取结果了吗……好的好的……现在您感觉身体有什么状况吗……好的好的……不，没什么，这是我们医院的一个服务内容，就是对参加体检的人定期查访，祝您健康……”

英子突然意识到了些什么，她有点儿后悔。

如果，如果潘阿姨不是那么美、那么冰冷，如果谭阿姨不是那么事妈一样天天追问自己，又神经兮兮的……

英子问道：“谭阿姨啊，你看我帮了你好久了，你还什么都没告诉我呢，这到底是什么功课啊？”

谭阿姨带着即将胜利者的英雄表情说：“拯救生命！”

英子的心一下子沉到了海的最深处，被压得有些窒息。

谭阿姨说：“你看，这个名单上的这么多人，都是参加我们医院去年年底搞的那次体检的，那回查出了一个有肺癌的患者，但是病历上出了差错，我们找啊找，找啊找，怎么也找不到这个真正的患者……”

英子止住谭阿姨的话，沉静地说：“阿姨，不要一个个打了，我知道的啦。”

谭阿姨说：“你知道？！你知道你不早告诉我？”

英子又说：“也许知道，但愿是不知道。”

英子走向文华大学图书馆，一条熟悉的小路走得艰难沉重。她在台阶上坐下，等潘美兰从里面出来。

“潘阿姨。”

“来找桑轩？怎么不去家里呢?”

“我想跟您谈谈，可以吗?”

“可以。什么事儿啊?”

“你，为什么要折磨自己？不管是谁犯过什么错，为什么要用别人的错误来折磨自己，伤害这些爱你的人呢?”

“你在说什么!”

“阿姨您为什么不去看病?!”

潘美兰沉默了。从去年冬天去体检之后，她就知道自己已经得了肺癌。潘美兰的母亲就是一名医生，她自己也并非对自己的身体状况一无所知。只是，她所期待的，不是英子或者什么人来跟自己说起这件事。她等待着，等待着……丈夫桑榆能第一个找到自己，问候自己……关心自己……

而不是现在这样，要自己一天天地去寻找他的影子，打探他的去处，猜测他的情感归向……唯独见不到他。

英子上前一步，说：“我好喜欢跟阿姨在一起聊天，好喜欢吃你做的菜，我……我们都根本离不开你的!”

潘美兰沉默着，慢慢转过身去，带着满眼的茫然，在周围的景色中不知要寻找些什么……

桑榆这阵子真想变成一个八爪鱼，要不变成哪吒更好。他脖子上夹着一个电话，嘴里说着，手里还在写着短信：

“今天的晚饭，可以让我等一个钟头，但别让我等一个钟头零一分钟，可以吗？盼望！吻!”

桑榆眼睛看着手机，仍和电话另一端纠缠着说：“喂喂，你别这样说啊，我会很伤心。”

“你是比干，心有七窍，谁能伤得了啊。”

桑榆说：“就你，就你这精灵鬼儿，连魂儿都给我收走了，那伤我心还不跟玩儿似的?”

“我要你魂干吗？吓人用啊?”

桑榆说：“我认输行吗？你就答应我吧。”

“什么事儿这么快就答应你了?”

桑榆说：“一天不看见你我一天吃不下饭，为了拯救一个人，你就答应来我这儿上班吧……你别见死不救，我今天晚上找你去。”

“别价呀。”

“没跑了你。晚上见！绝对让你满意……”

桑榆放下电话，已经快下午三点了，从现在起得见三拨儿呢，抓紧抓紧。

桑榆的理论是爱情冲动是一切事物发展前进的原动力，没有任何事情能比萌发爱情更让一个人为他人死心塌地地服务、奉献、拼搏。爱情不是维系婚姻的法宝，却是驾驭员工的百验灵丹。

反正我是不信爱情的，你们谁愿信是你们的事儿、你们的蠢，怪不得我。

多少哲人都说过了，爱上一个人不是错误。洪哲人要加上一句，爱上我又不给我干活那就是错。更何况了，跟这帮小女生聊聊爱情有多好，省得看一眼现在社里那些老鱼眼珠儿我就想吐一天。

刮胡刀还得挑干净顺手的呢，何况我天天得看的员工。精品都是要用心去发现，以及创造、以及享用的，也省得她们闲着都浪费了。

大北出版社现在是一团忙乱。如果说文北出版集团可以比作一个浓缩的社会，大北出版社就像这个社会里的福利养老机构。如果文北出版集团可以比作一个大家族，大北出版社就像这个家族里无人愿意理睬，却又不得不在祠堂里向他恭敬叩头的聋瞎老叔公。总之一句话，社里现在全是些裙带带来的老弱病残。

你还没给他布置个什么工作，他就先指着老寒腿老胃病地哼哼上了。

桑榆赶到一个茶馆，见到了已等在那里的大项链女士，开门见山。

“我想把你挖到我们社去。”

“哪儿？文华大学那儿？离我家太远啊。”

“消息闭塞吧，我现在到大北出版社了，刚去的。”

对方明显是装不下去这个糊涂了，只好惊叹道：“哟，那地方可是出了名的……你去那儿啦？那大北总算有春天了。恭喜啊。”

桑榆立时很生大项链女士的气，都在出版这个圈里，她怎么就知道那么多？

“真有心恭喜就帮我忙去。我是一直想做真正意义的出版，做点儿精品书，做点儿有思想的书。”

“行啊，好事儿。”

桑榆高谈道：“钱也挣过了，地位也不想混那么高，现在就是想干点自己觉得有意义的事儿，将来跟我儿子说，这些优秀出版物都是你老爸思想的延伸。呵呵。”

对方紧问一句：“儿子干吗呢现在？”

“还跟一帮哥们儿瞎玩音乐呢，他高兴就行，我也不问太多。”

聊到差不多，桑榆告辞要赴饭局，这个已经发福的大项链女人也说有饭约要走。桑榆说：“你在哪儿吃，我送送你啊？”

“谁知顺不顺道儿啊？我早说想买个车，早说想买了……”

“车还不容易？你也就买那十万左右的吧？”

“我看那什么车挺好的……出租来了，我先走了啊。”

“下次你到社里去找我吧。一定！”

“行！再联系啊。”

忙活了小一个月，桑榆终于把社里的重要部门都安排好了多名忠于自己、愿意努力奉献的老熟人、老情人和预备情人。这种分层次、有侧重的人员安排不仅科学，也绝对适应一把手的各种需要。

原来文华大学出版社外聘的小黄、小柳、小萝也坚决地跟随桑榆来到了大北出版社。反正是聘用编辑，在哪儿都一样。小朱珍惜同事感情，强烈要求了若干次，桑榆才捏着鼻子把她也留在了大北社。只是一看见小朱和其他两三个“傻丫头”，他就想吐。

不管怎样，桑榆理想中的体系终于建立起来了，总算可以稍微喘一口气了。

洪源刚想躺下休息，陈律师打来电话约他见面，原因就一句话：那帮外国人没能找到人。

“什么?!”洪源大叫道，“这么废物？不会吧。”

两个人找了个安静的地方，干坐了好久，还是陈律师先开的口：“洪源，就你的背景，是点儿生意就能挣钱了，干吗找那么多事儿?”

洪源说：“就是因为这背景，我才不能不做这个松鼠，可怎么就没成呢?”

陈律师说：“天下就你一家干这些的？她那劲头能没点儿道吗?”

洪源说：“那她现在人在哪儿呢?”

陈律师说：“干吗呀？不依不饶?”

洪源说：“不是我不依不饶。”

陈律师说：“这，可是现在是真的不知道她在哪儿。”

洪源狠狠地说：“我还不信连我都找不着她！”

陈律师张了张口，停了停，又说：“大家都好自为之吧。”

雨霏在南省过了年，又去边区住了几天，一直平平淡淡地没发生什么事情。

这天，雨霏照旧是和南省的伙伴们玩到很晚才回家。进门看到爸爸居然在家里，雨霏高兴地走过去，说：“爸爸，您今天这么早啊?”

雨霏爸爸略带疲惫地说："早？我看我还没你忙啊。"

雨霏安静地坐过去，问："爸爸您是不是累了？"

雨霏爸爸说："霏霏，你也这么大了，要知道轻重。"

雨霏委屈地说："我什么也没干啊？我什么时候给您惹过事儿啊？"

雨霏爸爸说："总不成熟哪行？交友、做事，都要小心啊。"

雨霏不语。

父亲又说："我知道你喜欢静，不是到处闹的孩子……但是，人要成熟，要能看明白是非，最起码要保护自己，你说呢？"

雨霏嘟囔着说："您眼里我就一直那么笨，就没聪明过……"

雨霏爸爸说："霏霏，只要你高兴，爸爸妈妈做什么都可以。但是，首先爸爸要……你不懂啊……下面的人可以有无数个阴影，而不能有一个好处，只要他有一个好处就马上有人看见，就会或者一步青云或者身陷泥潭；爸爸和你时伯父这样的呢，是哪怕有千万个好处，也不能有一个阴影。四两？一丝儿风也能拨动了千斤啊。"

雨霏说："爸爸，您是不是说我给您添麻烦了？好，您总是不相信我，我自己证明给您看好吧？!"

望着雨霏赌气上楼的身影，雨霏父亲叹了口气。

做父母的总在多数时候感觉到自己对子女的愧疚，而子女却总往往感觉到自己对父母的失望。

雨霏爸爸接到消息，要大力度查办一批从事暗规则、违规则事务的公司和人员，其起源是某官员居然受到了某人的无谓恐吓与要挟。这个受到要挟的人是自己多年的老朋友和老上司，而那个实施要挟的人，则在伪造资料出国时使用了自己女儿的书——《尺牍中的文士精神初探》。

一片字纸会引发无限感想，一条线索会牵出一片猜想。

这个实施恐吓者身后所有涉及的潜暗势力都将被细网般地筛查寻找。这是件好事。但是无辜者不能主动申明无辜，而这份无辜又随时可能被人恶意利用的时候，雨霏爸爸对雨霏不免有了浅浅的一丝失望。

郭秘书走来说："省出版社那边说今天有个电话来问霏霏那本书，和霏霏的联系方式。"

雨霏爸爸说："程社长呢？"

郭秘书说："他还不知道。接电话的人不知道霏霏的联系方式，也没有告诉对方。"

雨霏爸爸说："什么人打来的？"

郭秘书说："法国，汉学研究中心，自称是霏霏的同学……"

雨霏爸爸打断他说："不管是谁，一定要保护好霏霏。再有，程社长和相关的编辑，要安排好。"

郭秘书点头说："您放心吧。"

雨霏自己订好机票，选择一个父亲最忙的时间段去跟他道别。雨霏父亲并没有感到意外。他拿出抽屉里一个信封，看样子是一直放在那里的。

"把这个拿上吧。"

"我不要，卡里还有呢。"

雨霏父亲站起身来，把信封装到雨霏的包里，以天下最寻常而又是最深厚无限的慈爱目光看着她说："霏霏，只要你开心就好。"

雨霏之所以再见到桑榆，也许和陈律师不无关系。

冲动之下的雨霏离开爸爸，却也不想去边区面对妈妈。她来到北方散心。

那天，时晴张罗大家去滑冰，还要求洪源找滑得好的、年轻的伙伴一起来。这样好热闹。其中也有桑轩和英子。桑轩是被英子一半威逼一半利诱哄来的，英子是被陈律师下命令当加班来的。

洪源以前虽然一字未提过，下了冰场一溜，连桑轩都直挑大拇指，两个人绕着弧线漂漂亮亮地滑了好一会儿。时晴看着心里痒痒，喊过洪源来，要他带着自己滑。一会儿就摔了好几个屁股蹲儿，洪源只能给予鼓励，桑轩一点儿不留情面，哈哈地笑个不停。

雨霏也不会滑，下场呆了会儿就回到了看台上。

时晴扶着洪源走来休息，揉着脚脖子抱怨：“早知道打死也不来这儿，我上次崴的脚还没好呢，现在又疼上了。”

洪源笑着跟陈律师点了点头，逗他：“您这老冠军的，下去练练，让我们也学学。”

陈律师：“不去，怕你们学不到家，白累我这老筋骨的。”

雨霏信以为真，说：“陈律师，你真的是冠军啊？”

陈律师苦笑着说：“那是，摔得棒着哪！这你们一时半会儿还学不会。”

洪源还不饶他，对雨霏说：“这是冠军谦虚，真的特好。”

幸好桑轩和英子的到来解了陈律师的围，两个人双手举了好多冰淇淋，滑到几人面前，立住，英子说：“补充能量！”

几个人除了洪源都连忙摇手：这大冰地上的再吃这个，不行不行。

雨霏停了片刻，居然不顾时晴的阻拦，伸手拿了两个。惹得时晴直犯委屈：“你肺炎才好几天啊？又疯了，不领情！”

冰淇淋没有推销出去几个，桑轩、英子两人倒也不在乎。每个人两手各拿一个，左一口右一口地大吃起来。惹得陈律师哼哼地说：“青春就是要生猛呀，好，好。哎呀……”

后来，时晴洪源几人又要喝酒吃火锅，说是弥补一下滑冰的寒冷。英子和桑轩要“冷到彻底”，自去尽兴了。

饭后时晴想让洪源的一个男同学送雨霏。陈律师以两人住处比较近为由，非要代劳。时晴直掐着洪源说：“老陈喝多了吧？你说话啊。”

陈律师贪玩，但并不好色。他今天喝了点酒，头有点儿晕，画着龙一路往回走。

“还是来北方好吧？”

“我可是想考学的。”

“考什么学！哪儿不能学？文凭，就是一张纸。你就是想玩来了。”

“怎么能这么说呢？”

“好。现在只要你想，在哪儿不能学？在哪儿找不着你想要的资料？我们所里一小伙子报了一个考律师的网络课程，好，一人注的册，全所孩子都跟着看，我们那胖丫头小唐更绝，哪儿哪儿都不注册，不管什么专业的什么课，她都能找着地方给下免费的。简直这世上，没有她找不着的东西……你说吧，看讲课录像还是看学习课件？还是你说要 MP3 听着的？要什么就找什么下什么。”

雨霏笑了。陈律师递去一只耳塞，雨霏放在耳旁一听，说：“小说啊？”

“我们胖小唐给下的，说让我解闷儿……我就说这意思，想学东西，不一定非得往学校里跑，而且关键一点，现在这个社会，人在飘，信息在飘，知识在飘，规矩在飘，什么都在那儿飘着，你想立定，说我想站住脚、出出头儿来，你得先找出来你能有的是哪块分量……”

“我，还是要先学习吧……”

“你就是想一辈子躲在教室里，就像时晴打算一辈子躲在家里。”

正聊着，雨霏突然觉得胸腔里一阵绞痛，不由蜷在座位上，脸色惨白。陈律师酒醒了大半，一脚油门送雨霏去了医院。

由于殷萍已经跟医院打了招呼，陈律师停下车，就扶着雨霏向内科值班室走去。两人走向医院大厅时，遇到了慌张跑过的英子。倒是英子眼尖，先叫道：“咦？怎么雨霏病啦？”

陈律师说：“正好，你帮我扶她吧，直走，内科。”

英子说：“我还有病人哪，哪里顾得来？陈律师你扶扶怕什么？”

陈律师说：“你扶着她帮着弄弄什么的，你那病人我绿色通道给你找人看了，怎么样？”

英子一把抢过雨霏，伸手一指，对陈律师说：“喏，那里，刚好要看内科的。”

雨霏只是胃痉挛，并无大事。时晴电话里问明情况，嘱咐她在医院住一晚，明天再来看她。雨霏坚持要回办事处。

陈律师和英子各怀心事，都拼命劝她住在医院里。内科医生也是殷勤挽留。雨霏只得同意。潘美兰在桑轩的搀扶下，和雨霏一同住了下来。

英子这才长出了一口气。陈律师问她："你那是怎么回事儿啊？"

英子说："不过就是桑轩的妈妈喽，病得好重的，怎么好不帮。今天要谢谢你，不然阿姨要被医生折腾好久才能安静下来呢。"

陈律师打着哈欠说："谢我啊？那你今天留这儿看一晚上，我就不算你加班了。"

英子说："人情我来做好不好的？反正要留在这儿，倒被你抢了先说。算啦算啦，算我帮你，下次有事你再帮我好了。"

病房里面，潘美兰已经在药物作用下睡着了。英子向陈律师道别，进去把桑轩换了出来。

雨霏说："阿姨是什么病？"

英子犹豫了一下，说："不晓得……她自己不肯说，也不肯来看病。今天不是她要晕过去，也不会让我们架了来……"

雨霏望着几乎淹没在被单中的潘美兰，叹了口气，摘掉大眼镜，靠在枕上。英子轻声叫道："雨霏，你真是应该把眼镜摘掉、头发扎起来，你本来好漂亮的！"

雨霏笑了笑，说："不想做花，去招惹什么，就宁可打扮成一棵草。"

英子说："嚯，现在真正的连草都要挤破了头去装花呢……我看你和阿姨倒真是像！"

雨霏说："哪儿像？阿姨就像一幅古典油画，谁能和她像啊。"

英子抬手指了指，说："一样高高瘦瘦的，一样尖尖的脸形，一样的清高调调……你们两个躺在这里，真是像。不消我说的。"

清晨，潘美兰醒来，环视身处的病房，又看到雨霏，半惊半疑，问道：“昨天……”

雨霏说：“昨天您病了，我也是昨天来的。”

潘美兰打量一下雨霏，说：“你也是肺……病吗？”

雨霏说：“不是啊！不过我前阵刚刚被人怀疑是肺癌呢，虚惊一场。”

潘美兰叹气说：“虚惊也好啊。”

雨霏看她情绪不佳，就把医院体检找患者的事当笑话讲给她听。没想到潘美兰听后，越发沉默不语了。

雨霏忙问：“阿姨，您是又不舒服了吧？我去叫医生。”

潘美兰止住雨霏，缓缓说道：“都怪我……”

雨霏说：“您怎么了？什么事儿要怪您？”

潘美兰说：“把片子拿出来又乱放的人是我，不来说明病情的人也是我。”

雨霏说：“您就是他们找的那个病人吗?!”

潘美兰没有回答。

雨霏跳下床就要去找医生。潘美兰一着急，也两三步追过去，拽住了她。雨霏急道：“阿姨您得看病啊！”

潘美兰盯住雨霏清澈的眼睛，几次欲言又止，听到门外人声渐起，才说道：“出去散散步吧。”

两人穿过那些刚刚开始在楼里房内活跃的医生护士们，走向花园。小花园的入口是一条略显狭长的甬路，正对着一座西式喷水池。到了池边，才有许多伸向不同区域的各色小路，以及各种座椅。

在喷水池边上，坐了一个长发飘飘的女孩子，身穿一件白色外套，白球鞋；越发显得她眉目如画鬓若裁。只可惜，这个女孩子的面孔冷冷的，没有任何表情。她坐在那里，就像嵌进了身后的大理石水池之中。

潘美兰和雨霏走在甬路上。她望着那个没有表情的女孩子，和女孩背后的风景，突然停住脚步问雨霏：“你有没有过左右为难的时候？”

雨霏低下头，说："我现在就是左右为难，其实，一直……都不知道该怎么办。"

潘美兰说："我们都坐在路口发呆？"

这时，从两人身后快步走过一个秀丽的中年女子，对着水池边的女孩急急地说："佳佳，佳佳，你怎么又自己跑这儿来了？大夫正找你呢。"

那个叫做佳佳的女孩抬起头，深幽的大眼睛望着中年女人，说："妈妈，我能不去学校吗？"声调极其哀婉，面孔却仍然没有任何表情。

中年女人抚摩着她的脸，心疼地说："佳佳，不上学……怎么样也得先把你这个给看好了啊？不能总这样不是？"

佳佳扭动身子，撒娇地分辩说，自己什么事儿也没有。而她的面孔，却还是没有表情。中年女人满脸苦楚，都只得一歪头抛进了喷泉的池水。

雨霏随着潘美兰在一处幽静的长椅上坐下，娓娓说道："我好像一直都很为难，最好别人把决定好了的事告诉我去做就行了……我大学时喜欢上了一个同学，其实我们，很早就应该是喜欢上了。但是我不知道该怎么办，上学时我一直躲着他，毕了业，我还是不敢，虽然我知道他一直在找我……他一直在等着我和他相遇……但是，我不知道我做的决定会不会伤害到别的什么……"

"不做决定就不会伤害别人了吗？对等待你的那个男孩……对我们身边的每个人，我们的懦弱、徘徊就已经是对他们的伤害了……"

"也许。但是，不做决定，好像大家更容易相处些……"

潘美兰突然激动地说："今天我特别想告诉你，人一定要勇敢，有自我，坚持独立的生活，要有所承担。以前我一直以为，女人不依靠父辈也不依靠夫家，能独立能开心就够了，却不知道怎样给自己和别人带来开心，我想，最重要的还是深入现实的勇气，和独立完整的生活。"

有时，越是不爱找答案的人，就越容易急躁盲从。

雨霏继续等待可能与海明见面的机会——不是寻找。她却找到了桑榆，并不知就里地递去了自己的那本书做个人资质的补充说明。

桑榆向来只把有几分妖娆资质的女性放在眼里，雨霏这一类对他而言，既不能自己用，也不能送人用，实在是没有用。

过年前雨霏和自己谈来出版社上班的事，双方都没当真过。这过了年，自己到了这个被赤字和欲望折磨得焦头烂额的大北出版社，雨霏就跟了来，信誓旦旦地要努力工作，投入到集体当中。这不是他妈的有病嘛！

你说你来干吗？看稿子、学习？哼，我社里不缺看稿子的人，搞出版就用不着这样的人！

等到再一看雨霏递来的书，桑榆的面部线条真不知该怎么扭曲才好了。

小松办出国前，就曾经拿着这样一本书请自己做了一份“出版合同”。桑榆没要“烟”。怎么能拿女人的钱呢！我是大男人！

只是，他要了人。

现在看见雨霏也拿着《尺牍中的文士精神初探》来进行“标榜”，桑榆想说说不出，想笑笑不出，想骂骂不出，想……总之，女人他妈的都是一路货色！

八

张总编回到自己的公寓，想找一包“烟”去送人。找了半天也找不到，不对啊，十真十假的还应该有五六包，二十个真的最少应该有八包。放哪儿了呢？

正在他把屋子打算翻个个儿的时候，有人敲门。

“谁呀！这时候来干吗?！天下没有一个懂事儿的人……”张副总编生

气地拍拍身上的灰土，去开门。

楼道里的灯没开，只在自己门边上斜靠了一个人，把脸缩在帽子的阴影里。

张总编仔细分辨靠在自己房门上的人，居然是小松！他兴奋地大喊道："你'小强'啊你?！牛！牛！怎么，回来找我来啦？呵呵，呵呵。"

小松溜了进去。

张总编又恢复了往日的积极愉悦状态。

从这时起，小松就干脆住到了张总编这里，还尽可能地黏着他。

她这次突然离开又回来，脾气变得更大了。张总编说话会挨骂挨打，不说话也一样。只要有一刻小松打电话找不到他人，那一晚上张总编就得体验美特日伪时期都比不了的审讯。

"反正我就一条，"小松眯着眼睛抽着烟说，"我不陪你出去吃喝去，但是，你得随时随地让我能找到你！"

张总编嬉笑着问："你这么在乎我？"

小松把高跟鞋一甩，正砸在张总编身上，说："废话！"

张总编揉揉肚子，告诉自己说：想不明白的事儿不想它就对了，这好像是哪个名人说过的。然后，他很快就又高兴起来了。

这天，张总编、陈律师、桑榆还有两个书商一起吃饭洗澡，桑榆突然大有发现地说："张总，你看这女孩像不像那个雨霏？"

"哪个雨霏？"

"装不认识？去年还死活让她到我那儿……"

"噢，认识认识，是，我跟她一块儿吃过饭，你老哥，记性真好。"

"我就看着像嘛，哎，她是洪源什么朋友来着？"

"什么？你问我？就去年我跟她吃饭那几次你也都在不是？到现在我也没见洪源什么的，我哪儿知道？"

"洪源拿下了？"

“洪源拿她，也太没……”张总编心不在焉地说着，看见小松打来电话，忙说，“我接个电话！”

陈律师刚好进门来，接口道：“洪源？拿谁了？”

桑榆说：“去年张儿介绍想去社里工作一女孩，林雨霏。”

陈律师忙问：“去了吗？”

桑榆一愣，又嬉笑着说：“这么关心？最近有点儿闲，啊？”

陈律师笑笑，说：“前几天刚跟她吃过饭。随口一问。”

大北出版社里，姜主任通知编辑们开会。

桑榆说：“大家都说说吧，现在手里有什么书稿，正联系的有什么？”

好几个人低下了头。

小萝接过桑榆的目光说：“我现在手里正在看一个有关罗马神话研究的稿子，联系了几个作者，想请他们写点儿社会话题方面的书，我觉得现在大家好像更关心一些社会话题、社会阴暗面什么的，看看他们能报出什么题目来，或者我们来给他们出题。”

“别人呢？小黄。”

小黄等人都谈了谈。桑榆的脸色一直不悦。小萝见状，又举手发言，把自己能想到的各个方面的图书选题都慢慢地说了一遍，同时细细观察桑榆的脸色。等到发现桑榆脸上微微笑了一下的时候，小萝抓住正在谈的内容，发挥道：“所以我觉得关于女性的话题是千古不变的一个热点，女性图书也应该是现在的一个热点。我们可以多做点这方面的选题或者策划，比方说女性生活必备的书，还有女性知识趣闻之类的，从不同的角度挖掘女性，让更多关注女性的人也关注我们的图书。”

桑榆认真地听着，脸色越发缓和。小萝的红润嘴唇越说越激昂，就越发红润饱满。桑榆的脸红了，低下头数起自己的手指头来。

开完了会，小萝趾高气扬地紧跟着桑榆之后走出会议室，连姜主任都只好等再多的人走出去后才慢慢走出。小萝走到座位上并没坐下，而是站在那里环视办公室里的人。看到小朱去倒水，她马上说：“帮我也倒一杯吧！”

小朱笑笑，端给她水说：“很高兴为您服务，小姐。”

珍珠对黄金和琉璃说：“严重担心我们的天花板，如果被人顶破了呢？”

黄金没说话，琉璃说：“找物业修。”

小萝突然又大叫道：“对了，你们的QQ都叫什么，我加你们。”

小黄在这阵沉默中说：“我们建了个群，我说号，你加吧。”

这时，姜主任带着雨霏来了。

“大家都在呢，给你们介绍个新同事，林雨霏。”

雨霏看看大家，说：“我是来学习的，大家多关照。”

琉璃分别对珍珠和黄金说：“据报道：今天某博物馆发生事故，有一只恐龙不知去向，望公众注意。”

二人笑翻。

中午，在餐厅吃饭的时候，桑榆来到雨霏面前。

“桑社长。”

“来了，习惯吗？姜主任都带你各个部门去看了吗？”

“去了。”

“你们这个编辑室最好相处了，女孩多，就两个男孩，还老受你们气。那个小柳呢，博士毕业，她结婚了正打算要孩子；小黄，大学毕业好几年了，她老公自己就是个书商，人特好；小朱，硕士毕业，一直做编辑，工作挺努力；小萝，是这里最机灵的，你可以多听听她的好些想法什么的……”

下午，桑榆收到不少短信，都是“汇报”工作的，就是没一条是雨霏发来的。

有这么傻的人吗？

大北出版社在一栋五六十年前的老式建筑里，房屋楼梯等都高大而宽阔，就是没有电梯。

雨霏若有所思地走下楼，心里仍惦记着姜主任和同编辑室女同事们，就觉得脚下一滑，坐着向下滑了好几级台阶，摔到楼梯的拐弯处。脚腕和小腿可能都受了些轻伤，火辣辣地疼。

桑榆正巧在她前面，转身跑上几个台阶，半关心地说："你看，不严重吧？这怎么办……我先背你下去吧。"

雨霏一直摆手："不用不用不用，等一会儿马上就能走了。"

"算了吧你，别扛了。"桑榆一把把她拽了起来。他倒的确真是个热心为女孩子服务的人。

桑榆把雨霏放到背后的时候，雨霏还在拒绝。不小心，雨霏的大眼镜被碰摔到了地上。桑榆看着地上的眼镜说："哟，这怎么办呢？"

雨霏说："算了吧，我家里有好儿副呢。"

桑榆说："那我先送你回去吧，大不了明儿……"这时，桑榆随意转头去看雨霏，却被她没戴眼镜的脸惊住了。

你知道水仙是怎样的一种美吗？

桑榆顿时语塞。一直到两个人坐上了车子，他才又扶了扶眼镜、清了清嗓子说话。

"我跟你说啊，咱们这个社的情况是这样的：社里需要很多有能力的、能干事的人，就像你们这样的。但是同时效益短期内不会太好，工资上，也许暂时不能给大伙儿很好的待遇……"

"我没关系，工资无所谓的。"

萝卜白菜收容站？我社里最好是个花园，全都争着抢着开花！

桑榆沸腾的什么全被浇凉了。他把车窗摇下一点儿，说："这车的空调真是热，我一热了就想吐。"

张总编在办公室里直挠头，挠了一会儿，把现任办公室赵主任叫了来。

“咱们集团现在还有送关系户的购物卡没有？”

“有吧，我得回去问问看。”

“你问问看。算了吧，干脆再买点儿，这几天你没看于总的脸色吗？”

“那我赶紧买了给于总送去。”

“直接送到最好，去吧啊。”

下午，兜里揣着几张购物卡，张总编才敢回公寓。一进门，还是挨了批评。

小松不悦地说：“谁要这个？”

“人家想要还没有呢。”

“以后你别让人家送这种卡，多俗，直接送钱！”

“那我给我们集团领导送去。”

“站住！放这儿！”

“你不是不要嘛。”

“放下，别废话！”小松知道每个商场门口都站满了拿钱买购物卡的小贩儿，可是她就是舍不得把手里的大数字换成小数字。这在她的逻辑里就是亏本的事儿。

张总编下楼上了车，想着还要加强出去吃吃喝喝的力度，并且，要拉上老于，要让他给他们几个总儿建个小账。以前有几个不管，这次一定要建一个自己能随便用的。

聚会上，于总编说：“拿下好看的不算本事，能让恐龙动心才叫本事呢。”

张总编说：“要我说，那恐龙因为没人追，看见有人来就高兴得不行，才是好追呢，哈哈。”

桑榆从门上的玻璃里看到陈律师已经结束接电话的动作，准备进来了，说道：“林雨霏这样的恐龙呢，好追吗？”

张总编一下子把头扎在前面的菜碟子里。陈律师已经进门来了。

于总编不明就里，问道：“林雨霏？也是你们社的？你们社里年轻的女孩儿太多，你小子没少有想法吧？”

桑榆说：“一切为了组织，一切为了工作需要。”

陈律师只当看不见两个人脸上那种似笑非笑的表情。

张总编大叫道：“哎呀，有个钢丝球的丝儿，服务员！服务员！”

陈律师说：“女孩儿心细啊，干编辑最合适不过了。”

张总编把刚才捏在手里的东西随便往地上一扔，说：“女人的心，天上的云，女孩儿的心呢？你们说，谁说得好了我再做回东。”

海明自打再见到雨霏的书后，就在论坛里重复发那个简单而意义深远的帖子，却一直没有回复。这天，他和罗瑟教授闲谈的时候，忍不住问。

“教授，那个应小松小姐的情况核实得怎样了？”

“哦，我想只有神和她自己才知道吧。”

“怎么回事？”

“她似乎消失了，但是……但是……我也不清楚该怎么说。”

海明不免有点儿担心，在他和徐教授的联系中，除了汇报自己的学习和研究状况，每次都会巧妙地问问：徐教授最近是不是和雨霏联系过。

徐教授却不解风情，对此毫不上心。

海明万分惆怅。他曾经找遍了所有还保持联系的大学同学，也没能打听出雨霏的联系方式。他忽然觉得，在这个一触即发的信息年代，寻找一个人，或者寻找一个心头之梦是那样的难，那样令人疲惫。

雨霏在大北出版社的工作并不累，也不和大家闲聊。她打开自己办公桌上的电脑，却发现一片乱码，根本进入不了开机程序。

雨霏向大家询问道：“我的电脑是坏的，社里有网管吗？”

等了半天没人理，雨霏只好问离自己座位最近的一个男孩：“咱们社里电脑坏了都找谁修呢？”

“我看看。”

男孩在雨霏的电脑前鼓捣了一个多小时也没结果。

雨霏只好跑去办公室，询问办法。其实很简单，办公室专有一个小伙子是负责电脑和网络的。他跟着雨霏走过来，一路说着：“打个电话或 QQ 上说一下就行了，你还自己跑一趟。”

雨霏也觉得有些尴尬，答道：“是啊。”

小伙子来了一看，需要重装系统。他让雨霏等着，自己先回办公室去拿安装盘之类。

回去之后，小伙子发现自己的电脑上有留言，打开一看，一个陌生的 QQ 号码说：“你真的要帮这个猪头装电脑吗?”

小伙子说：“谁呀?”

回答只是一个笑脸的图标。

小伙子在雨霏所在的三编辑室的群里说：“刚才你们谁跟我说话了?”

好几个人都纷纷说：没有说啊，什么事儿?

小伙子又说：“你们谁跟这个新来的熟啊？问问要是她现在装得装到下班以后了，她能不能等。”

一下子，三编辑室群里安静异常，好几个人都隐了身。

小伙子又呆了会儿，走来跟雨霏说了一句，这得装好半天呢，明天吧？就走了。

小黄看看表，说：“快下班了。”

雨霏本想接着说些什么，又一时不知怎么来回答，只好尴尬地收拾手里的物品。

大家陆续出了门。雨霏出门的时候，在楼道里碰到小萝。她手里拿了厚厚一沓文件，瞪着眼睛、抿着嘴巴、一丝笑容也没有地看着雨霏，像从来不认识她。雨霏没发觉，笑着问她：“怎么还不走吗?”

小萝“哼”了一声，像是要举起手里的文件打雨霏，又迅速地侧目而过了，然而却不是跟她开玩笑。雨霏吃了一惊，慢慢走向楼下：看来一切都要多努力才行啊。

雨霏所在的三编辑室里，又来了一个新的同事。她长发，身材不高，但苗条玲珑，一双圆圆的、滴溜溜转的大眼睛，一张小嘴总是抿着撇向一边，好像总是在“哧”地笑什么，又好像在努力决定什么。雨霏发觉这个出版社里，年轻一点的女性都是大大的圆圆的灵巧的乌黑的眼睛，除了自己。自己的眼睛细长，而且眼珠和睫毛都是褐色的。

那些办公室里老一点的职工在桑榆面前也都尽量把眼睛睁得圆圆的。

因为桑榆有个理论，就是眯起的眼睛代表欺骗或暗藏诡计，而睁大的圆眼睛则代表真诚纯洁。不信看看小猫小狗，猫一样眯眯的眼睛是最不可信的！多年来，他始终坚信自己的这条宠物鉴别论。

新来的这个女孩叫于萌萌，刚刚毕业，在某个大学出版社曾经实习过一年。对，就是文华大学出版社。

姜主任纯粹为了不想大家对这个新同事有什么误会，以及产生什么和社长的联想，才把大学的名字隐藏掉了。

不过，桑榆听了没露出半点笑容，反而撇着嘴瞟了一眼姜主任。

于萌萌一坐下来，就开始检查自己办公桌上的各种物品，没一分钟就大叫起来：“谁知道这电脑是怎么回事？”

依旧是没有人回答她。除了雨霏。雨霏说：“要是电脑坏了，办公室里有人专管维修，你叫他就可以了。”

萌萌正在发短信，像是没听到雨霏的话。她听到铃声，看完了一条手机短信后，才对雨霏眯了眯眼睛，说：“是吧？那我去找找看。”

萌萌接替的是雨霏旁边的那个男孩子，她现在是离雨霏办公桌最近的人了。中午，她和雨霏一起去餐厅吃饭，问了很多出版社的事情，可惜雨霏都尴尬地答不上来。

不管怎样，雨霏总算在办公室里有了个朋友。两个人的友谊进展很快，雨霏还把时晴介绍给她认识。三个人一起吃过饭。

萌萌吃惊地问："时晴，你的皮肤怎么这么好？"

时晴说："好吗？我自己倒没觉得。"

萌萌又问："像我们这样不会保养的，又是斑又是纹儿的，还没嫁人呢，可怎么办啊？"

时晴说："我告诉你个方法吧，就是只用眼霜。"

"只用眼霜？"

"不管脸上哪儿的皮肤，只用眼霜，冬天可以加一层精华素。"

"那你得花多少钱？你干什么工作的呢？"

"我……我是卖化妆品的，也没用过什么好东西。"时晴说完，给雨霏一个眼色。

雨霏马上说道："我手机没电了，你借我电话用用？"

时晴装做拿出手机看一眼，睁大眼睛说："两个未接啦？对不起，你们先吃会儿。"

时晴去一旁"打电话"去了，萌萌问："你这同学到底是做什么的？你看她的手机。"

雨霏说："咳，水货，我们俩一起去市场买的。"

萌萌不信："骗人吧你，就那身衣服，还……"

萌萌从小就想有自己的一个空间，可以自主支配，可以号令并做自己想做的事，有机会也不拒绝当个女强人。她看见什么都有欲望，那种想得到和支配的欲望。

时晴后来对雨霏说："我怎么觉得你这同事怪怪的。"

雨霏笑笑："你看了我们那几个同事就会觉得她很正常了。"

"你别跟她走太近吧，反正……毕竟，环境不同，人的什么都不一样。”

“我知道，可是现在是在这个社会，不打成一片……不好。”

“你还真打算跟你爸抗啊?”

“也不是。”

“那就是疯了。”

雨霏点了时晴的脸一下：“你这才是疯子的疯话!”

英子最近的生活繁忙而有意义。她和桑轩一起照顾住院的潘美兰，这让潘美兰感到既方便，又欣慰。因为激素的作用，潘美兰比平时胖了一大圈儿，脸上还泛着不正常的油光。桑轩说：“妈，您现在像个大胖地主婆似的……”

英子揪住他的衣服说：“别走，别走，等着挨完阿姨打了再走，不然我可不替你挨的哦。”

潘美兰也笑了，说：“哪个我也舍不得打，你让他去买地盖院子，我当个地主老婆婆也认了。”

看到妈妈的情绪变得与之前大不相同，桑轩也比以前放松了许多，笑着辩解：“您小看人是怎么着？别以为不能！我们乐队的第一张盘马上就开录了……”

英子刚要打趣他，突然心里一乱，怔了一下。

律师事务所里出了件大事。胖胖的小唐在复制并出售了陈律师所有的工作和私人资料之后，也没辞职就走了。陈律师因此总是绷着一张脸。

英子开始考虑自己曾经做的是对还是错。在小唐逃走的事件之后，在感受到了小松事件对自己的压力之后，在熟识了潘美兰一家人之后。

小唐出售那些信息，也是为了生活。她没有多少案子可以代理，没有容貌和身材可以争取更多的工作机会，没有嫁个成功人士的潜在可能……但是，她虽然身上写满了“普通”二字，不等于她不要活下去啊。更何况，她只是一个普通的人，在现在普遍的生计中，做着普通的事……但是……

英子找机会，拆掉了装在陈律师办公室墙洞里的小机关，强迫自己不再关心工作以外的任何事，不再产生任何好奇、任何敏感。

她心里一阵阵地烦躁，胃里也总是不舒服。她成天困倦，懒得做事儿，懒得思考，就只想缩在床上像一只猫一样地晒着太阳，让桑轩拍着自己的后背。

英子想收回自己兴奋舞张的八面触角，做一个安详简单的家居女人。

然而更多的人却在挖空心思地想着怎样在社会中张开触角。

选题报告会上，轮到小朱发言的时候，她说："我最近走了好多书店，也接触了几个书商，感觉现在比较有市场的是三本图书，都是书商的稿子，以图为主的，现在这类图文结合的书市场一直很好。"

桑榆淡淡地点了点头，姜主任也淡淡地点了一下头。

小萝说："我觉得图书图书，不一定要有图才好，主要还是看选题的方向，抓住读者就是好书，读者想看什么？我一个老师要做一本人文地理志方面的书，还有一个老师要做毛笔的历史研究的图书，还有一个写手他要把中国历史上到从古代到现在的妓女都做一个考证，还有一个朋友要写一本关于青蛙的传说和菜肴的书，还有一个朋友说要写一个关于元朝的艺人生活的书，还有一个老师要写一个孔子家族的谱系大全调研……"

等她把这一串的百科全书报告完毕的时候，会议室里照旧又是一阵沉默。

桑榆赞许地微笑着，脸上微微地透着些粉红的光芒，说："很好。"

姜主任说："小萝的发言很好。大伙呢？谁还有什么选题没有？"

会后，桑榆和几个编辑单独谈话，小朱是其中一个。

"你刚才会上说什么？有几本书商的书是吗？"

"对，您看，这是样章和简介……"

"那得全彩吧？成本得多少你算过没有？"

“书商负担这一块儿成本，社里跟他们采取合作，然后根据销售的情况再……”

“社里这儿也有成本啊，人工，发行前期铺货，库房，都是钱啊。”

“书商可以先押在社里一点管理费，但是希望发行能保证五千册的铺货量……”

“谁说的五千册？你还是他们？”

“当然是他们，我说得先跟您汇报，才能定给他们一个什么样的数字。”

“看看吧，先押社里两万的风险金，制版印刷他们出，库房人员社里承担，发行认五千，别的再说。”

“好的社长，那我就按这个跟他们谈了？”

桑榆再没了任何表情。

萌萌在这个编辑室里，除了雨霏谁也不搭理。她有她自己的理由，雨霏是这里最孤独的人，剩下这些是迟早要成为自己部下的人，现在太亲密了以后反而不好相处。再说了，自己也不用讨好这些小丫头们。

这一天，萌萌回复了好几轮的手机短信后，长吁一口气，躺在椅子靠背上，倦倦地约雨霏去她的住处玩。两人打车去了她那里，萌萌说：“外面的饭又脏又不好吃，我干脆做点儿吧，你等着我。”

萌萌的房间很狭小，明显有一种男人的痕迹——这在未婚女孩子的第六感中尤其敏感。一个大衣橱的木门有些变形，从其中的缝隙里还探出个一半的男衬衫，袖子随风一摆一摆的。

雨霏刚坐下，就有人敲门。萌萌慌张地从厨房出来，扫描整个房间，扑过去把男衬衫塞好，用力按紧衣橱的门，走过去开门，顺便一脚把一只男袜踢到沙发下面。

“没晚吧我？”走进来一个个子不高的男孩，学生气还没脱净。

男孩子看见雨霏，愣了一下。雨霏站起身来。

萌萌说：“这是我们同事，雨霏，这个是我们同学，韩文。”

韩文犹豫地看了一眼萌萌，有些不太情愿地走进客厅，萌萌回到厨房。韩文随即跟了进去。

雨霏的第六感又告诉她：最好走开。她不好挤进那个根本没有她的空间的二人厨房去，焦急地等着萌萌从那里出来。

好半天，萌萌才来外面拿东西，雨霏连忙说："萌萌，我刚接到电话，有点急事，真抱歉，我得先走了。"

萌萌突然站到房门口去，拿着手里的物品，叉着腰，紧张地说："为什么呀？你肯定没事儿，我是知道的，你干吗着急走？你要现在走了，韩文不是更要那什么了……"

雨霏并不能猜出韩文要怎样的那个什么，她搜索着词汇："太晚了，有点儿急事，我要赶回去接我妈的电话。"

"电话哪儿不能接？什么年代了都！你在客厅接吧，我们谁也不听你的，你就别走了。"

"我真的得走。"

"怎么了？"萌萌突然温柔得像一只受了委屈的小猫一样看着雨霏，说，"你不喜欢韩文是吗？你不喜欢我跟他说让他走……"

雨霏只得在萌萌猫的温柔之中和韩文的厌烦之下，硬着头皮吃了几口饭。一点胃口也没有。

萌萌和韩文倒是吃得很香，还不时夹起些什么送到对方口中。韩文更是在萌萌送来食物时把手放到座位下去，制造些桌子的晃动。

雨霏不等到主人把桌子收拾好，就急着要走。

萌萌看看墙上的表，离九点还早。她深吸一口气，说："再呆会儿吧，第一次上我这儿来，是不是呆不惯？要不我让……"

雨霏顺从地坐下了，看电视。

萌萌和韩文两个人在厨房里叮叮咣咣地不知弄些什么，伴随着嘻嘻哈哈的笑声。好半天，两人从厨房出来，都好像刚蒸过桑拿一样，雨霏只紧盯了电视，假装看不见。

萌萌对雨霏说："我去换换衣服。"

韩文也跟了过去，换换衣服。关上那个小门，两个人的响动越发离谱了。雨霏感到自己从未受过这样的窘境和侮辱。她让电视开着，从自己的书包里找出一张纸，给萌萌留了一张告辞的条子。

第二天上班的时候，萌萌好像什么都没发生过，依旧苗条光鲜诱人。她像往常一样跟雨霏打招呼。雨霏也只好笑笑。

当天晚上，萌萌的屋子里重复了昨天的桑拿和疯狂，不同的是没有雨霏也没有韩文。

桑榆喘着气问萌萌："你昨天干什么了？是不是趁我有事儿你不老实你？"

"得了吧，昨天雨霏来我这儿玩了，我给她做的饭。"

"是吗？你给她做的什么呀？"

"炒豆角，炖土豆，炒鸡蛋……"

"你们吃到几点？"

"九点多呢，你知道我每天九点肯定要看两个小时的稿子就睡觉。"

"跟雨霏玩得怎么样？"

"她呀，真不是我说她，整个儿一个……"

萌萌的小嘴儿说得有多快，桑榆的脑袋点得就有多快。

这一天，雨霏在楼道里碰到桑榆，说："社长好。"

桑榆的表情很是厌烦，还有些轻蔑似的，凑到雨霏脸上看了看，说："看来眼霜效果也好不到哪儿去。"

雨霏吃惊地说："我不用眼霜啊。"

"用了也跟没用一样，就会吹！"

雨霏凭空受了这几句抢白，也不知道该怎样回过去，只好支吾着红着脸站在那里。

桑榆上下打量她一下就走开了。

晚上他和萌萌闲聊的时候，说到雨霏的衣服，萌萌带着似怒非怒又有点儿强忍着笑的表情，一下子从床上直坐起来，盯着桑榆说：“现在的衣服，仿版的多了，我就从来不买那种假的装有钱，太虚伪！”

桑榆露出一脸坏笑没说话。

萌萌又说：“再者说了，雨霏怎么住在那么好的办事处里？那么多房钱是哪儿来的？每天都打车，那么多车钱是哪儿来的？哼……我告诉你一个秘密吧……”

桑榆被她的口气弄得耳朵直痒痒，青着脸问：“真的？这不能乱说。”

“你不信？不信哪天她再说要上我这儿来的时候，你看她来了之后是不是马上就有个差不多年纪的男孩来？你不信我？我还得给她们让地方呢，都让了好儿回了！”

“这他妈贱人，真他妈贱。”

“她不是好人就是了，你也别骂这么难听，社——长——”

桑榆想想自己的文人身份，看看娇媚万千的萌萌，笑了，说：“我跟那种人才不生闲气呢。”

萌萌中午大都跟雨霏在餐厅吃饭。这天，她出门办事没赶回来。雨霏就自己去吃。刚端着餐盘坐下，旁边一个阿姨挪到她近旁来。

“林雨霏？”

“啊，是您啊？”

“还记得谭阿姨？这孩子，瞧，现在气色多好。”

“谭阿姨，您来这儿是……”

“要不都说三编室来了个不食人间烟火的呢，阿姨在这儿上班的，比你来得还早呢。”

“是吗？那阿姨您在什么部门呢？”

“我在办公室，一般职员，就是退了休闲不住。你是不常去，不像他们别的小孩儿，一天多少次，不熟也熟了。对了，我还看见你去过一次呢。”

雨霏脸红了红："我有时候怕耽误别人的工作。"

"咳，你不'耽误'别人就说你好了吗？"

雨霏像个做错事的孩子低着头。

"对了，我看看你这皮肤……哎哟，真是够细致的。"

"哪儿啊，我的皮肤到北方来干得不行。"

"天天用眼霜、精华素还能干，那我们这都能当丝瓜瓤子了。"

雨霏扑哧笑了，忙问道："阿姨，我不用那些的，你怎么会这么说呢？"

"你不知道啊？"谭阿姨看着雨霏清澈的眼睛和孩子一样的表情，索性说，"我啊，我……是听发行老霍说的，老霍说是听你们办公室小柳说的；而且出版部老戴红围巾的那个老太太，她也跟老霍说过，那红围巾老太太说她是从市场部总穿裙子的那个主任那儿听来的……但是谁知道呢？那红围巾老太太、市场部裙子主任，还有人事办公室的大项链主任都是社长自己的人，他们总在一块儿捣鼓，什么事儿都说……社里一多半以上的事儿都是他们几个说说就定了……孩子，你呀。"

九

英子不知道自己有状况了，虽然这以前她总是能第一个发觉到别人的细微状况。

她微微叉着两腿，重重地坐在潘美兰病床前的椅子上，打了个呵欠。潘美兰望着她说："英子，你别是没睡好吧？"

"谁晓得的？哎呀，最近总是睡不醒。"

"可别太累着，这几天回去好好给我睡两天觉，不叫你你可别往这儿跑了。”

“哦。”英子一边答应着，一边架起双手，把头歪放在潘美兰的病床上。

她的脸微微有点红，还似乎有点肿，眼泡尤其肿得厉害，也是泛着红晕。两只手也是微肿的样子。潘美兰一下子坐起来，把英子吓了一跳，一旁放东西的桑轩也惊得两大步跨到门口，准备去叫人来。

潘美兰也不管儿子在不在场，问英子：“你没去查查吗?”

“查什么?”

“你那个最近正常吗?”

“啊?！我以为，我以为……哎呀！”

潘美兰望着英子说：“傻孩子，得会心疼自己啦。”

桑轩两步又蹿回来，抱起英子：“真的吗?！哈哈。”

潘美兰一掀被子站到地上，指着桑轩说：“你快把她放下！”

桑轩和英子都赶忙过来扶潘美兰。此时的潘美兰却是容光焕发，眼睛里闪烁着明亮的光芒。

“儿子，快给你姥姥打电话，还有你舅舅，你们得赶紧把事儿办了，还得起名儿，我还有你奶奶留给你们的东西在家放着呢，别穿旗袍了，还是婚纱吧，配礼服裙，能遮着点儿……马上找中介，把学校里那房子收回来，那个大，才够你们这么多人住哪……把这边儿这小房子租了，都给我孙子……”

桑轩眼睛湿润着，把母亲和爱人抱在一处，说：“妈……”

三个人，不，是四个人紧紧地拥在一起，显示出极大的生命力来。

桑榆却不知道这个好消息。他在开会。

“作为编辑，现代的编辑，你们已经不能像过去那样看看错别字什么的了，你们要有新闻记者那种敏锐的捕捉能力，捕捉社会上的点，事件交叉的点、信息交叉的点，从这个点上引申，再扩大，扩大成一个面，干什么呢？给读者看。而且每一个这样的点背后，要有尽可能大的信息含量，不然读者买这书图什么？他需要他在网络上、图书馆里、街头巷尾得不到的信息，他才会关注这本书，才会关注我们的出版社，这就是我们将来要做的品牌。而且我们要快，现在一个事件出来以后，最快的就是网络，图书干不过网络、干不过报纸，但是社会就这样，干不过也得快，否则就更失败。我们快，快不过他们，那就是现在要说的深度的问题了，你在刚才说的那个交叉点上，能挖多深，就是说你这本书能有多大分量，能让读者看了就扔还是爱不释手？这就又牵扯到你们每个人的作者群问题了，要什么样的人做我们社里的作者？有身份的有含金量的。去年国家大办运动会，大家说说有什么这方面的想法没有？”

姜主任说：“去年是友谊出版社出了一本纪念性质的书，一个人一段访谈，我看挺好的。”

桑榆瞪了她一眼。

小萝说：“这种访谈在网上很多的，而且人家因为是网络嘛，说话什么的都比较放得开，书怎么也不如网络好看。而且好多地方已经开始有运动会的资料汇编什么的，我看汇编类的书我们也不好做。”

小黄说：“是不是可以考虑做成一个人一篇杂文或散文的形式，主要也是讲感受，但不是新闻访谈的样子，也不是资料汇编？”

雨霏不由点点头。小柳赶忙大声问道：“雨霏，是不是觉得散文杂文的形式比较高雅啊？”

雨霏低下头：“也不是，只不过可能跟其他社的这一类书有些区别。”

桑榆说：“作者呢？没有代表性肯定不行，你们都有这样的作者吗？一个人能抓几篇？得一周就能交稿的才行。”

大家又沉默了。

萌萌问雨霏：“你大约能有几个这样的作者？”

雨霏说：“说不好。”

姜主任问：“你们每个人能找着几个作者？一周左右能完稿的？”

小萝说：“你们说，说完了我计计数，看差几个还是多几个。”

小朱说："我大约五个吧。"

小黄说："我也差不多。"

小柳看了眼桑榆，桑榆不易察觉地轻微摇了一下头。小柳沉默了。

剩下的人所报作者数大多是五个，也有两三个的。

小萝说："好了，好了，我看差不多了，每个作者三到五千字就行了，现在的量就差不多能有三十万字了，姜主任，你那儿还能有几个呢？"

姜主任只得说："我能有七八个吧。"

小萝说："那索性算十个吧，这就快三十五万字了，够了。"

小黄说："那就是让作者一周左右交初稿是吧？"

为了社里的书稿，雨霏来拜访徐教授。

在历史研究所三层，徐教授和蔼地让她进来。雨霏简单地说明了来意。

徐教授说："这倒是个好事情，今年这样的约稿也来了好几拨儿了。"

"您是不是也已经接了好几拨儿了？"

"雨霏啊，上班之后这个嘴皮子是见长啊。"

雨霏有些惭愧，自己怎么没意识到，真的是学得"油嘴滑舌"了吗？

徐教授说："我个人觉得，是不想参与的。"

"徐教授，您只当支援支援新参加工作的同志啦？"

徐教授深深地望了一眼雨霏："我还要扶上马再送一程呢。"

雨霏只当徐教授像以前一样把自己当孩子逗，笑着说："那您真是辛苦了，哪天我一定先送润格来。"

"雨霏，我现在没时间，即便有，我也不想写这样的文章。"

徐教授没有留雨霏喝茶、看他的绿色植物，而是客气地把她送出了门。关上门，徐教授有一点点不知为何的失落。

雨霏还没走出历史研究所，萌萌打来电话约她到家里玩，雨霏当然是拒绝。

萌萌也当然知道她会拒绝，笑着说：“雨霏，有些话我在办公室里没法儿跟你说啊，你来吧，绝对会谢我，我这儿有好多能两周内出稿子的作者呢，你来拿走几个人的，不就交差了吗？”

雨霏还在犹豫。

萌萌说：“你不是请了假在文华大学办事儿吗？我已经回家了，就这么两步路的距离，你顺便就来了，跟我客气什么？雨——霏——”

雨霏说：“好吧，我大约半个小时到。”

她走到文华大学的西门，刚巧看到英子。

英子有些羞涩地问她：“这么巧？你来办事情还是来找陈律师？”

“我来办点儿事。你怎么胖了？”

“走，我们到那里去坐一坐吧。”

雨霏一想，从这儿走路到萌萌的住处也就十分钟，自己又和英子好久没见面了，聊聊天也好。

等到一坐下，雨霏才明白了英子发胖的真正缘故。她高兴极了，仔细地问起情况来。

萌萌在住处拿起电话，对桑榆说：“看不看戏？要看戏就到我楼下找个地方停好了等着。”

“真能看上吗？”

“骗你干吗？不过他们俩得在我这儿呆会儿呢，你那一会儿里别给我打电话，雨霏听见不好。”

“行，我倒要看看。”

萌萌下楼买了点儿菜，特意绕了个弯子，看见桑榆的车停在楼洞的附近，笑着冲车里抛了个飞吻。

茶馆里，雨霏高兴地握住英子的手，说：“你比我和时晴都小，却是最早有了下一代，恭喜啊。”

英子掩住满脸羞涩，说："这件事好复杂。还要从你们体检说起呢。"

"是吗?"雨霏的兴致被引了上来，仔细地听英子讲下去。

英子一口话语柔软动听，又加上有些说书人的天分，一半事实一半夸张，把雨霏引得支起腮来不住地点头。

不知不觉地，两个人聊到外面的天都昏黑下来。还好这家茶馆同时供应茶餐，两人也饿不着，边吃边聊。雨霏听罢整个事情还不过瘾，又硬让英子把里面有趣的内容重复讲了再听，一边听还一边询问、议论……

萌萌在住处等得无聊，看看表离雨霏说到自己这儿的时间又过了十分钟，这才听见敲门声。她得意地走去开门。韩文?!

萌萌惊道："怎么?你来干吗?"

"不是你约我来的吗?"

"我不是说发了短信你再来吗?"

"他们打完球都吃饭去了，我也饿了，饿了嘛。"

萌萌知道韩文现在是绝对不能进来的，就说："你先去洗个澡。"

"你这儿不也能洗吗?"

"我这儿水不冲，学校洗多好，水冲还便宜。"

"你这个人，怎么这么多事儿?"

"快去，洗了澡再来。"

韩文不悦地走下楼，差点和楼门口一个高高的男人撞个满怀，那男人扶扶国字脸上的眼镜，看了看他。

男人的手机响了，韩文一侧身挤了出去。

是信息：你到底几点能回来?桑榆回道：一会儿，快到了我给你发信息。吻。

桑榆回到车子里坐好等着。萌萌从阳台上看了看，还没有雨霏的影子。她给雨霏发短信：你在哪儿呢?快点啊。

雨霏的回信是：抱歉，我尽快。

萌萌放下手机，开始做饭。

桑榆在车子里等得实在无聊，不由眯了一小觉。刚醒过来，就看见刚才差点儿撞了自己的那个男孩又向萌萌家的楼洞走来，一边走还一边甩着湿淋淋的头发。看得出，他还换了件新鲜点儿的衣服。

他换衣服干什么？他去哪儿换的衣服呢？

韩文上了楼，敲门。

萌萌打开门，吃惊地说："你怎么这么快？"

"我够慢了！你不想见我吗？"

"哪儿的事儿……"

"那你为什么不让我进去？"

"我……得等个人，同事……"

韩文已经抱住萌萌："萌萌……我刚洗完澡，萌萌……"

桑榆站在楼梯拐角，静静地欣赏着青年人的激情，方脸上爆起了一层青筋……

不管怎样，令萌萌欣慰的是，雨霏没有在不恰当的时候来"捣乱"，桑榆也没有在不恰当的时候来"捣乱"。他那么忙，说不定赶去忙什么重要事了。

韩文今天似乎特别缠绵，到了很晚才说要回宿舍。两人依依分别后，韩文从楼洞里出来，没有发现，一个中年男人正从眼睛里向他喷出两团火来，幸亏有两个眼镜片挡着，不然怕是早就燃烧了。

桑榆走过好几幢楼，上车，发动车子。他到了自己的住处，打开房门。床上，一个女孩以她惯常的怯怯的声音问道："怎么这么半天？"

桑榆几乎是扑过去，把最原始的力量都迸发了出来……

"你老公又出差了？你怎么跟家里说的？"

"我说今天跟我爸妈吃饭，后来你这么晚不回来，我就跟他们说我住我妈家了。"

桑榆再次揽过小柳，说："那今晚你就哪儿也别去了！"

小柳觉得他从来没有这么疯狂过。

手机在一旁发出震动声，桑榆猜测是萌萌打来的。他伸过去一只手，关了手机。又摘了床边的座机线。

桑轩在妈妈病房外的走廊里，打父亲的手机打不通，座机也没人接。他垂着头走进病房。

潘美兰问："怎么?"

桑轩勉强地说："没什么。"

"你是不是给你爸打电话了？他怎么说?"

"没打通。"

潘美兰沉默了片刻，安详地说："儿子，我们现在还有什么不满足的吗？如果一个人心里有爱，不是要把它强压着藏起来，而是要让它流传……你的孩子等着你呢……"

"妈，我知道，我会爱他，会负责的。"

"所有不好的、让人不愉快的东西，我们可以把它屏蔽掉……而千万不要让它变成阴影，影响你心里头爱的寻找和表达。"

这次小聚会上，桑榆带了萌萌一起去。于总编一见面，就握住萌萌的手不放，问桑榆："林雨霏?"

桑榆眼角斜着陈律师说："林雨霏那是大忙人！这可是我们大北出版社的社花儿，于萌萌。"

于总编对着萌萌说："哟，咱们俩还是本家呢?"

萌萌笑着说："您说是就是呗。"

于总编说："那我要说咱们俩是一家子呢?"

张总编抢着说："还什么要不要，就是！来，小于坐到于总旁边，来！"

萌萌看看桑榆，他正跟陈律师咬着耳朵说笑。

张总编说：“干吗？看什么？他是你领导，我们不是你领导？坐！坐！”

这时，又陆续来了几个披红着翠的女子，张总编跳来蹿去，把大家安排成了一男一女间隔坐开的排座形式。

桑榆转过脸一看，对张总编说：“行，比较公道，没私心。”

萌萌说：“桑社长，我……”

桑榆说：“你就坐那儿最好，这是咱们社的光荣。”

“我……”

这一顿饭，菜上了不少，浪费的更多。于总编一再照顾身边的萌萌。由于他把主座让给了萌萌，其余几个红翠女子不知究竟，见萌萌坐在主座，又被最高级别的人照顾，便挨着个儿地敬酒。

萌萌连个吃口菜的空隙都没有，一连十几杯白酒下肚，这就要醉了。她不好声张，自己跑到洗手间去大吐了一通，又用冷水洗了洗脸，才感觉好了点儿。

回到包间，七八个人纷纷站起来，拿酒的拿酒，按手的按手，碰杯的碰杯，一时又是几杯白酒灌了进去。

萌萌扶着桑榆的椅子说：“大家看得起我，但我是真不能喝了，桑……”

桑榆站起来，拉着她到了原来的座位那里，按着她坐下，说：“不能喝也得看跟谁，是吧？吃点儿菜，咱们这且得喝会儿呢。”

于总编笑眯眯地说：“小于，怎么样？要不老于来代酒？”

张总编第一个起哄，桑榆也跟着起哄，这一来，萌萌又被灌了两杯。

再吃再喝，萌萌已经是云雾不知了。

等到酒足饭饱，大家一个个拥红倚翠地要走，于总编扶着萌萌的肩膀说：“这个怎么办？”

桑榆说：“哪个？我们什么也没看见啊。”

张总编更是一脸醉态，抱着身旁的女子直嚷嚷：“姐姐、小姨、妈、表姐、姑妈、舅妈……你说……说，还有什么？”

陈律师和一个女子走到电梯，伸手向这边晃晃、扭扭，说：“我不管你们了，我不管你们了。”

一到电梯里，陈律师就对那女子说：“我有事儿，你自己走吧。”

萌萌来上班的时候，哪儿都是红肿肿的没精神。谁也不敢问，雨霏偏偏热心地说：“脸色不好，我给你倒杯水吧？”

萌萌盯着她，越想越气，一杯剩茶全泼在了雨霏脸上。雨霏愕然了，三编辑室沉默了。

雨霏冲出办公室，正巧碰到来上班的桑榆。雨霏委屈地说：“社长，我要请假一天，怎么会有这样的人？还在出版社这样的文化单位工作！”

“随你。不过我也没想到您这大文化人儿的能跟人家撒泼打架！”

编辑室里，萌萌哈哈地笑出声来。

桑榆让姜主任联系全体编辑人员，针对前次会议中谈到的运动会散文集的约稿问题，再向大家做一次确认。

姜主任先回去向各个编辑室传达了社长的详细指令，又回到自己办公室细致地打电话确认自己所约请的人员和交稿时间。

在她忙着这一切的时候，小萝进到桑榆的办公室。桑榆笑了一下，走去把门关上了……

小松在张总编的公寓里，仔细地翻找。终于，她在卫生间的橱柜里，找到了一份文件。她轻声念着：“房屋合同……”

小松坐在屋子中间，抽着烟休息，看看周围，实在不想清理自己制造的这个杂乱的场面。她笑了。

她又到桌子的各个抽屉、床边枕下……搜了又搜，找出来不少张总编的“私藏金银”，都一齐装到自己的包里。然后到冰箱里找了些东西吃了，才给张总编打电话。

“怎么办啊？你家里出事儿啦！”

“什么事儿?!”

“你家好像是进贼了。”

“丢什么东西了没有？”

“我哪儿知道啊？翻得乱七八糟的。”

“你等着吧，我马上回去。”

“我不在这儿，我害怕。”

“你看你这个人这么没义气……”

“你敢伤我心！我再也不理你了，我要走！”

张总编尽快赶了回去，看看屋子里真是狼藉，查看了自己藏钱遮物的地方，一点儿没剩。报警？都是些说不清楚的东西。难道让警察来查自己吗？

八成小松……算了，等她来再跟她算账就是了。

你说你急什么急？我辛苦算计来的，不都是给你的吗？这次是你伤了我的心了。

小朱联系的那两个书商同意了大北社的合作条件，这几天就去社里签合同。她办公室、编辑部、出版部……来来回回跑了好几趟，最后又跑去跟桑榆汇报。

桑榆一脸冷漠和茫然：“书商？”

“对，就上次跟您汇报过的，三本书，一个系列的，都是图文并茂的……”

“你跟姜主任说去，我没这闲工夫，这么大个社，这么多人，都找我说事儿，我忙得过来吗？”

“因为最后这数字上都得您拍板定，其他的跟各个部门都说好了……”

“你跟他们说好了还找我干吗？”

“这个……”

“不都说好了吗？还有什么呀？找你们主任去，我没工夫！”

小朱咬着嘴唇走了出去。

桑榆看着她的背影，长得都他妈的让人下不了手，还老来瞎晃悠什么？

姜主任和蔼地问小朱："社长怎么说的啊？"

小朱把前后几次桑榆口头上说的条件跟姜主任说了一下。

姜主任是一直在边聊 QQ 边跟小朱谈话的，她看到桑榆在 QQ 上给她的回复是："你他妈傻啊？什么书商能这条件？押三万，发行认两千，不然走人。"

姜主任笑着对小朱说："社长说了就行了，书商什么时候来啊？"

姜主任 QQ："社长，那您什么时间有空？和这个书商谈？"

小朱说："他这周都有时间。看您和社里吧。"

桑榆 QQ："我他妈哪儿有这时间？你自己是干吗吃的！"

姜主任说："我也差不多，你约吧。"

姜主任 QQ："她大约这几天约书商来，我看情况谈吧。"

小朱说："那后天吧，行吗？"

桑榆 QQ："你他妈的得明白是干吗吃的！"

姜主任说："也行吧，其实明天也行。呵呵，你看我这作者，就这运动会给忙的，我这使劲儿劝他交稿呢。"

小朱说："那不打扰您了，我明天约书商来吧。"

第二天，书商如约而至。姜主任很热情，天南谈到海北，就是不谈书。

书商说："小朱，我们上次谈的那个书……"

小朱说："姜主任，您看这几本书的合作……"

姜主任说："哪几本？哦，这几本是吧？是这样的，一共是三本书，您需要先在我们社里押三万块钱的风险金，把该办的手续办了。然后我们负责发行、运输，您负责制版、印刷，我们这儿的发行部进您这每本书是两千册，然后销售量好的话再进再说，那就是那会儿再谈的了……您看？”

书商笑笑说：“这个数字上——”

姜主任说：“一直就是这样说的啊。”

小朱说：“之前社长不是说……”

姜主任正色道：“小朱，你是这个社的员工，要放正自己的立场。社里从来没有说过别的条件。”

书商说：“这样的条件其实还是不错，我们也很希望能和大北社合作，只是来的时候我忘了带章，这样吧，我明天再来一趟。”

书商走了之后，姜主任把小朱叫到办公室又好一通思想教育，直到把昨天 QQ 上收到的几个国骂给发散开去，才算了了。

小朱回到编辑室，正赶上里面热闹地说着什么。

小萝说：“哇，小柳，想不到啊？你这一个月就谈了这么多合作书？真厉害！”

小黄说：“请客请客。”

小朱没说话，跟着大家嘿嘿地笑。

萌萌说：“努力是应该的嘛，最好大家都拿出三五本合作书来。”

小柳说：“好啊，你也来拿出几本吧。”

这时，桑榆进来，把一本书向小朱桌子上一摔，说：“这是你做的？”

大家瞬间安静了。

小朱捡起书来，是自己做的《西方哲理散文原著选读》，说：“是，社长，怎么了？”

“怎么了？你就这么做书，全社都得跟着赔死，你用脑子吗？”

“我……这本书怎么了？”小朱都带了哭腔了。

“你再看看！还英语八级半呢？你就弄这个！一天到晚脑子里一锅糨子，你不认识中文还是不认识英文，不认识早说，有的是人认识字儿！”

桑榆转身出去了，小朱委屈地坐在那儿呆着：“到底是怎么回事儿？光是骂人，也不说是怎么回事儿。”

小柳说："他可能是觉得你这本书第一在选择文章上就不精，而且还有一些是有版权嫌疑的，第二译文做得也不到位，有好多习惯词语用法的误译问题，第三就是校对做得不细，好多错儿没校出来。"

小萝小黄对了一下眼色，没说话。

萌萌瞪了小柳的影子好半天，咬紧了嘴唇。

雨霏叹了一口气。

张总编终于约到小松出来，他一路想着要和她断交。

到了饭店，他心里恨恨的，又挑这么贵的地方，真拿我当银行用了是怎么着？

推开包间门，里面一片漆黑。张总编在门口挥着手，叫："服务员！来，这灯怎么都不亮？你们怎么开的店？"

服务员看着他笑着，没说话，也没过来，远远地示意他进去。

张总编嘴里嘟囔着，借着过道里的灯光，分辨出椅子和桌子，摸索着找了个位置先坐下。他刚刚坐下，想掏出手机打小松的电话，就发觉身边的椅子上突然直直地坐起好几个人形来。

张总编大叫一声："啊！"

旁边几个人形也跟着叫："啊！啊！"

这一叫，张总编倒不害怕了，他听出来了，起码有陈律师和桑榆的声音。

突然，房间的灯大亮，桌子上蒙的白布单被掀起来，小松盛装趺坐，长发上全是晶莹的装饰，手上也是耀眼的装饰，举起长笛，缓缓吹起一支悠扬既而欢快的曲子……

门口，服务员送来一只蛋糕，放到张总编面前，说："先生，您可以点蜡烛了，还是我们替您点上？"

张总编都快要乐傻了。他嘿嘿地直望着小松笑，什么都忘了。小松放下长笛，吹过一个香吻，张总编就全傻了。

桑榆说："拿菜单来，今天有寿星儿埋单，我们得撒开了点。"

张总编说："太感谢各位了，点，点！上最好的，这都是我最好的哥们儿！"

"那我呢？"门口又进来两个人。是于总编和萌萌。

张总编马上站起来，跳到门口去抓于总编的手使劲摇，说："领导领导，这是我最好的领导，拿我是又当兄弟又当晚辈，照顾我，指导我，是我的人生导师啊……"

萌萌看都没看桑榆一眼，就大方地坐下了，和小松凑在了一处。

桑榆低着头笑着，只管点菜。

席间，小松演奏，萌萌还跳了一个民族舞蹈。

桑榆得意得不得了，呵呵笑着，喝了好几杯啤酒。

萌萌这次又被陈律师、张总编和桑榆灌了酒，喝多了，竟然趴到桌子上"呜呜"地哭了起来，用手抓起一块块蛋糕乱扔一气。这使于总编和小松都有点不知所措。

而张总编从来没想到自己会有这么热闹的生日场面，他在不断地站起来给大家敬酒之后，又端起杯子说："大伙儿都太给兄弟面子了！我很高兴，真的很高兴！"

虽然，他心里除了小松谁都不感激。

这一晚，他是真的喝醉了。小松替他开车，一起回了他的公寓。

十

小萝的眼睛"骨碌"一转，就有一个出版社的同事要"咕咚"摔一跤。

小萝要是不喜欢谁，就把她的眼睛多转上几转。

小萝自打一来，就不喜欢姜主任这个半大老太太。小黄很听小萝的话，只要是姜主任布置的工作就不去碰。

小黄虽然没有海龟土鳖的学历，但是她眼神儿比较好，知道现在这个社里只要一有香风吹，就会有人挨骂。今天又召集全体编辑开会。小黄一坐下，就看见桑榆社长的脸上香风未散粉未消。她赶紧低下了头。

姜主任说："咱们社这本运动会的这个稿子，我那儿的十个作者已经都把稿子交来了。"

桑榆说："全来了？"

姜主任说："全来了，不过还是电子版。"

桑榆说："这事儿闹的，我正说这书可怎么办呢……你们都有几个能交上稿子的？"

大家观观风向，都把嘴闭得死死的。

小萝说："我看我恐怕是弄不来了，那几个作者都忙，而且人家都说手里好几个这样的类似稿子要写……"

桑榆说："现在这样的书太多了，还不如搞个资料汇编实惠，读者还更喜欢。那样还简单，你们自己就把资料找了，还不产生稿费，节约成本。"

有几个眼利的编辑赶紧说："我们也找不来散文稿子呢。"

姜主任说："现在二十来万字也能成书……"

桑榆说："二十万字做什么书，你做这么多年编辑了，这都不懂？这样的书二十万字，那不是笑话吗？"

小萝说："我们如果加紧赶一本跟运动会相关的汇编或者大事记的话，配上点老照片，应该很快能出稿子。"

桑榆问："还有谁能把散文的稿子拿来？"

没人说话。

桑榆说："这个选题刚开始就是有点勉强，大家努力赶出一本大事记吧。"

散了会，桑榆刚走出会议室没多久，里面就爆炸似的叫嚷出许多声音来：怎么办哪？怎么跟人家作者交代啊？怎么说啊？下次怎么好求人家写东西呀……

姜主任回到办公室，心烦意乱地翻着通讯录。有人敲门，人事部的大项链主任一阵风似的飘了来，晃得项链嗒嗒地乱响，伴随着她咯咯的笑声。

大项链主任说："可别嫌我烦人啊。"

"我还正想找你聊天呢。"

"巧了，我攒了一肚子委屈要跟你说说哪。"

"你还有什么委屈事儿吗？"

"我这工作不好干啊。"

"怎么了？"

"全是得罪人的事儿，还没地儿说委屈去。"

"谁给你委屈受，我也不能给你委屈。"

"那就真是我的好老姐姐啊，来，抱抱……"

"呵，别肉麻了，你这老不正经的。"

"啊呵呵呵呵，我跟你说个事儿吧，这年轻人真是了不得！咱们看着都比不上，都得往后退。"

"怎么说？"

"小萝，人家那么年轻，当部门主任了，小萌萌，人家那么年轻当室主任了，你说说看，怎么得了！"

姜主任缓缓地问："那他们编辑室一下少俩，再招是怎么着？"

大项链主任说："我报名想去行吗？年轻人到一线了，咱们这老太婆的还不自觉点儿上二线得了，我想去，你看我行吗？"

"你还是当你的主任吧。"姜主任用手捋了捋略显花白的鬓角，说，"我倒是想辞职了，最近腰老疼……"

大项链主任说："哎哟，瞧我这记性，我有最好的按摩油，早想着要给你，我这就给你拿去！”

姜主任当天下午就收拾好自己的东西，全拿了回去。

小萝上任第一件事是把原姜主任的桌子换了一个新的好的，萌萌上任第一件事是找事儿把小柳狠说了几句。

忽然，倒春大风雪肆虐了！

天地动容，人人扼腕顿足，号呼奔走。

军队、医疗机构不用细说，新闻出版单位也都在前方后方踊跃积极地想着要奉献点儿什么。

桑榆召集编辑部紧急开会。

“咱们能做点什么？都说说。”

小萝说：“捐款？捐物？支援现场？出书？”

“能出点什么样的书？”

小萝说：“大家快想想，这可是个要抢时间的事儿，要快想点子，还要能做得快的书。”

小黄说：“我想我们社可以从心理角度入手来想点子。”

“具体是什么？”

“就是比方说心理教育、心理治疗之类，还有就是能体现大家之间这种不分你我的博爱精神的书。”

“还有呢？其他人？”

萌萌说：“还有可以做点记录类的图书，和实用类的，比方说紧急情况指南等，现在的孩子都比较缺这些教育。”

桑榆说：“实用类的估计别的社都已经在开始做了，记录你怎么记录？咱们又不是新华社。还有呢？其他人？”

小萝又说：“其实大家可以从更广的角度去想，像上次社长讲的，要找事件的交叉点，然后把这点深化、广化，我们可以从整个事情中找找看，有什么代表性的事？能把它引申的事？而且你们要好好想想，这里边，有哪方面最受大众的关注呢？”

讨论进行了一个下午，一共定出三本书的选题方向来。

分到雨霏所在编辑室的图书任务是赶出一本记录风雪灾情现场各色人众的图书，书名暂定《寻春之心胜风雪》，小萝主任指定小黄来担纲做这本书的统筹者。

萌萌本来不服气这样的安排，但是毕竟是为了灾区人民尽一片心、出一份力。她收起不满情绪，积极配合小黄。

小柳思维全面而稳重，在一旁指出了很多疏漏的地方，也提出了很多好的建议。

大家忙得热火朝天的时候，雨霏也几天几夜没合眼。找人员、查资料、写稿件、汇总联络，她把全部力气都用到了这本书稿上，担纲了一半以上的组、写稿工作。

全国各地的大学更是一派捐助支援的沸腾景象，好像大家都要把多少年攒的劲头儿在这一刻全部压缩打包，送给身在苦难中的同胞。

徐教授欣慰地穿过沸腾热情的年轻人们，走到办公室。刚巧接到了海明打来的慰问电话。

“徐老师，问候您。”

“哦，也是为了国内的这件大事吧?”

“是，这边的同学和华侨也都全部动员起来了，大家都在惦记着祖国。我第一时间就给您和家里写了电邮，可是您没回复，我有点儿担心，所以……”

“呵呵，海明，这就是所谓赤子拳拳心啊，我们这儿离灾区还远呢，不过在外的人就是这样地牵挂我们。你呢，最近怎么样?”

“我还好，就是惦记您……和一些同学。”

“同学也都挺好的，可以多通电子邮件嘛。海明，我很欣慰，我想，每个收到来自海外问候的人，都会欣慰的。”

“徐老师……”

“海明，你怎么，还有什么事儿吗？”

“老师……您最近见到林雨霏了吗？”

“见过见过，她还跟我联系过出书呢。”

“那您一定有她的电邮、电话啦？”

徐教授似乎也想不起自己要没要过雨霏的电话了：“……哎哟，好像没她电话……不过她还会来找我的。我们都没事儿，海明你放心吧。”

晚上，时晴来找雨霏。两人聊起这件举国动员的大事。

时晴说：“洪源捐了十万，我还捐了钱呢，还有好多东西。”

“我也捐钱了，在这边办事处捐的，没到社里，怕人家说我出风头。”

“你真是没白上这个班儿，见长啊。”

“别拿我开心了，可是这回社里集体做书，我出了大力气呢。”

“你们那书只对后方人有用，灾区那儿，还是钱跟吃的实惠。”

“说是这么说，可这毕竟是个集体行动啊。”

“集体行动怎么了？”

“有一个集体是不一样的，就像一个人晚上站在大树林里跟你和一大群人去树林春游的区别，感觉完全不同。”

时晴摸摸雨霏的额头说：“发烧呢？上学那会儿学校上百次集体活动，你参加过一次吗？我还参加过一两次吧。”

“不一样，真的不一样。时晴，我现在觉得，一个集体虽然里面有矛盾什么的，但大家一块儿努力做一件事的时候，别提有多让人感动了，你真想把全身的劲儿都拿出来去追随她。”

“不就参与做了一本书嘛。”

“不，我是热爱集体的人，我是有理想的人……”

三编辑室的这本书如期完稿后，雨霏也累病了。

中午吃饭的时候，雨霏郁郁地走到餐厅，正好碰到谭阿姨。谭阿姨问“你脸色怎么不太好？”

“感冒了。”

“哟，你这感冒烂嘴角吗?”

“没有啊？就是发烧。”

“那还好，好。咱们社最近流感，好多个人都病了。他们这回感冒有意思，不光发烧、流鼻涕，还烂嘴角。”

“我们室里萌萌和小柳就这样。”

“噢，哦，那什么……做书你们都特忙特累吧?”

“也没有。”

“嗨，要说这次，真多亏人帮人了。阿姨别的也帮不上，只能是两个单位都捐了五百块钱。出力不大，可是高兴……”

饭店里，张总编举着杯子，慷慨陈词：“……咱们是人多力量大，再大困难也不怕，一个灾情出现了，千万颗爱心顶上去……为了奋战在第一线的军人兄弟，为了风雪中的农民兄弟，干!”

在座的都把酒喝了，张总编拍拍身边的大包，又接着说：“这次赈灾捐款，咱们集团组织得很成功，今天，也就是这个捐款捐物情况的汇报会，咱们首先请于总编讲话，然后我再把详细情况向各位汇报!”

于总编也没站起来，望着前面的酒菜说：“我很痛心啊，很痛心，我觉得我们很不应该，在前方还有那么多人民群众只能吃方便面的时候，我们在风吹不着雪打不着的地方，还能吃上这么些好吃的，唉……痛心啊!”

张总编站起来说：“这是我的错误……赵主任，安排个汇报会就行了，怎么搞到这么个饭店来了？谁联系的这是?”

于总编摆摆手，说：“我的意思是，我们要能把这些空运过去给灾区的人民该多好啊，痛心！我说，咱们这些位是不是一个人再多捐点儿啊?”

张总编说：“好，听领导的，我再捐一个月的工资!”

于总编说：“你踏踏实实坐下，别招人骂了，你这样，人家那有家有老婆孩子的上你那儿吃饭去啊？大家酌情，酌情。”

张总编说：“为了在座的各位再次为灾区捐献爱心，大家干!”

张总编回到自己的公寓，小松已经在那里了。张总编洗完澡出来，看见小松正在数大书包里的钱。

“你干吗？那可一分都不能动。”

“谁说的？”

“谁说的？！这是要捐的钱，等着救人的。”

“那你怎么不变出翅膀飞灾区去？把它拿回来干什么？”

“好几天交的也有，临时收的也有。本来要存，银行下班了。”

“胡说，明明是你想匿这些钱，让我发现啰，就要没收！”

“你给我放下。”

“不放！”

“回头我想办法给你弄，跟这数一样，行不行？”张总编半坐半跪地趴在床边，对小松作揖，说，“我刚才是喝多了，给你道歉，行不行？把钱先给我吧，啊？”

“没门儿！”

张总编一下子站起身来，打了小松一个耳光。

小松怔了，她用狠毒的眼光一动不动地盯了张总编好一会儿。张总编躲开她的目光，慢慢坐到另一边去抽烟。

小松抱起这堆钱走出卧室。

过了一会儿，张总编闻到一种奇怪的味道。他问：“小松，小松，你干什么呢？”没人回答。

张总编走出卧室，发现厨房里是黄艳艳的火苗，小松立在一旁，把大把的钱往火上送去……

张总编惊叫一声，冲过去，厨房的门已经被小松反锁了。他用力摇晃、踢、打，最终用胳膊肘撞碎了门中间镶嵌的长条玻璃，伸手进门里去开锁。小松把一沓烧着的钱扔到他手上。他没有缩手，坚持着拧开了门。

钱已经烧掉了一大半还多，剩下的还在燃烧着。他看着小松，小松亮出手中的一把刀说：“怎么着？你敢碰我一手指头试试。”

张总编咬着牙说："你给我滚出去！"

小松走到门口，又听见张总编说："把钥匙留下。"

张总编收拾好残局，打开所有的窗户，把自己摔在沙发里。他打电话给陈律师："哥们儿，有点儿急事儿，能不能借点钱？"

"单位账上挪去。"

"挪不了这么多。"

"那估计我手头更没有了，不是哥哥不帮你。"

"知道……对了，老哥，你认识那种人不认识？"

"什么人？"

"高利贷、黑社会，管他是谁，反正我明天早上之前一定得拿到钱。"

小松回到原来租住的地方，小萝已经回来了。小松说："你赶紧找个房子搬家。"

小萝说："为什么呀？出什么事了吗？"

"问什么问？！让你搬你就搬。"

"那我找找看吧。"

"两三天之内，最好搬干净。"

"哪儿有那么快的？"

"你哪来那么多废话！"

"你搬哪儿去？我跟你一块儿？"

"想都别想！"

大北出版社的风雪图书赶制出来了。

大家传阅着，不断发出啧啧声。几个年长一点的编辑和老编辑先后说了不少恭维话，说得大家都喜气洋洋的。

小萝找到桑榆，说："社长，打算给我们编辑部记一大功吗？"

"那当然，你是首功。"

“那发个奖行不行?”

桑榆在她唇上亲了一下。

小萝说:“不是这个呀,我能不能再更全身心地投入到社里来呢?”

“你想干吗?”

“楼下有好多空房间,我想搬来住几天行不行?”

“那你还不如搬我那儿住算了。”

“真的?那我明天就搬了?”

“为什么?”

“房子早到期了,房东赶得不行。”

“不是我不想帮你,社里这么多人盯着呢,我要让你住社里,那么多没房的,还有那么多在这儿干了多少年的,都来找我怎么办?”

“我就住几天,社长,一找到房子马上搬走。”

“那……那你要住着不走了呢?”

这时,小萝走上前来用手抚摩桑榆的胸口,喃喃地说:“社长……”

桑榆最担心也最讨厌女人欺骗自己,然而这只是在小事儿上。是的,重大事件上他总是忘了这点。

他不耐烦地把小萝推开,说:“你这样是干吗?让人看见算怎么回事儿?”

“关着门呢。”

“谁让你关的门?!”桑榆走过去,把门打开,说,“不行,反正是不能住在社里。”

“知道啦,社长!”

这几本风雪图书在市场上的反响非常好,是大北出版社前所未有的优异成绩。桑榆召集大家开会。

“大家最近这心血没白费,咱们社这几本风雪书就是一个非常可喜的成绩,可以说。在这儿,我代表社里表彰大家,也希望你们再接再厉。”

小萝第一个带头鼓掌,说:“太好了,不过,年初的这个图书奖就要公布了，咱们有点赶不上，要是再能拿个奖就完美了。”

桑榆说：“别鼓掌，弄得怪俗气的。”

小萝说：“社长，咱们这几本书能销得好，主要还是点抓得好，社长平时教导我们教导得好。因为呢，这次三本书的主要定位点还是社长来定的。”

桑榆冷冷地说：“是大家选得准、编得快，找准了读者群。老霍，你跟发行的人再琢磨琢磨，怎么多铺点儿，不光书店，学校机关都可以试试，也要多造造势。”

小萝说：“争取拿今年的图书大奖吧，这不就是造势吗？”

桑榆垂下眼睛说：“图书奖？等它评下来那会儿咱们下几部好书都出来了。你们想得美。”

雨霏心里一动。

晚上，雨霏到了时晴家里，先给她看了社里的这几本书。然后问：“我想请刘干事帮个忙行吗？”

时晴脸上微微一红，说：“你找他干什么？”

“这次赈灾的图书，大家都说要是再获个奖就好了，可惜今年的评奖马上要结束，要是通过社里、集团，一级一级不知道得多少天才能送到评委那儿，还不定能不能评上。”

“想得奖，倒是不难。”

“那咱们找刘干事去。”

“他才不管这些呢。”

“那怎么办……”

“你真这么想得这奖？这有什么意义吗？”

“我是这集体的一分子啊！熬了多少夜呢。”

“书放这儿吧。”

“放这儿？你是帮不帮啊？我们这书要是评了奖……”

“你真傻假傻啊你？我都说放这儿了你还问问问的，将来海明可够受的，老天天有人追着他问：你爱不爱我，爱不爱我……”

两个人正说笑着，殷萍叫她们来吃水果。雨霏问：“还跟你妈说吗？”

时晴说：“不用了。”

没几天，大北出版社的风雪图书就列到了去年开选今年出奖的图书奖的金奖名单上。雨霏收到洪源“已妥，勿念”的短信后，感觉自己是集体里坚固的一分子。一时按捺不住，就跑到桑榆办公室里。

桑榆见到她，首先就堆上一脸怒色：“什么事！”

“社长，咱们这次的风雪图书能拿今年图书金奖了。”

桑榆把眼镜片后面的眼睛瞪得大大的，直直的，愣愣的，好久，才问：“你说什么？”

“《寻春之心胜风雪》，已经上了今年图书金奖的名单。”

“你亲眼看见了吗？”

“我倒是还没……”

桑榆不明白为什么所有的女人都这么会骗人?！他怒喝道：“出去！”

“社长……”

“我让你出去听见没有？谁跟你说的要得奖？要送选，咱们集团老于怎么不送？部里怎么不送？轮得着你?！你少跟这儿费话！”

现在轮到雨霏震惊了，她把细长的眼睛睁得圆圆的。天哪！

“你出去！听见没有？你给我出去！”

雨霏冲回自己的办公室，收拾东西。看到桌上的电脑时，她愣了一下。像曾经的每个人那样，把电脑程序删改，让下一个新来的人只能重装才能使用吗？

雨霏轻笑一下，头也不回地就走了。

雨霏在街上闲逛了半天。在一家形象设计店的前边，她摘掉自己的眼镜，呆看着玻璃里反射的自己。里面的小姐马上迎了出来。

几个小时后，雨霏的头发被修剪得整齐漂亮，还在发梢做了几个大的波浪纹，一举一动都添了不少妩媚。眼镜摘掉了，化了精致的淡妆，还换了成套的新衣服、新鞋子，整个人焕然一新，魅力四射。

雨霏约了时晴和洪源吃饭。两个人赶到雨霏的住处，敲了好一会儿的门，门才被打开。

时晴望着雨霏，一下子惊异得说不出话来。洪源也缓了好一会儿的神儿才推着时晴向房间里走来。

时晴说："你要是早倒饬这样，海明还不疯狂啊……"

这句话没说完，雨霏就已经红着眼圈进了洗手间。好一会儿，才洗了脸出来。

洪源笑着说："我说，你不化妆比刚才还好看。"

时晴问："急死我了，你到底是怎么了？"

雨霏说："我们那个社长，今天我告诉他书得奖的事儿，他居然把我轰出了门！"

时晴说："岂有此理，你是在帮他忙啊！他这人也太不讲理了。"

洪源说："他不是不讲理，是激着了。"

雨霏和时晴都一齐望着他。

洪源说："出了书，谁也想邀功请赏，但有些事儿他得让他的上司明白，不然他不白忙活出书了？要不他就是以为你撒谎呢。你跟他说过你爸或者小晴……"

雨霏摇了摇头，又问："为什么会白忙呢？"

洪源说："这事儿一时半会儿跟你是说不明白了，你就记住，男人没个好的。"

时晴拧了一下洪源说："那你呢？我以后得加强管理了是不是？"

"哎哟，姑奶奶，我跟您老这儿是绝对坦白忠诚啊。"

"啊?!"

"不老不老，您永远不老。"

雨霏和时晴都开心地笑了，洪源也笑了。

时晴的生活一直很开心，她不知道洪源和洪源的哥哥、父亲都在承受着巨大的压力。

当听说洪源准备把公司转出去，老老实实地当个公务员的时候，她只是感觉到生活更加使人开心了。

张总编抽了一整包的烟，还想抽。

于总编这就要退，海司长马上来，怎么办？谁来也不会不问财务。钱！钱啊……

算了，大男人的，有的是挣钱的机会，将来老子弄更好的，最好的。

张总编开车回到公寓，走进卫生间去掏房产证，没有了！

不会啊，前几天不还放在这儿呢吗？找！一定得找到！张总编拿出不拆了这套房子不罢休的精神和力量，在房子里上下折腾。

正在他浑身是汗、满脑子都是疑问的时候，一个穿着制服的小伙子站在门口严厉地说："你！你在这儿干什么？"

老子在家拆房你也管不着！张总编继续忙活自己的，没理他。

小伙子走上来，拉住张总编的手，说："你干什么呢！"

"你是干什么的？！"

"我来收拾房子。"

"你来……收拾什么房子？我没叫保洁。"

"你怎么说话呢！这是我们头儿的房子，我来给他收拾收拾，你才是保洁呢！"

"你再说一遍？"

"我来给我们头儿收拾房子。"

张总编坐到沙发里，尽可能地摆足了主人的姿态，说："这是我家，我的房子。"

"胡扯！你拿证据来！"

"你先拿证据来！"

制服小伙子从口袋里亮出一件东西，说："房屋买卖合同，你认字儿吧？"

他奶奶的，怎么谁一见面都问我认不认字儿?！张总编看也不看小伙子一眼，说："我不认！我就知道这房是我的！你那个是假的。"

"你才是假的呢，你走不走？不走我这就叫人过来。"

小伙子说着就掏出手机来要打，张总编从镜子里看到自己狼狈肮脏的形象，说："你也别打，我洗洗脸，咱们该上哪儿上哪儿，看看到底谁说谎，好吧?"

"行!"小伙子在沙发里坐下了。

呵，劲头儿比我还足？看一会儿你怎么说。

手机响了，小伙子看看张总编，后者正在浑身上下乱摸一气。小伙子从沙发上捡起手机，递给他。

张总编一看是办公室赵主任的电话，拿出十二分的领导口吻，说："什么事儿？我一会儿都不能离开办公室是不是?"

"是，可不是大小事儿都指着您呢?"

"说吧，什么事儿?"

"嘿嘿，咱那个……我那个……人家老问我。"

"老催什么催？这就好了。"

"张总，不是小数，兄弟实在为难，晚上喝酒，跟您赔罪？赔罪。"

"哎哟，老哥老哥，你这都快退休了，可别。我这就弄好了，保证没有问题。"

"那您忙着?"

讨厌！张总编把手机摔到一旁。

小伙子笑了出来。

太讨厌！

张总编和小伙子在和这个小区的这套房子有关的各种房屋机关、机构当中跑了个一溜儿够，得出一个令他诧异的结果：

父母在移居国外时的确给自己一次性购买了这套房屋，写的是自己的名字，手续齐全；同时，自己在一周前委托应小松女士将这套房屋出售给了一名男士，房屋正办理过户，手续齐全。

张总编傻在那里，小伙子看出了些端倪，和气多了，说："这样吧大哥，我回去把事情跟我们领导汇报一下，他反正也不急着搬，大哥您先处理好这边。"

两个人互换了手机号，道了别。

大北出版社里一如平时。对于雨霏的不辞而别，桑榆很开心。小萝敲他办公室门的时候，他高兴地喊了声"进来"。

天气还没热起来，小萝已经穿了领口十分宽大的T恤。她弯腰向椅子上坐去，并摆出一副虚心地向前倾身的样子。

T恤露出里面的内衣，正是小萝和桑榆第一次翻云覆雨时所穿的那件。桑榆心里一软，笑容就溜了出来。

小萝马上一改恭敬姿态，跷起二郎腿，小腿不断地画着方向不同的圈圈，说："社长，有件事向您汇报。"

桑榆问："什么事儿啊？"

"今天晚上，有一个社里的员工没有地方吃晚饭，但是她的厨艺又特别特别好，能不能借用社长家的厨房呢？"

桑榆的笑容不敢溜出来了，严厉地说："你还在找房子吗？"

"社长——"

"这样，我有一个朋友，专做房屋中介的，我把他电话给你，他肯定不会收你的中介费。"

桑榆说着写了一张纸条推到自己大办公桌的前端，说："在北方，找房子是件极其容易的事儿。你找他，一天之内准有地方住。"

话说得倒是不错，小萝马上找到了离出版社不远的一个房子。房子调整完毕了，桑榆又开始调整小萝的职位。

小黄调任编辑部主任的职务，小萝到发行部去锻炼锻炼。

小萝一路春风、满面笑容地来回搬运自己的物品，跟每个人都乐呵呵地说笑，发行部的人也都把所有能搜寻出来的笑容和好话一一罗列出来，唯恐有谁看不见似的。这一折腾，两个办公室里比过年还热闹。

晚上，桑榆回到自己的住处时，小柳已经到了。他问：“你想不想当个主任什么的?”

小柳说：“我没那当官儿的瘾。”

桑榆的笑容又瞬时成了面具一般，说：“真的假的?”

“真的。”

“那你就是真的看上我这个老头子了?”

“老不正经……”

“那咱俩生个孩子吧？你还跟你老公生什么呀?”

小柳一边躲着闹着，一边说：“小萝敢说敢干，你不提她她还想挤对谁走呢，我才不眼气。小黄是因为她背后一大帮书商，我更不眼气。我可是知道自己几斤几两，我没那个当主任的本事……”

桑榆听到小柳的真心话，却站起身，走向卫生间。他真想找个世界上最大号的痰盂好好吐吐，或者……

事后，桑榆迅速主动地清理了橡胶制品，又跟小柳说了好一会儿话，小柳才走了。

十一

刘干事跟了时晴爸爸快十年了。

早在近二十年前，他就养成了谦虚、谨慎、细致的性格。再过些年，他也许会去地方上做个什么。这是他一直在想象中为自己设计好的道路，一条寻常路。但是，人是一种不甘生命之寂寞的生物体，总喜欢在寻常中非要寻找点儿不寻常出来。

刘干事知道时晴对自己一直有种特别的好感。如果自己不是已经携妻带子，这倒也是一件寻常的事情。

但是他更清醒地知道，寻常才是平稳，时晴的前面永远有一道雷池。时晴是个一直生活在保护当中的女孩子，她极度渴望能带给她有保护感的一切，她并不渴望自己。

时晴的确喜欢刘干事在身边时的那种踏实感觉，那种甚至让人在战火轰鸣中依然可以安睡的踏实和信任感。

她还只有十几岁，父亲已经是永远和善而又无从真正亲近的样子了，母亲整天带了一脸的笑容和爽朗笑声招呼同样只表露笑容的各种光艳人士。每当自己无所适从的时候，就会一转脸，看到刘干事温厚的、坚定的微笑面庞，似乎总是带着几分羞涩一般。

还有什么比窘促遇到羞涩更能让一个女孩子踏实呢?

不仅如此，在时晴哥哥参加工作并有闲心替她处理她犯的各种淘气的错误，以及应付她的各种突发奇想的念头之前，一直是刘干事沉稳微笑着来做这一切，充分维护时晴在父亲面前的乖巧形象。

洪源出现在时晴身边以后，也会帮她做这种事儿。不过时晴却有点儿像是不放心交给他。而且，洪源最近也没有更多的时间来做。

洪源靠信息赚钱，靠各种人的网络赚钱，他所经营的事业就是尽可能地搜罗一切资料信息，并把它们用到各个网络的各个层面去变成经济价值。最近，他却得知自己公司的内部信息正在一种强硬的调查监控之中。

“吴……”

来人止住了洪源的话，尽量没有牵动眼皮地扫视了茶馆，一边和洪源向店面深处走去。洪源问:“您喝什么茶?”

“龙井，一杯白水。”

"您说这事儿——"

"本来应该走你哥那儿的，但这人估计是知道不少，他绕了个圈儿。"

"您是知道的，我这公司，顶多也就是要点赖皮。"

"我那么忙，什么都不知道，还管得了别的?"

"是，您说得是。但还是给您添麻烦了。"

"见外了。跟你哥我们多少年哥们儿不是?"

"呵呵，这事儿您怎么说就怎么是。"

来人走了。洪源换了个桌子坐，给自己哥哥打了个电话，说今晚回父母家，问他回不回。

时晴和雨霏在酒吧聊到很晚，人群渐渐稀落成了几个人。二人发现两三个人不怀好意地向这边张望。雨霏说："咱们走吧。"

时晴说："没事儿，我叫刘干事来接咱们。"

可是刘干事有事，实在来不了。他在电话里说："你们呆在那儿先别出来，我马上叫小安去接你们。"

时晴酸酸地说："不用了，都是大忙人，谁敢麻烦你们啊。"

"时晴，我真的走不开。好吗?"

"算啦，你先忙吧。"

时晴不等刘干事回答就挂了电话，撅着嘴好像跟谁犯委屈似的。

雨霏说："洪源呢?"

时晴拨过去，占线。时晴说："占线，算了算了，就这点事儿。走，咱们自己走，反正车就在门口。"

"他们……"

"怕什么，我包里有催泪的喷雾，对了，回头也给你两个。"

"我自己才不深夜游荡呢，像你似的？你留着吧。"

"这年头，安分的好女孩儿也必须得带着这个呢!"

话说得有道理。

桑榆和出版社的几个部门主任开完会后，已经有些晚了，就请大家简单吃了工作餐。小黄的老公因为有应酬，不能开车来接她。她只好站在路边等出租。

桑榆把车停在她身旁，说：“上来吧，我送送你。”

小黄犹豫着，排在道路出口后面的车辆已经在按喇叭了。她上了车，说：“捎一段儿就行，谢谢啦。”

桑榆看她系好安全带，说：“呵，你身材可真好，这体形怎么保持的？”

小黄拉拉外衣，开玩笑地说：“就一个秘诀，累点儿就行。”

“怎么累啊？是工作吗？”

“我在编辑里学历最低，一个稿子别人看三遍，我就五遍、六遍地看，所以就自己给自己加了工作量了。”

“可是就这样，你也还是那么漂亮。天资好，是吧？”

“没有。”

“你老公肯定特迷恋你吧？”

“……”

“那我迷恋你行吗？呵呵。”

“您开玩笑吧！”

“我当真的……”

桑榆猛地把车停在小路边，转过头直视着小黄。小黄刚要解安全带下车，桑榆已经弹离自己的座位压了过来……

小黄连踢带打地推搡桑榆，以致自己从汽车座上摔到了地上。但起码脱离了桑榆肢体的暴行。她翻身站起来，桑榆仍趴在副驾驶的座位上，支着肘看着她，问：“怎么了你？”

“怎么了？！你不知道怎么了吗？你以为这一切都很正常吗？你想干什么就干什么吗？这世界是你的天下吗？”

“你他妈牛什么？以为自己是个什么东西？”

“你他妈的以为你是什么东西?!你以为你是社长，而我们只是一些社里聘用的小丫头，等着你说话涨钱，等着你说话升职，等着你说话办事儿，等着你这样等着你那样?你以为这样你就是一切人的主宰了?你就可以随心所欲，占人便宜?”

“谁占谁便宜?是你们他妈的犯贱，一个个往上送、要好处。”

“出版社不是你的后宫，员工也不是你的妃子，我们是在里面工作的编辑，不是你想怎样就怎样、想夸夸谁就夸夸谁、想要要谁就要要谁的玩物。我们是人，靠自己的工作吃饭。我们有正常生活的尊严，有正常工作的权利!”

“你他妈得了便宜就卖乖!”

“我根本不想干这个主任，让社里人在背后笑话我、猜疑我……是，是有那些为了生存不顾一切的人，让你以为对女人可以想怎样践踏就怎样践踏，但是，我告诉你，更多的是也有的是不拿这些换饭吃的女人!这样的我们，才是真正的女人!”

偏偏这天晚上是于总编有兴致召集，大家小聚游戏。桑榆不得不负气前往。

于总编带着萌萌早就等在那里了。连一向第一个到位的张总编这回都没能赶得早，他一进来，就说:“怎么办这个?我自罚自罚。”

桑榆说:“自裁吧，要不自宫。”

张总编嘿嘿笑了笑。

于总编说:“在座还有女士哪，注意用词，注意用词。”

桑榆嘟囔着说:“女士?!什么他妈××玩意儿!”

张总编赶忙大声乱喊着:“我想好了，我准备自裁，来来，拿白的!”

于总编说:“不行，自裁一般都得喝黑的吧。”

陈律师也说:“服务员，再拿点辣椒水儿、酱油、醋什么的来，我们好配色儿。”

酒桌上“女人”是个长盛不衰的话题，不一会儿，就又说到这些了。桑榆反正是一肚子气，梗着脖子嚷着：“要不说他妈女人如衣服呢，女的最他妈不是东西了，是餐巾纸!”说完，还把刚擦完手的餐巾纸摔到地上，狠跺了一脚。

张总编扫一眼萌萌，说：“你看，不能喝酒非得喝，一会服务员小姐生气了不给咱上菜，咱吃什么?”

桑榆说：“不上菜就吃你。”

张总编说：“好好，只要各位喜欢，兄弟豁出去了。”

于总编说：“桑榆，你们社最近书做得不错，你的娘子军不是挺好的嘛。”

桑榆斜着萌萌说：“以后得多招男孩，女的事儿太多，还撒谎骗人，忒不是东西。就这回的风雪书，一大片干活没干活的都他妈跟着瞎抢他妈功劳……你又没挑头，也他妈没编俩字儿，你抢个屁你！还一死丫头片子非他妈说是得上金奖了，书出来没两天儿，她毕业没两天儿的，她胡说个狗屁!”

张总编和陈律师异口同声地问：“林雨霏?”

桑榆说：“哼，该死的，缺德性的，我当时就臭骂一顿让她滚了。”

陈律师“咳咳”地喝呛了一口。

张总编拍着桌子说：“她可是真能……骗人啊，呵呵，呵呵。”因为他的眼角看见于总编制止了萌萌要发言的小动作。

萌萌咽下要为女性抱不平的话，在桌下踢了于总编一脚。于总编却是喜悦满怀。

张总编看了个明白，马上就喝醉了。

桑榆又喝了几杯啤酒，唱着歌儿说自己没有醉。张总编半瓶多白酒下肚，开始胡言乱语地不行了，什么黄段子荤段子一串串的，说得服务员都只得走出了包间。张总编又到洗手间吐了几个来回，昂着一张惨白透青的脸，大声说着话，拽住服务员不放，要她上酒。

大家只好散了。

张总编送于总编上车后第一件事，就是一把搡开扶着自己的服务员，跑步到自己车前，赶往洪源那里。

“恐怕你这趟是白跑了。”洪源给他倒上一杯酒，招呼他坐下。

“怎么回事儿？是价钱，还是信不过我怎么的？”

“我做不了。”

“开什么玩笑？这多大个，芝麻绿豆的业务，你开什么玩笑?!”

“我说，你也别玩这个了。好玩吗？”

“好玩，好玩得很，现在就这一步了，要不我想玩儿什么都没机会了。洪源，没跟你开玩笑，这关过不去，我恐怕真的是酒也别想喝，什么都别想了。”

“是不是钱？公账你哪儿能碰啊！要那样我帮你补点儿。”

“兄弟我真想不通，本来不过一句话的事儿，干吗要绕弯子费劲掏钱的，还……”

洪源写了一张支票，递给张总编。张总编垂头看了好久，说：“心领了。”

第二天，张总编本不想请假，但是头疼得要命。在床上跟意志较量了半天，他终于还是爬起来去上班。到了办公室，泡上茶就跑到于总编办公室里去做常规的聊天活动。天上地下地说了个唾飞沫溅，看来看去看不出于总编有任何不快的迹象，张总编才回到自己的办公室，躺在椅子上睡了起来。

洪源约上时晴，开车到了郊外。五月，最美的时节。到处都是天真烂漫，没有风、没有雨雪，也就一切自自然然的，没有掩饰和阻挡。

“时晴，咱们去欧洲玩一圈儿吧。”

时晴先是很高兴，又没什么精神地说：“行，玩个仨月俩月的再回来。”

洪源知道时晴是拿他以前搪塞她的话来奚落自己，笑着说：“行，玩个仨月俩月的。”

时晴依旧没当真，学着他的口气说：“行，玩个仨月俩月的。”

“人家说蜜月也就一个月，你这仨月俩月的，得给我当几辈子的老婆啊？”

“嘿你还趁机占我便宜啊？”

“那你占我便宜行吗？帮我花花钱，惹我生生气的，行不行？”

“这个我看行。”

“那你是答应了？”

“谁说的？”时晴自己向前大步走着。

洪源从后面追上去，拉她的手，问：“答应了？”

时晴感觉到手心里有了一个硬硬的圆形物体。她假装不知，甩开手向前跑去，开玩笑似的说着：“谁说啦？谁说啦？”

这么好的天气，雨霏却躺在房间里睡懒觉。

手机响了，雨霏在半昏睡状态中接听：“喂？”

“你好，请问您是虞涓涓小姐吗？”

“打错了。”

过了没几分钟，又有一个找所谓“虞涓涓”的电话打进来，只是换成了一名男子的声音。雨霏连“打错了”也懒得说，直接挂了电话。她迷迷糊糊地伸出手来，把电池抠了下来。

这样，即便是越洋电话也打不进来了。唉。

海明终于从徐教授那里得知雨霏所在的大北出版社的名称，又几经周折地找到了雨霏现在使用的手机号码……

没有手机骚扰的日子里，雨霏从办事处里找来几盆鲜花，每天悉心照看，认真地体会生命之间无语的交流和牵挂。办事处里的服务员很是乖巧，看到雨霏这样喜欢养花，还送来了一对小乌龟。

雨霏一下就被它们的憨态逗乐了，她笑着说：“可别再弄别的了，再送来个猫啊狗的，我这儿就能开动物园了。”

服务员说：“真送来还怕您养不了呢。就这个小乌龟是最好养的，都不用操心。小猫小狗？您怕是一天都养不下来。你知道这小生命多难伺候哪。”

雨霏不服气地问：“猫狗比乌龟难养吗？你送一只来，我能养得特别好。”

服务员说：“算了吧，您还是从这小乌龟养起吧。这都是生命，哪儿能轻易就拿来送去的……”

雨霏问：“那最难养的是什么呢？”

服务员毫不犹豫地说：“孩子！”

比起雨霏以前的生活，多了对花和乌龟的照料之后，她真的感觉到了累，也体会到了很多很多。午睡醒了以后，雨霏花了一个多小时在卫生间里把自己收拾得整齐、雅致，才坐到桌前胡乱翻着书。这时，有一个惊喜。

雨霏父亲来了。

雨霏见到父亲，把以前脑子里极端不极端的想法全抛得干干净净，上去拉住父亲的手臂直把他按到椅子里。

“爸爸，爸爸，您怎么从天而降啊？”

雨霏爸爸仍略有些紧张地说：“电话也不开，怎么都打不通……我不自己来还能怎么办？”

“您来干什么啦？”

“来看你啊。”

“借着办事儿来顺便卖我个好，我还不知道？”

父亲轻松地笑了起来，拍拍雨霏新鲜清丽的面庞：“怎么？被我的女儿识破啦？”

“您女儿是谁啊，一眼就看透了。”

“那怎么办，你看，拿这个来弥补，行吗？”

雨霏抢过父亲手里的东西，是一张支票，问："这是干吗?"

"你不是喜欢这里吗？买个小房子长住算了。首付，月供自己挣啊。"

"我不想在这儿呆了，我要回去。"

雨霏父亲一愣，随即说："随你吧，要回去正好，等两天爸爸办完事，一起回去!"

"爸爸!"雨霏叫完，又有些迟疑。

"什么事啊？想要什么吗?"

"不是，我想……我想……"雨霏看到父亲鬓角的银丝，心里一转念，靠在爸爸身边，说，"一点小事，我想好了再说。"

雨霏父亲出门办事的时候，雨霏特意去看了徐教授，向他道别，同时详细说明了自己要回南省的打算和联系方式。

"如果有哪个同学来您这儿，问起我们这些同学来，就请您告诉他我的地址和电话。"

徐教授笑着说："哦？现在开始怀念大学同学了？你这年龄早了点儿吧？我们都是快老了才怀旧的。"

雨霏也笑了，说："怀旧不是老年人的专利呀，就像追寻梦想不是年轻人的专利一样。"

徐教授说："是啊，每个人都有用自己的方式去追求的权利和欲望；在有些时候，甚至痴迷……迷啊，没有迷，不来悟……"

雨霏心虚似的略红了红脸，却又是不易被人察觉的。

张总编这几天是不等什么，什么偏来。那个陪他跑了一大圈证明房屋所属，并宽宏地让他"先暂时住在我们的这个房子里"的小伙子又来电话了。

"你等等行不行？不是不着急吗？这刚几天?"

"原来不着急，现在我们头儿的儿子要着急上数学班儿，得快点搬过来。"

“我们小区哪儿有数学班?”

“就在楼下马路对面啊，全国有名的，限额招生呢。”

“还有这么好个地方，那这房子卖便宜了。”

“你说什么?”

“便宜了，我后悔了，不卖了。”

“大哥你怎么这样?”

“是啊，我怎么这样?反正不卖了。”

“那你找委托人出来啊?不行，你得马上从我们的房子里搬出去。”

“你说搬就搬?我不搬，你愿意来咱一块儿住。”

“大哥我就是个办事的，你别让我为难。”

“我让你为难?让你为难算什么?我让我自己都为难了，我还怕你为难?”

电话拉锯的最后结果是一次面谈。

张总编像是搬了两条别人的腿一样，一步一个不情愿地走到约定谈话的地方。小伙子知趣地走开了。

张总编抬头一看，喜出望外。啥词儿来着，他们总说的那个，叫什么来着……对，枯木逢春，对呀，这又正好是春天，快夏天了吧，管它，哎呀，呵呵，逢春，逢春，柳暗花明之村。

他抢上前抄起对方的手又捏又哆嗦又晃荡，简直不知道该怎么用劲儿才好，或者恨不得先把对方按地上按摩按摩好让他头脑一热就答应了。呵呵。

“哎呀，老哥，记得我不?”

刘干事忍着手掌的怪痛，和蔼地问：“您是……”

“一次，洪源、时晴和林雨霏吃饭……”

刘干事的脸色不易察觉地动了一下，张总编马上说道：“我也记不太准，老哥您是哪儿见过来着?反正是有点儿面熟。”

“我长了张大众脸。”

“呵呵，好口才，还有好文才。好，好，来来，老哥坐。”

刘干事看了看表，说：“那个房子真是不凑巧……”

“什么房子，送老哥了。我今天晚上就搬干净！”

“那你是同意那个委托人办的出售协议了？”

“换别人，不行！老哥你，我送你都行，就是这个卖得有点儿贵了。兄弟现在是没钱，等有一定还给老哥。”

“我们还是把这事儿说清楚吧。”

“这不很清楚了吗？我今天晚上搬，全搬走，家具你扔了，电器都是新换的，你不嫌弃就先用两天。”

“我是个普通的公务员，为了孩子上学不得不换房子，才找了你这个二手房，但是……”

“老哥我错了，罚一杯，以茶代酒，我自罚三杯。”张总编一气灌下三杯茶，抹着嘴说，“我错了，但是今天搬出来，房子是你的，这绝对没错。”

“事儿还是要说清楚吧。”

“什么事儿？不就是我搬……”

刘干事打断他，说：“不说清楚我宁肯退房，承担合同的违约金。”

张总编想了想，把自己的现状和打算和盘托出，单只隐去了原因和其中人员的姓名。

刘干事笑了，说：“您太高看我了，这事儿我可办不到。”

“一个电话的事儿，兄弟真是在关头上，不然谁刚见面就……”

“可是，我真的不能。”

“老哥，你只当我没地方诉委屈了。我把公款花女人身上，又挪了账，我认，是不是？谁让兄弟走了眼，喜欢那么个女人了呢？我认！结果她还跑了……我想卖房子就是想还这个账，结果她替我先卖了……我借钱还也行，坐牢也行，我认了，认了！但是高利贷那边，赶不上的话兄弟连坐牢的福气都没了……”

“你知道自己犯了多大的事儿，敢动公款，还敢借高利贷？”

“不是为了把赈灾的钱及时送银行去汇，谁借它啊……兄弟认了。”

刘干事沉思片刻，看看表，说：“你可以把房子卖了，拿钱先救急，但还完高利贷的部分要马上还给我，我买房子还要用。至于公款那边，你自己去交代。”

刘干事等人走了，张总编颓然靠向椅子里。

一路上，刘干事想着这些脑子里尽是些捷径思维的人群，纳闷他们怎么就想不通最正常的往往才是最好的捷径。

他知道某个部领导已经有意要给文北出版集团一笔奖金，奖励他们这次风雪赈灾书籍的成绩，这也正是张总编拜托自己托洪源去办来堵漏洞、日夜盼望它发生的事情。

他只是奇怪，洪源、张总编等，为什么不去看看这条最平常的“捷径”？

但是有人看得到，简单就是便捷。

于总编在张总编那个醉酒头疼的早上，已经快马早叩，以正常的工作汇报形式在某个部领导面前邀了一功。

并且，在于总编赶去文北出版集团上班之前，他也成功地消除了部领导对比他还早地赶来邀功的那个图书评选办主任，以及被评选办主任发动的那个司长在这位部领导心中刚刚萌芽出来的好感。

并且，在于总编赶去文北出版集团上班的时候，他已经在计划自己的好几笔开支了。他不会挪借公款，他只花到了手的钱。

于总编在文北出版集团快三十年了，从来没有迟到过。那天，他当然地也没有迟到。并且在渗够了茶之后，看了张总编的好一通长篇单口表演。

在张总编做单口表演的时候，大北出版社上演的是雷霆万钧，主演是桑榆。

小黄正式提出了辞职，她的老公和一些要好的书商也在同时采取了不同程度的不合作行动。那天，只要在桑榆面前出现的人，都不可避免地要加入到这场表演当中，充当无奈的配角。

谭阿姨稀里糊涂地就当了回这样的配角。因为实在是脸上挂不住，她躲到楼梯的拐角处，红着眼睛发呆。

发行部老霍轻轻走来，问她："哟嘿，这是怎么啦？"

"没怎么。"

"好，青春焕发没这么焕发的，您以为我看不出这脸色儿是怎么红的？"

"我还防冷涂的蜡呢。"

"乐了不是？嘿嘿，跟那人生气至于吗？"

"什么个破官儿，我在医院的时候级别比他还高呢，老了老了，到这儿来听骂！"

"得啦，再跟他较劲就显得你糊涂了不是？级别高，当他是个兵儿，犯不上的，得，晚上我请你吃饭，这不就得了吗？"

"我才不去呢。"

"不去？嘿嘿，行。就花园路那边那个大海鲜的地儿，六点，你可千万别去啊。"

老霍转身要走，谭阿姨叫住他，说："要不是上次社里流感你没烂嘴角，我都不搭理你。"

"可是我感冒了啊。"

"我跟雨霏吃个中午饭还传染了呢，关键是嘴角……装傻！"

"不生气了吧？"

这会儿谭阿姨的脸是真的因为青春焕发而红润了。

老霍离婚好多年了，好容易把儿子供出来，这才有心思考虑自己的事儿。他的想法很简单，只要自己看得上、人家也看得上自己，又能做个伴儿就行。这不，想着想着，谭阿姨就来这儿上班了。

谭阿姨也没什么太多想法儿，就是心里觉着挺高兴的。

刘干事陪时晴爸爸回家后，在客厅里稍作休息。时晴走来，看着他：“你说男人如果向别人求婚，会是完全真心的吗？”

刘干事的嗓子里怪怪地做痒，不太自然地说：“当然了，男人可以随便说喜欢，但不会随便说爱。求婚更是。”

“如果是没个正经，老说话没谱的人呢？”

“那他更应该是认真了。”

“你会不会骗我？”

“你身边这些人都不会骗你的。”

“你当年是怎么……求婚的？”

“我哪儿有你们这么浪漫？”

“你给我讲讲！”

刘干事的心跳得“咚咚咚”的。他羞涩地说：“没有，怎么跟你讲？”

“那你肯定还是特喜欢她……”

“时晴，不是喜欢……我很爱——她。”刘干事终于把这句话勇敢而直接、直白地说了出来，随后，他感到浑身轻松，又以极为平淡、正常的语气说：“每个男人都会找个自己爱的人来当妻子，向你求婚的那个，一定是特别爱你的人。”

时晴颤抖着嗓音说：“你……”

“我永远是你的好朋友，好大哥。”

十二

于总编是愈到退休，反倒愈发精神了。

文北出版集团的人都这么说。于总编照照小镜子，也觉得没错。

张总编这几天的脸色也稍稍见晴了些。他从姐姐和朋友那里借了些钱先应付了部分高利贷，又得知了部里要发奖金的事，心田里逐渐有了点阳光的哺育、雨露的滋润。

不管怎么说，这笔奖金是要转发到大北出版社的，张总编打电话约桑榆吃饭，可是找不到。于是，他先是在集团的办公楼里转了几圈，听了些消息。然后，他决定直接去找陈律师。

什么消息呢?

要先从大北出版社编辑部三编辑室的小柳说起。

周末的时候，小柳和丈夫两个人都习惯睡懒觉。而勤劳的公公婆婆此时已经遛了早儿回来，开始给儿子媳妇做早饭了。

睡着睡着，早饭的香气就不知不觉地飘到了卧室里。小柳胃里一阵翻腾，止不住地要吐。她跑到卫生间，干呕了半天，什么也没有。还只是难受，浑身胀胀的。

出到客厅来，一股令她呕吐的气味又飘了过来，小柳返身回到卫生间去干呕。婆婆这就呆不住了。

小柳出来，难受地问：“妈，您这是弄什么呢?”

婆婆疑惑地说：“包子啊……你最爱吃的不是?”

小柳已经又冲向了卫生间。婆婆连忙跟了过去……

一家人心里这个高兴，非要这就去医院看个急诊。小柳躺在那儿死活不同意。婆婆想着是害臊，说：“嗨，去不去的，就你们跟这儿瞎嚷嚷。我们不去，我们就在家安胎了。”

小柳说：“不是，你们都弄错了。”

“不是，不是，你们男的出去，我们娘俩儿呆着。告诉你们啊，从今天起，什么都得顺着她，特别是你，”婆婆一指小柳的丈夫，说，“把你那些吓人的东西都给我收拾好啰，回头我孙子长那样我跟你没完。”

婆婆下了令，丈夫和公公赶紧就家里家外地忙活开了。

小柳左右不知该怎么把这个从刚才起就寸步不离的婆婆稍微支开一个片刻，躺在那儿是越想越心烦，始终坚持自己不是有了。

小柳跟丈夫从半年多以前就开始计划要个孩子，这也是两个老人的想法。为了这个，丈夫还特地戒了烟戒了酒戒了游戏，顶住了同事“良民大大地”的嘲笑。婆婆更是天天营养餐吧，试纸吧，温度计吧，每个月比小柳自己都更关心卫生间的纸篓。现在这样的情况，如果自己说要去做掉，那还不等于要了这三位的命。要是不去做吧，这，这，是绝对不能留下的。

到了第二天，婆婆把小柳的心理压力理解成了不舒服，强押着她到了医院。检查结果一出来，全家欢喜——除了小柳。

“这个咱别要了。”她跟丈夫商量。

“为什么？我好容易才忍到现在才怀上，干吗不要？”

“我前一阵儿喝酒了。不好。”

“就你们女的喝的那点儿，也叫酒？”

“是酒就不好，不要吧，再怀一个。”

“把这个打了，得最少等一年才能要呢，我不。”

“反正我不想要。”

“别闹了啊，睡觉吧，妈说睡觉养胎。”

小柳一掀被子，说：“不能要，就是不要！”

“你犯什么病你？找事儿啊？”

小柳突然很想激怒丈夫，她推他，絮絮叨叨地说他，拿肚子撞他。

早就闻声而来的婆婆看出了不对，拦在中间，把儿子先劝出去，然后叫媳妇坐下。

“到底怎么回事儿？”

“没事儿，我就是不想要孩子。”

“不要不是不可以，得把话说清楚，为什么不想要。”

小柳沉默了。

“要是这样麻烦，我们还不想要这个孩子呢！但是，我们儿子哪点对你不好？你不能把人当傻子！”

周一上班的时候，小柳心神不定，情绪烦躁。她给桑榆发了好几条短信都没有回复。好容易等到下班，她马上赶到桑榆的住处，掏出钥匙来却怎么也开不开门。仔细一看，锁已经被换过了。

她失望地给桑榆发短信：“我在你家门口，请速回，或回信。”

一直等了将近两个小时也没有桑榆的任何消息，倒是家里来了好几个电话催她回家。

第二天，小柳走到桑榆的办公室，质问他。桑榆却说：“祝贺你啊，你们全家不都早盼着要个孩子吗？”

“你怎么能这样害我？”

“怎么是害你呢？你怎么就说是我的呢？”

“我自己还不知道？”

“那谁知道？现在一个孩子多少个爸爸的多了……”

小柳愤怒地冲到桑榆桌前，抓起碰到手边的东西打他。桑榆一下子把她推翻在地，说：“你他妈想干吗你？”

话还没说完，小柳倒地的时候，脚无意中碰到了一旁的铁艺装饰——一个一人多高的女人体像。女人像以她妩媚、娇艳、欲望的姿态重重地砸向怒斥小柳的桑榆……

小柳吓坏了，浑身没有一根自己可以操控的神经，灵魂都快出了窍。

这时，一个弱小的身影不由分说拖住她，一路拖拽着把她好歹弄到了旁边的女卫生间里。

小柳这才回过神来，定睛一看，是小萝。她“哇”的一声要哭出来。

小萝赶紧按住她的嘴，然后悄悄地说：“我把那个铁艺弄松了好久了，终于，耶！”小萝握拳做了个加油、胜利的姿势。然后，她又对小柳说：

“你不说，我不说，就没人知道是你；你说了，我不说，也没人相信是你。就当什么都没发生……快洗洗脸吧，拜拜。”

小柳趴在洗脸池上，干呕不止……

这就是事情的经过，不过供于流传的部分只有：桑榆社长不知道在办公室里跟谁或者是跟自己，又在发脾气、摔东西了，结果不小心碰倒了那个他最喜欢的铁艺装饰，把他砸成昏迷，住院了。

张总编高高兴兴地，约了陈律师。

陈律师虽然对桑榆的很多事情不能苟同，但对于张总编的提议还是持否定态度。张总编毫不气馁。

“我又不是想坑国家的钱，只不过是把钱放到钱的位置上。”

“你不说我还明白点儿，你一说我倒晕了。”

“嘿嘿，没文化嘛，多包涵多包涵。我的情况，不用说，你都知道，我现在除了一身债什么都没有了。这个奖金，说句不好听的，是怎么来的？是骗来的！这个奖金为什么是骗来的？因为里面没有一个真心诚意的人！”

“您这用词儿不挺有文化的嘛。”

“你这老哥！呵呵。去年前年两年了，集团在图书奖上连个屁都没有。这回终于有人高兴了，发奖金了。但是奖金下来了，这里面，你看我给你数啊，经手的能有谁？于总编、我、集团办的、桑榆、大北的办公室跟财务，对不对？”

“行，没吃糊涂呢。”

“但是这些个人里面有哪一个跟这本书有关？有哪个跟救灾有关、出了力了？包括我。你说！”

陈律师不再拿他调侃了。

张总编又说：“这些人都是等着这点儿钱去造的。出书的那些个丫头，能摸上一毛吗？不能！当然了，她们也不知道，不在乎这个！在乎的是谁？于总编、我、集团办的、桑榆、大北的办公室跟财务，对不对？我们为什么在乎？因为要吃、要喝、要嫖、要造……奖金，为什么要让人拿去造？老哥，你说是不是？”

“那你非拿来填你们集团的窟窿就不是造啦？”

“我要是想接着造就不想办法填了！真填进去给员工发发工资、发发福利也算是取之于民、用之于民了……这钱如果不拿来填这儿，你想，能怎么样？老于，吃下点儿，办公室，给我们几个人吃喝用的小金库，留下点儿，剩下一大半儿让桑榆那小子他妈嫖着女人骂着娘给花光了造光了算，就这样了，你想是不是？你说值不值？再说了，桑榆这样了，他那个社里马上能没有新人？我看多半是那个谁，让那么个糊涂蛋去到那么个胡乱社，你说……还不如就留在集团给员工发发工资、发发福利也算是取之于民、用之于民了……”

“……”

“就算我说的给员工发工资发福利的是他妈狗屁话，拿瞎花的钱，买兄弟一个平安……哥哥，算兄弟求你了……小松烧的赈灾钱我没打算动这奖金，我借了钱、我还要再借了自己还的，这个真的是……”

“老于打算吃的那点儿是怎么也掏不出来的。”

“哎，大哥，没说的！兄弟以后绝对再不动公款的半个念头！”

于总编让萌萌缠得够戗。老了，看见什么事都容易心烦，女人也不例外，刚开始怎么没觉得她这么缠人呢？

萌萌的想法很直接，就是当大北出版社的社长。

“萌萌，不是我说，这毕竟不是学生会主席，或者什么小店儿的小老板，大家一说好就当上头儿了。一个出版社，要经营要规划，要花很多心血。出版是门学问，不是买卖。”

“你凭什么知道我干不好？”

“就凭我干了三十年的出版！”

“你就是不愿意帮我。”

“你现在这个编辑室主任已经是超常规安排了，你应付得了吗？”

“我呀，轻松自如！而且如果我当上社长的话，一定能把这个社办得更好，做出精品好书来！这是我追求的理想！”

“你呀，呵呵，可别为理想争‘疯’了。”

洪源在办公室里清理着物品。一个女员工过来帮忙，说：“洪总，就这么不打算干了?”

洪源郁郁地说：“对啊。怎么，舍不得啦?”

“洪总，您……”

“没关系，房屋中介和职业中介都还留着呢，虽然给了别人……”洪源说着，自己也有些惆怅。

另外一个员工敲门进来，说：“洪总，您看这是这个月咱们那中介公司的业务报告，您看看吗?”

洪源摆摆手：“不看了，过会儿交接的时候给郭总吧。”

员工答应着，转身出去了。

洪源把桌子上的小抽屉拉开，里面有一个小丝绒盒子，一下子就刺痛了他的心。他拿起电话，想拨号，又挂断了。

真是两地相思一种愁。

时晴也在家里无聊地玩着电话。最终，她还是约了雨霏出来玩。

时晴知道雨霏要回去的消息，睁大了眼睛问她：“不是真的吧?”

“是真的——”

“唉，为什么我的生活总是这么孤独。”

“你有那么多朋友陪你玩，有你哥哥、刘干事，还有洪源陪你折腾，你还孤独?”

“没人说话。”

“我会给你打电话，写电邮啊……你还是赶紧嫁人吧。”

“我不嫁了。”

“又怎么了?”

“他又说要去欧洲玩，又没信儿了……”

英子从陈律师的事务所里辞了职。她的身材已经能明显标明她孕妇的身份了。陈律师故意走过来，对着她说：“这位准妈妈同志好啊。”

英子说：“您又要寒碜我还是要怎么样啊？”

“哪儿敢，我哪儿敢寒碜我们的孕妇同志呢，我就是想送小家伙一点好东西。”

英子说着“你真是太客气了”，伸手去接，却是一幅大大的春宫图。她举起手来做要打陈律师的样子，说：“你就这样毒害下一代的吗？”

陈律师笑着躲开了，一边说：“一朋友从日本带回来送我的，我可不敢拿回家去，藏在别的地儿吧不是罪证也成了罪证了，刚好你们小两口新婚，送你们得了，不用非得请我去喝酒啊，呵呵。”

英子说：“这样一解释真是更不像话了哦，你还是大律师呢……”

辞职以前，英子是事务所、医院、桑轩家里和自己租的房子四处跑，忙得乱七八糟的。现在好了，潘美兰的健康状况奇迹般地回升，精神也越来越好。英子于是听她的劝，干脆一起搬到家里原来的大房子去，安心办婚事、养胎儿。这样一家人热热乎乎的更好。

这一天，桑轩下了班回来，问英子：“时晴怎么把你们住的她那个房子给卖了？”

英子说：“那绝对不会的，新房东是谁你知道吗？”

“一个男的，说话外地口音。”

“你看人怎么样的嘛。”

“太不像话了。今天是有维修，我就过去了。他装修他的我又没妨碍他，刚进门就冲我嚷嚷……”

英子止住他说：“不对，里面一定有事情，如果时晴要把房子卖出去，她一定会事先通知我来拿东西的，你晓得的，我还有很多东西放在那里，租期也还没到期。如果这个男的说他自己是房东，他一多半是有问题……

你赶紧打个电话问问时晴，宁肯多一事打搅人家的。”

桑轩问了时晴，时晴是满头雾水。正好刘干事在家里，就叫上他一起去房子那儿看看情况。

赶到那里一看，果然，里面拆的拆，改的改，正闹得热火朝天。时晴说：“这是谁呀？”

刘干事已经通知了物业，此时放下电话，说：“你们先停一下，这里谁是领头儿的？”

一个中年男人说：“是我，你是谁？”

“您请过来说几句。”

“就这么说吧，还非得到谁面前学蚊子哼哼！”

既然对方不理会，刘干事示意时晴出来，在楼下等候物业人员。同时，已经开始打电话安排人查询相关的细节。

物业人员赶来了，又是诚恳又是谦和地解释了大半天，刘干事说：“你马上让上面的人停工，等事情清楚之后再说。如果发现再有任何施工现象的话，这个房子的一切相关损失全部由你们来赔偿。”

刘干事和时晴往回走的时候，已经有人打电话来报告查询的部分结果。时晴的房子是洪氏公司下属的房屋中介代理出售给现在这个人的，表面上看手续齐全，但需要具体核实相关细节。

时晴听罢，怒不打一处来，拨通电话就说：“洪源，你马上给我过来。”

洪源说：“凭什么马上？还给你？”

“凭你干的事儿！”

“我没空陪你想起一出儿是一出儿的！”

时晴还待说话，洪源已经挂断了。

时晴在车里气哼哼地说：“好，不来，不来我去找你！去洪源那个奸商那儿！”

刘干事侧头微笑了一下，去往洪源住处。

洪源被时晴按住不松手的门铃声震得头也晕了。他刚打开门，时晴就冲了进来，自己坐到沙发上，喝了一大杯饮料，问：“凭什么叫你你不去?”

洪源苦笑着说：“凭什么你叫我，我就得去呀?”

“你一天到晚不干正事儿，来回倒腾这些、这些不好的东西，现在好了，你把我的房子卖了，你赔我!”

洪源看着刘干事问：“这是哪出儿啊?”

刘干事把事情简单说了一下。

洪源突然笑得前仰后合的，时晴和刘干事都怔住了。

时晴问：“你干什么？卖别人的东西有这么大乐趣吗?”

洪源忍住笑说：“时晴，听我慢慢说好吗……”

刘干事悄悄地走了出去。

“时晴，我知道你不喜欢我做的事儿，可是你不知道，我自己也早就不喜欢了，我要换一种生活方式，一种简简单单的生活，不玩小聪明不搞特殊，所以，我不想开这公司了。所以，这一个多月我都没有关心过公司的业务……你知道我笑什么？如果我还像以前那样儿，我能马上发现有人要偷着卖你的房子，马上给你追回来，可是，我听了一个女神的教诲学好了，却……哈哈哈哈……”

时晴也笑了，把靠垫扔过去砸他，说：“还笑!”

洪源说：“太好笑了……哈哈……”

时晴噘起嘴说：“你再笑？那我走了。你一定要把房子给我追回来。”

洪源跳起身来拦住她，深情地说：“你不是让我赔你房子吗？我申请赔你一辈子，行吗?”

时晴的眼睛亮晶晶的，说：“不行!”

“为什么?”

“没有花，没有酒，没有戒指，没有观众……”

洪源把时晴领到茶几前，说：“看看这个？”

时晴拿出戒指，自己就套在了手指上，左右欣赏……

洪源说：“神啊，你怎么也得让我给你戴上吧？”

时晴一边自我欣赏一边说：“免了，平身吧。还得补个仪式啊。”

洪源笑着说道：“你这个调皮的坏丫头。”

奖金下来了，张总编两步一蹿地来到于总编的办公室。

“于总，哟！写字儿哪？”

“你小子，又有什么好事了？脸上放光的。”

“于总神了，神了，呵呵。是这样，部里给咱们的奖金到了，来请示您，呵呵。”

“请示我干吗？我这没两天儿就退的人了。”

“那您也是我们的领导啊，何况现在还没退呢，集团大事小事还得您拍板儿，就得您。”

“我的话还管用了那就是？”

“管，管，绝对的管用。”

“那我可说了？”

“说，说，坚决、立即、无条件地执行。”

“我说了啊……一次性发放给出版社。”

于总编写完手里的最后一笔，说：“行啦，别瞪你那俩牛眼了。这奖金，我说怎么办来着？”

“一次性发放给出版社。”

“你这点聪明要多放在业务上，你何至于……”

“领导教育得是。”

“唉，江山易改啊。小张，去把你那些凶巴巴的哥们安抚安抚吧。”

“于总编？”

“就算我老糊涂啰，你们年轻人手快眼快，我可是看不住啦，去吧。”

“于总编，感谢领导的绝对支持……和理解，我很感动，真的。这样……按您的指示办，现在又在发起向灾区的捐款活动，我们来个有意义的奖金使用吧?”

“我说什么来着，年轻就是好啊……”

“不，不，老当益壮。”

“小张啊，你调整一下，做个主编助理吧。”

张助理感慨万千地在自己办公室里，学着于总编写了几大张纸的字儿，才罢手。他给陈律师打电话，陈律师说：“我还正想找你呢，请我吃饭啊。”

“这年头，讲不讲理啊，怎么见面就让我请客?”

“那我请，你掏钱，行了吧?”

“行，行，你们这有学问的，不跟你们逗嘴皮子，我请，不就一顿饭嘛。”

两个人见了面，陈律师望着他总是微微地笑。张助理说：“快别花痴了，待会儿别人再误会。”

陈律师说：“你们奖金下来了?”

“你怎么? 嘿，消息够灵通的。”

“你忘了我是干吗的了?”

“是是是，下来了，完全出乎意料。”

张助理把于总编对奖金的安排说了，陈律师说：“要我说啊，要是没你们这些胡吃乱造的窟窿，全都捐了才好呢。”

“好像你没跟着吃似的。”

“入世随俗吧，江湖中，不得已啊。”

“听不懂，听不懂。”

“我还有件事要告诉你，有个人你见不见?”

“谁啊我就见?”

陈律师笑了，又说：“踏踏实实找个人结婚吧。”

“标准无产，你嫁不嫁?”

“我给你套房子。”

“胡扯，今天你是发了烧来的，我看出来了。”

“你看看这个。”

张助理接过文件大致翻了翻，叫道：“啊！啊?”

“啊。”

“大哥，这是梦啊……”

“要不我问你，还见不见她了?想见我可以帮你。”

“……不见了吧，过去了……就让它都过去吧。”

“也好。还有，房子已经卖给人家，退不退要跟人家商量。”

“不用，这个是这样，我愿意卖给他们家。不过，小松是怎么给……抓到的?”

“她原来租的那房子是谁的，你知道吗?”

“不知道。”

“时晴的。不光你的房子，她还造了假手续，把时晴的房子也给卖了，想拿着所有的钱再去办出国，结果……”

张助理突然摇晃着陈律师说：“哥们儿哥们儿，哎，我问你，在她那儿找着的除了还时晴，够还我这高利贷吗?”

“瞧你那点儿出息!”

“嘿嘿。”

张助理把手头的杂事儿，尤其是账目问题摆平了之后，马上联系，给自己找了一家学院进修编辑业务，打算认真地做一个出版从业人员。

在迎接新的集团领导上任的仪式结束以后，他就请假去了学院。临去之前，当然没忘了去于总编家坐坐。于总编和老伴准备到各地去旅游旅游，正在讨论哪儿比哪儿更好一点儿。

张助理说：“哎呀，上网找啊，不仅景区介绍、照片，什么都有了，连路线、价格都有，还能上门办理呢。”

于总编说：“家里就我们俩，谁会弄这个，要在办公室里，还能找个小孩儿给弄弄。”

张助理说：“我这个大小孩儿来吧，嘿嘿。”

坐下帮着于总编和老伴挑了半天的景点。正挑着呢，于总编老伴的一个远房亲戚来看望他们，大家一处坐着聊了会儿天，张总编这就告辞了。

于总编老伴说：“天这么晚了，你要是不麻烦，送送这孩子吧。”

张助理说：“您就是不说，我也要把她安全送到家的，放心吧您就。”

这个女孩子呢，人很和蔼，就是比较胖。张助理暗自比较了一下，心里说：好家伙，比我都宽了。

上了车，张助理问：“你住哪儿？你姓什么来着？”

“就住在大园那边，我姓唐。”

“哦，爱吃糖吧？你怎么长得这么胖啊？”

小唐鼓圆了腮帮子瞪着张助理。

张助理吓了一跳，赶紧说点别的：“现在干什么呢？”

“我在进修，学编辑实务。”

“哦，将来可以到我们集团干啊，人才人才。”

“哼！”

这就是张助理和小唐的第一次见面，第二次是在编辑的进修课上，两个人正好是同桌。但是，谁也好像不服气似的，看着别处没说话。

尽管这样，张助理下课时还是送小唐回家了，并申请她下次上课时能不能少占点儿课桌，自己的一只胳膊总掉在外面，不太舒服。

小唐没有批准：你难道让我把胳膊掉在外边吗？

张助理想想，她的话也有些道理。

两个人的第三次见面，就是……

时晴和洪源也在准备着计划很久的欧洲之行。家里头忙得乱乱的，时晴一会儿要带这个，一会儿又不带这个。殷萍直冲她说：“这是你去欧洲啊，还是折腾别人锻炼身体啊？”

出行之前，时晴张罗大家聚会一下。时晴、洪源是主人，雨霏、桑轩和英子都来了。张助理也来了，自己先弄得比谁都羞涩，笑了半天，拉了小唐进来。

英子立刻叫道：“小唐？”

小唐不窘了，走过去询问英子的各种情况。

几个男士开始拿张助理打趣，桑轩说：“嫂夫人几个月啊？我看比我们家英子月份要大吧？”

张助理红着脸说：“你知道什么，这叫充分体现社会主义优越性。”

洪源说：“我眼神儿不好，怎么越看不优越的越顺眼呢？”

张助理说：“我就看我的棉花糖顺眼。”

桑轩对大家说：“哎哎，隆重宣布，这位女士的昵称叫棉花糖！”

大家的笑闹声中，小唐气鼓鼓地看着张助理，辩解说：“我是他拉来帮忙的，再这样我不干了。”

这时，又有一个人进来，是陈律师，手里拿了个四四方方的东西。

英子突然大叫一声：“陈律师，你又来毒害人了?！你太过分了哦。”

桑轩、时晴都在问：“怎么了？”

英子指着陈律师手里的方形物体说：“你们知道那个是什么吗？”

“什么？”

“说不出口……唉，他自己没地方放，就到处来送人，真害人啊你是。”

陈律师笑着对洪源说：“一个朋友从日本带的，我根本不敢往家放，藏到哪儿吧，不是罪证也成罪证了，你们这小两口的，得，送你们吧。”

英子说：“拜托，陈律师，你改改台词好不好的呀？”

陈律师猛地撕开包装纸，一边向大家展示，还一边唱着：“噢耶耶、噢啦啦……”大家一片喧哗。

洪源接过来说："你瞧你送这东西，时晴能乐意吗？下次再有这个……背着她送。"

大家闹得更开心了。时晴揪着陈律师不依不饶，陈律师委屈地说："问你老公问你老公，他都收了，你怪得着我吗？"

时晴还在说："怪你，就怪你！"

网络真是个寻找信息的好中心，在某种时候。

在朋友出门的时候，它可以帮你把他们的图像传过来，在自己寂寞的时候，还可以蹦蹦跳跳地弹出许多小窗口来扫除无聊。在想学习的时候，可以找寻无数的学习资料，在想娱乐的时候，参加各种身临其境的游戏和幻想之中。在厌倦得想换种方式生活的时候，可以在其中体验、虚构，在彷徨失意的时候，可以在其中掩藏或爆发。总之，在某些时候。

雨霏无目的地搜索新闻，突然发现这样一条：

近日，原商业部海军司长现已调至文北出版集团任党委书记兼总编辑……

雨霏仔细地看了又看，又搜了图片，没错，一点儿没错。雨霏泄气了，完全彻底地泄气。

海军调任……唉。海军是海明的爸爸，自己忍受千万个委屈，也不能让海明有任何一点不高兴。即便苦等不到海明的任何消息。

如果苦等不到海明的任何消息，如果在这儿没有了牵挂……

雨霏完全泄了气，什么精神都没有了。

从为了追寻海明而来到北方，到因为海明的父亲而下决心离开北方。生活难道真的只是一个圆圈和一个又一个的圆圈吗？或者相交，或者碰撞？或者是摆脱不开，或者是望断千重阻隔也只能寄思送想？或者在圈里畅想，或者在圈外迷茫？

等到雨霏爸爸办事回来，雨霏就追过去问他回程的日期。

雨霏爸爸说："后天就可以走了，明晚其实都没什么事了，只是照顾你想不想呆。"

"那明天就走吧，晚上就走，明天晚上就可以在家里睡觉啦。"

"哦，你那么喜欢在外边尝试，我还以为你不喜欢回家里睡了呢。"

"哪儿啊，爸爸，只有家里的床最舒服，只有在家才最舒服。"

"家里好吗?"

"好，好！世界上再没有比家更好的地方了。"

"好，听我女儿的。"

雨霏和父亲回南省的机票订在第二天的傍晚。父女二人吃完饭就出发了。因为有绿色通道，他们自有清静的处所。雨霏见父亲和郭秘书在说话，就出来闲逛几步。走到一旁的大玻璃窗前，她突然好像看见了一个熟悉的面孔，又好像是幻觉。

雨霏笑笑自己，走回到贵宾室。

再过几分钟，就要到飞机的起飞时间了。一行人向通道走去，雨霏懒懒地走在最后边。

突然，从旁快步冲来一个人，在雨霏面前站住，喘着气说："是你呀……"

雨霏抬起头，一个英俊的男孩正在冲自己微笑……

雨霏惊住了，半天没有说出话，也没有任何动作。然后，她使劲地摇摇头，对着对方说："你再来一遍，如果是梦的话，是不会再来一遍的。"

"让我再来一遍?"

"对，你再来一遍。"

"那我能不能一个简化版的?我刚才是从那边通道，扔了行李跑过来的，还跳了好几个扶手……"

"只要你再来一遍，版本可以忽略。"

雨霏站在原地没有动。她闭了一会儿眼睛，定了定神，才又慢慢张开双眼。整个人美丽无比……

一个英俊的男孩从对面缓缓走来。就像两个在悠然散步的人，在最轻松平常的时候，走在路上。忽然男孩看见女孩了，就走过来说："是你呀?"

然后女孩就冲着男孩微笑……

男孩又说："你还和以前一模一样，一点儿都没有变。"

女孩说："没有变漂亮吗?"

男孩说："在我眼里，你一直就是最美的。"

女孩叫道："海明!"

男孩终于鼓足已经鼓了十多年的勇气，把女孩拥在怀中……

"海明，怎么会在这儿碰见你呢?我等了你好久好久……"

"我发了好多帖子，也给你打了好多电话，都没人接，后来，我就提前结束那边的研究，赶回来了……想看你……"

"你回来了?"

"对，在北方继续学习，然后可能留在这儿。"

"再说一遍，你再说一遍。"

"我回来继续学习，还有可能留在这儿。"

雨霏迅速说："在这等我，别动，别消失，千万别动!"说完，就跑向通道的前方，一边跑，一边喊："爸爸，爸爸!"

雨霏父亲一行人都听到了，回转头来看她。

雨霏跑向近前，还在喊着："爸爸，支票！支票!"

雨霏父亲诧异地看着她。

雨霏说："爸爸，支票，我要留下，我要买房子，我要结婚。"

雨霏父亲问郭秘书："她说要留下、买房子，还要结婚?"

郭秘书说："是的。"

雨霏说："爸爸，你要赶飞机了，快把支票给我，我要结婚!"

陌上花

一

囧。

佳佳自从那天在楼道里对李班主任发出了那声长长的尖叫之后，就失去了她所有的面部表情。

佳佳的班主任是个四十多岁、国字方脸的中年男教师，教语文，姓李。妻子常年瘫痪在床。他以极大的热情和精力兼顾着家庭和工作，还多次被评为优秀教师。

同事们在敬佩他的同时，都多少有些惊异于他旺盛的精力，和对每件事物的执著程度，以及近似苛刻的严格追求。但这并不妨碍学校里的教职工们以同样的执著对李老师表达敬佩。他们在李老师无声的默化之下，渐渐习惯了看到他做什么都第一时间给予最大的认可或赞同。

或许有几个小小的例外，就是佳佳班上的“问题”学生。

佳佳不是问题生。她只是不喜欢老师总在放学后才找自己谈话。一般在那个时候，学校里没什么学生了，连办公室里都只有李班主任一个人在。

一到这种时候，佳佳的好同学囡囡就会在办公室外面的小草地上等着她。

不过有一次，忍不住跑来探头探脑的囡囡被李老师发现后，他就不在放学后单独找佳佳谈话了，而是在上午有其他老师上课时，把佳佳叫到楼道里大声地质问批评……

有时，连任课老师都不得不走到教室门口来，冲李老师笑着说："您来啦？我这儿正上课呢。"

那天，物理姜老师正在投入地写着飞舞的板书，李班主任以他一贯的无声无息的样子，用手轻轻推开教室的门，把那张似乎总是无法猜透表情的脸卡在门缝里，巡视同学们。这张脸像是深嵌在墙壁里的一道裂痕，隐藏了不知多少的沧桑故事和抓住每个路过者的魔幻渴望。

而莫测的往往又是惊悚的。

同学们手中的笔在同一时间都停住了，目光齐齐地指向教室门口。

李班主任的面孔在门缝的阴影里像一张粉饰完全的脸谱。脸谱无声无息地伸出手指，点了一下佳佳，嚅动出几个单词：你，出来！

佳佳突然非常惭愧。她回头望了一眼坐在自己斜后方的囡囡，垂下头、通红着脸，一点点儿地向教室门口挪去。物理姜老师感觉到了教室里很少出现的寂静，停下板书回过头去。她看了看佳佳，又随即叹了口气摇摇头。

佳佳也想叹一口气，却叹不出来。

到了楼道里，李班主任还是那些陈年反复的老问题，盘查交友——或者说：疑似早恋问题+刑讯逼供手段，却丝毫不谈学习。佳佳就觉得刚才心里怎么也叹不出来的那口气，在胸口越堵越疼。

而李班主任好像也察觉到了佳佳的这口气一样，眼神又再次习惯地集中到了她的胸部……胸部……

什么事儿都容易形成习惯，除了被人玷污。哪怕是以目光来污辱。佳佳觉得自己在膨胀，在被什么样的一股气充得满满的……她尖声叫道：我不是你说的那样，啊——

就在这声长长的尖声大叫之后，这层楼几个教室的老师都跑出来，看着佳佳和李班主任。佳佳则是以一张冷静无比的面孔回视众人。然后，她浑身冰凉地回到了教室——出了一身又一身的汗，虽然现在只是初春。

囡囡给佳佳手机上发来一个安慰的图画彩信。

佳佳看看她，想努力微笑一个，却发现，自己失去了所有的面部表情。她只好回信给囡囡：^_^o ~~~

佳佳回到家里，劝慰自己说：这只是暂时的，妈妈回来就会好的。但是，妈妈回家时，佳佳还是做不出任何表情。陈静从剧团下班来，拉住佳佳，说："咦？佳佳，妈妈回来你怎么不高兴呢？"

佳佳面无表情地说："我是很高兴啊。"

陈静放下外衣，用兰花指点点她的鼻子，用韵白的腔调儿问道："怎么——我的女儿要吓我这一跳——"

佳佳说："妈妈，我不会笑啦。"

陈静笑道："那也好，可以让将来的女婿经常来个千金换一笑的，乖女儿，那你会哭吗？"

佳佳着急——却仍然是毫无表情——地说："妈妈，我的脸，什么都不会啦！我现在特着急……你看我的眼泪……妈妈！"

陈静这才捧起女儿的脸，仔细地看，果真看到大滴的眼泪一滴滴地从佳佳的眼睛里滚落下来，可是，脸上却是冷静如面具一般……

当时，陈静就带佳佳去看了急诊。

在医院里住了两天之后，佳佳问妈妈："为什么医生不来做检查了？"

陈静说："该查的项目都查了，就是不知道什么原因。到底是怎么回事儿呢？能告诉妈妈吗？"

佳佳把头转到一边去，说：“妈妈，这儿挺好的……”

陈静说：“可是，你不能总病啊，功课怎么办呢?”

佳佳说：“我在家里学习，好吗？囡囡会把笔记都传给我的……妈妈，这样去学校，多没面子啊!”

陈静还是坚持要听听医生的意见，再做决定。

佳佳喜欢医院，却不想呆在病房里。她整天都在医院里的小花园里看喷水池，一看一天，看得通体清凉清澈。医生走来，问佳佳说：“你想出院吗?”

佳佳的手心一下子就出汗了，嘟囔着说：“无所谓吧。”

医生笑了笑，请佳佳妈妈来到办公室里。

陈静问：“您看这孩子的病……”

医生说：“她的病不在药物治疗的范围。您可以带她多玩玩，见见人什么的……”

陈静着急地说：“她在上高中，明年就高考了呀。”

医生说：“那……也不大要紧，主要是得让她开朗，敢跟人交流。”

佳佳要出院了，陈静向剧团请了假，打算专心照顾佳佳几天。这让佳佳非常高兴，虽然她的脸还是没有表情，但却一直在轻轻哼着歌儿。陈静怜爱地抚着佳佳柔软的长发。手机响了，她看看屏幕，笑着对佳佳说：“你郭叔叔。”

佳佳用焦急的语气说：“那您接啊!”

陈静想了想，说：“算了，咱们回家给他打得了，他知道咱们快到家了……”

佳佳说：“你们也真逗，不懂。”

陈静笑着，拧了一下佳佳做手势的胳膊。佳佳虽然冷静着一张面孔，却是撒娇地大声叫道：“就会欺负我！哼!”同时，又握着小拳头挥了挥。

母女二人回到了小区里，郭叔叔已经在楼下等着了。

陈静温柔地笑着，问他："怎么来了？"

郭叔叔说："好，两个大美女出门，打电话还不接，你说我能不来看看嘛……来，佳佳！拿着。"

听到郭叔叔叫自己，一直依偎在妈妈手臂旁的佳佳走到前面来，接过郭叔叔递来的袋子，叫道："郭叔叔……"

郭全看着佳佳那少女特有的苗条身材和少女少有的娇柔步态，手里举着的袋子不觉向后缩了缩。佳佳接过袋子，被袋子里食品的重量坠得猛歪了一下身子，便不好意思地抬起头，看着郭全，做了个无所谓的耸肩动作。看去，却是更显出三分摇曳了。

佳佳继承了妈妈净白的肤色，天生一副扮青衣的眉眼。在小区昏黄路灯和楼前住家日光灯光的映照下，郭全心里一颤，迅速拿回佳佳手里的袋子，另一只手从兜儿里掏出几张纸递过去，说："还忘了给你这个，看看。"

佳佳接过来，就着楼前的日光灯光，凑到面前看了看。然后，她转过头去看陈静，握在手里的那几张纸自然地移到了脸近旁；身子还留在原来的位置和方向，却已经是悄然摆出了佳人初觉、慵懒之躯欲伸未展的姿态；柔软的脖颈带动喉咙，轻巧地对着妈妈说："演出票……妈妈……"

陈静揽住佳佳歪过来询问的小脑袋，故做严厉地说："又不好好学习了？郭全，你也是。"

佳佳已然顺势靠在了妈妈的身旁，发出嘻嘻的浅笑声。

郭全看着面前这株即将美丽绽放的天然晶莹之花，也微笑着说："以佳佳的学习成绩，还怕看这一晚上演出耽误吗？是不是，数学状元？"

佳佳从小学习成绩不错，又以良好的中考成绩考到了这个重点高中，并且在高一升高二时拿过学校里年级数学和英语两科的第一名，老师和妈妈都十分看好她的将来。郭全有时开玩笑地叫她"状元"，即是因此而起。

佳佳把头埋在陈静头发里咯咯地笑。陈静对郭全说："你呀，老这么宠她，以后还怎么管她。”

郭全说：“我可舍不得管这么好的女儿哟，将来佳佳要什么都行……只要你高兴。你高兴，佳佳高兴，那我就高兴啦。”

陈静以眼色示意他佳佳还在，说：“就会贫。”

郭全晃晃手里的袋子，说：“我拿了点零食，给你们送到楼上去？”

佳佳听了，就从妈妈身上弹过来，伸手去接郭全手里的袋子，说：“郭叔叔，我拿上去就行了，您跟我妈去遛弯儿吧。”

郭全真想使劲拥抱佳佳，但是，他只是拍了拍她的后背，温柔地说：“拿得动吗？”

佳佳举着细胳膊，说：“这点儿东西！郭叔叔，您后天可要来带我们去看演出啊，要不我妈又不让我去了怎么办呢。”

郭全眼睛里的温柔更深了，说：“放心吧，你妈就是拿话吓唬吓唬你。我一定来接你们！”

陈静和郭全散着步，问他：“你拿的什么票啊？快期末考试了，别让她瞎玩，放了假再说呗。”

郭全说：“现代芭蕾舞剧，相当值得看看，让佳佳多长点儿见识，对以后学习什么的不都有用嘛。”

陈静歪过头来用水样的眼波含羞带嗔地瞪了一眼郭全，说：“你还不是法定的家长呢，倒……”

郭全不等她说完话，已经使劲抱紧了她，嘴里说着：“你还不急，我早就想拿那张纸了。”

那两潭水更深了，在夜色中闪耀出了往日那洁白花瓣上的露珠一样的光彩，笑道：“嗯，一张纸，有什么意义？”

郭全说：“它有相当意义、绝对意义……”

佳佳在QQ上找囡囡，对方图标显示是未上线状态。佳佳笑了，打字说道：“又隐身呢？”

隐身的囡囡答道：“找不莻我喜歡 dē 傘 o 我寧願淋雨 ˵ ”

佳佳说：“我要去看芭蕾舞剧啦！”

隐身的囡囡说：“稀饭稀饭 ing... 朙兲來學校麽？”

佳佳说：“还是不太想去。”

隐身的囡囡说：“來也 S 氵良費 W ō 们 di 鲥間...”

佳佳说：“再再郑重问一句：施囡囡同学，你什么时候能不用这些不知哪儿粘来的东西跟我说话啊？”

隐身的囡囡说：“偶洋葱电影中～～”

佳佳说：“隐身王！我服你了行不行，等您能正常的时候再聊。”

隐身的囡囡说：“8 错 8 错……聰朙的炏就是掩飾偲聰朙的炏……”

佳佳的脑子里突然闪过一个影子，急问：“对了，今天有作业吗？”

隐身的囡囡缓缓才回道：“木有滴～～”

在这同时，囡囡在另一个马甲里，说道：“别拿 wǒ 的②轮车挑戰伱 dè 法拉利。”

对面是一个名字叫做“放牧者”的网友，说道：“坐骑只是一种表象，呵呵。你那么看重表面吗？”

马甲中的囡囡说：“〝╝妳旳表面正 4 用來遮掩自已鸁夲旳靈魂”

放牧者说：“不懂，我掩饰什么呢？哈哈，我可是绝对正常一切正常啊，没有像美女们似的，都隐身聊天，哈哈……”

马甲中的囡囡说：“隐身 S 偶ś 永恒 dê 权利##～”

放牧者说：“那你藏什么？怕我知道什么呢？”

马甲中的囡囡没有回答。

放牧者说：“你是怕你男朋友知道吧，哈哈。”

马甲中的囡囡好一会儿没说话。

放牧者又说：“你是个喜欢浪漫的小姑娘，对不对？”

在放牧者一再的问话中，马甲中的囡囡是真的下线了。

这天，郭全带了佳佳、陈静来看演出。这部名为《交融》的舞剧侧重于用形体动作表现人内心的感觉。一切都似乎只是为了表白，再表白；然后才是交融万千。仿佛，一切都可以从这里诞生；或者，都可以在其中隐藏起来……它源于石涛的作品。这位要面向现实，投身到大自然中去的大家，主张借古以开今，去展现不同甚至是两极间的和谐交融。

演员谢幕的时候，一个女演员特意跑到台下，把手里的玫瑰花束献给了观众席里的潘美兰，说道："潘老师，您是我舞蹈的启蒙老师，也是让我受益最大的人。今天，您带病来看这场演出……我真的非常感动，老师，我祝福您永远健康！青春美丽！"

潘美兰接过玫瑰，深深地呼吸其中的香气。一旁英子、桑轩和台上的演员都鼓起掌来。

潘美兰的面庞因此晶莹光亮，像是花束中最美艳的一枝。

英子一边叫桑轩抓紧照相一边说："好美，妈妈一定要把这些刻张盘的，我要拿去送同学，我有个女同学好喜欢各种艺术的。"

潘美兰说："那你请她来家里玩儿嘛。"

英子说："不要请的，她是神龙那样的行事法，说不好哪天就跑来找我，总这样啦！不过……"

潘美兰看到英子情绪有些改变，关心地问："怎么啦？"

英子笑笑，说："没事，就是上次她有事来没凑巧的，马上她就走掉了，害我心里好挂记的……没事……"

潘美兰一把把英子也揽到玫瑰花丛中来，演员和鲜花中闪耀的光彩流溢到英子脸上、身上，同样在闪耀。

佳佳看得如醉如痴。她问陈静："芭蕾舞和现代舞到底有多大区别啊？"

陈静说："芭蕾舞，就像是每根头发丝儿都有东西往上拽着，意念、力量都是往上的，现代舞就是都往下，全反着、倒着个儿的来。一看就能看出来。"

佳佳说："那这个算是比较纯粹的什么舞呢？"

陈静笑了，指着节目单，说："交融。这孩子，哪儿来那么多纯粹？"

佳佳把细长而柔软的手指在前排的椅子背上弯来弯去，突然调皮地对陈静说："妈妈，放假了我去学学芭蕾舞吧？"

陈静吃了一惊，不情愿的话还没来得及说，郭全却在一旁抢着说道："行，挺好的，放假呆着也是呆着。"

陈静看着郭全，不高兴地说："瞧你。我可不管找地方。"

郭全说："文化局下边那么多地方有芭蕾舞班，我们自己找地方也行啊。现在这岁数的女孩都喜欢学这个！"

佳佳冷静着一张脸，却是欢喜的声音说道："好呀好呀，谢谢郭叔叔。"

陈静看佳佳这样，就又不忍了，爱怜地说："佳佳，那你要答应妈妈回学校去上课。"

佳佳想了想，答应了妈妈。

反正已经习惯了这种没有表情的生活，没什么大不了。佳佳想。

周一，囡囡到佳佳家里找她一起去学校。佳佳故意把书包、桌子、门，都摔得乱响，乒乒乓乓的。陈静追着她说："佳佳，午饭别忘了。"

佳佳理也不理，低头拉着囡囡就出去了。"咣"地关了家门，一步两三个台阶地下了楼。

囡囡被带得气喘吁吁的，说："哎，哎，出人命啦。"

佳佳才放慢了步子，说："真讨厌。我妈给你打电话让你来的？"

囡囡说："没有啊。别这么不相信友情好不好？很受伤的。"

佳佳说："去，我可不敢理你了。"

囡囡跑起来去追一辆公共汽车，说："那车你也别坐！"

佳佳也大步追赶着，说："偏坐！偏坐！"

刚一进校门，佳佳就又有了那种胸口憋闷的感觉。不会是要得心脏病了吧？

偏偏第一节就是语文课。李班主任站在讲台上，用小眼镜片后面的小眼睛把全班同学一扫视，阳春天儿就成了寒冬腊月。

这点你可别不服气，李班主任眼神的杀伤力在全学校都有口碑。要不怎么大家都那么习惯他呢？

可是佳佳怎么也不能习惯。她每次躲着躲着还是不小心碰上这眼神的时候，就要不住地打冷战。

现在，佳佳的身上又出了无数遍的汗，就觉得一会儿冷一会儿热的，一阵阵发抖；脑袋也跟着忽冷忽热，真比到了风箱里的遭遇还更难堪；耳朵索性罢了工。一直这样忍到下课，佳佳的意识才算回来了些。

佳佳不知道，还有人比她更难受。

李班主任夹着书本往办公室走的时候，才感觉到自己的嗓子里像是被抹了盐又烤了三天三夜似的，而那股不知哪儿来的火还在继续烤炙着自己的喉咙。脚下软绵绵的，所有的劲儿都跑到了脑袋顶上，拥挤过来给那股火加柴吹风……

又高又胖的姜老师从隔壁物理办公室里闪出脑袋来，也来不及咽净嘴里的茶水，就忙着跟他打招呼："李老师，下课了？"

"嗯，嗯，下了。"

"哎，听说你们班那冷美人儿回来上课了？"

佳佳的面部僵硬冷静，不会做任何表情的事儿，早就在学校传开并已成了旧闻，大家觉得这个女孩很有趣，就给她起了个"冷美人"的外号。

李老师嗓子里的火一下子蹿到了身体和意识的根源……灵感爆发之下，他沙哑着说："嗯，回来了……岁数小，恢复就是快……"

姜老师问："她生病啦？"

李老师说："什么病不病的！小孩儿家的，要不了一个月，这不就来上课了……岁数大点儿，得缓一个月，弄不好得俩仨月的……"

"啊？！"

听到姜老师这句肯定的疑问单字，李老师的嗓子忽然地就清亮了。一只无形的手那么一抹，他刚刚还黑青的脸就变成笑容可掬了，还搽满了半是喜悦半是兴奋的红润。他伸开两只胳膊比画着，在清亮亮的嗓音之上强盖上了一层无奈，呵呵笑着说：“我什么也没说，您就这么一听……谁也不知道她去给做了不是？不是说就在那儿跟咱们体育组那小高老师碰了个正着嘛!”

“啊?! 哎哟……哎哟!”

姜老师被默化了似的也用两手在自己腹前上下画着弧线，还不时往楼道里扫射一番，生怕自己的声响和动作不够引人注意。

李班主任回到自己的办公桌前，盯着前面一个女老师春装里的身影，突然扭曲起脸部的肌肉，“啊”地低吼了一声。

这笼兽凄号一般的声响把女老师惊得手里的笔都掉了。她慢慢回过头，却看见李班主任正若无其事地盯着自己。女老师尴尬地问：“您？您下课了?”

李班主任笑笑，说：“你这件衣服质地真好，从背后看特贴身。”

女老师刚分到这儿来教书，也刚结婚不久，赶紧就低下头去忙自己的了。

李班主任在桌子前左右晃动了半天，又对女老师的背影投去了千万个目光炸弹，这才轻轻吐出一口气。然后，他还是那样无声无息地拉开抽屉，拿起里边一张集中了各种鲜艳色彩的名片，发了呆。

二

中午休息的时候，同学们都很放松，就这么喘口气儿的时间。

囡囡手里举着点心咬着，另一只手拿着杯子在佳佳面前乱挥一气，问她：“打水去吗？”

佳佳从饭盒上把囡囡的手拨拉开，说：“不去。”

囡囡说：“我去啦？”

佳佳用手在脸旁做了“微笑”的表示，说：“去先。”

囡囡用嘴巴咬紧了点心，两只大眼睛露出充分惊羡的表情。片刻后，她想把嘴腾出来，又不知该把手里的东西放在哪儿，只好把点心拿回手里，说道：“强！”

佳佳又继续在脸旁做了个“眨眨眼”的表示，囡囡装出眩晕的模样说：“壮强！”

佳佳冷静着脸，“咯咯”地发出笑声出来。

突然，一只足球被人从门口踢进来，撞碎玻璃后又冲出了窗子。同时，三五个扭打在一处的男生在教室的门口翻滚着，也跌了进来。

教室里的女生纷纷开始尖叫，男生则围成个圈观看，还有些人悄悄向外走去。

本来只是打着玩的男生受到尖叫声的鼓舞，越发把电影里、游戏里的招式都一并使了出来，哼哼哈嘿的，一小会儿就把讲桌和前排的桌椅踢了个混乱加凌乱。更多的女生不断地尖叫起来。打架的一个男生借着站立的一瞬间，猛地跳起来，把手抓向黑板的上端。他打算利用升降黑板做些什么没人清楚，但现实是……黑板被他的体重坠坏了。

“咔嚓”的这一声，把教室里所有的声音和动作都暂停在那里。

抓黑板的男生得意地环视教室里的所有人。看到佳佳的时候，他怔了一下，还略微皱了皱眉头。

佳佳的心跳起码有每秒一百五十下。从打架事件的开始，她就一直在发抖。现在，在这样一个男生的注视之下，她越发剧烈地抖起来。

这个抓黑板的男生黑黑的，头发很短，有着运动员一般的身材，是若刚。旁边那个男生却是修长精悍的样子，头发有点儿长，是水寒。站在两人近旁的男生都是一副叛逆、时尚的打扮，都是那样在冷冷地环视教室里的人。

教室里的人群顿时一片惊恐、羡慕，除了佳佳。只有她，是“冷静”的，甚至比那些男生的表情还要冷、酷。

打架的同学开始慢慢地，一脚一踢地面上残骸地走出教室，大家也都或缓或柔地动弹着，继续做起刚才暂停时的动作。

若刚回头看了一眼，佳佳还在那里，一动不动。他碰了碰修长的男生，让他也回头看佳佳。佳佳心里全是恐惧，身上全是抖得发木的神经。真怕他们会冲向这边打来……

然而，两个人只是把佳佳盯住看了又看，转身准备出教室。

这时，已经有老师们赶来处理。有的抓住打架的学生，有的则是在申斥，有的去窗边和讲台那里仔细勘察。教室里的同学在这一刻，都成了神行太保般的人物，片刻闪了个精光，除了佳佳和囡囡。

一个老师拽住若刚的胳膊，问：“又是你们俩啊？这回又是为什么打的啊？”

若刚和水寒并没对望，却同时在脸上摆出了比英雄还要英雄的表情。

老师想用目光探出点什么来，继续问道：“觉得自己很有价值啦？这就英雄了？有成就吗？”

两个男生先后“嗤”地从嘴唇里吹出一声笑来。

老师说：“做学生可不是靠拳脚来说明的，要靠学习说明一切！”

另外一个老师劝问话的老师说：“先回办公室吧，这一个齐若刚一个何水寒，多会儿都这老三样儿，你说多少他能跟你回句别的？算了，先去办公室吧。”

勘察完窗台等处的那个老师一边走来，一边念叨着说：“玻璃、窗扇、黑板……哎，若刚，这回还是跟你妈联系是吧？水寒你呢？还是那个电话？”

若刚说："这还用找家长啊？老师咱呆会儿说……"

问话的老师压了压情绪，对面前的几个男生喝道："先走吧！"

老师们很快带着打架的同学走了。若刚和水寒跟在老师身后，两人这时才微笑着交换了一下眼神。若刚还用手臂撞了水寒一下。水寒挑起眉毛挤了一下眼睛。

囡囡学着电影里人物摔倒的动作，一下子坐到椅子里，看着佳佳说："太恐怖。"

佳佳还没太缓过来神儿，只是机械地说着："是……是……"

囡囡去打水了，教室里只剩下佳佳一个人。她长出了好几口气，才平静下来。突然，教室的前门被人轻轻推开了一条缝。佳佳听到"吱——"的声音，抬头向前望去。

一个陌生的青年人出现在门口。他并没有进来，而是一只手撑着教室的门，大半个身子靠在门框上，站着，冲着佳佳嬉笑。

"佳佳同学，佳佳同学。"

是那样一种似乎从墙壁裂缝里传递出来的声音和面孔……

佳佳心里又恐惧起来，眼睛戒备地紧盯住对方。他怎么知道我的名字？

那人嬉笑着，又说话了："佳佳，你出来一下，我跟你说句话……快，出来一下。"

佳佳坐在那里，一动也不敢动。偏偏教室里又没有别人！

那人拿出《大话西游》里唐长老的功夫，声音又紧又密，念道："佳佳，佳佳，快，出来，我有话跟你说，我知道你，有人让我来找你的，我有事儿告诉你，咱们玩儿去吧，佳佳，佳佳，快出来……"

佳佳鼓足了勇气，战抖着站起身，低着头向教室的前门走去……那人改嬉笑为喜悦，闪过身，把门口让出一道空隙来。

佳佳走到门口，抓住门把手，猛地一下把门关上，锁死！这一下动作用尽了她全身的力气。佳佳差点晕倒在教室的门上……定了定神，这才又战栗着走回自己的座位。

前门的地方，那个人一边不甘心地敲门，一边又念起“佳佳出来”经。“嗡嗡嗡”的人声和“咚咚咚”的门声，震得佳佳心神混乱，不知道该找个地缝钻进去算了，还是从哪儿捡个魔杖来，“噗”的一下，把自己变隐身了……

恍恍惚惚地，佳佳觉得好像“嗡嗡”、“咚咚”的声音消失了，一切都是那么安静、安全、安详、安然……又突然！教室的后门被打开了！

那人这次索性就走了进来，一边说着：“佳佳，佳佳，你不出来，我进来了，我有话跟你说，走，咱俩出去，走……”

佳佳的眼泪都要流下来了！她把自己全身所有能动员起来的肌肉都绷紧了，一片一片地贴在自己周围，做成全套铠甲，僵缩在里面。

怎么办？怎么办？怎么办？

这时，前门被人打开了，班长站在门口，恰好看见空旷的教室里，只有佳佳和那个嬉笑着的青年人。

班长低头去拔门上的钥匙，那个青年就在这时悄无声息地消失了。班长取下钥匙，走向自己的座位，向佳佳投去轻蔑的一瞥！

怎么办呢？佳佳没有隐身斗篷，只好将就着把冷静无语罩在脸上，算做是抵挡吧。

佳佳跟陈静说自己病了。陈静左看右看，眯起眼睛问：“又病了？”

佳佳说：“真的病了，我可能得心脏病了。”

陈静说：“妈妈还没福气得那个呢，你就别添乱了啊？妈妈今天事儿还特多呢，新团长介绍的学生，不去不行，你别闲着就乱想这个那个的，啊。”

佳佳对着妈妈匆忙出门的身影说：“我真的不舒服，我心口疼！”

陈静转过身，对着佳佳做了个京剧里捧心美人的姿态，叹了口愁气，又做势一甩袖子，出门去了。

教室里，佳佳无精打采地蹭到座位上，趴到桌子上装睡觉。囡囡走来，用力拍了一下佳佳的肩膀，劈头就问："你收到通知了吗？"

佳佳说："什么通知啊？"

囡囡说："就是咱们俩的散文都在《高中生》上发表啦！"

佳佳并没有发出高兴的声音，只是应道："是吗？"

囡囡拉住她，问："呵，您现在范儿大了？这都不带有反应的？"

佳佳在囡囡那双眼睛的注视下，突然有些庆幸自己已经失去了面部表情。她想了想，说："不是，我现在成了这样，什么都没心情了。"

囡囡耸耸肩，用手在脸旁比画出一个得意的表示，说："那又怎样？你现在可是学校的超级人物呀。"

佳佳正准备反驳她，教室的门口出现了几个青年人，其中就有上次来过的"唐长老"。佳佳愣住了，手里准备打囡囡的笔被囡囡抽走，并反过来打了她的头一下。佳佳被这突然的一下打醒了一般，抓起囡囡的手就向教室外跑。

身后，那几个青年大声笑着，叫道："嘿！佳佳！你是叫佳佳吗？"还有人在拍手……

陈静到了剧团，径直来到自己的小房间里，收拾了几张 CD 盘装到包里。听到有人敲门，她说道："进！门开着哪。"

刚调来不久的温团长走了进来，嘴里还说着："这样进来不算冒失吧，小陈？"

陈静赶忙放下手里的物品，拉开椅子请团长坐，笑着说："我正说这就上您那儿呢。"

温团长没回答，侧身坐到椅子上，一只手不住摩挲椅子的大靠垫，笑眯眯地问："这靠垫真舒服，手感也好……"

陈静说："都跟这儿放了七八年了，也不是什么好的东西。"

温团长抬起脸，古怪地笑着，口里搅动着涎水，又问道："哟！那这上得躺过多少人了？啊？"

陈静听了这话，觉得自己心里直冒火，强忍了半天，才把手里的绿茶饮料平缓地递了过去，僵硬地说："团长，您喝水。"

温团长接过绿茶，把它抱在自己肥大的肚子上，仍旧古怪地笑着，说："小陈，团里要上新戏的事儿我可是一直给你留着心哪。"

陈静说："还劳您惦记着，我岁数也大了，团里那么多好的孩子们，我都自愧不如了。"

温团长念说道："差矣啊——小陈！你不老，你是正当年，你是刚刚好啊——对不对？全团、外边，谁不是说你像二十多岁的？再加上你这好嗓子好腔儿，啧啧，多少人羡慕呢！"

陈静避开温团长的眼神，说："团长您过奖了。"

温团长双手摩挲着绿茶的瓶子，眯眯地笑着，说："呆会儿见完那学生，你跟我一块儿吃个饭去。"

陈静说："团长，这我还真去不了，孩子在家病着呢。"

温团长说："工作！小陈，工作。人家一个老板要给咱们的戏投钱呢，从那学生那儿走又顺路，没多会儿的事，完了我送你！"

温团长说完，抱着绿茶瓶子走了。陈静坐下来，静了静，给郭全打电话。可是没人接。陈静收拾了一会儿东西，再打过去，还是没人接。她给郭全发短信："怎么又不接电话呢？开会吗？还是不舒服？看到了回个信。"

佳佳和囡囡没有上课，在学校操场的看台后面坐着，看阳光和树叶的影子来回晃。一会儿它抢了它的地方，一会儿又躲开去了似的，像一群调皮的孩子。

囡囡躺在草坪上，仰起脸，闭上眼睛晒太阳。佳佳坐在一旁逗她说："你要这么晒，可就出来一个小花猫脸儿了，一块儿黑一块儿白的。"

囡囡仍旧闭着眼睛，答道："我是已然丑就索性丑吧，不像你这美女一会儿黑啊白的在乎那么多。"

佳佳垂下头，不悦地说："我从来就没觉得自己漂亮。"

囡囡转过脸看着她，说："OMG……"

佳佳急着解释道："真的！我觉得漂亮是世界上最没用的东西，一点儿一点儿用也没有！"

囡囡说："漂亮多好，得有多少人羡慕？多少人注意？你心里得多美？"

佳佳说："我一点没觉得，就觉得别扭加难受……"

囡囡做出动漫里倒地的样子，说："我倒……谁信！让人羡慕还难受？鬼才信！"

佳佳无奈地看着囡囡，躺在地上的囡囡正在嘻嘻地对着她笑。更无奈的是，佳佳看到了囡囡身后远处，有几个青年正在走来。

囡囡则是看到了佳佳背后有两个男生。她用脚碰了碰佳佳的腿，说："快看，那天打架那两个……"

佳佳转身去看，果真是那天在教室里打架的两个男生。他们正在看台这里抽烟。

齐若刚看见佳佳两人朝自己这边看来，就对何水寒说："看！水寒，那冷美人，看你呢。"

水寒转脸看着别处，说："爱看谁看谁，就不搭理她们。"

若刚说："那女孩还真那什么……是吧？特静。"

水寒说："装呗！就讨厌这种女的。"

若刚说："你装一个我看看？有那么好看吗？"

两个人正说着，看见佳佳和囡囡耳语几句，站起来要跑。而另一方向有几个青年人则正在分散开了做出堵截佳佳、囡囡的样子，其中"唐长老"还在大声哈哈笑着说："佳佳，怎么害怕啦？没事儿，认识认识嘛，怕什么？"

佳佳紧紧抓住囡囡的手，抖个不停，不知道该往什么方向跑，或者挖个地洞钻进去？

囡囡看着围上来的几个人，颤着嗓音说："你们干吗？这是学校里！"

"唐长老"掏出一件东西，边说边念："嘿，学校？那是！我们也来学习啊。正经是敬德高中'敬德—澳翔英语拓展班'的，给你看听课证？嘿嘿。"

囡囡说："好啊。"

这时，另一个在春季就穿着短袖衫肩搭夹克，露出胳臂上刀疤的青年一把抓过囡囡刚接到手里的听课证，回手交给"唐长老"，说道："三哥，我来！嘿……他妈你这丫头够胆大的，你也配看！先跟我这儿学学规矩来！"

说完，刀疤青年就一步步地向两人逼过来。

佳佳一直缩在囡囡身后，这时突然发出一声尖叫，跌倒在草地上。原来，佳佳拉着囡囡后退的时候不小心把脚崴了。她随即缩成一团，白色上衣和绿色裤子的校服也随着不住地挣扎抖动。囡囡蹲下去扶佳佳，自己的白上衣和她的白色混合在了一起……

这叫声虽然短暂，却充满了恐惧。

几个青年仰面哈哈大笑起来，"唐长老"故意对他们说："瞧，给人吓着了吧？这多不对啊，人家可不是让咱们来吓人的，快！给你们嫂子认错。哈哈。"

这时，一个还略带着稚气的嗓音在佳佳、囡囡身后响起："谢谢啦！这么客气啊。"

"唐长老"一沉脸，刀疤青年逼向若刚和水寒，说道："在家吃奶吃撑着你了是怎么着！"

水寒把身上常常别着的长铁片拿出来，笑着说："我还饿着呢，怎么着？"

若刚也拿出了一样类似双节棍的武器，对佳佳和囡囡说："你们俩，还不先那边去。"

囡囡说："小心！他们人多。"

水寒说:“多?! 我看他敢怎么着!”

就在这时,下课铃响了,安静的校园逐渐喧哗、沸腾起来。“唐长老”沉着脸,扔下几个字:“我可认得你们!”然后,带着这几个青年走了。

佳佳还在剧烈地发抖,囡囡搂着她的肩膀,抬起水灵灵的眼睛看这两个男生。若刚对她和佳佳笑笑,说:“怕成这样啦?其实,你们越害怕他们越敢来。以后……”

水寒不屑地盯了一眼佳佳,转身一边走一边说:“走吧若刚。苍蝇也是找地儿才下嘴叮呢。”

佳佳和囡囡同时一震,马上就不再发抖了。两个人迅速把最冷漠的表情挂在了脸上。她们没有反驳水寒,却只是望着若刚。

若刚冲两人做个鬼脸,也就大步跑开了。

囡囡扶着佳佳一步一瘸地向教学楼走去。

若刚和水寒走了一段路,不知怎的一回头,从花坛和绿叶缤纷喧闹的空隙里看到阳光下晶莹闪耀着的两个洁白身影,正艰难地低着头,走下去……

水寒掏出一根烟,看了好一会儿却没去点它。若刚说:“知道她们电话、QQ吗?那……那女孩还真挺漂亮的……”

水寒答道:“是还算漂亮。”

陈静和温团长介绍的学生见过面,推脱晚餐不过,只好硬着头皮答应了。温团长去开车的时候,陈静再拨打郭全的电话,居然关机了!

怎么会关机呢?他看到未接电话和短信怎么却关了呢?

温团长开了车过来,摇下窗户,还是那样嬉笑的面孔,说道:“小陈,上来吧……不不不,你看多少东西?坐前面吧。好跟我聊聊天儿,我一开车就爱走神儿……”

陈静心里乱乱的,坐到车上。温团长絮絮叨叨、笑眯眯地说了一路,她什么也没听进去。她只是觉得恐慌,一会儿担心郭全有了什么急事儿,一会儿担心郭全忽冷忽热的样子别是什么不好的前兆，一会儿又害怕温团长、害怕吃饭时要见的人……一会儿又好像是不恐慌就会更恐慌似的，想起家里、团里的好多事儿都是那么麻烦、危机四伏……

等到吃完饭，温团长送陈静回到了楼下。郭全的手机还是关机状态。陈静的心里乱极了，走在楼梯上，总怕有什么会突然闯过来似的，紧张万分。不知谁家突然发出一声很大的关门声，把陈静吓了一跳，心嗵嗵地乱蹦了半天。

进到家里，佳佳也是一副愁苦满面的样子，离开电视屏幕，无精打采地走来，问她："妈妈您回来了？"

陈静放下书包，疲倦地问："吃饭了吗？"

"吃了……妈妈。"

陈静倒在沙发里，问："什么事儿，吞吞吐吐的？"

佳佳看得出陈静的脸色不太好，犹豫了一下，喘息也有些急促起来，咬了半天嘴唇，才小心地轻声说道："妈妈，我还是觉得有点儿不太舒服，不过也没大事儿，我想在家学一阵儿……行吗？"

陈静叹口气，想说什么，又好像没有在此刻可以挑选出来的词语；只好坐起身来，又重重地叹了一口气。

佳佳垂下头，用手指揉着沙发背上的流苏穗子，没敢再说什么。

母女俩沉默了好一会儿。陈静整理好情绪，关掉电视，抬起头说："佳佳，你是不是有了什么事？不去学校，将来怎么办？"

佳佳仍旧只是揉着流苏穗子，可惜她没有表情让妈妈去看去猜。又沉默了片刻，佳佳抬头冷不防看到陈静正直直地逼视着自己的眼睛，慌张地说："去学校将来才不知道怎么办呢！"

陈静突然暴躁起来，大声地问："妈妈一个人带你容易吗？怎么就这么多……唉……你到底是做了……"

陈静话还没问完，手机响了。佳佳下意识地跑向自己的房间，嘴里小声答道："您非常不容易，囡囡也不容易，老师也不容易，就是我错我错……”

“喂？郭全？”

听到郭全的声音，陈静觉得自己马上平静了，也恢复了平时的幽默状态，说：“怎么回事儿你？女王召见吗？”

郭全说：“什么呀，手机充电呢，我没注意。”

陈静的心又乱了，问道：“你充电吗？那怎么可能关机呢？”

郭全说：“是……是啊，人家说关机充电好，对手机好，而且……”

陈静又紧逼着问：“那你关机前看到我的未接电话，怎么也回个平安信再关机啊，你不知道我会着急吗？”

郭全说：“哎呀，人家说电池剩一格的时候接电话辐射是平时的一千倍，充电时候接电话辐射是平时的一万倍，我才没接嘛，这不是马上就给你打电话了？”

陈静说：“您这是马上？真够马上的，你看见我给你发的短信了吗？”

郭全说：“哎哟，你发信干什么你？你不知道我最不爱看什么信了？你说你这么……”

陈静低声吼道：“够了够了够了！如果我总是这样一会儿消失不见人一会儿出现，你怎么想?！如果你关心我打电话发短信来，我不领情而是很烦、烦，你会怎么想?!”

说完，陈静就挂上了电话。然而，等了一晚，郭全也没再打来。

李班主任今天是拧着眉毛瞪着眼睛来的学校。他推着自行车到了车棚，锁好。忽然回过身又对着自行车狠狠地踹了一脚，暗骂道：“××！你什么时候能变个法拉利！”

李班主任正冲着自行车运气的时候，旁边一个老师锁好车子，提醒他说：“李老师，是不是您手机响啊？”

李班主任立刻微笑并故做惊愕地说：“是吗？”他拿出手机，又说，“还真是，您说我这耳朵，老听不见我这手机响，别人的吧，嘿，我倒能听见……你说这耳朵，啊？”

那个老师赶忙就跳闪开去了。

手机里一个女人的声音沙哑沙哑的，说：“还您好！装不认识我这电话号码？”

李班主任说：“哦，您说，什么事儿？”

沙哑的女声说：“那老三他们说最近忙，可能没空去你们学校了。”

李班主任说：“这个你昨天不就说了吗？今天还提它干什么？！”

沙哑女声说：“你真傻啊？有白忙活的事儿吗？”

李班主任现在已经走出了车棚，他压低声音说：“我傻不傻跟你有关系吗？跟你说，你别总给我打电话，再打我连你那些也不给了！”

沙哑女声说：“你要脸吗你？！没钱你别找……”

李班主任挂掉电话，和来往的同事没事儿人一般笑着打招呼问早。

佳佳和囡囡走到校门口的时候，一个和囡囡熟识的女生跟她们打招呼。对方冷静着面孔，用手在脸旁做出微笑的表示，然后做手势表示自己要去教室的方向。囡囡回她一个吃惊的面部表情，挥手表示再见。然后，她拽住佳佳快速地说：“OMGOMG！你已经成功引领了时尚了！OMG！”

是的，学校里好多女生都开始模仿佳佳板着面孔，而且用手势在脸旁附注表情的做法。

佳佳学着囡囡耸耸肩。

若刚、水寒几个男生正好就在一旁站着说话。看到垂头丧气的佳佳和一蹦一跳的囡囡，若刚从这几人中迈出几步走近两人，问道：“怎么样啊，今天？”

佳佳越发低了头。囡囡说：“你不是看得见吗？”

若刚只好笑笑：“嘿嘿。”

水寒走来，不耐烦地叫若刚：“快上课了啊。”

囡囡不快地转向水寒说：“怎么？跟我们俩说话能影响到您什么吗？”

水寒轻笑着歪歪头，说："影响我审美，影响我情绪，影响的多了。"

这时，和若刚、水寒聊天的那几个高三补习班的同学正渐渐走过来。他们听到水寒这句话，都呵呵轻笑出了声。囡囡还要再说些什么，佳佳拉住她，说："快走吧。"

囡囡愤愤地瞪了一眼水寒，做了个"鄙视你"的动作，跟着佳佳转身要走开。水寒被她的愤怒一激，随口唱道："都是你的错，在你的眼中，总是藏着让人又怜又爱的朦胧……"

囡囡不由得猛一甩头发，转身欲发怒，但还没来得及发作就又被佳佳拖拽住了。囡囡一边和佳佳撕拽，一边说："不行，我今天就是得争这口气……就得争……"

水寒若刚几个男孩，却是越发开心地笑了起来。

冷不防这时李班主任从佳佳和囡囡身后一声大吼跳了出来："陈佳佳你给我站住！"

佳佳心里一阵紧张。周围的同学都迅速散开了，若刚和水寒不约而同地停住了动作和笑语。

李班主任一看见佳佳无辜的表情，就气不打一处来：装！可恶，还想装无辜?！他抖着手指住佳佳的面孔，说："陈佳佳！你太不像话了！你还有个学生的样子吗?"

佳佳窘到了极点，真想把面孔全缩到校服的领子里去。

李班主任最是看不得她这个样子，还有那柔软的脖颈，越看心里的火就越往上蹿，恨不得撕碎了她的领子才好……

"我问你，一个学生应该什么样子，应该以什么为目的？是学习！学习知识学习品德！自重！不是乱交朋友！"

囡囡在一旁歪过头去轻蔑地骂了一句"虚伪"，李班主任居然没有听见。他专心地用眼神撕裂着佳佳看似僵硬的外防，继续喝道："交友、社交，那是步入社会以后的事，学校是个纯净高尚的地方，是不能受到玷污的！任何玷污校园的行为就是玷污她自己，她就不应当……"

在一股股避之不及的学生人群当中，若刚和水寒没有走开。他们互相看了一眼，水寒少有地皱了皱眉头。

物理姜老师老远就听到了李班主任的怒喝，大步赶到李班主任的身边，拉开架势说道："李老师，李老师，这就上课啦，课要紧！那么多学生还等着哪。我知道，您是恨铁不成钢不是，您呀，真是太为学生操心了！苦心可嘉啊……"

李班主任猛地一下子从远处回过神来，看看姜老师又看看佳佳和囡囡，说："赶快上课去吧，记住：不管是哪个老师说你们，都是为你们好，是盼你们成才！"

姜老师顿时一愣，却又看到李班主任正笑着邀请自己同行，也赶忙就一同说笑着走开去了。

囡囡搂紧佳佳的胳膊，说："没事儿的，这没什么丢脸的。都是他们有病！"

佳佳抬起头来，一张脸已经被泪水洇了个精湿。她垂下湿成一缕缕的睫毛，缓缓地说："没事儿……我早就没有什么脸可以丢了……"

若刚想上来说些什么，水寒拉住了他。同时，水寒狠狠地咬住了牙齿，把 MP3 的耳机摘了下来，连同播放器一起塞进书包里去。囡囡听到动静，回头幽怨地看了他们一眼，叹了口气，和佳佳慢慢走向教室。

到了教室里，囡囡没放下书包就去报架子上翻来翻去。班长正好从她身边路过，被她一把抓住，急着问道："这月杂志呢？你们没去拿呀？啊？啊？"

班长说："早拿了，你自己找，拽我干吗。"

囡囡说："废话！我找不着可不是拽你吗？"

班长说："你自个儿丢了怎么不找我问呢？自己仔细点儿找！真够麻烦的。"

囡囡说："哎，你这个班长不负责哦。"

班长没耐心，从囡囡手里拽出自己的袖子来，走回座位去。囡囡冲着乱糟糟的教室里，大声叫道："哎，哎，谁拿这期的《高中生》了？谁拿这期的《高中生》了……"

第一节是语文课，佳佳把头埋得低低的，使劲看书，却一个字也没看进去。李班主任突然叫道："陈佳佳！"

佳佳被电击了一般，全身僵直，机械地站起来，头低到不能再低。

李班主任说："你把这段课文给大家念一下。"

这节课学的是一篇名家散文，佳佳早在初中时就仔细读过这篇文章。

佳佳的爸爸留在家里很多经典的文学读物，妈妈爱看，带动得佳佳也爱看。以致她比同龄的孩子要多了很多文学积累，也难免染习了很多文人当风望月、凭栏洒泪的"精致"情绪。却又因为没有可以交流的环境和同学，佳佳只得把这些情绪都压制起来，装进锦囊，背在了身上。却没有诗文简牍可以随时投入，也许是还不知道怎样去写。

佳佳在课堂上读着这篇熟悉的散文。但是她听到的却是一个颤抖的、怪异的声音，在结结巴巴地读着它，有时声音低得听不清楚，有时又似乎是沙哑了，把每个字都摩擦得变了腔调才发出声去。

教室里是一片毫无生气的安静，只有李班主任微笑着，喉咙里偶尔发出"呵呵"的声音。佳佳读完了一段，便不知所措地停在那里。

李班主任走到佳佳身边，用含混暧昧的声音模仿道："坐下吧。呵呵，'是渴睡的人的眼'，啊？啊……呵呵。"

李班主任在笑的时候，教室里还是那么的寂静。佳佳唯一能做的就是睁大了眼睛，看着地面，似乎在那里可以找到藏得下活生生的人的缝隙。

囡囡终于从别的班里找到了一本这期的《高中生》，喜悦万分地拿给佳佳看，说："看看，看看呀你，咱俩的散文都在上边呢，你看。'那是春天是希望的颜色……' OMG！我念自己作文感觉怎么这么怪呢？晕！晕！哎，你知道吗？他们班老师都表扬咱俩了呢。"

佳佳只淡淡应道："哦。"

囡囡说："嘿你这人，有病你。"说罢，她不理睬佳佳，举着杂志向班上同学展示去了，笑闹到一群女孩子中间。

李班主任回到办公室，办公桌在他前面的女语文老师孙老师走过来说："李老师，你们班学生不错啊，这次一下儿就上了两篇。"

李班主任说："有一篇是错了，不是她写的，编辑把名字弄错了。"

孙老师问："哪个？是那个……"

李班主任说："就是陈佳佳那篇，别人写的，名字打错了。"

孙老师说："不会吧？佳佳学习不挺好的吗？她的作文我也看过。"

李班主任正色道："我是她的班主任，又是语文老师，能不知道？我这正要给这个编辑部打电话哪。要警醒她回头！不能让陈佳佳一错再错！那篇小散文是我们班程小丽写的，佳佳在作业本上做了手脚……陈佳佳这孩子，从高二一开学成绩就不断下滑，我都快替她急死了！好好的一个孩子，原来还把她当升名校的种子呢！现在，又旷课、又……这样儿的孩子，我实在痛心！可是，她又是单亲家庭，母亲过得非常不容易。一个人，要撑一个家！唉……多少次我想家访都实在是不忍心伤害一个本来就艰难的单亲母亲啊！唉！不管是对一个母亲的尊重理解，还是对一个孩子的责任——哪怕有人说我是为了成绩的机器，我也要尽全力去帮助佳佳。让她不要贪图一时虚荣而耽误了自己终生啊！"

孙老师听完这一大通话，略显无措地说："唉，漂亮女孩总是是非多点儿，也难免。"

李班主任突然直起背来，正色说："漂亮但是自重的多了，陈圆圆儿百年也才一个，还是被迫的。关键在一个人自己，陈佳佳这孩子，实在是有些天生的……咳！"

孙老师不料李班主任竟然动了这么大的火气，讪讪地说："那什么，刚下课，您喝口水，润润嗓子，我上课去了啊。"

孙老师刚刚走出办公室，在楼道就碰见了佳佳。佳佳叫道："孙老师好。"一看她那怯怯不胜风力的模样，孙老师心里一软，拍拍佳佳的肩头说："快上课了，还不赶紧回教室？"

佳佳略低低头说："我等囡囡。"

正说着，囡囡从隔壁的办公室里推门出来，两步跑到这里，一边拉佳佳一起跑，一边快速地说着："孙老师好我们上课去了快！"

囡囡是拿出了比赛短跑的姿势和速度。佳佳一只手被她甩着，身子一个趔趄连着一个趔趄的，简直是一路被勉强拖了去。看着两个孩子跑远去的身影，孙老师笑了。

从物理教研室里走出来姜老师，抱着教案问她："小孙，笑什么呢这是？"

孙老师说："哟，姜老师啊，我正准备上课呢。"

姜老师说："那还不去？走吧。一块儿走。"

孙老师一边走，一边说道："我刚看到陈佳佳和施囡囡两人跑的那样儿，乐得差点儿就忘了。"

姜老师不屑地说："陈佳佳，可真是够全校出名的，疯丫头一个。刚做完流产就跑上啦？是！她可不是得皮实点儿才能这么折腾吗？"

孙老师别过头去说："您这是哪儿的话啊？"

姜老师站住脚步，悄悄地说道："哎哟，我这怎么总是……看见学生不争气，该憋住话我就没憋住。你不知道啊？还是你们组李——你可别管是谁说的啊。哎，教体育那小高，做胎检的时候，在医院里看见她啦，脸煞白！今天早上，我在校门口看见她又跟高三补习班的学生闹上啦，呵！你们组老李那通说她哟！要我是这样的学生我都早羞愧得不行了，你瞧她，没事儿人！李老师那么重的话，算白说了。可惜老李这一大篇苦心批评了……这女孩儿但凡漂亮点儿，多半就太能得瑟了！"

孙老师笑笑，没再说什么。

陈静等了一天郭全的电话，手机终于响了。她看着屏幕，不知道这是谁的号码，就放下没接。

过了没一分钟，那个号码又打了过来。陈静放下手里的服装，接听道：“喂，您打错了吧？”

那边传来一个老年男人的笑声，说道：“怎么？陈小姐这么健忘啊？我是万洪钟啊。”

陈静这才想起那晚就是跟这个万老板吃的饭，他还要给剧团投资。她忙说：“万老板啊，抱歉，我的手机坏了，看不见来电号码，所以不知道是谁的电话，才……”

万洪钟说：“哎呀，这不小意思嘛，我送你一部新的好了。”

陈静说：“不用，您太客气了，我这个修修就好了。”

万老板说：“你不要的话就是跟我客气了，今天晚上，我请你吃饭，好好聊聊那个戏，你看好不好？”

陈静说：“您说请吃饭，我是乐不得去，我们团长也是乐不得去的呢。可是今天晚上我跟老公说好了去孩子她奶奶家，您看真是不凑巧。”

万老板说：“哎呀，陈小姐架子好大呀，我们这种没身份没地位的人，请不动你啊？哈哈。”

陈静说：“您这不是批评我吗？改天吧？我一定去，好吗？”

不管万老板怎么说，陈静就是不答应去吃饭的事情。最后，还是万老板略带怒气地挂了电话。陈静索性把手机关了。

关掉手机，陈静再怎么也摆弄不好手里的戏服，甚至觉得这软软的料子怎么都没法儿让它服帖，放上去掉下来放上去又掉下来的，反倒不如一块钢铁好摆弄似的。

她一把抓起手机，按到了开机状态。然后，坐在那里发愣。

手机又响了，是温团长。陈静无奈地答应马上到团长办公室去。

一路上，陈静猜到团长这时找她去是为了什么事，早就准备好了一肚子的说辞，镇静无比地敲开了温团长办公室的门。

温团长像是早早地就站在门口等着似的，敲门声还没落，就拉开了房门。他用另一只手拉着陈静的胳膊，说：“来，快进来，来，来来。”

陈静借着捋袖子，扒拉掉了那只手，顺势绕到一个单人沙发前面，说：“团长，您找我什么事儿啊？”

温团长笑眯眯地，眨着眼睛看着她，说：“没事儿呢？”

陈静说：“没事儿我就回去忙我的了。”

温团长把她逼坐到沙发里，两只手还继续按在单人沙发的两只扶手上，说：“我要表扬你啊，好不好？”

陈静想如果此刻能有一个透明的罩子把自己罩起来，那该多好。或者像很多时候的舞台，灯光一转，自己就到了另一个时空，那该多好。而事实上，她只能把两只手交叉抱在胸前，说：“您表扬我什么啊？”

温团长仔仔细细地看了看陈静瞪得圆圆的眼睛，慢慢松开按住扶手的手，坐到陈静旁边，说：“老万的事儿，你觉得怎么样？”

陈静说：“他要能给咱们团投资，那是好事儿啊。”

温团长说：“你想不想给咱们团立一大功啊？”

陈静说：“团长，您听说啦？老郭倒是一直说来着，从局里给咱们团拨点儿资金，也差不多了现在。这也不用表扬啊。”

温团长两只笑眯眯的眼睛都快成了眼镜片上闪烁的两道绿光了。他笑了又笑，说：“老郭那儿的钱能分到咱们这儿吗？”

陈静说：“这我哪儿说得好呢？我天天就在这团里唱唱戏。只是听老郭说的是这就差不多了。”

温团长哈哈笑着，说：“你呀，天天在这团里光唱戏了。小陈，活这么大岁数，该想开的得想开，该享受的得享受，你说呢？”

陈静看着温团长的手伸向自己，想要站起身，告辞。但是温团长一把抓住她的手臂，趁她没站稳的工夫，一拉，就把她拉倒在了长沙发上……

温团长的父亲是个名琴师，他自己学唱过小生，一共也没学几年。而陈静在戏校最初学的是刀马旦，因为嗓子实在太好，才改学了青衣，但一直到现在多少年也没少了练功。这次，陈静不知道温团长的扭伤要多久能养好，但是，她知道自己在团里的好日子是没多久了。

陈静回到自己的小房间，匆匆收拾了包儿就想回家去，拿起手机一看，还是没有郭全的任何来电。

已经谈婚论嫁的人，似乎总有不定时的消失不是正常的吧？但是……只有跟郭全在一起，她才敢穿上漂亮衣服，抬起头出门，只有跟郭全在一起，她才不会无名地烦躁，疯狂地去找很多无谓的事情来做。

而现在，她只能，回到家里，把所有的窗子从窗缝到窗台下边都仔细再仔细地擦上一遍。然后，她把每扇门关紧，把窗帘拉得严严的，才坐到床上，拥着被子就着台灯看书；心里却是恐惧成一团，怕也不知在怕什么，最后便恼恨书上的字印得太小不得看。

手里，一直握着手机。

门铃响了。陈静犹豫着走去，从门镜向外张望。郭全！

郭全走进来，还是那副温厚的样子。他坐到沙发上，伸直腿，说：“怎么弄得这么有情调，知道我要来啊？”

陈静说：“胡说吧，佳佳就要放学了，我能怎么样？”

郭全伸开双臂，说：“那我呢？怎么样呢？”

陈静一边走去拉开客厅的窗帘，一边说：“你到底干什么去了，也不接电话也不回电话的？”

郭全说：“哎呀，你就是这样。我不是来了吗？你还说什么？”

陈静说：“不行，都要结婚了，你还这么总是一会儿找着人一会儿找不着人的，一点给老婆的信任感都没有。”

郭全坐正了说：“你怎么这么不相信人呢？我不是个有安全感的好男人吗？你就相信我，就行了嘛……来，你看我都来了，别那么计较。”

陈静一点儿也不想理会他这些。像是觉得有点儿冷，她又伸手把窗帘拉上一半，挡住些风似的，说：“佳佳就来了，你别那样。”

郭全说：“这是我的家啊，你还让我装正经吗？”

几天以来，陈静终于听到了一句女人最爱听的、最动听的话。也就不去多辨别其他了。

佳佳没有按时回家。她又被李班主任提到办公室开训了。

囡囡陪着佳佳走到语文办公室，接过她的书包，指指办公室顶头的拐角处，说："我就在那儿等你。"

佳佳点点头，又说："别让他看见，不然又得找茬儿说你。"

囡囡说："我怕他？说去呗！"

佳佳叹口气，站在办公室门口，揉着衣服角，半天也没敢敲门。囡囡从拐角那儿走过来，小声说："哎哟，越早说完了咱们越早回家，你磨蹭什么呢？我饿啦。"说完，伸手替佳佳敲了门。

里面传出李班主任阴沉的声音："进来！"

佳佳低着头，向里走去。李班主任说："把门关上。"

佳佳犹豫却又是机械地转过身，关上门，站在门口。

李班主任说："过来。"

佳佳一步步地蹭过去，在办公桌前站住，仍旧低着头。

李班主任贪婪的目光上下打量着这个柔弱摇曳的身体，说："你这几天又和合办班的社会青年接触了，是不是？"

佳佳说："我不认识他们，一点儿不知道。"

李班主任声音低哑地说道："你不知道?！你总该知道现在你自己是个什么状态吧？啊？一个好人，是不会有坏人坏事来找她的！你呢？时间全用在什么地方了？完全忘记了学习！就知道一天到晚地琢磨怎么样做那些发育成熟以后的事，怎么样勾引……勾引……男……人……了吗……"

佳佳的头脑一片空白，语言表达能力已经暂时失去。同时，全副的铠甲又渐渐出现了，牢固而苍白。

李班主任压住颤抖，握紧拳站起来，像往常般围着佳佳绕起圈来，不说话，只是一圈圈地围着她快速地走，用眼光和气息将她锁紧，不留一丝余地。他能闻得到佳佳身上天然的淡淡香气，他甚至感觉到了她的战栗，在自己的衣服轻轻擦过她的衣服的时候……

在曾经的烂漫岁月里，一个淡淡清香的影子也曾像这样地围着自己转圈，那笑容和笑声让自己无处躲藏……

李班主任突然停在佳佳面前，大声地喘息着，喝道："你看看你最近，成了什么样子？什么样子！你和那些社会青年约会……你们都去哪儿了？你跟我说，仔细地说！一点一点都说清楚！你们到底都干了什么？还有，学校里那些天天往班上跑的补习生……"

突然，办公室窗外响起一阵丁零当啷的声音，好像是什么易拉罐之类。李班主任冲到窗台那里张望，喊着："谁?！出来！"

正喊着，又有几个易拉罐连续砸到了窗玻璃上，哗啦哗啦的，吓得李班主任一缩头。

佳佳受到易拉罐声音的提醒，转身跑出了办公室的门，一直向楼外跑去。囡囡从外面跑过来，在拐角的地方拉住她，说："跑什么你，走。"

佳佳还在紧张的抖动中，囡囡说："你也真是的，要我，搭理都不搭理他！你说我不好，行，找我家长吧。"

佳佳说："那绝对不行！我妈够不容易的了。好歹咱们快毕业了。"

囡囡说："你以为他真去呀？不信你试试。打死他都不敢去，去了他说什么呀他！"

佳佳说："我觉得他特可怕，什么都能说出来、干出来……你没看他那眼神儿……"

囡囡说："你呀，唉——要不他专找你呢。你跟他对着瞪，看他能怎么样。"

佳佳说："他是那种……他，他……他专往人身上看！"

囡囡模仿着动漫里的武侠，比画着，说："那更不怕，他敢？灭之！"

三

若刚逃课到了学校花园，看到佳佳和囡囡，就笑着问：“哎，这两天怎么没看见你们?”

囡囡问：“哪儿啊？网上？宇宙?”

若刚说：“是啊，我说怎么说好几句你也不理我，隐身啦？嘿嘿，哎，你要是把你 QQ 号告诉我我不就跟你说上了嘛。”

囡囡说：“我用不用把我所有的资料都跟你汇报汇报啊?”

若刚说：“行。”

囡囡说：“美的你吧!”

若刚转身在花坛的边缘坐下，问：“你们俩怎么也没上课啊?”

佳佳坐到若刚对面的花坛边上，看花坛里的泥土和小虫子。囡囡一只脚踩在花坛边上，把一只手搭在膝盖上面，手里晃着书包带，说：“这也得汇报是怎么着?”

若刚说：“你今天早上吃了火药来的是吗?”

囡囡说：“没错。”

若刚说：“你瞧瞧人家，多文静。”

囡囡突然跳到若刚的那一侧，蹲到花坛边上，说：“咱们来做个实验吧……”佳佳看她和若刚耳语起来，也不去理会。她知道囡囡爱玩。

过了一会儿，囡囡和若刚都专心地看起对面来，只要有人经过，他们就紧张又悄悄地盯着对方看，等到对方走过去了，囡囡还从头发的缝隙里看来人背影的动作。

两个人偷偷摸摸的表情把佳佳逗坏了，她禁不住问囡囡：“你们干什么呢?”

囡囡把手指比在嘴上，示意她别说话。若刚小声叫道："又一个！"

又过了一会儿，若刚像是无奈地说："怎么办？我只能请你们俩吃比萨啦。"

囡囡说："走，现在就去！"

若刚说："你得等水寒一块儿啊，我又不是不请。"

囡囡说："这年头，落跑可就是有罪啊！"

若刚说："我也得敢啊。"

囡囡听到，马上做样子要打他。若刚拿起书包抵挡。

两个人打着嘴仗，就看见水寒和一个女孩子一起走来了。若刚说："走，吃比萨去。"

水寒说："干吗呀?!"

囡囡不满地抢话说："请我们吃饭就不行？是我赢他的！"

水寒居然笑了笑，说："他总干这没出息事儿。走吧。"

水寒身边的那个女孩子听到水寒这样的态度和话语，吃惊地瞟他一眼。

佳佳拉起囡囡要走开，水寒身旁的女孩过来挡住佳佳说："一块儿去吧，你自己不也得吃饭吗？他们输了就得请啊。"

囡囡把头伸到水寒和那女孩子中间，问："这位是……"

水寒揽住女孩的胳膊，把囡囡的脑袋挤出去，冲她说："瞎问什么。"

囡囡说道："你再挤一下的！"

若刚说："她是安然，三（3）班的，五四联欢会跳芭蕾独舞的不就是她嘛……"

水寒打断他，喊道："嘿！"还瞪了若刚一眼。若刚一笑，不说了。

囡囡又有大发现似的说道："哦，我知道了，安然姐姐你戴的那卡子是女人联盟推荐的吧？"

安然看着她说："眼睛真尖啊你。我还有一个呢，你要不要？"

囡囡斜望着水寒说："不要！哎……"

佳佳打断她，客气地对三人说："我们俩还有事儿呢。"

囡囡看看身边左一个秀媚的佳佳，右一个明艳的安然，先就泄了十二分的气了，此刻便无精打采地说："就是，我们俩就不去了，你们去吧。"

安然笑了，笑容到处就是一片的灿烂光芒。她从口袋里掏出学生卡片，包在自己手掌内侧给囡囡看，悄悄咬着她的耳朵说："没有丑女人，只有懒女人。"

囡囡睁大了眼睛望望她再望望卡片，说道："OMG!"

安然拍拍自己的书包，说："我这里好些好东西呢，你以为就这一个卡子啊?"

囡囡抓住她的书包带，说："给我看看，给我看看。"

安然说："去比萨店里踏实坐着边吃边看多好，走吧?"

若刚凑上来说："再过几分钟就下课了，你们别等着老师们都看见咱们了才出学校啊。"

安然仔细地捕捉着佳佳眼睛里流露出的表情，说："就是，跟这帮老师什么也说不清，还不如躲得远远的，只要功课不落下就行了呗……跟他们见得越多说得越多那才越麻烦呢，倒是说不清楚!"

几个人吃完比萨后，又到别处玩了一下午，才按放学的时间各自回了家。囡囡不用说，这一下午的"学习"是收获甚丰，就连佳佳也感受到了许久以来难得的放松和顺畅。

回到家里，囡囡马上上网，在安然告诉她的购物网络里挑来挑去，终于找到了早就想要的好几样商品。她正要问店铺掌柜能不能优惠点儿，QQ的窗口弹出放牧者对自己马甲地址的问话："在线吗?"

囡囡没理他，放牧者又问："是在隐身吗?这几天怎么不理我啊?"

囡囡看着店铺里"没有丑女人"的广告语，拍着桌子对自己说："美就是要有代价的，拍!"

在任何时候，购买都能给任何年龄段的女性带来愉悦。放牧者再发来问话的时候，马甲囡囡高兴地答道：“ *^_^* 。。。”

放牧者说：“你怎么总用这些符号？”

马甲囡囡说：“ (ˇ^ˇ)”

放牧者说：“ --<-<-<@ ”然后又说，“别以为我不会，呵呵。知道吗？只有两种人喜欢用符号。”

马甲囡囡没有说话。

放牧者继续说：“一种是极端胆小的人，不知所措，才会拿别人的符号掩饰自己，到最后谁也认不出他来。一种是极端胆大的人，能创造自己的符号、改造别人的符号，让别人一看就能认识他。对吗？”

囡囡没说话。

放牧者又说：“看来你是胆小的人了，哈哈。”

马甲囡囡说：“ (ˇ^ˇ)”

放牧者说：“你太可爱了，而我偏偏是胆大的人，怎么办呢？咱俩来中和中和吧？哈哈。”

接着，放牧者又发来一个不雅的符号。囡囡的愉悦情绪全没了。放牧者看她不再说话，问了几句后也没再多说。

同时，放牧者在另一个对话框里说道：“你有视频吗？”

对方是一个名叫“小猫咪”的人，说道：“没有啊。”

放牧者说：“那怎么办？我想看看你什么样呢？”

小猫咪说：“那你先把 PP 传来我看看？”

放牧者说道：“你也要给我你的才行。”

小猫咪说：“好呀，不过我要你上空的。”

放牧者心里暗笑小猫咪果然不负这个名字，说：“同等交换。”

小猫咪说：“不行。”

放牧者问：“为什么？”

小猫咪说：“人家是女生啊，男人要大方一点儿，所以你要先给。”

放牧者说："哈哈……"

放牧者真的传了一张照片去，但是小猫咪却隐身了。

放牧者摆弄着自己刚传给小猫咪的那张模糊照片，"嘿嘿"地笑了起来。他笑得趴在电脑键盘上直喘气，又从某些网页上提取了很多暴露的图片。然后，他打开一个作图软件，从电脑硬盘里提出一张秀媚欲滴、娇俏远胜百合花的高中女生的头像，开始合成、上传……

重新制造一个人的身份和状态简直是一件太过痛快的事情，它可以让人感觉到主宰的力量，满足人几乎所有见得光和见不得光的欲望。或许，它还可以加速一个人的沉迷和疯狂。

在这沉静黑夜的包含之下，在这不需要假借任何掩饰粉墨的沉寂空间里，放牧者沉浸在他自己营造的世界当中，兴奋并喜悦着。

隔壁房间里接连传来好多声撞击的声响，他都丝毫没有听见……直到放牧者手机的闪烁光芒把他从那样遥远的一个世界里稍稍拉回来时。他看了看号码显示，一抹脸儿，就迅速切换进了隔壁的房间。

一个女人用沉哑的声音说："又忙上了？"

放牧者温柔地说："你叫我好一会儿了吧？……咳，都怪我瞎忙。"

女人怒合眼睛，双手在身体两侧的被单上又扭又抓。放牧者连忙护住这双手，按到自己胸膛上，并探头想去吻女人的脸颊。

一阵不洁的味道飘了过来。女人狂躁地摔开放牧者的手，连续捶打床铺和像床铺一样僵冷的身体，低吼道："你不是忙！根本不是！你就是背着我有别的！"

放牧者的脸略一变色，连忙哄道："我马上抱你去弄，别急啊……"

女人直盯住他问："你厌烦了？找别人去啊！要我当招牌干吗？我累了，我够了，我受够了！"

放牧者说："你又乱想了，咳，怪我。我给你讲笑话？要不，我还给你扮狗熊，扮喜羊羊？好不好？"

女人恨恨地说："好！好得不能再好了！你高尚啊，超凡脱俗啊！哈哈！既然这样，让你那些同事光看你就行了，还来看我干什么？是你让他们来的？就为了给你自己树碑立传！"

放牧者说："是不是今天工会的人来，你不高兴了？他们哪天不跑几家？你可别多想啊。"

女人说："我哪敢！我欢迎得了不得！他们不来，我怎么知道你的新欢什么样呢？你看她笑的那个样，你们站在一块儿多好，啊？她多会卖热情，她得多好啊？"

放牧者轻轻说："胡说什么！"

女人使出全身力气大喊起来："我说她你不高兴了！你护着她！护着她！你们一起来气我？你们无耻……你这个无耻的骗子！你这个……"

放牧者几乎是把手压到了她的嘴上，却又丝毫不敢用力，哀求道："我求你了，我是什么人，你十多年不知道，长长久久还不知道？我绝对一辈子对你好……这是在单位的房子里，我求你！求你了……"

女人暂时平息了些。放牧者把手拿开，温柔地问："我先抱你去洗吧，别生气，再气着了。以后天大的事我也不让同事来家里，行吗？"

谁知女人只是做个喘息，仍旧用最大的力气接连吼道："不来家你们到外边鬼混对吧！混——蛋——无耻，卑鄙……"

当这一系列尴尬而必须的工作都完成之后，放牧者关掉卫生间和客厅的灯，又走到女人身旁为她掖了掖被子。他这才回到电脑旁，让自己靠在椅子背上，脸色惨白。

依稀中，自己兴奋地履行义务春游协导员职责的时候，却看到一个淡淡轻巧的身影在和一群人的嬉耍中失足滚下，结束了自己生命中一个美好行动的权利和另一个美好临世的机会……然后，那个淡淡的影子就成了自己胸口里沉重的巨石一块，搬不起，挪不走。

片刻之后，他拍拍自己的面孔，静悄悄地走到身后那个黑色的大柜子前面，从里面取出一件物品藏在了衣服下面，就急速而无声地冲进了无尽莫测的黑夜之中……

囡囡拉住佳佳，让她看自己的眉毛，问："怎么样？好看吗？"

佳佳说："你修了？"

囡囡说："用那个修眉器比着修的，怎么样？"

佳佳说："挺好的，在哪儿买的？"

囡囡说："就在网上，掌柜叫……"

看着来来往往的同学都还仍旧是把目光在佳佳身上停留了又停留，有的人还笑了笑，囡囡没了兴趣说美容的话题，跟佳佳一边走一边说道："你知道我们那天打的什么赌吗？"

佳佳说："哪天啊？"

囡囡说："宰若刚那天啊。"

佳佳摇摇头，想不出囡囡是用了什么主意。

囡囡说："我们打赌你的回头率！就是数那天从你后边过来的人，十个里边能有几个回头的。我说不少于八个，若刚说会少于五个，然后打赌，他就输了……不过我觉得他是故意输的。"

佳佳说："你们也太无聊了。"

囡囡委屈地说："这怎么叫无聊呢？敢情你是不用修眉器……"

佳佳没听清她后半句话，问道："敢情什么呀？"

囡囡大声说："敢情好！"

囡囡和佳佳迟到了一两分钟才赶到教室门口。李班主任已经站在那儿了，用阴沉的目光扫视两人，说："迟到！天天都想什么呢！"

两个人缩着头刚想进教室去，李班主任大喝一声："陈佳佳！过来！"

佳佳无助地望了望囡囡，也只得跟了过去。她不断回头看，这次，囡囡送完书包到座位后，没有跟在后面一起过来。佳佳见不到囡囡，还没到办公室，已经是神魄出窍了。

李班主任今天的情绪比往常更坏了些。居然没顾忌办公室里还有其他老师，以及交作业的几个学生在，他就大声呵斥道：“你给我站那儿！什么样子！”

佳佳低头站在那里，被同时射来的多束视线灼得痛苦不堪。

李班主任说：“早自习迟到，卖弄吗？不知世上还有……嗯？”

李班主任努力压制着自己，才没有站起来又围着佳佳绕上几圈。他狠命地盯住佳佳的下巴——那是唯一没能被佳佳的头发遮盖住的皮肤，恨恨地说：“看看你自己，像什么样子！”

这时，一个年纪大些的老师的杯子突然摔到了地上。那个老师叫道：“何水寒，干什么呢你？”

水寒说：“作业本儿碰的，我怎么知道。”

老师说：“你这孩子……”

水寒挑衅似的叫道：“我怎么啦？我怎么啦？”

老师被水寒的发作弄得莫名其妙，指着他说：“你、你、你……”

水寒把手里的一摞作业本向地上一摔，说：“怎么啦？你指什么？再指？再指我还摔，你看着……”

这个老师年老而温善，赶忙就上去抓水寒的双手，想劝阻他别摔书本。水寒顺势握住老师的手轻轻摇了几下。办公室里的老师们马上都集中到这里来劝阻了，水寒放开老师，转去扒拉旁边桌子上的东西。老师们急乱出手去阻挡，却弄得更是乱作一团了……

李班主任推了推眼镜，又趁机在佳佳身体上好好扫了几扫，才吞咽着说：“回去吧。下午交个检查来！”

佳佳回到教室，顶着早已经习惯的全班同学的各种目光，冷着脸回到座位上，一再告诉自己：刚才什么都没发生过，什么都没发生过。

回头看看囡囡，她正有些羞涩地送来一个微笑慰问的表情。佳佳呼出一口气，举手在脸旁比了一个微笑表示。停了一会儿，佳佳给囡囡发短信：“今天想上课吗？”

囡囡短信："OMG，你也会问这种问题?"

佳佳短信："去爬山吧?"

"好的!"

五月的北方，有着最为明媚的山林景色。天空是少有的蔚蓝，树木、花、草都透着干净。太阳光是亮亮的，照到哪儿都能被反射出一种白白的、喜洋洋的光晕来。

囡囡问佳佳："你最喜欢什么花?"

佳佳想了想，说："百合。"

囡囡大笑着说："哈哈，你看你喜欢的花儿都跟你这人似的，哈哈，我就知道你不会说喜欢那狗尾巴草儿什么的，哈哈……哎呀，逗死我了，哈哈……"

佳佳走到她对面，正经地说："这是我爸爸最喜欢的花儿，我妈说了，我爸特别会养百合，等一到开花的季节，就他养的花开得大，又时间长，好多人都争着来跟他要呢。我妈以前不管去哪儿演出，一回来我爸都放满屋的百合等她……"

囡囡不笑了，说："你怎么那么不识逗呢？逗你玩儿的。"

佳佳说："没有。哎，咱们一气儿到山顶再休息吧?"

囡囡笑着说："那汉堡得都给我吃才行。"

到了山顶，轻风习习，绿浪滚滚，涤人心神；左右望去，满目皆是开阔。

囡囡躺在草地上，问佳佳："今天你怎么想起来出来玩儿了?"

佳佳说："因为下午我要交检查。"

囡囡说："为什么?"

佳佳说："因为早上迟到。"

囡囡说："我也迟到了呀。"

佳佳叹了口气，学着囡囡的样子躺下，眯起眼睛看蔚蓝的天空，一直盯着不动地看，直看到它模糊……

徐康看着林雨霏画布中渐渐明晰的几块洁白色块，问道："这是什么？像光芒，又像是花瓣？"

雨霏笑着说："您说的都对。"

看到徐教授迷惑的表情，雨霏用画笔轻轻指了一下远处，又说道："您看那边，那个像什么？"

徐教授望去，大自然中两个中学生的身影正沐浴在清风中，天真不修，天然去饰。白色和绿色相间的校服早就超越了它标明学生身份的功能，传递出来的不仅是生机和纯净。

过了好久，徐教授才轻轻说道："她们是花，无声而含蓄的花朵……雨霏，这世界上最美的应该就是花儿吧？"

雨霏说："是呀……但愿人如花，人生也能如花……"

正说着，有学生跑来叫他们："徐老师，林雨霏，快、快，通知坐车要走呢，你们赶紧收拾了来吧！"

徐教授随之催促："哟，这一玩时间过得真快，别呆会儿见那位老专家再晚啰。"

雨霏也赶忙收拾画板画具小毯子等装进几个书包里。徐教授想跟着帮忙，却是越帮越忙。两人不由哈哈大笑起来。

佳佳和囡囡被这笑声吸引，都转头看过来。囡囡说："嘿，来画画儿的，咱们看看去？走吧。我最喜欢看人家化妆画画儿的啦。"

佳佳不愿去，囡囡又是劝又是拽，总算把她劝说动了。佳佳和囡囡向雨霏这里走来的时候，雨霏偶一回头，觉得眼前这个没有表情的女孩子有些面熟，又似乎很陌生。她刚要问些什么，却被徐老师叫走了。

佳佳两人看到雨霏略略一怔的表情，也有些奇怪。囡囡一耸肩，说道："怎样？"

佳佳蹲下身，从草地上捡起一本书，不厚，装帧很大气，书名是《尺牍中的文士精神初探》。

陈静坐在沙发上，抱紧靠垫，打郭全的电话，又是没人接。佳佳也该回来还没回来，这两个人是怎么了？

门口，几双鞋略显凌乱地摆在那里。陈静没有力气起身去整理，只是呆呆地望着，手里下意识地按下电话的重拨键。郭全的电话还是没人接。

有风吹过，郭全留在这里的那双一次性无纺布拖鞋晃动了一下。

陈静这才意识到自己居然没有关紧窗户，风居然把窗帘吹动了！她跑到窗前把窗子关好，窗帘拉严，又打开客厅的灯，环视房间。还好，一切都被窗帘和帷布幔子遮得好好的。

她低下身去，把那几双鞋收拾到鞋柜里，恰好看见了那双梓木的男式拖鞋。那是自己买给郭全的，总穿这双一次性拖鞋算什么呢？

可是郭全上脚还没一分钟，就脱了下来，继续换上他自己拿来的无纺布拖鞋，说：硌脚，太硬了，还是我这舒服。

那你说什么样的舒服，我买去。不能总穿这个啊？像什么？

你还别说，就这双最舒服，别管了，这多好这个。嘿嘿。

电话响了。是郭全，还是佳佳？陈静跑过去，是温团长。人总在最急切的时候等到最不愿意出现的状况。陈静有气无力地说："团长啊，您好吗？"

温团长却是在笑，说："怎么？你怎么反倒情绪不高呢？"

陈静努力地说："哪儿有啊，团长，您有什么事儿吗？"

温团长说："我就在你楼下呢，让我上去吗？"

陈静有点儿慌了，怎么今天佳佳不按点儿回来呢？她使劲抓住靠垫，说："团长，家里又小又乱的，我下去吧？您有什么事儿啊？"

温团长说："也好啊，呵呵，我拿了点水果，帮你放到楼上，咱们就下来。"

陈静还要说些什么，温团长已经挂了电话。不一会儿，门外就响起了敲门声。

陈静木然地走去打开门，温团长抱了一箱水果，径直走向厨房，放下去，洗洗手，又回到客厅来，像在自己家一样拍了拍手，说："你得给我治治伤啊，小陈。"

陈静说："那我带您上医院吧，走吗？"

温团长走来拉住陈静正要开门的手，说："你就是治我伤的药啊。"

陈静厉声说道："温团长，我们出去吧。"

温团长笑眯眯地说："行啊，你别后悔就行，呵呵……或者我给你两个选择，一个是治疗，一个是把老万的资金拿来。你说呢？"

陈静说："团长，资金马上就会落实，老郭已经答应了。"

温团长嘻嘻笑着说："老郭？你等等啊。"他拿出手机调到免提状态，拨通了一个号码，对方是个女人的声音，说道："喂？"

温团长说："你们在哪儿呢？"

女人的声音在卡拉 OK 的音乐声里显得嘶哑无力，说道："你听声儿还不知道？"

温团长又说："老郭呢？我跟他说句话。"

女人说："真烦你们！等会儿啊……你接一下……"手机听筒里传来老郭的声音，说道："喂？哪位？"

温团长说："是我，京剧团老温啊。"

郭全说道："哟，怎么打这儿来了？在哪儿呢你？"

温团长说："在一个你想不到的好地方，我问问你啊，我们团的那点儿钱什么时候能给我们啊？"

郭全说："现在这……等明天我给你打电话吧。"

温团长挂上电话，笑着问陈静："两个选择，你要哪个？"

陈静说："我选你现在就出去。"

温团长不笑了，说："你别后悔就行。"

温团长走后，陈静低头看着那双一次性的拖鞋，问自己：那么一个四十出头还没结婚的王老五，一个事业上前途无量的人，会这么简单地落到自己手里，让自己把握住他吗？

然而，这天晚上，郭全没接手机，也没回电话过来。

第二天刚上班，陈静就打郭全的电话，郭全接了，急促地问她有什么事。

陈静一下子把所有的委屈都压在声音上了，说："没事儿就不能找你吗？"

郭全说："你看你看，怎么又带要哭的腔儿呢？哎哟真是的。"

陈静说："你昨天干吗去了？怎么一晚上不接电话？"

郭全说："你打电话就为问这个？我这儿都忙得要晕了，马上就出差考察去，你也不说安慰安慰，还这样……"

陈静说："你跟我说说你昨天晚上为什么不接电话，你跟谁去哪儿了?!"

郭全有些不耐烦地说："总是这点事儿来来回回的，你也不累，我手机落办公室了，我怎么接？行了行了，来人了，我们出发前好多事儿得处理呢。挂了。"

陈静说："你去多久……"对方已经是嘟音了。

囡囡和佳佳被公开在班会点了名。

李班主任说："这学期就要结束了，期末考试马上就开始，咱们班上居然还有人连续旷课！学校是个学习的地方，我们不欢迎不爱学习的人！同样，我们也不欢迎那些学习成绩下滑的同学——陈佳佳，从开学到现在，你的成绩下滑了多少？是什么原因？陈佳佳，在你旷课、成绩下滑的时候，还带动施囡囡一起旷课……"

佳佳低着头不说话。囡囡正拄着腮帮子直愣愣地看着讲台，突然照着前排一个同学的椅子踹了一脚，那个同学不高兴地回头，说："干吗你？"

囡囡说："这PSP哪儿买的？"

那个同学说："还管这个。听听，正夸你呢，还不好好听着。"

囡囡说："他那些我都会背了，还用听？"

那个同学忍不住笑，赶紧趴到桌子上，双肩还一颤一颤的。李班主任看到这个景象，停住话，扫视全班，然后严厉地喝道："陈佳佳！你又跟旁边同学说什么了？还笑？嗯？你怎么不用心找找成绩下滑的原因呢？"

水寒问若刚："你不说佳佳她们俩来吗？怎么没来？"

若刚躺着，手里玩着游戏机，说："不知道呢，这会儿不来可能就是不来了。"

水寒说："也好，这事越少人知道越好。"

水寒打开电脑，无目的地浏览着。一会儿，安然来了。她自己拿了杯饮料喝，陪着水寒上了会儿网，才从包里掏出一张打印的照片递给水寒。

水寒接过来，不悦地说："你怎么弄的这个来呀？"

若刚听见，也凑过来看，说道："哟，陈佳佳呀，你从哪儿弄的，待会儿用完了给我啊。"

水寒说他："去！没你事儿！"然后又对安然说："这换一个吧。"

安然不高兴地说："怎么啦？谁都知道合成的照片、视频满网飞的都是，还怕谁知道谁似的？"

水寒说："就是因为满网都是，你哪儿下一个不成？"

安然说："下的不是照片吗？这个怎么不能用？"

水寒说："这，这是咱们认识的。"

安然说："我又不是没修图。"

若刚在一旁插嘴说："嘿，您不修穿的还多点儿呢。这可够……"

安然对水寒说："咱们要的不就是这效果吗？"

水寒把手里的照片撕成两半，说："换一个就是换一个，你怎么那么烦你。"

安然抿住嘴唇，仔细盯紧水寒看了好一会儿，转身出去了。

若刚说："得，今儿什么也干不了了。"

水寒摆弄着手旁的扫描仪，没说话。

安然到了路旁，犹豫了一会儿。然后，她停也没停一刻就去了附近的网吧，在QQ上，她把存在U盘里的电子图片传给了对方——放牧者。

等了半天，没等到放牧者的任何回话。安然在QQ上问他："怎么，雷到了?"

对方没说什么，只是在片刻后，发来一个猥亵无比的动漫图。

安然笑了，说："啊，什么啊?"

放牧者说："你!"

安然说："不嘛，这样我就不跟你聊了。"

放牧者说："你就伪装吧！伪装吧，有我让你赤裸曝光的那天！撕下你的那个面具!"

晚上，若刚刚到家，就接到水寒的电话，问他："你把佳佳的那个图拿走了?"

若刚说："没有啊。"

水寒说："真的没有?"

若刚说："哎哟，我骗你这干吗？又不是看不见真人，我拿那破图干什么吧，你说!"

水寒说："那你也没传过去?"

若刚说："怎么可能？我刚到家。"

水寒说："我看了地址，不是咱们三个人家里电脑的，应该是网吧，你路上真没去吗?"

若刚说："你有病吧你！我没你这么无聊!"说完就挂了电话。

没一会儿，水寒又打来，说："你上网看看记录，佳佳的那张图都已经给那人了，不是你那就……"

若刚说："先等我看看的。"

挂掉电话，若刚马上登录了他和水寒、安然三个人共同注册的那个QQ——小猫咪，查看记录……然后他在自己常用的QQ名字里呼叫水寒，说：“没有啊。”

水寒说：“不可能。”

若刚说：“你自己看看，什么可能不可能的。”

过了一会儿，水寒说：“有人给删了。够强！不过我有截图，接！”

若刚接到水寒传来的截图，果然看到里面有傍晚时的聊天记录，也看到了佳佳的图片和那些话。他对水寒说：“看到了。”

水寒沉默了好一会儿，说：“没事儿了。”

若刚说：“就一张图，别闹到不愉快。”

水寒说：“没事儿，跟安然什么也别提。”

若刚说：“这我当然知道。”

然后水寒就没再和若刚聊什么，若刚呆了会儿就下线了。

安然回到家里，奶奶正在看电视。家里平时就安然和奶奶两个人，妈妈常年在国外，爸爸又非常忙。

奶奶见到安然，跟她说：“快给你爸打个电话，我怎么总打不通呢？”

安然说：“那您又拨错号了呗。”

奶奶说：“我没那么糊涂哪！快，让你打电话你去什么厨房你。”

安然手里拿了点吃的，走回来打电话——应该说是背电话：“喂？爸爸，您在哪儿呢？什么时候回来啊？哦，不回来了？行，那好吧，我跟奶奶说一声儿，行，我知道了。再见。”

听筒里一直就只有蜂鸣声。安然放下电话，对奶奶说：“听见了吧？他忙，今儿又不回来了。”

奶奶叹了口气。

安然再上网时，发现三人共用的小猫咪这个 QQ 名字已经换了密码，登录不进去了。她想跟水寒聊聊，就登到自己常用的 QQ，看到水寒是离线隐身状态。她问了好几声，水寒也不说话。

安然丢开食物，唇边掠过一丝邪恶的笑容。

过几天就是期末考试了，佳佳很开心。不仅因为快要放假了，也因为李班主任这几天居然没有找自己谈话，还有一个原因是郭叔叔答应出差回来就给自己介绍芭蕾舞基础班去学习。

佳佳问囡囡："放假了你打算干什么？"

囡囡说："我妈要带我去旅游。"

佳佳说："那也不能玩一整个假期，你跟我去舞蹈班儿吧？"

囡囡指指自己，说："您自己去吧，我可不受那个罪去。"

佳佳说："你是没看那个舞剧，还有那个演员……要多美有多美，看了你就立马想学跳舞了。"

囡囡说："没兴趣。哎，我表哥他们一块儿玩音乐的一个哥们儿的老婆在暑假给一个传统文化班当班主任，管管闲事儿什么的，他们那天来我们家玩还问我说去不去呢，要不你去那儿吧？那样我倒能凑合陪你去。"

佳佳说："这样吧，你陪我去舞蹈班，我陪你去文化班？"

囡囡说："不成，里外里都是我陪着你。没劲。"

佳佳用带点儿撒娇的声音说："去吧，去吧。"

囡囡说："别这样，你这脸加上这声儿，太恐怖。"

两个人在楼道里闹着，正巧撞到李班主任。佳佳转头一看，李班主任眼睛里全是火，自己先就吓了个半僵，话也说不出来了。囡囡说声："李老师好！"拉着佳佳跑进了教室。

李班主任走进教室，班里的同学立刻安静了下来。李班主任用少有的轻松口吻说："宣布几个事情。第一，快要考试了，大家要注意劳逸结合，既要抓紧复习，又要注意休息，不要在考前生病什么的。不过这也不是什么大考，生病多半是有其他因素，为学习生病倒是好的。"

班里同学听到生病这里，轻轻哄笑起来。

李班主任示意大家安静，继续说道："还有，暑假里，学校给大家安排了一些补习课程，都不多，也不重，大家自愿参加，不收费，都是老师们自愿奉献的，所以我希望，起码咱们班的同学要尊重老师的这份心意，全部都要到。啊，一定要到！我给咱们班补的主要是讲作文，很轻松，大家可以当听故事来听听就行了。但是其他老师的课程，一定要认真听课、认真完成作业，我已经委托班长给每个同学建立考勤，至于算不算到综合评比里，再考虑，啊，再考虑。”

说到这里，李老师恢复了他平日的阴沉表情，扫视全班。班里顿时一片寂静。

开完班会，同学们纷纷抱怨假期的时间太少了。囡囡坐到佳佳旁边的座位上，说：“您还安排这安排那的呢，学校早给安排好了。不怕咱们闲着。”

佳佳说：“没办法，来吧。”

囡囡说：“我妈都说好了一放假就走呢，这下儿倒好，第一个就是咱们班主任的课，谁敢不来呀。”

佳佳说：“我说的那舞蹈班也在刚放假那会儿呢。”

囡囡忽然笑了，说：“也好，也好，可以正当地不陪你去任何受折磨班儿了。呵呵。”

佳佳无奈地耸耸肩，看到教室外的走廊上几个依稀熟悉的身影，她立刻紧张起来，抓住囡囡让她向外看。

囡囡回头看去，“唐长老”和那几个青年又在教室外面了。不过这次班里同学很多，他们没有在门口捣乱，而是靠在楼道的墙上抽烟说话，看着教室里面笑。

囡囡抓住僵在那里的佳佳，说：“十多年饭白吃了，胆切除了？他们能怎么样？我就不信了。”

佳佳又低下头去，看着地面说：“你也不是真胆儿大……要不也不会总隐身……”囡囡听了，一跺脚转过身去发短信。

若刚接到囡囡的短信，对水寒说：“上次那几个又来了。”

水寒说：“走。”

若刚说："等我回了信的。"

水寒和若刚到了高二所在的一楼，就看到那几个人。若刚在教室的门口盯住那几个人。水寒进到教室里，找到佳佳和囡囡，说："走吧。"

佳佳、囡囡、水寒等人刚走到教室门口，那几个人就围了上来，刀疤青年说："真不嫌腻得慌！"

若刚说："不嫌！"

看到对方有动手的意思，水寒把佳佳向身后一推，抽出长铁片就冲了上去。若刚早和那个刀疤青年打在了一处。水寒周围有两三个人围着打，只是因为他手里的铁片才没太靠近。

一旁楼道的拐角处，有一双阴沉的眼睛始终无声无息地注视着打架的现场……

若刚和水寒只有两个人，对方有四五个，并且事先带了棍棒。他们越发显得吃亏。一会儿，若刚和水寒身上就挂了彩。

水寒的一个肩膀流着血，脸上也是好几道渗着血的划痕，一个不注意，就让老三给用力踹倒在了地上。另有一个青年也围了上去……

佳佳发着抖，从头发的缝隙里向外张望。囡囡推了半天班长不见他有动静，急忙中抖声喊道："110！打110！"

听到这个，那几个青年才逐渐住了手，口里骂着就要走。又一群人围拥上来，对几个青年喊道："你们是哪儿的，来学校干什么？"

这是学校负责保卫工作的人和几个闻讯赶来的老师，他们正在质问那几个青年。

若刚看来只是些皮外伤，但是仍然躺在地板上的水寒就不同了。囡囡拨开人群，走到若刚身旁，问："你怎么样啊？你们怎么样啊？要不要紧啊……"

佳佳抖着，走到人群边缘，注视着两个被打得浑身是伤的男生，眼睛里全是泪水，不住地滚落。

水寒咬牙站立起来，不去看任何人的目光，拉住若刚说："走吧，没什么事儿。”

佳佳流着泪目送他们慢慢跟着一个老师走开。囡囡抓起两个男生的书包，追了过去……

佳佳停了一会儿，才攒足了挪动脚步的力气，也追了去。若刚和水寒已经跟老师走到了楼外，老师要先带他们去看伤。若刚从囡囡手里接过书包，说：“谢啦！”

囡囡说：“都怪我，不该给你们发短信！”

水寒略侧侧头，看到佳佳也刚跑到楼外，气喘未停。他拿过书包，对囡囡说：“别这么说，快回去吧！”

囡囡说：“我跟你们一块儿去……”

水寒说：“回去，快！”

囡囡顺他的目光回头看到佳佳，就慢慢走了回去。

楼里，学校的保卫人员把老三等青年带走了，赶来的老师们问一脸怒色的李班主任：“又是在你们班里打的，最近这打架全在你们班里了？”

孙老师赶紧说：“都不是李老师班上的，赶巧了在这儿了。”

李班主任阴沉地说：“根源是在我们班上，就是那个陈佳佳。”

“陈佳佳？谁呀？”

孙老师拉着那个老师，说：“哎，咱走吧，人家李老师这儿一班都乱哄哄的呢，李老师，我们走了啊。”

李老师走进教室，目光阴沉地环视着同学们，脸色却是相当红润：好啊……钱花哪儿，哪儿好……

四

郭全出差回来的当天，就来到了陈静家里。

陈静故作生气地说道："你不是不接我电话吗？还来干吗？"

郭全说："你呀，都奔四十的人了，还闹这小孩脾气，是不是青春期到现在还没结束呢？"

陈静说："那你呢？不接电话还不是赌气？"

一看陈静素面上横转的眼波，郭全什么也不说了，就是笑。

陈静翘起兰花指，点他的额头，说："你么——"

郭全抓住她的手，说："咱们结婚吧。"

陈静说："谁说不结了？不是早答应你了吗？"

郭全说："答应，你就是不去领那个去。"

陈静低头浅笑出一层层的温柔来，说："谁说不去了？"

郭全收纳起这些温柔，紧着问："那什么时候？"

陈静笑着脱开他，走到一旁说："你说，出差前那天晚上，到底干什么去了？"

郭全顿时冷了情绪，说："你呀，青春期后遗症！没完哪你？"

已经放暑假了，由于有课程安排，佳佳和囡囡还是老老实实地来了，听李班主任的作文课。

到了一看，班里同学全部到齐，没一个缺的。李班主任走到讲台上，先说了一个长长的开场白，表示对大家学习热情的鼓励。然后，他转身指指黑板上的考题，说："大家看看今年的作文考题，《符号》，好好思考一下，说说自己的想法。"

有同学看了看题目，就转过头去看别的同学。

李班主任说：“可以讨论，大家以座位为基础，自由分组讨论一下也可以。”

有同学说：“我觉得就桥最有代表性，是北方的符号。”

囡囡又说：“不对，是小吃！”

同学说：“你就惦记这个了。”

囡囡反驳道：“嘿，本来就是，你能说不是吗？佳佳，你说呢？”

佳佳说：“我觉得是古迹吧。”

囡囡又说：“你们别说，建筑、名人、展览，都是符号啊……这要算起来就太多了，哪儿写得过来呀这个。”

同学说：“你就来那小吃就成。”

这个讨论小组里发出一片“哧哧”的笑声。

李班主任回到讲台上，说：“符号，其实是个很宽泛的题目，它有新也有旧。如果同学们在看到这篇作文题的时候，不是抓住一个点抠在里面写，而是能新旧结合，写出什么来呀？”

下面有同学回答道：“历史变化……”

李班主任说：“对！这才是每个符号都具有的共同意义，就是传承变化，记录特征！符号，除了它的特征性以外，它也是附着在事物外表的一个或者多个外在表现，没有表象就没有事物本身，没有复杂的表象也就没有事物的复杂本质。我们说符号之所以能够形成并且被众人认可，是什么原因？就是它能把事物内在的本质提炼出来，把本质具体化、概念化，突出展现……有同学说城市有点儿太虚太大了，好，我们回到每个渺小的个人身上，也能找出他的符号来，也都充分记录了这个人的本质。比如……我们随便找个特征突出的同学来说吧，就是举个例子，为了大家学习。比如，我们班的陈佳佳同学，大家说，她的符号是什么？”

教室里一片寂静。过了一会儿，同学们又不约而同地爆发出或高或低的笑声，说：“没有表情……”

李班主任更是笑得满面通红，说："对，符号在深化、提炼成某种程式后，当然也可以做成面具……呵呵，哈，大家说，还有没有呢？"

囡囡大声叫道："美！"

同学们一下子静了下来，然后，陆续的，有几个声音怪异地叫道："眼泪……旷课……蛋白质……"

更多的同学或善意或起哄地笑了起来，囡囡使劲用手拍着桌子，大声说着别的同学的特点，于是，更多的同学开始互相评说起别人的特征来。李班主任面色红润，笑着走到了教室一角……终于，下课铃响了。

佳佳不顾一切，抢在李班主任前面，第一个冲出了教室。囡囡紧跟着从教室后门跑了出去。李班主任笑嘻嘻的，在教室里继续和同学们说笑。

突然，李班主任刀切一般止住了自己的笑容和话语，快步走出了教室。同学们早就习惯了他的这种川剧变脸般的习气，谁也没去留心什么。

李班主任低头快步走着，也不回应楼道里来往的同事们，飞速到了楼尽头的卫生间。他迅速而仔细地检查了卫生间，确定里面没有其他人之后，锁好门；立时甩掉了刚才的面谱，扭曲起面部的每块肌肉，狂笑，也是无声的；他用手指和拳头狠命撞击门板，也是无声的……这是习惯。他早就习惯了在无声的状态里隐藏自己的一切，又在无声的隐藏里爆发自己的一切。

囡囡追上佳佳，佳佳看了看她，放慢脚步走着。

囡囡说："我陪你上那个舞蹈班去。"

佳佳摇摇头，对囡囡说："你能不能去把咱俩的书包拿出来？"

囡囡说："现在？"

佳佳说："我宁愿发疯，也再不愿上课！"

囡囡说："可以，我刚就说了陪你去别的地儿的。但是，你现在最起码再去听哪怕一节课。"

佳佳说："你们还没笑够是吧？!"

囡囡说："你胡说什么？我是想帮你！你要知道，我是你的朋友！还有人为了你现在伤还没好啊！”

佳佳说：“我没有朋友……你也会笑我，若刚、水寒……他们打架是因为他们必须要打架！”

囡囡摸摸佳佳的额头，说：“还好，我只当你刚才什么都没说，行了吧？我也什么都没听见。”

佳佳拨开她的手，说：“你别替他们俩掩饰！”

囡囡抱起双臂，委屈地说：“你就这几个朋友，你就不会去怀疑那些不是你朋友的人吗？”

佳佳说：“我没有朋友……”

囡囡低下头，泄气地说：“好，我去拿书包。”

佳佳在教学楼大厅里等着，囡囡很快把书包拿来了。她自己也背着书包，说：“一起回家吧。”

佳佳在那里愣了半天，不知道在想些什么还是努力不去想什么。囡囡陪她站着，一句话也没说。

正在这时，若刚和水寒走了进来。

囡囡吃惊地叫道：“你们俩怎么来了？好啦？”

若刚说：“看看母校啊，说不定还得再上一年呢，不来看看？呵呵。”

佳佳扭过身去，不理他们。水寒看了她一眼，垂下了眼睛。

囡囡继续说：“若刚，你打算上到高几啊？”

若刚说：“管他呢！要不跟我们玩儿去吧，放假了……”

若刚的话还没说完，佳佳猛地转过头，生气地看了若刚一眼，又看了看囡囡，跑出了教学楼。囡囡追过去，喊她：“佳佳，把话听完啊。”

若刚和水寒互相望了一眼，也打算跟过去。

水寒突然止住脚步，说：“算了……你这两天跟安然联系了吗？”

若刚说：“这事儿你问我？”

晚上，若刚和水寒来到一个拥挤不堪、十分火爆的酒吧，费了很大力气才找到安然。

安然正在和几个青年玩色子游戏，赌喝酒。若刚很快加入他们，一会儿就喝了好几杯。水寒坐在安然后面，静静地抽着烟，看着他们玩。安然连赢了好几次，她扭头过来想在水寒脸上吻一下，水寒避开了。安然就不高兴起来。

水寒拉起安然，走到酒吧门口附近，只有在这里才能听到相互间的交谈。水寒说："最近几天都干吗了？"

安然说："能干吗？"

水寒说："你跟囡囡那俩……没约她们玩儿？"

安然说："有话直说吧。"

水寒说："关心关心你，有什么！"

安然说："我知道你们想干吗，过几天不是若刚生日嘛，我帮他约那俩出来就是了。"

水寒笑了一下，问："你怎么知道你能不能把她们约出来？"

安然说："这就是本事。"

郭全趁着休息日，和陈静在家里做了一桌子菜。郭全掌勺，陈静只是打打下手。两人倒也其乐融融。

佳佳难得见到妈妈这么开心，在自己房间里想了半天，才下了决心。

吃饭的时候，郭全不停地给陈静和佳佳夹菜，还温柔地问陈静："怎么样？我这水平还过关吗？"

陈静幸福地笑着，看着郭全，说："要我说……当然！"

郭全也是一脸幸福，又夹起一筷子菜给佳佳，问："叔叔这手艺怎么样？给鉴定鉴定。"

佳佳没吃菜，说："可是郭叔叔，还有一点不太好。"

郭全和陈静都是一愣，问："哪点儿啊？"

佳佳说："叔叔答应介绍的那个舞蹈班呢？"

陈静说："你们假期不是有课吗？就别学那些啦，宝贝儿。"

佳佳用期待的眼神看着郭全，说：“学校那是自愿的，我们班上就好多人不去呢，囡囡也没去……”

说到后半句时，佳佳低下了头。

陈静说：“等这次期末成绩出来了，你要还是在前五十名，就让你去。”

佳佳叫道：“妈妈——”

郭全说：“干吗非得等那会儿，我看这就去吧。”

陈静对郭全说：“你！孩子学习是第一位的。”

郭全稍有犹豫，又笑着说：“一张一弛嘛，答应孩子的事儿也得兑现啊，这几天刚好赶上我有熟人在这个班儿开课，过阵儿去进度都跟不上，多打击情绪。”

陈静说：“这倒是，基础是一点都不能差。”

陈静来到剧团，迎面碰上一个同事，说道：“来啦，今儿开会呢。”

陈静说：“来了。对，不是每周一都开会嘛。”

那个同事笑了笑，说：“还说呢，总惦记一块儿坐坐，总赶不上您有空儿，哪天啊？您闲点儿的？”

陈静不好意思地说：“瞧您太客气了，您随时上我那屋去。”

同事说：“我去，哟，看您这头发，梳得这好看！我这就弄不出这样儿来。您手就是巧，特别上台那手那么一来，哎哟，真好看。得让我们孩子多跟您学学，是不是？”

陈静说：“我在团里哪儿数得着啊，跟李老师他们学，那是正宗嫡传。”

“我就看您好，呵呵，先走了啊，开会呢。”

开会的时候，温团长笑眯眯地宣布，团里要开展新的评比制度。

“不管是已经评上一级演员的，还是刚毕业分来的学生，都要按月接受大家的评比投票，这个不记名，只记录大家的意见建议，是为了提高咱们团的整体业务水平。现在竞争很激烈，咱们又不是什么大团，怎么生存？就得靠实力，有能力、口碑好的演员，就多参加演出，也要跟别的团交流，这样也是团里发展的需要，科学发展。啊，评比这个月就开始试行，今天就可以投票。大家有什么好的想法也说说看。”

团办公室的小肖已经在陆续给大家发写评比意见的表格了。

温团长继续说：“大家一定要客观公正地写，认真对待，评比不记名。当然，写上名字我们也是会保密的。但是，一定要客观、公正，从团里的利益和发展的角度着眼，认真来写。”

陈静看了看，表格上是团里各个演员的名字，每个名字下面有 A、B、C 三个选项；最下端是一大处空白，可以填写具体说明文字。她认真填写好自己手里的表格，递了上去。

温团长走上前，说：“小陈，填好了？”

陈静说：“好了。”

温团长笑眯眯地说：“你下午帮着整理一下吧，人手不够。”

陈静正犹豫着，温团长已经向大家说了：“好，大家安静。有个事儿宣布一下，办公室就一个人，这么多票整理不过来。再说，也有个公开公正的意思，刚才小陈说她愿意帮助办公室做这个工作，大家有没有意见啊？”

大家都是笑眯眯的。

陈静下午到了小肖那里，和他一起整理表格。温团长也笑眯眯地来了，坐在一旁观看。他随手拿起一张表格，说道：“哟，小陈，这个怎么说你……嘿嘿，你看。”

陈静接过来一看，上面划了个 C，还有说明：首先，该同志年龄较大，身段上不如年轻的同志；其次，该同志太程式、太僵硬，没有起码的创新，不符合发展的社会的要求。

虽然说京剧是一门程式化、虚拟化的艺术，但是茅盾先生曾经说过：翻旧出新，要去掉旧的不合现代生活的部分，只存留表现方法的精髓，补充新的进去。京戏可以保存象征手法的特长，非现代的部分可以去掉。

这说明，程式需要依据生活和现实来做出变化，不能僵硬。否则，林冲怎么是林冲，祥子怎么是祥子呢？我们要赋予程式新的语汇符号，新的性格化。

该同志把自己框在固定、陈旧的模式里，不进取，不灵活生动，就很难赢得观众。从这个角度上，对剧团的发展也实在不利，因此，我建议，一线上，可以多用新的同志。

陈静不想抬头去看温团长的笑脸，就依旧低着头，说："很客观。咱们团还有文才这么好的人，真该给他送文联去啊。"

温团长不依不饶，又把手里拿着的好几张递过去，说："还有这些，你看看，我就随手这么一拿，你看，都是写你的。"

小肖也凑过来，作势说："哎呀，还真的，陈老师，您这个评论还真多啊……'扮相虽然不错，就是表情太僵硬'……这个，'感觉有点守旧，看她的演出有点闷，不能调动观众感情互动'，这个……"

陈静举举手里拿着的表格说："小肖，别念了。我这儿还一堆呢。"

小肖说："这一堆都是写您的啊？"

陈静冷冷地说："大伙这么重视，我也没办法啊。"

温团长说："小陈，这个态度不好吧？要虚心接受，然后进取嘛。怎么能说这种话呢？大家也是好心，不关心的人还没人说他呢。"

陈静说："谢谢您的关心了。"

温团长说："你要这么说，大家可得更多关心啦。"

小肖赶忙说："团长，这么多我一个人还真要整理好久才行……哎呀。"

温团长说："有小陈帮忙嘛，你还诉什么委屈？"

小肖从温团长进来就一直站着，此刻更是弯腰点头，努力把眼睛眯得跟温团长笑的时候一个模样。

温团长起身要出门去，小肖忙不迭地送他。陈静坐在办公室里，望着面前一堆表格，轻声唱道："看大王，在帐中，合衣睡稳，我这里，出帐外……"

佳佳和囡囡在学校花坛附近吃冰激淋，囡囡小心地把嘴张得很小，并且不让冰激淋碰到嘴唇。佳佳问她："你怎么了？嘴上长痘痘了？"

囡囡掏出小镜子，一边审视自己的脸，一边说："你才长痘儿了呢。"

佳佳说："那你怎么这么奇怪？"

囡囡说："你没发现我有什么变化吗？"

佳佳摇摇头。囡囡凑过来，说："这是最新的莹亮唇彩，保持魅力二十四小时……懂吗你？"

佳佳说："不懂，真是不懂。"

囡囡说："虽然这样，我仍然能知道你是笑着说的。"

佳佳又仔细把囡囡打量一番，发觉她比以前修饰得更加精心了。她说："囡囡，你要把化妆这些心思用学习上，英语早学好了。"

囡囡说："您可别跟我说李老师那一套话，你倒是积极呢，成绩怎么倒不好了？"

佳佳垂下了头。

囡囡赶忙说："咳，开玩笑，听不出来？我妈说要给我报词汇班呢。"

佳佳用兴奋的声音说："是不是语速超快的赵丽词汇啊？"

囡囡说："好像是。"

佳佳说："那去吧！据说她是把中文和英语结合起来的，都用口诀记，像你语文好肯定学起来特容易。"

囡囡说："别逗了。好容易放假，学校还加着课，哪儿的班我也不去。"

佳佳说："可是，不上课，干什么呢……"

囡囡说："不上课不等于学不到东西，上课要没好老师，那才叫糟蹋天才呢……人家安然什么课外班都没报过，学习不差不说，音乐跳舞哪样不是特牛？还会两门外语呢！"

佳佳说："为什么呢……"

囡囡说："您就是有时候心太重了！咱们老师就是个拿分当命的人，看谁学习不好就踩咕，你又太在乎。不过我妈说了，他老人家年年当优秀的，升学率要是哪天不高了，得多少人踩他呢。"

佳佳说："你真不觉得他特恐怖？"

囡囡说："怕谁也不怕他。真的，不是吹。"

囡囡跑到教室里，找到班长，问他："哎，哎，老师今天都说什么了？"

班长一看是她，无奈地说："您还来啊？"

囡囡说："废话，我还没退学呢，快，有什么作业没有？"

班长说："有，你交吗？白费我事儿。"

囡囡说："不交问你干吗？快说啊。"

班长拿出自己的本子，说："自己看吧。"

囡囡接过来一看，空白本子。她抓住班长，说："这上面没有啊？"

班长不耐烦地说："就是没有，李老师没留。让咱们把数学、物理那些都提前做出来，老师上课直接就讲了。"

囡囡说声"太好了"，转身就往外跑。

班长在后面喊："嘿，那本儿还我啊！过几天还有文华大学的教授来给咱们做讲座哪……"

囡囡跑到教学楼大厅，对佳佳说："没作业！我说的吧，你还不信。"

佳佳说："真的？"

囡囡递上手里的本子，说："看看，班长的，都这么干净。"

佳佳看看本子封面的确是班长的名字，里面也的确是空白的，便发出笑声来。

囡囡说："这下能去了吧？人家生日，又不是别的，别的我还不叫你呢。"

佳佳说："这本儿呢？"

囡囡说："管它呢！"

班长从后面追来，叫道："施囡囡！施囡囡……"

囡囡拉起佳佳就跑开了去。班长在后面抚着胸口说："施囡囡！讲座得提前报名，你们俩听不听啊？！累死人，这破官儿当的。"

安然在校门口，把书包里的一个小包拿出来，想了想，又从小包里掏出一件东西，然后才把小包装到口袋里。

囡囡和佳佳出来的时候，安然叫住她们。囡囡高兴地说："你怎么在这儿？还以为你在车站等我们呢。"

安然说："这儿比车站好等。"

佳佳说："是一起去若刚那儿吗？"

安然说："那还去哪儿啊？"

囡囡说："走吧走吧，呵，赶紧的。"

安然拉一下囡囡，悄悄塞给她那个小包。囡囡感觉到她的动作，问："什么呀……"

安然用手势示意她不要做声。佳佳回头看了一眼，囡囡来不及理会安然塞的东西，快走两步，赶去和佳佳并排走。

安然站在后面，古怪地笑了笑，然后掏出手机发短信。

囡囡和佳佳走着，不见身后有人，停住叫安然："你干吗呢？车来了。"

安然合上手机，跑来，说："短信，完了完了。手机没电了，若刚地址还没发过来呢，怎么办呢。"

囡囡说："要不你用我的吧。"

安然接过手机，笑了。

若刚在家里准备应用物品，突然听到有短信铃声。他拿起来看，"嗤"地笑了一下，自语："真的假的……"随手回复过去。

一会儿，手机又响了。若刚打开看短信，看了好半天。水寒问他：“什么呀？”

若刚走到另一边去，说：“没事儿，没事儿。”然后，他犹犹豫豫地写了短信，又改了改，才发回去。同时，把手机装在了口袋里。

短信又来了，若刚迅速打开查看，迅速回复。然后，他紧张地偷看水寒，水寒正细心摆放着水果、饮料，没有注意他。

如此的短信又来往了好几番，若刚才长吁一口气，走去水寒那里。

水寒看了他一眼，吃惊地说：“你抹什么了？”

若刚说：“没有呀，抹什么呀？”

水寒说：“脸怎么那么红？”

若刚的脸噌地就红透了，说：“没有，红吗？”

水寒说：“自个儿找镜子看去，我看着怎么那么难受。”

若刚到了卫生间，看见自己的脸色也觉得好笑，用冷水洗了把脸，这才又出来。

门铃响了，若刚弹向门口处，水寒也走上前去。

门外，是三个青春少女，颜娇桃李，气郁桂兰。她们一起对若刚说道：“生日快乐！让我们进去吗？”

若刚喜得手足无措，说着：“那是，那是。”

安然一拽囡囡的手，抢着把她拉进房屋里面。

佳佳还无措地站在门口，微微低了低头，侧身要进来……若刚猛地抓住她的双肩，向她额上印去轻轻一吻！

佳佳尖叫一声，僵立在那里，用手捂住嘴唇，眼泪成串地无声淌落下来。

水寒一把拉开若刚，怒视他说：“你犯什么浑？！”

若刚把目光转向囡囡，说：“不是你说她给我这……礼物吗？”

囡囡大叫道：“什么？！我疯了我！还是你疯了？”

佳佳的楚楚可怜让安然也不知所措起来，她尴尬地说：“也许是误会吧，过去了就算了……”

水寒放开若刚，一把抓住安然的胳膊，大吼道：“你不说话还好！又是你，对不对？你怎么这么恶毒呢？”

安然看着水寒说：“水寒，一个小玩笑，一个 kiss 而已。你别……”

水寒把她猛地向沙发上一推，说：“她是谁？跟你能一样吗？！”

囡囡走向佳佳，想安慰她，佳佳大叫着说：“不，你们，你……”转身跑了出去。囡囡追出去，水寒也追了出去。

若刚一下跌坐在沙发里，安然在另一旁轻声抽泣着。

若刚有些不耐烦地问：“短信是你发的吧？”

安然没说话。

若刚说：“上次在 QQ 里那图也是你发的？”

安然又没说话。

若刚说：“论坛里乱贴图片那些个，也是你吧？”

安然说：“没有，我没在论坛里贴。”

若刚打开一罐啤酒，大口喝着，很不耐烦地说：“行了行了，干都干了。我要出去了，你……”

安然默默起身，走了出去。

转过天上学的时候，佳佳看见囡囡，没理她，自己走到座位坐下。囡囡给她发短信，她也不看。囡囡生气地冲着她的后背叫道：“你用你的脑子好好想想行不行！”

李班主任走到讲台上，说：“大家静静啊，我先宣布个事儿，老师再给大家上课。这是这次期末考试的成绩，既然同学们都在这儿补课……而且，有几个同学需要回去跟家长说一下，咱们先把必须通知家长的公布了吧。”

同学们都紧张起来。李班主任把手里的纸翻了翻，说：“先说说咱们班这次居然有两名同学是三门功课不及格！是谁呢？”

李班主任的眼睛阴沉地巡视着班里同学，目光到处，那里的同学就赶忙低下头去。

李班主任说："我想这两个同学应该有自知之明吧？"

囡囡举了举手，无所谓地笑了一下。

李班主任没有理会她，继续说道："一个是蒋海波同学，一个是陈佳佳同学！"

教室里发出一片惊奇的感叹声音，囡囡愣着，直直地看着佳佳的后背，说："不可能吧，老师？"

李班主任说："施囡囡，你所期待的情况是有的，这次你是两门不及格。"

教室里发出浅浅的哄笑声，又很快停止了。囡囡无所谓地耸耸肩，说："那又怎样？"

李班主任念完了两门、一门功课不及格的同学名单后，又说："大家都知道，学校规定：学期考试时，有三门或更多功课不及格的，要留校察看，如果三门功课不及格，而其中又有主课的，要劝退——就是找家长来，带孩子回家。咱们班这两个三门功课不及格的同学呢，一个要被留校察看一学期；一个，因为是两门主课不及格，所以要被劝退。蒋海波，你查看一学期，陈佳佳，你要劝退……"

李班主任最后的话已经被班上更大音量、更杂乱的感叹声音所淹没了。每个同学都在椅子上扭来翻去地交谈，除了佳佳和囡囡。

成绩单被班长发到每个人手里，佳佳看着成绩单上：语文 59，物理 57，美术 50 这几个字。她感到一阵阵的晕眩，不仅大脑，连全身都是空白的了……只可惜，不能到透明！

天色已经很晚了。语文办公室外面，佳佳麻木地捏着成绩单，呆在那里。孙老师刚好出来，一边锁门一边问道："佳佳，等谁呢？脸色怎么这么不好？"

佳佳抬起无神的眼睛，说："孙老师，我语文考了59。"

孙老师说："什么?！错了吧?"

佳佳说："我想看看卷子……"

孙老师犹豫了一下，看看楼道里左右没人，开门把佳佳拉进办公室里。她把门反锁上之后，又去把台灯打开，说："就这么看吧，你等我给你找找。"

佳佳机械地坐下。

孙老师打开保险柜，找到了佳佳的卷子，看了看，迟疑在那里。

佳佳说："孙老师……"

孙老师把卷子递了过去，佳佳接过来，逐项查看……满分100分的卷子，基础知识部分满分60分，作文部分满分40分。佳佳前面的基础知识得分是51分，翻到作文那里，一个醒目的、红色、鲜艳、带着狞笑的"8"字大大地跨在纸面上！

佳佳想哭，但是没有眼泪出来，只是在一哽一哽地噎气。

孙老师抽过卷子，放好，给佳佳倒了一杯水，说："还有不及格的吗?"

佳佳把成绩单放在桌上。

孙老师看了看，叹了口气，只是用手抚摩着佳佳的头发。

佳佳无语地走出办公室后，孙老师的眼泪流了下来。

囡囡从楼道旁走来，佳佳没有理她，甚至没有看她。两人相距几步，前后走出了教学楼。

五

回到家里，佳佳听到妈妈和郭全正在争执什么。郭全见到佳佳，从口袋里掏出一张卡片，说：“佳佳，舞蹈课，这下该高兴了吧？”

佳佳接过来，冷冷地说：“谢谢郭叔叔。”

郭全奇怪地看了看她，但是这是个早就失去了表情的孩子。他拍拍佳佳的肩膀，笑了笑。

陈静对佳佳说：“先洗洗去吧。”

佳佳放下书包，走向房间。陈静把郭全叫到了厨房里。

陈静问：“你怎么不早告诉我呢？”

郭全说：“我觉得这没多大事儿不是。”

陈静说：“你非到那儿去干吗？”

郭全说：“我都这么大岁数了，还是个副处，在文化局，哪年能排到我这儿？贸易局那儿机会多，经贸上的待遇还比文化口儿好，这又有什么不好呢？”

陈静说：“光为你自己想，弄得我现在这么被动。”

郭全说：“别这样说。我好了不就是你好了嘛。”

陈静赌着气，眼圈红红地说：“你现在过去，我们团的资金是没戏了，即便有，也不是你这儿的人情……团长还不活吃了我。”

郭全说：“资金的事儿我尽力帮你盯着还不成？”

陈静说：“那谁还认是你我出的力？”

郭全说：“你怎么总这样，来来回回就这么几句话呢？我能亏了你吗？你得学会放心。”

陈静把菜乱切一气，说：“我就是不放心、不放心！团里我怎么办？”

饭做好了，陈静还是噘着嘴，一脸不悦，喊道：“佳佳，出来吃饭了！”

郭全从厨房里出来，一边用围裙擦油手，一边劝：“干吗！你别跟孩子使小性儿。”

佳佳出来，坐到桌子边上，什么也不吃。陈静说：“这孩子怎么回事儿……没不舒服吧？”

佳佳咬咬嘴唇，说：“老师让您明天去一趟。”

陈静说：“干吗？妈妈团里正忙，有没有什么大事儿？没有我就不去了。”

佳佳小声说：“必须去。”

陈静停住筷子，问：“是不是出了什么事儿？”

佳佳低着头不说话。陈静说：“说啊！”

郭全用胳膊肘碰碰她，说：“哎哎，别跟孩子使性子。”

陈静说：“你先走吧。”

郭全看一眼瑟瑟缩缩的佳佳，说道：“我得吃点儿不饿了再走啊，行吗？要不你们娘俩儿上屋里说去？”

陈静几步走到房间里，佳佳无奈地跟了进去。然后是“咣”的一声关门声。

陈静怒视佳佳，说：“是不是没考好？你觉得妈妈带你容易吗？”

佳佳沉默着，泪流满面，一句话也说不出来。陈静也沉默着，眼睛盯着她一动不动。

直到佳佳哭得剧烈地抽搐起来，整个小小的身体不住痉挛般地战抖，陈静才叹一口气，擦擦眼睛，说：“洗洗脸，吃饭吧。”

整个晚上，佳佳什么都没吃。

陈静向小肖请了假，又看着他装模作样地跟温团长汇报、请示、感激过后，才赶往佳佳的学校。

一进校门，就看见一条大横幅，上面写着“热烈欢迎文华大学教授学者”。校园里一串串鲜红碧绿的，还到处跑动着活泼的孩子们。

陈静打听着，来到语文办公室。敲门。

来开门的是一个年轻女老师，样子很秀气。她见到陈静，忽然略略怔了一下。

陈静笑着问：“请问李老师是在这儿办公吗？”

孙老师热情地说：“是，您快进来。”

陈静进来，老师倒了杯水，请她坐下，说：“他在礼堂那边忙着呢，我姓孙，您是他们班学生家长吧？”

陈静的脸微微红了红，说：“嗯……那什么，李老师什么时候来呢？”

孙老师说：“估计还得会儿，今天我们学校请了文华大学刘疆、贾又安两位教授来做简牍史、青铜史的讲座，李老师临时忙会场去了……您怎么了？头晕吗？要紧吗？”

陈静努力使自己镇静下来，掏出纸巾擦擦额头上的汗，说：“没事，老毛病而已。”

孙老师说：“您不要紧吧？能接着谈吗？”

陈静摆摆手，歉意地笑笑，摇晃着走向门口。孙老师忙站起来，送她出去。

陈静走出校园好远，才平静下来。她大口地呼吸着，要把身体里所有的空气都更新一遍似的。

她打电话给郭全，谢天谢地，这次终于有人接。

“郭全，你听我说，今天下午你忙不忙？”

“全都是事儿，怎么不忙？”

“那……要不算了吧。”

“是不是孩子学校里……”

“也没有！没有，我就是，没时间去学校，所以……”

“这样吧，我呆会儿去国演办完事儿就顺道去一趟，不过最多能呆十来分钟。”

陈静说：“这就好了，估计就是考试的事儿，老师现在都爱动不动找家长。你去看看就行。”

佳佳在公园里坐了一天，才回到家里。一进门，陈静和郭全正并排坐在那里等她。

陈静冷冷地问：“你干什么去了?”

佳佳说：“去学校，听讲座。”

陈静跳起来说：“什么?!你还真是会说谎了！成绩单呢？还要骗人吗?”

佳佳低头站在那里，一动也不敢动。

陈静怒气冲冲地说道：“说话啊？你学什么不好？学这些垃圾回来?!”

郭全说：“陈静，慢慢说。”

陈静说：“我慢得了吗？女孩子，什么最宝贵?!在什么时候都一定要站直站正啊!!你说说，连老师都直叹气，你们那么好的班主任替你去说情学校里都不给面子，我差点就拉你郭叔叔又要求去，你让多少人不安生啊你……你到底都干了多少坏学生的事啊……老师是世界上最伟大、最包容的人了，都忍不了你，还给……劝退！妈妈带你容易吗？啊？妈妈都是为了谁？可是，你现在还有什么不敢干的？那些乱七八糟的、恶劣的事儿都干了……你是个女孩子，要……”

郭全拦在她和佳佳中间，劝说道：“冷静冷静，你妈是因为心里有压力……一个女孩子，在外，要检点一点。”

佳佳浑身一震，检点？检点?!这是在自己的词典里多么遥远的一个词汇啊，在作文里、在日记里、在多么坏的一个人身上，自己都从来没有用过这个词，甚至都不敢多看它，而现在！

陈静开始抽泣，佳佳却冷冷不语。

事实上，她刚刚发现自己又失去了流泪哭泣的功能。

陈静哽咽地说着：“佳佳，妈妈不指望你有多好，可是你千万不能自己不学好……”

郭全用力把她往房间里拽，说：“别说了，别说了。”

陈静抽泣着说：“为什么不让我说？我多少年的心血，我，我……”

郭全说：“我理解，但是你不能这样，孩子看了心里也不好受。”

陈静一边用力地拨打郭全推她的手臂，一边哭着：“你根本不能理解！不能理解！！”

郭全招架不住，不由说道：“我也有孩子！”

陈静凝住在那里，重复着说：“我也有孩子？我也有孩子……”

郭全给陈静打了两次电话，两次她都没接。郭全就再没打过。

陈静现在在团办公室里，不仅要听小肖指挥，还要不时看温团长笑眯眯的脸在自己面前来回晃。

手机一天也不响一声，这已经让陈静坐立不安了。温团长偏又走来，笑眯眯地问：“小陈，忙着哪？”

陈静清点着手里的劳保用品，说：“您说呢。”

温团长说：“咱们团的新戏批啦，这就筹备上马了，怎么样？”

陈静说：“好事儿。”

温团长说：“戏里可是缺个好青衣呢。”

陈静说：“好说，咱们团好青衣多。”

温团长说：“你算不算一个呢？”

陈静停下手里的活儿，严肃地说：“算怎么样，不算又怎么样？”

温团长说：“那当然不一样。”

陈静说：“你们怎么都这么不可理喻？你想要什么？无非是那么十分钟！有意思吗？为什么每个人都想要那么件事儿呢？你的生活里多了那十分钟和少了那十分钟，有什么区别？为什么每个人都直接明了地要那个？我给了你，你又能怎样呢？”

温团长说：“哈哈，我不想怎么样。”

陈静说：“我也不想怎么样。”

温团长笑着说:“还有你这样的?”

陈静说:“我已经在办公室了,我还可以到清洁队、收发室去,有什么大不了的?!”

温团长不笑了,说:“哟,我真是来团里时候太短啊,还真不知道你这么贤良,那么喜欢帮助大家做卫生工作啊。”

陈静说:“我什么都喜欢,也什么都不喜欢。”

佳佳突然变成了一个木头人。她不用手机,不接电话,不上网,不看电视,在哪里都机械、僵硬,没有表情,没有眼泪,没有语言,没有动作,出去、回来,也从不跟妈妈说一声。不过一到傍晚,她还是会准时回家。

佳佳喜欢舞蹈班的课程。

在那里,只需要简单地记住动作的名称和它固定的程式,一遍遍重复,不用思考,不用回应。就像粘贴由人们已经创造出来并组合好的网语符号,简捷,同时能表达自己,还可以避免错误——尤其在行止无措的时候。

班里的学员虽然以中年人为主,但也有一个长相甜美的同龄女孩,并且总是站在自己身旁。佳佳和她没有说过什么话,但是每次目光相遇,她都会发出微笑的问候。佳佳也总报以点头。

教舞蹈的女老师是个看上去非常年轻,身材和青年人没什么差别的老舞蹈演员。她关掉音乐,拍拍手,说:“Rond De Jambe A Terre,这个动作再跟大家说一下,应该注意你们的活动脚要尽量往外延伸,画的圈儿也要尽量让它大,但是支撑脚和你们的盆骨这儿一定不能松,只有以这只腿为轴,立住了,画圈……画圈,才美。要有那种气质拿出来。对,老端着似的,不能松,你看一松劲,这腿,难看吧?”

学员们都嘻嘻地笑起来。

这时,一个身材修长的大男孩走进舞蹈教室里,舞蹈老师说:“注意啊，来，接着练。”

音乐声再响起来，那个男孩代替女老师在教室里巡视，遇到学员有动作不规范的地方，就及时给她指出来。

佳佳此时的动作全乱了，她一眼就认出来那个身材修长的大男孩就是水寒。她想溜下把杆逃跑。

水寒已经走到她面前，伸出一只手，轻轻用手指搭起她的手腕，说：“手指。脚下做动作，上身也要绷住了。”

佳佳自觉很窘地低下头。水寒伸出另一只手挡到她面前的地方，说：“头，眼睛看几点？”

佳佳勉强抬起头来，水寒一转身，已经走向了别的学员。

好容易熬到下课，佳佳放松地吐出一口气。水寒走来，迅速地说：“换完衣服在外面等我。”

佳佳说：“我为什么要等你？”

水寒说：“你都坚持到下课了。”

佳佳看着他，水寒冲她眨了眨眼睛。

佳佳走出来，水寒早已经在那里了。他看见佳佳犹豫地站在门口，走上前去，说：“先答应我以后不许连这个课也不来了。”

佳佳说：“我不想来就不来。”

水寒说：“如果是因为我也在，我可以不来。”

佳佳使劲看着他的眼睛，水寒羞涩地转过脸去，说：“只不过我不来，我妈就辛苦一点儿……”

佳佳说：“你一定要来。”

水寒说：“你呢？”

佳佳低下头说：“看情况。”

水寒说：“那我就不来了，向你保证……”

佳佳抢着说：“别！”

水寒笑了。

佳佳突然说道："你们怎么这样？"

水寒说："我们？今天我妈不叫我来帮忙，我还不知道你在这儿呢。"

佳佳说："我要回去了。"

水寒抓住她的手臂，说："不许不来。"

佳佳一边逃走一边说："不用你管。"

若刚在囡囡家楼下，给囡囡发短信："你这气性也够大了，电话不接短信不回，说句话都不行啦？"

囡囡打开窗户，坐到窗台上，吃着桃子，向下看着若刚。若刚无奈地又写道："你气够了没有？"

囡囡看看手机短信，冲楼下摇摇头。

若刚向她比了比拳头。囡囡转身拿了一把桃核扔了下去。

若刚躲避不及，被砸中了脑袋，写短信道："要讲究公共卫生啊。"

囡囡看了手机，耸耸肩。

远处，一辆汽车缓缓向这里驶来。囡囡一缩脑袋，回去了。若刚不知何故，发短信问："你能不能下来说句话？"

囡囡回道："老爸回来了，闪之。"

若刚回道："这也能叫现代罗密欧与朱丽叶了。"

写完，若刚自己也很得意，仰起脸向楼上望去。一颗新鲜的桃核直冲而下，正好砸到他眼睛上。

若刚来到水寒这里，水寒正在上网。若刚问："干吗呢？"

水寒说："你看不见哪。"

若刚揉着眼睛说："没瞧见我都这样了。"

水寒说："跟谁打的？"

若刚说："桃核儿砸的！就那囡囡，整个一小丸子！"

水寒看了看他的脸，笑了，继续上网。

若刚凑过来，说："放牧者……嘿，你不是不钓这大变态了吗？"

水寒说："没事儿嘛不是。"

若刚伸手就抢键盘，说："让我来两句……"

水寒挡着他，说："就你那话，一句就露馅了，还两句呢。"

若刚说："安然在这儿就好了，让她跟他聊呗。"

水寒一阵沉默。若刚说："其实是女孩儿都行，那囡囡也能聊，不就钓钓他嘛……"

电脑屏幕上，QQ里已经连续发来了好几句问话，水寒他们两个还是不知道怎么回答好。

水寒和若刚一起来到囡囡家楼下，囡囡趴在窗台上，仍旧是在吃水果。

若刚对水寒说："这么能吃！我就没见她不吃东西的时候。"

水寒用手卷成喇叭状，大声说："若刚说——"

若刚赶紧抱拳求饶，说："别别别，她吃的东西那点儿能量全都放这儿留着砸人了。"

水寒说："那你反砸啊。"

若刚说："我今儿是陪你来找她的，你还这样？"

水寒笑了，说："其实我不找她也行。"说完转身要走。

若刚拉住他，说："人家看着哪，咱站这么会儿走了，不让她笑死。"

水寒打电话囡囡也没接。他给她写短信，说有事儿请她帮忙。

囡囡说："好啊，不过我只能帮你一件事儿，就是痛扁那个色衰人！"

水寒含糊地说："我找你就是这个事儿，你怎么猜到了？"

囡囡说："他害得佳佳不理我，居然在那种时候说出那么猪头的话，我这暑假就痛扁他这一件事！"

水寒说："好，没问题。不过，咱出来说吧。"

囡囡说："出去去哪儿？"

水寒说："我那儿？"

囡囡说："不行！那样……除非你叫上外卖。"

囡囡一路不理若刚，到了水寒那里，也只跟水寒聊些闲话。水寒打开电脑，登录QQ。不一会儿，放牧者就来跟小猫咪说话了。水寒故意大声地说："这个弱智怎么老来跟我说话？"

囡囡举着冰激淋凑上来，一看，愣住了，说："他啊？"

水寒说："怎么了？"

囡囡说："他也跟我聊过，超级BT。"

水寒说："这样吧，来来，你接着跟他聊，咱们钓他出来，打他一顿。"

囡囡说："好，这主意好！哎，你们就是骗我来干这个的吧？齐若刚，肯定是你出的坏主意……"

囡囡揪起靠垫就要砸向若刚，若刚一边护卫一边委屈地对水寒说："哎哟，我说你别给她吃东西吧，瞧这劲儿，哎哟……你有完没有！"

囡囡说："没完！佳佳到现在还不理我，你说我有完没完？"

若刚往水寒床上一趴，说："来吧，打，打，只要你打完了佳佳能理咱们。打吧。"

囡囡生气地坐到一边去了。水寒一下一下地拍着篮球。

佳佳果真又去了舞蹈班，水寒在教室里走来走去没跟她多说话。但是，他的眼睛却始终没有离开过她。

下课的时候，水寒对佳佳说："你手机怎么不通了？"

佳佳说："我把卡注销了。"

"为什么呢？"

"就是不想用了。"

"不跟人联系？你干什么呢？"

"什么都行。"

"也……不去学校了？"

佳佳深深吐出一口气，说："转学。"

水寒说："其实你是个很坚强的女孩儿。"

佳佳垂下头。

水寒说："我今年要再考不上，我也不在那儿念了。"

佳佳问："为什么呀?"又说："你一定能考上的。"

水寒笑着说："一定考不上。"

佳佳沉默了。

水寒又说："我妈一直希望我考舞蹈学院，我爸想让我学建筑。"

两个人沉默着走了一阵，水寒说："都到这儿了，我送你回去吧。"

佳佳没有说话，只是继续走下去。

以后，佳佳每节课都没有落过，水寒也都会默默地送她回家。两个人在雷同的舞蹈动作的不断重复之中，寻找旋转中的空间，寻找力量中的平衡，寻找可以尽情抒发内心的安全的语汇空间。

六

陈静打开门，一个声音甜甜地叫道："姑姑。"

"哎哟！小秋？你怎么来了?"

小秋进来后，环顾房间，说："姑姑，你这里这几年也没变样。"

陈静说："姑姑哪儿有时间收拾房子？你来怎么也不打个电话？吃饭没？给你爸打电话报个平安吧。"

小秋急忙拦住，说："我在楼下打过了。"

"哦，那你累不累？怎么来的?"

"不累，姑姑你气色还是那么好啊。"

“真会说话，这孩子。”

小秋又问道：“佳佳呢？应该在放暑假吧？”

陈静说：“不提她也罢，你来了，好好带带她。唉……”

“姑姑，我想先洗个澡，可不可以？”

“当然可以，客气什么，去吧。”

小秋一边打开大提包，一边笑着说：“这是咱们家里人的特点，一点不会拐弯的。再说，我到你这里还装客气吗？”

陈静露出多日没有的笑容，说：“那是。”

小秋洗完澡，睡了一觉起来，佳佳还没回来。

陈静关掉电视，说：“走，换衣服，咱们吃饭去。”

小秋问：“给佳佳打电话了吗？”

陈静说：“她不用手机，走吧，咱们走。”

“可是，姑姑，我睡起来有点犯懒了，我们今晚在家吃好不好？”

“那多简单啊。出去，吃点儿可口的。”

“我就觉得姑姑家的沙发最舒服，姑姑家的饭菜最可口，咱们哪天吃腻了再出去，好不好呢？”

“你这孩子，给我当女儿算了，别回去了。”

“好啊，我就不走了，陪着姑姑。”

陈静叹口气，说：“佳佳哪怕有你一半呢。”

佳佳家的小区前是一片空地。夏天晚上，有很多乘凉的人，也有一些小商贩纷纷搬了活计出来，招揽营生。

水寒站住脚步，说：“你看那个摊煎饼的，像不像那个……”

水寒还没有把那个极其流行的动作完全比出来，佳佳就用惊喜的声音说：“‘书法家’！你也喜欢郭德纲的相声？”

“他又没挂谁谁的专属，我怎么不能喜欢？”

“问问嘛。”

“你也喜欢？”

“他又没挂专属，你说的。”

“你怎么总喜欢学别人啊？”

佳佳耸耸肩，说：“怎样？”

水寒说：“就这个，哎，也是囡囡那儿的。你就不能有点儿自己的创意？”

佳佳不高兴地说：“我才没学她呢！从来不学她。”

水寒赶紧说：“我说错话了……”

佳佳没说话，也没走开。水寒转到她对面，说：“其实我告诉你，你不管干什么，都有你自己的美。比方今天上课，你做那个 Attitude（阿蒂迪德）的时候，特别优雅特别美，真的，特美。”

佳佳说：“我得回去了。”

水寒冲着她的背影说：“不等我给你买张‘字儿’带回去啊？”

佳佳没回头，只是挥了挥手。

佳佳进了家门，低头就径直往里走。陈静又叹口气，叫道：“佳佳，你小秋表姐来了。”

佳佳抬起头来，看到客厅果然坐了个青年女子，模样上虽然还有小时候清丽的样子，却是成熟多了，也雅致多了，看得出在脸上花了不少时间和心思，衬上一头波浪长卷发，更显妩媚。

小秋已经走来拉住佳佳说：“哎哟，我这佳佳妹妹，真是越长越漂亮，让人都找不出话来形容了。”

佳佳说：“表姐你什么时候来的？吃饭了吗？”

陈静从厨房里出来，把一碟菜重重地放在桌上，说：“等着你哪！”

佳佳对小秋说：“我去洗手。”就走开了。

小秋走进厨房，帮忙拿东西，说道：“姑姑就是太严厉了些，看把表妹吓的。要是跟我玩疯了，你不会怪她吧？”

陈静说：“跟着你我就天天念佛了。”

小秋一笑，走出厨房，大声说着："佳佳，快来啦。"

家里突然多了这么个活泼的表姐，让佳佳很不适应。特别是晚上，要和她在一个房间里睡觉。佳佳拿起睡衣睡裤，到卫生间里换上，左右照照镜子：没有会露的地方，这才回到房间里。

小秋穿了一件吊带真丝睡裙，上下全是蕾丝花边。她半倚在床头，揉着蓬松的长发，说："北方的夏天不比我们那儿好过多少，你不热吗?"

佳佳说："不热。"

小秋说："好嘛，你进来倒是给了我冬天的感觉了，倒是凉爽些，呵呵……"她走到自己的大提包前，翻出一件崭新的真丝睡裙，说："来，打开看看喜不喜欢?"

佳佳没有动，说："我习惯穿这个了。"

小秋笑着说："放心啦，不是我这样的，看看，公主式的，好乖巧的，快看看，喜不喜欢呢?"

佳佳看到小秋已经拎起睡裙展示给她看，就马马虎虎地点头，说："好看。"

小秋说："那就穿上吧。"

佳佳犹豫着说："明天吧，咱们睡吧?"

小秋说："也好，不过这么早，我睡不着的，开着台灯不会影响你吧?"

佳佳说："不会，我睡觉特沉。"

小秋一笑，转回自己床边，坐下，拿起一个精致的小包，开始认真地修起指甲来。

佳佳在卫生间里已经见识了小秋繁琐隆重的各级各类洗护用品，现在看着她用精致的发夹把头发盘起，翘起涂有美丽图案的指甲，一点一点地精心修理，觉得她身边的一切都在喧闹，争着表白什么。

佳佳拉起毛巾被盖到身上。小秋虽然没有抬头，也没有往这边看，仍然笑了一下，说：“你真是耐热。”

佳佳说：“你一直在南方，还怕热吗？”

小秋说：“怕，我最怕热了，哪个夏天不是天天吃冰的那些东西，都要病的。”

佳佳说：“还是北方好一点儿。”

小秋淡淡地说：“都一样，夏天总归就是夏天。一样热得要死……”

佳佳不觉也把脚伸到了毛巾被的外面。

她自己的脚苍白细瘦，趾甲是原始的淡肉色。而小秋的一双脚虽然也是白净的肤色，却涂了五彩亮丽的指甲油，大脚指甲上还镶了几颗小水钻。一只脚的食指上，套了一枚也是水钻装饰的戒指。

佳佳把脚踩到床边，眼睛从毛巾被的缝隙里，把它和小秋的脚仔细对比了好一会儿，怎么看，也觉得她的要比自己的更苍白，像是一件蜡像。

在还不是很熟悉的喧闹香水味中，佳佳渐渐睡熟了。

第二天，佳佳刚起床，就发现对面的床整齐空荡。她走到客厅里，小秋说：“起来啦？姑姑上班去了，早点在那里，要不要给你拿？”

佳佳说：“别麻烦了，表姐，我自己来。”

佳佳走进卫生间，表姐的物品摆放得很整齐，虽然它们是那么的复杂和众多。佳佳一边刷牙一边想，她的脸和头发弄得那么整齐，几点就起来了呢？超人！

洗漱完了出来，超人表姐说：“佳佳，姑姑说你在上一个舞蹈班是吧？”

佳佳说：“是……嗯。”

小秋又问：“课程累不累呢？可不可以带人去的？”

“你想去啊？可是已经快结束了。”

“那有什么要紧？”

“这个得从基础学，要不然跟不上。”

“只要去就好了啦。”

佳佳想了想，说：“那去就去吧。明天就有课，你还得先买衣服、鞋、袜子什么的。对了，你这头发也得盘上。”

小秋问她：“怎么？那么麻烦。哦，你是不是芭蕾舞班的？”

佳佳说：“是啊。”

小秋说：“姑姑只说舞蹈，我还以为是随便的民族舞、街舞那些，这个，算了。”

佳佳说：“芭蕾怎么了？”

小秋站起来模拟舞蹈演员的动作，说：“绷得紧紧的，本来就透不过气，跳不来，跳不来。”

小秋躺到沙发上想了想，说：“这样好啦，我们再找个班报报，姑姑也不会怪你，我们也有得去玩，好不好？”

佳佳说：“我……”

小秋说：“放心啦，表姐出钱，你只要一起去就好了，我哪里都不认识，你不陪我谁陪我呢？”

佳佳说：“那，你还是问问我妈吧。”

小秋坐起来看着佳佳，绕着头发说：“问她？她已经好重负担的了，我们自己去，又不是小孩子，找白天的班，晚上不出去就是了。”

佳佳说：“还是跟我妈说说吧。”

小秋不理会她的话，继续问：“你想学什么？说来听听。”

佳佳想了一想，说：“英语。”

小秋说：“蛮好，我也想补补英语呢。你看好哪个没有？”

佳佳低下头去，说：“有一个教单词的班，据说听了词汇量长得超快。”

小秋说：“那好，我们就报这个去。别的不要管了，我们一起去，不要告诉姑姑的，听见没有？”

不过，转过天来，小秋还是按捺不住，跟着佳佳去了舞蹈班。她向佳佳借了一件舞蹈服，在老师那里临时买了一双舞鞋和一双长袜，就披着长发站到了把杆前面。

水寒悄悄问佳佳："那是你什么人啊?"

佳佳头也不转，小声说："你别跟我说话!"

水寒无奈地走到把杆那里，小秋跟他摆摆手，说："好年轻的老师。"

水寒笑笑，说："看起来小而已。"

小秋说："这个难吗?"

水寒说："看您个人素质和基础了，这个不好说。"

小秋没再说话，是因为她发现水寒的眼睛不在自己的方向上。

这节课是以小秋的爽朗笑声为贯穿的，连水寒的妈妈都被感染得笑了好几次。这样一来，大家谁都没注意到小秋的姿态是否合乎标准。

下课后，佳佳低着头拉起小秋就去换衣服。小秋说："你不跟老师告别吗?"

佳佳说："不用不用，老师忙不过来。"

小秋说："人家眼睛都望穿了，你就说个再见怕什么?"

佳佳一噘嘴，转身先走出了教室。

小秋分别向水寒和水寒妈妈道别后，才去追佳佳。她追上佳佳，问："干吗？有男孩子喜欢你不高兴啊?"

佳佳说："谁说的!!"

小秋笑道："没有才怪，刚那个小老师，我看他好迷你的吧?"

佳佳说："你再这样，我哪儿也不跟你去了。"

小秋好容易才收起笑容，对着严肃注视自己的佳佳说："好了好了，表姐什么都没说哦，你看看你这小脾气，难怪男孩子喜欢呢。"

佳佳说："你看你!"

小秋说："好啦，姑姑是绝对不会知道的，还不放心我？小孩子家老气横秋的样子!"

换完衣服出来，水寒已经又在路边等着了。小秋一笑，说：“佳佳，表姐想转转，陪表姐走走好不好?”

佳佳把脖子使劲向另外一边扭着，说：“行。”

水寒看着佳佳，想叫没叫出口。

小秋笑着说道：“老师啊，请你帮个忙啦。”

水寒说：“您说。”

小秋说：“我们两个人去走走，多个你在旁边好有安全感的，要不要帮忙呢?”

水寒看佳佳，佳佳扭过脸来摇头。水寒还在犹豫的时候，小秋已经把两个人的包交到水寒手上了，又拉住佳佳去抢包的手，说：“走吧。”

佳佳狠狠瞪了水寒一眼，水寒只得表示无奈。

小秋指指水寒身上蓝色的大T恤，问道：“你这件衣服哪里买的?”

水寒骄傲地说：“这您买不到，我是那运动会的志愿者。”

小秋说：“哇，好帅气的……佳佳，这里附近哪有商场的?”

佳佳说：“你要买什么呀?”

小秋说：“反正是家里没有的，带我去啦。”

佳佳只好带着她和水寒到了附近的一家商场。小秋一进去就直奔电梯，到了男装部。

小秋指着一件漂亮的T恤问佳佳：“这件好不好看?”

佳佳说：“挺好看的。”

小秋又指另一件问：“这件呢？哪个更好些?”

佳佳说：“这个吧。”

小秋说：“那好。服务员，麻烦拿一件180的。”

衣服拿来之后，小秋对水寒说：“换下来吧。”

水寒莫名其妙，用眼睛询问佳佳。佳佳却生气似的把头转向一边去了。水寒说：“我？换?”

小秋说："哎呀，帮帮忙啦，多少年才这一次运动会，我们哪里有机会见几次？这个我们那里一件都没有，我好想留个纪念的……佳佳，佳佳？"

佳佳说："你们叫我干吗？"

小秋走去，推着佳佳说："好佳佳啦，帮忙说说，这个T恤我是太想留纪念了，比多少钱的衣服都要宝贵的，佳佳？"

水寒生怕佳佳越来越不高兴，再说出什么话来，赶忙说："行，行，来！"

水寒一下甩掉身上的T恤，伸手交给小秋。小秋拍拍他的胸膛，说："谢谢啦！"然后一下子就把T恤上的运动会标志贴到脸上，又吻了一下。

水寒红着脸看着佳佳，佳佳用发怒的眼神望着他。

小秋显然是得了宝贝，一定要请两个人吃点东西。佳佳说什么也不愿意了："我妈怎么办？咱们回去吃吧。"

小秋说："不要紧，发个短信给她好了，我中午做了留出来的菜，够她吃了。热一下就好。"

佳佳说："咱们还是回去吧。"

水寒也拽拽身上的T恤，说："是，回去吧，别让阿姨在家等。我这已经很过意不去了。"

小秋说："好会疼人的，呵呵，敢不敢跟我们回去？"

水寒笑着说："那有什么不敢，走啊。"

佳佳怒叫一声"何水寒"，扭头就走了。

水寒跟在后面，她不回头也不理。小秋紧走几步和佳佳并排，说："开玩笑呢，听不出来？"

佳佳还是不理。

水寒站在后面说："你总要这小脾气有劲吗？谁做你朋友就欠你的吗？那欺负你的那些人呢？"说完，大步就走开了。

佳佳回过身去，看见水寒远去的背影，几乎把嘴唇都咬破了。

小秋打电话给佳佳和自己报了在文华大学的英语词汇班。佳佳从那天起就没再去舞蹈班，小秋也并没强求她。

第一天到词汇班上课的时候，佳佳在教室里仔仔细细找了好几遍，失望地叹了口气，坐下也无心听课。

老师的讲授生动有趣，班里不时爆发出一阵阵笑声，小秋已然是笑到一团妩媚了。可佳佳几乎一个字也没听进去。她在教室里来回找……

课后，佳佳和小秋在校园里散步。小秋说："这个老师讲得太好了，我要请她去我们那里给员工讲课。"

这时，突然身后有人喊："陈小秋，陈小秋。"

佳佳停住脚步，感觉到小秋挽着自己的手抖了一下。小秋转身看去，是一个孕妇。那个孕妇走近来，说道："没错，我说就是你嘛。"

小秋高兴地叫她："韩英子！"

英子也很高兴，说："好，还能认出我来，真怕你不认识了呢。"

小秋说："怎么会呢？我好想你的呀。"

英子说："少来！就知道嘴上这样肉麻，怎么来了不找我呢？"

小秋说："我会算啊，知道你这样……喏喏，不方便嘛。"

英子哈哈大笑起来。小秋说："来，介绍一下，这是我表妹，陈佳佳，这是我大学同学，韩英子。"

英子说："你好，在这里上学吗？"

佳佳脸红了，说："今年才升高三。"

英子说："那就是明年来这里了，你一定考得取的。"

佳佳低了低头。

小秋说："你是怎么回事？换在这里工作啦？"

英子说："哪有。现在不过是个家庭主妇啰。婆婆工作的图书馆在这里。我闲着也是没事，找了个临时班主任做做，反正个把月的事情，还能给我宝宝学东西呢。你呢？还在那家外企管旅游吗？"

小秋拍手说道："真是真是，忘了批评你呢，这么大事怎么不通知一下？哎，还是让我抓到了，交代吧。"

英子说："我电邮写了多少封，哪里找得到你这神龙见首不见尾的？还以为你又派去哪里了呢。肯定要全部讲给你听的，不过现在不行，我要赶去一个贾教授那里，请他讲课，据说他好难请的。"

小秋说："也好，我们反正在这里报了英语班，总要来上课，电话留下就好。"

舞蹈班上，水寒在大镜子前面给大家做示范，同时说道："这个阿蒂迪德其实是非常轻盈的一种滑动……"

学员中有人轻声地笑语。水寒妈妈不得不站起来，笑着说："何老师，您做的那个是阿桑迪勒。"

水寒停止跳动，迅速在原地摆出一个阿蒂迪德的姿势，说："大家看，这个阿蒂迪德是最能表现出美好的姿势，看。"

学员看到他模仿女演员的舞姿，还对着镜子一副欣赏有余的样子，都觉得很好笑。水寒妈妈拍了他一下，说："够美了，行了。"

水寒转过身，喊道："好，现在大家后退，再来一遍这个。"

有学员喊："您到底让我们来哪个？"

水寒没说话，做了一个非常有秀媚感觉的阿桑迪勒，然后停顿在那里，用手臂做出邀请的姿态。

课后，妈妈叫住水寒，说："这几节课你怎么老出洋相？"

水寒说："哪儿有啊？"

水寒妈妈说："还没有，我这舞蹈班儿都快成了你的杂耍班儿了，认真点儿，不然扣你的提成。"

水寒做了一个表示答谢的舞蹈动作，说："是，陛下。"

水寒妈妈笑了，看着修长挺拔的儿子，说："分儿是不是下来了？我这儿子，不好好练舞蹈真是可惜了。"

水寒说："您看，那把杆多好多结实，我还凑什么热闹。"

水寒妈妈说："你跟我装傻还是发牢骚呢？现在男演员……"

水寒几把抓起自己散放在镜子前的物品，说："我肚子不舒服，先走了。您自己回家吧。"

水寒妈妈知道叫不回儿子，却仍然问道："怎么个不舒服法儿啊？"

水寒到了佳佳家楼下附近，找了一群闲散聊天的人们，不远不近地站在其中。等了好久，直看到陈静回家了，也没看到佳佳的身影出现。

这都好几天了，又藏哪儿去了。

忽然，有人从背后拍了他一下，水寒一回头，小秋拎着袋子，问："干什么来了？"

水寒说："您非逗我说是怎么着？"

小秋哈哈笑着，吸引了好多人的目光。水寒赶紧把她拉到一边去，说："你笑起来怎么这么雷人？"

"你还有的怕？"

"你，一个人出来啦？"

"去个小超市，还要几个人？"

"你们平时出去玩吗？"

"出去啊，当然出去，每天都出去呢。"

水寒挠挠头，说："每天都出去啊？"

小秋说："是啊，每天都出去。"

"每天，都出去吗？"

"每天都出去啰。"

水寒干脆抬起头看着小秋，问："有完吗？"

小秋又笑起来，说："干什么不上去呢？"

水寒不说话了。

小秋说："真是，朋友怎么一下成这样子了呢？"

水寒突然使劲抿住了嘴唇，低下头去看自己的鞋。

小秋柔柔地说："我们现在在文华大学求知楼那里上英语班，每天下午都去的。"

水寒眼睛闪出亮光，问："英语班?"

小秋说："就是那个讲话语速超级快的……"

水寒叫道："赵丽词汇!"

小秋说："倒是蛮知道的，就是啦。喏，东西帮我拎到楼下去。"

小秋和英子联系好后，在大学里见了面，一起去贾教授家里。佳佳开始是十二分地不愿去。

"请一个老师，咱们去干吗去呀?"

小秋说："你不知道的，这个贾又安呢，在金石研究上老有名气的，我早就想见见他的了，这下好了，还能跟他上上课……哎，佳佳，我们去那个文化研究班好了!"

佳佳说："你不上这英语班了?"

小秋说："两个一起去嘛。这个多好，难得有这么多这么有名气的学者，而且还是最专业的，在一起来讲传统文化，多难得。英语班，一年四季像花一样天天有的。"

佳佳说："那是南方的四季。"

小秋说："不管哪里，耽误几节课总不要紧。跟我同学讲一下，我们到这个班去。"

佳佳说："难怪囡囡说，上了班儿的人才会狂想上课。"

小秋说："不对。你四处看看，现在从小到老，有哪个人不是一年要报几个班上上的?这跟工作不工作没有关系。学习是人类的天性和进步的动力……"

佳佳招架不住，说道："哎哟，随你吧。"

小秋一笑，说："早知道你会这样说的。"

贾又安教授的家就在大学家属区里。房子很老，也不算大。

楼外爬满了绿色的爬墙虎，偶尔显露出来的红砖已经有了风蚀的痕迹。砖缝间的水泥也像是散放在那里一样，碎成一小块一小块的，等着有点惊动就跑到别处去了。

楼道里，连台阶也竟然有这样的岁月蚀痕，木质的楼梯扶手上满是灰尘。灰尘下，隐约是不甘被覆盖的裂纹。楼梯转角处，有三两个破旧的花盆摞在那儿。其中已经风化的土壤里，顽强地长出了几点绿色，正追逐着那一线从窄小窗扇的孔洞里窥探进来的阳光。

贾教授的家门是一扇旧式样的铁防盗门，上面还别着一两卷早就风干了的塑料袋碎片，随小风飞飞舞舞，衬上两边的陈年对联，也很有些意思。

英子按了门铃。听到里面有人应道："来啦。"

来开门的，是一个清瘦的中年人，一双凹在高高眉骨下的眼睛，深得让人无法望进去，短袖衬衣熨得比制服还要整齐，头发一丝不乱。

英子说："贾教授您好，又来打扰您了。"

贾教授依旧是那张冷静无表情的面孔，却发出了欢快的声音，说："哎，来来来，进来说吧。"

小秋小声叫道："这么年轻？我还以为是个老人家呢。"

英子说："你呀！贾教授是好有学问的。"

贾教授关上门，请三位女士到里面坐，说："你们先坐，我给你们倒点儿茶，有讲究吗？有就说。"

小秋说："我就是想尝尝好的花茶嘞。"

贾教授一边打开自己那个书柜般大小的茶柜子，一边说："有有有，我有自己摘的茉莉花儿熏的好茶，比店里那些串了味儿的强一百倍。"

小秋高兴地拍着手，说："太好了，以前买到花茶一喝，还奇怪怎么北方人就喜欢喝这个东西，哪里有绿茶好呢。今天可要尝尝正宗的了。"

英子说："你的人来疯病又犯了。贾教授，我们不会烦到你吧？"

贾教授说："哪儿的话？你呢？喝点儿什么？"

英子说："您这样问了，我想来一点绿茶？会不会麻烦？"

贾教授倒腾着手里的物品，说："一点儿也不！踏实坐着吧你们，这个，今年三月的绿茶，行吗？"说完，贾教授转过身问佳佳："你呢？喝点儿什么？"

佳佳眨了眨眼睛，犹豫着："我……"

贾教授突然像是不知哪里被惊住了，迅速转背过身去，嘟囔着说："要是不爱喝茶，就给你喝果汁儿吧。苹果汁……"

七

囡囡和若刚已经初步讲和，三个人在水寒那里继续对放牧者的钓鱼行动。

囡囡在网页上看到一条新闻，是优秀班主任李老师谈教育。她忿忿地说："他怎么又评上啦？？什么世道？"

若刚问："什么呀？我看看……这不是你们班主任吗？"

囡囡说："我正转学呢，他不是我们班主任！"

视频里，李班主任正在微笑着讲述自己管理学生的方法："一定放下架子，付出真心。要有爱心，有真爱。要用自己的真情去联络每一个学生，把他们看成自己的孩子一样，去关心、爱护学生，和他们用心来交流……"

囡囡说："我呕吐！"

若刚说："什么毛病你。"

囡囡拍一下桌子，指着屏幕说："就这人，总在放学后把佳佳叫办公室不说，瞎说、瞎看她不说，还给佳佳语文打 59 分，逼着她成了劝退生！”

水寒从床上一跃而起，扳过囡囡问：“你说什么？”

囡囡说：“40 分的作文给判了 8 分，愣给佳佳语文得了个 59，加上物理、美术，算三门儿，愣给劝退了，还当着全班面儿一句句念的！”

水寒居然愤怒地骂出一句脏话来。

若刚回头看了他一眼。

晚上，高中校园里一片寂静。只有在语文办公室里，有着微弱的灯光和人声。

窗帘没有拉严，那点儿灯光就是从那儿透出去的。人声由于少儿不宜，就不做描述了。一会儿，办公室的门轻轻打开又迅速轻轻关上了。

李班主任拿起自己那个巨大的茶杯——里面总是盛满一杯茶水，一气儿灌下去半杯的茶水。他闭上眼睛，把茶杯推到桌子一边，半躺在椅子上，像是在沉思。

有人轻轻推门，李班主任一惊，低声喝道：“谁！”

门被推开了一条缝儿，挤进来一条鲜艳无比的色彩集合，用沙哑的声音说道：“少给了一张。”

李班主任皱皱眉头，拿出一张钞票递过去，说：“快走吧。”

门又被关上后，李班主任思索片刻，拿出一张鲜艳的名片，揉皱丢向废纸篓。然后他简单整理了几样自己的物品，又给大茶杯加满了水，也出了门。

夜深的时候，教学楼里再次热闹起来。水寒和若刚轻悄悄地撬开窗户，跳了进来。若刚向前走了几步，水寒喊他：“你往哪边去呢？”

若刚说：“嘘——”

水寒说：“先去办公室那儿！快点儿啊你。”

若刚不情愿地跟在水寒身后，说道：“至于嘛。”

水寒没做声，来到语文办公室门前，开始撬门。若刚帮他左右张望。

两个人一闪就进了办公室。

翻来翻去，铁皮保险柜也撬开了，就是找不到语文考试卷。若刚说："我先出去一下。"

水寒想伸手叫他，不小心碰倒了李班主任的大茶杯。水洒了一桌子一地。若刚说："怎么办?"

水寒说："擦擦不得了?"

若刚摸黑就要去擦，又踢翻了一旁的废纸篓。水寒制止住他，掏出手机照着桌面，小心地看茶水都打湿了哪儿，轻轻擦拭。若刚蹲下身扶起废纸篓，却发现了一张奇特的名片，不仅色彩鲜艳，还附有图片。

若刚拿给水寒看："你说这会是他的吗?"

水寒说："谁知道，哪儿捡的?"

若刚指指那个纸篓。水寒轻微地叹了口气，又说："管它呢。"

两人出了语文办公室，水寒又带着若刚把一路经过的每个办公室都撬了门锁，只是不进去。

最后，两个人终于在顶层的学校档案室里找到了这次期末考试的语文试卷。由于刚刚收集来，还没有完全入到档案柜里。水寒很轻松就找到了佳佳的试卷。

果然，基础知识部分是51分，作文部分是8分。总分不及格。

水寒把卷子用数码相机分整体、局部拍了好多张照片，又用复印机复印了一份，才把卷子放回原处，和若刚一起出了档案室。

深夜的时候，语文办公室的门又被打开了，李班主任走到办公桌前扭亮台灯，猛然看到桌上地上水迹未干！他跌坐到椅子里，面孔扭曲，手里抱的资料也重重摔落下来。

几乎是沿着水寒、若刚的行迹——他们本来也就是沿着楼道顺序走的——在办公楼和教学楼里走了一整圈。经过再次思索之后，李班主任走到办公楼外，拧坏了语文办公室的一扇窗锁。然后，他快步向办公楼顶层走去……

第二天，若刚还在睡觉，囡囡的电话就疯狂地打了进来："若刚，肯定是你们干的，对不对?"

若刚迷迷糊糊地说："什么呀?"

囡囡说："优秀教师和他的8分作文啊，你没看帖子?"

若刚迷迷糊糊地说："什么呀?"

囡囡说："你们不写出名儿来我也知道，你还装?"

若刚迷迷糊糊地说："什么呀?"

囡囡抓起身边看球赛用的小喇叭，对着电话听筒用力捏响。

若刚马上睁开眼睛，说道："谁进啦?!"

可惜佳佳不上网。学期结束后，或者之前，她就没想从铠甲里出来。只有这个超人表姐的到来，让她有了现在的生活中唯一的交流对象。她知道表姐早晚会走，也许很快就走了。

这天，陈静回来，阴着脸。她叫小秋来自己的房间，问她："老实说，你怎么来的?"

小秋说："就是难得年假嘛，来玩一玩。"

陈静说："跟你爸爸说了?"

小秋说："反正是说过的。"

陈静严肃地说："小秋，姑姑真不愿你也是这样的孩子。"

小秋不再笑了，说："是不是爸爸给你打电话了?"

陈静问："到底怎么回事儿啊?"

小秋说："的确是年假来玩的，只不过没跟家里说，不想他们都知道就是了。"

"跟家里吵架了?"

"哪里，你可以问我爸爸的。"

"你以为我没问?"

小秋笑了，说："那姑姑都知道了，还叫我来问做什么？"

陈静说："真还是个孩子。"

小秋撒娇地说："那姑姑就不要再怪我了嘛，我晚上烧好菜给你们吃，好不好？"

陈静说："好歹现在你们家里知道你在我这儿，就不着急了。以后什么事儿都要跟家里商量，家长的心，不容易啊……知道了？那，那个是叫高华还是什么的……"

小秋一甩手里玩弄着的枕巾，说："哎呀，不要理会他就好了呀。"

小秋走到客厅来，接住佳佳询问的目光，小声说："不要做声，晚上讲给你好了。"

陈静也走了出来，说："佳佳，这几天都干什么了？"

佳佳低了头，说："学英语。"

陈静看看面前两个孩子，突然笑了，说："今天咱们去外边吃饭吧，来了这么一阵儿了，还没给小秋接风呢。"

小秋说："姑姑，哪里这么客气的，下次我就不来了呀。讲好了我烧菜给你们吃的。"一边说着，一边就走去亲热地挽起陈静的手臂，她不由叫道："哎哟，姑姑，你这里是怎么搞的？皮肤全磨坏掉了！"

陈静急忙掩饰，说道："今天收拾我那屋的东西，不小心蹭的。"

小秋心比镜明，不由眼中一红，又赶忙笑着说："你看，还是要我烧菜吧。走，佳佳，跟表姐买菜去啦。"

佳佳和小秋出去后，陈静疲惫地倒在沙发里，很快就昏沉了。她挣扎着在自己入睡之前，把手机定了三十分钟后叫醒的闹钟。然后就一沉入梦。

手机铃声响了，陈静还像是在梦中。她伸手按掉声音。意识里提醒自己要起来了，起来不要睡了，身体却是又睡着了。

过了一会儿，手机闹钟又响起来，陈静再次被吵醒。她关掉声音，逐步指示自己的身体从梦里清醒……佳佳两个人就回来了。

郭全来到剧团，敲陈静原来房间的门，半天也没人应。郭全又敲，旁边一间里一个人不耐烦地走出来，指着陈静原来的房门说："找她啊?"

郭全说："是，不在吗?"

"她？您上楼后头清洁队儿看看去吧，兴许在那儿，兴许在院儿里。"

"她……好，谢谢您。"

郭全下了楼，绕到楼后面去，走了几步，不由停住了。一个熟悉的苗条身影正在努力地把一堆修剪掉的冬青枝子往小推车上装……

郭全跑上前去，陈静愣住了。然后，她把头转回到冬青上面，说："只能下班了才能出去……"

郭全打掉她手里的树枝，说："咱不上了！"

坐到车里，郭全拉住陈静的手，说："都怪我，只顾自己工作那点儿事儿……"

陈静说："没什么。"

"我出差刚回来，贸易局比这边儿还忙。"

陈静笑笑说："是。"

"我给你打电话了，你没接……"

"你也知道没人接电话的滋味了?"

郭全注视着她，说："明天去领证儿吧……"

陈静缩回手，低下了头。

郭全也低下了头。许久，他掏出一样东西，递给陈静，说："这个，是……我……女儿下载的，你看看?"

陈静说："好啊。"却没有动。

郭全说："我不是有意要骗你。那还是在医学院上学的时候……她不想伤害生命，也不想耽误她自己……一直是我妈妈在带……我真的是不知道，不知道该怎么跟你说。”

陈静叹口气，打开那张纸，说着：“你隐瞒一件事，在对方的心里就像是隐瞒了一百件那么有伤害感，你告诉我，我会不接受吗？你呀，又像个孩子又世故得像个……佳佳！这个是佳佳的?！你?”

郭全说：“我女儿说网上好多地方都有，有人跟帖说是佳佳的，就赶紧给你送来了……不是，是出完差才赶紧来了。”

陈静嫣然一笑，说：“今天说话怎么学乖了呢?”

郭全说：“不仅今天，以后天天……让我好好照顾你们俩吧?”

陈静说：“两个?”

郭全不好意思地笑了。陈静却继续认真地说道：“是三个。”

水寒来到文华大学求知楼的英语班，找遍了整个教室，也没有找见佳佳。怎么回事呢？楼里的每间教室都坐满了人。水寒耐心地找了一遍又一遍……

他垂头丧气地回到自己的住处。

囡囡和若刚在开心地玩游戏。水寒说：“别玩儿了，真闹得慌。”

若刚说：“哟，您要发愤学习了?”

囡囡问：“水寒要学习啦?”

若刚说：“可不是，还报了个什么英语班儿补课去了，瞧见没，这就是上课的下场，成这样了!”

囡囡笑起来。

水寒说：“就知道笑，你最近也不找佳佳了?”

囡囡说：“她不理我，手机、网络什么都不用，我能怎么找？我去她家，有人理我吗？我上大街上喊去？成吗?”

水寒突然来了精神，把两人拨拉开，自己坐到电脑前，说：“都回家玩儿去，我有正事儿呢。”

若刚说：“你要再这么装样学习我就从这儿跳下去。”

囡囡说：“请，反正是一楼。”

看到水寒确实再没理两人的意思，若刚略微有点不悦，对囡囡说："走，带你外头玩儿去！"

当晚，几乎所有流行的网络论坛里都出现了一个新帖子：

爱情快闪行动，你来吗？

当一个人爱上另一个人时，他是幸福的，当他怀着满腔的爱，却又找不到她时，他就是最最悲伤的……

我不能没有她！

我的阿蒂迪德女神。

你为什么要隐身在这个城市里？我的阿蒂迪德女神。

你要我怎样呼唤才会重新出现在我面前呢？

我为什么叫她阿蒂迪德女神……那是因为我们都是芭蕾舞的爱好者，而她是我见过的女孩子中最美的一个，尤其在做阿蒂迪德这个动作的时候。有一次，我们一起练舞的时候，我扶住她，她正做着这个舞姿，转过头看着我。我看见她的眼睛闪烁出了爱的光芒！

也许她有时有些无厘头，可是，我就是喜欢她，喜欢她的聪明，喜欢她使小脾气。我喜欢跟她一起散步，喜欢她在我身旁的感觉。有时她也很安然很超然，却随时都能带给我呼吸、生命……

我多想站到她面前，说：我的阿蒂迪德女神，我爱你，永远爱你！

我们都不要再隐藏自己了，好吗？

我一定要找到你！

宇宙中的力量，善良的XDJM，请帮助我，向她说吧！

严重提出：在北方，在这个周日的下午三点钟，不管你在做什么，只要是在教室里边，而身边又有一个长发的美丽女孩，请你对她说：

我的阿蒂迪德女神，我爱你，永远爱你！

好吗？

发帖之后，第一个来到水寒视线里的是若刚和囡囡。

若刚走进来，带着不怀好意的笑说："你不够意思。"

水寒说："怎么了？"

囡囡说："你知道佳佳在哪儿上着班儿，对不对？"

若刚说："没这样对哥们儿的。囡囡，怎么办？"

囡囡说："知情不说，扁之。"然后用枕头、垫子着实砸了他一通。

囡囡甩着手说："累死了，哎，你为什么不告诉我们佳佳在你妈那儿上课？"

水寒说："本人因伤不能回答。"

囡囡说："我看就是还不够。"

水寒忙说："别别，打坏了佳佳找你们算账啊。"

囡囡说："你让她来呀！我巴不得呢。"

水寒叹了一口气，指指电脑。

郭全带上自己的女儿和陈静、佳佳、小秋正式见了面。最吃惊的还是佳佳——她发现郭全的女儿竟然是自己舞蹈班里的那个默契同伴。对方微带羞涩地对她笑了笑。

郭全说："这是郭灵灵，叫阿姨好。"

灵灵很乖巧。陈静一见就很喜欢，这时已经把她揽到怀里，说："真乖，应该早来才好呢。"

佳佳说："叔叔您是不是有意让我去那个班儿的？"

郭全故做严厉地说："那怎么会？你们俩谁先去，谁后去的呀？"

佳佳耸耸肩。

小秋说："什么有意无意的，一家人还那么酸文调调的，不过，你们两个小女孩还真是有点像呢。"

陈静也说："还真的是。"

小秋说："要不说许多事情就是注定了的，姑姑说对不对？"

陈静笑着要说什么，郭全抢先说道："没你真是不热闹，我们这周末要去采摘，你去不去？"

小秋说："把你们、我，划得那么清楚的，好孤单的，我不要去。"

陈静拍她一下，说："你还挑上理儿啦？"

灵灵拉着小秋说："姐姐去吧，到时候我跟姐姐一块儿玩儿。"

小秋把她向前一推，说："看看，这么可人疼的，我都要替你们觉得好福气的啦。"

郭全看着陈静，开心地笑着。

周日下午三点，水寒妈妈的舞蹈班刚刚宣布上课。一群学员左右望望，纷纷对身边的长发女孩——包括长发的中年人，说起一句话来：我的阿蒂迪德女神，我爱你，永远爱你！

水寒妈妈惊异地说："今儿是怎么了？"

大家笑笑，说："您不知道啊？"

水寒把音乐打开，大声说："上课啦，听音乐，赶快，你，还站那儿呢。都别闹了。注意呼吸……"

水寒妈妈问他："她们闹什么呢？"

水寒说："谁知道？女孩儿们瞎玩儿的什么呗。"

水寒妈妈也没再问。水寒整节课都是一副打不起精神的样子，有人的动作不对他也不去纠正。

郭全陈静五人玩了一整天，才回到住宿的地方。几个女孩子正在兴奋地说这说那，陈静走进来催促道："吃饭去了，你们不饿？"

小秋说："饿了呀。"

陈静说："饿了不快点儿洗？洗完了赶紧吃去。就你最大，带着头地疯吧你就。"

小秋看看两个妹妹，说："又是我来背骂了吧，怎么几岁就这么大差别呢。千万不要长大哦。"

陈静说："你，小秋，越说越往坏里教了。"

灵灵对佳佳说："你先去洗吧。"

小秋也说："你第一个，灵灵第二个，我最后，你们不要等我，先去吃就好了，我自己去餐厅找你们。"

陈静说："等你吧，你们都快点儿就行了。"

小秋说："小孩子的，一定早饿了，我洗好还要弄头发，又不会迷路，你们先吃好了，姑姑不要假客气。"说完自己咯咯笑了。

陈静说："去晚了没饭我不负责啊，这孩子。"

小秋收拾好了，走到电梯旁，一眼看到旁边楼道里说话的两个人，大惊失色，踩着细高跟鞋跑步到了楼梯口，硬是走楼梯下到了餐厅。

餐厅里，其余四个人已经是在大快朵颐了。小秋来坐下，郭全在她对面，越过餐桌递给她一碟食物，说："山上的野兔子，你姑姑拦着才留这么几块儿，再晚点儿，这两人一块儿也不给你剩了……"

话没说完，郭全放下碟子，站起身招呼说："哟，你们呀？"

对方也很惊喜，说："郭处长，哎呀，这可是真的太巧了。"

郭全说："一块儿吧，高经理？"

高华经理说："不了……小秋！"

小秋真后悔刚才回头看了这一眼，冷着面孔说："你好啊。"

高华兴奋地说："太好了！"

郭全一头雾水，陈静倒猜到了几分，说："高经理吃了没有？"

话音没落，高华已经拉开椅子要坐下了。小秋一板脸，说："你不是吃好了才来的吗？"

高华只好扭在那里站着，说："我有点事想跟郭处长聊聊，借坐一下好不好？"

小秋说："那自然好。"说完起身走了。

高华第一个追过去，陈静是第二个。郭全略微尴尬地招待和高华在一起的那个人，说："那您，一块儿吃点儿吧？"

小秋的细高跟鞋走不快，只好站在那里跟高华争执。陈静走来说：

“小秋，你这么聪明的孩子……”

高华说：“就是，即便是我错，让我晓得哪里错，你这样突然消失，我多少天没睡过好觉，你知道不知道？”

小秋说：“你问我知道不知道，我不知道你知道吗？知道你知道吗？你知道什么？你知道我想知道什么，不想知道什么？”

高华说：“这样一长串，我早晕掉了。”

小秋一笑，说：“那是你晕，不干我事。”

高华又说：“那你跑什么，我到底哪里做错了？”

小秋说：“不知道！知道吗？”

陈静悄悄离开二人，转念一想，到楼上找服务员开了门，拿出小秋的大包寄存到了前台，把寄存钥匙挂到了自己手腕上。

郭全问陈静：“这是哪儿跟哪儿啊？”

陈静说：“我还没问你怎么认识高华的呢？”

郭全说：“这次出差就有跟他们公司谈的项目，他是公司代表方的，一块儿谈好几天呢，能不认识吗？”

陈静说：“真是无巧不成书了。他跟小秋是那个公司的同事，想追她，不知道怎么的，小秋一声不响自己来了我这儿，连家里都没说。惹得那边一通好找，结果……你看？”

郭全说：“爱情又不是狼，跑什么？”

陈静说：“现在这社会，不知道该怎么办的事儿一见得多了，就会跑了……一个跑，两个跑……”

有趣的是，有时接力跑也不是坏事儿。

水寒精心绘制了一个阿蒂迪德舞姿剪影的图标，命名为“最佳爱”，发布到网上，发起了一项新的接力运动。

凡是有兴趣的网民，都可以参与其中，把这个“最佳爱”下载打印，或者请水寒邮寄给自己，不限数量。要求是参与者要在出门时把它佩戴在身上，并且要向一个长发的美丽女孩送出这个图标，同时说：“我的阿蒂迪德女神，我爱你，永远爱你！”

一时间，整个网络都为阿蒂迪德女神所吸引。水寒支付出了自己在各处的网币，给那些需要付币才传递“最佳爱”的网民。

“最佳爱”渐渐出现在了很多街头巷尾，有些论坛干脆把它借用做了装饰图案。

校长办公室里，李班主任敲门进来，说：“校长，您找我？”

校长是个笑呵呵的胖老头，一头花白头发。他笑着说：“对，来，坐。”

李班主任说：“您有什么指示？”

校长说：“这个，我早上来看见的，你看看。”

李班主任接过来，正是网络上那张 8 分作文的考卷打印稿。他轻松地说：“这个，我也看过了。”

校长说：“你在哪儿看的啊？”

李班主任说：“网上。贴了好多了，我早就看过，不过没打印，呵。”

校长说：“那这个……”

李班主任说：“是这样的，校长，从考题上看，的确是咱们学校这次高二期末考试的语文试卷，但是名字给涂掉了呀！先不说网络里有的各种合成技术，考完这么久了，拿个空白卷子做个什么流行的‘恶搞’，也不稀奇……您说呢？有些跟帖的、转帖的里头说这个是我们班上的陈佳佳，这点我个人不多评论，谁让网上这个卷子和陈佳佳这次的考分一样呢？我只想说明一点：陈佳佳同学的语文期末考卷上，最初，基础部分是 23 分，我作文给了她 38 分——您别怪我啊，陈佳佳同学起先成绩还真是不错，我不想放弃班里的任何一个孩子，何况好孩子？青春期的女孩子成绩上下波动也不是没有的现象，不能因为一次的失误否定一个孩子的将来！我才冒着……呵呵，是我错，总之是想把语文给她凑成及格分，让她能顺利地升高三参加高考。唉，也许我实在是不该这么做……抽样互查的时候，让我们组一个老师检查出来陈佳佳基础知识部分判错了一个选择题，不是23分，只能得21分……您看！我还是没能留住这个孩子，我，唉……那个老师看见我给的作文分，当时就火了，跟我嚷嚷半天，您说说……我实在是，一时没忍住，还把那小老师给说哭了。我也是太不应该了！现在考卷已经存档了，我这儿不能拿来给您看，但是原始考卷不是网上的这个样儿，这个我可以担保……我实在想帮助这个学生，我们班是一个集体呀！您也知道，我也就操心教学上这点事儿了。哪个孩子都是我心里必不可少的一部分啊。”

校长笑笑，说：“一个也不能少？呵呵。你先去忙吧，有事儿我再麻烦你。”

片刻之后，档案室的小刘来了。校长说：“你去把这个考卷的底档拿来我看看。”

小刘去了会儿，回来了，说：“这个还给您，卷子没了。”

校长把胖嘴噘成O形，说：“哟，这可是大事儿啊，怎么能把卷子弄丢了呢？”

小刘很紧张，他的手抖了抖，从口袋里掏出一张纸，递过去，说：“不过，有这个……”

校长一看，是一张考卷的复印件，没有作文，只有考卷第一页正面，但是上面基础知识部分的评分是51分，和网络上传播的一样。他问：“这是什么卷子呀？”

小刘说：“我在复印机旁边发现的，就是上次学校办公室被撬之后，我查看破坏情况，在复印机旁边发现的，本来想留着用背面……”

校长笑了，说：“我们的员工都是好样儿的，节约纸张资源，好！”

校长笑着示意他可以出去了。

又是片刻之后，负责学校保卫的老王来到了校长办公室。

校长笑呵呵地说：“这回放假遇上事儿了，怎么样？”

老王说：“白班儿夜班儿都加强了，呵呵。”

校长说：“前些天学校被大破坏，怎么，光撬门了吗？”

老王说：“可不就是撬门锁？除了一个窗户锁，连个玻璃星儿都没坏。”

校长说：“就你说的那个语文办公室边上的窗户？”

“是啊。”

“还好没撬我这屋的，这顶层还有被撬的吗？”

“这层就您这屋没撬，剩下办公室、政教室、档案室、团委，一溜儿，一个没跑儿。”

校长说：“呵呵，看来这屋还是好地方哪。我说，这个做案的人还真是有点儿淘气似的。”

老王说：“有点儿，光撬门，什么都不动。”

李班主任回到办公室，只有孙老师在前面的桌子上伏案工作，而且她是背对着自己的。

他从桌子里抽出一个信封，拿出里面的一沓纸，正要欣赏……突然，李班主任一下子就趴到了那沓纸上面去，睁大眼睛看，越看表情越阴沉，甚至每一块面部肌肉都在颤抖。片刻后，他抬起头，瞥一眼埋头工作的孙老师，一边拿起剪刀把那些纸剪碎，一边平静地说：“这报纸还真是有意思，汉字部首演化，这挺好这个。”

孙老师头也没抬，应道：“是吧？是好。”

然后，李班主任把碎片装回到那个信封里，把它和桌上的教案一起拿起来，向孙老师告了别，出门去了。他走到卫生间，环顾无人，又把每个门都拉开检查一番，才卸去所有装扮的油彩粉墨，把信封里的碎片倒进马桶，冲了下去……扭曲，扭曲，扭曲每一块肌肉，每一根神经……但这次，却不是无声的狂笑，而是，号泣！

我要让你无处翻身！

八

陈静很快调到贸易局工会，做起轻松的群艺工作。她已经明确答复郭全，只等佳佳的学校一落实下来，就马上去领证办婚礼。

佳佳是不想再回那个高中读书了，宁肯没有学校可去。

小秋说："这是什么话？偏要回去，你不回去谁知道8分作文的事？就知道整天闷着闷着，这么大事情，要不是你哪一个同学帮忙，现在那个坏老师还洋洋得意呢。就要回去上课。"

佳佳说："换了是你呢？"

"我当然回去。"

"你回一个我看看？"

"犟嘴。要不你就去跟那个水寒一个学校？"

"别在家说！我跟他什么都不是！"

"我当然晓得，那你紧张什么？"

"你，不理你了。"

敬德高中里，这几天正在进行着一场考卷复查活动。由各个年级、科目的老师代表对其他年级的考卷进行抽样，然后拿到大会议室里，在学校监察组的监察之下，检查试卷的评判。

校长笑着坐在会议室正中间，看着全校老师挤到一处，说："大家挤一下，呵呵，就一会儿，考卷事件已经传播那么广了，要查一查，啊，查一查。呵呵。"

那几个老师代表已经开始逐项检查试卷，并把每个细节都详细地写到检查记录上。

与此同时，一个身影悄悄溜进了档案室……

会议室里，一些心底无私的老师都已经开始打哈欠了。老师代表终于检查完了手里的试卷，挨个儿站起来汇报。

“这份高三（3）班的语文试卷，学生姓名李华，得分86分，经检查评判无误。”

“我这份高一（2）班的英语试卷，学生姓名是张晓非，得分77分，也没有错误的地方。”

……

校长满意地点点头，问监察组的人：“老陈，都记录了？”

监察组陈老师说：“都记了，您过目？”

校长一挥手，说：“行了，散会吧，这大热天儿。卷子都没错，行了。”

校长回到办公室里，伸着懒腰，刚缓了会儿神儿，就有人敲门。

进来的正是刚刚潜入档案室的那个身影，说：“校长，这是佳佳的那份物理卷子。”

校长说：“哦？好，你先忙去吧。”

身影迅速走了出去。校长拿起卷子看下去，不仅卷面上涂改的痕迹很多，而且有明显错判的题目。

57？75？

校长沉吟片刻，打电话，说：“小刘，你把这五年的教师岗位审核都拿来。”

小刘问：“都拿来吗？”

校长说：“都拿来。”

过了好一会儿，小刘搬来两个大箱子的资料，说：“校长，都拿来了。”

校长头也不抬，说：“你把它们分成……咱们学校监察组几个老师来着？”

小刘说："八个。"

校长抬起头说："那就分八份儿，给那八个老师分别送去，这帮人，岁数越大越是较真儿，呵呵。去吧。"

小刘刚要弯腰搬箱子，校长说："你不嫌累啊？在这儿分得了，然后一份儿份儿给他们抱去，不轻省点儿？年轻，也不能搬着箱子到处跑不是？"

小刘笑了，答应一声就行动起来。

等到校长舒舒服服地睡醒午觉，沏了壶茶，监察组的八个老师红着眼睛陆续来了。

校长笑呵呵地说："来了？睡会儿没有？"

老陈说："我中午一般不睡。"

校长说："哟，时间长了对身体不好，你们是学校的宝啊。"

几个老师笑起来。

老陈说："我们都大致汇总了一下，找出各自那前十个来，然后归到我这儿排了个序。给您。"

校长说："你们想得可太周到了，这点儿奖金干脆给你们算了。"

老陈说："这些老师才应该拿奖金呢，我们比他们，没法儿比。"

校长说："没你们谁，学校都不灵！呵呵。这样，我找机会再向上边多申请点钱，但是，早早晚晚，多多少少，各位别怪我啊。呵呵。"

校长等监察组的老师都走了以后，拿起那份近五年来学校老师各项业务成绩审核的单项和综合排名表，仔细看起来。越看，他脸上的笑容就越少。

李班主任的那些资料，他已经在小刘分送资料的时候抄了个大概，并把它无声无息地放进了最后一部分里。小刘及时地把它送到了监察组老师手中。

现在比较看来，这张表上李班主任的数字应该是准确无误的。校长又随手抽出一份老师的审核表，对照排名表上的数字，没错。看来排名表应该也有一定科学性。

校长打电话让小刘把这些审核资料搬了回去，自己则坐在椅子里深思良久……终于，校长拿出剪刀，剪碎了一沓纸——具体来讲，是一份物理试卷。然后，他把碎片塞进了自己的公文包……

陈静来到校长办公室，心怀喜悦。她进门就冲校长开心地笑了笑。

校长说："大驾光临啊，哈哈。"

陈静马上把脸上的喜色收去大半，冷静地说："校长，您找我来，是佳佳的卷子查得有结果了吗？"

校长笑着说："是啊。"

陈静说："那佳佳可以回来上课了吧？"

校长说："这个，我们破例也不是不可以，我个人是很欢迎佳佳同学回来的。"

陈静说："破例？！佳佳的语文成绩没有不及格，怎么叫破例？"

校长说："可是没有事实证明啊，单凭这一张网络上下载的纸？现在的电脑技术多发达，你想做什么做不了？何况一个考过很久的卷子。"

陈静说："您不信分数，细节呢？我们可是每道题，每个答案……"

校长插言道："细节决定成败，是有这个书是吧？"

陈静说："那佳佳到底……"

校长笑着说："我们可以破例接收佳佳回校学习。"

陈静说："您怎么总这么说？卷子呢？劝退呢？孩子受那么大委屈，就不给平反了吗？"

校长说："我们可以接受佳佳回来啊，同时还可以加强对她的管理，杜绝不应该发生在学校里的不良现象。"

陈静冷冷地看着校长，说："我们孩子受的委屈呢？"

校长说："这我怎么说？卷子早就丢了，学校闹过贼，这学生们家长们都知道，卷子，卷子，我们现在是在无凭无据地纠缠一个字符而已啊。"

“字符？难道里头就没有它所代表的东西吗？”

“我可不是教语文的，呵呵。”

“好，语文卷子丢了，我现在要看孩子的物理卷子。”

“物理卷子也丢了。”

陈静说：“什么?！也丢了？怎么佳佳的卷子都丢了呢？”

校长说：“这个我比你更好奇呀，你想，怎么学校闹过贼，然后网上就出了这个帖子，而现在我们查了又查，只有陈佳佳同学不及格的卷子都丢了……当然，我绝对不是说你们和这些有什么关系。但是，怎么没有丢别的同学的呢？还有，怎么合作班的学生没有在别的教室打过架呢？”

陈静站起身，又转过头来，说：“孩子还有那么长的路，我们转到别处，也得有个好点儿的说法儿吧？您这儿就不打算对这个卷子说点儿什么吗？”

校长笑着扔去几张纸，说：“这是佳佳语文老师写的试卷报告，佳佳这次期末考试语文基础知识是21分，作文是38分，报告很详细，我们已经报到该报的部门去了，你可以拿回去好好看看。呵呵，我这儿有底儿，这份儿您拿走就行。”

陈静看也没看那几张纸，走出了校长办公室。

之后，校长从抽屉里拿出一颗鹅卵石，走到卫生间里把它清洗干净，擦干。回到桌前，他给鹅卵石涂上胶水，粘到一个鹅卵石山的顶部。然后，他欣赏着这座山，自言自语地说：“成功就要一步一个台阶，稳扎稳打……”

陈静在街上走了很久，才想起来要坐车。她环顾四周，笑自己，怎么走到文华大学这儿了，跟家差好远呢。

街对面正是一家西点店，那里有佳佳最爱吃的点心。陈静急急地就往马路对面跑，被一个骑自行车的学生带了一下，险些摔倒。幸亏有一个人扶了她一下。

陈静揉着撞疼的身体，回头说："谢谢……"

却是贾又安！

她第一反应是想要跑开。

但是贾教授的手紧抓着她的肘部："我跟着你走了好一会儿了，开始不敢确定，后来不敢喊你。"

陈静无语。

贾教授搀着陈静走到路旁安静点的地方，说："别总站在路中间了。"

然后就是沉默。陈静终于开口："你真的在这个大学……"

背后小秋的声音尖脆地响起来："姑姑，贾教授！"

陈静突然浑身一颤，说："你快走吧。"

贾教授说："走?!"

小秋已经拉着佳佳来了，说："姑姑，你跟贾教授认识的？哦，还瞒着我们，早知道就不费这么多周折了，是不是，佳佳?"

陈静紧张地问："费什么事儿啊?"

小秋说："我同学在一个文化研究班里当班主任，天天哦，就为这位贾大教授，挺个大肚子不知跑了多少回，讲几节课的事情，倒害得人家女孩子好辛苦的，姑姑，你帮帮忙吧？讲讲情嘛。"

陈静还没说话，贾教授赶忙说："我哪儿不答应了？这就准备跟她说去呢。"

小秋说："真答应了?"

贾教授说："那还有假？能让你们辛苦没结果吗?"

小秋说："太好了，我先替我同学谢谢你了，还有你，姑姑。哎，佳佳，表姐买东西给你，你想要什么?"

佳佳说："我想吃一个那样的蛋糕，行吗……可以吗，妈妈?"

贾教授万万想不到，万万想不到眼前的女孩子……他一把抓起佳佳，几乎把她举到空中……颤抖着，说："佳佳？你是?！佳佳……贾……"

佳佳吓坏了，叫道："妈妈，表姐！"

陈静劈手夺下女儿，却红着眼睛瞪住贾又安说道："咱们回家去。"

小秋早已经伸出手，拦了一辆出租车，三人匆匆而去。

陈静一回去，把整个家翻个儿似的洗了一遍。

小秋揉着肩膀说："佳佳，姑姑一有心事就这样的？"

佳佳说："差不多吧。"

小秋说："哇，那太辛苦，这次累都要累倒我了。你说，那天那个贾教授是怎么回事？"

佳佳说："别问我，我还吓一跳呢。"

小秋说："不管怎么样，这个贾教授一定跟你妈妈有关系，还是很熟的关系……哎呀！"

佳佳忙问："怎么了？"

"没怎么，刚才不小心揉痛了。"

"我妈经常这样儿，我都习惯了。"

"可怜的孩子……这样，咱们两个偷偷出去玩去，好不好？"

"不去，我想在家呆着。"

"倒干脆！家里还没洗完，你不怕痛啊……算了算了，你个小姑娘。"小秋爱怜地把佳佳搂在怀里。

郭全来了。

听到门铃响，小秋突然从佳佳房间里冲出来，拦住陈静，说："等一下，等一下，我来开门。"

陈静沉默地转身，由她去。小秋从猫眼里看了又看，才把门打开了一条缝，张望过后，说道："进来吧。"

郭全说："干吗你？"

小秋说："看你带没带尾巴。"

郭全笑了，说："带能让你看出来吗？"

进到屋里，郭全吃了一惊，不再理会小秋刚才的话，问道：“你们这是在家干吗呢？彻底灭蟑？灭鼠？哪儿又传说有流行病了？”

小秋笑得跌倒在沙发里，一句话也说不出来。

郭全无奈地看看她，想再问一句，怎奈小秋一直笑个没完。他只好找到在阳台上清理瓷砖的陈静，问：“是灭虫子呢？还是有什么病毒流传了？”

陈静说：“没心思跟你开玩笑。”

郭全说：“嚯，您二位这是……”

陈静说：“看不惯、受不了，是不是？那你走啊？快走快走，我忙着呢。”说完，用力地擦瓷砖。

郭全碰了老大没趣，走回客厅。小秋和佳佳在整理晾干的被单衣物等。郭全问：“她怎么了？”

小秋说：“不晓得。”佳佳是像往常一样把头一低。

郭全叹口气，把手里藏着的一枚不干胶小图标贴给小秋，说：“我走了。”

小秋任由图标贴在手上，继续和佳佳一起叠衣物，说：“吃了饭再走好了。”

郭全摇摇头，自己开门出去了。

小秋去洗手的时候才发现，郭全贴在自己手上的是一枚很漂亮的芭蕾舞舞姿剪影图标。她笑笑，把它贴到了自己化妆品盒子的一侧；涂完手霜，盖上了盒子。

水寒只要有空就去上英语课，可就是没有碰到过佳佳。校园里，大街上，他也曾看到过很多次“最佳爱”的图标。但那些都不能带给他欣慰，而是一种深深的刺痛。

水寒真的不想再尝试寻找了。每天都会遇到太多的刺痛，不管在生活里，还是网络上。不管寻找什么，找到的每一点痕迹都好像只是为了把自己淹没。

囡囡也报了这个英语词汇班，张望着，希望能见到佳佳。

这天，囡囡寂寞地走在校园的小路上，突然有一个男生走来，指指身上的图标，然后递给她一个“最佳爱”，说：“我的阿蒂迪德女神，我爱你，永远爱你！”

面前的男生很阳光，还颇有些帅气。囡囡简直不敢相信自己的耳朵。她问道：“给我的？”

男生说：“是啊。”

囡囡说：“可我不是长发美女啊？”

男生笑了，说：“你头发超过肩膀了啊，而且，你很cute，我觉得你就是美女。”

囡囡吃惊地张大嘴，接过那枚图标。

男生说：“别忘了，帮他找到那个女孩儿。”

囡囡打开书包，把这枚“最佳爱”珍重地放到文具盒里。再抬起头来，她神采飞扬。

这天晚上，囡囡终于鼓足勇气敲开了佳佳家的门。

陈静一个人在，囡囡怯怯地问：“阿姨，佳佳没在啊？”

陈静两手全是洗涤剂的泡沫，冷冷地说：“出去了。”

囡囡只好小声地说道：“她总那什么……我，我找她有点儿事儿。”

陈静问：“什么事儿？”

囡囡说：“您能让她给我打个电话吗？或者，不不，您能告诉我她什么时候在家吗？”

厨房里，传来“噗噗”的声音，陈静一皱眉，说：“糟了，我煮的毛巾！”她冲向厨房，顺手带上了门。

囡囡在门外喊道：“阿姨，阿姨，我明天就去旅游了。”然后又无奈地小声说：“我明天就走了，我想跟佳佳说说话，那天真的不是我，我们都没有错。我得开学才回来……”

囡囡坐在楼门口的台阶上等到很晚，佳佳也没有回来。

囡囡刚走出小区，迎面一辆出租车驶了进来。车里，佳佳把头枕在小秋肩上，半睡着就回来了。

语文办公室里，几个老师热闹地围着孙老师，说："小孙，年轻有为啊，培训多长时间啊？"

孙老师说："不是培训，我是去上学位班。"

李班主任说："又拿个学位回来，我们这小办公室要装不下了怎么办？"

孙老师笑笑说："您几位永远是我的老师。我在这儿学了很多东西。"

另一个老师说："请客请客，这两年宰不着你了。"

孙老师说："今天晚上请客，我爱人都订好地方了，大伙儿谁不去都不行。"

李班主任又补充说："吃完了，咱们找个地方唱会儿跳会儿，怎么样？"

大家都哈哈笑着，没人接话茬儿。

这天，陈静接到一个陌生号码的电话，是个女人的声音，一定要和陈静面谈。

陈静问："我晚上要回家，白天你来我办公室可以吗？"

"可以。现在我就有时间。"

陈静刚好没什么事儿，就约她过来。

见了面，陈静觉得对方似曾相识。那个年轻女人浅浅笑着，自我介绍说："您不记得了吧？我是敬德高中教语文的孙老师。"

陈静叹口气，说："我们佳佳再不去那个学校了。"

孙老师说："佳佳是个好孩子，我们很多老师都喜欢她。"

陈静说："谢谢你。"

孙老师又说："佳佳下学期的学校定了吗？"

陈静苦笑着说："在别的区找了一个，离家里倒是不远，可惜不是重点，就怕……”

孙老师说：“您想让佳佳回这个高中吗？”

陈静摇摇头，说：“我想让她能接着念重点，但绝对再不回那儿了。”

孙老师说：“重点不重点，都只是……那，我也许，该告辞了。”

陈静笑笑，站起来，准备送她出门。

孙老师一扭身的工夫，恰好看见身背后一面墙上，全都是陈静和她教过的学戏学生的合影。陈静见她感兴趣，就解说道：“这个是我最得意的学生了，她家在郊区，家里也没人干这行，但是条件特别好，里头这些事儿一点就透；这个跟我学的时间不长，刚拿了个奖；这个，身段尤其好，就是不爱练功……”

孙老师看着陈静喜悦的面庞，说：“我有样东西，不知道您有没有兴趣看一下？”

当孙老师把手机里拍摄的佳佳语文考卷录像播放给陈静看时，陈静一点也不吃惊。

孙老师说：“您不想去……”

陈静说：“去过了。”

孙老师说：“现在您有这个证明了，我特意一张一面儿地移动着拍的。”

陈静说：“一个人，一个女人，太弱小了，走到哪儿都会消失在她周围的环境里，即便是高腔儿，又能传多远呢？”

孙老师问：“那佳佳……”

陈静说：“我不知道我这前十几年做得怎么样，但是，我知道我必须要拿出十年甚至更长的时间来补救她的这一个月……”说到这儿，陈静略微顿了一下，继续说道：“我真的非常感谢你今天来。”

孙老师说：“这是应该的。”

陈静笑了笑，说：“如果你不介意，那录像能给我个备份吗？”

陈静谢过给她指路的人，来到了贾又安的楼下。

贾教授已经回到家里静养，开门看到陈静，一时无措起来。

陈静走进来，说：“摆设儿上还是老习惯。”

贾教授拿了苹果汁来，说：“还是爱喝这个吗？”

陈静说：“这个就好。”

贾教授比平时更瘦了一圈儿，精神也有些倦怠。他望着陈静，眼中有无限柔情、无限眷恋、无限苦楚。

陈静垂下眼睛，说：“你还好吧？”

贾教授说：“佳佳都那么大了？”

陈静说：“你喜欢她吗？”

贾教授说：“和你年轻时一样美、一样纯洁善良。小静……有佳人兮，在水一方……”

陈静脸上浮出一丝会心之笑，手里玩弄着那听果汁。

贾教授说：“小静，你也许不会原谅我，也许，你根本就不会相信我……我看过一篇文章，写一个男孩子的痛惜之情。他的爱人辛苦地供他读书，男孩子唯一的心愿，就是一定要把爱人照顾好。他为此付出了很多艰辛，把自己所有的精力和感情都放到努力工作之中去了。他没有亲人和朋友，家外的一切对他而言都是冰冷的。可是，他把对外界的冰冷态度也带回了家对待爱人……他没注意到爱人的眼泪。当他意识到这一切，想拥抱爱人的时候，爱人冰冷地把他推开了。爱人的心早就被他伤透了……他把自己封进了冰冷的棺木里边……这个文章的名字，叫《琥珀》。”

陈静浅笑着，说：“这个故事一定是编出来的，男孩儿的爱人怎么会怪他呢？”

贾教授说：“所谓成之也，败之也。琥珀里的人都是为了勇气而失去勇气的人。他甚至没有勇气问一句话……”

陈静说：“不要在意太多，就会问出来了。”

贾教授的一双手在桌下把桌布的流苏搓了又搓，说：“苹果汁还没打开，我帮你开吧。”

陈静注视着他，等待着。然而贾教授只是搓流苏，甚至把眼睛也慢慢移向了那里……

陈静发出一声只有自己的嘴唇才听得到的叹息，说：“我先走了，孩子等着呢。”

陈静走向门口，贾教授紧紧跟随。陈静转回身，面对着他，再次做出尝试：“你……晚上怎么吃饭?”

贾教授把两只手绞得红一块白一块，半天才说出来：“吃食堂。”

陈静回到自己家楼下，还是觉得心里让什么压着一般，那些情绪啊、语言啊等等，都被压住了，动弹不了。整个人更是懒懒的，直想躺倒，蒙住头睡一大觉。

打开家门，却是一股涌动的情绪、语言扑面而来，破面而来。

郭全和小秋、佳佳在玩“木头人”的游戏，此刻他正被小秋快语指责：“郭叔叔不许要赖皮的，刚才佳佳喊的时候，你明明一只脚在那里，喏，正要飞起来的样子，偏偏要落到墙上去，赖皮赖皮，手也不对嘛，而且小心那只脚，家里好辛苦才做好大扫除，墙皮脏了当心姑姑罚你擦洗五百遍的。”

郭全说：“我就这么没地位?我说小秋你也真能糟蹋我，让我擦墙?你姑姑才不会哪，这回是你赖皮了，都赖皮了。不算喽，重来重来。”

佳佳站在一边看着，突然叫道：“妈妈?”

大家都回头。郭全不好意思地笑了，走过来，一手指着小秋正想说些什么。陈静指着他大喊：“木头人!”

郭全一吃惊，真个呆住不动，一点儿没赖皮改动作。

小秋说道：“看看，郭叔叔就是这样子，我们喊，他总要改个多少动作才好的，怎么姑姑一喊这么听话，不行，郭叔叔偏心，还要赖皮。”

郭全刚一回头想反驳她，陈静第一个说出来：“动了！你输了郭全。你们说要罚他什么?”

郭全做投降状，说：“我自己说吧，让她们俩说，什么损招儿没有？哎呀，谁说洪常青同志是个幸福的同志的？”

小秋不愿意，说：“没有自己说的，姑姑你不要姑息哟。”

陈静一边走向里面，一边说：“反正他交给你们俩了，罚去吧。”

郭全招架着说：“这绝对不行这，那我要逃跑了。”

佳佳突然说道：“逃跑就是有罪，囡囡说的。”

小秋跳过去抱住佳佳，说：“表姐爱死你了，好佳佳！”

陈静在房间里换衣服，听到后来这几句话，静静地流出了眼泪。当她看到镜子里的自己时，又笑了。

吃晚饭的时候，陈静看到桌上的几张电影赠票，想起来说：“佳佳，忘了告诉你，有一天你那个囡囡来找过你，就是你跟表姐去看了好多电影的那天。”

佳佳紧张地说：“哦……”手里停下了筷子。

小秋夹给她一筷子菜，问：“哪个囡囡？我没见过的吧？”

佳佳说：“一个同学。”

小秋又问陈静：“她来干吗？”

陈静说：“好像是要去旅游，来跟佳佳说一声儿。”

小秋说：“那等她回来，佳佳你带我去找她玩，好不好？”

佳佳失落地说：“那会儿你就放完假了。”

小秋说：“小姑娘，你怎么知道？我还不走了呢。”

佳佳拨着碗里的饭，没说话。小秋用胳膊撞了她一下，她也没有不高兴。

正吃着饭，有人按门铃，陈静走去开门，居然是高华。

小秋大怒，说：“谁让你找到这里来的？我报警了。”

高华说：“我是来看陈阿姨的。”

陈静想了想，恍然大悟地看看小秋，说：“瞧瞧，你爸爸打过电话，我全忘了，说的是这事啊？来吧。”

小秋说：“姑姑不要让他进来！”

郭全说：“佳佳，赶紧坐这边儿来，你表姐要‘排山倒海’了。”

佳佳居然真的坐了过去，高华、陈静、郭全几个人全笑了。连小秋也绷不住，笑了出来，说：“我比郭芙蓉要厉害多了。”

高华趁势进来，小秋说：“不过我吃完了，要出去了。你们慢聊。你不是来看姑姑的吗？坐啊。”

高华笑着说：“不要紧，我也休年假了。”

小秋第一次没了话，瞪住他。

郭全走去，拍拍他，说：“好，这休假好。”

陈静悄悄拽一下郭全，说：“当着孩子的面，让人看着你也这么没正形啊？”

郭全灿烂地笑了。

佳佳在大家乱乎的时候，端起餐桌上的东西收到厨房，一一进行整理。高华拦住要出门的小秋，递上一枚图标，说：“最佳爱，你就是我的女神，我爱你，永远爱你！”

小秋脸一红，举手要发作。郭全赶忙制止住，说：“网络游戏，网络游戏，我女儿早教过我了，别别。”

小秋又一看那图标和郭全曾经贴在自己手上的一样，这才作罢。

佳佳这才从厨房里出来，摆好水果，说：“妈妈、叔叔、姐姐、哥哥，你们来吃水果吧。”

九

英语单词课上，老师正在带领大家背口诀。水寒听得入神，手中的笔飞快地在讲义上做着记录，根本没注意到教室里走进来一个女孩，关注地望着他。

这节课结束以后，水寒意犹未尽地伸展一下后背，眼睛还盯着讲义，嘴里默念口诀。

"还联想呢?"一个熟悉的女孩的声音。

水寒忍住了才没回头，说："你来干吗？英语那么好。"

安然在他身旁坐下，说："对，已经拿到外语学院通知了。"

水寒说："来气我？省了吧你!"

安然说："你现在说什么我都不跟你吵……出去?"

水寒沉默着坐了很久，然后一头扎到面前的讲义里，背诵起来。

若刚从家里出来，跟水寒走到附近的街心花园。水寒一直没说话，若刚不耐烦地站到草坪旁边，问："什么事儿啊?"

水寒说："你跟安然有联系?"

若刚说："啊，怎么啦?"

水寒说："你说怎么了?!"

若刚说："吃醋了?"

水寒怒喊到："你跟她爱怎么着怎么着！可是有一点，你凭什么把我的事儿告诉她?"

若刚也喊道："你跟我嚷嚷什么？她有东西要给你我才说的。"

水寒说："你，哎，这么点儿女孩儿的把戏都看不出来？她没要过你是怎么着？要的不够是吧?"

若刚狠狠地推水寒，说："你再说一遍！"

水寒自知失言，推开若刚的手，要走。

若刚喊道："她要给你佳佳那卷子！"

水寒站住脚步，回头问："佳佳的卷子不是都丢了吗……"突然，他大步跑了出去。

若刚一想，赶忙追去，也顾不得草坪，直接从上面抄近路，截住水寒。水寒用书包推他，不让他阻挡自己。若刚非要阻止住他，两人扭打在草坪上……

从花园的办公室里出来，若刚看看两人的狼狈相，说："现在能听我说话了？"

水寒说："你想说什么？"

若刚说："佳佳是好，人见人爱、万人迷，可是她也就是个万人迷；谁都迷，也只是迷一迷。天下的美女大都相似，只有丑女才各不相同。心里惦记是一回事儿，惦记任何一个万人迷也都是一回事儿，你又何必为这个把自个儿都……"

水寒笑一下摇摇头，说："你自己说着吧，我走了。"

若刚紧追两步，说："还得打是吗？"

水寒问："卷子是怎么回事儿？"

若刚说："有了卷子佳佳就能怎么着了？是这么简单的吗？你真是就那么想帮她吗？你真以为自己就等于是正义吗？没法说你们俩，真是一样轴……"

水寒望着他，说："你见到佳佳了？"

若刚说："你，你！哎哟，我说的是安然！"

水寒一咬牙，说："她？"

若刚说："安然找我，想让我把卷子给你，她以为这样就能让佳佳回学校上课，我跟她说你这根本没用。她不信，我就让她自己去找你。你就这样了。"

水寒说："佳佳即便不能回去上课，也一定要给她这个清白。哪怕就给她这一回清白呢。"

若刚说："行了，我不跟你争这个。"

水寒走了，若刚想了想又追上去，说："我觉得你不能太误会安然，她看见帖子之后，自己做了好几大箱子的不干胶'最佳爱'到处发……找卷子也是因为，对你有用。"

水寒问："她怎么拿到卷子的呢？"

若刚耸耸肩，说："忘问了。"

水寒坐车向安然家方向走去，车上上来两个中学生模样的女孩子，笑嘻嘻地，手上都贴着"最佳爱"图标。水寒苦苦地微笑了。

过了几站之后，他突然起身下车，穿过马路，坐车回自己家。

安然费力地从出租车上搬下来一个大纸箱子，付了车钱，一点点把纸箱子挪进楼道，放到一楼房门口，坐在上面等着什么。

时间很快过去，安然需要不停地制造声音来保持楼道里有灯光。楼道的灯又灭了，她在黑暗中静了片刻，没有制造声音，而是站起身，从书包里掏出一个纸信封来。

这时，灯突然亮了，外面有人走进来。安然看过去，恰是水寒。

水寒打开门，说："进来吧。"

安然说："箱子……"

水寒弯腰搬了进去。

安然递过信封，说："这个给你。"

水寒说："进来说吧。"

安然走进去，关上门。这里她再熟悉不过了，但是，今天还是有点紧张。她坐下，随手拿起茶几上的一听饮料，拉开。

水寒坐到对面，问她："你怎么拿到卷子的？"

"通过老师。"

"两科都在你这儿？"

“没有，只有语文，听说物理的丢了。”

“还传说语文的丢了呢。”水寒有些不相信。

安然急切辩解到：“语文也是凑巧拿着的，要不也让那李老师给毁了。”

水寒还是一脸不信任，问：“你怎么知道的？”

安然说：“咱学校教语文那孙老师是我表嫂。我们那天聊天儿说到这儿了，她说她知道李老师把卷子藏在自己抽屉里。我就想去……弄出来，因为……因为……想弥补佳佳，不是为别的谁。开始我也不知道怎么去弄，可是正好我那天看见一个‘鸡’从李老师办公室出来，我就给她钱，还吓唬她，让她写了一份儿跟李老师的所有的账目单子，还跟她说要是再那什么提前告诉我一下。”

水寒唇边掠过一丝笑意，插嘴道：“那单子呢？”

安然说：“还在我那儿呢，不过我给了李老师一份复印件。”

水寒说：“有你的。”

安然轻松地向沙发上靠了靠，说：“也是赶巧，我爸爸给我表哥表嫂两人一块儿找了学习的名额，我表嫂说她正想离开学校不干了呢。我问她能不能拿那个卷子，她不敢，后来我说带我去看看总行吧，她就晚上带我去办公室了。我拿手机拍了录像，她也拍了一个，然后我说我来放卷子吧，就把那单子跟卷子换了，给塞到李老师抽屉里头。然后就一直想找机会把卷子给你……”

水寒说：“干吗想给我？你给佳佳去不得了？”

安然忽一下子幽幽地说：“你给她不是……更好嘛……”

水寒点上一支烟，说：“唉，累了，你不早点儿回去？”

安然狠狠地咬住嘴唇，然后说道：“你要直接问若刚不是更省事儿吗?!”

安然出去以后，水寒狠狠踢了纸箱子一脚。

网络中，放牧者已经很久没有跟囡囡代言的小猫咪说话了。囡囡一上

网就东粘西凑那些流行话符跟对方乱说话，放牧者的每次挑逗她都不回复，或者转言其他。急得若刚直说要亲自去聊。而安然代言的小猫咪则不一样，什么都说，还按照水寒若刚的意图主动引着放牧者说话，差一点儿就要引着他约小猫咪见面了。

水寒登录小猫咪，打开放牧者的对话框，说："好久不见，我想你了……你呢……"

对方迟迟没有回复。

水寒趴到桌子上，把音乐声扭到最大……直到天色黑沉，和这些狂乱冲撞的音符一起包裹住了他。

佳佳这些天哪儿的课也没去，净跟着小秋为陈静、郭全的婚礼忙活了。当然，高华从一个在北方的朋友那儿借了辆车，主动承担起车夫之职。小秋说了，每天只给十元报酬，爱干不干。

佳佳私下问小秋："给高大哥十块钱，够干什么呀?"

小秋说："你不懂，只要给他报酬，我们和他就是雇佣关系。到时候，忙完这些，我们不欠他的。"

佳佳笑道："掩耳盗铃。"

"你还敢讲我啦，不说谢谢我教你好多本事。"

"那咱们不用高大哥帮忙呗。"

"看他一天天凑上来的那个样子，不用也浪费掉了。"

佳佳摇摇头，说："不懂。"

小秋看看表，向卫生间走去，说："就要来了，我们今天要多跑几个地方，多看它几十件的婚纱。"

佳佳自语道："还一个小时呢，这就去捯饬啦。"

三人一天中转了好多家店，小秋以极其熟练的购物技巧和敏锐的眼光，给佳佳、灵灵挑好了两件同色同款式的及膝纱裙，给自己也选了一件蓝色底红郁金香花纹的旗袍，就是挑不出满意的陈静的婚纱来。

高华已经把店里的杂志翻来掉去看了好几遍。小秋挑累了，拉着佳佳来到休息的桌椅旁，捶打着膝盖要水喝。

高华说："这么多就挑不出来吗?"

小秋说："你哪里懂?"

高华说："我看你买的东西样样好，你看你们的裙子都多漂亮啊！这个……"

小秋说："这个怎么这样啰嗦是吧，最重要的东西最是难选定，这样的简单道理都不懂，要来当众问我?"

高华说："我看你不口渴，还有这么多话讲。"

小秋说："我再口渴，也要讲倒讲服你才行的。"

高华嘿嘿笑了，想想没说什么。

佳佳说："要不咱们从网上挑挑呢?"

高华说："好主意！网上东西多又全，样子足够挑的了。"

小秋说："又说外行话，衣服，尤其是这样的裙子，一定要看实际物品的，最后还要上身试，才知道究竟合不合自己的身材、气质，网上看到好，买来一穿不像样子，怎么办?"

高华说："那我们拉姑姑出来试下就好了，你这样看啊挑啊的也是没用。"

小秋说："姑姑有你这样多空闲时间的？我们先看个大概，抓她半天时间一下试几件，一下就定了，多好！"

高华转过脸对佳佳说："你这个表姐一到我这里，就有千万条道理可讲，平时跟你只知道吃穿玩吧?"

小秋瞟着高华说："少来污蔑了！"

高华接住这道目光，一时间又是大脑一片晕眩。

在小秋的张罗奔波之下，婚礼的服装和酒席地址都一一定了下来。司仪不用请，小秋早就自荐其职了。

陈静自是人逢喜事精神爽，坐在办公室里也要多照几回镜子。这边她正照着，那边有人敲门，陈静说着念白道：“进——来——”

贾教授推开门，恰看到陈静那双喜盈盈的眼睛和透着绯红胭脂色的面颊、水润润的嘴唇，以及止不住想展袖轻舞的柔美秀发。

而陈静则看到清瘦且面色苍白的贾教授，一丝不苟的衣服前面是一束怒放的百合。

两个人都有些不好意思起来。

陈静说：“你怎么来了？”

贾教授说：“我，来看看。”

陈静从他手里拿过花儿，说：“真好看，是给我的吗？”

贾教授说：“是……”

沉默了一会儿，贾教授又说：“你调到这儿来了？”

陈静说：“你去剧团了？”

贾教授说：“我有个熟人，也并不是太熟，他喜欢收藏什么的，总找我，他在你们剧团——不，你原剧团，有个投资，我托他……我这个熟人人还是不错的，虽然在某些细节上有些不合某些标准的地方，但是人本来就无法定义统一标准，就像古代的物品造型在现代看也许不是美的，民族和都市的审美标准也有不同。不往远了说，就拿他这次的京剧新创戏的投资来看，就有很多不同以往的……”

陈静把杯子在桌上一顿，说：“唉，这么多年，你走路都能走到我们团去，你……”

贾教授低着头，说：“从某种角度上说，你也可以走路到我们大学。”

陈静不悦地说：“自打我知道了，我没走过吗？”

贾教授讷讷地说：“是、是、是我没走过。”

陈静说：“跟女人争，只能让一个男人变得比女人还女人。”

停了停，贾教授又主动说道：“我，请你吃饭吧？”

陈静想想，说：“没问题，什么时候？”

贾教授说："今天、明天，都行，看你吧。"

陈静看看台历，说："今天晚上行吗？我们两个人去。"

贾教授搓着手说："好，太好了，我在老店家等你。"

陈静犹豫着说："还是去旁边那家火锅店吧，那种老字号都有点儿老气似的，连年轻伙计都是老人的那种懒样儿，我去一次心里都老一大截儿。"

贾教授说："好好，好，我等你，你们!"

然后他拉开门就出去了，陈静突然想起还有件事没跟他说清楚，赶忙走出去想叫他。不想贾教授自己又折了回来，撑着门问："旁边那家火锅店，你是指紧隔壁的那个涮的火锅店还是另一侧离开两步远的焖锅店？那个焖锅也是一种广泛意义上的火锅，还有路对面有家涮肉馆，也是火锅的表现形式，你具体是指哪一家呢？"

陈静愕然道："我就知道它旁边紧挨着的那个涮火锅的店，别的不知道啊。"

贾教授如释重负，居然在冷静的面孔下用了轻松的腔调说："考证不完全吧？差一点点儿都不行的，嘿嘿，我要不问这句，等错了怎么办？"

陈静比画着说："打电话呀，对了，这是我名片。"

贾教授对着陈静转去取名片的背影说："不用什么电话！我等你们就行了。"

陈静听到他关门走的声音，追着想说："我们两人是……"

贾教授已经走到楼梯口，下楼了。

贾教授回到家里，找出一套精装本的图书，又翻了半天柜子，找出两方赭石色的冻石章料，细细擦干净，涂上一层专用的油脂，装到盒子里。

他在衣柜里找了件衣服出来后，又转回到书房，找出一枚刻刀、一个精致的老式小床子来，用纸先把两小片砂纸包好，才又放上刻刀、床子，包成了一个整齐漂亮的纸包。接着，他打开柜子，找出别人送来礼物的盒子，小心地拆下上面的蝴蝶结。然后，他用书桌上的散绫子条把章料盒子和纸包一并捆扎好，在最上端粘上了那个蝴蝶结。

做完这些事情后，已经是下午五点了。贾教授迅速冲了个澡，就赶往西校门外的那家火锅店。

火锅店里还只有稀散的几桌客人。贾教授认为大家一定是都到食堂里去了，再晚好菜就打没了，可是陈静和佳佳怎么还不来呢？

服务员端来一壶茶，贾教授探头看了一看，赶忙跟她要了杯开水。服务员客气地把开水端了来，还递上一份菜谱，请贾教授先看看。

等贾教授快把菜谱上的菜式、菜名、价格、配料全都背下来的时候，陈静终于来了。

陈静忙着道歉，说外面堵得太厉害了。贾教授只是急着问："不是两个人吗？怎么就你呢？"

陈静笑笑，说："他停车呢，怕你等，让我先进来找你。"

贾教授问："佳佳会开车吗？"

陈静说："佳佳在家哪。我是……"

她一眼扫到桌上的书和礼物，以及上面的那个蝴蝶结，略带羞涩地说："老贾，我下午就想告诉你，我和郭全一起来。"

贾教授说："老贾?！……郭全？你？"

陈静不知怎样开头讲述，只是说："是，是。"

郭全快步走来，对着仍在呆滞状态中的贾教授就向他双肩按下去，说："别起来，别，陈静你也别，我这随便这个。"

说完，郭全拉开椅子坐下，一只手还在贾教授的肩膀上。郭全拍了拍贾教授，说："怎么样？久等了吧？太堵。服务员，点菜！快点儿！把我们这专家再饿着，呵呵。"

陈静赔着笑问："老贾，你点什么菜？还是鱼、海带那些个吗？"

郭全说："爱吃鱼呀，好办，这个，还有这个，老贾，你看你还要点什么？"

贾教授说："我喝了好半天茶，有点头晕，很抱歉，我张罗来了，又要说走……”

郭全说：“晕才得赶紧吃点儿哪，快点儿，服务员，这些先上，完了再点，快！啊。”

陈静也说：“吃了再走吧。”

贾教授冷冷地说：“我头晕，想回去休息一下儿。”

郭全说：“这黄腊丁儿我得盯着看看去，别不新鲜，你们先坐啊。”

餐桌上只剩下陈静和贾又安两人。陈静说：“我早点儿告诉你就好了，都是我太粗心，没跟你先说一声儿。”

贾教授一言不发。

陈静又说：“本来想带佳佳来的，可是……孩子，青春期都挺有小主意的，我想慢慢来，再告诉她，希望你能理解。”

贾教授把书等物品向前一推，说：“那麻烦你把这个转交给她，也不必说有我的存在。”

陈静说：“你误会了，我不是那个意思，佳佳还是个孩子，我要等合适的时间跟她说。她是我们的女儿，这是事实啊。”

贾教授说：“东西给你了，我走了。”

陈静说：“又安！为什么？”

贾教授还是冷冷地说：“没什么。”

陈静说：“好，我不拦你。我只请你想想，当年是你为了我妈一句话丢下一封信不辞而别……十七年，不管发生什么事，我……我的单位没变、房子没变，你有过一点儿音信给我吗？我自己照顾老人、带孩子你问过吗？……要不是碰巧，我都还不知道你就这么近，会在这个大学里！唉，难道你永远都规定别人只能按照你的想象去生活？你知道佳佳喜欢什么吗？”

贾教授低吼道：“佳佳是我的女儿，我当然知道她一定喜欢这个！”

郭全回来坐下，问：“还是走了？”

陈静勉强笑笑，说："我们吃吧。今天还得早点儿回去休息，不然明天脸色不好。"

郭全说："你怎么都是美的，明天最美，因为你就要是我老婆啦。"

陈静笑了，说："你你你，我我我的，全是耍贫嘴。"

郭全说："笑啦？来，多吃点儿这个，这补气，你补足了气儿好有劲儿批评我，呵呵。"

婚礼进行得十分顺利，两方来宾一个比一个好热闹，闹得连小秋都显不出什么了。只是酒席上出了点小岔子。

高华借着一分酒意、三分人气，端起杯子站到几桌人中间，说："大家静静，我有一件事，大事，让不让我在这里说？"

"跟新娘新郎有关吗？"

高华说："也有，也没有吧，让不让我说？"

"不让，不让你说。"

高华嘻嘻笑着，说："那我偏说，你们一定不要支持我就好了。佳佳、灵灵，到这边来，哥哥借你们托一下这个托盘。"

佳佳和灵灵互望一眼，一齐走了过去。高华神秘地交给两个人一样东西，嘱咐好，然后转身面向大家，说："大家都看我这里啊，今天，我要宣布一件事，那就是，我要正式、隆重、强烈、严重地向陈小秋小姐提出请求，请你答应做我的女朋友。"

说完，高华单膝跪在小秋面前。小秋的座位就在他刚才站着发言的地方，她却丝毫没料到他会做出这样一个举动。众人已经发出各种起哄的声音。而灵灵和佳佳有了刚才的授意，也已经一人举着托盘，一人拿起盘里的金色郁金香花枝，向小秋献了上去。

小秋窘得不行，小声对高华说："快起来，不要等我发作。"

高华兴致正浓，满心期待着一个允诺，又大声说："答应我吧，请你做我的女朋友，好不好？"

小秋慢慢沉了脸，说："你起来，不要让我在这里给你难看。"

高华说："不，你不会的。"

小秋说："你吃准了我？偏不要。你快起来！"

周围的人还在起哄，齐声喊着："答应、答应、答应……"

高华执著地望着小秋。

小秋站起来，手里拿了一小块带馅的点心。大家安静了下来，等着听她的回答。小秋说："今天是我姑姑的婚礼，我好高兴，所以想起我们那边有个节目，就是这样玩的，就是在婚礼上再发起一个求婚之类的游戏，然后大家可以考验那个人的忠心，你想怎么考验都可以的，灌酒啊、吃花椒啊、抹奶油等等等等，只要你想得出来，就可以用出来。考验嘛，就要看这个人忍不忍得的，其实主要还是让新郎新娘高兴一下的。大家轮番考验他的时候，还可以一边拉起队来跳舞的……我第一个，来，我问你，如果我这样，你还会不会求我做你女朋友的……"

小秋说着，把手中的点心擦向高华的脸颊。高华一脸的喜色都变成了怒气，还好有酒色掩盖着。

小秋故意大声拍手，对众人说："忍得了，好哎，婚礼就要这样的，大家来考验，来，我们来跳舞……来呀！"小秋把手中汤匙一丢，拉起座位两旁人的手，三人接成一队，一边跳一边在酒桌中穿行，还又拉了好些人起来加入。

一个客人说："这我玩儿过，我跳过这个！"自动加入到队伍里。就这样，一条跳动的长龙队弯曲游动起来，吸引住了众人的注意力。

陈静四处寻找高华，看见他的背影正移出大门。她迅速给高华的手机写短信，没写几个字，就被人拉起来跳舞去了，只好作罢。

当晚，高华来向陈静辞行。陈静抱歉地说："小秋这孩子，让你……"

高华说："没什么，我不想那么多的，蛮好，想是没用的，过日子还是要踏实一点的好。"

陈静说："小秋这孩子表面上特别开朗，而内心里，她是个胆子很小的孩子。她比一般的女孩子心理上更没有安全感。”

高华说：“不要紧，我不会怎样的，年轻人闹一闹嘛，回去还是好同事。姑姑你放心好了。”

陈静说：“你喜欢小秋吗？”

高华想了想，说：“以前她刚到公司的时候，我刚好和她一个部门过。我喜欢她不是因为她外表多漂亮，外企里面最不缺的就是那些会打扮的美女。我喜欢她直接、简单、爽快的性格，可是现在，我看就没有这样的人。”

陈静说：“小秋小的时候她爸爸妈妈工作都很忙，她自己一个人在家特别乖，有时候还给大人做好了饭。有一次她一个堂兄带着他两个同学到小秋家里去，小秋煮了粥给他们吃。因为我们家里亲戚之间走动很勤，所以小秋的堂兄跟小秋很熟，吃完了就自己找房间写作业。他看见小秋一个新买的‘华容道’，就想要。那是小秋爸爸刚给她买的，小秋不答应。后来他那两个同学就怂恿他，他们就……”

“偷啊？不会吧？”

陈静说：“偷个小游戏走倒好了呢。小秋从小就特别怕狗，十多米外有条小狗她都要等它先走远了才敢走过去。家里的人都知道。那些男孩子也是不知道轻重，骗小秋说去玩儿捉迷藏，就把她带到家属院门卫的狗棚子去了。那里养了好几条大狼狗。小秋听见狗叫，怎么也不愿意去。她那个堂兄和同学就硬把她拖到里面去了……又从外边关上了栏杆门……小秋又哭又叫，他们只是在铁栏杆外边儿看着她笑……直到小秋傻坐在那儿一动不动了，他们才知道闹得过火了。”

高华气愤地说：“什么?! 那伤到没有？”

陈静叹一口气，说：“非得流血、结痂的才叫伤口啊？小秋只是胳膊上给抓了几道血印儿，但是……听她妈妈说，有好几个月睡觉都是睡睡就哭醒了。其实，你想，怎么会就几个月呢？那么小，又是个女孩子。后来，小秋看起来是胆儿大了很多，但是对男孩子，她谁都不相信了，越亲近就越排斥。长大到现在，她一直不敢谈恋爱。”

十

陈静的婚礼之后，小秋鼓动佳佳去英子那儿的文化班上课去，不然呆在家里也是没事啊。

佳佳说："你可真行，我这一个暑假比以前十年的暑假加一块儿都忙活。"

小秋说："充电，学习和充电的时代，你又没事干。"

"我都好多天没在家呆过了。"

"傻孩子，你现在在家里有多碍事，走走，我们上课去，又不是去瞎玩儿。"

"瞎玩儿我也没少陪你去呀。"

"好表妹，我知道的啦，快穿衣服，今天下午就是贾教授的金石文化什么的，我们也不要做饭，叫楼下小餐馆送两个菜好了。走，走啊！"

佳佳说："你就会欺负我。"

小秋说："那是因为我喜欢你啊，你也喜欢我嘛，乖，快点。"

佳佳不十分情愿地打开衣柜，找衣服，看了一件又一件，也没挑好。小秋打完订餐电话，在卫生间里稍稍修饰完毕，回到房间看见佳佳还是一身睡衣，叫道："你这个小姑娘装老太婆啊，怎么还不换衣服？"

佳佳指指摊在床上的衣服，说："正挑着哪，马上就好。"

小秋说："又不是去相亲，喏，这件，好了好了，快！"

佳佳慢吞吞地走向卫生间。小秋拿起床上的衣服一件件正收拾着，就听见有人按门铃。

“蛮快的。”小秋说着打开门，问，“多少钱？”

高华举手做投降状，说：“我身上没带多少钱，你要吗？”

小秋看清是他，马上就要关门，高华挤到门缝边上，说：“全给你，能进来吗？”

小秋说：“你不是回去了吗？”

高华说：“飞机晚点……”

两人僵持的时候，真正送餐的人来了，在高华背后咳嗽一声，问：“请问哪位订餐啦？”

高华和小秋一起说：“我！”

送餐的人看看高华又看看小秋说：“嘿，您二位谁给不一样？我只管送餐收钱，您看——”

高华故意让小秋伸出手去接餐盒，自己趁机踏进门里，递出大概齐的餐费过去，说：“多的下次一起算，快走吧。”

送餐人笑着，说：“得，我帮您把门关上。”他一推门，就把高华彻底推了进去。

小秋说：“别以为进来了就不会让你出去。”

虽然这样说，但是今天小秋的口吻明显比以前要柔和了许多。佳佳从卫生间里出来，问：“咦？高大哥你也去吗？”

高华灵机一动，说：“是啊，一起去，一起去。”

小秋放下餐盒，捏住佳佳的胳膊，从牙缝里说道：“就你这个小家伙磨蹭、磨蹭，现在还邀请他咯？”

佳佳哎哟叫了出来，说：“你捏我！”

小秋放开她说：“偏捏你！”

佳佳说：“暴力狂，将来高大哥……”

小秋举起手，说：“你再说！”

佳佳说：“那我不去了。”

小秋马上笑着把她拉进房间，说：“乖，一定要去，不去，让他一下午待在家里不成吗？来，给你揉揉？”

佳佳三人迟到了，英子提前出来，在教室门口接了三个人，把他们领了进去。

教室里坐了好几十人，有佳佳一般年纪的中学生，也有白首老者，形色各异。英子领着三人到最后一排坐下。

贾教授一见到佳佳，声音突然嘶哑了许多。他停了停，说：“现在我给大家看一些幻灯片，就是我刚才所说的战国时期的玺印，这个……”

佳佳前面坐了一个高高的胖子，头发已经有些花白。他从老花镜的上方望出去，叫道：“老师，能不能请您把灯关一下？有点儿看不清。”

有一个坐在教室第一排的瘦子主动起身，关了灯。还在灯开关前站定，做了个手捋胡子的姿态，说：“拉灯！”

班里有一多半的人都笑起来。

高胖子四顾问道：“什么？他说什么了？”

旁边有人边模仿边告诉他：“拉灯——拉登，你不知道这个？”

高胖子问道：“是那个恐怖分子吗？”

那个梳着背头、从额头到下巴呈一条圆形弧线的中青年男人说：“不是他是谁？您不上网吧？”

高胖子认真地说：“去过酒吧，没去过网吧。看看，老师在讲了。”

说完，他非常认真地在本子上记录起来，写了几个字，又停住手，自语道：“拉灯就是黑了点儿……”

周围人都哄笑起来。

小秋小声对佳佳说：“还不来？多有趣的？呆在家里都懒成虫子了。”

前面的高胖子偏偏是眼睛花、耳朵不聋，他吃力地转过身，碰得桌子“嘎啦”的一声响。周围人又是一阵笑声。

“肚子大，没办法。”他解释过后，又转头瞪着一双圆圆的眼睛问小秋：“懒成什么？这又是哪儿来的？”

小秋吃吃笑着，说：“懒虫嘛，所以说懒得都成虫子了。”

高胖子说：“很形象，我得记下来。”

小秋发出一串爽朗的笑声来，贾教授向佳佳三人的方向看了一眼，对大家说：“休息一会儿吧。”

高胖子叫道：“老师，刚一个小时就休息了？还没听过瘾呢。”

贾教授已经开始收拾讲义了。有同学喊道：“胡克，拉灯拉灯。”

那个第一排坐的瘦同学站到灯开关前，重复捋胡子的动作，说道：“拉灯！”瞬时，教室里一片光亮。

小秋说：“我们去找贾教授聊聊天去？”

佳佳和英子兴致都不高，英子说：“你去看看，走廊里多少同学围着，老师其实很想休息一下的，还要陪同学说话，我们不要去了。”

高华已经和前面坐的那个高胖子聊起天来：“你这么大年纪还来听课呀？”

高胖子又把桌椅推得“嘎啦嘎啦”的，彻底转坐过来，说：“我们老头儿也得学习嘛。你不是来学习的？”

高华一指旁边：“我陪朋友来看看。”

高胖子说：“我是来学东西的。我退休了，喜欢书画，所以来补充点儿必要的知识。”

高华说：“好好，哪天要讨张墨宝才好。”

高胖子笑了说：“你们年轻人就会拿老头儿们开涮——我跟他们学的，开涮，像羊肉一样，是不是，小秦？”

那个背头圆脸的人——秦老师，呵呵笑着说：“看您说的，抽根烟去？”

高胖子说：“好，走。你们聊。”

他们走后，小秋问英子：“这个班上的人怎么年纪相差这么大？”

英子说：“都是自愿报名来的，主要还是真想学知识。你看这个胖胖的，刚刚从军队的什么地方退下来，学习积极性好高的，还特别风趣。那个秦老师是一家企业培训中心的，也特别认真。”

正说着，贾教授在门口招手，英子对众人说：“我去一下。”

小秋跟旁边的同学借了讲义来翻看，摘抄了好些笔记到自己的讲义上。秦老师两人先后进来坐下了，说道：“哟，这么认真，课间都不休息。”

小秋头也不抬，说：“你老人家带动的啦，怎么称呼你呢？”

秦老师拍着胖子的肩膀说：“好兵帅克！”

高胖子说：“对，叫我帅克就行，我最不喜欢人家叫我老帅，听起来就那么老气。我是六十岁的年龄，三十岁的心脏，对吧？”

秦老师说：“可不，昨儿还跟我们打球哪。”

高华插嘴说：“你们还打球啊？都什么时间，在哪里打呢？”

老帅抬手一指，说：“操场啊，你来学校了还跑出去到体育馆打？我们一个星期打三次，周日休息，因为周日这个班儿也休息。”

高华说：“好，那我也报名，报名跟你们打球。”

老帅说：“为了欢迎你的加入，我们今天可以打个加时赛。”

秦老师说：“没问题！”

这下儿，高华就张罗要出去买球鞋和运动衣物，好赶到老师下课时回来及时参加打球。

小秋说：“宁肯旷课也不耽误打球玩喔。”

老帅说：“你不知道了吧，那是更重要的一课！知识可以活到老学到老，可是运动年龄大了就是动不了啦。”

秦老师拍拍他肥厚的后背，说：“您没问题，活力四射您是。”

班里正闹着，英子站到讲台上，敲敲麦克风，说：“大家静静，上课了。”

“老师呢？班主任来上啦？”

英子说：“学校安排贾教授临时有事，实在是推不得，所以让我在这里把这张光盘给大家看一下，这个是讲玺印的图形符号的，本来是贾教授一边给大家看一边讲解，现在只好大家自己看看了。”

小秋对高华说：“都是你说要打球！”

高华说：“这跟我哪里搭得上嘛。再说有电影也是蛮好看看的。”

秦老师和老帅都嘿嘿笑了。

小秋说：“佳佳，我们不如还是去英语班那里听听吧，刚好那边现在也有课。”

佳佳说：“不嘛，我想看看这个。我还没看过呢。”

小秋说：“真是不能让你再跟这个高华接触了，学坏掉了。”

高华委屈地站起来去买球鞋，又对小秋和佳佳说：“你们下了课随便去玩玩，等我一起走吧。”

小秋不理他，佳佳点了点头。

就在隔壁楼的英语班里，水寒认真地听着，不时记下笔记。若刚在旁边打着哈欠。

若刚小声说：“您这积极性也真是高啊。”

水寒不理会。若刚又说：“我说赶明你大学也学外语得了。”

水寒说：“少跟我提安然。”

若刚说：“谁提她了?！全国就她一人儿学外语?”

水寒自己也笑了。

若刚说：“不过说实话，安然除了疯点儿，也没别的不好。”

水寒问：“你没跟囡囡联系啊?”

若刚说：“短信，偶尔。”

冷不防赵老师突然提问若刚：“这位同学，别看别人了，就是你，请你接着把我刚说的故事讲一下，来，接上去……”

水寒用笔指指自己的讲义，若刚赶紧念道：“今晚上帝对俺特别 mercy（仁慈），在墙角居然坐着个 fairy（仙女），lonely 的眼神，迷人的 appearance（外表），给我留下深刻的 impression（印象）。于是我决定把握住这次 opportunity（机会）……”

不仅同学笑了，赵老师也笑了，说：“好，别念了，我们大家听起来不是你和 MM 的浪漫 party，而是 MM 把你甩了，请坐，要认真啊，好，我们接着来……”

若刚还在喃喃地说：“于是我决定把握住这次 opportunity（机会），于是……”

下课后，水寒收拾书包，说：“玩会儿再走吧。”

若刚说：“还打球啊？算了，回去吧。”

水寒看他有些情绪不高，说：“回我那儿？玩会儿游戏。”

若刚说：“不知道怎么肚子有点儿不对劲，你还是找安然跟你钓那放牧者吧，我回家了。”

水寒说：“我找谁也不找她呀。”

若刚说：“别怪我多嘴，安然都钓一大半儿了，万一真约出来了，咱俩没跟去，那……”

水寒说：“她真的自己又钓那人去了？”

若刚说：“嗐！我都替你累得慌，是你干的事儿没一件她不上心的，还用我跟你提多少遍吗？我都不好意思了。”

看着水寒没说话，若刚摇摇头，掏出手机，拨通安然的电话，说：“安然，那什么水寒要跟你学外语哪……”

水寒要抢他的手机，若刚说：“别抢，我给你。”

水寒听着听筒里“喂喂”的声音，迟疑片刻，说：“是安然吗？”

安然说：“水寒？”

水寒说：“那个，若刚说想把那人钓出来，他非要干我也只能帮他，就是……”

安然说：“见面说吧。”

水寒说：“也行，还我那儿吧。”

安然说："一会儿见。"

挂掉电话，水寒拉住若刚，说："走，你必须得去。"

若刚说："我肚子疼。"

水寒说："就你这句还跟我学的哪，走，你别跑。"

若刚说："我瓦数太大我。"

水寒说："不行!"

若刚突然睁大双眼，向水寒身后一指，叫道："佳佳!"

水寒一回头，若刚已经跑了。

小秋四处望望，用手肘撞撞佳佳，说："我怎么听到有人喊你?"

佳佳说："我也好像听见了。"

两个人四处看了看，没发现有熟人。小秋突然叫一声，说道："完了完了，冰激淋有一点淌到衣服上了，快找椅子坐下。"

佳佳只好和她坐到树荫下的椅子上，慢慢吃着冰激淋看校园风景。

小秋又说："你看那个是不是贾教授?"

佳佳说："是，没错儿。"

小秋停止清理衣服的动作，说："他脸色不对！佳佳，佳佳……"

佳佳说："干吗？吞吞吐吐的。"

小秋手一扬，把冰激淋和纸巾丢到一旁的垃圾筒里，看着佳佳说："佳佳，表姐跟你问一件事情，你不要怪表姐，要耐心一点，好不好?"

佳佳说："什么呀?"

小秋说："你还记不记得我们上次见过贾教授的，在街上，他和你妈妈在一起的?"

佳佳点点头。

小秋说："那么之后你妈妈有没有跟你提过他的?"

佳佳说："没有，你怎么了?"

小秋说："没事，没事。"

过了一会儿，小秋忍不住，又问："佳佳，你妈妈跟你讲没讲过你亲生父亲的事呢？"

佳佳说："我还小的时候，听我妈说我还没一岁，他就去世了。后来就一直没再说过。"

小秋说："好多电影电视里都是这样，妈妈说亲生父亲已经死了，然后又一个大活人出现，说，好孩子，我是你爸爸的呀。"

佳佳让小秋逗得发出了笑声，说："那都是那些人瞎编的，我亲生爸爸如果活着，我妈怎么舍得说他死了呢？"

小秋说："你也老大的了，还不懂得母亲的无奈这句话？如果她不这样说，你总问她要爸爸，她哪里找了来给你？"

小秋又说："只要是两个人相爱以后又分开，很快结婚的不算的哦，只要是分开了又好多年没有找的，心里都不容易。你妈妈不容易，你爸爸也不容易。"

佳佳说："可是我还不知道他是谁，长什么样？也不知道他在哪儿？是真的死了，还是活着呢？"

"如果他活着，你会不会恨他？"

"为什么要恨他？"

"他丢下你们母女两个不管呀。"

"我当然心疼我妈，但是我也不恨我爸。不管怎么样，如果他真的是特别坏的人，我妈妈也不会等了这么多年才找了郭叔叔。"

"佳佳，你真的这样想吗？"

"很多事儿，不是我不明白，是我不想说。你们总以为我就是个小孩儿。"

"那如果你的亲生爸爸真的就离我们不远，而且……反正，你愿不愿意见他？"

"我不恨他，可是也不想让我妈妈不高兴呀。"

"如果他现在可能有危险呢？"

"有危险？！"

贾教授家楼下，小秋又对佳佳说："佳佳，无论如何，不要怪我。"

佳佳说："没关系，要是他没事儿，咱们就什么也不说出来，呆一会儿就走呗。"

小秋说："你真的不怪……去见他？"

佳佳耸耸肩，说："怎样？"

小秋眼圈一红，说："也难怪，你家里从来就只有过妈妈。"

小秋和佳佳上了楼，按门铃，响了好一会儿也没人应门。佳佳说："没在家吧？咱们走吧。"

小秋抓紧佳佳的手，指点着说："你看。"

贾教授家的防盗铁门被擦洗一新，水渍尚未干透，两边陈年对联等都摘得干干净净。佳佳不解地望着小秋。

小秋眉心一蹙，思绪悠远地说："我总觉得他刚刚的表情太不对了，我……是知道那种表情的。"

佳佳说："什么表情？"

小秋的眼神不经意扫到地面，忽然整张脸变得惨白。她几乎用颤抖的声音，对佳佳说："佳佳，你马上到操场去，跑着去，知道吗？去叫高华来，但是千万不要跟他说到哪里来，只说我有重要事，要他马上跑步来，知不知道的？"

佳佳说："我知道了，是不是……"

小秋强作镇定，快速地说："不是，不要乱猜，跑步去叫他来，快！"

佳佳咬住嘴唇，飞奔下楼而去。

不大会儿的工夫，高华和佳佳先后上了楼。高华喘着气问："你又是什么事啊？"

小秋对佳佳说："佳佳，你去楼下，不，这样，你去帮我们买两支雪糕来。"

佳佳说："买雪糕？你要什么口味儿的呀？"

小秋说："随便好了，快去！"

佳佳不解地走了。高华还没来得及问什么，小秋一指门锁，说："我搞得有点眉目了，你快来弄开它。"

高华说："这是别人家呀?!"

小秋一指地面，说："别问，就快来不及了！"

地面上是从门里渗出来的新鲜血迹。

老式的楼房，老式防盗门，高华使出全身力气，很快连撬带踢地打开了房门。房子的大门一侧就是卫生间，里面是虚弱到接近昏迷的贾教授。

小秋颤抖着拨通了急救电话，就一下瘫到了地上。高华在卫生间里找到一条毛巾，简单涂上一点牙膏，扎紧在贾教授的手腕上。他转身看见小秋，爱怜地把她扶抱起来。

楼梯上响起脚步声，小秋猛地悄声说道："是佳佳！快去，叫她到楼下，不能让她看见，绝对不能！"

高华迎出门去，说："佳佳？"

佳佳已经快要走到这层楼了，说："雪糕买来了。"

高华稍一思索，走下半层楼去，接过雪糕，说："佳佳，麻烦你再跑一趟吧，这个我不大喜欢，再买两支酸奶口味的来。"

佳佳狐疑地说："不会吧你们……那个，有事儿吗？"

高华故作轻松地说："没事，我们在等人呢。"

佳佳犹豫一下，还是去买雪糕了。

高华回到贾教授家里，丢开雪糕扶住小秋，说："你还好吧，到门外去等好不好？"

小秋说："不要紧。就是，好像有点冷……"

高华把小秋抱在怀里，轻轻拍打她的后背，在她耳边说："没关系的，有我在呢，有我在你什么都不要怕……"

急救车来了，医务人员迅速把贾教授抬进车子里。佳佳举着雪糕也刚刚来到楼下。她放慢脚步，不敢凑近去观看。小秋对高华说："你赶快把佳佳送回去吧。"

高华说："你自己跟着去行吗？"

小秋想想，说："这样好了，我送她回去，这件事也不好让姑姑知道的。你有事情随时打我手机好了。"

高华说："姑姑那里又怎么……"

小秋低声快速说："他大概是佳佳的爸爸。"

高华一愣，随即应道："放心吧，你回去要多休息，我明天一早去看你。"

小秋点点头，向佳佳走去。

佳佳说："他真的出事儿了，是吗？"

小秋说："心脏病发作，已经没大事了，你看，还有高华跟着呢。"

"我也要去。"

"你去？他万一再激动呢？心脏病哦。"

"那我什么时候能看他呢？"

"过几天吧，我们随时好来的。"

高华的手在后门玻璃上挥了挥，急救车就关门开走了。小秋突然觉得极其疲惫，说道："我们回家吧。"

佳佳看看她的脸色灰灰的，说："你没事儿吧？不舒服吗？"

小秋摇摇头，说："没事。我们回去吧，不过先不要跟你妈妈讲我们来这里这些事。"

佳佳耸耸肩，说："我知道，已经有郭叔叔了。"

水寒打开门，安然走了进来。

水寒不自然地说："若刚家里找他，刚走。"

安然走到桌子前，把电脑打开，说："你们又想钓那个放牧者了？"

水寒说："做事儿得善始善终啊。"

"那外语呢？"

"我上那班儿是因为那老师太有创意了。"

"其实你不适合跳舞，也不适合搞建筑。你信吗？"

"不信。"

安然面对电脑坐下，说："随你。"

水寒站到她身旁，问："你新注册了个名儿？"

"若刚跟你说了？"

"我……跟你说过话……"

"原来那个我就没再上过了。"

水寒轻轻按住安然的肩头，她没有反对。水寒的手温柔地抚过安然青春的曲线……他低下头去吻她……

安然说："不行。"

"怎么了？生我气了？"

安然手里握着他的手，低下头说："就是不行。"

"就因为我发了那个爱情帖子，还不理你是吗？"

"不是。"

水寒坐到一边去，嘟囔着说："闹得跟第一次似的……"

安然生气地望着他，眼睛里湿润润的。水寒没有注意到，而是大口地喝着饮料。安然深呼吸一口气，转过身去跟放牧者聊天。

水寒自己坐着觉得无趣，又凑过来看。

这个放牧者在一些网络还有点名气，是因为有一篇痛诉见面遭其不轨行为的文章中指出过他的名字。随后跟的好多发言里也有人说和放牧者聊天后见面，就遭遇了不堪事件的经历。

一时间，好多地方都冒出来很多放牧者的注册名字。在这样追风人群的“掩护”之下，真正的放牧者越发大胆行事。

也有网络上的强民们自发寻找这个人，想一逞正义。但是，各种放牧者太多了，而且真正的放牧者每次都要戴上不同的面具才正面开始他的行动；很多人只是找到了猎奇者而不是放牧者。于是，又有帖子来抱怨寻李逵遇李鬼的无奈。

水寒和若刚的想法就是找出真正的放牧者，狠狠地惩罚他一下，曝足他的光，让全网络都知道放牧者究竟什么样，不再上他的当。

最初的时候，他们也曾遭遇了几个纯粹猎奇的假放牧者，闹过误会。但是安然加入之后，这样的事就没再发生过。安然先仔细读了几乎所有痛诉放牧者行为的文章。然后只要跟对方聊上几天，她就能明白地告诉水寒：这个不是放牧者。

等到他们终于把目标锁定在现在这个放牧者身上的时候，水寒和若刚都很兴奋，真有一种冲出迷雾的轻松喜悦。

水寒看着安然和放牧者聊着一些肉麻的话，把手中物品扔到墙上，砸出一串响声来。安然看着他说：“你干吗吓我一跳？”

“吓你怎么了？”

“你再这么无聊我就走了。”

水寒把她的椅子向旁一踹，念出聊天屏幕里的对白：“走啊！找别人想上上去呗！”

安然愤怒地打了他一拳，说：“你干吗？！欺人太甚！”

水寒站起来，瞪着眼睛说：“那你呢！”

安然忍气道：“好，我走。这个你自己来。”

安然去拿书包要走的时候，水寒一把抱住她扑到床上，说：“别走。”

安然的眼泪一下子滚落成河，哽咽着说：“上次出事儿了……我自己去的……现在还没好呢……”

水寒呆呆地望着她，说：“中标了？”

安然哭着点点头。

水寒无力地瘫在床上，把脸深深埋进枕头里……

小秋在家里睡到很晚，才昏昏地起床。佳佳说："高大哥打电话了。"

小秋问："什么时候？贾教授的病怎么样了？"

佳佳说："他说没什么大事儿了，就是需要休息。他一会儿过来。"

小秋说："说没说几点钟到？"

佳佳看看表，说："差不多就要来了吧。反正是不够您描啊画的那时间了。"

小秋说："这小姑娘，越学越坏了，我就这样见他，才不化妆呢。"

佳佳耸耸肩说："那，怎样。"

小秋去卫生间稍做整理，高华就已经到了。

第一次见到素面朝天的小秋，高华好像丝毫也不吃惊，也似乎根本就没注意到。他说："跟你们来报个平安，我等下要回去睡觉的。"

小秋说："这就走啊？"

高华说："不然我在哪里睡觉？"

小秋嗔笑道："死样子。贾教授怎么样吗？"

"还好，急救车来得及时，休息一阵就好了。"

"谢天谢地。"

"你昨晚睡好没有？累不累？"

"你不要在这里啰嗦了，快回去吧。我和佳佳有事呢。"

"你们也不要太累了，休息一下，晚上我再去医院看看，明天来找你们一起去上课。"

"我看你直接说去打球还好点。快回去吧。"

"好的，晚上我再打电话来。"

小秋把他送出门，微笑着看他下了楼梯，才关门进来。佳佳说："表姐，你的脸怎么那么油亮油亮的啊。"

小秋用葱样的手指一指她，说："你真是越发学坏了，看我不收拾你。”

佳佳躲闪着说：“真的嘛，你又发疯了。”

小秋不依不饶地非要追到她，佳佳跑到窗口，打开窗户喊：“高大哥，高大哥……”

小秋连忙拉住她，说：“乖，不要叫了，让他回去好睡觉嘛。”

佳佳用得意的声音说：“我可知道你怕什么了。”

佳佳、小秋和高华又来到英子管理的文化班上课。这次高华特意带了一个大包，装好了打球的行头。

刚刚坐下，前面的秦老师就转过头来说：“听说了吗？贾老师的课改成另外一个老师给讲诗词了。这下好，老帅乐了。”

老帅笑呵呵地说：“是啊，我想什么它来什么。就是有一点，那个金石课不听总是有点儿可惜。”

小秋问：“现在要上什么课的？”

秦老师说：“诗词文化啊。我还就冲贾教授这课来的，那诗词什么的我在一个文学院专门听过小一年课哪。”

小秋说：“哇，你好爱学习的。”

老帅说：“他是报班专业户，你们叫什么？啊，小同学。”

佳佳说：“就是班儿狂呗，还有好多种叫法呢。”

老帅说：“你讲讲，都还有怎么叫的？给我们这老头儿补补课嘛。是不是还叫报班儿小强？”

佳佳说：“那是蟑螂！”

老帅说：“哎哟，搞错了，对不住，不好意思喽。”

秦老师用手势在脸旁比着，说：“汗，汗。”

老帅又问：“汗是什么意思？手怎么还这样？帕金森啊？”

秦老师和小秋、高华都大笑起来。老帅说：“你看，一点儿都不支持老同志的工作。”

几个人还是笑，不回答。老帅一看只有佳佳面无表情，赶忙说：“来，你给我讲讲，汗，这什么意思？”

佳佳说：“就是说一个人特惭愧、尴尬之类好多意思，您要是想再加强点儿就还可以说：暴汗、大汗、瀑布汗、暴雨梨花汗什么的，巨多。”

老帅拿过本子来，戴上花镜，说：“你慢点儿，我们这老头儿反应慢，你说，一个一个说，我记下来。”

小秋说：“网上去聊好了啦，保管你不出两天什么都会说了。”

老帅从眼镜上方看着她说：“两天？要是我学了三天还没学会呢？”

小秋说：“那我们负责培训到位好了。”

老帅说：“这可是你说的，我有证人啊。来，你一个一个说……”

眼看着教室里同学逐渐多起来，老师也来到讲台上，准备今天的课程。

秦老师又说道：“唉，这诗词，我都在好几个学校听了好几个班儿了。我都能讲了。”

小秋说：“对了，还没问你，你报这么多班儿干什么？”

秦老师说：“学习呀。”

小秋轻笑一下，说：“这是废话！”

秦老师说：“这是我远大理想的第一步，嘿嘿。”

小秋又来了精神，连准备趴桌子睡觉的高华都说：“到底什么东西？讲给我们听听嘛。”

秦老师说：“法不传六耳。”

小秋逐一指着身边的人，说：“他耳朵聋，他睡着了，她听不懂的，只有四耳，讲吧！”

秦老师继续躲闪道：“上课了，上课了。”

老帅在本子上写完最后一个“汗”的组词，说：“他想当孔子。”

小秋说：“现在除非你到银河上周游去了！”

秦老师说：“这就叫越是地球成了村儿、越是信息无孔不入的年代，就越是对面不相识，辩证，必然。”

小秋撇撇嘴。

佳佳说："匿鸟。"

秦老师把手指一竖，说："噢，耶！"

老帅重又把本子拿到佳佳面前，赶忙问："什么？你再说说。"

诗词老师是一个年轻的女老师，再加上是第一堂课，教室里比以往安静了许多。女老师在黑板上写下大大的"虞涓涓"三个字，做了简短的自我介绍，开始讲课。

这节课讲词牌："词有单调、双调、三叠、四叠的分别，单调的词往往就是一首小令。它其实就像一首诗，只不过由长短句组成，比如像《渔歌子》、《如梦令》。双调的词有的是小令，有的是中调或长调。双调就是把一首词分为前、后两阕，也有人叫上、下片儿。这只是称呼上的不同。一般两阕的字数相等或是基本上相等，平仄也相同。不相等的呢，一般是开头的两三句字数不同或平仄不同，叫做'换头'……"

佳佳看得入迷，听得更认真入迷。她拿出自来到这个传统文化班听课就一直放在书包里的那本《尺牍中的文士精神初探》，一边听课一边认真地翻阅起来。古代的文人墨客怎么会对文字和文化有这么多的理解和体悟？他们制造出来的又是这样奇妙精巧、回味无穷的心情的表达模式。他们在这些简单的笔画和字词之间，不断地从各个角度寻找并更新"美"的表达和传递，不变的是那共同的纯真、疏朗的气质，恰如美好女子身上共有的真善美的气息。这点气质可以使所有不同时空不同地域不同性别不同年龄的人达到交融和共鸣，让他们在心中唱和出同一韵脚的诗歌……

只一点情感可以跨越太多太多。

小秋是一听这些必须要在哪里得怎样的东西就必然头大，便开始怂恿大家逃课。

秦老师在两可之间："上不上都行吧。你想干吗呀？"

高华还没怎么睡醒，说："等一下吧，快吃午饭了再出去，外面太热，这里面有空调，还有‘虞美人’。”

小秋竖目道：“你讲什么?!”

高华赶忙趴到桌子上不说话。秦老师说：“嘿嘿，不过咱这诗词老师是够美的，这句话很有概括性。”

老帅看到小秋的脸色，拦在她和秦老师中间，说：“我们老年人巴不得要学习，你们年轻人总不把时间当时间，还要逃课。”

小秋说：“学了来干什么?!”

老帅说：“干什么？学了就有用，要常学、常备、常更新。”

秦老师说：“我支持老帅的看法儿，学习是一种享受、一种权利，可以是一个人区别于动物的充分证明，即便生活中的一切都只是个过程，也要把学习当成认真、有结果的事儿来做。”

小秋说：“错！动物就不学习啦？人家也要学捕猎的。”

秦老师说：“它有的选择吗？能给自己订计划目标吗？这么多优秀的学者把这么多的文化结晶成这么些课程，用各种语言、图像给记录下来，容易吗？咱要不学，多不合适啊。”

小秋说：“好冠冕堂皇的。”

老帅又说：“所以我说嘛，要常学常更新，就好像我这个小本本儿，你们笑我，可是我要是不学这些，什么强啊汗的，再过几年，我们都没办法跟人家小孩儿说话了。你说是不是?”

佳佳说：“那咱们跟这儿学词牌又跟谁说话用呢?”

老帅说：“谁知道？留着跟比我们还老的老家伙沟通交流吧，呵呵。我觉得这挺有意思，就像我们原来单位里，只要代码相同，就可以执行，代码不对，不认。”

秦老师感叹道：“所以我最大的理想就是发明出一个综合实用的快速培训方法，能在相对最短的时间里，把相对综合、全面的道德认识教给一个人——不是说知识技能，就您刚说那捕猎什么的，而是道德认识，这才是一个人在学会做事之前必须要懂得的知识，让他能很快就在这个社会上正确地生存，不偷不抢什么的；也不跟着人追风儿瞎起哄，也不会茫然无措。然后，他就能正确学习知识，就不会睁着眼走歪道儿，也不会像一个沙子似的埋在人堆儿里，气儿都喘不过来……他就会正确地去展示自己和自己的选择。德是一切行为的基础。”

老帅揶揄地说：“孔子，所以我说他孔子呢。”

小秋笑道：“秦老师你好浪漫。”

秦老师说：“知道你们这是说我哪。嘿嘿，我就这一心愿。瞧我这脑门儿，这头发……”秦老师把背头向后一捋，展示自己高而光滑的奔儿头，说：“怎么样？从小他们就说我这样的是要干事儿的脑门儿，像不像伟人的额头？”

老帅笑了，说：“伟人年轻的时候都不给人家看脑门儿。”

小秋听得越发不耐烦：“也不一定，人这一辈子，不要说一辈子，今天昨天的，谁知道会怎么样？又不像电影，可以进过来倒过去的，也许给人家看了脑门儿就一瞬间成了伟人了。上课了上课了，听老师讲那些拴手拴脚的东西吧，好让自己再多点不自在。”

秦老师却是依旧面庞泛光、眼睛发亮地说：“我跟你说吧，老师都是伟大的，教人知识是最伟大的。我就遗憾这一点儿，刚毕业那会儿我下海了，想以资金实力来做教育，可惜呀……我有一发小儿，真棒！老师！人家一直干教学到现在，什么优秀的称号全拿了。唉，我要是那会儿跟他一块儿去学校就美了，更有助于实现我这理想——拯救……”

小秋指指老师，比了一个安静的手势。

这个文化班一来是短期，二来是培训性质，所以多是些无事的人来听，剩下就是在职充电的。一半儿以上的同学都比台上老师年龄还要大。上课的时候，手机声儿无消歇。但是这丝毫不影响一部分同学在老师眼皮下面公然地睡觉，以及发出鼾声。

今天的诗词老师虞涓涓只把教室里的安静维持了半小时左右，就体验起伟人桥下用功的毅力来。

她把眼睛放到讲义上，让耳朵只关注自己的吐字发音，而任由座下同学办公、谈天、补觉、加餐，随意出入等等。明天在那个学校还有一堂课呢，也是一样；现在，课堂这样，学生这样，老师这样。哪儿都一样，已然固然亦然了。

有时候，集中出现的事物，总会促使代号汇集成太多的程式。你是照谱填词呢还是演词为曲呢?

十一

小秋实在是百无聊赖，她看看奋笔疾书的佳佳，又看看梦甜鼾畅的高华，叹口气，自己悄悄起身溜出了教室。

刚一出教学楼，小秋就碰到了英子，问道：“怎么换了这个诗词课?好无聊的。”

英子说：“别的老师课程早就定了的，临时哪有时间?就这个虞涓涓喽，学问不错，人年轻，孩子还小，大家都以为她要忙孩子没请她，所以一找还找得来。”

“那么好的一个小女人，学这些无聊的东西干吗。”

“你呀，不喜欢就这样乱说，你喜欢的，都要夸成一朵花才好。”

“现代再去听什么古人的平仄，实在是无聊。对了，贾教授为什么不来了?他，怎么样呢?”

“突然病了，也不要人去看他，不晓得……我是接的他电话，听声音好奇怪的样子。”

小秋笑笑走开了。英子转身要走，看到虞涓涓出楼来，便迎过去，问道：“下课啦?”

虞涓涓说："没办法，应群众要求啊，不算……"

英子接道："当然！你是已经够尽职尽责了。我在这里等你是有件事碰巧想起来要问你。你家里有个奶奶的，是吧？"

虞涓涓说："是啊，怎么了？"

英子说："老人不知道家里呆得闷不闷，我们桑轩的朋友那里刚好有一窝小狗生了要送人，好可爱的，你要不要一只给奶奶的？"

虞涓涓笑了，说："这个呀，我们奶奶有一只大老猫，多少年的宝贝儿了，她不养别的。他爸爸又从来不喜欢小动物，要不我给你问问别人？"

英子说："那倒不必了，我还要到徐教授那里送课表，问问他也好。"

虞涓涓说："他？他只养'草'，阿姨又最爱干净，你……"

英子说："不晓得了吧？徐教授现在大变了，草哪里还有的？全部在办公室里养了花，好漂亮的！人变一变还真说不好喜欢什么，我等下还是要问问看的。"

贾教授家的铁门上，又被人别上了一卷塑料袋，里面裹了一些宣传小海报。小秋伸手把它取下来，按了按门铃。

贾教授开了门，冷静的脸上还是没有多少表情。他用深陷的眼睛使劲透视小秋。小秋说："贾教授，我可不可以进去呢？"

贾教授让她进来，默然机械地去泡花茶。小秋表现出在自己家里一般的放松状态。茶泡好的时候，她向贾教授展示出孩子般甜甜的笑容。

贾教授把自己紧贴在沙发的起伏线上，问："你知道佳佳和我的关系了？"

小秋喝一口茶，轻轻笑了一下。

贾教授又问："你们一起把我送去的？"

小秋说："高华没有跟你讲吗？"

贾教授说："他说你们来的时候车已经在楼下了……可是，没有一个学校的人看我、问我……"

小秋说："那就不清楚了，反正我和佳佳来这附近找高华的时候，就已经看到车子了，这点我可以向你保证的……贾教授，你心脏好点了吗?”

贾教授转转自己缠着纱布的手腕，说：“你……来干什么?”

小秋说：“听英子说没有你的课了，我来看看你啊，是不是……”

小秋还没说完，贾教授突然把茶几上所有的物品全都推到了地上，沙发靠垫，桌上的摆设、书本……一切能被他接触到的事物，都被卷入了一场疯狂撞击的涡流之中!

贾教授的嗓子里发出不连贯的号叫声，很低沉，但足够撕裂周围的一切。小秋跳到阳台上，把玻璃门关好，紧张地看着他。人之所以战胜其他生物统治地球，自然有超出其他生物的强大力量。人类可以造就一个世界，也可以毁灭任何事物。贾教授的房间已经成了碎片的海洋，其中依然站立未倒的，是海中的怒浪惊涛。

当海洋终于耗尽了贾教授的力量之后，贾教授就瘫倒在其中，和那些碎片看不出有什么区别。

小秋轻轻拉开阳台的门，一缕微风轻拂过去。海洋沉寂了，没有再掀起波浪。可是，小秋的手机却不知趣地响了起来。

所有的碎片都没有动。

小秋接听手机：“高华啊？没有没有，我在教室旁边的小店里……好的呀好的呀，不过我还要个几分钟……好的呀，总之你们在教室等我就好了。”

小秋小心地沿着墙边走到客厅靠近大门的那一端，又怯声问道：“要不要……”

地板上那个最大块的碎片把自己的手连续猛烈地敲向地板上的各种碎片，大声地吼道：“走——”

小秋一路上恍恍惚惚，一不留神把鞋跟弄掉了一只。她打电话给高华，让他赶快过来。

高华来的时候，手里已经拿了一双塑料拖鞋，却是高跟的。他说：“赶不及到外面去买，学校小超市里只有拖鞋卖。”

小秋破窘为笑，说：“难为你还找得到高跟的。”

高华说：“买一双平底的来，还不知道要怎样骂我呢。”

“这样也要骂你，谁让你贪睡不陪我出来？害得我这样尴尬的。都怪你。”

高华开心地说：“那以后我要和你寸步不离了，是不是啊？”

“你要有那个本事。”

“因为今天没陪你逃课，道歉，下次陪你逃好不好？”

“你不打球了？”

“回来再打，老帅老秦他们也要去网吧，下课才回来呢。”

小秋拧着高华的耳朵说：“哦，是这样哦，还要讨便宜说是补偿我一下？你这样狡猾啊？”

老帅迷上了上网，非要秦老师跟他一起去。秦老师是老网民了，对此并无兴趣，耐着性子在网吧里泡了一个小时后，他请老帅一块儿去找他的那个发小儿坐坐去。

“什么发小儿？他家有电脑吗？”

秦老师说：“这能没有嘛。”

老帅问：“我是说这个，上网。”

秦老师说：“放心吧，比这儿的只好不坏，走吧。”

老帅说：“我去不好吧？是不是什么初恋情人，什么梦中情人的？我去人家嫌我碍事儿了。”

秦老师说：“哎哟喂，我要有这好事儿我得多幸福啊！至今为止，就老婆一个，没那么好命。”

老帅指指脑袋说：“这里就没有文章吗？”

秦老师笑着说：“走吧，我要有这些个，就我那发小儿他也早看不上我了。”

一路上，秦老师嘴里全是这位优秀的教师发小儿，以致老帅多次努力纠正自己的不良思想，才把教师发小儿定位在一个男性上。

“哎呀，您可不知道，就他，小时候那会儿就出了名儿的好。怎么好？聪明没的说了，又勤快又能干，还爱帮助人。我跟你这么说吧，要是有个阴天下雨的，那会儿北方还没这么好的地面哪，一下雨，要说哪个学校门口有一个背人过水坑儿的，就是他，绝对没跑儿……”

老帅的圆眼睛被烟一熏，眯出笑的样子来，说：“要是我我也背，那么多漂亮小女孩儿，谁不背？”

秦老师说：“都跟您这样啊？我们这发小儿不是，他是真帮忙，有一次还把一老师背过去了，来回好多趟。”

老帅说：“他背那个老师那么多趟干什么？”

秦老师说：“得了吧，他放下那个老师，又背别人，好多趟。”

老帅说：“哦，我说呢！”

秦老师扭过脸来说：“端正思想啊，您可是老同志了，保卫国家站了多少年岗扛了多少年枪了，思想觉悟得高啊。”

看到老帅脸上的表情，秦老师笑了，说：“嘿！我说！就我们这发小儿，别提了，黄段子？连一句脏话都没说过，一个这样的字儿都不说，永远是正直、公正，那会儿胡同小孩儿们一打架，都他出来说和，人家谁骂再难听的话，他都不回，不是说窝囊，那样的人我还不交呢。他跟你说理他，他从理上说服你，一个脏字儿不带的。”

老帅碰碰秦老师，让他再回过头来看着自己，摆出认真的样子说：“你是孔子，他是耶稣，是吧？你们俩可以中西合璧一下。”

秦老师笑着说：“得了吧，我们俩都是男的。”

老帅抿住嘴，说：“文化也叫中西合璧啊，我是让你们一块儿做你那个教育人的大事儿哪。”

发小儿的家果然是英雄之家，到处都是战利品的气息。那些陈旧简单的家具说明了主人的繁忙与敬业，墙上的各种奖状、证书已经快连成了裱糊纸。

一个神秘的大木头柜子显然是个古董，里面应该也是藏了满满一柜子的战利品吧。除了这个柜子，家里的箱柜匣屉、门窗桌椅都是呈张开状以内容示人的，因为都是些表彰和标榜的内容。哦，还有一扇门紧紧关闭着，似乎还有着掩盖不住的霉腐气息。门上面挂了一个大型的戏剧脸谱做装饰，冰冷地挡住了来访者对门后的好奇。

发小儿中等个儿稍高一点儿，大开着门，张着两只手，说："来！有日子没来了你。您好您好。"

秦老师说："我又报了一传统文化班儿，这是我们班儿上的同学。"

发小儿对老师说："您坐，来点啤酒成吗？"

老师还没说话，秦老师接茬儿说："这位，成，活泛着哪，什么都灵。"

老师笑笑，眼睛一眯，已经环顾一周了。

发小儿拿了啤酒来，先递给老师一杯，又对秦老师说："你这报班报班的，没个完啦？"

秦老师说："学无止境，呵呵，你最近忙什么呢？"

发小儿笑笑，说："学校马上开学了，准备工作一大堆，我又是班主任又是学生辅导老师，还得帮着弄新学期教学计划，忙啊。就是假期也没闲着，学生补课，安排老师们走访、考察，教室里、后勤保卫都有事儿……别提了，太忙……"

老师只是抽烟，不喝那杯酒。他说道："你那个是电脑吧？"

发小儿纳闷儿地说："是啊。"

秦老师说："您又想上网啦？呵，这瘾大！"

发小儿问："怎么了？网瘾？"

秦老师开玩笑地说："是，也不是，呵呵，刚学会，正不知道怎么热乎好呢。"

发小儿也笑了。

老师说："借你这电脑给我治疗一会儿行不？"

发小儿说："怎么不行？您去吧。"

发小儿笑着没动，老帅也笑着没动。秦老师说："你得给他开开，再把网页打开，他看到哪儿不会弄了再去给他弄去。"

发小儿听说如此，爽快地开了电脑，把几个主要的新闻网页打开给老帅看。老帅接连道谢。发小儿看他笨手笨脚地点了几下，总算还没大错出现，就回去和秦老师张三李四地聊了起来。

老帅退休前工作用的电脑是禁止上网的，所以网络对他而言很新鲜，但是并不是说电脑是新鲜的。那可是他日常工作的必用办公用品，跟曲别针、墨水没多大区别。

他随意看了几条新闻，想到秦老师教他的收藏夹里打网页的便捷方法，就打开了一个发小儿收藏夹里的网页。不看则已，这一看，老帅是三十岁的心脏狂跳了好几番。这外国人是比中国人长得丰满啊，嘿。

再打开几个收藏夹里的网页，大同小异，区别只是平面图片和动态图像。老帅现在是火烧火燎地想喝那杯啤酒了，只是不愿意起身去拿。

那边秦老师和发小儿聊到兴致所在，哈哈笑着，拍着大腿、灌着啤酒。发小儿突然一回头，射来一道阴沉的目光，问："怎么样？有没有不会的地方？"

老帅轻松地笑着，吐出一口烟圈儿，说："暂时还没有，海角那儿又有新鲜事儿了……"手里，却是早就迅速关闭了浏览器窗口，并重新打开，点击选项，清除了刚才的网页浏览记录。这招他是跟儿子学的。

老帅头脑涨涨的，简单翻看了一些猫打狗、狗追兔子、兔子咬鸡、鸡飞长空的新闻，就退回到桌边喝啤酒去了。他原本很喜欢看看那些论坛，问问怎么说话交流之类，但是打开收藏夹之后，他就彻底不打算在这儿咨询了。

发小儿直直地盯住老帅，给他又满上半杯酒，说："上得怎么样啊？不上啦？"

老帅摇摇头，说："老了，不行了，这手指头动那个鼠标怎么也不好使。看一会儿就行了。你说揉那个铁球能不能锻炼手，好用鼠标啊？"

发小儿和秦老师都笑了，说："练吧，反正没副作用，也不耽误事儿。"

发小儿说："还是羡慕您啊，退休了，找个地方报报班儿，瞧我们，太忙，这不刚才电话又来催我了，另外还有好几个报纸都等着我交稿子呢。有时候当优秀、先进的多了，也累得慌……"

老帅说："我听小秦说了一大箩筐你了，好同志。我说了，他是孔子，你是耶稣，可以一块儿做点儿事儿。"

秦老师兴奋地说："你看！我就说咱那理想是个绝对的大事儿，一定要用科学的方法好好地去做。你记得咱俩小时候那会儿……"

发小儿打断他说："来，为神圣的教育事业，为培养出合格的人才，干一个！"

老帅笑着看着两个人，抬手示意说："我不喝了，你们俩，干！"

秦老师说："为了更多人受到更好的教育，为了咱过去的那些苦，干！"

发小儿说："干！"

小秋来到厨房里，帮助陈静收捡物品，说："姑姑，最近看你好开心的，人也年轻了许多。"

陈静说："逗吧你就。我们这岁数，又这样的情况，就是搭伙过日子，心里踏实吧。"

小秋说："还是一样好甜蜜的。"

陈静拧了一下小秋的脸说："怎么？想通了？高华有戏了？"

小秋说："哎呀姑姑，人家是有重要事情和你说的，你这样子。"

陈静说："我看高华小伙子挺好的，别错过了。"

小秋扭捏着身子，水一样缓缓地说道："才不要提他，贪玩得很，又太会耍贫嘴。"

陈静心里全是笑，说："姑姑看上了，可怎么办?"

小秋抬起眼睛说："姑姑在逗我了，我好心来找你讲事情的。姑姑不要这样嘛。"

陈静说："行行，说吧，什么事儿?"

小秋说："姑姑你先不要怪我多事，再一个，要慢慢听我讲完了再发表意见，好不好? 等我讲完了，你骂我都可以的，但一定要听完。"

陈静说："你还嘱咐起我了，说吧。"

"当然要先说好了，姑姑的脾气我又不是不晓得。"

陈静笑了，说："一个佳佳，一个你，我是真没脾气。"

小秋再把厨房的门紧一紧，说："姑姑，贾教授自杀了，不过还好抢救及时，现在没事了。"

陈静僵在那里半天没有动，脸色青白。小秋轻轻说："姑姑，好多曲折，要不要我讲讲?"

陈静使劲眨了眨眼睛，用手撑住水池，说："佳佳知道吗?"

小秋说："她一点不晓得的。"

陈静问："具体是怎么回事儿啊?"

陈静再次来到贾教授家，是在一个阳光灿烂的下午。

贾教授没有应门，陈静在门口喊他："老贾，又安，我，是我啊。"陈静叫了很久，才叫开了门。

屋子里还是海洋波涛的状态，贾教授冷冷的，没有招呼客人的意思。陈静放下书包，默默开始收拾地板上的各种碎片。贾教授大声说："放下! 这儿不用你管!"

陈静没回话，仍旧收拾地面。渐渐地，整个屋子恢复了往日的平静和秩序。陈静烧了开水，给贾教授和自己都倒上茶。

贾教授说："苹果汁在冰箱上边门第三个玻璃格里。"

陈静说："我陪你喝茶吧。"

贾教授没有喝茶也不再说话。陈静叹口气，从自己包里拿出来几样东西，放到茶几上。她说："这是佳佳发表过的小文章，这是她数学竞赛得的奖，这个……是一段录像刻的盘。"

贾教授的目光不由扫到茶几上来。

陈静翻开杂志，把上面"陈佳佳"的名字指给他看，说："你放在家里那些书，她初中时候就都看一遍了，现在也是，没事儿就跑那儿看，一看就半天儿……她好文学，也好那些古代传统的东西，跟你一样……你说得没错。上次我拿那些刻章的东西回去，她接了就跑自己房间鼓捣去了，一会儿就给手上弄了个口子……"

贾教授说："她那手没劲儿，一定得拿床子的！"

陈静说："佳佳喜欢的都是你喜欢的、你的特长，我希望佳佳能长大成才……我打小学戏到现在，成篇大套的戏本能背不少，可就是没能教她多少知识……郭、郭全自己也有孩子。只有佳佳的父亲，只有你才能教她。"

贾教授伸出手去拿那些杂志，陈静看到他手腕上手臂上重叠着的几处伤疤，吃惊地抓住他的手，问道："这是怎么回事儿？"

贾教授说："没事儿，就碰那些，碰的。"

陈静的眼泪滴在那些伤疤上，说："别动，药箱呢？你是不是还喜欢放在冰箱保鲜格里？"

贾教授点点头。陈静迅速走去，拿来药箱，给他做清理包扎。

贾教授问："佳佳知道……我？"

陈静说："不知道。她什么都不知道。"

贾教授的手往回缩了一下。陈静拉过他的手，说："你这个人就是性子急，一出戏文听不到两三句儿，开头还没弄明白呢，就开始揪着作者打，说他结尾写得不好了。"

贾教授忍不住从鼻孔里发出了一声笑声。

陈静接着说："你看你，你怎么也得容我个说的工夫啊……佳佳是你的孩子，她早晚会来，可是，现在她也正经历着不开心的事儿，我实在是不忍心……我想等她熬过这一阵儿再告诉她。”

贾教授问：“佳佳怎么了？”

陈静说：“唉，也没什么，就是学校里有个不好的老师，谁知道是个什么不正常的鬼心理，硬是给她作文打了个8分……”

贾教授说：“8分作文?！就是网上传的那个事儿吗？”

“你也知道？”

“我在学校听说的，没看过，真的是佳佳？”

“可不就是佳佳！”

贾教授说：“败类！败类！”说完，站起身大步冲向门外。

陈静丢下手中的药品，追出去问：“老贾，你干吗去？”

贾教授头也不回，说：“这帮败类！”

陈静草草收拾物品，带上门，跑步追了过去……

放牧者说：“我渴望你来滋润我干涸的心。”

安然说：“我同样渴望你来鼓起我的热情。”

“你会愿意接受我吗？”

“怎么问这个问题？我不高兴了。”

“你这么着急见我吗？”

安然从座位上坐直，想了想，说：“不，不想，也许停留在现在才是最好的。”

放牧者说：“为什么？”

“我有一个男朋友，每次我们互相思念的时候，我都觉得特别美好，可是一见面就总吵架。”

水寒揪着安然的耳朵说：“胡说！改了改了。”

安然说道：“你别闹！”

放牧者说：“你跟你男朋友交往时间长吗？”

安然说：“他回来了，我先下，如果晚上他要睡得早我再跟你聊？”

放牧者发来一个悲伤的表情，说："我很嫉妒！我比他要强！"

安然说："他来了，再见！"

水寒揉着肚子笑着说："你可真能编啊，笑死我了。"

安然把手里的糖纸向他丢去，说："不这样怎么钓他？他那么贼又交过那么多女孩儿，能轻易上咱们当吗？"

水寒正色道："哎，这不对啊，那你有过多少男朋友了？才能这么钓着他？老实交代吧，啊？"

安然笑着说："无理取闹你！"

水寒也笑，说："我就是要无理取闹。"

若刚敲门，水寒开门让他进来。若刚问："玩儿什么呢？安然你们什么时候开学啊？都得准备什么啊？"

水寒脸色略略有些不悦，问："你也快开学了吧？"

若刚看一眼安然，说："开学……都快开学了，那什么囡囡怎么还不回来，还跟外头玩儿？"

水寒说："想人家啦？"

若刚转身走向别处，说："胡说吧你。"

水寒指着若刚对安然笑笑，安然一副若有所思的样子。

秦老师来了，看到老帅哈哈笑着不断耸肩，问道："干吗，几位这儿又钻研什么呢？"

老帅对着他，耸耸肩说："怎样？"

秦老师说："您又哪儿学的？"

老帅得意地重复说道："怎样？"

小秋咯咯笑着，拍拍老帅的肩膀说："再好的东西也不要这样一遍一遍不喘气地来，再说，你没人家小姑娘做来那样秀气的。"

老帅转身冲着小秋说："怎样？"

大家又都笑了，秦老师说："现在我公布一项肩周炎最新疗法，绝对有效。”

老帅转回身去对着秦老师，大家都等着他再重复一遍这个“怎样”。老帅却说：“不做了，越做肩周越疼。”

秦老师说：“现在我再公布这疗法效果不佳。”

这几个人嘻嘻哈哈笑了半天才开始准备上课。这节正是佳佳最喜欢的诗词课。

虞涓涓清清嗓子，向说笑的几个人这里瞟了一眼，按照做标记的小纸条翻开厚厚的讲义，开始平平仄仄地读起词牌来。

老帅打开笔记本，忽然想起什么似的，用大肚子“嘎啦嘎啦”地推开桌子，转过身。他认真地铺平一个打印机打印的图标，看看本子，默默记诵了几句，然后，摘掉老花镜，把图标递给佳佳，说：“我的阿蒂迪德女神，我爱你，我永远爱你！”

周围几个同学嘻嘻、哈哈、呵呵地笑起来，还有一两个同学鼓了鼓掌。高华和秦老师等人早知道这个已经快被人遗忘的网络游戏，他们之所以笑和鼓掌，是因为老帅的可爱举动。

虞涓涓用余光看到原本课上最认真的那个女孩子也没在好好听讲，皱了皱眉头，再次清清嗓子，念道：“仄仄平平仄仄，平平仄仄……”

佳佳开始是不解，后来看到手中的图标，听到那个火热的、发烫的“阿蒂迪德女神”……她的眼睛里慢慢渗出了一层水状的物质。

是的，图标中的剪影，还穿着自己喜欢的袖口卡在肩胛处、飞起一圈小花边的舞蹈服，那是她所喜爱的特别款式，市面上比较少见。而一般的人，如果没有修长的上臂、修长的脖颈，也万不敢尝试这样的款式。舞蹈鞋子的丝带系在脚踝内侧，却在右脚的一侧出了一点飞扬的小带子。那是一次佳佳迟到了，没来得及整理好，只好让丝带飘在脚踝内侧。

下课后，水寒说：跳了这么多年舞，他觉得只有那一点小带子是鲜活有生命的。

佳佳把图标紧贴到胸前，泪水潸潸。老帅睁大圆眼睛，说：“不会是你吧？”

佳佳“嘎”的一声推开凳子，跑出了教室。小秋抓起两人的书包，向高华怀里一塞，也跟着跑了出去。高华嘴里说着“等等我呀”，抱起三个书包，追了出去。

教室里在经历了三声关门的巨响之后，是几声“哈哈”的哄笑和一阵“嗡嗡”的议论，所有的目光都集中到了老帅的方向。

虞涓涓再也不能规范自己的眼睛只看讲义、耳朵只关注自己的吐字。她看着教室里东倒西歪的人们，敲敲讲桌。同学们的注意力或快或慢，终于都还是回到了老师这里。虞涓涓大声说：“既然大家都很熟悉词牌了，想必写来更是得心应手。这样吧，大家回去每人写五篇《西江月》，一片上下片都行，但要够五篇，下次课交上来，咱们当堂讲评。”

教室里瞬时安静了，最爱睡觉的那个同学第一次在上课的时间里醒了过来，大声问旁边的胡克说：“怎么？下课了吗，这么安静？”

胡克用手一捋，说：“我还没‘拉灯’呢。”

佳佳一直冲到校园外面才猛地站住，面色通红，内心仍狂跳不止。

小秋光脚追到近前，苦楚着脸，心疼地检看自己的脚，小心地把高跟鞋套上去，问：“怎么啦？我看看是什么东西？”

高华也赶到了，说：“佳佳，你就是那个阿蒂迪德女孩呀？”

佳佳没有说话，眼泪终于滚落出来。

小秋问：“什么阿迪的女孩？”

高华说：“一个人，在网上发帖找这个女孩子，这个接力传图标就是喽。他相信这个图标和那句话，就刚刚老帅讲的那句，一定能传给那个女孩子的。”

小秋恍然大悟，拉住佳佳问：“现在去找他吗？”

佳佳说：“可是他在哪儿？”

小秋说："即便学校里放假，不知道家，你总知道舞蹈班啊！走，不要耽搁了。"

高华走去开车，小秋突然想起来，拿出手机问佳佳："你知不知道他手机号码的？"

佳佳点点头。小秋把手机拨通后递给佳佳。佳佳脸涨得更红了，却是一个字也说不出。听筒那边出现一个女孩子的声音："喂……哪位……请问是找水寒吗？"

佳佳说："他，他在吗？"

"在，他洗澡呢，你跟他说话吗？等会儿啊……"

佳佳听见听筒里传来门被拉开和很大的水声，似乎是水寒的声音问道："什么事儿啊？"

那个女孩子的声音说："你电话，一女孩儿，接吗？"

佳佳手中的电话掉到了地上，那个图标也飘落下来，落到手机上面。小秋捡起手机和图标，问："怎么？号码不对？"

佳佳不说话。

高华把车开来了。他从驾驶座上出来，问："商量好去哪里没有？"

小秋做个无可奈何的动作。

忽然，佳佳猛地跳到驾驶座上，拉上车门，将车子歪歪斜斜地冲撞着开了出去。小秋吓坏了，跳着脚喊："佳佳，不值得的！不值得的！"

安然把手机递给水寒，水寒接听，却已经是忙音了。他把手机又递回去，说："你又考验我是不是？"

安然稍做迟疑，还他一个媚笑，转身走了。走到卧室里后，安然沉思一下，翻到刚才那个通话记录，把号码删除了。

感谢市政的施工人员。佳佳本来不会开车，勉强靠着一脚油门到了大路上就不知道该怎么操作了，手脚乱动一气。车子咳着喘着，冲越几道隔离板，一头扎到了市政施工队挖的大地洞里。

小秋和高华气喘吁吁地赶了过来，先请工人师傅帮忙把佳佳抬上来。高华看看佳佳毫发未损，就去和施工队的负责人商量各项具体事情了。小秋也看到佳佳是好人一般，一挥手，打了她一记大大的耳光！

高华又连忙跑回来准备拉住小秋。小秋说："你不要拉我，都把这个小姑娘宠坏了！"

小秋又转向佳佳说："你值得吗？我问你，你值得吗？整个世界整个生活就这一点点关爱吗？你每天把自己关得紧紧的，什么都看不到，只要求别人都小心翼翼，你要知道周围还有多少人关心你？你值不值得？"

佳佳流着泪，说："表姐。"

小秋也流泪了，抱住佳佳说："不要做傻事情，尤其为了男人，更不要做。佳佳，你要永远记住表姐这句话……"

高华走来说："好了好了，不要在这马路上煽情了，车子除了脏点还好，我还能送你们回去，走吧。"

有人来聊天的声音提示。安然和水寒聚到电脑前，看见放牧者说："在吗？"

安然坐下说："你干吗呢？"

放牧者沉默了一会儿，说："出来见个面？"

"为什么？"

"因为我想要。"

"那谁知道你在哪儿啊？要是特别远、差了好几个省呢？"

"你的注册地我看过了。"

"你在哪儿？"

"问这干吗？多没情调。我告诉你地方你直接去不就行了？愿意吗？"

水寒推着安然说："愿意愿意赶紧的。"

安然却隐身了。水寒直着急，说，你干吗呢。放牧者也着急，一遍一遍地发来问话。

安然笑嘻嘻地，在网上泡了好几个钟头，找到一个水寒看了都觉得太过恶心、太露骨的色情动漫，给放牧者发了过去，但是还是保持隐身状态。

放牧者立即有回应，不仅一遍遍问话，还发了不少同类型的小动漫过来。

这天，水寒给若刚打电话："咱们来个结束假期的庆祝仪式吧。"

若刚问："什么仪式?"

"黑黄都有啊。"

"是不是烤串儿加啤酒?"

"你就这点想象力啦，你爱来不来，但是你不来你就后悔去吧。"

若刚兴奋地说："钓上啦?嘿!我马上找你们去!"

若刚第一时间赶到水寒那里，加上安然，三人细细商量好了各种细节，又准备好了各种应用物品，一齐出发了。

快到预定地点的时候，三人在一栋大楼前下了出租车，跑进了楼里。水寒对安然说："我们俩先去，你呆会儿再坐车过去。"

安然点点头。

水寒和若刚要走，又回头说："你今天这妆画得忒艳点儿了，擦擦吧!还有这假发!"

安然说："今儿咱是干吗啊?"

水寒说："我让你擦你就擦。"说着就想动手去抹安然的口红，当他看到安然的眼睛，就把手温柔地放在了她的肩膀上。

若刚只好说："我在门口等你们?"

水寒松开手，笑笑。

这是一家老城区里的老宾馆，或者说是个小旅馆。它有它的好处，就是不论门窗还是人员，都有着精熟的视而不见的本领。除非大火烧到自己的眉毛，否则连眼皮都不眨一下。

水寒和若刚在四周查看了几遍之后，走了进去。若刚径直入楼向里走。水寒去租房间，柜台后面的人只是问了他想要的房间，没问他的姓名；看了钱币上的号码，而没看他的身份证号码。

水寒和若刚迅速溜进房间，从窗台上向隔壁房间里探索而去……

安然又看了看手机里的短信，上楼去，在房门前深深呼吸一口气，敲门。而门居然没有关。她慢慢推开门。

没错，迎面的地毯上躺着一支新鲜怒放的百合花。

因纯净而美丽。

安然走进去，突然身后出现一个人。那人迅速把门关上，并且用力地把她抱住了！安然惊叫一声。那人从喉咙里阴阴地笑着说："别怕，我是放牧者……"

安然怎么觉得这个声音那么熟悉？

但是她被抱得很紧，不能转过头去看看是谁。那个人把她向房间里拖，径直从那支百合上踩了过去。那人又缓缓说道："你喜欢什么？我们先从哪儿开始呢？"

安然浑身一颤！没错没错！

每次学校的大会上，李班主任都负责做总结，他总是以这样的口气，缓慢地环视全会场，对同学们说："同学们，又一次热烈的会议结束了，我很荣幸来做这个发言。那么，我们先从哪儿开始呢……"

安然的眼睛紧张地搜索，终于看到窗台上，有三枚不干胶的"最佳爱"，组成了一个三角形。她略略松了口气，捏起嗓子说："我想从你脱光开始……"

那人阴沉地笑了，手臂略有些放松，说："好啊，那你呢？"

安然捏着嗓子说："一样嘛。"

那人逐渐松开手臂，安然能听到衣服的窸窣声响。她弯下腰，借着从牛仔裙子里面巧妙拽下套在运动短裤外面的那个内裤的动作，从手臂和身体的缝隙中向后看。

李班主任见到安然脱衣的动作，便转过身去，摘下戴着的面具……

安然站直身子，猛然吹响胸前卡通外形的哨子。李班主任还没回过神儿的工夫，窗户被人猛地踢开。伴随着窗扇坠地的，是两个威武男孩。

顿时，四个人都惊住了。

李班主任伸手想抓刚才扔在地上的外衣，水寒踏上一步，用长铁片指着他，使他不敢轻举妄动。

若刚疑惑地问他："放牧者？"

安然说："没错！一进门儿他就说了。"

若刚无奈地耸耸肩，掏出相机，却迟疑了。他把手心的汗在裤子上蹭了几下，又偷眼看看水寒和安然，才举起相机对着房间墙壁乱拍了几下。

李班主任眼睛红得都能当两团火球了，他咬着牙根说："是不是陈佳佳那个××让你们来的？"

若刚说："我们干的，不关佳佳的事儿。"

水寒也说："您还老师呢，说的这是什么话？"

李班主任咬着牙喊道："那个佳佳，她一来学校，我一看见她的影子就知道她不是个好东西，是个无理的疯狂伤害别人的××、××、××……"

若刚把一个杯子摔到地上，想用这个响声止住那些秽语。李班主任却似乎是收到了信号一般，把眼睛里的火传递到了全身，一纵身，就扑向若刚，扭打开来。

水寒把手里的长铁片收好，也加入进去，保护缩成一团不还手的若刚。

李班主任一边失控地撕打，一边不断地喊着："佳佳这样的人就是××、××，最大的××！"

若刚站起身，抹去脸上肩上淌下的血，发出一声长长的怒吼……随后，他握紧双拳，喝道："你再敢说她一个字！"他扑上去，以自己的真实力气去捶、打……水寒呆呆地站到一边去。安然说："若刚疯了吧？你别总站着呀。"

水寒想想，拉开他。若刚又擦擦身上和衣服上的血迹。安然问："若刚你没事儿吧？"

若刚喘息着说："没事！"

李班主任躺在地上，还在喃喃呓语："她是个××……让她彻底为自己的事认错，当全校面儿劝退一百遍，她是个××……"

若刚还要有举动，水寒说："你歇会儿。"然后，他攒足劲儿一脚踹去，李班主任终于醒了。但是，他还是拿阴沉的眼神扫视着面前的人，面前的一切。

他还是坚持把自己埋藏进这片阴沉之中……或许是依旧在无声之中表达自己的一切……

十二

这几天，来文化班上课的时候，秦老师总是有些发闷。小秋问："秦老师怎么了，这几天都不爱理我们？"

老帅抽着烟说："'耶稣'被打了，'孔子'要思索了。"

秦老师说："别糟蹋人家伟人了，回头从地底下出来跟你吵架。"

老帅对小秋三人说："怎么样？一提这个他就有话了。"

秦老师说："我觉得这世道太黑暗了，太黑暗！那么好一个老师，那么勤勤恳恳地为学生付出，怎么到头来让学生打了呢？"

老帅问道："学生打老师，不应该。还没告诉我们呢，'耶稣'是在课堂上被打的，还是在别的什么地方？"

秦老师说："说是在路上。"

老帅说："路上……那大约跟教课无关，你这中西合璧的教育事业不受影响嘛。"

高华打着呵欠说："搞不好和学生有其他矛盾？再好的学生网上背地里也会骂骂脏字，再高的像皇上一样也要在老婆面前要要脾气，才是人嘛，不然就疯掉了，谁没一些大众不知道的事情？也许你那个朋友好归好，也和学生吵过架、撞过车呢，谁晓得？"

秦老师说："别人也许，我们发小儿，不可能的！他绝对不会跟我掖着藏着的。他、是、好、人！"

中午吃饭的时候，秦老师放下手里的餐具，对众人说："我得看看他去。"

老帅说："都郁闷这么久了，你还没看见他哪？"

秦老师说："电话里聊了，他特气愤，要报警，还说学校支持他告到其中俩学生的大学去，让他们退学。"

小秋问："他不是高中老师吗？怎么又出来大学生了？"

秦老师说："打他的一共三个人，一个是老留级生，两个是今年夏天刚考上的大学。"

老帅说："能考上学就不是坏孩子嘛。"

秦老师说："您这话就不一定了，分数等于一切吗？他不坏怎么打人呢？我那发小儿可是优秀教师、优秀班主任！绝对栋梁！现在的孩子，没个是非概念，不是，是什么概念都没有！"

老帅呵呵笑了。小秋和佳佳正在分享一包零食，随口说道："你那个优秀发小儿哪家学校的？去的时候帮我们带个问候去好了啦。"

秦老师说："就那敬德高中，教语文的……"

佳佳和小秋对视一愣，佳佳垂下头去了。小秋一把几乎抓碎零食袋子，问："是不是姓李？中等个子的？老婆瘫痪的？"

秦老师疑惑地说："是啊。"

小秋又使劲摇着佳佳问："你们那里有没有其他姓李的、中年的、教语文的？快说，你快说啊！"

佳佳冷冷地转过脸去。

秦老师和老帅都来了好奇心，问："你们这是怎么回事儿啊？"

高华从餐具上抬起头，用手一比，说："8 分作文。"

秦老师沉思片刻，用手剧烈地捶打桌面，有节奏地说道："不可能！不可能！不可能……"

老帅一看佳佳和小秋满脸冷漠加气愤的表情，秦老师又是抓狂状态中，只好把目标锁定高华，问："什么作文？怎么回事儿？"

高华略去其他，简要把作文和老师的用意说给了老帅听。老帅听后，拉住秦老师的手说："哎哎，桌子是这个大学的，别敲了，还是去看看你那发小儿去吧。"

小秋说："看他？问候他？我收回刚才的话，这样的人还当老师！"

秦老师说："肯定是你们作文没写好，我那发小儿不可能是这样的！！"

小秋说："基础知识得 51 分的会写不好作文吗？发表文章的会写不好作文吗？喏，你自己刚刚也说了的，他要报警，还要让那两个大学生退学，这个也退、那个也退，他分明就是个退学狂，他有问题！"

秦老师像是泄了气，说："你们不知道，他其实挺不容易的。他能到现在，吃了好多的苦……他是个特有理想的、诚心诚意要献身教育事业的好人……"

小秋要说什么，高华拉住她摇了摇头，老帅也使来一个眼色。小秋这才赌气地又去吃东西。

秦老师说："小时候，我父亲家里有事儿了，只能卖了房子搬到我发小儿他们住的那小胡同，没人理我们……除了他。那些年真特别特别苦，想上学，家里哪儿有钱啊？就是有一点儿交了学费，你吃饭呢？是，我们那会儿可以带饭，可是人家有豆腐有菜的，还有人吃面包、香肠，喝汽水儿，我是每天馒头就咸菜，有时候还就是上水房喝一肚子凉水就是一顿儿了，这……唉，就这样，也想跟家里磨着上学，上学……他爸爸是个瓦匠，见天儿出去，有活挣点儿，没活？全家紧裤腰带，你们都不能想象是吧？还在城市里头，有这样的事儿？它真就有。那会儿，他老带着我一块儿出去给人打零工去，他看见周围那车呀、人呀，就说，咱俩要念了书，就也是那样了……有一回，我们俩领完钱出来，他说，我请你吃冰棍吧。然后就买了一根双棒儿，那会儿人家拿酸奶冰激淋都不当回事儿了，可是我们俩还没吃过几回双棒儿哪。刚买了，我们俩掰开，一人一根拿着，正好一女孩儿从我们俩旁边过，十六七岁，穿一特好看的白裙子，特漂亮。我们没见过那么好看的女孩儿，风吹裙子一飘就像一朵花儿一样，我们俩就盯着傻看，旁边她家里的还是什么人就来说我们，还把冰棍给我们扔了……他就上去跟人家打，我拉他说别打了，等咱俩攒了钱、上了中专、夜大什么的，没准儿天天能看那么漂亮的女孩儿……等后来，我们俩真的学出来了，他就说要当老师，让好孩子都能有好的受教育机会，再后来，他还真娶上一个像那天穿白裙子那女孩那么漂亮的老婆，人生美啊……"

吃完了饭，小秋、佳佳、高华三人说在校园里绕个一小圈儿再回教室。老帅和秦老师就先回去了。

小秋说："我胃里不舒服，这餐吃得实在堵得要命。"

高华说："所以才要走走，我这个建议实在是正确的。"

三人静静地走了会儿，佳佳突然叹口气，说："人本来就意味着不容易，就说'人'字吧，左边一撇、右边一捺，一碰就能倒了，就像两块儿靠在一起的积木……"

小秋立住，说："发烧没有？"

佳佳瞥她一眼，说："你才发烧了呢。"

小秋哈哈大笑起来，引得周围人都往这儿看。这次是佳佳先说话了："别在这儿煽情了，走吧。"

小秋被佳佳的样子逗得越发捧腹，哪儿还走得动。正是中午，校园里最热闹的时候，佳佳对高华说："她还笑？我就先走了。"

忽然一辆自行车在他们身边停住，一个男孩子叫道："佳佳！是你吗？"

佳佳一回头，却是若刚。

若刚做梦也没想到，自己会在这个水寒辗转多遭的梦幻之地，碰见梦幻之人。他的眼睛里只有佳佳，脑子里只有佳佳，其他的一切都不记得了。

高华轻轻碰碰小秋，问："哪路英雄啊？"

小秋小声说："不晓得呀。"

佳佳可是没有若刚那么兴奋，她还记得一些让她不太愉快的事儿呢。所以她板着本来就没有表情的脸，咬住嘴唇一句话也不说。

小秋问佳佳："这是你同学？"

佳佳不耐烦地说："这是齐若刚，这是我表姐。"

若刚听到介绍，刚才在梦幻里徜徉飘飞的兴奋一扫而净，"噌"的一下把自己扮成了红脸关公，"你好"两个字更是抛到爪洼国去了。小秋不看则已，一看这个，心里一笑。

小秋对佳佳说："支撑的那一块积木来了，我们要走了。"

高华也是明白人，说着"走啦走啦"就已经走出了好几步。

佳佳瞪一眼若刚，"哼"的一声也要走。若刚不知哪儿来的灵感，抓住佳佳的手腕，说："囡囡旅游回来了。"

佳佳甩开他，说："知道。"

若刚笑着问："你怎么知道？"

佳佳说："反正知道。"

若刚使劲地笑了起来，佳佳说："疯子！"

若刚说："还有什么词儿……佳佳，对不起，万分真诚的，对不起。"

佳佳说："谁信你？哼。"

若刚就在这校园里，把手中的自行车一丢，单膝跪下，一只手放在心脏的位置，大声说："佳佳，你相信我吧！"

高华和小秋没走远，就藏在旁边的树丛里。两个人使足了劲儿才憋住了笑声，躲着继续观看。

旁边却冲出来一个人，一边飞速地在地面上走动，一边以更大的声音喊道："佳佳，不能答应！你还小……"

小秋已经笑倒在花树上了。

佳佳一看飞速走来的原来是贾教授，又羞又窘，转身要走。若刚向前一扑，趴在地上抓住她的脚腕，说："佳佳，真的！对不起！"

贾教授跑了来，气喘吁吁地说："原来是道歉啊，那佳佳赶紧答应吧，别让人家总趴地上。"

佳佳说："让他趴，关我什么事儿。"

贾教授蹲下来，问若刚："现在有两种可能，一个是她不答应，走了，你趴或者不趴，然后咱们再谈你妈妈说的事儿；一个是她答应了，你跟她走或者跟我谈你妈妈说的事儿。问题是，在这两种可能出现之前，你有没有一种潜在的倾向？倾向跟我谈事儿，还是继续道歉？"

若刚说："道歉啊！对不起您了，我呆会儿再找您。"

贾教授站起来对佳佳说："他在……"

佳佳说："您向着哪边儿的，您赶紧把他手掰开呀。"

贾教授说："对，对，听你的。"又赶忙蹲下。

小秋和高华大笑着从一旁走出来，说："好了，佳佳，不管怎么样，这样道歉也够有诚意了。"

佳佳说："他是哗众取宠。"

若刚说："对不起，佳佳，我那天真的是无心……"

这时，几人身后又响起一个声音，说道："其实你不用道歉。"

大家转过视线去。佳佳说："安然？"

安然说："佳佳，那天是我用囡囡的手机骗了若刚，他才那样。现在，我郑重地向你道歉，佳佳，原谅我。”

佳佳说：“是你？”

安然点点头。她向佳佳伸出手去，说：“好吗？”

佳佳咬住嘴唇想了想，握住了那只手。

小秋对若刚说：“好了啦，可以起来了啦。”

若刚摇摇头，说：“不行，佳佳，你得接受我这道歉。”

佳佳说：“都没你事儿了，快松开我脚。”

若刚说：“不是，那……那什么，刚才我说囡囡回来了是骗你的，这迟早拆穿的事儿，等那会儿你再不理我了，就更麻烦了，你不生刚才的气吧？”

小秋、安然、高华、贾教授都被若刚的憨态逗笑了。佳佳说：“真是哗众取宠，你……你！起来！”

若刚刚一起身，佳佳就跑远去了。小秋笑着喊道：“谁追你呀？要跑得这样快的。”她拉起高华跟贾教授等人道了再见，就找佳佳去了。

贾教授还在望着佳佳远去的身影，说：“这孩子，再活泼点儿就更好了。”

若刚听了这话，笑笑，说：“贾叔叔您先跟安然说行吗？这资料给您，我先走了。”

贾教授点着头，一看若刚推车去的方向，又叮嘱道：“不许气她！听见没有？”

若刚丢下一句“放心吧”，就飞走了。水寒刚刚赶到这儿，问安然：“若刚干吗去了？”

安然挽起他说：“你别管了，这位就是若刚妈妈的同事，贾教授。”

水寒说：“贾教授您好！”

贾教授说：“你们就是那天参与打架事件的学生是吧？”

安然说：“是，这是录取我的外语学院接到的李老师的申请书复印件，向他们提出让我退学。”

贾教授接过来点点头，说："走，到我家里去详细谈吧。"

安然说："好的，谢谢您。还有，我们这儿还有这个。"

安然说着，递去一份试卷。贾教授接过来一看，喜形于色，说："佳佳的语文试卷?!"

若刚骑着自行车从小秋、高华身旁经过，停住问："佳佳还在前面吗?"

小秋对高华说："你瞧人家有车子，追得就是快。"又对若刚说："喏，那不就在那里，我们回去啦?"

若刚不好意思地笑笑，说："一块儿……去吧?"

高华把哈哈笑个不停的小秋遮到身后去，对若刚说："我们还有事，你快去吧。再见啊，有空到家里吃饭。"

若刚走了。小秋扭着他说："你倒好大方的，这就请人家去家里了。"

高华说："这样的战略同盟很难找的，有时间交流交流也好，省得一个人摸索，好辛苦的。"

小秋说："佳佳不一样的。"

高华说："只要有人追就一样了。走，走，再看，人家两个要怪我们了。"

佳佳刚在小竹凳上坐定，就看到若刚也来了。她气恼地说："你这人怎么这么讨厌?"

若刚说："你还生气呢?"

佳佳说："生！我一辈子都生你的气!"

若刚说："那……"

佳佳方知失言，一跺脚，站起来要走。若刚拉住她，她一甩手说："你怎么还这么没规矩?"

若刚把两手背到身后去，严肃地说："是！我刚才是想，如果你要再跑的话，可以坐我那自行车上，这样比较省劲儿……"

佳佳幸亏是没有表情了，要不然在这个时候笑出来，若刚还不得寸进尺？她说：“自行车也有没气儿的时候。”

“那我骑俩钢圈儿也带你。”

“钢圈儿磨光了。”

“那我背你。”

“你背累了，没劲儿了。”

“那我也驮着你，只要能不让你累着。”

“我又不是石头……《石头记》里写的……”

若刚这才知道佳佳其实心里是早笑了的，他说：“你说我什么都成，嘿嘿……打我也成。你打吗？”

佳佳说：“我才不上当呢。你也得守规矩。”

若刚答道：“是！”

秦老师来到李班主任家，李班主任一瘸一瘸地走来开门。秦老师嗓子哽哽地问：“怎么样？伤重吗？”

李班主任咬着牙说：“居然敢打老师！我错看了学生！”

秦老师说：“养伤为重，再有就是，是不是跟那仨学生有点儿什么误会的地方，是不是？”

李班主任说：“什么误会也没有，他们就是无端滋事，把对社会、对学校的不满都发泄到我这儿来了。做标杆总要额外承受很多，没办法。”

秦老师说：“对了，我还听人说，网上那个8分作文跟你们班有关？”

李班主任猛地跳到他面前，问：“你听谁说的?！啊？污蔑！造谣！”

秦老师说：“我……从网上看的。”

李班主任说：“无聊的孩子们！就为那个捏造的帖子，你还不知道网上的那些个事儿？但是我们学校是认真做教育工作的，校长专门组织了一次全校试卷大抽查，结果呢？全都准确无误。而且，他们那几个坏孩子还把他们原始的那个语文卷子给偷走了……”

秦老师说："真的？这些孩子！怎么能不诚实呢？唉，早期教育做得不好啊，我一直在琢磨的就是这个事儿。你看，我觉得咱们老祖宗对孩子的启蒙教育抓得特别好，从做人的根本上，从道德、从礼仪上去规范一个人，这样即便他们长大了，得不到太多的专业教育，也不会妨碍他做一个正直的人，不会把这'人'字写得左歪右斜……做基础教育，这就是我的伟大理想，我一定要把这个事儿做起来。"

李班主任轻蔑地说："就你这智商？"

秦老师说："我这智商好着呢，瞧我这脑门儿，瞧，你瞧啊……"

回到教室里，秦老师的兴致又高了起来。老帅开始逗他："脑门儿发亮了啊，有什么好事儿？"

秦老师说："什么事儿？嘿嘿，也没什么事儿。"

小秋和佳佳因为上次吃饭以后，就不太和秦老师说笑。此刻也是没往他那儿看。秦老师略微有些不快，大声说："知道吗？我们发小儿光明正大，那张所谓的8分卷子是学生没事儿在网上做出来玩儿的，原始试卷也让他们偷走了。这帮学生！"

小秋说："你搞搞清楚好不好？在这里发……"

秦老师对老帅说："您听听，说我放屁，那些学生就是不得了，偷试卷，打老师，泄私愤……"

老帅赶紧拦他，说："我怎么没听见？她那个口音我一直听不太清楚。"

这时，若刚在教室门口探头探脑，佳佳索性走出了教室。

小秋看见是若刚，便没跟出去，继续对秦老师说："我们要回去了，佳佳也马上开学，大家相处不了一两天了，何必闹不愉快？你少说几句好了，那么一个小姑娘，受这样大委屈，还要再听你的数落不成？"

秦老师说："我说的是正义！"

小秋一拍桌子，说："再放你的正义！"

高华吃惊地看着她说："你也会说这样的话啊？"

小秋说："都是他逼的！还一天到晚看脑门、看脑门。我跟你讲，秦老师，我尊重你叫你一声秦老师，因为老师实在不是个随便的称呼，你晓得吗？你那个所谓的正义发小儿，大家原本不想去拆穿他什么，现在，哼，我看连你也要拆拆清楚得好！"

秦老师大吼道："不可能！我们俩一块儿发过誓！"

小秋说："哎哟，吓到我了，怕你们?！贾教授那里有你发小儿的全部英雄事迹，你去问好了，不要在这里乱吼。"

高华劝住小秋说："少说一句好了。"

小秋说："我太气不过。"

高华说："你自己说了，好聚好散的，不要讲了，上课了。"

可不是嘛，讲台上老师已经准备好了，连胡克也都站好在灯开关旁，做捋胡子的动作说道："拉灯！"

贾教授打开门，是一个陌生男子。他问道："您是？"

秦老师说："我是这儿文化班的学生，姓秦，有点事儿想麻烦您。"

贾教授说："进来吧，您喝点什么茶呢？"

秦老师说："随便。"

贾教授想了想，说："喝一点红茶？比较合适现在这个时间，可是不太合适这个气候。您有什么口味？"

秦老师说："随便吧。"

贾教授摇摇头，沏了茶坐下，问他："您有什么事儿？"

秦老师笑笑，说："有一件事儿，我想请您帮忙。是我一个发小儿的事儿，他是个挺好的人，也特别不容易。其实也没什么大事儿，我想就是大家都这么大人了，没必要揪着哪点儿拼命较真儿，何况这是件说不清楚是非的事儿。"

贾教授说："你总得告诉我是谁？什么事儿吧？"

秦老师说："就是有关敬德高中李班主任的事儿。"

贾教授说："哦？你有什么观点呢？"

秦老师说："我想一个是没必要较真儿，一个是要尊重真相，保护一个优秀的、难得的教育工作者。"

贾教授说："那么您……"

秦老师说："我想来跟您说，别相信那些孩子的话，他们在网络那种虚幻的地方待得太久了，难免要幻想点虚幻的东西，可是毕竟那些卷子也好，暴力也好，在现实中都是没办法存在的啊！与现实和规律相违背的东西，咱们怎么能支持呢？"

贾教授站起身，拿来一份卷子，说："你是说这个不存在吗？"

秦老师不相信自己的眼睛，大张着嘴看了一遍又一遍，还用手去摸上面的字迹，把它们对着亮光照。

贾教授说："这个卷子我不想拿来做文章，只想留个纪念，想还佳佳一个清白，好让她在新学校里能没有那么多压力，能正常地生活。"

秦老师的眼神有些直愣愣的，说："那也好。首先要教育佳佳有个正常心理，才能正常生活。"

贾教授皱皱眉，问他："你知道放牧者吗？"

秦老师说："那个网上到处约小女孩的？"

贾教授说："对。你知道他是谁吗？"

秦老师不敢做声了。他觉得身上有些发凉，头脑也逐渐不再发热。

贾教授又拿了一些照片和纸张来，说："他们本来是想抓放牧者，在网上扬个名儿，到了一看，才知道是他。虽然打了架，但是孩子们把上网传照片和文字的曝光计划给取消了，打算事情到此为止。他却私自给人家两个大学写退学申请，而且，他知道我在佳佳新的高中给佳佳恢复了清白，把我也告了。"

秦老师说："这些都是假的，不可能的吧？"

贾教授说："你可以回去有个消化的过程。"

秦老师几乎是在网缚般的痛苦之中，在与空气和温度的隔绝之中，又来到了李班主任的家。他没有打招呼，而是径直走去坐下，望着李班主任的眼睛说："好好养伤，好好教书。就像咱俩小时候一块儿说的那样……什么都别再较真儿了吧。也什么都别……太难为自己。"

李班主任说："什么意思？你，见过谁了?!"

秦老师摇摇头，又点点头，说："孩子，孩子而已。就这样吧，你也马上开学了。"

两人垂头对坐很久，李班主任才无力地说："就是因为要开学了，我才着急，有些事牵一发动全身，你是没法想象！"

秦老师说："怎么能这样？你忘了咱俩一块儿发的誓？"

李班主任说："当然没忘！我教出来的好学生数都数不过来！但是，人……人哪……人哪！谁说我不想个个学生都有成就?!"

这时，大脸谱那张门背后传来乒乒乓乓的声音，李班主任艰难地摆出温柔的表情，叹口气走去……秦老师眼看他伤还没痊愈，背影尤其显得苍老，转身在屋子里转了好几个圈，顿足不已。

片刻，秦老师不得不捂起耳朵，淌下一行无声的泪滴。

脸谱门打开了，李班主任走出来，又木然地回身扶正那个大脸谱，掸了掸灰尘……秦老师不由得几步上去抓住他的手，说："不一定！不一定她想要、她规定的都一丝儿不改地去做……别让自己太累……"

李班主任的面庞在几块伤痕的映衬下，倒还显出几分恍惚是生气的颜色。那些常年积累的皱纹抖动着，冲撞着，终究一句话也没挤压出来。

秦老师拉李班主任坐下，说："就当一切都过去了，好好的，什么都还一样！你永远是最好的！"

李班主任突然低吼道："我压根儿不想最好，我他妈的最不好……我为什么要当最好?!我只想让孩子们都好好上学念书，我才不想告谁!!可是，一个人……让人说好……太不容易……"

李班主任突然狂走到书桌前，开始死命地扯拽电脑的各种连线……他的手肘无意中碰到旁边那个大黑柜子的柜门。一柜子的各种面具"哗啦啦"地倾泻到了地面上……

李班主任僵在那里，沉默不语。

秦老师似乎没看到地上的面具，平静地说：“我还是那句话，我有这个大脑门儿，能做事儿的，咱俩可以一块儿做，实现咱们说过的伟大理想……”

李班主任颓然倒地，竟放声哭泣起来…

敬德高中校长办公室，胖校长重重地把自己放进椅子里。面前桌上，放着厚厚一摞纸张。有人敲门，是档案室小刘。

他把手里的一个档案袋交给校长，说：“这李班主任的人事档案，您看看还是——”

校长说：“先看一下儿，呆会儿我叫你。”

小刘走了。校长把档案放在桌上，和那一摞纸并排放好……然后，他把那个鹅卵石山拿起来，丢进了垃圾桶。

原来放鹅卵石山的地方，骤然飞速爬动起许多小昆虫。那些从霉湿阴暗的保护中被惊扰而惊恐四散的小生物，一下子就钻到其他可能阴暗或潮湿的地方去了。

校长拿起电话，说：“老赵啊，你们这个清洁工作怎么做的？怎么办公室里藏那么多小虫子，是哪儿来的呢？”

囡囡旅游回来了。她睡了一觉起来，就跑到佳佳家楼下，先是来回走着给自己打气。她停住脚步，耸耸肩，鼓励道：“怎样？即便……”

小秋两步从旁快走过来，拍她的肩膀说：“囡囡！你是囡囡。”

囡囡说：“对啊，可是，您是谁啊？”

小秋说：“我是佳佳的表姐呀，你来找佳佳对不对？”

囡囡笑着点点头，说：“是，可是，您怎么知道我呢？”

小秋学她耸耸肩说：“怎样？”

两个人都笑了。小秋拉住囡囡说：“佳佳总是跟我讲你，讲得我都要背下来了，还好，你旅游回来了。”

囡囡问：“佳佳还好吗？她还生我气吗？”

小秋说：“气啊！气得不得了呢，非要你——今天一起吃了饭才会高兴起来！”

囡囡笑着跳起来，说：“太好了！我就怕跟她越解释她越生气。这回可好，太好了！”

正说着，小区门口那边儿的空场地上，一辆自行车从挥着彩绸跳舞的老人中间，从带着孩子休憩聊天的人们中间，缓缓地穿行而来。若刚动作灵巧，车子不是在骑，而是跳着华尔兹的舞步滑了过来。佳佳坐在后座上，一头长发随风飞扬轻舞，洁白的衣裙在空气中勾出不知多少悠然……多少馨香……

囡囡大叫一声：“OMG！怎么没人告诉我。”

若刚和佳佳停住，笑着望着她。囡囡过去推了一下佳佳，说：“哎，太不够意思了啊，我可是又跟你一学校了。您这，这么大事儿不跟我说？”

佳佳说：“你也转学了？你怎么知道我转到哪儿了？”

囡囡看一眼若刚，晃晃手机，对佳佳说：“信息时代啦，你不用，不等于它不是个好东东哦。”

●●● 虞美人

一

虞美人的名字叫做虞涓涓，“虞美人”这个外号是从初中时开始流传开的。的确，见到虞涓涓，在被她青春逼人的外表震动的同时，你的心里还会像被涓涓溪水沁润了一般，不知不觉地就被她所吸引、陶醉了……她是那么轻柔，那么灵动、神采飞扬……

这是在十年前的时候。

现在，虞美人的左手里抱着一岁多的儿子大宝，右手熟练地把几瓣蒜又干又脆的外皮捻掉，并把它们冲洗干净，放到菜板上。虞涓涓对儿子大宝说：“儿子啊，看妈妈，哦哦，看后面，后面有什么啊……”

趁着大宝懵懂地随她头部的晃动向后面看时，涓涓熟练而迅速地用右手把蒜瓣拍扁、切碎。同时，她的左手还不忘轻轻拍着大宝。

“儿子啊，苹果叫什么啊……apple，你说，apple……”

虞涓涓说着，打开炉灶的开关，热锅、倒油、转锅、炝锅……大宝的口水和苹果渣一点点地掉到涓涓的衬衣领子里，她也腾不出手来擦一下，得趁火候赶紧向锅里下圆白菜。

随着厨房里油火相互煎熬的不平声响，屋子里也开始了不甘的声响煎熬。

奶奶的拐棍儿“嘟嘟嘟”地敲着家具，嘴里骂着：“你这该死的，你这个坏狗狗你，你又招我的咪咪干什么，打你！打你！”

虞涓涓起初没顾上去理会，后来听得奶奶的动作好像越来越激烈，还夹杂着小狗糊糊委屈的叫声。涓涓迅速把锅里的菜颠上几颠，盖好锅盖、关上火，抱着大宝跑了过去。

奶奶一见她，从嗓子里狠咳出几声咳嗽来，说：“你怎么又不关厨房门啊？啊?！这么呛，这屋里头能呆人吗？你要熏死谁呀你！”

涓涓连忙抱着儿子小跑过去关上厨房的门，再小跑回来，赔着笑说：“奶奶，你这是……”

奶奶一只手按着小狗糊糊，说：“你把它给我扔了去，又来捣乱，又来招我的咪咪，你看，你看！”

“就是，这坏狗，走，不要你了！”涓涓笑着说着，半弓下腰从奶奶手里拽糊糊出来，斜弯着身子把它往阳台赶过去；左手还要保持儿子的直立状态。就这样，左肋上还挨了儿子好几小脚哪，算是他不情愿的抗议表示吧。

小狗糊糊是丈夫新近爱上的宠物，大猫咪咪是奶奶多年相依的伙伴，涓涓都惹不起。她小跑着回到厨房去，一边把锅里刚刚焖熟的圆白菜盛出来，一边给丈夫打电话，问他什么时候回来。得在他回来之前把糊糊从阳台“释放”回来啊！

涓涓刚回到厨房，就有电话铃响起来了。虞涓涓一接，是学校《文化学刊》的编辑李刚，自己的大学同学。

“虞涓涓，说话方便吗?”

“方便，方便，你说。”虞涓涓用脖子夹住电话听筒，左手拍着怀里的儿子，右手迅速倒去洗肉的污水，先把一只铁扦子猛穿过肉，钉入木菜板，再拿刀竖起手腕来一刀一刀地把肉划成肉片之类。她的一篇论文交给李刚已经好长时间了，不说发也不说不发的，自己评副教授还等着用呢。

唉，同龄的人早就先后评上副教授了，今年这批还有一个跟自己同岁，要评教授的。

李刚一改平常的口气，温和地说：“虞老师啊，您看，最近类似研究方向的稿子又交我这儿不少，栏目就那么点儿地儿，我还……”

虞涓涓把划好的肉片抓进碗里，眼睛受到菜板和碗边红色痕迹的刺激，强硬地回道：“哎哟李老师，我这个论文给你可不是一天两天了，要是有哪儿说要改的咱可以改不是?”

李刚说：“我早打算给你上了，最近来的这两篇不是我们主编给我的嘛。”

虞涓涓半开玩笑地说：“你们主编不是西史出身吗，怎么这文字学的资源这么多啊，明儿我得跟他学习学习去了。”

李刚说：“主编，可不什么方向的人都找他嘛。这样吧，哪天咱见面说，你说呢?”

虞涓涓已经热好了油锅，随口应了李刚，就赶忙取下夹着的电话，把拌好的肉“刺——”一声下到了锅里。

好容易这几个菜是凑合出来了，再等会儿饭一熟，今天的晚饭就算得啦。虞涓涓第一时间小跑到阳台把糊糊“放”回来，这才把怀里的儿子放到沙发上。

这还没得空喝口水呢，丈夫进门了。

虞涓涓的丈夫叫江永春，在研究所研究古脊椎动物。他自幼在家长尤其是奶奶的宠爱下长大，总是忘了在必要的时间做必须的事情。然而，他却总能算准每天晚饭上桌的时间，并及时进到家里来。

洗完手，江永春坐到桌前，一边支起一只手等着涓涓给他递碗，一边咂着嘴说：“怎么就四个菜啊?”

虞涓涓分神看住沙发上的儿子，钻进厨房去取了碗筷溜冰一样滑到桌子旁，一只腿挡住儿子可能滚下沙发的方向，给江永春和奶奶摆碗添饭。

奶奶看看菜，也是撇着嘴："又是这些硬了吧唧的……"

江永春说："这圆白菜我爱吃，牛肉谁让你炒啊，明天炖点儿吃吧，炖的好吃。"

虞涓涓苦笑着说："是，我也知道炖的好吃。"

奶奶拿着碗，吩咐涓涓把豆腐烩虾仁摆到自己面前来，先给孙子盛了一勺子，就大吃起来。

江永春仍旧是以一个美食家的身份把菜都挑剔一个遍，又以一个运动员的标准把它们吃了一个光。

虞涓涓先尽着给儿子喂了鸡蛋羹和虾仁，自己在儿子、丈夫、奶奶三个人不吩咐并占用她的双手的时候，胡乱往嘴里填了几口饭。等到儿子开始到处吐食物残渣，丈夫要茶奶奶要烟的时候，虞涓涓把还有些残留固体的菜汤往自己碗里一倒，又把碗里的东西往嗓子眼儿里一倒，就赶紧端茶点烟去了。

喝完茶，江永春像平常一样靠在沙发上看电视。虞涓涓正在厨房里刷锅洗碗，就听见丈夫大叫："涓涓！快，你儿子又哭了，快！你管不管！"

虞涓涓跑出厨房，看见江永春用一只脚踩住沙发另一头的一本杂志。儿子大宝则在努力与父亲的大脚抢夺它，夺不过来，就以哭来抗议。

虞涓涓气不打一处来，劈手打开江永春的脚，抱起儿子哄着，说："你也不怕熏着孩子，有你这样的吗？"

江永春说："我看他要吃那纸，帮你忙儿你还不领情！儿子爱哭，还吃纸，都是你没喂饱、没带好！"

"你！"虞涓涓生气地说，"您带得好，您带吗您？！"

江永春说："我带你干吗去？待会儿还得遛狗，白天还上班，我多累呢我。"

虞涓涓说："照您这么说，我这白天就净睡觉了？"

江永春把电视声音调大，不耐烦地说："你是女的就得带孩子。"

虞涓涓把儿子放在水池边上坐好，给他一个圣女果拿着玩，双手在一堆泡沫里忙活着，一边跟儿子温柔地说："tomato，tomato……宝儿说，tomato……"

洗完了餐具，收拾好厨房，就要给儿子洗澡了。给他洗完澡，哄睡着了，就是给九十多岁的奶奶擦脸洗脚。然后虞涓涓必须迅速地把儿子白天的衣物用单独的洗涤剂和洗涤器皿洗好晾好，以备江永春遛糊糊回来时能及时地接过糊糊来，好给它洗澡吹风。

给糊糊侍弄整洁了，虞涓涓就要迅速地收拾好卫生间并离开，以便江永春洗澡——谢天谢地，她总对自己这样说，他还不用我给他洗澡。在江永春唱着幸福的歌曲沐浴身心的时候，虞涓涓要迅速地清理和擦洗家里的各个房间，搜寻可能藏在任何角落的任何人的脏衣服，以备，以备在江永春洗完澡后自己仍然有清洗的工作可做。

等虞涓涓把这一切水和各种洗涤剂的化学反应实践完毕之后，夜已经深了。从卫生间的小窗户里望出去，月色昏沉，只有几点稀疏的灯光。

虞涓涓回到卧室里，江永春还在上网。涓涓想看看自己用的资料，却满脑子是些柴米油盐。她叹口气，躺到床上，默默数着：厨房洗干净了，客厅、卫生间洗干净了，奶奶没咳嗽，大宝睡了，咪咪和糊糊洗了，它们的水碗换了新鲜水，乌龟喂了，鱼喂了……自己很久没放松了……

等到丈夫也躺下时，虞涓涓翻过身来逗他。江永春懒洋洋地打着哈欠，说："别吵着孩子。"

虞涓涓温柔地说："永春……"

江永春说："要不你来吧。"

虞涓涓翻身坐起来。

她的身材并没有因为孩子而有多少改变，一样如少女般玲珑、光滑。江永春也并没有什么表示，而是懒懒地把自己摊在那里，片刻……他居然发出了轻微的鼾声！

虞涓涓羞恼地走到卫生间，审视自己。

这时，糊糊也走了进来，悄悄地在地漏的位置排泄秽物。临走时，还轻轻地“哼”了一小声，算是对涓涓打了招呼。虞涓涓只好再叹了口气，蹲下身去收拾。

虽然家里的小动物在脊椎动物科研工作者的训导之下，都学会了在卫生间的地漏上大小便，但是贪吃的糊糊排泄也太多了点。

这时，江永春趿着鞋惺忪着眼睛也走进来了，在她头旁很响地小便。

“赶紧弄，别吵着孩子，呵——今天我还不错吧？”

虞涓涓等他走出去，伸手按下冲水按钮。她一句话也说不出来，心里像化开了多种洗涤剂一样，泡沫翻滚。

第二天一早，奶奶刚起，虞涓涓就迅速起床了，得在奶奶阳台上的小锻炼结束之前把茶、烟、早点都准备好，以便奶奶吃喝后出去遛早。然后，就是孩子、丈夫、咪咪、糊糊的吃喝准备；孩子、丈夫、奶奶的衣服用具准备；清洗餐具，等奶奶回来；送孩子去托儿所，上班。

八点钟，虞涓涓在学校门口遇到了蓝小月。她们俩是同年的硕士，还是原同事。蓝小月的一个什么亲戚今年考了文华大学的硕士，前阵儿刚托了虞涓涓给“盯着点儿”。

蓝小月笑着迎上来，说：“怎么样啊，虞美人儿，我们小妹那儿?”

虞涓涓说：“就冲你这么开玩笑我也不帮你了。”

蓝小月说：“别别，千万要公平公正啊。”

虞涓涓说：“打击报复的就是你，呵呵，分儿不刚下来嘛，我肯定在同等条件下先……啊?”

蓝小月深远地笑笑，说：“同等条件？怎么个同等法儿?”

虞涓涓刚到办公室，就被主任叫去布置了一大摞的工作。招生这块儿太琐碎了，真不如以前清清静静地搞学问呢。唉……能继续聘用就别挑岗位了……她心里乱糟糟地，把头埋进那一大摞纸张当中。

办公桌上电话响了，是虞涓涓的妈妈打来的。她住院了。

虞涓涓请假赶到医院，妈妈惨白着一张脸在输液。

涓涓妈妈年轻的时候，包括现在，都是个美人。

当年一提到教育学院的小吴，没有不夸的。听到周围人都争着夸奖她，家里人说：给你介绍个对象吧，也该结婚了。她就说：好，您看着办就行。

后来组织说：小吴啊，你这个成分太不好，人家那么红的好孩子，你们在一快儿不合适吧？她就说：好，您看着办就行。

后来又有同事说：小吴，老大不小的了，我们给你张罗个对象吧？她就说：好，你们看着办就行。

后来对象变成了丈夫，后来孩子出生了，会走路了，一有事儿就跟她噘嘴梗脖子，她就说：好，你自己看着办就行啦。

后来退休了，邻居周老师找到她，说：咱们几个老姐妹儿都没事儿干，组织个小歌舞队吧，锻炼锻炼？她就说：好，你们看着办就行。

周老师又叮嘱说：咱们就这几个人，自己玩自己的，图个高兴，你可不能三天两头地又去别人那些队儿去。

吴老师说：瞧你说的，你要不叫我，我就知道在家呆着，去哪个队，玩什么，你看着办就行啦。

可是现在，唉。

虞涓涓强做出轻松的模样，问吴老师：“妈，怎么啦？血压怎么一下子这么高？”

吴老师说：“转氨酶120多呢，还有甘油三酯……医生都还不知道什么原因……”

涓涓安慰说：“是不是上火啊，还是您旅游累着了？”

不问则已，这一问，吴老师的眼圈红了。她说：“咳，别提了，这一个月，怎么就花了一万多……你抽空看看去，我那卡是不是有问题了呀？”

虞涓涓应着，说道：“真花那么多您也别上火啊，什么不都还有我们呢。”

吴老师转过头去半天不说话。

虞涓涓给母亲拍着背，轻轻问道：“弟弟……没来看您啊？”

吴老师叹口气，说：“他还来他……”

虞涓涓说：“您啊，多想开着点儿，别总把心都放孩子身上啦，多跟院儿里那帮退休老太太们唱歌跳舞的，是不是能好点儿呢？”

吴老师翻身坐起，说：“唉……我都不爱出门都。你说我也是，怎么就跟你爸离了？坚持了这么多年，再凑合凑合就入土了，就没凑合这最后一下子，离了，就咱那个家属院，唉……”

虞涓涓把切好的水果递给吴老师，她推开了。虞涓涓坐在那里抱着水果盘，跟妈妈对着叹气。

趁吴老师小睡的时候，虞涓涓赶紧把书包里的工作资料拿出来，整理分类。

安排好了医院里的琐碎事儿，向医生仔细询问了吴老师的病情后，虞涓涓匆匆在病房里陪妈妈吃了午饭，就得赶回研究生院。

中午的街道不算拥挤，但虞涓涓心里有事儿，稀里糊涂地还是闯了红灯。

虞涓涓骑的是自行车，家里攒钱买车的计划才刚刚开始，准备等大宝大些再具体落实。自行车闯红灯也不是大事儿，虞涓涓自己慌了神儿，才蹭着一辆汽车摔倒了。

这辆正在掉头的小 QQ 停下后，开车的女孩推开车门连忙跑到虞涓涓身边，关心地问：“你没事儿吧？”

虞涓涓没事儿。她抬头接住司机女孩青春的耀眼光芒，说：“没事儿，没事儿。”

也许是司机女孩青春的光芒太耀眼了，虞涓涓略微有些羞涩似的想要低下头去。这一低转眼神，却不经意扫到小 QQ 的副座上，坐了一个和江永春穿着、长相一模一样的人。

虞涓涓看见了“疑似”江永春，刚要问他怎么没上班，那个疑似江永春却埋下脸去，猛地把QQ的车门拽上了。

青春的司机女孩听见这声巨响，吓得丢下虞涓涓去问个究竟。她在车门的地方扭来扭去地，总算隔着玻璃看明白了里面人所要表达的。顿时，司机女孩不扭了，僵硬地拉开车门，钻进去就是一脚油门，连一眼也没回过来看虞涓涓。

他一眼都不敢看我？她一眼也不再看我？

虞涓涓用目光记下了这辆黄色QQ车的牌号，印在大脑中，忍住痛扶起自行车。

为了家里买车，虞涓涓曾经咨询过几个汽车销售商。最初她留的是自己的真实联系方式，不想却带来了无休止的各个行业领域的销售骚扰。江永春责怪她太蠢：随便写个号就行了，最好连姓名都编一个，哪儿有你这么史前的？

之后，江永春就包揽了家里买车计划的询问事宜，虽然他一直用了虞涓涓的名字而并没有告诉过她。但虞涓涓还是觉得轻松，毕竟江永春承担了一件家庭的公共事务。

今天也许是他约的什么业务员看车吧？只是家里从没想过买QQ那样的小车啊？

虞涓涓回到办公室，想了想，给江永春打电话，说她下午下班接了孩子就要去父亲那里看看，问他自己和奶奶解决晚饭，行不行？

要是往常，江永春得跳起来把一百个不行的理由拿出来，摔到虞涓涓的头上。可是今天，江永春那懒懒的嗓音乖巧地说：“那要不……你就去呗，我跟奶奶买点粥喝。”

虞涓涓觉得刚才的“摔伤”有点疼了，说道：“我妈病了，要不我也不……”

没等她说完，江永春就说道：“行行，没事儿。你去吧，我还正忙着呢……你还有事儿吗？”

虞涓涓挂了电话，对自己说：暗访。

晚上，虞涓涓从父亲那里出来，在江永春平常遛糊糊的时间里闲步到了自己家的小区。她抱着大宝，没“闲步”多远就看见了中午那辆黄色的QQ正缓慢地开出自己住的小区——或者应该说，江永春住的小区。后车窗上，是糊糊喜悦地环顾四周的小脑袋。

虞涓涓抱紧大宝，把自己化在了阴影里不想跳出来。身后却有人拍了她一下：“虞老师！琢磨什么哪？”

虞涓涓惊一回头，是李刚。她没好气地说：“我琢磨我那论文哪，十个月了也不落胎，我可不是琢磨嘛。”

李刚笑了，说：“瞧你，嘿嘿，我可替你争取这期了，别冤枉我啊。”

虞涓涓说：“看行动不听口号，哎，你上我们这儿干吗来了？”

李刚说：“找我妹来了，这丫头，手机关了、电话不接，老太太这不在家坐不住了，非让我看看来。”

虞涓涓似不经意地问他：“你妹住哪儿啊？”

李刚说：“前头那小区，我爸他们所分的房子，人家小孩儿有想法、要个性，这不就独立居住去了……”

这一大片的住宅都是几个科研单位和大学的福利房，李刚和他父母的住房也在其中，虞涓涓当然知道。她问李刚：“对了，你妹喜欢养宠物吗？”

李刚说：“她喜欢！但是不养，她说有别人谁养着她玩会儿还凑合，自己懒得伺候。怎么？”

虞涓涓笑笑，说：“得，我看我这小猫是送不出去了……”

李刚笑着说：“嘿，你趁早给别人吧，前阵儿她哭着喊着让我给她找了一小狗，没一天就没影儿了，问她也不说给了谁弄哪儿了，别回头再对不起小生命，她可没那耐心。”

虞涓涓疲惫地说：“现在年轻人都会享受着哪……你们老太太不是有任务嘛，你快去吧。”

李刚说：“行。哎，文章你放心吧，左右不过这期。”

虞涓涓说：“不放心你说我有招儿吗?”

回到家里，奶奶先迎上来，不高兴地说：“你上你爸那儿去啦?”

虞涓涓赔着笑说：“我妈早上刚住院了，我才说看看去。”

奶奶听了，拄着拐棍向房间里走去，说：“不严重吧……唉，孩子大了，人就老了啊……”

虞涓涓跟过去说：“不怎么严重，您坐着，我这就给您洗洗。”

奶奶说：“你妈病了你去你爸那儿干吗？多回去看看你妈！这当妈的一有了孩子，就没了自己个儿了，不容易啊。我说你这孩子就是不会办事儿……”

虞涓涓笑着答应。

正忙活着孩子和洗洗涮涮的事儿，江永春在和往常一样的时间里回来了。他一进门，就拉着糊糊走到卫生间门口，说：“这会儿你有空儿洗它吗？要不……我洗一回……”

虞涓涓头也没抬，说：“这就完了，放这儿吧，马上就给它洗。”

江永春看不出虞涓涓的脸色有任何异常，就放心地躺到了沙发上看电视。

虞涓涓把手里的衣物晾好，拽过糊糊来一摸，糊糊的小肚子胀得硬硬的。而糊糊也害了羞似的，耸起小鼻子使劲向她讨好，小尾巴晃打出一地的水花来。虞涓涓用手指点点它的黑鼻头，说：“你也够不容易的。”

每当虞涓涓点糊糊的小鼻子的时候，糊糊就特别激动，不时来回挪动着两个前爪，兴奋地哼哼着，还一边舔着鼻子上的小亮鼻涕泡儿。

糊糊整体上是个本分快乐的小狗。

比方说：一听到什么动静就跑去向主人汇报，是一件糊糊十分高兴去做的事情。但是主人们一般不太理会它的汇报。江永春有时还会把大脚丫放在它身上来阻止它。可是它总也记不住似的，一听到什么动静还是要向主人们跑过去。谁让它是个小狗狗呢。

而每次糊糊受到这样的回应后，咪咪总是冲它投去轻蔑的一瞥，再继续眯起眼睛，享受沙发背上的阳光浴。

糊糊看见咪咪的眼神，就想冲过去和它理论，但是自己又跳不上那么高的沙发靠背，只好坐在沙发上看着咪咪，大声地吹着长气。

咪咪把自己美丽的长尾巴垂到靠背下边来，一边晃动着，一边说："跳啊，跳啊，你不是说自己是猫吗？那你跳上来，抓我啊？"

糊糊气哼哼地刨着前爪，反驳它："你不许瞎说，我就是猫！"

"得了吧，小笨狗儿，你要真是猫，怎么连这点高度都跳不上来？"

"我就是猫就是猫！我跳不上去是因为我胖！"

小糊糊的确很胖。它刚来到虞涓涓家时，身子还没有脑袋大，一直使劲儿地昂着头、撅着小屁股，好把四个冰凉的小爪子都能放到虞涓涓的手心里。一不留神，还是摔倒在一旁，引得众人哈哈大笑。

"给它起个什么名字呢？"虞涓涓说。

"你们说吧。"江永春说。

奶奶发言了："咱家有个咪咪了，这又是条小狐狸狗儿，就叫狐狐吧。"

后来，也许是糊糊越吃越胖，很快就攒了一身好膘儿；也可能是它总追随在咪咪——这只奶奶养了多年的大波斯猫身边，忠实地把咪咪当做自己的母亲；大家不知从什么时候起，就把它的名字叫成了"糊糊"。

用奶奶的话来说，就是："一天天儿的，迷迷糊糊就过啦。"

咪咪对此很是不悦，说："就是因为你老跟着我转，才会让人们叫成迷迷和糊糊。”

糊糊仰起还没擦干净眼屎的小脸儿，疑惑地问：“那我为什么不能跟着你？我们是一样的啊。”

“那你也是猫了吗？”

“我一直就是猫啊！”

“天大的笑话！你真不愧这个名字。”咪咪冷笑着跳走了。

糊糊在后面连跑带颠儿地追着，扑通一下就摔了跤。它望着咪咪灵巧的身形说：“为什么不教我跳高啊？妈妈，妈妈……”

咪咪一回头，冷傲地说：“不许再叫我妈妈！瞧你那难看样儿！”

糊糊很委屈，觉得是自己肥胖的大个头儿不招猫同类的喜欢。可是，它还是忍不住地贪吃，还是忍不住自己探听楼道里一动一静的欲望。

渐渐地，家里的人开始直接喊它“迷糊”！

虞涓涓很同意奶奶的精辟观点，就是迷迷糊糊地就能把日子过下去。

这是多少年多少代人对生活无奈的领会和沉积，她想。就像咪咪，接受了糊糊的入侵和占领，选择了迷迷糊糊地生活下去，不想从前的风光疆域；就像糊糊，迷迷糊糊地认定自己猫的身份，快乐地生活了下去，不想明天究竟如何。

在这迷迷糊糊背后的寄托，又是什么？

对于咪咪来讲，是享受无尽的阳光；对于糊糊来讲，就是无休无止地享受各种美食。

虞涓涓做完日常的家务，回到卧室里。她打开药箱给自己的手肘擦药水。江永春似乎仍在上网，却不住地往这边看了好几眼。

虞涓涓说：“今天去医院看我妈的时侯，摔了我一下……”

江永春没敢回头，声音沙哑地问：“是吗？！”

虞涓涓平静地说：“可不！不过就这胳臂肘蹭了点儿皮……一个开 QQ 的人撞的，我还差点以为是你呢……”

江永春的脸涨红了，声音也不懒了："今天中午那会儿啊？不可能！中午我都在所里睡觉，你不信问他们去。"

虞涓涓眼皮也没抬，说："我不是说了差点儿嘛！你急什么？那人跟你穿的衣服一样，后来我仔细一看，不是你……"

江永春一晚也没多说话。

二

虞涓涓到了研究生院的办公室，同事郑洁端着茶杯走来说："一会儿开会，说让你通知各个学院的人呢。"

虞涓涓对郑洁一直是又气又羡的。气的是她总拿出比主任还主任的劲头儿跟自己说话，羡的是那个要评正教授的同龄人就是她。

虞涓涓点点头。

今天偏又不知邹主任是赶巧了还是怎么着，居然托着一沓文件到了这边的办公室，站到虞涓涓身边，一边给她发文件，一边瞪着眼睛说："小虞，别光捯饬啊，你那副教授的申请什么时候交啊？瞧瞧人家，都评教授啦，还兼那么多课，这儿的工作也一点儿没耽误过。"

办公室里连空气都在微笑，虞涓涓也笑笑，问："这文件是要……"

邹主任听岔了，问她："交？现在交吗？"

邹主任耳朵不太好，在他二十多岁时就这样了。可是当年的老校党委书记就是喜欢上了他这点，他也喜欢上了老书记的……这两拍一合，就把邹主任喜欢成了老书记的女婿。

只不过，这两位谁也没问一句老书记的女儿喜欢不喜欢。

这又不是重要的，两个人都这样想。

人应该有对学术的崇高追求，老书记的女儿这样想，也这样做了，而且很成功。同时，邹主任因此开始有一点点喜欢老书记的女儿了。

中午一散会，虞涓涓就甩开邹主任的探照灯目光，赶到了医院。

吴老师的气色比昨天好了很多，也没有输液。见到女儿，她递过手里的纸来，问："你说给你织个这样的毛衣好不好?"

虞涓涓接过来一看，上面画了一件正在流行的毛线外套，还做了局部详解。吴老师继续说："你看，这袖子不要挑起来，要直接织成插肩那样儿，好看不好看？我看人家小护士穿的就是这样的……"

虞涓涓说："那是小孩儿们，我都多大了?"

吴老师说："怎么看也没多大！我躺着没事儿，给你织一件吧。"

说着，吴老师把图纸拿了回去，又继续添加详解和分析。虞涓涓用手捻捻母亲身上的旧毛衣，说："妈，您也给自己织一件呗……"

吴老师说："咳，我都没那心情穿……你看，我打算把这儿改一下，因为你身材没变形，没必要来这个遮掩的装饰，倒显得累赘，你看，把这个去掉，利利索索的，特别衬你的气质……"

虞涓涓看着母亲的双手，摸着自己已经开始发皱的手指，心里酸酸的。

招呼吴老师吃了饭，虞涓涓把工资卡交还母亲，说："我看了明细了，没错。"

吴老师刚刚有些高昂的兴致一下子又抑郁了起来。她没动弹，说："行，搁那儿吧。"

虞涓涓说："您看您，只要玩儿高兴了就行呗，缺什么，我跟永春给您补!"

吴老师摇摇头，半天才说："给你弟弟准备的那一万块钱，全搁这趟上了……"

虞涓涓心里更酸疼了，说：“您跟我爸这辈子够不容易的了……多为自己想想吧，还有什么比我们看见您俩都健健康康、高高兴兴更好的啊。”

吴老师默默地淌下泪来，这可把虞涓涓吓坏了。她赶忙拉住母亲的手，问：“到底是怎么了呀？”

吴老师搌搌眼睛，说：“他又对我发浑了……”

虞涓涓说：“弟弟？”

吴老师说：“这不跟这女朋友谈得好好儿的，我看要成，就高高兴兴给准备了这一万块钱，找银行的人给换的连着号的新钱，准备给他这朋友当改口礼儿，结果那天他回家来，什么也不说就冲我嚷嚷，还给了我一下子……也没问问我怎么样，拿了点东西就走了……我这才说要出去旅游，结果……”

虞涓涓说：“打哪儿了？好点儿没有？”

吴老师抬抬左臂，说：“好了，多活动活动就好了，这不，我就想起要织毛衣……反正也是没事儿干。”

虞涓涓沉默片刻，努力轻松地说：“咳，那浑孩子，您跟他认真不是气自己嘛，您多为自己想想……”

正说着话，程阿姨来了。虞涓涓赶忙让坐，吴老师也要坐起来，嘴里吃惊地说：“哟，怎么连你都知道啦……啊？”

程阿姨已经笑着扑过来按住吴老师，说：“可不是特地来……呵呵，我一亲戚住院呢，我来看看，走到这门口一看，哟，这不是你吗？那我看见了，还不进来跟你说句话？”

吴老师看到程阿姨手里的一大袋物品，说：“我没事，你快去吧，别让亲戚等着。”

程阿姨说：“看完他了，您这好点吗？是什么病？感冒吧？”

吴老师“嗯”了几声，又笑了笑，说：“你最近挺好的？要说，年轻几岁就是不一样。”

程阿姨笑笑，说了很多退休锻炼的好处，和自己学习歌舞技巧的热情，当然一直在赞扬吴老师，倒让吴老师一阵阵地有些自觉尴尬。说了会儿话，程阿姨就要告辞：“吴姐，你可赶紧回去带我们跳舞唱歌吧，旅游哪儿有活动好啊。活动最能锻炼，还不累人。”

吴老师胡乱应着，一手扶住程阿姨即将转过去的肩臂，一手去拿那一大袋物品。程阿姨反应快，脚下一个旋转就伸手按死了袋子和袋子上吴老师的手……“哎哟”！程阿姨真恨不得能把时间调回去重来——吴老师的左臂再次扭伤。

虞涓涓忙着安顿母亲检查治疗，顾不得理会程阿姨。程阿姨倒是跟着看了好一圈的热闹，才笑着走了。

虞涓涓气恼地对吴老师说：“这程阿姨几百年不跟咱们来往一回，今天这是怎么了？害得您受这通罪……她还笑眯眯的……”

吴老师说：“这不快过节，大学跟学院里都要组织晚会吗？我们这帮子都欢势上啦。她啊，还是要跟我学唱歌！去年就说要让我教她，后来你周阿姨、郑阿姨左右不同意，她没学成，自己在重阳节晚会上唱了个独唱，大伙反映不好，她这通气哟。打那会儿就三天两头缠着叫我教她，唉。”

虞涓涓说：“老年人玩玩的事儿，您瞧瞧你们给闹的，成了来回较劲儿了，还伤及无辜！”

吴老师安慰涓涓说：“这一下儿扭得不重，我自己有感觉。退了休，就怕被人遗忘、说没用，总得有个寄托吧？谁也管不住人想证明自己的心气儿，说起来，咱能躲开那些矛盾不就得了？”

也可惜，有些事是躲不开的。

回研究生院这一路上，虞涓涓实在气恼，憋足了劲儿想要跟弟弟好好谈谈。没想到刚进办公室，她先让郑洁抓了个正着。

“就你！又迟到了，请假没有啊？”

虞涓涓强忍住气，笑着说：“离开会还差十分钟哪，郑洁你……”

郑洁嗓门更高了：“那可不行，迟到一分钟也是迟到，你在这室里算是年轻孩子的头儿了，老带这头儿能行吗？”

两人身后两三个睡迟了才赶来的年轻工作人员悄悄地溜进办公室，郑洁只当做没看见。而她自己也在这个大办公室里工作，也只是个普通工作人员。

虞涓涓一再告诫自己不能发作。在当今的环境中，据理早就不意味着可以力争了。她的手在书包里无声息地按动了几下……

虞涓涓办公桌上的电话响了，她于是走过去。郑洁只得把准备好的长篇演讲掐断停播，憋得脸红红的，一跺脚出了大办公室。

稍后的会议间歇中，邹主任在楼道里“遇”见了虞涓涓，让她下班后到他办公室去一下。

“我得接孩子呀，您看有什么事儿现在说行吗？”

邹主任说：“什么计划？不是计划，下班来我那儿再说。”

虞涓涓没办法，回到会议现场一边做记录，一边用短信问江永春能不能下班去接大宝。

江永春的回复是意料中的不行。他要加班。

虞涓涓知道他和他的同事们加的什么班。这些搞古代脊椎动物研究的人有着现代科研人群中算得上相当充裕的闲暇时间，他们在这些古朴天真的动物身上学到最多的，是它们天然的游戏的本性，却忘了学一点淳朴。

会后，虞涓涓几步滑到办公室，把会议资料往大书包里一塞就跑不见了人。她在楼道里给托儿所的老师打电话，请她多等十分钟，然后迅速到了邹主任的办公室。

邹主任笑呵呵地问：“小虞啊，最近脸色不太好似的？”

虞涓涓说：“您找我什么事儿啊？”

邹主任坐到她身旁，说：“怎么样？这次评副教授有没有什么压力啊？论文怎么样了？”

虞涓涓说：“差不多。这期学刊就发了。”

邹主任拍着她的手说：“职称上不去也不行啊，现在大学一年一比一评的，什么都聘任了，什么也都具体量化了……”

虞涓涓觉得他的手越发有过度关心的冲动，站起身来说：“主任，我真得赶紧接孩子去，他爸爸加班呢，我再不去就晚了。”

邹主任也站了起来，想借势再做点什么表示。虞涓涓一弯腰拿起书包，跑了。

虞涓涓飞速赶到托儿所大门口，好在及时。她刚锁好车子，就听见有人喊自己的名字。转身一看，郑老师正笑望着她。

虞涓涓走过去，说：“您接豆豆啊？”

郑老师摊摊手，说：“她又加班，你叔叔是什么都不管，就苦我这老关节腿了……没办法。接大宝？”

涓涓点点头，说：“我上次还听我们一同事说拿什么草捣烂了糊上，好像挺治这个的。”

郑老师说：“关键还是得活动它。对了，我怎么听说你妈要到你那儿住一阵？”

还没等虞涓涓的疑惑表示出来，郑老师继续说道：“住住好！我们闺女也说让我住她那儿去呢，好帮她带豆豆，她不说我也想跟她说呢。你说我们这样的，一退休了，天天的就剩下仨饱俩倒了，还有些什么呢？人越老，越想看见孩子，天天在跟前都闹不烦，一看不见，心里就没着没落的……”

接了大宝，虞涓涓匆匆在楼下小超市买了点菜就迅速开始了每天晚上固定而紧张的工作。

她曾跟蓝小月说：“你说我这博士学历的小保姆是不是奢侈了点儿？”

蓝小月说：“那您愿意！你不伺候了，他就该干了。再说真请小时工也不是不可以啊。”

虞涓涓说：“人家说了，这个不放心那个不适应的，你不知道我们这两位一老一小的有多挑剔。”

蓝小月打趣她说："照您这样，您这小小儿将来也得够挑剔。"

虞涓涓停住手里的菜刀，用脸颊贴一贴儿子柔软的头发，马上就不觉得苦了，也没再感觉到累。

蓝小月对此深为不解。她觉得孩子就像树苗一样，自己会长大，不必说有了孩子，母亲就要像昆虫一样把生命躯体都奉献了出去，把自己的精神和物质世界都完完全全地放弃，或者转移。

"你们江永春研究古代生物的，也没倡导这样吧？"

"他研究的是脊椎生物，不是昆虫，所以他不倡导。"虞涓涓说这话时，低下了头。

蓝小月说："男人进化得比较完全，所以自我意识的觉醒程度比较高，女人进化不够，才总是丢了自我，当了怨妇。"

虞涓涓说："你这话不是批评我们江永春吧？"

蓝小月说："没有没有，我是通论不断代。"

虞涓涓说："看来又是哪个没长眼的人惹了你了，招你这通牢骚。"

蓝小月没答话。

蓝小月和自己差不多大，也是三十近五的人了，却还没个归宿。左右给她介绍了不少，不是她看不上人家，就是人家看不上她。她看不上别人的原因大多是因为对方的内涵——用蓝小月的话来说，就是"怎么就找不着个没点儿歪的邪的呢"。人家看不上她，多半则是因为年龄——"现在五十的都奔二十出头的找了，还指望今年来个二十明年找个十八的，都琢磨什么呢"，这也是蓝小月的原话。

虞涓涓觉得很有一些道理。

她觉得蓝小月起码能坚定地守住自己的原则之城，就不易。自己呢，杀到人家的城里就把自家丢个精光了吧？

吴老师在病号服外面加了一件外套，就去了校医院旁的小商场买毛线。正是半下午，商场的超市里多半是些中老年人。看着别人都双双对对的，一个推着小车子，一个挑挑拣拣……吴老师不由叹了口气。

外套的口袋衬里不知什么时候破了个洞，吴老师只好把手指伸进去使劲探寻刚掉到夹层里的硬币。同时，不由又叹起气来……

这件外套穿了有二十多年，虽没退色，边角的地方都已经磨毛了。涓涓总是问：妈，您换件外套吧？又不是没有。

每到这个时候，吴老师就不说话，虞老师也不说话。

这件外套还是早年虞老师去别的学校讲课时买回来的。那天晚上，吴老师张罗涓涓和壮壮吃了饭写了作业，还是没等到虞老师回来，心里毛毛的，坐立不安。虽说去的学校远，也早该到家啦。在她的概念里，只要是四口人没在一起吃晚饭，这个家的这一天就不完整，也就不完美。

等到快十点，虞老师才兴冲冲地跑回来了。一进门，书包没放下，先递给她一个塑料包：看看！

吴老师半惊半疑地接过来打开一看，是一件外套。

我本来上车要回来了，看见车上一个女的穿着这个，呵，我一眼就看上了，绝对适合你穿。我就问她在哪儿买的，她一说，我下车就掉头往那边买去了，瞧瞧，还真让我买上了。要晚一天，指不定有没有了呢！怎么样?!

吴老师抱着外套，眼圈里亮晶晶的，说：就是卖没有了，你也得先吃饭啊，这都快大半夜了，你……

嘿嘿。不饿！

第二天，吴老师穿上这件外套去办公室的这一路，哪儿哪儿都是一片赞美声。不说颜色款式多么和谐新颖，剪裁多么科学，就连上面的扣子都有着当时那个物质单一的年代中少见的精美。

很多女同事没等到下班，就约着跑到几乎城市对角线的那一端抢购这件外套去了……

一直到现在，第一次见到吴老师穿着它的人，还是会夸一句：好看。

吴老师再叹一口气，转到毛线柜台去。正在犹豫是米色的好还是枣红色的好呢，她却不经意看到附近的毛衫柜台那里，虞老师也在挑挑选选，一边挑，还一边拉扯着一个稍显得丰满的年轻女售货员说个不停……

这才刚离婚！

之前你、你们爷儿俩离了我，毛巾都分不清，现在……好！好！

吴老师不由“咳”出了声，把卖毛线的女售货员吓了一跳，问：“您？这些颜色都不满意吗？”

吴老师说：“不！这俩色儿，一样一斤半，都来！”

回到医院时，吴老师觉得腿像灌铅了一般，半天才爬到二楼。值班台的小护士看到她，连忙跑出来，说：“吴老师，您回来啦？在楼下遇见那个老师了吗？”

吴老师纳闷地说：“什么老师？”

小护士比画着说：“这么高吧，挺显年轻一老教师，说话什么的特快特利索，说是来看您的，我说您没在，让他等会儿，他就走了。刚走，我还以为您俩在楼下碰上了呢。”

吴老师见小护士比画的高度要比周、郑、孙等这些经常来往的老伙伴都要高，一时想不起是谁，就摇摇头向病房走去。

小护士在后面喊了句：“他还给您留了东西呢。”

病房的床上，果然多了一个塑料包。吴老师拿起来一看，里面是一件崭新的毛衣开衫。

藏蓝色，自己最喜欢的颜色；绣花、钉珠，也是自己喜欢的。款式新，手感好，尺码刚刚合适……难怪……

吴老师抱着毛衣，直直地坐在病床上，直到夜色弥漫，也没有去开灯。只有双眼似乎受了外面阑珊灯火的反射，晶莹莹地发亮。

吃完了饭给奶奶洗脚时，奶奶问涓涓：“你妈病好点儿没哪？”

虞涓涓说：“好点儿了，八成是叫那心火闹得，我妈有时儿爱较个真儿什么的。”

奶奶说：“她没的惦记了，可不就这较真儿还有点乐子了，唉。实在不成，我豁出去了，把我这咪咪配个小猫儿给她养养，她就没那么大劲头了。”

虞涓涓乐了，对奶奶说：“行，明儿我把您这话跟我妈一学，她就乐了，不用麻烦咪咪，哈哈……”

奶奶认真地说：“这是你妈我才这样，这咪咪跟我多少年了，一般我可舍不得。”

虞涓涓觉得很欣慰，直到她一摸糊糊的肚子，还是胀得硬硬的。

江永春洗完了澡就忙着上网去了，虞涓涓在卫生间里洗啊洗的，突然听见糊糊“呜呜”的欢呼声儿，还瞥见它胖滚滚地跑向自己这里的身影。糊糊跑进卫生间，举起小爪子使劲儿挠虞涓涓。虞涓涓突然记起自己刚才把喂乌龟的肉好像放在乌龟盒子上边忘了喂了。

不好！

虞涓涓还没赶到客厅里，乌龟盒子连同旁边物体就噼里啪啦地掉了下来。水、石子、木头桥、书本、玩具……乱成一团，中间是那两只可怜的小乌龟，此刻正处在咪咪目光下的极度恐惧当中。

虞涓涓拿起抹布和水盆就趴到地上去收拾。江永春从卧室里出来，双手插在裤兜里，习惯地实践起批评家的功课来：“我说你一天天都干吗了？连一只猫都养不好，弄得这乱七八糟的，看着就让人烦！”

虞涓涓跪坐在地板上，不想因此惊动大宝和奶奶，就说：“你没学批评，真是评论家的大幸评论界的大不幸。”

说完，她又低头收拾起来。江永春听得这话，快走两步来一脚踢飞地上的书本玩具，说：“女子无才便是德，知道吗？”

虞涓涓被书本连带起的水花溅了一脸。她怒视着这个一年前还恩爱非常的男人，咬紧了嘴唇，没有质问他为什么每天花两个小时遛狗，而糊糊却没能有任何排泄的问题。

江永春转身回卧室去了。

虞涓涓呆在那里。咪咪和糊糊忍不住对这两只想望已久的小乌龟的好奇，依旧在水渍中停留着、试探着。

咪咪是奶奶的，糊糊是丈夫的，乌龟是孩子的，都要照顾好……自己呢？奶奶丈夫孩子是自己的，是的。虞涓涓再一次告诉自己：奶奶丈夫孩子就是自己的。

看到两只乌龟缩进壳里不动，咪咪、糊糊渐渐失去了兴趣，带着几爪子的水汤跑到了沙发上。糊糊适时地送出一个又大又长的饱嗝，迷糊着眼睛，任由咪咪在它身上蹿来跳去，又一轮小动物间的游戏就这样开始或者说结束了……

虞涓涓在昏暗的灯光下沉默了很久，才收拾了残局，却懒得去收拾自己了。

在病房里也总有周老师、郑老师一群人不停地来，吴老师想出院了。她问虞涓涓：我到你那儿住两天去吧？还能帮你做做饭呢。

虞涓涓唯一发愁的是没有住处，自己和江永春买的这套房子很小，只有两个卧室，母亲来了只能和奶奶住一间，就怕这两个老人间有点什么小摩擦。

但是自己妈毕竟好说话，将就将就住吧。她和父亲刚离婚不长时间，又和弟弟生了一肚子气，自己没其他的好办法，也只能做这些了。

吴老师刚一进来，糊糊就打着好几个小喷嚏跑来慰问。吴老师抱起它来，说："你们这个糊糊该减肥了，怎么这么胖一身肉啊？"

虞涓涓说："谁知道呢？就是馋吧。"

吴老师对着糊糊说：“瞧它这小脸儿肉头儿的，哈哈……”

糊糊不高兴地躲开她的脸，跑到沙发一旁打算盘个圆盘儿给主人和客人看，证明自己是一只稍微胖了一点儿，但仍然很柔软的猫。可惜没能成功。这自然又招来咪咪的一顿嘲笑。糊糊像是生气了，立起来，把前爪搭在虞涓涓肩上，两只后腿拼命地蹬踹着，嘴里哼着嘟囔着要她替它抓咪咪下来。

虞涓涓按住它不让乱动。

吴老师笑着指着糊糊说：“你看这糊糊还真有意思，我说它胖，它还找你告状似的，哈哈……”

虞涓涓说：“您不知道，可有气性了，有时候不知道跟谁生了气，自己趴那儿半天都不理人。”

吴老师说：“那可好了，要出思想家了。”

糊糊看着主人和客人不知为什么说得那么开心，也忘了咪咪的事儿，由主人拿住前爪，快乐地跳了起来。

吴老师被糊糊的憨态逗笑了，说：“哎呀，别说，跳得还不错呢，你是个会跳舞的小胖狗狗……”

糊糊这下子真气坏了，这个客人的眼睛有问题！

它气哼哼地跑下沙发——它是一只能灵活自如地跳上、跳下沙发和板凳的小胖狗，这要得益于咪咪对它的早期开发与教导，以及它对自己强大的“我是灵巧的小猫”的心理暗示——并一路小跑着回到自己的藤编小窝里，钻进去，尾巴向外地趴着，生气——或者借吴老师的话来说，是思考去了。

江永春对吴老师的到来什么表示也没有，虞涓涓庆幸他毕竟没做出惹母亲不悦的举动来。

吴老师来的最大好处是把虞涓涓从没有一刻停歇的劳动当中解脱了出来，使她能在晚上继续做自己那几篇没写完的论文。

奶奶因为来了个天天能跟自己说话的伴儿，也感到新鲜和高兴。

虞涓涓得出喘息的空儿来，盯住李刚问他文章的事。

李刚不好意思地笑了，说："我请你吃饭行吗？"

虞涓涓说："我请你！"

李刚说："不是，主要是我妹妹你知道吧，她一闹腾，我们老太太就也要闹腾，我真得先尽着她那头儿不是吗？"

听着虞涓涓没说话，李刚又说："反正这期我尽量给挤上，实在不行下期怎么我也给你上了，要不真对不住你这老同学了。"

虞涓涓说："挤上，瞧我们都落到这份了？"

李刚说："瞧你！哎，对了……算了，还是不跟你这儿打听她了。"

虞涓涓问："什么事儿啊？"

李刚说："不问你了，省得你说我拿你似的。反正你放心吧。"

虞涓涓刚喘息没两天，接到父亲的电话，说让她回去一趟。一进门，就欣赏了一场高深的演奏。

虞老师负责的部分是拖把和男中音，楼上周老师家照常负责摇滚乐和女高音。虞老师和楼上周老师一家是斗争了十来年的对立面，和合作了三五年的演奏伙伴。

周老师的女儿、儿子都是狂热的摇滚乐迷，哪怕两个人中只有一个在家，也一定会把音响开得大大的，在摇滚乐的节奏中沉醉、畅想，幻想自己与之合并，一同飞扬张致……

虞老师要安静，要休息，楼上的重低音打在楼板上，跟鼓槌儿敲在自己头顶上没多大区别。这还了得？虞老师个子高，力气大。他一听到音乐声儿，就举起拖把棍儿，使劲儿地捅天花板。

周老师一开始，在中间做了不知多少的调解工作。后来，周老师发现虞老师不比孩子们好说话，孩子们也不比虞老师的斗争意志薄弱到哪儿去，干脆任由两方闹去。

一来二去，发展到草木皆兵的一级战备状态，只要楼上敢掉一根筷子，虞老师一直放在手边的拖把就会强硬地发出警告。同样，哪怕虞老师只是在楼下打了个响亮的喷嚏，楼上的孩子们也会在第一时间把音乐声放响以示还击。

吴老师就是在这样的战备状态中逃离的。

学校的家属区里，一楼的住户大都把自家的院子盖成了或大或小的小房子，由于是自己找小施工队儿盖的，有好多图省事儿的人就拿厚铁皮接到二楼的阳台底座上，当做小房子顶棚的防水第一关。简单好看，还能在小雨时节，欣赏大自然奏响的美妙音乐。

虞老师住在一楼，今天，就是因为楼上不知谁家阳台上的不知什么东西被闲风给吹了下去，晃晃悠悠、晃晃悠悠，就飘落到了一楼虞老师家的小房子顶上，羞涩地发出了几声问讯。

于是，周老师家和虞老师就演奏了半天的摇滚、拖把的交响乐，夹杂着女高音周老师“别闹腾啦”的歌唱。

虞涓涓的弟弟壮壮总说：这些老人就是闲的。为此，虞涓涓经常说教他几句。

好在这场演奏已经结束了，虞涓涓小心地问父亲叫自己来有什么事。虞老师说：“没别的，赶紧把它给我拿走。”

虞涓涓顺着他的手指，从桌子上的盒子里取出个东西来。是一只刚刚满月的小猫，浑身雪白，每根长毛都在瑟瑟地发着抖。它娇滴滴地把粉红的小嘴小鼻子向虞涓涓探了探，又娇滴滴地扭到一边儿去了，眯成缝儿的一双眼睛里，透出蓝莹莹的光，在灯光下一闪一闪的。

虞老师说：“你弟弟拿来的，我说不要不要他非搁下就走了，我可不养这个，你拿走吧。”

虞涓涓看着小猫瑟瑟可怜的样子，怎么也说不出拒绝的话来。父亲又说：“再有，跟你妈说说让她回她那儿住吧，你那儿那么乱，她干吗去？你弟弟把那好好的房快折腾成狗窝了，再不来，房都许拆了，而且他天天得有个吃饭的地方，老找我来，我也做不了啊。”

虞涓涓把小猫拿回了家，没多说其他的话。

糊糊跟这个新生物体不熟，只在一旁转悠观望。咪咪轻蔑地瞟了它一眼后，就无奈地趴到窗台上看月亮去了。

等到家里人轮流观看小猫的时候，糊糊也鼓了勇气直起身子，不断用两只前爪快速地挠着虞涓涓的腿，像是说："给我看看，给我看看。"

虞涓涓把小猫揽在怀里，"咪咪、咪咪"地叫它。咪咪听见了，警醒地慢慢走回来，冷冷地盯着这个小家伙。糊糊这时已经费力地跳到了沙发上，连抓带爬地凑上前来，想用舌头舔舔它。

吴老师指着它说："别吓着人家，你这诈诈唬唬的样儿。"

小猫把脸半缩在虞涓涓的衣服边儿里，算是对糊糊的畏惧表现。糊糊趁主人一个不注意，还是用肥胖的、油乎乎的舌头好好舔了几下小猫的小腿。

小猫马上"唧唧"地叫着向主人告状。虞涓涓护着它，对糊糊说："你怎么这么坏？你非舔它干吗？"

江永春刚洗了把脸，也不擦，就湿着走来，一路甩着两手的水，说："还叫它咪咪啊？别再叫混了。"

奶奶说："像个小毛球似的，就叫它球球吧。"

等到主人们新鲜够了，逐渐开始自己的日常活动，小动物们可是开始闲不住了。

小球球慢慢挪着小爪子，蹭到咪咪身边，讨好地打着小呼噜，说："好冷啊，我跟你一块儿睡行吗？"

咪咪把大尾巴一甩，就扫了球球一个跟头。它昂着头，不搭理这个小毛球儿。球球蹒跚地站起来，找到平衡，又打着小呼噜问："行不行啊，大猫妈妈？"

咪咪生气地龇着嘴，说："讨厌！不管谁，再不许管我叫妈妈！你这个小讨厌，你爱找谁找谁去！"

“你不是大猫妈妈吗？你是大猫，我是小猫，你就是我的大猫妈妈啊……”

“别傻了，你这个小讨厌！你不是猫，你是狗，看见那个胖子没有？那个才是你的大狗妈妈。”

“我是小狗狗？”

“对！你是小狗狗，你绝对不是猫！”

球球用它的小脑袋想了想，也许是吧？反正这么冷的天儿，赶快找个暖和的身子靠一靠是重要的，连脑仁都快冻僵了呢。

球球又慢慢地挪到糊糊旁边。还没等它问候，或者呼噜，糊糊已经从自己的藤窝里跳了出来，好奇又喜爱地把球球舔了个精湿。球球说：“快别舔了，我本来就冷，这样我会冻死的。”

糊糊说：“这么热的天，你怎么会冷呢？我现在最希望的事儿就是有谁把我弄成你现在这样，呵呵……”

球球真的在剧烈地发抖，小粉鼻头儿也冻白了。它虚弱地说：“啊，冷死了，大狗妈妈……”

糊糊生气地说：“我才不是大狗呢！我是一只猫！一只猫！”

球球说：“好吧，好吧，大猫妈妈，我快冷死了……”

糊糊听见这个，高兴地叼起球球，把它摆在自己的肚皮里侧，用四只爪子圈住它，再把胖脑袋往上一放，说：“怎么样，暖和吗，小家伙？”

球球觉得这只大狗或大猫身上的热量远比自己吃奶时妈妈身上的热量多得多，它幸福地舒展着瑟缩了好久的四肢，说：“好暖和啊，妈妈……”

咪咪在高处发出“哧哧”的冷笑声，说道：“两个糊涂的家伙！把什么都忘了。”

糊糊反驳道：“那又怎么样？我们很快乐！”

咪咪说：“有清醒才有快乐，懂吗？”

糊糊又迷糊了，说道：“可是，那又怎么样呢……我们快乐……”

在厨房清理杂务时，虞涓涓问吴老师：“您跟奶奶挤那一小屋，行吗？”

吴老师笑着说：“小是真小，但是挺舒服。奶奶也就抽个烟，夜里睡不着了说说闲话，多好相处！”

虞涓涓低下头去，说：“我们要是能弄个大点儿的房就好了……”

吴老师忙说：“别想那么多，你们现在工作多不容易呀！不像我们那会儿，分到单位傻干到退休就行了。我都知道。况且，我们都老了，要什么？这样就已经很好了嘛。什么物质上的，都是外在的。我现在高兴着呢，这你还看不出来？前阵儿我还想呢，将来你弟弟要结了婚，我一天天都干吗才好呢……当女人的，不就忙活这点事儿吗？唉……”

虞涓涓点了点头，承认母亲现在有些近乎亢奋的喜悦状态是少有的。但同时，她胃里刚倒进去的辣椒菜汤作怪似的，翻着搅着烧灼不止。随着母亲不自觉发出的轻轻哼唱声，那些酸苦辣咸的分子越发毫无忌惮地做起怪来，直逼得人泪汗欲出。

三

糊糊现在有了小跟屁虫儿，这让它很骄傲。它教给球球它知道的一切技能，充分行使一个妈妈的权利和职责，甚至它让小球球叼着它那毫无用处的乳房去肆意吸吮。

一旦肉骨头到来，它就带着球球冲到食盆旁边，挑出一块骨头里最大的，交给球球，说：“吃这个，把它咬碎，那个渣渣最好吃了。”

球球虽然觉得肉的香气似乎更具诱惑，但还是听从“妈妈”的指导，张大了小嘴巴去啃那块大骨头。结果是硌掉了一颗小牙齿。

球球追在糊糊后面，说："此（吃）骨头把我的牙牙此（吃）坏了。"

糊糊说："不会的，你看错了。"

咪咪笑得在窗台上不停地打滚儿，说："太好笑了，太好笑了！"

虞涓涓和孩子不在家的时候，吴老师的心情就会像是被什么冻住了。就连咪咪、糊糊、球球三个这样热闹的游戏，也不能引起她丝毫的愉快。

球球说："怎么回事儿？主人一定是冷了吧？"

糊糊说："她是饿了吧。"说完，就跑去用嘴巴顶小食盆，把它在地板上摔得乱响。

可是吴老师还是不理睬。

糊糊站住发呆，思索着该怎么办。

球球也走过去站到它的胖肚皮下，学着思索。

咪咪跳开了，说："可笑！可笑！难道世界等着你们俩去拯救吗？"

这天，吴老师接了一个电话，是周老师打来的，说："咱们学院好像让人给卖啦！"

吴老师怎么也想不明白，一个学校也能买卖吗？那土地、资产、设备、人员，都怎么安排呢？特别是，已经离退休了的这些老人们？怎么安排呢？

周老师说："都什么年代了，你还以为老家伙是个宝哪？"

吴老师说："那还有学校，还有组织呢？"

周老师说："人家忙得顾得上咱们？"

吴老师说："再打听打听吧，学院肯定不会这样做的。"

周老师说："你呀，就光在那儿享受天伦之乐了。小程最近没再去缠你教她唱歌吧？她连跳舞队都不来了，还不因为她老伴是咱们学院的……咱跳舞这拨儿也就老郑，儿子在教学，姑娘在工会的，还有侄女儿都在大学里，一点不愁！我们这样退在教育学院，孩子都在外边的，可怎么办？

像老孙那样没了老伴儿、姑娘下岗了，怎么办?!”

孙阿姨在自己家的门里来回转悠，听到两紧一慢的敲门声，就赶忙轻悄悄地把门打开。还没等来人坐下，孙阿姨就说道：“听准没有？这下可怎么办呢?”

张老师说：“八成是准的了。但总不至于太过吧，我想?”

孙阿姨说：“什么叫过？什么叫不过？推向社会，你说这是个什么词儿呢？给孩子们、给社会当累赘去？这辛辛苦苦打江山，老了，倒连个根据地都不给啦?”

张老师说：“我那孩子们也都在别的单位，这还真是……”说到这儿，张老师不禁一乐，望着孙阿姨笑着又说道：“当初还说咱俩的孩子都不在跟前好呢……”

孙阿姨拿手点着他，说：“都什么时候了，你倒还有这个闲心思说笑?”

张老师一缩脖儿，歪身掏出两个带着好几片叶子的橙子来，说：“嗳，这该乐和当然得乐和，为了他们改制，咱们还哭啊……好看不？我儿子刚拿来的。”

吴老师把这事儿在晚饭的餐桌上跟女儿讲了讲。虞涓涓说：“没那么严重吧？又不是一个两个人，又不是民营小作坊，哪儿会呢?”

江永春也安慰吴老师说：“就是，几百号离退休老头儿老太呢，他捏鼓也得且捏鼓会儿哪，您就别跟着瞎着急了。”

说是这么说，虞涓涓心里却非常担心，老人老了，要是没个单位管着，养老、医疗都是大问题。况且是在平稳的学院里干了这么多年，退休了反而任其自生自灭，对这些老人可太不公了。对他们而言，那个从他们的双手中由陋到奢、由一到足的学校，就是他们的一切……

可是在这“实用”当头的时代，实用就是一切。

自己如果不是为了生孩子，也不会错过评副教授的时间而一再耽误，也不会在年底述职时从教研给推到了行政，不得不离开了心爱的文学院，离开心爱的讲台。三十五岁，才到了现在这个办公室里，和抛开以前的一切重新以小字辈开始没有太大区别。开学还没两天，自己就已经感受到了很多。

自己可以重来、可以忽略，但是，这些老人怕是没有了这样的时间和力量的啊……

虞涓涓把最后一件衣物投洗干净，收拾好盆盆罐罐的时候，突然感到很累很累，全身的骨头都像是要散架一样，但却不想回卧室去。

她静静地坐在卫生间的马桶盖子上，茫然而沉静。

糊糊扭着小胖身子悄悄走了进来，偷偷看一眼虞涓涓，就开始每天的例行排泄。这是个怕孤独的小狗，所以才挑这个时间来。要是等到虞涓涓清洗完毕，关上卫生间的灯和门，就没人和它做伴儿了。

虞涓涓麻木地等糊糊慢慢走出去后，机械地开始清理。这时，她才觉得是自己回卧室休息的时间了。

第二天送孩子、上班的时候，虞涓涓仍旧觉得很累。她坐在座位上直偷着打哈欠。电话铃响了，她没有及时在第二声铃音的时候就接起来，郑洁就转身帮她接了。

“喂，找谁？虞涓涓啊。您是哪位……哦。”

郑洁握住话筒，问道：“小虞，你弟弟的，接吗？”

虞涓涓忍住情绪，微笑，伸手取过了话筒。

弟弟说，爸爸失踪了，已经一天没见到人。

什么?!

虞涓涓请了假，就赶往父母所在教育学院的保卫处。半路上，她才想起要告诉弟弟千万别给妈妈打电话说这个，不料却到处找不到手机。

没办法。虞涓涓在一个报亭里给弟弟打了电话，又打电话到家里问妈妈看见自己的手机没有，看到了就帮自己接个电话什么的。

刚到了教育学院，就碰到了周老师。虞涓涓赶忙下了车，叫道：“周阿姨。”

周老师说：“找你爸来了吧?”

虞涓涓说：“是啊，急死人了!”

周老师把她拉到一边，悄悄说：“保卫处给带走的!”

什么?!

自打学院被转卖的传言流传开了之后，就又有人说新学院的领导为了整体规划，要拆掉原来供离退休老人们活动使用的小花园、活动室等设施。另据路边会议传出的消息，说是今年教师节不发任何东西了。

传言的存在已经有些时间了，不过没人愿意相信它。是啊，学院的设施，谁敢拆呢?学院的福利，谁敢不给呢?

那自然是学院了。

直到拆除小花园和棋牌室的正式命令下来，才让这些习惯了悠闲和简单的退休老人们吃了一惊。平日那些散淡的神经也紧张了起来。

就像飘荡经年的小船，终于停到岸口，可以随着水波的自然流动而荡漾起伏，不必担心风浪、不用操心航向的时候，突然有一只大手把它推到了大洋的中央，让它不得不去猜测、揣摩。

当家属区里弥漫着这股阴郁的情绪时，连阳光都显得无力了许多。

一辆大铲车载着许多工人来到了十字路口，那里，早就站了很多离退休的老人。本来，他们应该在这个时候在花园周围下棋、聊天、带孩子、锻炼身体、攀比宠物的，现在都静静地站在那里等待着。

这个小花园在家属院的中心，其实也算不上花园，只是围绕着一栋半旧二层小楼的几块小绿地，里面有一些老人自发种养的花儿。教育学院是大学里成立较早，却发展最为缓慢的一个学院，没有强劲的势头，就不好强硬起面孔去向大学申请太多的东西。尤其对于离退休的人们来说。

除了那些有门路的老人，在其他地方可以找到更像样些的活动场地外，这个二层小楼和周围这几块零星绿地就是这些老人的集体活动中心。

它又是活动站，又是棋牌室，又是交流中心，又是读报场所，还是门球场和跳舞场。相对于房屋内的昏沉，它就是阳光，在所有孤独和缓慢的身旁，它就是氧气。它没有阴雨天，没有雾霭灰尘。它周边的蜿蜒小路早已延系到了家属院的每栋楼房。

工头下车，抽上了烟。

一些请愿的老人们，已经赶向新院领导的办公室去谈判。

工头的手机打破了小路口的宁静，他大声答应着，说：好，好。然后，他一挥手，铲车就开动起来，缓慢地向着小棋牌室驶去。

这时，一早就站在这里的孙阿姨突然快步走到小活动中心的前面，挡住车辆，说："院领导还没有最后下命令，你们着什么急？"

工头说："老太太，别碍事啊，刚才我手机里都说了话了，你们老得耳朵都聋了？你别拦路！"

孙阿姨说："学校是我们辛辛苦苦建设起来的，用不着你来指挥我！"

周围的老人也都说着："就是，你跟这学校有关系吗？你算哪儿来的你？"

工头是个年轻人，脸色被众人说得红紫起来。他挥着手说："拆！我还就不信谁敢拦着我这车！"

孙阿姨说："你敢开你试试。"

开车的小伙子也是年轻，一脚油门下去，孙阿姨大叫一声，倒了下去。

工头一看形势不好，要带着工人走。老人们一齐围上去，说："别让他走！把他送保卫处去！"

工头还没被送到保卫处，就被人放走了。围观的老人们中有几个气性刚烈的，就联合起来要写上告信，嚷嚷着要去上告。信还没写好，人就全让保卫处给供起来了。

这几个老头儿里就有虞老师。

虞涓涓听完周老师的讲述，半是放心半是揪心。

周老师说："放心吧，我们都打听着呢，保卫处就是看着他们几个，不让他们到处说啊告的，别的什么委屈都没有，好吃好喝的，还把象棋、台球拿了好几副去。"

虞涓涓说："就这两步路的距离，怎么就不让这几个老人回家呢？家里人得多着急……"

周老师说："说得是呢！对了，我倒想问问你，你妈怎么样啊？我们都还想她回来跟我们一块儿玩呢！"

虞涓涓迟疑地说："这活动室都要拆了……"

周老师说："拆也不耽误玩儿啊，什么能挡住我们乐和？啊？我们这些老家伙，什么没经历过了，有什么想不开的？啊？"

虞涓涓走到父亲住处的楼下，刚好看到弟弟坐在楼洞口的石头凳子上抽烟。她望着这个青年身上似乎熟悉的桀骜，不知该说些什么好。

虞壮壮看见她，说："问出来没有？"

虞涓涓点点头，说："没大事儿……就是为了什么上告信，暂时去了保卫处了。"

壮壮说："都这么大岁数了，还惹什么事儿啊！真是！"

虞涓涓说："你呢？父母纵有千般不好，你也不能这样说话啊！"

壮壮说："好就是好，不好就不好，该怎么说就怎么说……"

虞涓涓说："你真说得出口……你之所以总能看见父母的不好，就是因为他们把所有的好都给了你，给了孩子！"

壮壮垂下了头。虞涓涓又说："每个人在社会中都要接触到方方面面，都要吃苦……父母把从外面吃的苦受的委屈转嫁到咱们身上过吗？没有，他们只把他们所能找到、能做到的最好的东西给子女……咱们为什么要把受到的委屈，甚至想象到的委屈都发泄给父母呢？为什么要看他们不顺眼呢？那，你自己看自己就顺眼吗？"

壮壮说："你不就是说我跟妈吵架的事儿！"

虞涓涓说："你知道一个当妈的有多不容易吗？"

壮壮说："我知道……"

虞涓涓说："你知道还跟妈吵架?！你记得我给你讲过的故事吗？一个人谈恋爱了，有一天突然垂头丧气地回了家。妈妈问他：儿子啊，有什么妈妈能帮你的吗？儿子说：她说想要您的心。妈妈就毫不犹豫地剖出来给了儿子。儿子立刻高兴了，捧起妈妈的心就跑着去找他女朋友，结果摔了一跤，这时，妈妈的心赶紧问他：儿子啊，你摔疼了吗……"

壮壮不耐烦地说："这你留着给大宝讲吧！"

说完，壮壮就大步走开了。虞涓涓对着他的背影生气地说："你以为你们有个二十几、三十几的年龄，就比大宝强吗?！"

虞涓涓低着头快走了好一阵儿，才停住脚步，突然闻得身边飘来一股股的香气。她扭过脸去，一两间旧屋和残墙里，居然拥挤出许多绿色。

这是教育学院外墙一处废弃多时的小门脸。原来的这条通路曾是附近几所学校学生夜聚日饮的热地。后来，路被修宽了，学生的心也宽了，众多小门脸就日渐沉寂无声起来。

当年，自己就是在这一间间温馨简陋的门脸里，和江永春携起了手。

正这么胡乱想着，旧屋里转出一辆婴儿车，推车的正是英子。她见到虞涓涓，笑了笑。

虞涓涓好奇地蹲下身去看婴儿车里的孩子，说："还以为你还没生呢，哟，这么小你就带他出来了?"

英子说："晒晒太阳啊，你看我儿子脸色好健康呢。"

虞涓涓说："那怎么到这儿来晒了？这都快没几个人知道这地儿了。"

英子一笑，越发灿烂："你不就是知道的吗？喏，送你这棵虞美人的小苗，算做给我第一个客人的礼物了。"

虞涓涓接过那棵看起来太过脆弱的小绿苗，问她："客人?！"

英子说："对呀，我的花店马上就要开张了，而且有绝对和别处不一样的产品哦。"

虞涓涓说："这是教育学院的房子，也许马上拆，也许……学校都快不存在了，你还敢在这儿开店?”

英子说:“你是说教育学院归属的事？那有什么!”

虞涓涓略有些不悦，说：“敢情你、你婆婆她们是没在这个学院里头。”

英子指指周围，说:“可是，里面和外面都没有少了阳光啊……哈哈，不玩笑了，这个小苗我代你养好啦，你什么时候愿意都可以来看看你的小苗哦——这也是我这小店里的特色，将来后面的小院子就是客人的苗圃。就是哦，千万不要把你心里想的苗来和这个盆里的比，那我要被人说养不好花草啦。”

虞涓涓看看周围的残墙，问:“你的店叫什么呢?”

英子说:“英子小园，随时来玩好了呀。”

虞涓涓又笑了，问:“真打算在这儿开店？一处快没有归属的地方，都是些被人遗忘的老旧痕迹……唯独没有生机……”

英子说:“好了，不要在这里伤风好啦？我的花草要是发黄打蔫了要找你的。”

虞涓涓说:“你呀，当妈的人了还这么调皮。”

英子说:“反正小苗送你了，你要帮我带客人来的哦……还有，我这里每样常见花都建了小馆的，你就是这个虞美人的馆主好了，不白忙吧?这个花还那样雍容烂漫的，啧，说得我都要羡慕了呀……”

下班回家后，虞涓涓决定还是暂时不把爸爸的事儿告诉妈妈。她问妈妈:“您在家看见我手机了吗?”

吴老师说：“没有，我还特意把沙发缝儿、床底下都搜了搜，都没找见。”

虞涓涓说：“那没准儿丢路上哪儿了，算了，都用好几年的手机了，不找了。”

没太多时间说话，母女两个就为着这个家又忙活上了。没想到到了晚上，虞涓涓居然在自己卧室里发现了自己的手机。

虞涓涓看看江永春，不想在这深夜之时发起什么，做罢了。

第二天上班的时候，虞涓涓接到李刚的电话，说：“昨天打了好几遍电话怎么一接就挂呢？我短信收到没有？”

虞涓涓问他：“什么事儿啊？”

李刚说：“好，就想赖账吧你，我可是信上说了等你请我哪，是不是装没看见啊？”

虞涓涓猜到了几分，说：“手机昨天落家了，真不是成心的，饭我一定请你。”

李刚说：“这还差不多。”

虞涓涓追问一句：“你也够抓住重点的，光发信强调说让我请吃饭，就没在信上把好消息说说？”

李刚说：“我说请吃饭你还不明白啊？嘿嘿，这饭不仅是重点，还另有好事儿哪，吃的那天你就知道了。”

挂断电话，虞涓涓叹了一口气。

虞涓涓约江永春中午出来见个面，很久没有这样两人单独外出的时候了。江永春想想，答应了。

两人简单吃了午饭，虞涓涓说：“过几天一块儿找个时间跟我一同学吃顿饭吧？”

江永春说：“孩子谁带啊？”

虞涓涓说：“我妈不是在家嘛。”

江永春玩了一会儿餐具，说：“欲盖弥彰！”

虞涓涓说：“你这话什么意思？”

江永春说：“那你这么做什么意思？”

虞涓涓说：“我就是不想让你多想什么‘意思’才这样做的。”

江永春说：“哼……你真好意思你！”

虞涓涓拿起书包说：“我先回去了，最近请假不少，不能再迟到了。”

江永春说："那是必然的!"

虞涓涓略有些生气了，问道："你说什么?"

江永春背出一个电话号码，然后就神情古怪地看着虞涓涓。

虞涓涓低声怒道："只有小偷的眼里才都是贼!"

江永春说："别拿别人的话掩盖你自己的出轨!"

虞涓涓说："谁出轨谁清楚！我敢跟你一起去见这个号的主人，你敢带我一起遛狗吗?"

江永春一下子泄了气，分辩着说："都去遛狗孩子谁管?"

虞涓涓说："就你这贼喊捉贼的还有资格把'孩子、孩子'挂嘴上?!"她站起身，走出了餐厅。

这天家里的晚餐稍微有些沉闷，大人们逗过了孩子，就指着小动物们调节气氛。

球球这一阵儿没少蹿个儿，也胖了不少。就这样，也还忙着跟糊糊抢骨头吃。

吴老师拦着它，说："球球啊，可别吃了，咱们不饿，不饿。"

球球看着食盘里的肉骨头，眼睛都要跳到眼眶外面了，肚子被吴老师托在手里动不了，就使劲把四肢挠了再挠，喉咙里还不忘向糊糊发出警告："你给我留一点儿!"

糊糊吃上几口，就扭过头来看它一眼，然后得意地再吃上几口。

球球急坏了，回过头冲着主人们大声地叫，说："为什么不让我去吃呢?"

虞涓涓扳住它的小胖脸，说："球球啊，咱们不跟它学，咱们要节食，长成个漂亮的小猫猫，好不好啊?"

球球停止挠动四爪，纳闷道："可我是小狗狗啊，为什么要长成漂亮的小猫猫呢?"

咪咪舒展着四肢，慵懒地说："小傻子，你怎么又成了小狗了呢?"

球球说："你说的啊，我是小狗狗，所以不能管你喊妈妈，所以要跟糊糊妈妈玩。”

咪咪笑着说：“那你问问，糊糊说它自己是什么？”

糊糊从食物上抬起头，说：“我是一只胖猫猫啊。”

球球说：“不对！你是狗，因为你是狗，所以我也是小狗狗，这才对。”

糊糊丢下食物，发怒一般和球球争论起来。咪咪大笑着说：“行了，两个小傻瓜，连自己都看不清楚，吵闹个什么！”

糊糊生气地问：“你到底笑我们什么？”

咪咪说：“你们都只会看别人，却不去照照镜子吗？”

长大的球球轻松地跃上主人的梳妆台，看到镜子里真的出现了一个和咪咪一样的形象，它发出一声惊异的长叹。

糊糊急得在地上转着圈。说：“我上不去，看不见，我上不去……”

咪咪说：“你为什么上不去？因为你是狗，你为什么爱吃骨头？因为你是狗，你为什么爱听门外的动静？因为你是狗，哈哈……”

球球则欢呼着说：“我果真是和咪咪一样的猫猫！糊糊，你果真是狗狗，你和我们不一样！”

糊糊呆立原地，许久才打出一个长长的饱嗝……

吴老师这时起身去接了一个电话，之后神色大变。她不悦地问虞涓涓：“你爸的事儿为什么不告诉我？”

虞涓涓说：“我怕您着急，这刚出院的……”

吴老师一边向房间里走一边说：“你们哪……收拾东西，我这就回去。”

虞涓涓叫道：“妈——”

吴老师看着跟进来的涓涓，叹口气，说：“我不能让别人说他没家里人管……”

虞涓涓说：“有我们呢，您就别回去了，壮壮他，这会儿还不知把家闹成什么样儿了呢。”

吴老师说："我是打算先回你爸那儿。"

虞涓涓愣住了。

吴老师坐下，理了好一会儿东西，才说："女人，家最大。我前阵儿跟着你周阿姨他们唱歌跳舞，觉得自己可是有了追求了，赶时髦、要个性……其实呢？个性，没有群体哪儿来个性？没有家，哪儿来女人……"

当天晚上吴老师赶到虞涓涓爸爸的房子时，虞老师已经在那里了。保卫处没地方让他们睡觉，就都回家来了。虽说虞老师也刚进门不久，但这让吴老师心里很欣慰。她在厨房忙碌的时候，偷笑了好几回。等虞老师洗了澡坐下，一桌饭菜立刻热腾腾地端了上来。

两人谁也没说话，默默地吃了饭。

吴老师清洗好物品，准备回自己那里。她刚刚拉开门，虞老师迅速说了一句："好几个老头儿呢，不只我。"

吴老师回头看他时，他又低头去看报纸了。吴老师却仍然点了点头。

孙阿姨家今天也是这样晚才吃晚饭。不同的是张老师一进门就嚷嚷："今儿一天没好好吃东西，这下可好了。"

孙阿姨说："哎哟，都见瘦了……我炒了好菜啦，还有姑娘中午给炖的排骨，给你多盛点儿？"

张老师站起身说："坐着！你腿好受是怎么着？我盛去。"

孙阿姨看着张老师盛了排骨、炒菜，又端了两碗饭过来，说："怎么还两碗呀？"

张老师说："我还不知道？你肯定是等着呢……吃吧，完了我刷碗，趁热的，啊？"

两个人互相看着，张老师不觉说道："我看你怎么也一天就瘦了。"孙阿姨稍一羞涩，张老师赶紧把筷子递过去，说："嘿嘿，有钱难买老来瘦。"

孙阿姨眼眶红了，说："我以后再也不那样了……"

张老师仍是举着筷子，说："'吹吧你就，你除了开玩笑、打哈哈，你平时敢碰蚂蚁不敢？'，是说这个吗？"

孙阿姨抬头说："你倒记得清楚，你小心眼儿啊？"

张老师笑了，说："我就喜欢你这直咧咧的性格。再说了，今天那小子敢撞人他，你就是一个字儿不说，我也得闹他去！"

孙阿姨接过筷子来，没有动。反而像看自己孩子吃饭那样，看着张老师吃排骨，那个香甜味一丝丝地就滑到了心里。

整个屋子也仿佛暖和了起来。

四

往常，糊糊和主人出去遛了一圈回来，总会把路上的各种见闻都讲给球球听。球球听得直入迷，有时连咪咪都会凑过来听几耳朵。

这天的夜晚，家里却一反常态。糊糊遛回来后一言不发，对球球的挑衅也不理不睬的。可是到了深夜，这几只小动物就像疯了一样，先是在客厅，既而扩大到了整个房子，蹿跳追逐，打闹叫嚷，任凭谁起来喝止都不管用，捎带着把不少的杯子、书本、小摆件儿都踢或撞到了地上。

虞涓涓起来制止了好几次。每次都是还没等她躺下，动物们就又闹得越发欢腾起来。

江永春困倦地踢开房门，把一个不知是什么东西猛地扔了出来。

只听见一声惨叫，估计是砸中了咪咪或者球球。这才使这三个动物安静了下来，丁零当啷的声音也才算是消歇了。

第二天早晨，虞涓涓起来一看，一室狼藉。

而咪咪虽然走路一瘸一拐的，仍旧把一支挺着长茎的韭菜叶当成了刷胡子的用具。球球更别提，四只爪子踩在糊糊身上，明知道不能保持平衡，还非要站在那儿，嘴里大声叫出一串串的音符。谁知是得意，还是在跟糊糊理论。

虞涓涓做出要打三个动物的样子，说："还捣乱？打一夜还没打累是怎么着?"

三个动物根本就不把她的话当回事，依旧做原样举动。

虞涓涓抬头看看表，没时间理会它们了，得抓紧时间忙清晨的家务。

球球这时看见了咪咪刷胡子用的韭菜，放过糊糊，跑上去抢着咬韭菜。咪咪怎么能同意呢？嘴里发出威胁的声音，抬起爪子要打它。

球球偏是咬得更欢了。咪咪一连挠了它好几下，球球正愁没借口，冲上去就和咪咪打作一团。

糊糊也不再理会蔬菜，跑来观战，举着一只爪子，不知该帮助哪一方。

咪咪从球球的攻势中跳蹿出来，故意先撞到糊糊身上，大叫着借势迅速一弯身，跑到了客厅另一边，跳到椅子上。糊糊和球球先后追赶过去，继续打斗。

球球在椅子上和咪咪对打，糊糊上不了椅子，就站起来把头放在椅子边上，每当咪咪的身体有任何一部分到了这一带，它就趁机咬上一口……

江永春又被吵醒了。他走到卧室门口大喝道："别打了！"

三个动物急速逃到各自经常的栖息地，喘着粗气装出休闲的状态来，眼睛紧跟着男主人转。客厅里终于安静了。

卧室里，大宝的哭声响了起来……

虞涓涓手上全是鱼鳞，站在厨房门口对江永春说："你看看孩子啊！"

江永春故意对抗她说："你怎么不去?"

虞涓涓又看看表。今天是奶奶的九十五岁大寿。

老人一是牙口到了老化的年纪，二是嫌外面的饭菜不干净，所以往常的每个寿日都是虞涓涓亲自下厨，做个八碟八碗儿的。这从虞涓涓跟江永春谈恋爱时就已经这样了。

但是现在不比以前的是，虞涓涓多了一个江永春一个江大宝两个“孩子”要照顾，还要上班。她没有把一天变成四十八小时的神力。

虞涓涓懒得再看“孩子”江永春，回厨房迅速用两个指尖捏起海参放进换好的水里，冲掉手上的鱼鳞，把蒸鸡蛋羹和点心的锅放上炉灶去，打火；把江永春每个早上都要吃的酥炸肉合子放进微波炉，打开开关；把刚刚和好、抹好油的面盖好盖子放进冰箱；把鱼从水盆里拿出来，控着……然后冲进卧室哄孩子。

这时，江永春才只是从卧室门口走到了沙发上坐下来……他已经习惯了虞涓涓像个影子一样在家里轻盈穿梭，没有面孔和表情的影子。

大宝没什么事，就是被江永春那一嗓子吓着了。

这还不如饿了困了好哄呢，一会儿奶奶遛早回来就要吃面的……虞涓涓皱皱眉头，抱着孩子去了厨房。

她让大宝坐好，揪下一小块面团给他捏着玩儿，自己迅速而熟练地擀出了一小碗量的手擀面条，端下粥锅在一旁温着，换锅煮面……

吴老师回到教育学院家属院后，原本想多照顾涓涓爸爸几天，一看他跟往常没有任何区别，也就松了精神。壮壮找个借口搬到单位宿舍去了。但是，吴老师的家没有因此冷清，反倒十分热闹。

这不，吴老师刚起床，程阿姨就呵呵笑着敲开了吴老师的门。

吴老师只得说：“快进来，来，坐。”

程阿姨还没答话，周老师敲门来了，进门就说：“小程！你来干吗？”

程阿姨赶紧说：“周姐，我来等你，好说说咱们那个小合唱的事，我不独唱了，咱们组织个合唱吧。”

周老师说：“哟，想一块儿唱啦？哈哈。老吴，你可不能落后，咱们搞它个红红火火的好节目！”

两人告辞以后，吴老师打电话问虞老师："你说我每天教不教她？"

虞老师说："想教就教，不想教就不教呗。"

吴老师说："你这不等于没说吗？"

虞老师说："那你想让我说什么？！你自己想不想教呢？"

吴老师说："那，我要知道，我还问你啊？"

虞老师说："可不，你连什么都想不好你！"

吴老师赌气半天没答话，最后嘟囔说："你要吃早饭就来端！"

虞老师说："我不！你给我送……"

虞涓涓掐着点儿赶到了研究生院招生办，总算没迟到。她在楼道里遇到了邹主任，赶紧笑着打招呼问好。邹主任居然是一副没看见她的样子，径直走了过去。一会儿，郑洁就又凑到虞涓涓的身边了。

"你今天总该是不会请假了吧？"

虞涓涓笑笑，说："我又不是算命先生。"

郑洁从鼻孔里喷出些情绪来，说："把这些弄好了吧，回头审批等着呢。"

虞涓涓接过来一看，是一些考生的资料表。办公室里每个人都分派了一部分来做，郑洁递来的是她那部分。虞涓涓说道："我这儿有了啊？"

郑洁说："能者多劳嘛，是不是虞老师？"

虞涓涓还没晕到为这个再去邹主任那儿看脸色的程度，接了过来，没说什么。郑洁偏偏就是黏在她桌前指甲头发的说了好半天，还没个停歇的意思。

可巧徐康教授给虞涓涓的手机打来电话。

徐教授早年和虞涓涓的父亲在一个教研室里呆过，两家熟悉得很。虞涓涓问道："徐叔叔啊，您什么事儿？"

徐教授说："小事儿，你——你那儿说话方便吧？"

涓涓此时不想挂掉电话，就说方便。徐教授于是婉转地托她帮忙查询一个学生的考分情况：“这孩子去年就要考我的研究生，后来两岔了，这不今年又考，我是很看好她的，就是不知道究竟这次情况怎么样。”

虞涓涓尽量躲开依旧黏在桌前的郑洁打量自己的目光，说：“那，是谁呀？”

徐教授说：“她叫林雨霏。”

涓涓嘴里只是嗯嗯地应着，在纸上记下了雨霏的名字，又在纸上随意画着，说道：“我哪天再跟您联系吧？还说呢，得空您也跟阿姨说说，帮我们小月也留留心，早点把她嫁了呀……”

涓涓跟徐教授聊了一会儿家常，才挂了电话。郑洁盯住她笑着，问：“谁的电话啊？”

涓涓说：“一个长辈。你不听见了吗？”

郑洁说：“你说我听见啦，呵呵，呵呵。”

招生办里面谁也不敢惹郑洁，这是个心照不宣的共识。

刚开学一来这儿，虞涓涓就感觉到了这点儿。她只想平平静静地带好儿子，过好日子。她不想成为任何人的竞争对手，也不想把任何人当做竞争对手。虽然她喜欢研究古代历史和文化，但是她还没沉浸到要把春秋战国搬进自己的现实生活中，更没想过要走到一处就建立起一个多么强大的帝国让人臣服。

可惜现实中，你不想并不等于别人不想。你不建立，那么别人就会建立起他们的来逼迫你去臣服。

人类天生就不是一种以平静为宗旨的动物，他们需要的是躁动。

而现在，虞涓涓却只想平静地带好儿子，过好日子。

翻阅着手里的资料，虞涓涓突然发现了一个熟悉的名字：顾娜。

这不就是蓝小月说了千百遍要让自己“盯着点儿”的小妹吗？虞涓涓仔仔细细地把顾娜的各项资料看了一遍。其实她考得不错，虽然英语是才过线两分，但是专业课的成绩在整体排序里能排到前三分之一里去；还有大学时得过的几个市级奖。这还要我盯什么？

虞涓涓笑笑，把手里的资料又再核对无误后，给蓝小月发了短信。

蓝小月回信约她见面详细说。虞涓涓苦笑，自己哪儿有这时间啊。

下午快下班时，虞涓涓惦记着要早些回去做饭，就把自己的桌子摆成工作中的样子，大书包挂在椅子旁。她环顾左右，没看到郑洁的身影，便拿起装随身物品的小包，对隔壁桌子的年轻女孩指指桌子递了个眼色。女孩调皮地做个鬼脸，用口型说道："放——心——"

虞涓涓装出去卫生间的样子，走出了办公室。

楼道里很安静，虞涓涓轻手轻脚地走着，生怕邹主任突然从哪儿冒出来，那就麻烦了。

可是，邹主任真就冒了出来，还有郑洁。

他们正在轻声地拉开邹主任办公室的门，是为了侦察一下楼道里有没有可疑人等，如果没有，邹主任一挥手，郑洁就可以做大方状回大办公室了。他们万没想到的是，侧耳听了半天楼道里没动静，一拉开门，却恰恰好、正正好地看到了门外的虞涓涓。

虞涓涓心里有鬼，一下子就惭愧了。邹主任和郑洁心里也有鬼，一下子就愤怒了。

惭愧的虞涓涓不好再轻手轻脚，就放出脚步声来，走向卫生间，一歪头扫见邹主任和郑洁还没放松侦察，只得走进了卫生间。

到了卫生间里，虞涓涓从镜子里看到自己红红的脸，突然大叫不好！邹主任和郑洁的脸色，以及在门旁交挽一处的手臂……

郑洁回到办公室里，等着、看着，也没看到虞涓涓从哪儿回来。这就到了下班时间，大家陆续走出了办公室。

郑洁盯着虞涓涓的办公桌和大书包，问一旁的年轻女孩："你还不

走啊?”

那年轻女孩尴尬地答道：“我还有点儿没弄完……再等个同学……”

郑洁笑了笑，年轻女孩觉得后背直发凉。

不管怎样，虞涓涓及时完美地把奶奶喜欢的一桌饭菜侍弄好了。吴老师也打来电话祝贺。

这边，奶奶一手拉着孙子，一手揽着重孙子，看着这一桌子全是自己爱吃的菜，别提多高兴了。

连咪咪、糊糊、球球都添了好食料儿。奶奶还嫌不够，自己一筷子一筷子地，把烧海参、糟鸭脯、醉鱼什么的给咪咪多喂了好多。气得糊糊在地板上不断地抗议，还不时咽下一大口的口水。

江永春为着奶奶要吉利，忍住了一晚上没对菜品进行专业的批评；大宝没有把手里的东西扔或溅到奶奶的脸上身上。虞涓涓为此知足而喜悦。

半夜的时候，虞涓涓突然被奶奶激烈的拐棍声惊醒了！她推推江永春没推醒，只得一个人跑进奶奶的卧室。

奶奶卧室的灯大亮，地上有一摊摊的浑浊液体。奶奶正弯腰对着这些液体……虞涓涓吓得都哆嗦了，话也说不出来。她强走两步扶住奶奶。奶奶回手紧紧地抓住她的胳臂，颤抖着说：“咪咪，咪咪……”

两行老泪。一腔自责。

虞涓涓安抚了奶奶，连夜带着咪咪赶到了小区的宠物医院。医生说是急性肠胃痉挛，输输液吧，恢复快慢要看咪咪的体质。因为它实在够老了。

虞涓涓跑到家里把咪咪病不重的情况告诉奶奶，扶她躺下休息，又到卧室里看了看儿子，就赶回了宠物医院。

刚刚清晨的时候，奶奶一起床就来到了宠物医院。见到咪咪在安睡，奶奶说：“你回去吧，该干吗干吗，我这儿盯着就行。”

医生和虞涓涓都担心老人的身体，说道：“有医生呢，您看会儿就回家歇着吧?”

奶奶执意不肯，非要陪着咪咪，看着医生用药才行。

虞涓涓把医生请到一边，说：“这猫奶奶养了好些年了，您多理解理解，我们奶奶人好着哪，在这儿还能帮您个小忙什么的，您就让她陪着咪咪吧……中午，中午一下班儿我立马就来了。”

医生点了点头。虞涓涓留下自己的电话号码就急跑回家忙活去了。

上了班，虞涓涓一进门就看见自己的桌子和书包还是昨天走时的样子，心里先就紧张了起来。偏偏邹主任难得地走到大办公室里来，又站在虞涓涓桌前，大着嗓门说：“涓涓啊……呵呵，哪天哪天，我请你吃饭，啊?”

所有的同事都凝住在各自的位置和状态上。虞涓涓硬起头皮说：“主任您瞧瞧，我想请您还怕不够资格呢。”

邹主任说：“你忙！多少人请啊送的，还有，你论文不是发了吗？祝贺你嘛，呵呵。咱还吃上次吃的那个，你说呢……”

虞涓涓心里一沉，闭口不言。

邹主任笑着趴到虞涓涓的办公桌上，小声说了一句话什么，就笑着走了。这句话连虞涓涓都没能听清楚，办公室里那些竖着耳朵的人也当然只能意会了。

唉。

好容易挨到了中午，虞涓涓惦记着奶奶和咪咪，抓起书包要走，却看见郑洁似笑非笑地走了过来。她只好似笑非笑地放下了书包。

虞涓涓一直想打电话让江永春先回去看看奶奶，打了几遍都是无法接通。邹主任一把抓过她的手机，说：“你还有什么‘重要’电话吗？回去再说。”

邹主任、郑洁就在对面，虞涓涓和一个同事“应邀”坐在大学的实习餐厅里，不远处就有原来她文学院的同事等等。还伸手抢手机吗?

借口洗手，虞涓涓走到前台，好说歹说借了餐厅的电话打江永春的手机，还是无法接通。她后悔早上忘了要一下宠物医院的电话，就打到小区物业去问。还没等物业那个大嚼着饭菜的人找到宠物医院的电话，郑洁就哈哈大笑着来拉她回去了。

为食物者，为食物者。虞涓涓不知道自己该把那个为字念成哪一声儿。

四人回到办公楼里，虞涓涓向邹主任要手机。邹主任居然当众张开两个手臂，让虞涓涓“自己掏，就在我这边裤兜儿里呢……”郑洁赶忙哈哈笑着拉起那个同事走开了。

邹主任中午喝了一点。虞涓涓找不出自己做过的家务中有哪件比现在的动作更让她感到难堪。但是，她只能在现在取回自己的手机。还等更升级的吗?

进到办公室，郑洁不出她预料地正召集了所有的好事人等开临时集中会。虞涓涓平静地坐回自己的位置，看也没看他们。

手机上有好几个未接电话，有几个是相同的陌生号码，最后一个是江永春的。以往自己打去未接电话时，江永春是从来不回的。何况今天中午还没接通。

虞涓涓没有打回任何电话。只等着晚上，接受深度言论批评就行了。

晚上一回家，却是哪儿哪儿都静悄悄的，只有糊糊、球球迎了上来。虞涓涓没放下大宝就赶到了宠物医院。早上的医生已经下班了，另一个医生问明了她的来意，不由得苦笑了。

“好，您这老太太，真够厉害的。我们真服了。一上午我们几个大夫不够她使唤的，一会儿要这一会儿要那，其实那猫就一痉挛，说句不好听的，饿饿、睡睡就行了，打那些葡萄糖、营养素的也就是让人安心的！这老太太好，恨不得把我们药品柜子都使那大老猫身上，好猫它也架不住啊……不给用药她就急，抱着猫就跟我们闹……要说对这猫有感情我们理解，可是这……得，给猫折腾得又吐了两回，老太太一看急了……咳，总之，猫没治好，有我们一定的责任，我们也说好话了，您那爱人倒好，接了老人一电话，来了差点要拆我们这医院……不知道是谁碰着那小床，给那大老猫摔地上了，得，就彻底不用治了。你们老太太当时就晕了……”

虞涓涓强打起精神，给江永春打电话，问他和奶奶现在在哪儿。

江永春一声好气也没有：“你还知道问啊？”

虞涓涓叹口气，说：“在哪儿呢？我这就过去。”

江永春说：“不用你管！你什么时候管过奶奶？啊？你关心过她吗？还有脸说好听的，你平时做好点儿比什么不强？”

说完，也不等虞涓涓再说什么就挂断了。

虞涓涓把脸紧紧贴在大宝的脸上，深深呼吸了几口气，就赶紧去了吴老师那儿，在楼下还差点儿摔到了小沟里。她心里急，也顾不得这些了。

吴老师开门先是高兴，听了女儿的要求又是一愣，说：“我带大宝是没问题，可是……你可别累着了，白天上班，中午、晚上再去陪奶奶，你顶得住吗？要不妈去给你们做饭吧？”

虞涓涓拼命忍住眼泪，就是不答应吴老师去。自己一个人看江永春的脸色就够了。

吴老师不知其中事，说了半天要去帮忙。虞涓涓只得说：“帮我带带大宝也不轻省，先这么着吧，不成了我打电话叫您去。再说您这儿还有我爸哪。”

吴老师说：“你爸没什么，早起锻炼晚上遛弯的，你就放心我们俩吧。”

正说着，有人敲门。吴老师笑着说：“你周阿姨。”

果然是周老师，一进门，就说：“我说叫你不去呢，姑娘回来了，怪不得，那我们就不等你了。”

虞涓涓想着要赶去医院，就说：“周阿姨，您跟我妈呆着吧，我正要走呢。”

周老师说：“真的要走？哎呀可惜了，还想叫上你一块儿看看我们的新舞蹈去呢。我们请舞蹈系那老邓给编的呢！”

虞涓涓知道奶奶平时就爱去那两家固定的医院，江永春也不会突然就变勤快了。她到离小区较近的那家医院一问，果然找到了奶奶。

江永春看见她，第一句话就是：“你还有良心来！”

说完就不住地低头看表。

虞涓涓见他看表，心就沉到了最底下，冷冷地问：“你怕耽误遛狗是吗？”

江永春当着奶奶，恼羞成怒，吼道：“你说的这是什么话？奶奶成这样了你还有心思关心狗！”

虞涓涓绕过他，想去奶奶床前看看。江永春却不依不饶，说：“自己一天天做那些见不得人的事儿，还怀疑别人，我真后悔娶了你！”

虞涓涓哭了。也顾不得奶奶在场，她问道：“你刚才说什么？”

江永春的手机发出震动的声响，在奶奶的床上轻轻地跳跃着。虞涓涓一把抓起手机，说：“你敢接吗？”

江永春挥拳打了过去……

奶奶轻喝道：“行啦，你们闹够没有？”

看着虞涓涓哭得泪人一般，奶奶又说：“小年轻儿的，别斗气儿，春儿啊，给你媳妇说句好的，啊？”

江永春看着虞涓涓，说：“好听的？我就后悔我娶了她！”

奶奶说：“春儿啊，可不能这么说……”

江永春说：“她在外面有了人了，我才这么说！奶奶，奶奶，她为什么那么忙，还不顾家？她是有了出轨那些事儿啦！”

奶奶看着孙子问：“真的？”

江永春认真地说：“真的！奶奶，我有证据！”

奶奶又看着虞涓涓问：“真的？”

虞涓涓说:“根本没有,奶奶!”

病房里陷入了沉静,只有手机震动的嗡嗡声。江永春半推半抢地从虞涓涓手里夺过自己的手机,头也没抬就走了。

虞涓涓哭出了声,坐到奶奶床前说:“奶奶,我委屈,出事儿的是他啊……”

奶奶叹了口气,说:“你们俩谁也别说谁啦……谁都不清白。”

这时,虞涓涓揉着身上的伤,连哭也哭不出来了。

五

虞涓涓拿着一大包孩子的用品,赶清早来到吴老师家。

吴老师手里拿着早点,说:“怎么这么早啊?吃饭没有?”

虞涓涓说:“吃了来的,我给大宝送东西,顺便就送他了,等下午您再去接他就成。”

吴老师说:“也成……咳,你别去,我来告诉你。”

虞涓涓停住在卫生间门口,问:“怎么啦?”

吴老师走进卫生间,替涓涓打了水递过来,说:“又停水啦,说是要修管道还是什么的,唉……轮换着停水。”

虞涓涓问:“停多长时间说了吗?”

吴老师说:“咳,上甘岭吧。”

下到楼下,虞涓涓才注意到这个小路口,有铺路的方砖、辅料,加上挖管道堆起的泥土,成了个名副其实的工地。

这风一刮,工地上又没有任何防尘措施,暴土扬沙的。

楼旁那些前些天还嫩青油绿的爬墙虎现在也快要成了枯黄的枝子，偶尔飘落下几片枯黄发脆的叶子。

家属区一片灰蒙蒙的，没了其他色彩，倒像是有了一只勤劳的大土拨鼠。

它今天逛逛这儿，明天看看那儿，挖得满处都是地洞。没有谁去做任何防尘沙的措施，也总是在换了管道之后忘记了把两旁的土堆推两推，填在管道上。

老头儿老太太呢，也开始回味地道战年代的生活：

出楼洞，左右看，抬脚高，落地慢，两眼不放松，手里要打探，别把虚土当实地儿，也别往那沟里钻。

想遛弯，先备战，手电筒，小竹竿，电筒照两旁，竹竿伸向前，精神警惕反应快，土堆后面也得管。

买了菜，往家赶，一脚深，一脚浅，两手学少林，莫要挡视线，熟人招呼别回头，当心就把跟头翻。

刮了风，就得闲，不刮风，勤奉献，喷壶常喷水，灰土保新鲜，要不你要想说话，嘴里全是沙和碱。

嘿！嘿！地道战！嘿！地道战！埋伏着危险千百万……

已经有路边会议传出最新报道，说，有两个老太太在“地道”附近英勇负伤了。也有代表已经去了无数次新院领导的办公室。

可是家属区的战况依旧，老人们还得时刻保持一级防御状态。

吴老师一路看着脚下，送女儿和外孙到了校外的路上，又拽了拽外孙的小外套，说：“我就怕精神紧张，年轻时候不说了，家里你也知道，都老成这样了，还是天天提着精神吊着胆，真叫人累得慌。”

虞涓涓笑笑说：“过两天儿他们就修好了，您就不紧张了。出门过小沟儿的时候多注意点儿啊。”

吴老师看着女儿走远了，才回了学院里。迎面就碰见周老师和几个老太太。周老师一见她就晃起手里的红绸大扇子，说：“走啊，老吴。”

吴老师摆摆手，匆匆走了过去。

干吗不敢跟我打招呼？郑老师拎着一袋子舞具，在那里站住了琢磨。

郑老师回到家里，问老伴：“这个老吴会不会骗我说‘我哪儿都不去’，背地里倒跑到老周那儿教去呢？不然她见了我干吗心虚？”

老伴递过一杯茶，说：“你这又哪儿得的情报啊？”

郑老师看也没看那杯茶，说：“再等会儿就是老周她们练习的点儿，我得看看去……”

老伴指指她的腿，说：“要不，我给司令官侦察侦察去？”

郑老师说：“你不细致！”

可巧今天周阿姨的歌舞队到别处学习新秧歌，仓库活动室空无一人。郑老师跑了一圈没有结果，便在吴老师楼下亮着猫一般的眼睛转了几个圈，却看见孙阿姨从远处哼着歌走了过来。

没错！老周的歌舞队肯定练唱歌了，连老孙这话都不爱说的人都突然天天唱个没完的。

郑老师等孙阿姨走到近前，突然从自己隐蔽的树丛里跳出来，迎着她问：“老孙，这是刚去哪儿来着啊？”

孙阿姨吓了一跳，捂了半天心口，看了半天，才说：“你怎么藏在那儿？”

郑老师说：“谁藏了？你心思不集中吧？想什么呢？歌词？呵呵，练得很投入嘛。”

孙阿姨脸红得比红布还红，亏得她本就肤色偏黑，不怎么看得出来。她听了郑老师这话，觉得句句都有文章，支吾着答道：“还行吧，就那么回事儿呗。”

郑老师拽住她，问：“你们练到什么程度了？啊？说说？”

孙阿姨真恨不得把手捂到郑老师的嘴上，那么大声儿干吗？她小声地说：“什么什么程度啊？你别拿人开心了。”

郑老师说：“哟！还拿上了……我问问你，今天，没什么情况吗？”

孙阿姨觉得这话像是有哪儿拧着了，赶紧说：“不行，老郑，我吃药时间到了，我得赶紧回家去，你遛，你遛啊。”

郑老师一琢磨，这老孙闪烁躲藏的，肯定是老吴去了她们队教唱歌，她又不好告密，没错！

一转身，郑老师生着气也回了自己家。

这边，吴老师和虞老师一前一后地走来了。所以说，有时候侦察工作要多等待一分钟呢。

郑老师一有主意，就把女儿叫了回来，又说起节目上晚会的事情。

女儿一边赌气啃着水果，一边说道：“妈，这不到一个月，开始您非要挡住周阿姨、程阿姨他们上大学唱合唱，我跟人说了，后来教育学院这事有动静的时候，您又想唱这个合唱了，我赶紧又去撺掇，后来您想着要花房，我也给找了，您这是又琢磨什么啦……”

郑老师说：“那个合唱，这回五一还是不能让它上。我呀，又不参加了。”

女儿听了这句，反倒乐了出来，呵呵地话也说不成句了。

郑老师说：“你什么态度你，啊？”接着又转向老伴儿，说：“你，你就在那儿看电视，你管不管这不听话的？”

老伴挠挠头，抓起外衣，说：“我遛会儿去。”

女儿停住笑说：“我怎么跟人开口啊？您当这是过家家呢？”

郑老师说：“过家家也是硬道理。”

虞涓涓在办公室里接到李刚的电话，问她什么时候请吃饭。虞涓涓说：“真比不了你们有闲啊，不过你说吧，我奉陪就是了。”

李刚嘿嘿笑着说：“您这儿陪的级别，我们那得多荣幸啊。”

虞涓涓略有伤心地说：“你说你怎么老这么爱开玩笑？真是得结婚找个人管管你了。”

李刚在电话那头大笑着说："借你吉言吧，要真让你说中了我请你，哈哈。"

虞涓涓说："看来是有情况了吧？"

李刚笑而不答，只是约好了让她请客的细节。

虞涓涓自打奶奶住院那天起，就没再管过江永春的饮食。江永春也越发行踪无定。两个人几乎没再说过话。

这天奶奶出院，中午虞涓涓把奶奶接回家里安排妥当，就来到和李刚约好的餐馆，李刚已经等在那儿了。

虞涓涓说："可说好了啊，速战速决，下午还上班呢。"

李刚说："有美女也不见啦？"

虞涓涓刚要说他些什么，却看见蓝小月向这儿走来，便改口道："还是我给你介绍个美女吧。"

李刚顺她目光所指一看，笑得趴到了桌子上。虞涓涓就纳闷了。

蓝小月已经走到了近前，坐到了李刚身旁。虞涓涓笑了，说："合着就瞒我啊？"

蓝小月说："不瞒你，你能出来吃这饭吗？"

虞涓涓说："这你们俩得老实交代吧？"

蓝小月说："回头跟你细说，啊？"

李刚说："这首先得谢你，其次得谢我妹。"

虞涓涓心里诧异："你妹？到底怎么回事儿啊？"

原来，蓝小月因为要发论文的事儿认识了李刚，听说他有个妹妹要考研究生，就主动要帮忙，条件是先帮自己和朋友把文章发了。这一来二去就成了恋人。

虞涓涓说："哎哟，闹了半天，李刚你压我那论文是为色忘友啊？"

李刚端着饮料说："叫什么来着，大水冲了龙王庙了，我跟你说，实在不是有意的。”

虞涓涓说：“那你妹考研怎么样啦？”

蓝小月笑道：“这你最清楚啊。”

虞涓涓越发诧异，问李刚：“顾娜是……”

李刚笑笑，说：“对。我们是那什么……她也说挺想见你说声儿谢的，今儿我也叫她了，这就到。”

蓝小月说：“这顿儿算我们俩请你们俩的。”

正说着，李刚一指玻璃窗外一辆黄色的QQ，说：“那不来了。”

一时间，虞涓涓只觉得天昏地暗……

整整一个下午，虞涓涓都没精打采的。下班时，她在楼外见到了等在那里的蓝小月，自己却像做错了事似的先低下了头。

蓝小月说：“打你电话关机了。”

虞涓涓说：“我做事儿会按自己良心的，你们放心吧。”

蓝小月说：“我关心的是你……”

虞涓涓挺直了胸颈说：“我好得很！”

蓝小月说：“虞美人，你别跟我……见外。”

好几天的晚上，只有奶奶和虞涓涓、大宝三个人吃饭。糊糊和球球不知道咪咪去了哪里，仍旧挤在桌子边凑热闹。

奶奶放下碗筷，说：“把那个它送了人吧，我看不了……”

虞涓涓点了点头，给吴老师打了电话。

为了大学每年的五一联欢会，教育学院离退休职工的各种文艺队伍空前活跃，都各自拿好了目标纲领，铆足了劲儿地排练歌舞节目。

吴老师正被郑老师和周老师纠缠得不知所措，接了电话直说没主意。

周老师问她：“什么没主意？”

吴老师说：“孩子的猫，一时要一时不要的，你说它招惹谁了？话说回来，我还真不想活动去，在家呆着挺好。”

周老师还没说话，郑老师说：“你去也就去了，自由活动嘛。”

周老师说：“老郑你这是！你知道老吴的脾气还这么说，你到底想不想合唱？”

郑老师说：“什么叫想不想？我不也是在劝她去吗？我已经再三跟我女儿说了，关于这个合唱上五一联欢会的事儿。我还不想？老周你太不客观。”

此时的孙阿姨家里，也在进行着一场会谈。

张老师说：“你说都会有谁知道呢？”

孙阿姨说：“怕知道？这院里哪个老家伙是省事儿的？但要说传出去，我看八成就是老郑。她那个人，整天唯恐天下不乱。”

张老师说：“也不好这么样儿就认准了吧？”

孙阿姨说：“多半儿没跑儿，那天她在老吴那楼下还揪着我问，‘恋的怎么样啊恋的怎么样’，我当时还以为什么事她跟我说拧了呢，现在越琢磨越觉得就是她知道了藏不住事儿，憋着要拿咱俩闹闹笑话呢。”

张老师说：“哟，那可真不好了，我们孩子还都不知道呢。”

孙阿姨说：“怎么？给孩子奉献了大半辈子了，老了这点儿事儿，还得听他们指挥？你这个人。”

张老师说：“哪儿能啊！我这不是积极向组织靠拢，听组织指挥嘛。”

孙阿姨说：“贫不贫你？咱现在可都是没组织的。”

张老师停了片刻，又问：“我那小儿子今年考的咱们大学的研究生，他工作好些年了再考，这外语刚卡在线上……老吴的姑娘不是就在招生办吗……”

孙阿姨说：“老吴不一定能管这事儿，再说她姑娘刚去。我给你找个妥当人吧。不过……上学重要。你等我信儿。”

刚转过天来，程阿姨在早上遛弯时等着“遇到”吴阿姨，然后聊到自己想养一只猫，问她知道哪儿有猫源。

球球就这样到了程阿姨的家。吴老师心里一软，就答应了教程阿姨唱歌。又因为碰巧和程阿姨一起“遇到”了周老师，吴老师心又一软，就也答应了周老师帮忙排练小合唱。

再排练唱歌的时候，大家已经能唱出点儿旋律感了。特别是程阿姨领唱的《吕梁颂》，真能给人些一波三折、余韵绕梁的享受。

合唱排练刚结束，周老师就大声张罗着要练习秧歌舞了。偏是孙阿姨对唱歌有了浓厚的兴趣，拉着吴老师一个劲儿地要加班补课。程阿姨也自然跟着听跟着练。

周老师说：“老孙，你没完啦？歌舞队歌舞队，光唱？能满足大家伙的需求吗？”

孙阿姨说：“哎呀老周，好容易发现我这么好一个低音和小程那么好一个高音，还不把合唱练好了，等节目上晚会了，咱也让新来的头儿们好好看看，看看咱们离退休的精气神！”

周老师说：“可不，平时跳舞你总慢半拍，这一唱歌，你‘精气神’都来了，你直接说你精神焕发得了，回头你再把张老师他们一伙叫来伴奏，你彻底焕发焕发，行不行？”

孙阿姨涨红了脸，说：“焕发怎么了？焕发怎么了？我们俩的孩子都还没说什么呢，别人更管不着！你们谁爱传什么话传去，我们又没犯法！”

大家听到这儿都愣了。吴老师赶紧走来说：“老孙，其实老周一点没说别的……”

孙阿姨怔怔地，脸越发红涨。周围几个阿姨都开始悄悄收拾东西走人了。周老师说：“老孙，好事儿！咱们大伙支持你！”

吴老师紧着拽她：“你可别再瞎说了。”孙阿姨扭身走了，第二天也没来参加歌舞活动。据说她去旅游了。

张老师也好像销声匿迹了一般，没和那几个老哥们儿拉琴。

但是一个原本应当息声逍遥的生命却在大肆扬声。

吴老师在菜市场里看到了一只黑灰色的脏毛球，正在灵巧地穿梭于几个肉案之下，贪婪地吞舔那些腻黑的瓷砖缝隙，还不时地惊跳到一旁去。难道是……球球？

洗澡的时候，球球用它骨架一样的臂爪把吴老师的手抓了好多道血口子，害得她眼泪直流。然后，它就躲进了沙发底下，怎么也叫不出来，并且始终一声不答。

可巧程阿姨又来了："吴姐呀，忙呢？咱开始练啊？看我这……"

吴老师捋了好一会儿头发，冷冷说道："那些该教的我都教了，你自己练吧。"

程阿姨尴尬地笑着，却不走，眼睛骨碌骨碌地把房间里扫视了一遍。最后，她用脚点点沙发前一小碟掺了动物粮块的牛奶，问："吴姐，你这是……"

吴老师不会撒谎，答道："喂猫。"

虞涓涓来到江永春的单位楼下，问他能不能出来。

两个人在附近找地方坐下。虞涓涓叹口气，说："奶奶总问你，不管怎么样，还是要回去吃晚饭……"

话没说完，江永春暴躁地说："别拿我奶奶跟我说事儿！又不是你奶奶，少来这套！"

虞涓涓冷冷地看着他，又说："你究竟想怎么样？"

江永春抽着烟不说话。

虞涓涓透过他身后的玻璃窗，看到熙闹的街道上，有匆匆行人，也有闲步走来的小家庭。那个孩子正向父母分别伸出自己的小手，大眼睛左右观看着父母的笑容。

多少年前，不论家里的战火到了什么程度，持续了多长时间，最后，母亲总是会在硝烟的寂静中，抬起泪眼，柔柔地说：孩子不管跟了哪边儿，都要少一边儿……

虞涓涓忍住心里那一片黄色的痛，咬紧牙，颤抖着说："男人偶然有些什么，不是不能理解，特别是年轻的时候，只要回来……"

江永春说："我不是浪子，更不是要接受你审判的囚犯！"

虞涓涓说："你这样的囚犯不幸福吗？"

江永春避开虞涓涓的眼睛，说："那是你认为的。"

虞涓涓深深吸一口气，略有些哽咽地说："相信我……说的都是真心话……好吗？"

江永春依旧没看她，说："我得回去了。"

虞涓涓抓住他的手，想阻止他转身离开，一句"永春"没有叫出来，已经是泪眼婆娑。

江永春看着她，眉头渐渐皱起，居然从牙缝里挤出一句话："别在大庭广众下丢人！"

是私下做的更丢人，还是大庭广众下的真情流露更丢人？虞涓涓独自站在那里，强迫自己用尽最后的力气走进店里的卫生间，就已被完全掏空了一切——包括眼泪，只剩下一个躯壳在慢慢被压碎，成粉、成灰……

后来蓝小月说："你多余去找他，不是更让他得寸进尺吗？"

虞涓涓说："你没有成家，不知道。"

蓝小月说："家也不是迁就出来的。哪儿都得有规则。"

虞涓涓趴到桌边，托着脑袋，缓缓说道："太累了。"

蓝小月这才发现虞涓涓的头发有些蓬乱，脸上也没了光泽。阳光照过来，嘴角眼旁的一道道细纹争相拥挤出来，又像是被一旁手指的皴皮划开的裂痕……她伸出手去把虞涓涓刚刚滑落的一丝头发挂到耳后去，叫道："涓涓……"却又没了话。

就在江虞会谈的那天中午，郑洁掂着手里的一摞资料，堵住虞涓涓，说："虞涓涓！又迟到啦，您这是真忙啊。"

虞涓涓板滞着面孔，没说话，就想往办公室里走。当着一旁来往的同事，郑洁面上表情一紧，追过去说："考生资料都登好了吗?"

虞涓涓被她挡住路，冷冷地说："您说呢?"

郑洁瞪住她，回道："我问您呢。"

不知哪儿来的一声什么响动，虞涓涓像是被突来的风吹醒了一般，温顺地眯起眼睛，说："都差不多了，估计这两天就能得。"

郑洁狠狠地挤出一个笑容，说："那，要不这些我帮你做了吧。"

等郑洁回到座位上坐好后，虞涓涓旁边的那个年轻女孩环顾四周，迅速从地上捡起自己刚碰掉的文具。虞涓涓一眼扫到这些，空乏的心里冲进来一股暖意，也带进来些咸涩的液体，在胸腔里翻滚挣扎。

邹主任进到大办公室来，拍拍手说："都不忙吧？跟大家商量个事儿，快五一了，学校都让报节目，咱们得积极响应，出个什么呢?"

郑洁不等众人开口，回身一指，说："虞涓涓啊，一看就是能唱会跳的，她妈妈不就是教音乐的吗？您忘啦?"

邹主任说："咳，我说呢。涓涓，你代表咱们这儿来一个吧？带动大伙多出节目，多多益善，那就更好了。"

虞涓涓静了静，不得不说："我还真不太会这些。"

邹主任说："别谦虚啊，他们别人往年都表演过了，你还不……"

郑洁说："唱歌吧？这个你不可能不行。"

其他同事都附和起来，虞涓涓哭也不是，笑也不是，说也不是，走也不是，沉默更不是。

回到家里，奶奶先是看虞涓涓手里的菜："春儿回来吃吗?"

虞涓涓借着把大宝放到沙发上，擦了下眼角，说："本来说一块儿吃的，后来临下班打电话，说他们领导叫着干什么去，吃了饭才能回来。让咱们先吃呢。"

奶奶将信将疑地说："那他怎么没给我打电话呢……"

虞涓涓说："这我就不知道了，不过您就放心吧。"

奶奶跟进厨房，说："春儿最近没什么不对吧？你们有事儿瞒着我？"

虞涓涓说："哪儿有的事儿，奶奶。"

奶奶说："这孩子，可别有哪点不对付了。唉，怎么忙成这样？不回家吃饭，他营养怎么行？他可别是不舒服了……你呀，可要多关心关心他，千万别让他在外头累着啊。"

虞涓涓转过身去，打开水龙头，说："行，奶奶，您就别惦记了，明天他一准儿回来吃晚饭。您踏实看电视去吧，要不跟糊糊玩会儿？"说到这儿，虞涓涓赶紧跑去客厅看大宝——刚才居然忘了给他换衣服，还忘了把他一起抱到厨房来！

好在大宝只是在沙发上玩耍，糊糊坐在一旁的地板上。奶奶终于有了突破口，说道："大宝你都能忘……唉，唉，我还能指望谁？没一个贴心的，没一个上心的，都不为这个家！看看现在，这家，还有什么热乎气儿？你呀，女人家，得会操持，得会拢住家，懂不懂？啊？我还能指望什么？连个贴心的说话的都没啦……没一点儿热乎气儿……"

虞涓涓此刻真想变出一只咪咪和一个江永春来给奶奶。

可惜，过日子没有奇迹。

郑洁来上班时，一脸喜色。她径直趴到虞涓涓桌子上，说："嗳，节目考虑得怎么样了？请不请场外指导啊？"

虞涓涓说："你看我这一堆的东西，哪儿有时间想节目，咱们这儿年轻人多，他们有节目。"

郑洁说："真的假的？可别到最后给我们来个突然惊喜之类的。有什么先透露我点儿？"

虞涓涓不耐烦了，说："真没有，不信打赌。"

郑洁说："呵！这是文学院的新风尚吗？"

虞涓涓低了头，郑洁笑个不停。

李刚来到文学院，蓝小月见到他，略有些吃惊，羞涩地笑笑说：“你先坐一小会儿，我把这个弄完了。”

正和她一起记录什么的女士见状，一笑，说：“小月，你忙吧，我自己抄就行了。”

蓝小月问：“行吗？”

那女士说：“这么点事儿，错了再找你核呗。您呀，快去吧。”

蓝小月笑着给那个女士续上水，走到办公室这一边来，问李刚：“怎么不打个电话？”

李刚也笑了，说：“本来想直接去找虞涓涓的，后来……没太好意思，就折你这儿了。”说完，又小声问道：“你那儿——用不用先忙去？”

蓝小月说：“没事儿，就五一我们借工会的道具，人家送来了，点数记录什么的，没我也一样。呵呵。”

李刚拿出本杂志，说：“这个你给涓涓吧。”

蓝小月说：“什么？哟，不是你们那儿的呀。”

李刚说：“就那事儿……我左右琢磨，不像个意思……太过意不去了！我又不好直接去找她说什么，虽说是大学同学，可毕竟太伤面子。”

蓝小月说：“你哪儿学的这么啰唆？直接说要干吗吧。”

李刚说：“她不评那什么嘛，我一朋友在这儿，我就又帮她发了篇，没别的，你也跟她说千万别多想。咳，都是我妹太不争气！”

蓝小月紧盯一句：“你妹现在怎么着了？”

李刚说：“我特严肃地跟她谈了一次，她哭得不成样儿了都……跟我保证了，一定只做学生该做的事儿，你们就绝对放心吧！”

蓝小月又是深远地笑着说：“什么是学生该做，什么是学生不该做的呢？”

正说着，那个工会的女士记录完毕，大声说：“蓝老师，你来看看？”

蓝小月走去，随手把手里的杂志放在桌上，就和那个女士一起清点核对起来。最后，女士说："这都对着哪，放这儿啦？"

蓝小月说："也够麻烦你们的，放这儿，我们回头自己归置。"

看看办公室里没有其他老师在，李刚挽起袖子就去搬东西。工会的女士笑着拉住蓝小月，说："小月，是不是要请我们了？"

蓝小月面上一羞，捶那女士一下，说："瞧你说的！"

工会女士悄悄问她："大龄也是我们工作范围啊，嗳，人真不错，哪儿的啊？"

蓝小月小声答道："就学刊的，比较遥远的同学而已。"

六

程阿姨在吴老师家里见到了自己遗弃的球球，心下不甘，便整天在歌舞队里制造事端。大小吵闹不止，合唱和秧歌一点也排不下去，更别说上晚会了。周老师正在挠头之时，新教育学院管理老干部的人员突然来通知，说是已经组织了老干部的歌舞节目报大学，散兵游勇不予收编。这下不仅周老师郑老师的歌舞队，多数的自发文艺队伍都像炸了锅一样。郑老师说自己病了。队里剩下的人没了活动的心气儿，每天只是坚守在花园一带闲聊天，交换些家政心得。

虽是春天，风卷起家属院里各个沟渠里的尘土一刮，楼旁那些花草树枝就像是要变成橱窗里干燥的标本，闹得石凳上也没人下棋了。

家属院一片灰蒙蒙的，没了其他色彩。

人这种生物一旦天天圈在一个苍白的小空间里，就会烦闷，甚至烦躁。哪怕是在家里。吴老师开始和球球较上了劲儿。

"球球，出来呀，看，肉肉，看看？出来呀？"

球球很有主意，只要家里有人的动静，就是不从沙发底下出来，它趴着还算舒服，吴老师趴在地板上向沙发底下张望呼喊的动作却一点也没办法舒服。对峙的结果，当然是吴老师退让。

吴老师把手里的碟子放下，心里还是有什么东西吊着似的。没有家务，没有活动，只好在沙发上歪着看电视。

这两天，吴老师连菜都没去买。反正也没人回来吃饭拿东西的，准备也是白准备。但是，她不出门，球球就不离开沙发底下，这就造成了另一种尴尬的必然出现。

吴老师在沙发上昏然半睡时，门突然被人打开了。

虞壮壮进门就喊："您这是干吗呢？怎么这么臭？"

吴老师一惊，擦着眼睛迎上去问道："什么？什么？"

虞壮壮捂着鼻子走去厨房，扫荡了半天，扔下手里的盖子，说："怎么什么吃的都没有？"

吴老师说："冰箱里什么都有，你吃什么？我现在做。"

虞壮壮转身去冰箱里扫荡了一堆食物出来，说："我回去吃吧，您好好收拾收拾家里，臭死了！闻不见啊？"

吴老师真的闻不见。她一直在看电视，应该是习惯了。倒是壮壮从外面进来，不仅发现了臭味，还找到了臭味的根源——沙发。

虞壮壮把刚才放在桌子上的大包一下子倒空，又迅速把食物一下子塞进去，皱着眉头说："沙发馊了吧？我走了。明儿您倒是做点儿饭哪。把这些洗了，回头我来拿。"

吴老师说："行行行。沙发……"

由于被困守在长沙发下面，球球便在这底下规划出了生活所需的各种空间，有起居室、餐厅、卧室等，也有卫生间。臭味当然就是从卫生间那里散发出来的。

吴老师不知哪儿来的力气，一弯腰“嘎——”的一声，就把长沙发挪出了个角度。球球的卫生间暴露出来了。球球受到惊吓，惨叫一声，四只爪子像钩子一样紧紧钩住沙发底边的一侧，把自己粘在上面，全身僵硬。

吴老师不依不饶，三两步走去要从沙发边上抠下球球来。

球球见势不妙，叫也顾不得叫，扭曲着身体弹离沙发，一落地就立刻把自己紧缩，以蜥蜴一般的姿态急速爬进了电视柜的底下。

吴老师丢下沙发，跑向电视柜。

球球看到她脚的动作，实在无奈，只得扯起嗓子狂嘶起来。“嘶——嘶——”的吹气声似乎更像是出于绝望，而不是恐吓。吴老师趴下去看，球球的面孔已经变了形，耳朵完全紧贴到了脑后，两只眼睛占据了面部的一半还要多，剩下的一半是张到不能再张的嘴巴，以及翻露出来的血丝和伤痕满布的牙龈，还有不甚完整的牙齿……一只枯瘦的爪子僵直举起，一下一下地，想要挠向入侵者，又的确没有半点勇气……

吴老师呆了。

球球被送了回来。虞涓涓接过来，球球一声不发就使劲往她怀里钻，硬瘦的骨头直顶人。涓涓心里酸酸的。

球球在几天前还是那个娇滴滴、软绵绵的模样。虽然它是一只小雄猫，可是在家里，即便是咪咪跟它打架的时候，都让着它。它长了这么些时间，身上的奶气也没脱掉，毛全是乍乍的满月小猫的样子，小爪子和小骨骼都软软的，眼睛里全是撒娇的表情，叫起来也是“咩，咩”的，非要勾着人心疼。

可现在，球球像一只身经百般挫折的老猫，毛色灰暗、紧贴在身上，露出骨骼的形状，用手一摸，浑身上下哪儿都是硬邦邦的，嘴唇紧紧地嘟着，眼睛时刻瞪成正菱形。就算是窗外有了一点儿大的响动，它也弓起身子，竖起尾巴，转着眼睛搜寻着，并且发出“呜嗷，呜嗷”的成年雄猫苍凉的叫声……

虞涓涓的眼泪落下来了，就几天啊。

为什么人在不高兴的时候，要迁怒呢？为什么人要改变别的事物，来显示自己的权利呢？为什么要用别的，而不是自身来证明自己呢？

球球，虞涓涓都不忍心多看它一眼了……

球球被虞涓涓暂时禁闭在了阳台上。奶奶一听见它的叫声，就睡不着觉。

虞涓涓也好几个晚上都睡不着觉，看着球球就觉得心里有什么堵在那儿，直想大声儿咳嗽，或者使劲喘几口气儿。

问了一圈，只有蓝小月有个同学想养一只动物。虞涓涓就约她来拿。

蓝小月来拿球球的那天，虞涓涓总是心神不定。球球也好像感觉到了什么，紧紧地抓住糊糊的小藤窝不放手，嘴里发出哭喊一般的叫声，像是在乞求、乞求、乞求……

虞涓涓狠着心把球球的爪子一个指头一个指头地从藤窝上摘下来，球球又一个一个地把它们勾上去……满屋子都是哭喊和乞求……

蓝小月走来把球球抱起来，装进书包的时候，球球不再挣扎，而是把身子缩成一个僵硬的球，连尾巴都僵硬在那里……哭喊已经变成了恐惧的哀号……

虞涓涓的眼睛全模糊了。她说："快点儿吧。"

蓝小月直起身子，把书包背好。球球的两只前爪此刻正紧抠着书包的拉链，前爪中间，是它苍白的鼻子，在急速地抽动……

书包里，是一团僵硬的哀号声声……

蓝小月抹抹托着书包的手，哑着喉咙说："它嘘嘘了……"

虞涓涓的眼泪瞬时就淌了个不停……

以后将近一年的时间里，虞涓涓脑子里总是会反复出现这个画面。她再也见不得任何猫，大猫、小猫、花猫、白猫、家猫、流浪猫……

没有了咪咪和球球，糊糊在孤独中变成了一个清醒的小狗，知道看家，知道出去遛时要讨好小雌狗；看见小猫，也不再追过去找它打架。

再出去遛时，糊糊看见漂亮的小雌狗，就会站在那里犹豫地交换着小前爪子。有好事的路人一笑它，糊糊就会醒而发窘，赶紧跑几步回到主人腿旁，不再去看别的小狗。

虞涓涓的家里暂时有了一种平静，死气沉沉的平静。

奶奶把咪咪的梳子、玩具都留着，连发脾气顿拐棍的兴致都没了。糊糊整天卧在它的小藤窝里，眨着一双茫然的眼睛。江永春现在倒是按时回家吃饭了，也正常、真正地遛狗，就是不和虞涓涓说话。

大宝是这其中唯一不掩饰自己的人。可惜他的声音太弱小，不足以打破家里的这种平静。

没过几天，江永春就把糊糊送人了。望着每天深夜仍在上网的丈夫，虞涓涓的心像是被冻住了，紧得直发疼。

"永春，周末带奶奶散散心去，好吗?"

江永春头也没回。

虞涓涓坐起来说："我只请你不为别人，为奶奶想想。别孩子气。"

江永春猛地转过椅子来，说："我孩子气，你成熟，你最适合跟奶奶一起!"

虞涓涓说："我没有那个意思。"

江永春说："少来这套，撺掇奶奶训我，是吗？你休想!"

虞涓涓说："这么多天，你一开口就是跟我说这些?"

江永春说："我可以不说话，你逼我说的!"

虞涓涓一时语塞，许久才说："重新开始吧……"

江永春冷笑道："怎么重新？你已经不可能了!"

虞涓涓不解，江永春又说："你把自己变成了奶奶，还怎么跟我要爱情?"

虞涓涓说："我为了谁?"

江永春说："如果你真为了我，为了家，你就……哼。"

虞涓涓说："我不能自私。家里有多少事儿要管，你根本不知道。"

江永春说："当然！自私的只有我！"

说完，他抓起外套，居然出门去了。虞涓涓僵坐在那里，直到清晨，大宝的喃喃声将她惊动。

李刚一大早起就约蓝小月。

蓝小月说："怎么乐成这样？"

李刚说："咱的房子有啦！"

蓝小月说："您倒是给点儿辅助说明啊，这是哪儿来的话呢？"

李刚说："我爸那边的房子，我妹跟我们老太太说不住了，不独立了。她回家来，我不就……咱到时候就有房子啦。"

蓝小月笑了，说："还没到那步呢，'咱'什么。"

李刚说："嘿嘿，她昨儿大半夜回来叫醒我，哭着喊着要回家住，拿那套房子换我那小屋，把钥匙都给我了，我乐坏了。抽空咱一块儿先看看去吧。"

蓝小月突然想起来什么，问："你妹怎么迅速'成长'了？"

李刚欲言又止，只是嘿嘿笑。

虞涓涓头重脚轻地走到办公桌前，一个同事说："邹主任叫你。"

郑洁出差这两天，邹主任几乎每天都要找虞涓涓："哟，小虞，你这气色可不比以前。"

虞涓涓说："您找我什么事儿？"

邹主任说："最近工作上怎么样？这阵儿正是忙的时候，去外地的辛苦，咱们这工作量也是大多了，国家扩招，那么多生源都……"

虞涓涓说："您找我有什么事？"

邹主任说："五一节目呗，工会又催了。"

虞涓涓说："这您盯我可盯错了，我没节目。那么多年轻的同事，往常每个节不都没落下吗？”

邹主任说：“这年头，你这条件，还能不爱出风头？”

虞涓涓站起身说：“没别的事我先忙去了。”

邹主任说：“小虞啊，说实话，你刚来的时候，大伙都以为你这样的，得多爱唱爱跳爱拔尖儿呢。”

虞涓涓本想说句“尤其”什么的话，又咽了回去。邹主任却继续说：“但是，也得跟大伙打成一片啊……呵呵。”

虞涓涓说：“是。”

邹主任又说：“最近大家加班多，当然，不是说你没拿工作回家做，你也很努力很辛苦，但是，这几次加班聚餐，你都没去。小虞，盯你上节目总不是为我考虑……你说呢？换了任何一个主任都是不会跟你说这些的。”

等下午通知大家加班并且一起吃工作餐的时候，隔壁桌子的女孩问虞涓涓：“虞姐，你要早走吗？”

虞涓涓说：“我尽量去吧。”

那个年轻女孩说：“那可太好了。”

虞涓涓出去给吴老师打电话，问她有没有时间帮自己接大宝陪奶奶。吴老师高兴地说：“怎么没有？我现在就时间最多。”

虞涓涓叮嘱道：“这两天永春晚上没在家吃饭，奶奶心里挺惦记的，今天我又不回去陪她，她说什么也不会同意，要不就得怄顿气……要不，您跟她说我去照顾永春的晚饭吧。”

吴老师犹豫一下又说：“行……我会哄她，你就踏实忙工作吧！”

吴老师打扮整齐，换了新毛衫，才去托儿所接大宝。回到涓涓家的时候，吴老师没有钥匙，只能按门铃。

奶奶颤巍巍地来应门，却看见大宝的小脸在猫眼前面晃悠。奶奶乐了。

吴老师进来，拉着奶奶的手就笑了，也不知哪儿来的高兴劲儿。

奶奶也被感染了，说："啊，你今儿抽风来啦？都当姥姥的人了，瞧瞧你！"

吴老师说："呵呵，您先别说我，先说这毛衣，好看不好看？"

奶奶看看，捻捻，说："凑合着吧。就是花儿忒显眼了点儿。"

吴老师说："要的就是这花儿，您哪。"

奶奶今天终于有了久违的笑容，和吴老师谈论着以前的岁月，批评着现在的世道，不时再指点些电视里的问题，笑声不断。

正在说笑时，一脸憔悴和忧郁痕迹的江永春回来了，三人都是一愣。

奶奶快走上前，说："春儿啊，回来啦？累不累？饿吗？"

吴老师奇怪地看着江永春，他也正奇怪地看着她："您怎么来了？那谁呢？"

吴老师刚刚依照虞涓涓的话说了"去找永春"，现在望着江永春，一句话也说不出来。

奶奶又向江永春身后看去，说："涓儿呢？怎么没上来？"

江永春说："我怎么知道她！"

奶奶说："这孩子，你们不是在一块儿的吗，怎么不一块儿回来？"

毕竟是在吴老师面前，江永春忍了忍，居然只是冷冰冰地说："我回来拿点东西，马上还得出去。"

虞涓涓半个晚上坐立不宁，脑子里全是大宝的样子，吃饭时也没个精神。

邹主任举着杯子说："小虞，不喝饮料，茶也不喝？"

虞涓涓木木地说："喝着呢，您多吃点。"

邹主任转向大家说："终于这阵儿快忙活过去了，大家辛苦。来，多吃，多干活。"

马上有同事先后站起来敬邹主任，大家都争着热闹。

碰巧有个敬茶的同事手机响了，慌忙就要去接。邹主任说："没你这地球就不转了？无非是查岗，你们这些小年轻，进了围城还不思悔改。”

说得大家都笑了。

这天晚上，蓝小月还是跟着李刚去了顾娜曾住过的那套房子。两人正在里面收拾杂物，听得有人轻轻地敲门。

李刚一怔，忽然拦住蓝小月，悄声说道：“我去我去，你别去。”

蓝小月略一思索，拽他说：“你大概齐知道是谁对不对？”

李刚只是苦着脸。

蓝小月不悦地问：“你妹是不是为这个才不住的？”

李刚低了头，说：“我妹是真的改了。”

外面的敲门声依旧不停，还隐约有叫“娜娜”的声音。李刚要去应门，蓝小月拉住不让去。

李刚说：“他一丁点儿不认识我。”

蓝小月说：“那哪儿保得齐？可别再给涓涓惹闲事儿了。”

说完，蓝小月用力拧李刚，疼得他失声大叫：“哎哟——你干吗你?!”

蓝小月扑哧笑了，悄声说：“再说再叫，快点儿!”

李刚会意，扭了一下蓝小月的鼻子尖，大声说：“干吗你？别闹了，快点收拾吧，整天就知道闹我，真有你的!”

蓝小月笑到捧腹。

门外人听这声音却是一惊！那个号码……那个声音！

他在楼道里咬牙握拳，重重地砸门不止。

蓝小月和李刚都愣住了。李刚立时有了怒气，说：“他拿我妹当什么啦！以为没人管他了!”

李刚说着就走去开门，蓝小月一时没了主意，藏在门后听。

江永春一见到李刚，眼球都要爆裂出来，细细地打量，狠狠地问道：“虞涓涓呢?!”

李刚对此句问话毫无防备，莫名其妙地说：“虞涓涓不在这儿啊？”

蓝小月在一旁恨得直想跳起来把李刚的嗓子掐住，但是江永春太熟悉自己，是万不能在此时出现的。

果然，李刚这句话刚说完，江永春就揪紧了他的领子，说："不在？骗谁?！你们搞鬼搞够了吗?！"

李刚撕打他的手，说："我们才没有搞鬼！别贼喊捉贼。"

江永春说："贼喊捉贼……贼喊捉贼……连说话都一样！你这个混蛋！"

李刚说："你根本没资格骂人！"

两人打至一处。

江永春说要赶课题，彻底搬到所里住去了。

奶奶为此极为不悦。她把虞涓涓叫来身边，问："春儿还是有事儿，是不是？你们骗不了我这老太婆。"

虞涓涓说："瞧您，课题到时候结不了，那才真是大事儿呢。我们以前上学也这么干过，我做课题那会儿也有过，不都是加班加点儿的？住不了几天，他就回来了。"

奶奶说："我不信……可是，那地方怎么住呢？你可得给他送饭。"

虞涓涓说："行！您放心吧，每天我回来做好了饭，先给他送去，您看行吗?"

奶奶撅着嘴，摇着头，起身到阳台上看景儿去了。瘦瘦的驼背身影颤巍巍的，站到那里，看的是古生物研究所的方向，一站就是好久。

大宝越来越大，也不怎么爱闹了，此刻正静静地在沙发上拼图自娱。

屋子里只有虞涓涓轻轻的咳声。

郑洁出差回来了。她从教育学院家属院的亲戚家里出来后，一路唱着歌回了自己家。

第二天一上班，她就找来了上一期的《文化学刊》，还跑到邹主任办公室里打电话，托一个师妹找一本学术杂志。

邹主任说："一回来就这么忙？"

郑洁说："你看我什么时候忙的是没用的事？"

邹主任说："狡辩，憋坏主意吧你就。"

郑洁也不答话，只是笑。邹主任就融化了。

虞涓涓却是又没长眼，非在这时候敲门。

郑洁昂着下巴望着她，邹主任憨厚地问她有什么事。

虞涓涓边幅不修颓丧着面孔，说："家里老人突然病了，我得赶回去。"

郑洁说："你来的这几个月，我光听见你请假了，也真是没办法。其实你这状态更适合当个主妇，还得是民国以前的。"

邹主任止住她，说道："人家有事！小虞啊，家里重要，去吧。"

虞涓涓走后，郑洁又说："刚才拦我的话干吗？我说得不对吗？"

邹主任笑笑，说："就是火性大点儿，让别人怎么接你话茬儿？"

郑洁并没仔细听话，还在忙着打趣："真不知这'虞美人'其实是这样，开始都还说她多美丽飘逸……我以为得是什么人物呢。哼，这么轴。"

邹主任说："她就是太飘了，忽悠——钻牛角尖儿里回不来了。"

郑洁哈哈笑了起来。

奶奶住院了。

还好，这个小区里可以装直通物业的一键电话。当初为这个，江永春还对虞涓涓展开过理论指导："有必要吗？纯粹是物业的花样而已，这种时代必须的噱头，只有你才会当真事儿。"

虞涓涓说："人家说了是服务呀，咱家里有老有小，万一……"

江永春说："嘿，说这不吉利话，别再让奶奶听见了！妇人之见！"

虞涓涓顶住批评和奶奶的"能好用吗"的质疑，装了这部一键电话。今天还真派上了用场。

虞涓涓和物业的人员交接完毕后，坐到奶奶床前。

奶奶仍在药物作用下的睡眠中，整个人完全盖在被子里，瘦小到不能在床面上造成一点凸度。

江永春也赶来了。他推开门见到虞涓涓在病床前，顿了一下，想转身出去；又终于进到房间来。他在奶奶床的另一侧坐下，仔细观察奶奶并无大碍，便说："你回去吧。"

虞涓涓说："为什么?!"

江永春说："奶奶不用你这种人管。"

虞涓涓说："这会儿不是怄气的时候，你一人弄得了奶奶吗?"

江永春抬眼瞪住她说："别以为没你世界就没阳光了！爱上哪儿上哪儿去！趁我发火之前给我滚!"

虞涓涓震惊了！

江永春看虞涓涓居然没有"滚"开，噌地站起来，说："别逼我!"

虞涓涓委屈地说："那，你为什么这样逼我?"

江永春说："你自己明白!"

虞涓涓却是无论如何也不明白，这两天江永春的这些火气是哪儿来的。她的视线逐渐模糊起来，奶奶完全淹没在了白色冰冷的纺织物之中，江永春完全淹没在了脸上的瘀青之中，比什么都冰冷。

好多天了……她想和这个人说说话，她想抚摩那些瘀青，给这个人擦药，她想系上围裙，问这个人想吃什么，她想看这个人双手插在裤子口袋里指点一切，笑着说好、行，她想挽起这个人的手臂，像以前……

那些烂漫时光，这个人曾经无限温柔地拉起自己的手，说出许多甜蜜的话，这个人曾经偎在自己怀里孩子般地撒娇，说肚子饿了……

然而现在，这个人只是命令她以圆周运动消失。

虞涓涓抽泣着说："永春，事情发生以来，我没有说过你半个字，你还不明白我的心吗?"

江永春说："你不配跟我说心！滚!"

多少天来，虞涓涓终于第一次哭出了声……然而，江永春却隔着奶奶的病床，给了虞涓涓一记力度极强的耳光！

虞涓涓毫无防备，以一个仓促凌乱的空中翻转动作摔到了病房另一侧的墙壁上，再跌至地面。

而江永春居然没有望上一眼。

虞涓涓从短暂的昏眩中醒过来，右侧头痛欲裂，肩痛将折，左侧的半边脸却是没有知觉的僵肿。她从肿起的眼睑中望望奶奶和奶奶身旁的那个人……那个人。

她咬紧了牙，喝令自己站起来！挪动脚步，刚蹭出病房，便昏倒在地……

虞涓涓主要是身心过度疲劳，加上那个人的刺激，休息几天也许就好了。她对医生护士道谢，并嘱咐他们不要告诉奶奶。

吴老师所能掌握的仅仅是：需要自己去接大宝，带几天，涓涓要在医院二十四小时陪护奶奶。

郑洁等人所能掌握的是：虞涓涓要做全程陪护，请一个星期的假。

吴老师带了大宝，就有了四处在家属院里遛弯的兴致。她远远地看见周老师，就向她挥手。

周老师低头快步走来，低着声音说：“知道吗？教育学院好像又要转！”

吴老师说：“转什么？”

周老师说：“归属啊！还转什么？”

吴老师问：“转给什么单位呢？咱们怎么安置呢？”

周老师说：“未知数。”

吴老师抱着大宝到了虞老师那里：“学院的事儿你听说了吗？”

虞老师正在看报，问：“你说哪件？”

吴老师说："刚老周说学院又要转给什么单位?"

虞老师说："好几种传闻呢，把教育学院的下落说得花里胡哨的。操那闲心？那可操不完。外孙子来啦，快，抱过来！"

吴老师说："你怎么不关心啦？以前一听这个你不最那个了吗?"

虞老师说："呵呵，大宝，叫姥爷。"

吴老师说："这新领导就把咱们离退休的推社会上了，再来了新新领导，那该怎么样呢……"

趁着虞老师逗大宝的高兴劲儿，吴老师又问他："有点枣红的毛线，我给你织件毛衣吧?"

虞老师说："又是涓涓、壮壮都不要，跑我这儿推销来了?"

吴老师扭捏地说："哪儿呀，呆着没事儿不是。"

虞老师说："没事儿跟她们活动去，别老琢磨我们仨，顾家好，太顾家也吓人。"

吴老师说："你看，说不两句儿又这样了。"

虞老师逗着大宝不再说话了。

吴老师欲言又止，手指把桌面画了又画。虞老师说："你呀，一辈子没主意，就自己琢磨那么一回，现在又后悔了。你呀你!"

吴老师说："那……你说怎么办，才好呢?"

虞老师忍不住笑了。

七

今年学校研究生招生的复试名单确定了，也已经公布出去。

蓝小月和李刚想约虞涓涓出来，虞涓涓说："避嫌还来不及呢，您两个，别害我了。”

蓝小月说：“前几天，快出结果了你手机还关机，我们俩这通儿着急，就当补偿了。来我们家玩会儿，没人知道。”

虞涓涓说：“都‘我们’家啦？这可真让人羡慕。”

蓝小月赶紧说：“也没什么可羡慕的……你们，奶奶病好了？江永春呢？”

虞涓涓说：“奶奶就是老年病，养为主，那个人啊，就那样吧。我上班去了，比不得你们两个的单位，都不卡点儿。”

虞涓涓走远后，李刚问蓝小月：“没见她时候也不长，怎么整个变那样了？黧面焦发的……”

蓝小月说：“怎么说话呢！我就说她关机不正常嘛。这回我可一定要下工夫帮她一回……哎，以后你要是敢像江永春那样我可绝不让你消停。”

李刚说：“我要是那样的人还能拖到现在？”

蓝小月说：“拖拖也好。成熟之后，两个人都又有对方又有自我，省得全身心地去制造伤害。”

李刚说：“你到底是肯定还是否定爱情啊？”

蓝小月说：“你呢？”

李刚挠挠头，说：“听您教诲呗。”

蓝小月说：“哈哈，起码现在我还是不会受伤的一方，知足吧。”

邹主任笑眯眯地说：“开个会，有点儿紧急情况，呵呵。”

郑洁在一旁说：“情况可是太严重了，一定得严肃处理！”

邹主任难以察觉地变了下神色，继续和蔼地说：“校党委和院党委都已经紧急下了文，小郑，你给大家念一下。”

文件的内容是有几个对复试名单存有异议的考生和家长把研究生院招生办给告了，并且提供了详细的成绩说明。

郑洁在读文件的时候，眼睛一直瞟着虞涓涓。办公室里的其他人早就开始对虞涓涓采取了微笑政策，此时更是多半低下了头。几个眼尖手快之人则适时地笑望虞涓涓一眼，算是对邹主任平日栽培的回答。

虞涓涓想不出这件事能和自己有些什么联系，坦然地坐着，直到郑洁又拿出了被考生指出有非正常录取可能的人的资料。其中有几个正是郑洁曾经让虞涓涓帮忙填写核对的，最后两个人是顾娜和林雨霏。

邹主任微笑着，看着虞涓涓，说："怎么都是小虞你经手的啊……小虞，招生办在别人看来是个很有好处的地方吧，放弃学术往这儿跑的，恐怕……同志们不要乱猜想啊。这个，小虞，你的论文发了吧?"

虞涓涓睁大眼睛望着他，邹主任从那些资料里抽出一份来，说："这个顾娜，就是你发文章那个学刊编辑的妹妹吧？还一下儿给你发了两篇，是吧？这个林雨霏，是你什么叔叔亲自打的电话，是吧？怎么都让别的家长给告了呢……这真是咱们招生办多年没有遇到过的情况啊，我也很惭愧，惭愧!"

邹主任自打看见虞涓涓起，心里就一直有些窝火，说不出是为什么。郑洁第一眼看见虞涓涓时也很窝火，认定了她是假想敌，却也说不太清楚为什么。她说虞涓涓的气质太给人挑衅感。邹主任尽管不太认同这点，但是现在他看着面前的虞涓涓，似乎心里有些舒缓……

虞涓涓直视他说："我申请院领导和校领导对我做全面调查。"

这几天，江永春仍然是见不到人影。虞涓涓去接大宝回来，吴老师却没在家。几个熟识些的阿姨告诉她说：吴老师跟着周老师她们去报名了。

"报什么名啊?"虞涓涓好奇地问。

"我们要参加大学的五一晚会啊。每年学校不都让各处的离退休老干部参加晚会吗？今年新学院不让我们报名，周老师、你妈她们一商量，就直接去大学报名了。"

虞涓涓笑着问："这么说我妈还真是热情高啊?"

那个阿姨说："嘿，别说你妈，那些更蔫儿的，都在小花园那儿跳上啦……跟你这么说吧，现在院儿里老家伙们没一个不天天到小花园去锻炼的。那些个歌舞队就更别提啦，憋足了劲儿练节目呢！”

为什么？

就在一天晚上，来了施工队，还是在一夜间把小花园、活动室和小棋牌室给推成了一片瓦砾。

这一片花园和房屋的僵化早就存在很久了，不过没人相信谁会去打破它。直到那天早上，人们亲眼见到曾经的绿草红砖似乎被一只无形的大手揉成了一堆灰惨惨的杂物……

而这一切，仅仅因为那只手是任性的、受宠的吗？

那天的清晨，阳光依旧带着初夏特有的金黄色，渐渐铺遍了家属区。让那些还有些睡意的人，会把这金灿灿的清晨当成艳阳正午。只有听到了楼下不从哪儿飘过来的稀落问早声儿，才又放心地把自己送回梦乡。

而日子就是这样灿烂而又充满迷惑的……

谁说得准什么呢？

人们走到寻常的阳光和清晨中来，却发现了自己身边那样不寻常的画面。

大家集聚在小花园那里，冲着这片瓦砾和压折的花草发呆。有几个身体好的老头，当时就哈哈说笑着，从里面拣了一些大点儿的水泥块出来，几下就拼搭成了一个简易的桌子和几个简易凳子。

那些爱跳啊唱啊的老太太则在小花园附近找了一块空地，摆上录音机，露天跳了起来。音乐本身就是很欢快的节奏，老太太们精神头儿也足，手里的扇子、花球的也鲜艳，谁路过都多看几眼，夸上几句。

家属院里头，练琴的、吊嗓儿的、压腿的、减肥的……越发热闹起来。

吃完了早饭，周老师在家里挨个地给自己歌舞队的人打电话：眼看就五一了，咱们能不能参与一个。让大学校长和书记一起看看？咱们得拿出老干部的精神儿来！

郑老师琢磨了一宿，熬得眼睛都抠抠儿了。一声令下，把工会工作的女儿召了回来：“这回五一，还是得上一个我们这帮人的节目。而且，这回我们教育学院离退休职工要集体出演!”

女儿嘟囔着说:“这主意改得,一次比一次快……话说回来,露这一小脸能图什么呀……”

不想郑老师还是听见了,说:“你这丫头,人家都想着法儿帮老妈的忙儿还帮不过来呢,你怎么净打丧气鼓啊?啊?”

女儿笑着说:“妈您不是耳朵不好吗?怎么这么点儿声儿您也听见啦?嘿嘿。”

老伴抬起头来说:“你妈那耳朵是选择性失聪,等你说这样话儿的时候,呵,你妈那耳朵好使着呐!”

郑老师说:“我没工夫跟你们开玩笑。你,赶紧去琢磨办去。我们必须得上节目!”

女儿这回不再吱声儿了。

虞涓涓走到虞老师的楼旁,刚巧就碰到了母亲和周老师,两个人都喜气洋洋的。虞涓涓笑道:“您报名去啦?”

吴老师说:“嘿,你这消息够灵通的。”

周老师说:“我们报上了!”

吴老师指着周老师,笑得脸都涨红了,勉强才说道:“你周阿姨可太有邪的了。人家管报名的人说咱们学院已经有了老干部队去报名,不能重复报。你周阿姨就跟人家争论说不可能,后来人家只能把报名表拿出来,还真有一个教育学院离退休队,你猜你周阿姨说什么?她说:我们不是一个学院的,他们愿意说自己是教育学院离退休的就说吧,我们是教育学院小花园队的……人家找不出否定的地方来,就给我们报上了,那个小伙子一边办自己都一边乐……”

周老师说:“关键时刻!不这么说能行吗?”

虞涓涓很多年都没听见母亲这样开心的笑声了。

虞涓涓和母亲、父亲、壮壮、壮壮的女友快乐融洽地吃了一顿饭,立时觉得自己心力倍增，通体舒泰。

回到家来，奶奶正一个人在客厅里发呆。听见虞涓涓进门的声音，她头也没回，说道："回来了？把大宝给我看看来……"

虞涓涓赶紧把孩子递过去，自己才过来一边脱外衣一边问："奶奶，您怎么也没看看电视啊？"

奶奶说："电视也全是假的，现在的人，太能做假了啊。"

虞涓涓听话音不对，赔着笑说："奶奶，是不是我出去多半天您闷着了，明儿咱上公园去玩儿去好不好？"

奶奶抱紧大宝，说："哪儿我也不跟你去，孩子你也别再带了！"

虞涓涓问："为什么呀？"

奶奶不再说话，颤颤巍巍地抱着孩子走回了卧室，关上了门。虞涓涓跟着她不让，进门她也不让，可把虞涓涓急坏了。大宝也在里面哭了起来。

正在这时，江永春居然回家了。他见到奶奶卧室前焦急的虞涓涓，却露出了一丝压抑不住的喜色。

虞涓涓怔了怔，突然扑向江永春，大骂道："卑鄙！卑鄙！"

江永春毫不示弱，对虞涓涓连推带搡的，把客厅翻了个混乱加凌乱。而奶奶并没有像上次那样进行劝阻，她任由卧室外闹着……

江永春累了休息的时候，虞涓涓开始冷静地意识到自己太冲动了。奶奶是不可能有精力管大宝的……可是，毕竟……大宝就是自己的全部啊！

江！永！春！

第二天，虞涓涓施展出自己的厨艺和温柔，哄劝半天，奶奶就是不理睬，也不从卧室里出来，需要什么都是叫江永春。

奶奶生长在旧年代，有了好几个女儿之后才有了江永春的父亲，所以极为疼爱。而江永春的父亲第一胎就生下了江永春。在这同时，江永春爷爷多年的偏瘫也被治好，能拄着拐棍下床了。这让奶奶认为这个胖头大耳的孙子必定是吉祥福气的象征，而围绕他的一切也都必须是美好的。即便委屈了整个世界，也不能让这个孙子受到半点委屈和玷污。

那年，江永春的母亲因为私拿了厂子的东西被人告发，成了当时邻里的话柄。奶奶因此固执地让他的父亲和母亲离了婚。

当初江永春把虞涓涓带给奶奶看时，奶奶并不喜欢她。理由很简单：长得太漂亮了，怕以后万一出了不检点的事，那对我的宝贝孙子可是个侮辱。后来是虞涓涓带着对江永春和江家人的狂热真挚的感情，努力尽孝，才打动了奶奶，同意了两人的婚事。

等到婚后虞涓涓不打算马上要孩子，而是要先考博士时，奶奶一下就生气了，说：你这么做就是没安着心要和春儿过日子，你这是打算还遇见什么人不成吗？那也得我们春儿先遇见好的先不要你！

虞涓涓耐心哄劝了好几个月，又仔细跟奶奶讲现在的就业状况，这才算哄得奶奶又高兴起来。

奶奶也是好心，她就怕她的宝贝孙子受到哪怕是潜在的、可能的那么一点点的伤害，甚至是污染。她希望自己的孩子都好，没有任何不好的事物来打扰她的子孙的美好的一切。

为了孩子能拥有美好，她可以付出一切去捍卫、去争取。她和天下的母亲、祖母、曾祖母都一样。

早上，江永春主动去送大宝，并且下午一早就接他回了家。虞涓涓从托儿所失望地回来的时候，发现家里居然多了个小保姆。已经两天没仔细看过孩子了，虞涓涓觉得自己要发疯。

她堵住奶奶的卧室门口，说：“奶奶，您要觉得我有哪儿错了，您说出来，我改，还不成吗?”

奶奶关上门不理她。

一整夜，虞涓涓就这样守在奶奶的门口。终于在清晨等来了奶奶的一句话：我早就说这么漂亮的媳妇，会出事！

虞涓涓猜到过、想到过、推测过这句话，但是仍旧不能接受它。

在这样的煎熬中，虞涓涓扛了两天，还是病了。

这几天里，谁看了她的脸色都觉得害怕。邹主任和郑洁也没闲着，多次找她谈话。同时，新一股的流言说：虞涓涓是被领导查出非公正招生的实据，压力之下而憔悴的。

虞涓涓强撑着回到了母亲家，进门来一个“妈”字没喊出，就已泪如雨下……

吴老师焦急地问了半天，虞涓涓忍住泪水，只是谈了工作上的事儿，说大宝跟江永春和奶奶回老家去了，过些天就回来。

虽说如此，吴老师还是不放心，除了上班，虞涓涓到哪儿她都要跟着。她自己到哪儿也都带着涓涓。

吴老师说：“涓涓，咱们出去遛会儿？”

虞涓涓说：“懒得见那么多人。”

吴老师说：“那妈就陪你在家呆着，咱俩下棋？”

虞涓涓摇摇头。

吴老师说：“工作嘛，一个单位那么多人，哪儿能没个矛盾？清者自清。没必要因为他们的什么行动气自己，想开点儿，要相信领导……”

八

这天，孙阿姨和张老师一同旅游回来了，还竟然穿了一样的大红外套，拉着手走进了家属院！

一时间，关于“风光不再和风格重来”的路边会议频繁举行开来。

张老师帮着孙阿姨把行李拿到楼下，就说：“我先回去啦，洗洗弄弄的。”

孙阿姨说：“把脏衣服拿来，晚上我一块儿洗了。”

张老师答应着，就往自己家去了。

吴老师在阳台上做饭，看见这一幕，心里翻腾了好半天。

虞涓涓回来了，还是那副灰蒙蒙的样子。

吴老师说：“瞧你，怎么跟我们似的？今天没看见你孙阿姨和张叔叔，真叫精神！”

虞涓涓说：“那是他们有高兴事儿。”

吴老师说：“有什么高兴事？这俩可是一对儿苦秧子。从自个儿到孩子，还没一个顺心的，能在这院儿里夸得出口的呢。可是人家就是能乐和。”

虞涓涓随口说道：“在乎的少呗，就乐的多了。”

吴老师说：“别文学啦，赶紧好好把自己捯饬捯饬，不是我说你，你现在可太不像个样儿了。永春跟大宝什么时候回来？”

虞涓涓说：“估计还得些日子吧。”

大宝只是哭，就是不肯吃保姆做的食物。奶奶急得直叫：“春儿，春儿！你快看看来！”

江永春无奈地从电脑前起身来到客厅，可是他对此也是一筹莫展。最后，还是奶奶说：“要不，你看看那鸡蛋羹？”

江永春尝了一口，不由得一转头就吐了出来。他几步蹿到小保姆身旁，说道：“你做的这是什么东西？能吃吗？鸡蛋都能做出橡皮味儿来？”

小保姆瞪着两个木愣愣的眼睛，说：“我一直都是这样做的啊。”

江永春说：“跟你说多少遍了？管你‘一直’不‘一直’的！你到这儿就得做这儿的口味，懂不懂你？我跟奶奶成天吃你做的那些垃圾就算了，给孩子你也糊弄？你给我走人！”

小保姆拿了钱走了，江永春坐到电话前开始逐家咨询有无合适的保姆。

大宝始终在哭闹，把两只小袜子搓掉了好几回，奶奶费力地给他套上，他两三下又给蹬掉了。

奶奶喘着气，两手尽力按住大宝两只不断抗议的小手臂，任由他的小腿一下下地踢向自己，老泪满眼，说："宝儿啊，宝儿，吃点东西吧？光喝牛奶吃蛋糕怎么能行呢？"

江永春一时找不到保姆，只得打电话把刚刚辞掉的小保姆又叫了回来，再顶一两天。放下电话，江永春不知哪儿来的邪火，把手里的电话本摔到地上，说："哭！哭！一点儿不安生！都随你妈了，哭去！谁也不许管他！"

说完，自己气哼哼地回了卧室。奶奶哄着大宝，说："造孽哟！"

吴老师看虞涓涓吃了晚饭，说："你收拾吧，我给你爸爸送点儿去。"

虞涓涓说："您还不如叫他回来吃得了。"

吴老师说："你爸你还不知道？死要面子。我去了，正好再跟你周阿姨遛会儿。别等我，你该干吗干吗。"

虞涓涓点点头。

吴老师用手试一下锅里扣着的那些饭菜的温度，找出一两样稍凉些的，用微波炉加热后，装好饭盒和布兜，这才挎着大布兜子出去了。

孙阿姨刚收拾好桌子，女儿就敲门了。孙阿姨给她开了门，就转身去厨房拿东西，一边说："怎么这么晚？我刚收起来，以为你又不能来了呢。"

女儿说："哪儿啊，一下班就往这儿赶……吃什么，鱼啊……结果堵车吧、管制吧，小四十分钟在立交桥上就没动地儿，好容易到了一站，我赶紧换了地铁来的。"

孙阿姨坐在旁边给女儿碗里夹菜，女儿张开手拦着说："我自己来自己来，摞一堆都不得吃，您叫我什么事儿啊？”

孙阿姨说：“你看你这一车话！”

女儿说：“好，现在老年人营养好，这气性怎么都见长啊。”

孙阿姨说：“什么叫气性见长？不知道尊重。没有老人，有你们？有这么好的社会？”

女儿说：“得，我不跟您掰饬，今天地铁里，才逗呢。我肯定是一直没座儿，也没打算过要坐。旁边一女的，三四十吧，看着就挺累的了，俩眼盯着旁边那座儿就没离开过。后来坐那儿的老太太好容易起来了，那边一小孩儿背着大书包就噌一下儿跑那座儿上了，还上下地折着玩儿。我旁边那女的说：现在，这小的倚小卖小，老的倚老卖老，就苦了中间的了，累一整天了吧，还不让坐。嚯，我这一块儿好几个人都乐了，还都说，对对对的……”

孙阿姨说：“唉，我们倒想倚老卖老呢。”

女儿说：“再来一碗吧妈，好吃，对了，您叫我到底什么事儿啊？”

孙阿姨看着女儿，一肚子的话只说了一句：“回头再说吧。”

孙阿姨下楼送女儿，转身看到不远处郑老师在闲走，就迎过去说：“老郑！”

郑老师说：“嘿，听说得恭喜你了？”

孙阿姨说：“净拿我开心吧你。我是来谢谢你的。”

郑老师说：“瞎说什么！有了吧？”

孙阿姨说：“有了有了，我们在外头，他儿子就打电话来说名单上有，高兴坏了。”

郑老师说：“那不就得了，别的别说了啊。”

孙阿姨说：“还是得说，呵呵。不是别的，老张不容易，这孩子一直没个正经地方上班，老来跟老张这儿挪挪凑凑的，老张能有多大本事？这回有个研究生上，出来好歹能有个好点儿的工作，自己站住脚了，老人也省点儿心。”

郑老师说："你这思想可得变了，现在，有了学历就能站住脚？那这世界上空地方不太多太大了？我们女儿说这次她们办公室招聘，一个岗位来了三五十个孩子应聘，要的是大本以上，来了二十多个博士，还有俩'后'，你说？学历怎么样？现在想有个自己的什么什么，可是太难了。可是这人吧，还必须得有个显示自己的途径……"

孙阿姨说："哟，那这么费劲学也白考了？"

郑老师说："学永远不会白上。呵呵。"

孙阿姨压低声音说："怎么我听他儿子说，这次复试名单好像有问题，现在谁过谁没过还说不好呢？"

郑老师笑了，说："你管他那个呢！你这个能说好，不就行了？"

孙阿姨说："这样，我就等着好好谢你啦！"

虞涓涓在校园餐厅里遇到了蓝小月。

蓝小月说："传说正在调查的事情，是真的吗？"

虞涓涓点点头，又说："怎么衡量，你那妹妹也符合条件。"

蓝小月说："你明知道我不是这个意思。"

虞涓涓笑笑说："非得感动？我也过那年龄了。"

蓝小月说："别把自己划到哪个哪个区域里啊，再装老就别跟我说话了。"

看到虞涓涓果真端着餐盘要走，蓝小月赶紧拦她："你这是……是不是——"

虞涓涓叹口气，说："那个人把大宝隔离监管了。"

蓝小月这才明白面前这团灰色和颓丧从何而来，她问："为什么？事儿都过去这么长时间了，你都不计较了。"

虞涓涓说："在奶奶那儿，以为我做了那个人的那些事儿，所以奶奶一动气……"

蓝小月突然一拍桌子，说："他怎么就想不明白呢?!"

虞涓涓问："谁呀？"

蓝小月迟疑一下，说：“奶奶呗，没事儿，你再坚持坚持。”

虞涓涓望着面前丝毫未动的午餐，无力地说：“说实话，要不是每天得回我妈那儿，要真是我一人呆着，我早扛不下去了……大宝……”

江永春走出古生物研究所，一辆黄色的QQ就停在不远处。他先是犹豫，向那里走了几步，又停在原地。

QQ的副座门被司机推开了。

江永春飞速跑到近前，弯下腰钻进车子，一把就抓住了司机的手臂，声音哽咽：“娜娜……”

顾娜抽出手臂来，望着车窗外侧，说：“我想跟你说几句话。”

江永春说：“我找了你好多次……为什么？为什么？!”

顾娜没说话，发动车子向江永春家里的方向开去。

江永春的眼睛始终没有离开过顾娜的脸，他半是喜悦半是忧伤，鼓足了勇气，才颤颤地伸出手去，想碰触一下她的面庞。顾娜躲开了，车子也随着一晃。后面的司机直按喇叭。

顾娜低了低头，江永春颤抖着缩回身来，将整只手按在自己的鼻子和嘴巴上，大声地出气，或者……

这只手，并没有因为对虞涓涓的力度而羞愧，却因为被顾娜躲闪而伤感。

顾娜的嗓子也哑了，说：“那会儿都怪我不懂事儿。我哥说我了。将来，我也会成家，也会担心……都是我错。既然错了，就不能再错。”

江永春说：“娜娜……你给我时间，给我机会。”

顾娜说：“我们都应该清醒地去看世界。”

江永春说：“正是在清醒的时候，我才看到了你。娜娜，你不知道你的笑容有多灿烂，你充满阳光，有活力，俏皮，娜娜，你比任何事物都可爱，在认识你之前，我没有自我，认识了你，我才知道自己喜欢什么，不喜欢什么，自己想要的是什么……娜娜，我只想要你!”

顾娜说："可是你已经结婚了。"

江永春说："结了可以离！人难道不能犯错吗？你要给他改正的机会，娜娜，你真的、真的开启了我，你让我觉醒了，意识到了很多……娜娜，我们在一起吧？"

"其实，那会儿我只是空虚。我想做出点与众不同的事来证明自己，我就是想和别人不一样……但是，这并不等于我想伤害别人……"

江永春说："你没有！你是在拯救我！"

顾娜说："我害了你，害了涓涓姐。"

江永春说："你没有！你根本不了解她，她不配你喊姐姐。是她在伤害我和你……"

顾娜说："那天……那天跟你打架的那人是我哥。"

江永春一下子就从伤感和追忆中跳跃出来，厉声问道："她和你哥有——"

顾娜一脚刹车停到路边，说："不——是！"

江永春说："我有证据！"

顾娜看着他的眼睛说："你怎么可能有证据?！你知道你去找我我为什么不理你？我哥又为什么会去我那儿？我为什么今天又来找你？你知道你抛弃了多重要的东西吗？不是我哥说话，我今天根本就不会来！"

江永春望着顾娜，说："娜娜，让我再拥抱你，好吗?"

顾娜强硬地挡住他，说："我来，不是继续什么，我们都希望你能清醒过来。"

听完顾娜对整个事件的讲述，江永春只觉身处云雾，不知世上几何。

黄色的QQ已经缓缓开进了江永春居住的小区，停到了他家楼旁。顾娜说："那，再见了。"

江永春瘫了一样，坐在车座上，一动不动。顾娜静静地等着。

许久，江永春实在等待不到顾娜在沉静之外的一丝举动或话语，渐渐从瘫痪的状态中活动起来。他以一个老者的蹒跚和一个失败者的缓慢起身，离开了这辆鲜艳的车子。俯身关车门时，他颤抖着嘴唇，无声地喊出来："娜娜——"

眼睛里全是晶莹的期待。

顾娜伸手替他关上车门，打几把轮，已然驶离了这个小区。

江永春站在楼下，恨上天对自己的不公，恨生活、恨命运、恨机缘，恨别人错对自己的一切……

回到家里，奶奶正在弯着身子去捡家具缝隙里大宝的物品，旁边新来的保姆——一个高壮的中年女人，却在吃着糖果零食看电视。

江永春现在已经停止了对外界任何事物的接受功能，直直地就往卧室走。奶奶拦住他，问："宝儿呢？你接哪儿去啦？"

江永春说："什么宝儿？"

奶奶顿足说道："大宝，我的大重孙子，你儿子啊！"

江永春这才睖睁过来，问奶奶："大宝呢？"

奶奶脸色都变了，说："大宝？你问我？你接哪儿去啦？我的大重孙子哎！"

江永春匆匆到了托儿所，好在老师和大宝还在那里玩耍。

老师刚从幼师毕业，一脸稚气。她看见江永春，不悦地说："您怎么又晚啦？一天到晚的从来没个准时候，我们也得上下班儿啊。"

江永春说句"有事"，抱起大宝就要走。

老师追上几步，递过大宝的书包，说："书包，书包，您看您。虞老师呢？她怎么不来接送了？她可是比您在意多了。"

江永春把大宝往老师手里一推，说："虞老师虞老师，你们干吗不选她当女神呢？你给她送去啊，你去找着给她呀你！"

老师被江永春吓坏了，再不敢看他血红的眼睛，说："对不住您，成了吧？我不也是为大宝着急嘛，得，对不住啦。"

江永春硬把大宝塞到老师那里，瞪着眼睛气哼哼地向所长办公室走去。

老师吓得站在那儿不敢动，更不敢放下大宝，愣了会儿，才小跑着跟了去，嘴里直说：“江老师、江老师，您可别在意，是我错啦……”

江永春进到托儿所所长的办公室里，气犹未消，劈头就喊：“你们给我听好了！”

所长是个老太太，见到两眼血丝、唇拧眉斜，一身衣物左掀右拽的这个胖高个子男士，顿时吃了一惊，怯怯地问：“您？先坐下慢慢说。”

江永春也不坐，抬手指住所长，喝道：“我是大宝的爸爸，我想几点来接孩子就几点来，只能我来！我一点来你们也只能把大宝给我看好了、交给我，你们要是敢给别人，我拆你们托儿所！反正都别过了，大家都别过了！”

所长大概琢磨出江永春的谈话内容来，赔笑说道：“您看，看管孩子是我们分内的事儿，当然得把孩子交家长手里不是？”

江永春又喝道：“给我！听见没有？只能给我，你要敢给别人，包括他的什么母亲，你们敢?!”

所长不问也不想问更多，只是赔笑答应。

门外的大宝老师听到这里，才稍稍松了一口气。不想江永春发泄完毕，一转身旋风一般就到了老师面前，抢过大宝，继续喝道：“你，把大宝看好了，只能我来接，你敢给什么虞老师，你就试试！”

大宝哇地就哭了。

老师也忍不住要流泪，说：“都是我错啦，别再委屈大宝了……”

江永春横横地走了。所长问老师：“这是什么人啊？”

老师一言难尽，只不停表白自己对晚下班并无任何意见，一定会看好每个孩子。

所长叹口气说：“谁都有个心里有事儿的时候，不过，咱们还是要尊重家长意见，不掺和他们别的。都惹不起呀。”

倒把大宝老师弄得又悔又愁的。

江永春带大宝回了家，高壮的保姆从厨房里探出头来，嘴里还在大嚼着什么，口齿不清地说："回来了?"

江永春说："饭还没做好吗?"

保姆说："这刚几点？都不饿呢。"

江永春说："你是不饿！快点，要不别干了!"

保姆咽下口里的东西，就要理论。奶奶赶过来说："行啦行啦，都少说两句吧。你也快着点儿。春儿啊，你也别说啦。"

奶奶接过大宝，看看最近的大宝实在又乱又脏，试探着说："春儿啊，涓涓……"

江永春说："您提她干吗?!"

奶奶说："没她，咱们太乱腾了。我也想开了，现在这社会，跟我们那会儿不一样着呢。小小孩儿家的，谁保不齐有个什么呢？即便怎么着了，过就过去了。以后咱管着她改！算奶奶跟你说，咱大度一回，叫她先回来吧?"

江永春把刚脱掉的外衣一扔，说："凭什么?!"

奶奶说："过日子，好歹有恩情不是？你、大宝得有人照顾啊?"

江永春不再脱鞋，冷冷地看着奶奶开始了演说："世界离了她还都不过了?！任何一个城市村庄都必须有她的存在吗？一旦只是性格和她不合，你们就要让这些城市村庄里的所有人都站起来拥护她、批评我吗？她有什么好？有什么好？她到底有什么好？又凭什么，就判定我一个人是罪人呢？她好，她是女神！我是罪人，罪人！你们还有没有自己的眼睛、自己的喉舌？为什么批评一个有自己的眼睛和知觉的人呢？你们在岁月中淹没了自己还要扼杀别人吗?"

说完，就穿着脏衣脏鞋向卧室走去。

奶奶抱紧已经哇哇大哭的大宝，颤颤巍巍地走向自己的卧室，说："不让她回来就算了，你这是要干什么呀……"

厨房里，保姆见此状况，乐得自己吃起来。

虞涓涓下了班，跟吴老师一起拿了晚饭到虞老师那里。

虞老师第一句话就说：“我给你钱，买件衣服去，再烫个头。”

虞涓涓和吴老师都是一愣，吴老师问：“说谁呢？”

虞老师一指，说：“她。痛说革命家史也不能这样，你还有个年轻人的样儿没有？这样给谁看呢？”

吴老师赶紧站到虞涓涓前面，说：“孩子最近工作不顺……”

虞老师说：“不顺？你就这样好让人家看了更高兴是吧？是不懂这道理，还是故意怎么着？”

吴老师说：“看你这话，孩子心里怎么能接受？”

虞涓涓笑了笑，说：“妈，爸的意思我懂。我再不这样了。”

虞老师坐到桌前来，说：“真这样，才是我姑娘呢！我跟你妈这一辈子，什么没经过？你们天天儿哭啊闹啊的那些委屈，拿到大处儿来，算个什么呀？没有过不去的火焰山！要知道，这世界上，胜利可不是靠怜悯换来的。”

吴老师说：“你别讲课了，快吃饭吧。”

看到外表崭新的“虞美人”，郑洁又开始窝火了。

她走到虞涓涓桌前，说：“哟，真精神啊。五一晚会节目有了？”

虞涓涓说：“我还是忠实观众。你们不是排好节目了吗？到时候我一定鼓掌。”

郑洁说：“你不上台多可惜啊？”

虞涓涓说：“乱哄哄你方唱罢我登场，都只是为他人作嫁衣裳。不上不可惜。”

郑洁笑着问：“你那几个学生查清楚了吗？”

虞涓涓说：“这你得问查的人去。”

郑洁又笑着问：“那，你跟家里的事儿，弄清楚了吗？”

虞涓涓沉默无语。

邹主任走来宣布："这个，最近东省有两个市里的大学还有调剂名额，另外也是去做做咱们的宣传，得出个小差，你们谁现在手里没什么事儿啊？"

点兵点将，点到了虞涓涓等三个闲人。

虞涓涓只好微笑感谢。邹主任做着那个流行的动作，说："小虞，我可是一直'很看好你哦'。出去转转，放松心情嘛。"

大家都放松地笑了。

郑洁笑着跟着邹主任出了大办公室，片刻又回来了，倒没再跟虞涓涓说什么。

虞涓涓用手指点点台历上的小圈：一、二、三、四、五，自己离家要整整一周……

虞涓涓东追西堵，在托儿所楼道里截住大宝老师，问："大宝呢？"

大宝老师低了头，擦擦刚才为了藏起大宝跑出的一头汗，说："他换……换了班儿了。"

虞涓涓说："那你为什么不接我电话？"

老师说："我没听见。"

虞涓涓说："两三天都听不见？大宝到底在哪儿？"

老师说："换了别的老师了，我不知道……"

虞涓涓叹口气，说："我就是想看看他……看一眼就行，好吗？"

老师说不出话来。

虞涓涓叹气说："我不难为你，我找你们所长。"

老师挡住她说："千万别！您这样不是更难为我吗？我刚来，还没过试用期，虞老师，您是好人，一时半会儿的……我总会想办法让您看大宝，跟他通电话，还不成吗？现在您就算放我一马吧？虞老师，真的，我跟您发誓，大宝好得很，我都拿自己的东西来给他了，我尽最大力量照顾他还不行吗？我，我绝对不让他少一个头发丝儿，我……”

看到小老师快要急出眼泪来了，虞涓涓又叹口气，抚摩着她的头发，说：“以后接我电话啊！”

虞涓涓来到自家小区，坐在长椅上，把头靠在椅子顶端，向家里的窗户望去。望着望着，眼中就模糊了……

低头的时候，虞涓涓看到了江永春正带着大宝回来。一冲动，她就冲了上去。还没等她碰到大宝的小手，一个高壮的中年女人已接到授意抱起大宝向楼门走去了。

大宝戴了一顶宽檐小帽子，此刻更是被高壮的保姆把脸按在了肩上，什么也看不见，正在努力挣扎。

虞涓涓头脑中浮现出蓝小月来拿球球时，它的那种挣扎，一时五内俱焚。她大喊道：“大宝！”

大宝忽然停止挣扎，却又放声大哭起来，拼命地踢、踹、推、拱。

保姆不管其他，只把大宝的脸按紧，快步走进了楼。

虞涓涓哭不出声，淌着泪喘着气，指着保姆去的方向，对江永春说：“你，你把我孩子弄坏了一点，我都跟你没完！”

江永春自打那次在医院动过武，还没仔细看过虞涓涓。眼前的这一幕上演过后，江永春脑子里刚刚浮现出来的那朵虞美人之花就被完全践踏到泥土里了。

同时深陷进去的，还有一些叫做内疚和后悔的东西。

他冷冷地看着她，习惯地把手放进裤子口袋，说：“你来干什么？你认为你有来这儿叫喊的权利吗？我不想对任何人的任何事多说什么，但是现在，我必须对你说：你以后不要再来影响我们的生活。”

虞涓涓说：“你又来实践批评了？”

江永春说：“你管不着。”说完转身就要走。

虞涓涓说：“我只要大宝。”

江永春说："你想都别想！另外，你这是提出离婚吗？"

虞涓涓沉默着不做回答。

江永春却进一步说："如果你想离，我没意见。"

虞涓涓说："你就这么绝情吗？"

江永春说："不，我多情！顺便告诉某个自以为是的人，在她离开的时间里，我们很幸福，从来没有过的幸福。"

说完，就哼着歌大步走进了楼门。

虞涓涓呆站在楼外，身旁耳际环绕的全是大宝刚才突然爆发的哭声。其他的，什么都不重要，也都一时挤不到近旁来。

天色开始发青，夕阳和晚霞收起了金色的帐幔，露出建筑的棱角和冰硬的漆料，似乎一切的角落都在等待着打扫、清理。闲风吹过自然的殿堂，吹不出静心的铃声，也，无力吹开那些角落里纠结的蛛网。

是灰尘太多，以致太沉重了吗？

这样的见面和结束，太过仓促简单。虞涓涓虔诚地等待着什么经咒来获得力量和支撑，却无吟无唱，只像是被点了一下额头。没有醍醐灌醒，只有不解和晕眩，将自己坠落到了那些无名的纠结当中去了。

所有她呵护在心里的那些曾经的金色和朦胧，也都被打破了。

九

虞涓涓三人到达东省时，已经是晚上了。接待方把三人接到一间三人房间里，简单安排介绍后，就请三人先休息，明天再开始工作。

一个短发、高度近视的年轻同事一边整理自己的物品，一边笑着说：

“没想到这样，我还以为得给咱们安排两个标间呢。我们俩刚离开宿舍倒没什么，虞姐你跟我们住能习惯吗？”

虞涓涓说：“没什么不习惯，挺好的。”

另一个长发的年轻同事说：“刚来的路上，我看这门口有个卖鸭脖子的，我买点儿去，你们带东西吗？”

短发近视同事一听这话便丢下手里的东西，半靠在床上接连打着哈欠，说：“不用，你也别出去了吧？”

长发同事说：“这么早我可睡不着，你们不带吗？”

虞涓涓和短发近视同事都只是摇头。

长发同事出门去买小吃。没两分钟，短发近视同事就似乎发出了沉重的呼吸声。虞涓涓走去洗漱。

长发的女同事不仅买了鸭脖子，还顺带逛了这个小夜市里的其他摊点，拿了一堆乱七八糟的小东西回来了。

一进门，她就大声说：“快来，我买了好多好吃的呢，你们来看看，吃点夜宵？”

短发近视同事似被惊醒了，蓦地撑起半个身子，说：“谁？吵什么呢？啊——”

虞涓涓也停止了翻书。

长发同事一边摆弄那些食物，一边笑着说：“其实你们哪儿可能困呢？就是路上乏了犯懒，我一买这些回来，你们起来闹会儿，待会儿才能睡得着呢。反正我是上学那会儿熬夜的习惯还没改过来呢，不到一两点根本睡不着。我们同学都这样，现在人谁不这样。”

短发近视同事先摸出眼镜戴上，又做样子喊道：“哟！这么多好吃的啊？”

长发同事说：“看看，还是懒不是困吧？快来，虞姐，你也来呀。”

短发近视同事又做样从包中翻找钱包，嘴里说着：“我得给你钱啊，哪儿能让你请……”

长发同事笑着对虞涓涓两人说："嘿，多会儿也没见她这样过，在咱们学校，多少回中午饭都蹭我的卡。干脆，今儿你一趸儿给我得了。"

短发近视同事猛地发出一声尖叫来："啊——我的钱丢了！我的钱丢了！"

虞涓涓和长发同事都赶忙围过来问是怎么回事。

短发近视同事举着钱包说："你们看哪，我来的时候在钱包里放了两千块钱，现在你们看——怎么光剩点儿零票了？"

虞涓涓和长发同事都问："你再找找，或许放在包里别的地方呢？这个屋子又没有人来过。"

短发近视同事带着哭腔说："我就放在小钱包里了，根本没往大包里放，因为这是咱们的弹性经费，会计给了我，本来说打卡里，我想着公私分开，就领的现金，要不就这么近，又没两天，谁带这么多现金啊？可是，这下可怎么办呢？哎哟，谁会知道我带钱了呢？咱们这屋来过人吗？刚我睡着了，我也不知道来没来人……都怪我，我干吗睡着了呀，什么我都不知道，我干吗睡觉呀……这回钱丢了，可找谁去呀……"

听说如此，长发同事明白最好不劝什么，只是任由短发近视同事长篇演说下去。虞涓涓则是尴尬加愤怒。

她这才想起这个短发近视同事并没在那天邹主任的点兵范围内，是临时换来出差的。

短发近视同事把演说重点反复强调，直至招来了这所大学招待中心的服务员。服务员担不起这个责任，马上汇报了值班经理，值班经理不担这个责任，马上汇报了中心的主任。

主任电话里一声令下，就开始了一轮广泛深入的搜查和教育。

只有"失窃案"发生的这间屋子里的三个人丝毫不忙不乱，也丝毫不等待结果。

毕竟事情发生了，影响制造了，只能由人评说去了。

针对这个小事件，郑洁要求邹主任开个会，重点解决一下。

邹主任说："招生办最近事儿够多的了，又没发生在本地，追究什么?"

郑洁说："那你就助长不良风气吗?"

邹主任说："哪儿来那么多不良风气？还不都是……"

看到邹主任咽了话，郑洁红了面孔，说："都是什么?"

邹主任说："最近学校、院里都还没对咱们复试名单的事儿下结论，我看没必要。"

郑洁撒娇说："得了吧，你就是不信我、不听我的。"

邹主任说："我还能怎么听？姑奶奶哟。你呀，要求别太多了。哪儿哪儿都是你占着、当第一，那也不现实啊。"

郑洁说："一点都不多。我提过什么?"

邹主任说："普陀山？哪儿有时间去什么普陀山啊?"

郑洁不高兴了，说："你是成心吗?"

邹主任说："今天？开玩笑，一直到暑假，咱们这儿都闲不了。"

郑洁回到大办公室里，对谁都不理不睬的。

短发近视同事原本在其他间办公室里工作，此刻不合时宜地跑来这里张望，被郑洁一眼瞪了回去。

有些事情不用开会宣布，照样传播得飞快。

蓝小月在餐厅问虞涓涓："你最近没什么家务事了，琢磨多发点文章什么的吧?"

虞涓涓说："干吗?"

蓝小月说："现在你们院这个头儿挺看重这个的，他自个儿就好几个什么学者的称号呢。你不想想?"

虞涓涓笑了，说："你是诚心邀请，还是……"

蓝小月说："行政上闲人闲事儿多，你也太能忍。"

虞涓涓说："碰上是非人，到哪儿都一样。"

蓝小月笑笑，说："什么叫是非人？你呀，有时候就是太超脱似的，一则招人讨厌，二是给自己裹足。博士学历到行政，怎么也得当个小头脑，管不管实事儿，都有个盾牌在身上，你呢？聘个什么是什么，可不就有是非人了吗？”

虞涓涓笑了，说：“也是，我就是只拿自己当涓涓看，不当博士看了。”

蓝小月说：“所以——你想想吧，我早就给你看着机会了。嗳，他可是我师兄，本科还上过你爸的课，你可——啊？对了，你家里那边怎么样了？”

虞涓涓淡淡地说：“那边？等机会。”

闲愁也会通过空气传染。

郑洁懒懒地坐在办公室里，一个同事来通知说：“邹主任说：快五一了，从今天开始唱歌的人可以提前半小时练。”

大家纷纷看表，以前是下班练习，今天提前半小时练，刚好是现在。

有同事凑趣，说：“郑姐，练去吗？”

郑洁的眼睛看着窗外，说：“去呗。”

窗外细雨洒落，一片片的绿叶频频点头。地面上，是感受它们问候的欢乐的人们。

随着这个初夏第一场细雨的轻缓降落，病气都没了，什么都跟着这股水汽降落到了地面。人们也好像恢复了气力一样。在稍微有些清冷的空气里，又开始了往常的生活。

练习完两个小时唱歌以后，大部分同事都顶着水滴踩着水洼回了家。郑洁坐在办公室里没有动，只是静静地，看着窗外的雨越下越大。

渐渐的，天色昏黑起来，雨势得了鼓舞一般，越发强劲，不断发出噼噼啪啪的声响，提醒周遭它的存在。

郑洁没有开灯，只是静静地看。

郑洁是孤儿，自幼在各种屋檐下借居。她只喜欢凌人之上，洞悉一切操控一切。同时她不是个想让人讨厌的人，谁也不想让人讨厌。但是首先她要生存，证明自己的存在，而不是附庸。不抢占怎么可能？掌控权也许让人成功，也许让人失败，没有掌控权却只能接受失败。这是她的动力。

她明白，想要得到同时就必须要失去。而当她失去的越多，就越想得到。

第二天，人们踏着潮湿的地面，在灿烂的阳光中，一路走向各自的岗位。邹主任打开办公室的门，舒舒服服地泡了一杯茶，打开电脑。

咦？怎么什么东西都没了？除了主程序，100G 的硬盘干干净净！

邹主任走到自己放备份移动硬盘的柜子前，里面的情况是预料之中的：移动硬盘也不见了。他把郑洁叫到了办公室里。

邹主任笑着问："为什么？"

郑洁笑着说："不为什么。"

邹主任说："要怎么样才能给我恢复？"

郑洁走上前，歪了歪身子，说："像往常那样……"

邹主任又笑了，说："你真够孩子气的。"

有些时候人的意志的确是抗拒不住诱惑的，何况已经知道了那种诱惑的滋味。

邹主任家里还有一个备份资料的移动硬盘，这件事是郑洁不知道的。

但也无妨。只不过对郑洁就相当有妨了。

邹主任开始做些往常做的动作，一边做一边笑："你开这个玩笑，吓唬我吗？"

郑洁在自己的衣物减少到某种程度的时候，制止住邹主任，说："不是。"然后她转身开始增加衣物，同时要邹主任出去一下。

邹主任出去了。

一切也许都该怪这场细雨太调皮，给人太多喜悦心情，还有纯真感觉。

片刻之后，郑洁也出来了。她领邹主任稍稍站在靠近楼梯的位置，把手机里的一段录像给他看……

录像是在静音状态下播放的，来往的人们都以为两个人只是在看什么严肃的短信或者新闻。因为邹主任的脸色是那样的严肃。

“手机早就藏在办公室里？”

“对。”

“你究竟想干什么？”

“像往常一样，就什么都好。”

“谁还敢！”

郑洁晃晃手里的手机，笑了。

邹主任愤怒了，恨自己：从家里拿硬盘来，是一件多么简单的事情。

郑洁在大办公室里宣布：邹主任要开个会，说一说上次出差的事。

邹主任说：“开会之前我先说两件事。一件，是我们招生办的副主任空了有些时间了吧？上次院里开会，我提了这个事，院里很支持，让我们民主推选一下，我看呢，首先要从学历上考虑，这个大家没有意见吧？其次可以考虑在招生这块儿的工作经验，大家拟几个人选吧？”

底下几个聪明的同事早举着手等着发言，此时先后都在说：“郑洁，是咱们这儿工作时间最长的博士了，我们选她。”

郑洁想不到有这样的惊喜，笑开了花。

邹主任又说：“这个，等大家交上选票再确定，啊。另外一件事儿，是我现在要到教委开会，咱们这个小会暂时由郑洁主持，大家有没有意见？”

没有。

邹主任脱身之后，郑洁当然对虞涓涓发起了猛攻。其势猛烈，使得好几个同事都低下了头。

没想到虞涓涓始终只是看着她，没有太多表情，更没有太多愤怒。

郑洁的拳头都打到虚空里，越发想要去打……

最后，先累的是郑洁。

等她端起杯子喝水，虞涓涓笑着说："郑洁，你怎么对这件事儿这么看重?"

郑洁说："是因为事件太严重，而且从来没有发生过，怎么能不看重?"

虞涓涓说："现在中午了，你下结论吧，大伙好吃饭。"

已经有同事听见这话几乎喷出茶水来，郑洁意识到了什么，只是狠盯住虞涓涓说："散会!"

然而就在大家忙乱着散会吃饭的同时，郑洁发现自己的手机丢了。

主持了一上午的会，当然没能分心保护住胜利果实。又经过证实——同事证实，因为邹主任关机了——邹主任在教委的会要开好几天，郑洁就泄了气。

其实邹主任没去教委。自从上午他在招生办楼下，把一部手机毁掉之后，就联络了好几个学院的什么人开始牌桌会议。跟我抢地盘，郑洁你还太稚嫩啊。

照理说，邹主任的资历早就够当个什么院长副院长了，总呆在这个招生办，自然有他的想法。与其像孔明般东征西讨一世，不如做个轻松快乐的阿斗。寄居并不一定都比称王痛苦。抓得住并且抓得牢的，才是自己能够掌控的，并且才能从中得到快乐。

太平社会，不需要通过厮杀去满足自己。就像有些女人看待婚姻，总也不明白自己不快乐在哪里。又何必?

这两天，邹主任果真一直没来办公室。郑洁想把资料拷回去，却发现邹主任的门锁换了。

又何止门锁，柜子的锁、抽屉的锁、窗户的琐，电脑的密码，都换了。只不过，这一切是在一个月明星疏的清朗夜晚更换的。

这一换，瞬时更换掉了郑洁的意志和心情。

等到邹主任带领大家选举申报副主任的人选时，郑洁居然同意在小黑板上写下包括自己在内的四个候选人的名字。

唱票结果以郑洁、一个博士和虞涓涓居先。

邹主任说："取前三，因为这次院里要给咱们两个副主任的职位，原来的老关不是走了吗？再增补一个，分别侧重统招和学位那些不同的事儿，我的意见是咱们报上三个人选，让院里决定，大家有异议没有？有的话可以提，啊？"

会后，邹主任把虞涓涓叫到了办公室。

虞涓涓还没坐下，邹主任就走到她跟前来，说："小虞，工作很突出嘛，你看，这次投票大家多肯定你？所以说我是一直很看好你哟！"

虞涓涓说："那我多谢大家了。"

邹主任说："就不谢我？"

虞涓涓说："谢谢您。"

邹主任说："当了副主任，可要多照顾我们这些老同志啊，我们没你们这样的朝气，只好仰仗啦！啊？"

虞涓涓说："您真会开玩笑，谁当副主任还不知道。您现在有什么事儿吗？"

邹主任说："呵呵，你呀，我要真是眼花耳聋，能行吗？呵呵，何必隐瞒呢？"

虞涓涓说："您当然眼不花耳不聋。"

等到邹主任把嬉笑的话题终于引到外出就餐这件事上，虞涓涓冷漠拒绝的回答也终于激怒了他。

"你想得太多了吧？！"

"我没有想什么。"

"你以为有多少人想请你吃饭？！你认识院长就把别人都看成巴结你

吗？小虞，不要忘了从开始我是怎样照顾你的。”

“感谢。”

邹主任站了起来，虞涓涓也站起来，说：“那我告辞了。”

邹主任扔掉烟头，开始眯起眼睛思考。

虞涓涓找到蓝小月，说：“你还真跟你师兄说什么了吗？”

蓝小月说：“您这反应也太超越时空了……我不都跟你说过了吗？”

“上回心里有事儿，没太注意听。”

“您什么时候心里没琢磨那些遥远的事儿呢？现实点儿吧。”

“就是要现实，才问你这个的。”

“怎么？不成吗？”

“成，肯定是成的。只是我不想要。”

“是不是家里的事儿刺激你了？”

虞涓涓笑了，说：“不是，是我的性格更适合搞教学，我想回文学院。所以我才说，现实地看才不要这个副主任。”

蓝小月说：“什么是现实，什么又是不现实地看呢？”

虞涓涓说：“视角不同，答案也不一样，怎么回答你？”

蓝小月笑了，说：“不管怎么样，‘虞美人’回来了。这就好。”

十

奶奶累病了。

保姆说：加钱，我就去医院。

江永春只能低头。

大宝在托儿所里孤独地玩耍，身旁的小老师不住地打哈欠。每当大宝想要哭或闹时，她就塞去一些食物。方法虽然原始，但有效。

看门的老大爷来巡视，走到这间教室门口，说："你还不走呢?"

大宝老师指指大宝，说："这不等他家长嘛，还没来呢。"

大爷说："怎么见天就他晚啊?"

大宝老师无奈地摇摇头，说："再等会儿吧，真是，害得您也不能早休息。"

大爷说："这倒没什么，孩子受罪。"

大宝老师笑了，说："您看看那一大包，都是我怕他闹给准备的。他可一点儿不冷不饿。"

正说着，江永春匆匆赶进了托儿所。老师自从领教过他的脾气之后，对他的迟到就不敢再多说一句。

江永春带大宝回家，却发现冰箱里没有多少储备的物资，而且大多数用微波炉加热后并不能直接食用。灶台上是一堆没有清洗干净的厨具，水池里充满了烂菜叶和不明污物。锅里、碗里都只有不清洁，没有任何可与美味相联系的。

再向客厅看去，一片狼藉。

窗帘歪斜，书柜凌乱，沙发和地板的分界被不明杂物给完全掩盖了，其中混杂有油腻的食品包装，乌龟的盒子里居然还漂着几块塑料糖纸……

这就是自己的家吗?

怀里的大宝正在噗噗地向自己肩上吐泡泡玩耍，一会儿就湿了一片。走到卫生间去，不仅地面上无从下脚，连毛巾架也复杂到了难以区分出一块毛巾与另一块布来。江永春随手抓出一块卫生纸，想擦大宝的口水，又发现大宝的上衣已经有了好几条污渍，脏得不像样子了。

他和抗争不止的大宝纠缠了好一会儿，才终于脱下大宝的上衣。

谁知大宝最近习惯了在托儿所吃饱肚子回家，回去后闹一会儿，就开始洗澡睡觉。此刻以为江永春要给自己洗澡，便自觉主动地开始拽扯其他小衣物。

江永春不解其意，逆着他一个劲儿地要把它们穿好。一个执著地脱，一个莽撞地穿，几个回合之后，大宝就哭了起来。

江永春只会“别哭了”这一句哄大宝的话，也不知道该抱还是该拍。谁知这“别哭了”越说越不管用——他一直在粗暴地跟大宝对抗穿脱衣物，自然无法管用。江永春把大宝一推，喝道：“别哭了！”

大宝瑟缩到洗衣机旁边的一堆杂物之中，一哽一哽地，再也不敢出声了。

江永春叹口气，想找件干净衣服给大宝。衣柜里大宝的抽屉空空的，它们都在卫生间里等着清洗呢。江永春这才想起，奶奶为了大宝的健康，坚持自己洗他的衣服。前几天一不舒服，就没及时洗。保姆对此根本不动手。没办法，江永春找出几件大宝已经穿小的干净衣服给他换上。

可是饭呢？自己可以叫外卖，大宝吃什么？奶奶在医院吃什么？

江永春想打电话叫保姆回来做饭，还没等他拿起电话，保姆已经把电话打进来了。

“您回来了？给我们弄点儿饭送来吧？”

江永春很气愤：“我给你们送饭？到底谁是保姆？”

“瞧您这话说得，保姆怎么了？保姆就没地位吗？我在医院多辛苦呢？奶奶一会儿检查一会儿吃药一会儿上厕所，不都是我陪着？就这么半天工夫，医院四五层楼，我都上下跑了十来趟了，您以为陪病人多轻省呢？累着哪！到现在我连口水都没喝呢，奶奶，就躺椅子上我推着就行了，还输液，她也不渴，我半天都快虚脱了，你陪过病人吗？你还发脾气？”

江永春虽然擅长批评虞涓涓，但是却不善于应对别人的批评。他说：“我知道陪病人累，那您现在回来做饭吧？”

“我做饭？谁看奶奶？一个人你让我干多少人的活儿？你也太会使唤人了……要做也行，加钱！”

江永春又用钱换来了晚餐，同时自己还要去医院暂代保姆的工作。保姆回了家，慢慢悠悠地做了饭送去。江永春才看护了两三个小时的奶奶，已经是累得腰背疼了。

等到把保姆送来的粗硬饭菜以最快的速度吞咽完毕，江永春懂规矩地说："看一晚上，加你多少钱？"

保姆笑了，说："这你加多少我也不干，一晚上，病人多少事儿？大夫找多少事儿？睡也不能睡躺也不能躺的，还担多少责任，你找别人吧。加十块钱我把你这饭盒送回去，别的不干。"

江永春看看一旁已经睡着的大宝，不想争吵，只得再低了头。

经过这一晚"地狱"般的生活下来，江永春对着清晨的太阳，心里不住地向上翻腾感激之情。

一夜儿乎没睡，江永春看上去灰头土脸的。他刚想伸展一下酸痛的脊背，大宝喃喃着，像是要排便。江永春搬起不听使唤的腿来到大宝身旁，带他去病房的小卫生间。

大宝完全醒了之后，就开始要吃要玩。

江永春傻着脸坐在他对面，到哪儿去找吃的？家还没回去呢。又到哪儿去找玩儿的？还没等江永春疲惫的头脑把这件事想明白，奶奶又在轻轻地发出呻吟了……

在奶奶的咳、喘声中，大宝的哭闹声中，保姆"神圣"地出现了。

"没见过我这样的好人吧？谁还能不加钱就一大早跑来？我还不是看你……唉，我看奶奶吧，你赶紧送孩子啊，上班什么的。"

江永春眼睛里闪着激动的光芒，半弯着腰走去，说："你赶紧弄奶奶那个……"

保姆说："这么点儿小事儿，不就洗脸翻身吗？"

衣衫不整的江永春抱着满脸泪涕痕迹的大宝刚想出门，保姆说："慢！中午打饭的钱留下！而且，你在这儿等医生查了房再走，有什么嘱咐的咱们当面说清楚，懂吗？"

江永春接连点头。大宝不知究竟，也学着他点头不已。

当像是刚刚从探险营地跋涉归来的江永春把自己摔进椅子里的时候，周围几个同事互相看看，都没像平常一样跟他开玩笑。到中午的时候，也没人约他打牌。

江永春孤独地坐在办公桌前。

犹豫良久，沉思良久，他拨通了一个电话号码。

顾娜不认识江永春办公室的电话号码，就好奇地接听。

江永春的嗓音嘶哑无力，说："娜娜，我需要你……"

顾娜喜欢冒险，喜欢与众不同，但她更是一个让骄傲的母亲溺爱坏了的孩子。听到这样饱含负担感和沉重感的声音，这种不可能哄她宠她而是向她寻求关爱的声音时，尽管她知道他是谁，仍然毫不犹豫地挂断了电话。

招生办里，邹主任召集大家说点建议。

"我看你们每天下班练唱歌练得挺辛苦，唱得也不错，就是感觉稍微有一点点单薄……你们有没有同感？那么三五个人，稀稀拉拉地站着，又是什么布莱曼的歌儿，哎呀，大家说说呢？我是觉得咱们还是来个集体参与性更强的，节奏更热烈的，怎么样？而且论专业、论英语水平咱们哪儿比得过别的院系呢？大家提提建议。"

马上有人说来个招生办全体参与的大合唱。

马上又有年纪大些的人员申请改成部分参与的合唱。

最后讨论结果是中青年的校园歌曲联唱，把以前郑洁组织的和声演唱给否定了。

邹主任说："好，还是这个好，别太出新出奇，大家快练吧。"

建议说完了，好事的人不免偷看郑洁的脸色。没想到她却极为平静。邹主任又问谁来组织并指挥，郑洁没有积极承担。有几个人也就没敢怂恿。

邹主任看了一圈，说："小虞，你来指挥？"

虞涓涓说："真抱歉，我不会。"

那个短发高度近视的女孩看看郑洁，举手说："邹主任，要不我试试?"

邹主任正在迟疑，有一个老同事说："她行。她原来就是学生会合唱团的，那会儿就老指挥，很活泼。"

邹主任再三打量短发近视女孩，说："哟，你还真是深藏不露啊……"

短发近视女孩及时地递上了晃头耸身媚笑，说："没有，请领导检阅请领导检阅。"

郑洁在一旁不屑地撇了撇嘴。

散会后，短发近视女孩看准机会，跑进水房，凑到郑洁身旁，笑着说："郑姐，这指挥、唱歌什么的，你还得多教教我呀?"

郑洁看也不看她，说："手都举了，还跑我这儿说这废话干吗?"

短发近视女孩将身子扭做几段，说："哎呀，郑姐你可别怪我呀，我哪儿会什么指挥……"

郑洁说："随便你。"

说完这句，郑洁刚要走，忽然从镜子里看到短发近视女孩得意非常的面孔，就停住脚步，对她说："我这次和院办公室的胡主任唱合唱，咱们招生办的节目，我没时间参加。"

短发近视女孩不由得尴尬地吐了吐舌头。

郑洁走到楼道里，迎面又碰上了虞涓涓。她昂起头，说："你可以参加招生办的节目。"

虞涓涓笑笑，要侧身走过。

郑洁说："总摆这种样子给谁看?"

虞涓涓说："我并没有挑剔你的视线吧?"

郑洁愠道："别总那么自以为是，我这次是和院办主任一起演节目!"

虞涓涓淡淡地说："好啊。"

郑洁冲着虞涓涓走过的身影，怒道："你什么意思?!"

为了照顾放假时间，大学的五一晚会提前举行。

那天，教育学院参加演出的每个离退休老人都别提多带劲了。

新学院的预备老干部队在第三个上场，精精神神地跳了一回。够漂亮，就是有一点，太年轻。在这学生为主的舞台上，并不那么能吸引什么，感染什么，唤起什么。

周老师和郑老师带领的教育学院小花园代表队最后一个出场，一出场就先博了个满堂喝彩。

别的中老年参加演出，大多穿的是运动服，有的还是上下两种款式拼凑的。花园社区队呢，有自己设计的古典水蓝色演出服，很有几分年轻人的俏皮呢。难怪一出场就赢得全场观众的称赞。而且，这是唯一一支有张老师等老年男士参加的队伍，就又多了一个亮点。歌声嘹亮悠扬，舞姿翩跹灵动。观看节目的师生不时报以热烈的掌声。

连虞涓涓在台下也受到感染，稍微有了些笑意。她抬起头看看天空，深深地吸一口新鲜空气，呼出的全是烦郁。

表演结束，宣布结果的时候，花园队的秧歌节目得了这次五一晚会的优秀节目奖。周老师上台去领的奖，底下的老太太们则是站起来使劲地鼓掌。

回来这一路，大家叽叽嘎嘎地把奖杯传着看个没完。周老师提议说："今天咱们去'卡拉'去，怎么样？有人反对没有？"

片刻安静后，一个阿姨说道："别废话了，咱们开路吧！"

于是，捧着奖杯，家也没回，这一大帮老太太就到了学院附近的一家餐馆。进去就找服务员说：给我们来个音响设备最好的大包间！

到了包间里，这群老人还叽叽嘎嘎地笑闹个不停。一旁的服务员站着看着，都不知道该找谁去递菜谱了。

点菜的时候，多少个手把菜谱抢过来，拿过去，你一个我一个地，说得服务员晕了头，不好意思地问："阿姨，是要清炒苦瓜吗？是要还是不要？"

一个阿姨回答道："不要不要，要这个，麻辣馋嘴蛙！"

服务员刚要写，手里的本子就让人夺去了。那个夺本子的阿姨把本子举到远处，眯起眼睛看，说："有没有苦瓜？我要的，你记没记上？"

服务员问："不是说不要吗？"

"谁说不要？我正上火呢，苦瓜苦瓜，快记上！"

七哄八抢地，总算是把菜点完了，还叫了红酒和果汁。一个阿姨说："不行不行，我们有糖尿病，你换个饮料。"

周老师说："你喝茶吧，这菊花茶挺好的，你有病大伙都不喝果汁了？"

那个阿姨说："也是啊。可是这也太不公平了，待遇悬殊啊。"

马上有几个人一齐逗她说："你将就了吧。"

嘻嘻哈哈地让服务员赶紧下菜单去，周老师一看表，说："哎哟，点菜就闹了半个多小时，这他们几点关门？咱们得问好了，别唱得正高兴轰咱们走。"她嘴里说着就出了门，喊："服务员！服务员！"

不一会儿，周老师就返回来对大家说："听我说，听我说！到三点呢，咱们放开了玩儿！"

郑老师说："我刚才就想说：你都不用问！我们儿子老在外头吃，都没早过，现在这些店都会做生意着呢。不信你们回去问问孩子就知道了。再说了，人家老吴的女儿就在这儿，你都不知道先问问……"

虞涓涓低了头给老人们递餐巾纸，不说话。

周老师大声说："你，马后炮你，无效！"

这里热闹地打着嘴仗，那里各种酒菜也红红绿绿、热热闹闹地摆上了桌子。大家都先留心夸赞人家的刀功如何、配色如何、调味如何等等。周老师说："咱们别犯婆婆妈妈的毛病了，咱也洒脱点儿，来！我先敬酒！

敬大家每一位，祝愿大家都健康、幸福，舞蹈越跳越好！”

大家都喝了酒，又闹她再喝。周老师说：“不行，灌我不行。得换人敬了。”

郑老师说：“那我敬你吧，咱们的队长嘛。”

周老师说：“老郑，你今天带头使坏，这个作风不好啊。”

大家起哄说：“就老郑这个作风好！”

一群人又吃又闹的，还抢着话筒唱歌。这边话筒刚拿起来，那边就不约而同地站起好几个人来，有伴舞的，也有做着怪姿态捣乱的。逗得大家把饭都吃到了别人身上，也还不觉得。

不时有人喊：“这是谁这是？老李，你弄我身上的吧？”

那个就说：“我一直唱着哪。不是我。”

这一屋子活跃的老年人，惹得服务员都抽空聚到门口观看。

笑笑闹闹，直到夜深了才回家。每个人都多少有了些醉意。周老师说：“我提议，咱们固定下来，也跟他们小孩儿似的，固定聚会。”

大家说：同意，同意。还有的喊：下次我做东。

周老师说：“咱们轮换做东制，但是，必须都得唱歌、跳舞！”

一个阿姨说：“你说现在年轻人的生活，多幸福、多有趣儿啊。”

周老师说：“咱们只要想得开，也一样！咱们永远年轻，是七八点钟的太阳，世界是属于我们的！”

这时，郑老师停住脚步，叫道：“不对！什么味儿！”

大家都立刻静神分辨起来。周老师一推她，说：“香味儿，你这也一惊一乍的？”

一个阿姨说：“这现在，哪儿来的香味儿呢？花房已经拆了啊。”

又有一个阿姨发现了路旁的灯光和植物，说：“看！那是谁在那儿弄了那么多花儿啊……”

周老师说：“走！看看去！”

还用等这句，大家早就拥到了灯光近处。

这里正是“英子小园”，与虞涓涓上次来时不同的是，房间早已整葺一新，残墙也被巧妙地做成了天然的分隔和休憩小座等。店里和园里的花草多了很多，正在欢欣争艳。

英子见到这群阿姨后面的虞涓涓，笑一下，用手指了指店后方的小园子，自己迎着周老师等人上前去了。

虞涓涓走到后园，看到上次那棵虞美人静静地在一架花隔架子的中央，因夜色而翠浓绿郁，也因灯光而光彩晶莹。她的心里像是突然空了似的。

周老师以一贯的快速风格鉴赏过了房间里的花草，就快步向小后园里走来，一边大声说：“哦！这后方是另有天地啊！好，好，涓涓，你看什么呢？”

英子跟来接口道：“阿姨啊，这个园子好看吧？还更有趣呢。”

周老师转向英子，学着她的口音问：“有什么趣——”

英子爽朗地笑了，说：“我可以帮你们代养花草啊，就在这个小园子里，让花草们聚在一起不孤单。您呢，平时也不用操心，有时间就来看看、松松土的，好不好呢？”

周老师说：“我们又不像年轻人没时间养花儿……订你个花儿就在你这儿有个小地儿吗？”

英子说：“对的呀，这个小园子是你们的呀！我只是照看花草，里面的花和盆子、地、土都是你们的呀，可以随时来看随时调换的。”

周老师点点英子说：“你这丫头，好，呵呵。生意不错吧？”

英子说：“有您这些阿姨哦，生意当然好得不得了。”

说得阿姨们都大笑起来。大家转来转去，都对那一大桶艳丽的玫瑰产生了兴趣，周老师便对英子说：“姑娘，这玫瑰价格优惠点，我们一人来一朵——那个姑娘，给她俩！”

英子看看虞涓涓，后者也是一脸不解的表情。吴老师说：“她是小孩儿，不跟咱们掺和了。”

郑老师接着说：“老周你还没疯够，大晚上拿这花儿回去让谁笑话啊？哈哈。”

周老师说：“我是感谢有大家的努力，咱们才能得这个第一名……真心的……谁说老了不能拿玫瑰？谁说的啊？给人家涓涓两朵是叫心心相印，我都懂！这老板姑娘，我也送你两朵，祝你也心心相印！”

虞涓涓回到母亲家里，躺下后就着花香很快睡着了。这是自奶奶代理大宝后，她的第一夜沉睡，而不是回忆着大宝的哭声无法入眠。

十一

在吴老师家里又住了几天，虞涓涓就说想搬到学校的职工宿舍里。吴老师看她的情绪已经很正常，就信了她所说的工作烦恼已经解决，让她搬走。

虞涓涓敲开邹主任办公室的门，大大方方地坐下说：“主任，我想申请个职工宿舍。”

邹主任把头仰到椅子背上，颤着脚尖说：“人家小年轻还不够住的哪，你又有家，这也要占啊？”

虞涓涓把一页纸递过去，说：“我想申请个职工宿舍，这是报告。”

邹主任还想说些什么，虞涓涓已经走了出去。邹主任把报告揉成一团，扔出了窗外。

可以说，办公室的空气里都无时不在传递着什么，它把一切都变透明化了。虞涓涓隔壁办公桌的年轻女孩悄悄跟她说：“虞姐，你是不是要找宿舍啊？”

虞涓涓说：“你怎么知道的？”

年轻女孩说：“别管啦。我们一个同学，也是刚留校的，有个宿舍，但是她不住，你住吗？”

虞涓涓说：“不，我要自己申请一个。”

看到年轻女孩不解又委屈的表情，虞涓涓展露出一丝笑容，说：“要不，我等的这些天先住她那儿，你说呢？”

年轻女孩才又开心地笑了，更加低声说道：“听说了吗？徐教授到咱们大学校长那儿直谏去了……为了那个林雨霏，和你。”

虞涓涓搬去了年轻同事说借给她的那间宿舍。刚一推开门，就被一屋子的烂漫所吸引了——满墙，包括门背后，都是白色和绿色的海洋。它们是那样烂漫，那样清新，那样美好，那样喜悦，那样地涤神盥志！

走近看去，不是墙纸，而是由一枚枚不干胶图案拼贴而成的。每一枚都是白色底子，上面由深浅不同的绿色组成一个芭蕾舞姿的剪影图形，离远望去，好似满室圣洁而芬芳的鲜花。虞涓涓仔细拼读白色底子上淡淡若无的拼音纹样：最佳爱。

其中几枚图案上，还留有前主人娟秀的字迹：女人是为爱而生的，爱让人感动，爱传播美好。女人是为美而生的，她最有效的化妆品就是这样简单的一个期冀。它足以让女人永离斛珠之怨。一个女人的美可以撼动这个世界，那么，每一个女人的世界都能够从发现自身的美好当中浴火重生。人美，则世界美。

虞涓涓走到窗前，迎来了满怀阳光。

这一阵子，虞涓涓没再回家，也不再哄劝什么人。只要是江永春打来的电话，她就不接。直到那天，江永春来到办公室找她。

现在的江永春满身憔悴，坐在那儿半天才说了一句：“回家吧。”

虞涓涓没说话。

江永春又说："过会儿一起去接孩子？"

虞涓涓还是没说话。

江永春沉默了一会儿，摔掉烟头，就气呼呼地走了。

再过几天，江永春是抱着大宝来找虞涓涓的。虞涓涓这时已经有了自己的宿舍。她直接找到了大学的分管副校长，陈述、力争。这件事在招生办里很是引起了一些震动。

江永春抱着大宝说："回家吧。"

虞涓涓恨不能一下就把大宝吞进去……但是，她仅是冷冷地不说话。

还好，孩子虽然瘦了点，精神还和往常一样。

江永春的模样比上次来时还要憔悴、散乱，他就着大宝探身找妈妈的劲头，把孩子递了过去。虞涓涓轻轻地接了过来，就再也不可能放手了……

江永春下楼取车的时候，找不见了虞涓涓，还有大宝。他愤怒，说她是欺骗！抢夺！

虞涓涓仍旧是什么都不说，给他发了一份快递，里面是离婚协议书。

不过，只要有空，虞涓涓都会给奶奶打电话，问候她的身体和生活，也让大宝跟她"说说话"。

奶奶说：涓儿啊，回来吧。

虞涓涓说：奶奶，我没走，我永远是您的孙女。

这天，吴老师打电话给虞涓涓，告诉她：教育学院又换了新的主管部门和校领导。

由于这次的新新院领导比较重视老干部们，首先明确了老干部们的归属，恢复了新领导取消的种种福利，老人们玩儿的心气比前阵子更要高了。学院针对这种情况，特地把一处闲置的平房分给老干部处，当做临时活动室。这下，学院里老年人的健身活动越发全面开展起来了。哪儿哪儿都透着生机和融洽。

而且，这次的新新领导把家属区那些拆、挖得乱七八糟的路面做了修整，还准备要给老干部建一个多功能的专用活动中心呢。

据路边会议透露：这个活动中心的地址就选在小花园那儿。

虞涓涓抱着大宝，欣慰地笑了。

也许只有当事人才最关心事件本身。

大家都不会把别人发生什么事件的第二天看得有多么与众不同。照样该起床晨练的去晨练，买早点、送孩子上学的紧着张罗，跳舞的、跑步的、耍剑的、打拳的，都在耀眼的晨曦中，按自己的程序进行着日常的一切。

虞涓涓已经把大宝换到了蓝小月好友开设的托管中心，这儿离自己的工作单位和父母的住处都很近，设施也好。最关键的是能保证除了自己和吴老师，谁也不会接走大宝。

送完孩子，她突然想到一旁的“英子小园”去看看，就推车到了那里。晨曦里的小花店真比露珠还要耀眼，更令人喜悦。店里传出很舒缓的爵士风格音乐，吸引不少路人回顾观望。

虞涓涓走进店中，看到桑轩正抱着那个爱晒太阳的孩子，冲自己微笑：“早!”

她并没有丝毫心痛，甚至没有去想到更多，也微笑说：“太早了吧?”

桑轩说：“没有，后园儿都有好几个人来了……要不我怎么看店呢，呵呵。”

虞涓涓笑笑，向园子走去。不想英子正急急地出来，说着：“桑轩，你快去啦，不要让乐队等，孩子给我来。”

桑轩抱住孩子说：“你那手上脏的……妈，妈?”

潘美兰应声出来，简单招呼过后，就接过孩子，指着后面对虞涓涓和英子说：“你们后头去吧，这儿我盯着。”

虞涓涓走到园子门口，回望一身深红色宽松衣裤的潘美兰，环抱着孩子坐在绿叶纷纷的店门口，在晨光的金色笼罩之下，越发美艳，像一枝浓染的玫瑰。

园子里，地上、隔架上的花草怕是都有点拥挤之嫌了，每个上面都挂有颜色不同的卡片。佳佳身穿白色衣裙，正举起一小盆花端详着，问：“英子姐，我还想再买一棵百合。”

英子说：“行，我帮你把它放到原来那些一起去，好不好的呀?”

忽听隔架后面有一个男孩的声音喊道：“不好不好，分开放!”

佳佳秀媚一笑，灿若朝霞。她转身对着隔架说：“别捣乱，你不怕迟到啊？今天不是你妈妈的讲座吗?”

英子也笑道：“若刚，你这大学读得实在轻松，天天倒是在我这里的考勤还更满勤。”

若刚走来说：“没办法，谁让她喜欢花儿呢。”

佳佳低下头羞涩地笑了，又拿眼波荡漾过去，说：“走吧，咱俩都别迟到了。”

若刚说：“主要是你！只要你今年高考能考到这儿来，我蹲一年都乐意!”

佳佳一撇嘴，说：“留级也上瘾啊?”

佳佳二人道别后，英子接住虞涓涓的目光，说：“好可爱的是不是?瞧那一片百合，都是他们两个代养的啊。”

虞涓涓点点头，玩笑地说：“的确般配……”

英子笑了，拉她到虞美人馆区，说：“看看你的小苗，长得好好的，都快抽花骨朵了呢。”

虞涓涓看到虞美人区的近旁有一处郁郁葱葱的绿叶植株，心中一动，说：“那片绿‘草’是……”

英子一边整理手里的花草，一边说：“还不是徐教授捐的啦，没他发神经一样把一办公室的绿草都不要了非要送给我，我还没想起要开这个花店呢。现在他那里去过没有？好一办公室的花。倒是好，他夫人也不那样嫌弃花草有虫子了，每天比徐教授还尽心照顾呢。”

虞涓涓的脸上突然闪过一丝调皮，说：“你有小棵的水仙吗……”

听到有人敲门，徐康教授放下手里的事物，走去开门。

虞涓涓进来后，不由左左右右地看了好几眼：“徐叔叔，您这办公室还真是大变样了。”

徐教授说：“这比以前那森林好吧——你阿姨那会儿说的，说我这儿是大森林，看着闹心……你怎么有工夫来啦?”

涓涓说：“去了包袱了，还不来看看您? 没您我那点工作现在还郁闷着哪……这个送给您。”

徐教授正说着“你这孩子怎么也俗套了”，发现虞涓涓手里捧的是一盆水仙，“哧”一声笑了出来。

虞涓涓也笑着说：“这是绿叶子啊还是花啊?”

“唉，不认识，不认识……哈哈。”

虞涓涓问徐教授：“您还真的不在乎什么草花、花草的啦?”

徐教授说：“那是，养花就要只为去养它，不要偏执。只要有偏执就是偏，不管他是偏好什么。”

涓涓说：“不偏不好，出圣人啦。”

徐教授把手一挥：“什么圣啊愚、出世随俗、虚虚遮遮的，简简单单就最和谐。”

走到路上，迎着朝阳，虞涓涓看到远处的教育学院里，一只只机器大手正在挖取那些陈年旧物，新的建设马上就要开始了。它一定比原来的更好、更美……

“青年原创书系”

后　记

北京市新闻出版局在北京市委宣传部的领导下，自2008年4月起实施“出版原创推新工程”，推出并启动了“青年写作爱好者作品征集出版”活动，在社会上产生了强烈反响，全国各地青年写作爱好者的作品纷至沓来。我们组织专家委员会和出版单位反复审读、严格把关，遴选出优秀作品，以“青年原创书系”的形式陆续扶持出版。

组织实施“出版原创推新工程”是政府行政部门推出的一种出版创新模式，目的在于以实际行动贯彻落实党的十七大精神和科学发展观，进一步转变政府职能，不断完善公共文化服务体系，充分发挥人民群众在出版业大发展大繁荣中的主体作用，推动新闻出版业又好又快发展。人民群众不仅是出版成果的消费者，更是出版业的开拓者、建设者和实践者。青年人激情飞扬、勇于开拓、熟悉生活、热爱生活，是出版业的未来和希望。当前，由于受传统思想观念、管理体制机制和出版业向市场转型等各种因素的影响，图书出版存在原创活力不足，人才队伍结构不合理，重复出版、跟风出版现象突出，原创民族文化特色和时代特色不鲜明，原创作品和人才低迷等问题，我们希望通过深入持久地实施这项工程，为青年写作爱好者搭建展示才华的公共服务平台，提供实现理想与梦想的广阔渠道与空间，激发他们的创作热情，着力发掘培植一批有潜质的写作新人，为出版业持续繁荣发展培育新生力量，丰富出版资源。

为深入推进“出版原创推新工程”，进一步拓展作品征集范围和形式，提升征集作品质量和数量，取得更好的社会效益，北京市新闻出版局与盛大文学有限公司于2009年2月正式签订了战略合作协议，共同致力于青年原创作品的发掘与出版。从此，凡发表在起点中文网出版频道的原创作品，均将参与“出版原创推新工程”，由盛大文学公司评选后进入“出版原创推新工程”的遴选程序。此举，为广大青年原创作者施展才华开辟了更为广阔的空间和更为畅通的渠道。

“青年原创书系”推出的这些作品，一方面显示出了青年作者们不凡的创作潜质；另一方面也因为其“新”，所以在艺术创作上不可避免地会存在这样或那样的不足。但是，我们相信，有广大读者的热情支持、有青年写作爱好者坚持不懈的努力，“青年原创书系”一定会推出更多更好的优秀原创作品，“出版原创推新工程”也一定会朝着“推出新人、打造精品、引领导向、繁荣出版”的目标迈进！

“出版原创推新工程”组委会

二〇〇九年十一月二十日

注：

“出版原创推新工程”长期征稿，征稿方式：

1. 纸质稿件请寄：北京市东城区朝内大街55号405室组委会办公室，邮编：100010，电话：010－64081996（来稿一律不退，请自留底稿）。

2. 网络投稿请登陆：起点中文网（www.qidian.com）“出版”频道专栏，提交作品。

图书在版编目（CIP）数据

如花美眷／李妍著．—北京：北京十月文艺出版社，2010.5
（青年原创书系）
ISBN 978－7－5302－1030－7

Ⅰ．①如…　Ⅱ．①李…　Ⅲ．①长篇小说—中国—当代
Ⅳ．①I247·5

中国版本图书馆 CIP 数据核字（2010）第 061089 号

如花美眷
RUHUAMEIJUAN
李　妍　著
*
北京出版集团公司
北京十月文艺出版社　出版
（北京北三环中路 6 号）
邮政编码：100120
网址：www.bph.com.cn
新经典文化有限公司发行
新　华　书　店　经　销
北京谊兴印刷有限公司印刷
*
787×1092　16 开本　32 印张　459 千字
2010 年 6 月第 1 版　2010 年 6 月第 1 次印刷
ISBN 978－7－5302－1030－7
I·1002　定价：49.00 元
质量监督电话：010－58572393